理想盛大灿烂
我们都要去赢

逻辑占不了上风，心动永远更胜一筹。
之后无论发生什么，她都会当是黄粱一梦，但她一定会记得很久很久。
这场十八岁盛夏的奇遇。

很久很久之后。
她想，陈江野也一定还会记得她。
只是，他会如何回忆她，如何回忆这段时光，这一场相遇又是否能在他的青春里占据一席之地……
她不知道。

她能肯定的只是——
在她的青春里，他会永远拔得头筹。

而后来她才知道。
他拔得头筹的，不止是她的青春

象野

上　八宝粥粥　著

江苏凤凰文艺出版社

CHAPTER 1
初遇 001

CHAPTER 2
悸动 035

CHAPTER 3
炙热 069

CHAPTER 4
肆意 101

CHAPTER 5
真心 141

CHAPTER 6
月色 175

CHAPTER 7
蝉鸣 217

CHAPTER 8
红绸 253

CHAPTER 9
依偎 291

理智击不了上风，
心动永远更胜一筹。

目录
CONTENTS

看着他笑，辛月甚至觉得世界好像突然变得很安静，所有的蝉鸣声、流水与风的声音通通消失不见。

一切喧嚣远去，山水也跟着褪色……世界里唯独他是鲜亮的、炙热的。

他要他的玫瑰向着最广阔的天空生长，成为永悬不落的月亮。

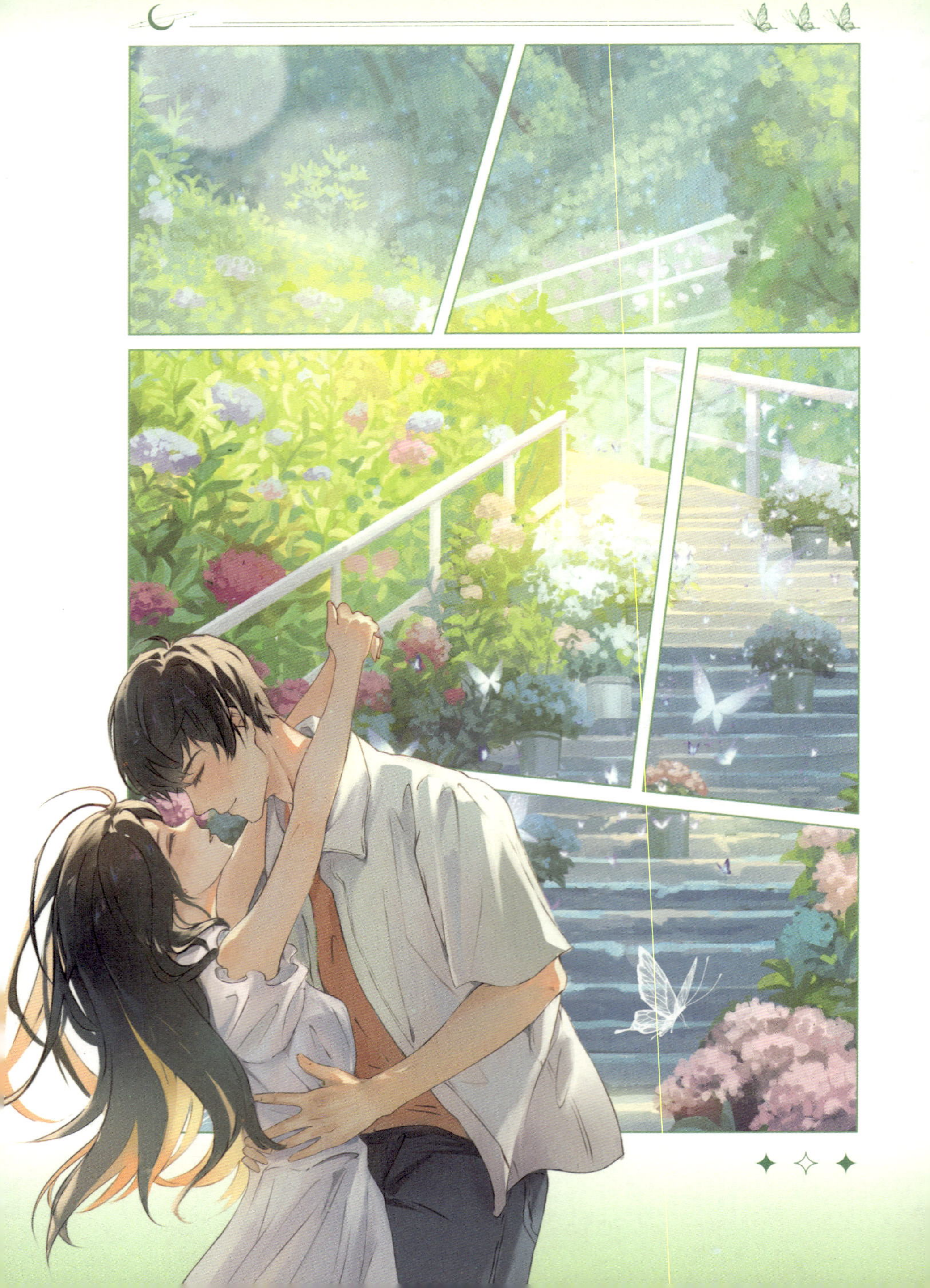

第一章 初遇

傍晚，太阳一寸一寸地沉入青山背后，西斜的阳光映照在乡野间，在泥地上显现出树木的影子。夏日白昼绵长，直至太阳完全隐没，天也没黑全，天边弥漫着大片火烧云，别是一番热烈光景。

辛月掀起戴着的鸭舌帽，仰头看向天际，霞光映入她的眼底，晕出了一片淡淡光影。

她的眼睛本就生得极美，此刻盛满夕光，更是漂亮。

"轰轰轰——"

身后传来老式摩托车驶来的声音，辛月收回目光，顺手将帽檐压低。

摩托车发出的轰鸣声逐渐靠近，骑车的是个男人，五十来岁，长相刻薄，一副尖嘴猴腮的模样。

男人靠近辛月后便放缓车速，在确定眼前这个背着一箩筐猪草、低着头、戴着鸭舌帽的少女是辛月后，他立马哎哟了一声，半边眉毛也往上挑起，开始调侃："这不是大明星嘛，大明星还亲自割猪草啊？"

辛月没搭理他，继续往前走。

男人见辛月完全当他是空气，暗暗啐了声，接着又吊着嗓子喊起来："哎哟喂，大明星的架子不得了哦。"说罢，他一脚油门超过辛月，还不忘丢下一句，"还真当自己是明星了？"

被人这样嘲弄，辛月的表情没什么波动，毕竟村里有关她的闲言碎语从没少过，她早习惯了。只是，最近发生的一件事把她推上了风口浪尖，让她出门不得不用帽子把脸遮住。

事情发生在高考后。

毕业季，学校里到处都是高三毕业生在拍毕业照、录视频。一个女生在网络上发布了一条拍摄自己朋友的视频，并配文"我的青春"。这条视频一夜爆火，收获几十万点赞。但让这条视频走红的不是视频里的主人公，而是意外入镜、只在视频里出现了三秒的辛月，而评论的侧重点也都集中在了辛月身上——

"中间路过的那个女生好漂亮！"

"那个女生才是不少人的青春吧。"

"三秒钟，我要知道这是哪个学校，下学期就转校！"

"绝了绝了，小说里的清冷女主有脸了。"

…………

之后几天，这条视频的播放量还在不断上涨，点赞量更是奇迹般地破了一千万，甚至在其他视频博主的评论区中也有不少人留言说"还是忘不了那个只出现了三秒的女生"。

伴随着视频爆火，其他平台的营销号也纷纷搬运，蹭起了热度。而辛月家门前也开始每天都有娱乐公司的人和周边县城里整天游手好闲的混混跑来找她，这也是同村那些嘴碎的人为什么叫她"大明星"的原因。他们都觉得她会离开村子去当网红或明星，尽管辛月的态度十分坚决，还在门上写了"不签公司，勿扰"的字样，但那些人还是一见她就叫"大明星"，变着法地调侃她。

辛月本就没有要混娱乐圈的打算，那些人折腾了一阵，见她的态度仍然没有松动，便不了了之，但每天还是会有一些游手好闲的小混混在她家门前晃悠，几乎每天她都是翻窗出去的。

好在他们村在山上，离其他村和县城都比较远，会用手机刷短视频的也只村里少有的那些年轻人,不然她连窗都翻不了。

翻窗时,她背的是空筐,这会儿背了满满一筐猪草的她自然没法再翻窗进去,只能走前门。她本以为那群混混也差不多走了,毕竟离黄崖村最近的一个镇子都要两个小时车程,除非那群小混混连饭都不吃,可当她走到前门时,没想到还真有那么几个连饭都不吃的还蹲在她门口等她。

见辛月出现,几个靠在墙边的小混混立马来了精神。为首一个染了黄毛的瘦子拍了拍手,从地上站起来,吊儿郎当地冲她扬了扬下巴,说:"我说大美女,见你一面还真难。"

辛月微抬下颌,冷冷地扫了他一眼,余光瞄到旁边的一个胖子,他正满脸兴奋地掏出手机,对着她就要拍视频。辛月立马拉低帽檐挡住脸。

黄毛见状戏谑出声:"长得这么漂亮,挡啥?"

另一个寸头男也附和道:"就是,别不好意思啊,我们就是来找你拍视频的,你把脸挡上了我们还拍啥?"

说着,那寸头男伸手就要掀辛月的帽子,辛月见状抬起手用力拍开对方:"我允许你们拍了吗?"

她的声音极冷,睨着对方的眼神也极具威慑性,寸头男被她狠厉的眼神逼得后退了一步,在意识到自己竟然尿了后,讪讪地甩了甩腕子给自己找台阶下:"这丫头手劲儿还挺大。"

那个瘦子一副恨铁不成钢的表情,一把把寸头男推到旁边,又往辛月的方向迈了一步,说:"拍个视频而已,又不会掉块肉。跟我们拍完,我们马上放你回家。"说着,他便伸手准备掀辛月的帽子。

眼见对方的手逐渐靠近,辛月眉头一拧,反手握住插在筐里的镰刀。

瘦子见状顿时惊恐地喊道:"你要干吗?!"

旁边的胖子和寸头男直接被她这波操作给吓呆了，趁胖子愣神之际，辛月另一只手夺过他手里的手机，取消了视频录制后又把手机丢给他。

胖子下意识地接住手机，但表情还是蒙的，这期间不过就两秒钟，但他却还停留在前一秒看到辛月握住镰刀的震惊里。

把手机扔给胖子后，辛月转过头来盯着瘦子，挑眉问道："拍视频不会掉肉？你试试会不会掉。"

"哎哟！"瘦子完全没想到辛月是个这么凶悍的，赶紧认怂道："你冷静！"

辛月冷声吐出三个字："给我滚。"

瘦子忙道："我们马上就走，马上就走！"

辛月又扫了眼其他几人，见他们个个面露惊恐，知道他们是群怂包后，辛月指向其他人，喝道："赶紧滚。"

"你们在干吗？！"一个中年男子的声音恰好在这时候传来，男人捡起石头就要朝这几个小混混丢过去，几个小混混见状赶紧跳上摩托车跑了。

男人骂骂咧咧地拿着一块石头跑过来，即便那几个小混混都已经没影儿了，男人还在骂。

"爸。"辛月朝男人喊道。

"他们没把你怎么样吧？"辛隆转头看向辛月。

"没有。"

"进去吧。"辛隆撇了下嘴，把手里的石头丢掉，表情烦躁地等着辛月开门。门打开后，他一边朝院子里走一边又骂了起来："我真是倒了霉，没一天安生日子过。"

"爸，你又去喝酒了？"辛月闻到辛隆身上的酒气，说，"你不是说今天去撬沟？"

第一章 初遇

辛隆闻言一顿，表情不太自然地轻咳两声，道："四点我就撬完了，去喝两口酒怎么了？"

辛月用余光看了眼放在院坝里、没沾一点土的锄头——算了，她懒得戳穿他。

走到厨房门口，辛隆跟辛月说："你去掐两把葱回来。"

辛月"嗯"了声，放下背篓出门去摘葱。

农村里一般都把葱种在家门附近，方便摘。辛月家的葱也就种在家门旁边，这块地是她家和邻居王婶家共有的，一人一半。

辛月正弯腰掐着葱，忽然听到一阵很低沉的汽车引擎声。在黄崖村，除非逢年过节，路上基本看不到汽车，就算是在县城里，辛月也没听见过这种引擎声。出于好奇，辛月掐完了葱也没走。

很快，那辆拥有独特引擎声的汽车驶入了辛月的视线。那是一辆通体漆黑的车，车身线条流畅，蜂窝状前进气格栅极具科技感，车标是一串字母。

辛月以前有个酷爱汽车的同桌，强行跟她科普过好多汽车方面的知识。因此，在蒲县这个小县城的女生里，她绝对是认识车标比较多的，但她不认识这个车标。

正在她试图回忆看能不能想起来时，那辆车在她面前停了下来。

开车的是个中年男人，穿着一件灰色T恤，样式普通，但给人一种很贵的感觉，可能是穿这件衣服的人生得贵气，那人眉眼间还有种不怒自威的气场。

透过前挡风玻璃，辛月隐约能看到后座似乎还坐着一个人，但她也只看见一点白色的衣角。

中年男人冲后座的人说了什么后，率先下了车。那男人身形高大，一出车门显得更加气势凌厉。

辛月第一次见到这样的车和这样气场的人，强烈的好奇心一时间占据了她整个大脑，让她都忘了手里的葱已经够用了，还一根又一根地掐着，就等着后座的人下来。

她想看一看，那又会是一个怎样的人。

也不知过了多久，车子的后座车门终于有了动静。

辛月抬眸，两道视线蓦然撞上。

此时天边还滚着火烧般的云，像一幅色彩浓艳的油画。仿佛工笔描绘的少年站在云下，顾长的身影入了画，风吹起他的衣摆，将盛夏的晚霞衬得愈发热烈。

辛月忽觉有种不真实感，而那人就站在离她两米之外的地方。

他微仰着头，下颌线条锋利，折角分明。透过盛夏炙热的晚风，他一双眼睛微眯着，正看向她。

"呵……"

倏地，一声意味不明的笑声从他嗓子里振出。

"陈江野。"前面传来男人的催促声，"愣着干吗？拿行李。"

陈江野……

还没来得及去疑惑他为什么要笑，辛月莫名地在心里默念了一遍这个名字。

这时他俩还在对视着，丝毫没有陌生人四目相对时的拘束，一个肆意，一个坦荡，双方都毫无顾忌。

又是两秒，陈江野先错开了视线，转身朝着后备厢走去。

满足了好奇心，辛月也不再看他，拿着一大把葱回了屋。

辛隆看着辛月手里那一大把葱，来了火："你掐这么多干吗？当葱不要钱啊！"

"剩下的明天吃。"说着，辛月径直拿着葱去洗。

辛隆撇了撇嘴说："明天都蔫了。"

辛月把葱丢给他，淡淡地说："我不挑。"

第一章 初遇

辛隆被她这话给噎了一下，过了会儿才说："饭就你吃，我不吃？"

辛月瞟了他一眼，说道："就一天能有多蔫？"

辛隆又被她的话给噎住了，他也不知道为啥他家闺女平时不吭不响的，到了拌嘴的时候，他就没赢过。辛隆只能表情愤愤地使唤她道："烧火去。"

这年头好多农村里家家户户都用上了天然气，他们这村除了少数用沼气的，大多数还得自己烧火。

前年村里本来也说要通天然气，黄崖村也没穷到连天然气的钱都出不起，但村里人就是一个个抠搜得不行。附近的村子都知道黄崖村的人因为吃不得一点儿亏连水泥路都没修。

因为修水泥路要占一些人的果树地，原先规划路线的时候，有户人家只被占了一棵树的地方就哭爹喊娘，要死要活的。

没人伺候得起这群事多的人，因此到现在黄崖村也还是土泥路，只是在泥上铺了一层沙石，摩托车碾几下就全是坑，骑那种底盘不稳的电瓶车跑这条路时，人都能颠得飞起来。

辛月点燃晒干的柴火送进灶火门里，柴很快就被烧得噼里啪啦响。

她看着里头烧起来的火，脑海里浮现出了刚刚天边的火烧云，以及那抹挡住了大片云与天空的身影。

陈江野……她又在心里念了遍这个名字。

没别的意思，她单纯觉得挺好听的。

黄崖村的人文化程度都不高，大多数人的名字都很土，就算是在县城学校里的同学名字也不怎么好听。

辛月顺便回想了下陈江野刚刚的那个笑，猜他大概是看过那个视频，还认出了她。

但为什么会是那个反应？

奇怪。

饭做好，辛隆和辛月各自往碗里夹了几筷子菜，然后端着碗出去在院坝里吃。

这里的人大多都有这个习惯——他们不爱在桌上吃饭，就爱在院坝里一边吃饭一边看向远处。辛月家垒着很高的院墙，这会儿门也关着，她只能往高处看。

辛月刚到院子里，抬起筷子正准备往嘴里送饭，余光突然瞟到隔壁二楼阳台上有人影在晃动。

隔壁王婶家的房子是村里少有的自建小洋房，两层楼，阳台从左侧楼梯贯通整个二楼。

今天和陈江野一起来的那个中年男人在一间房门上正安着什么，辛月有点近视，眯起眼睛才看清，那似乎是个监控。

辛月正疑惑他们安监控干什么，陈江野就从那间屋子里走了出来。

陈江野注意到辛月在看他这边，眼神淡淡瞥了过来，有些长的刘海微微遮住了那双深邃又锋利的眼。

辛月脸上一热，匆匆移开目光，不像第一次和陈江野对视那般坦荡。毕竟光明正大地看是一回事，眯着眼睛看又是另一回事。

她把夹起了老半天的饭送进嘴里，嚼了两口后感觉陈江野还在看她，辛月感觉浑身都不太自在，索性进了屋。

辛隆也注意到了王婶家里出现的那两个陌生男人，几下刨完饭就跑去打听是怎么个情况。

大概晚上八点，辛月在屋里听到汽车发动离开的声音。恰好这时候辛隆推门回来，摇头晃脑地说着："哎呀，这有钱人开的车就是不一样。"

辛隆回来喝了两口水，又准备出去晃荡。眼看他要走，辛月没忍

第一章　初遇

住好奇心喊住了他："爸，王婶家那两个人是谁啊？"

"王大娘说是亲戚朋友家的孩子过来住一阵，体验一下乡土风情啥的。"

"那安监控干吗？"辛月又问。

"嗐，人家城里孩子金贵，怕出事呗。"

辛月敛眸，心里觉得不是这么回事。体验乡土风情不该去农家乐吗？跑他们这穷乡僻壤的地方来干吗？

不过辛月也没多想，别人既然不愿意说，自然是不想别人去探究。

第二天，向来天没亮就起床的辛月难得睡了个懒觉。她做了个梦，梦里有漫天的火烧云，美得让人沦陷，不想醒来。

梦里，还有一个人。

那个叫陈江野的男生依旧像昨天那样逆光站在云层下，仿佛极具张力的原画里才会出现的人。

对于才见他一天就梦到了他这件事，辛月并不觉得有什么。昨天的火烧云过于浓烈，而陈江野的皮相又过于好看，那一幕的视觉冲击太大，以至于让她晚上做梦都梦见这件事也不足为奇。

起床煮了碗面吃完后，辛月把一张折叠桌子和一把椅子搬到屋檐下，然后又回屋里拿了几本书和几支笔出来。

她白天一向都是在屋外看书做题，她房间的灯光太暗了。

早上她做完了一张数学试卷，题没什么难度，她准备吃完午饭再做一张。

午饭过后，辛隆扛着锄头出了门。他推开门的时候，辛月瞅着外面一个人影都没有，她深吸了一口气——希望今天能清清静静地看书刷题。

然而，她才刚打开试卷做了一道题，就听见外面传来了摩托车的声音，伴随而来的还有一道嘹亮的男声："诚哥，就这儿，照片上就是这栋房子。"

一听这话，辛月眉头微拧，她知道又有一波混混找上门来了。她拿起事先准备好的耳塞，熟稔地塞进耳朵里，继续埋头做试卷。耳塞足以阻隔门外人说话的声音，但抵不住他们一个劲儿地拿手拍门。

"咚咚咚——"

响个不停的拍门声吵得辛月脑仁疼。

辛月咬牙继续写，以为他们跟之前那些人一样，最多拍个几分钟就会停。结果十多分钟过去了，他们还是没完没了地拍着，像笃定她一定在家一样。

辛月取下耳塞，听见外面有人笑着说："接着拍，别停。"

"虎子，你再拍会儿我就来换你。"

"不是说她脾气暴？怎么还不出来？"

敢情这伙人还去村里打听了她的脾性。

辛月的眼神沉了下去，拳头攥紧。

看这架势，辛月估计她要是不出去，这伙人就会轮换着一直拍门，不知道要拍到什么时候。

这时，外面的人开始朝她院里丢石头，不算小的石头砸得墙面和砖瓦哐啷作响，这要是砸在窗上准能把玻璃砸碎。

辛月家挺穷的，这她不能忍。

她站起来走进屋里把鸭舌帽戴上，去厨房拿了把钝刀别在腰间，出去的时候又捡了两颗地上的石头，一手握一颗，一开门就把左手攥着的石头往前面的人用力砸去。

被砸到肩膀的那个人吃痛地叫了一声，立马毛了。

辛月看向他，问："还砸吗？"

第一章　初遇

那男的一听,脸上换上了副吊儿郎当的表情:"我们不这样,你会出来?"

辛月把右手里的石头抛至左手。

"那别怪我全还你们。"说完,她抬手又将石头扔向另一个人。一声惨叫再次响起。

"诚哥!她不知好歹!"

被砸到的这个人看向他口中的"诚哥",大概是没有"诚哥"的允许他不敢动手。

辛月直直地盯着他,她的眼睛里有绝大多数这个年纪的女生所没有的胆魄和沉静。

被这样一双眼睛注视着,似乎不管她说了多荒唐的话,做了多荒唐的事情,都十分有信服力。

蓦地,一声轻笑响起,传入了每一个人的耳中。

众人的目光反射性投向这声笑传来的地方,包括辛月。

辛月的视野里出现了一个靠在墙边的男生,姿态懒散,唇边噙着一抹笑,纯白色的短袖在阳光下白得反光。

白色是这个村里的人鲜少会穿在身上的颜色,因为不耐脏。

辛月忽然想起,昨天眼前的这个人也是穿着一身白衣出现在她视线里,也一并出现在她梦里。

面前的男人又向前了一步,发觉他的动静,辛月立马将目光收回来。

男人撞上她的视线,迅速转头看向陈江野,抬手指着他骂道:"你看戏呢?"

男人不敢再跟辛月对峙,只好将矛头转向陈江野,也算是给自己找个台阶下,像他们这种人不会想被传出"连个女人都怕"的名声。

陈江野本来是看着辛月,这下才瞥向他,眉梢一挑:"你管得着?"

"我让你看!"

男人过去就要给陈江野一拳。

"啊——啊啊!"

一阵惨叫声响起,不是陈江野的声音。

断断续续的惨叫声从男人大张的嘴里发出——他挥过去的拳头被陈江野攥住,陈江野反手将他的胳膊拧成了一整圈。

"诚哥!"那群人里其中一个瘦子大喊一声,冲过去想帮忙。

陈江野眼皮一掀,"嘭"的一声,瘦子瞬间倒地。

利落地收拾掉两个人,陈江野眼睛都没眨一下,也全无表情。接着,他微微抬起下颌,看向剩下的两个人。那双漆黑的眼,冷戾、不带一丝温度。

顿时,两人不约而同地咽了下唾沫。

他们看出来了陈江野是练过的,显然厌了,而此时的陈江野一只手还揣在兜里,姿态懒散,仿佛刚刚没怎么费力气。

"你们两个愣着干吗?"男人捂着胳膊冲他们怒吼。

他这一喊,陈江野的视线又落回他身上。

男人刚刚被陈江野踹得重心不稳摔在了地上,这会儿正想从地上爬起来,陈江野遂又补了他一脚,力度不轻。

陈江野的动作又快又狠,整个过程也就两三秒。

这两三秒里没人去拉他,所有人都呆住。

辛月也是看得都蒙了,陈江野则站起来,居高临下看着他。

"带着他滚。"

他的语气散漫。

瘦子被吓得不轻,拉起男人就走,剩下的两个人这时候也赶紧过来帮忙。只听几阵急促的引擎声,他们很快就跑没了影。

原地只剩下陈江野和辛月两个人。

第一章 初遇

陈江野见那群混混消失后径直转身走向院坝里的水龙头,拧开水龙头就准备冲手。

辛月从震惊里缓过神来,她朝他喊了一声,跑了过来。离得近了,她看到陈江野关节处确实破了皮。

"伤口是不能碰水的。"她提醒他。

陈江野手上的伤口面积不算小,直接用生水冲的话很容易感染,尤其这还是夏天。

"我家有双氧水,你等我一会儿。"

说完,辛月跑了家里,没管他到底接不接受。

陈江野蹲在原地,微微侧着头,表情看不出什么情绪。

水龙头里的水哗啦啦地流着,半晌后,他抬手关上,起身坐在了一旁的花坛上,手撑着膝。

过了几分钟,辛月抱着一瓶刚开封的双氧水和一叠纱布跑出来。这纱布是今年初她爸骑车栽进沟里伤到肩膀时留下的,她一直用干净的塑料袋包着,现在也还是能用,双氧水也是当时剩下的。

辛月跑到陈江野跟前,跟他对视了一眼后坐在他旁边。

"手抬起来。"

陈江野瞟她一眼,抬起手。

他的手很好看,手指长而细,骨节清晰有力,手背上有青筋凸起,像起伏的山脊,现在沾了血还有种难以形容的艺术感。

"你忍一下。"

"嗯。"

陈江野的喉咙里发出一个单音节。

辛月抬眸看他,见他一点儿也不怕的样子,直接把双氧水泼在了他伤口上方,双氧水顺着倾斜的手背淌下,冲刷掉了不少血迹。

陈江野一声没吭,连眉头都没皱一下。

015

虽然双氧水的刺激性不大，但就算是水直接冲伤口也蛮疼的。

辛月不免好奇："不疼吗？"

"这点儿疼算什么？"

辛月眨了眨眼，没说什么。她拿出一截纱布蘸了双氧水，准备给他擦拭伤口周围。

为了方便擦拭，她很自然地握住了他四根手指。

除了小学时跳操，辛月还从来没牵过男生的手。指尖相触的那瞬间，她感觉似有电流忽的窜起，全身微微酥麻。

她愣了愣，这会儿才反应过来两个人其实并不熟，但碰都碰着了，她想着陈江野应该不会介意，她也不是那么拧巴的人，干脆一把抓紧，方便擦拭。

辛月的注意力集中在陈江野的手背上，所以没有看到他的睫毛颤了一下。

陈江野的眼阔本就很深，浓密而漆黑的睫毛更是让他的眼睛愈发深邃。他眼眸半垂，目光落在辛月身上。

辛月刚刚回去拿双氧水时，帽子不小心碰掉了，她没捡起来戴上。陈江野甚至能清晰地看到她脸上细细小小的绒毛，却看不到一点毛孔，皮肤光滑得像漂亮的白瓷。

蒲县的山水很养人，这里的女生皮肤都挺好，但像辛月这样又白又细腻的皮肤还是比较少的。她浑身都是雪白的，没有一点瑕疵，只眉间生了一颗小小的痣。

他们坐着的花坛旁边有棵树，枝叶很密，并未漏下多少光，可恰巧有那么一缕，落在她眉心的那颗痣上。

陈江野听过这样一句话：

"每一颗痣都在跟你说，吻这里。"

他的喉结上下滚动了一下，半晌，陈江野错了开眼。

辛月很快便将他手背上的血迹擦干净了，然后用纱布和胶带简单地包扎了一下。

"好了。"

陈江野瞄了眼缠在手上的纱布，把手收回，说道："谢了。"

辛月一边拧紧双氧水水瓶的盖子，一边说："该我谢你才对，刚刚——"

"没帮你。"陈江野打断她。

辛月表情一顿。

这哥……挺拽。

她笑了下，说："行吧，那不客气。"

这下轮到陈江野愣了那么一秒。

"拜。"辛月没再和他多说，站起来朝回走。

陈江野抬头看向她的背影，她扎着低马尾，头发遮住后颈，单薄的身影看起来莫名有股韧劲儿。

很快，他收回目光，表情淡淡的，却在转身的片刻勾了唇。

清晨，鸟儿跳上枝头扑腾着翅膀，夏日的微风拂过山间的村庄。伴随着几声鸡鸣，家家户户传出了锅碗瓢盆的声音。

炊烟袅袅升起，云缝里透出的光驱走了天空最后一抹暗色。

辛月吃完饭出门看了看天，天上云层很厚，看不见太阳，迎来送往的风不算燥热，是个难得的阴天。

"爸。"辛月朝屋里喊了一声。

"干吗？"

"昨天天气预报是不是说今天多云啊？"

辛隆也刚吃完饭，拿着根牙签挑着牙从屋里走出来，说："是多云，你又要去拣落地果？"

"嗯。"

落地果就是果树上的果实成熟后落在地上的果子，捡来晒干能拿到城里卖钱。一到夏天，蒲县几乎每个村子的果树林里都能看到很多老人和小孩的身影。

这个暑假，辛月已经拣了不少，把家里拣的拿出来在席上晒好后，辛月戴着帽子，趁这会儿门前没人提着个装肥料的编织袋就出去了。

"中午不用等我。"

辛月喜欢走远一点去山上水库后面的那片果林里拣落地果，那儿清净，林子也密，辛月在里头一上午就拣了小半个口袋。

到了中午，辛月把带出来的饼干吃完后又继续拣，天边开始出现晚霞的时候她才决定往回走。

即使扛着一大袋落地果，她走得也不慢，辛月虽然细胳膊瘦腿的，力气却比很多男人都大，要是换她爸来扛这袋落地果，怕是没走两步就要歇上一歇。

山上风景很好，随处成画。

辛月喜欢边走边四处看，如果看到哪儿冒出了几株漂亮的野花，她嘴角会不自觉流露出几分笑意。

平常她不爱笑，只这山这水才见过她许多笑容。

路过水库，她瞥到对面有抹淡蓝色的身影。水库不大，她眯着眼依稀分辨出对面那人好像是陈江野。

辛月不知道他是不是瞧见了她在看他，只见一颗石子从对面打着水漂飞过来，不偏不倚地在离她只有一米不到的地方沉了下去。

辛月脚步没停，继续往前走着，心里奇怪他怎么会跑这边来。反正也看不清他的表情，她收回目光，却不经意地瞟到了一朵灵芝菌。

灵芝菌只是长得像灵芝，但没灵芝值钱，用它泡过的酒能治蚊虫

第一章 初遇

叮咬。

山上的蚊虫毒性大，一咬就是一个大包，有的还会化脓，又痒又痛，市面上卖的药膏压根不管用，但用灵芝菌泡过的酒一抹，几秒钟就能止痒。

这东西数量少，不是人人都有那个运气碰到。

辛月立马小跑过去。

这朵灵芝菌长在水库边的峭壁上，辛月趴在地上试着够了下，只差一根手指的距离就能够着，但她不会游泳，不敢把身子探出去太多，怕掉下去。

她坐起来看了看四周，发现有根伸向水面的树枝她能借力。

辛月把那根树枝拉过来用力扯了扯，没断，她又像拔河一样抓着那根树枝往后倒，也没断，这下她才放心地抓着这根树枝，身子一点点探出河堤去够那朵灵芝菌。

枝条伸过来的地方离灵芝菌垂直的方向要稍远一些，刚刚她趴在地上需要再把身子探出去多一点点就能够到，但在这边她需要把身子探出去更多。

辛月小心翼翼地抓着树枝，一点一点往外挪，在感觉身子快要滑下去的时候她就赶紧起来。尝试了几次后，辛月终于摘到了那朵灵芝菌。

她心头一喜，绷紧腰腹的肌肉发力准备起身，可就在这时，支撑她腰部发力的那一块地突然塌了。

她的身体本来就斜着，支撑点一塌，她全身的重量猛然下坠，拽着的树枝也因她发力方向的突然改变而被折断。

只听扑通两声，辛月连同坍塌的土块一起掉进了水里。

大脑的意识瞬间被四面八方汹涌而来的水淹没，只剩下一片空白。出于身体本能的恐慌，辛月开始拼命挣扎，双臂挥动着，但这样慌乱的动作不但没能让她浮出水面，还加剧了水灌入鼻腔的速度。

很快，痛苦的窒息感朝她袭来，仿佛死神的双手紧紧扼住了她的咽喉。

她感受到了死亡发出的冰冷讯息。

对于死亡的恐惧让她依旧做着徒劳的挣扎，直到体力在漫长的窒息感中被透支殆尽。

意识开始变得模糊。

不知是不是死前的幻觉，她恍惚间听到了有人跳入水中的声音。

她无法思考，身体已然开始下坠……

傍晚的余晖透过树叶间的缝隙洒在水面上，泛起粼粼波光。

辛月眼前也是同样的景象，四处泛着光。

迷迷糊糊间，辛月还以为自己是在水底睁开的眼睛，直到视线里细碎的光斑散去，她看到一个模糊的人影。那人正朝着他倾过来，看不清的一张脸在她面前迅速放大。大脑此刻还是一片空白，身体却做出了本能的反应——

她抬手就冲着那张脸扇了一巴掌。

"啪！"

清脆的一声响。

扇完那人一巴掌，辛月用手撑着坐了起来后迅速与对方拉开距离。她抬手揉两下眼，视线这才清晰。

然后……

她对上了一双黑沉沉的眼睛。

愣怔了两秒，辛月在心里喊了声那双眼睛主人的名字：陈江野。

"我在救你！"陈江野开了口，嗓音沉冷。

第一章　初遇

辛月心头一紧。

她想跟他说对不起,但嗓子痒得厉害,应该是气管里进了水,没一会儿就剧烈地咳嗽起来,根本没法说话。

她咳了大概两分钟,这两分钟里,陈江野一直看着她,漆黑的瞳孔里燃着暗火。

辛月被他看得心里有些发怵,还没咳嗽完就跟他说:"对……咳……对不起。"

陈江野扯了下唇,说道:"一句'对不起'就完了?"

辛月咳完最后两声,带有歉意地问他:"你想怎么样?你说。"

"记着,欠我个人情。"

辛月点头,说道:"行。"

"还有……"

陈江野盯着她,那双眼睛在浓烈的夕阳下漆黑如深渊,一眼望进去,是无尽的下坠感。

辛月被那双眼睛定在那里。

倏地,他抬手一把将她拉到跟前。

"耳光不能白挨。"他语气发狠。

"你想干吗?!"

这会儿他眼底反而没了那股狠劲儿,表情淡淡地说:"欠我两个人情,和再亲你一次,你选。"

"再?"辛月瞳孔骤缩。

陈江野嘴里发出一声短促的笑:"人工呼吸不算亲?"

辛月睫毛一颤,脸瞬间红透,大脑却是短路的状态。等意识空白过这几秒,她感觉到了脸上的灼热,忙将头偏到了一边,不去看那双透着恶劣的眼睛。

她深呼吸了两口,让自己冷静下来,过了会儿才说:"算我欠你两个人情。"

陈江野没说话,沉沉的视线落在她还沾着水珠的睫毛上。她的睫毛长而密,看起来极为细软,在夕阳下呈现淡淡的金色,漂亮得让人想拨一拨。

"现在可以放开我了吗?"

辛月有些不悦地瞟了陈江野一眼。她还是有些不敢直视他。

陈江野不轻不重地"嗯"了声,然后松开她。

辛月赶紧撑坐起来,薅了薅头发,把沾上的杂草扯下来。她有些郁闷,虽然是她不对在先,但他故意报复搞这么一出,她还是心头不爽。

陈江野明知道她会选欠他两个人情,他还那样捉弄她。

想想更不爽了。

可不管怎么说他都救了她的命,她最多只能给他个白眼。辛月刚一转头,眼前突然被一片蓝色蒙住——陈江野把他的衣服脱下来罩在了她头上。

"穿上。"他低沉的声音从头顶落下来。

陈江野的衣服是很有坠感的那种面料,湿了也不会完全贴在身上,衣服也长,能遮住她半截大腿。

穿好衣服,辛月等脸上的温度稍稍降了些才转头看向陈江野,跟他说:"谢了。"

陈江野把衣服给了她,身上只剩一件单薄的短袖,刚沾了水,现在几近透明。

他应该有经常健身的习惯,身上全是紧致的肌肉,肩胛骨微微突出,两根锁骨极为漂亮,下方的胸肌与腹肌均匀地贴在骨骼上,线条起伏流畅,十分好看,偏偏他的皮肤还白得令人晃神,整体看上去兼具少年感又并不单薄。

第一章 初遇

陈江野看着辛月红得像浆果似的脸，眉尾微微挑着，眼睛里却瞧不出什么情绪。

辛月有些害臊地移开目光，瞥到地上的那朵灵芝菌，她震惊于自己就算落水也没把灵芝菌给丢了，连忙蹲下去捡起来。

"你就为了摘这东西掉水里的？"陈江野问她。

"嗯。"

"这是什么东西，灵芝？"

辛月摇头，说道："是灵芝菌，不是灵芝。"

陈江野"啧"了声："不是灵芝你非得摘它干吗？"

辛月正要回答，余光恰好扫到他手臂上的几颗红疹子，就指着他手臂上的红疹子说："像你手臂上的这种包，用这灵芝菌泡的酒抹两下就能消。"

陈江野狭长的双眼微眯了一下，问道："需要泡多久？"

辛月："半年。"

陈江野的眉头皱了起来，他挠了挠手臂上被蚊虫叮的包，问："你家有已经泡好的吗？"

来这儿之后，但凡是他没用衣服遮住的地方，都被蚊虫咬了包，又痒又痛。以前他也不是没被蚊子咬过，但只是痒不会痛，而且没多久就消了，而他来这儿被咬的包，第一天什么样，现在还什么样。

辛月知道他什么意思，说道："有，我回去拿给你。"

陈江野"嗯"了一声。

把灵芝菌揣进兜里，辛月弯腰把装落地果的袋子扛到肩上。

陈江野刚刚就见识到了她的力气，劲儿不小，但见她可以轻轻松松地把这么大一袋东西扛了起来，还是有些微微吃惊。刚刚他把她救起来的时候，为了挪位置，踢了一脚这袋东西，一脚还没踢动，显然里面装的东西是很沉的。

"里面装的什么东西?"

"落地果。"辛月猜他不懂什么是落地果,于是补充道,"就是树上掉下来的果子。"

"你拣这个干吗?"

"能卖钱。"

"能卖多少?"

"一两千。"

陈江野挑眉问道:"这一袋能卖一两千?"

辛月笑了下:"这袋最多能卖五十。"她掂了掂肩上的袋子,迈步朝前走,"天要黑了,我们赶紧回去吧。"

陈江野抬头看了眼天,然后从兜里拿出手机想看看时间。

于是,辛月就看见他从兜里掏出了个还在滴水的手机。

辛月看他手机这样子肯定是没法用了,想着他是因为救自己才让手机进了水的,于是说道:"我赔你一个吧。"

陈江野把手机重新揣回兜里,说:"不用。"

"可是——"

"说了不用。"

辛月才说了两个字,陈江野就打断了她,语气很是不耐烦,辛月便没再说什么。

两人一前一后往村里走。

夕阳陷落得很快,他们走到村里的时候,天已经黑得快看不清路了。到了家门口,辛月停下来转身对陈江野说:"你等我会儿,我进去给你拿药酒。"

"嗯。"

辛月掏出钥匙开门进去,她爸爸又不知道去哪儿晃悠了,没在家,地上晒着的落地果也没给收。她深吸了口气,把肩上的袋子放到地上，小跑着进屋给陈江野拿药酒。

她出来的时候，陈江野正插兜站在门口。

"给你。"辛月把瓶子递给他。

她家装酒泡酒用的是普通的矿泉水瓶子，泡过灵芝菌的酒是褐色的，原本白色的瓶盖都被染得黑黢黢的，看起来挺脏的。

陈江野倒也没嫌弃，一把接了过去。

"对了，"辛月突然想起来，"衣服我洗干净了还你吧。"

陈江野点下头转身就走，只是没走两步就停了下来，回头问她："你们这儿哪儿有卖手机的？"

"手机要县城里才有卖。"

"你认识路吗？"

"认识，但很远，得先骑车到镇上，再赶客车。"

陈江野瞄了眼辛月家院子里的那辆老式摩托，问："你爸爸明天用车吗？"

辛月："应该不用。"

"那借我骑一次。"

"行，那明天我们早上去？"

陈江野想也没想就说："我要睡觉。"

辛月提醒他："从这儿骑车到镇上要两个小时，再坐车到县里要一个小时，下午去就意味着我们至少要晒四个小时的太阳。"

辛月的皮肤是不容易晒黑的那种，就算晒黑了冬天也能白回来。她倒不是怕晒黑，只是晒四个小时的大太阳，确实有些难熬。

"而且，下午可能会有混混跑过来，我出不出得了门都不一定。"

陈江野"喊"了声，像是完全不担心的样子，但他思考了两秒后还是说："明早上你来喊我。"

"好。"

第二天。

鸡刚打鸣辛月就起了，吃完饭也才六点多。

她是看了会儿书才去叫陈江野的，她想让陈江野多睡会儿。她昨晚起夜的时候专门来院子里瞧了隔壁一眼，陈江野住的那间房凌晨两点了还亮着灯。

王婶家没有砌院墙，辛月是站在院坝里叫他的。

"陈江野。"

王婶听见声音从屋里出来，说道："他还在睡呢。"

辛月："我知道，就是他让我叫他起来的。"

王婶微微睁大眼睛，有点好奇这两个看起来都冷冰冰的人是怎么这么快玩到一起的。

"我家门还挺隔音的，你上去叫他吧。"

村里的邻居一般来往都密切，辛月去过王婶家很多次，既然王婶都这么说了，辛月就直接进去了。

一进门，辛月吓了一跳——王婶家里装满了摄像头。

辛月在原地站了会儿才心有余悸地朝楼上走，对着这满屋子的摄像头，她浑身都不自在。

上了楼，辛月从阳台走到陈江野的房间门口，抬手拍门，喊道："陈江野，起来了。"

她把门拍得直响，陈江野没一会儿就给她开了门。他顶着个鸡窝头，眉间的沟壑深得能夹死一只蚊子，眼睛也是一副睁不开的样子。

辛月愣怔地眨了眨眼，发现他就算这样子都帅得没边。

"几点了？"陈江野问她。

"八点，你收拾下就可以出发了。"

陈江野深吸了一口气，抬手薅了薅头发，有些烦躁地说："你下去等我两分钟。"

"我在我家院子里等你,你弄完直接过来就行了。"

辛月收回忍不住朝他身上溜过去的目光,转身下楼。

在院子里等了一会儿,陈江野过来了。他穿着件灰色短袖,是那种水洗扎染的做旧复古风,这种款式容易显得人有些丧,但不知道为什么,在他身上看起来竟十分干净利落。明明他本身就有些丧丧的厌世感,现在还一脸没睡醒的样子。

陈江野身上这种矛盾的气质实在让人挪不开眼,除了那股丧丧的厌世感,更多的是痞劲。他走路的时候肩膀松松懒懒的,单手插兜,步伐散漫。

看着他一路走过来,辛月突然琢磨明白了为什么同样是一副懒散样,那些来堵她的混混看起来就十分猥琐,而陈江野就是绝大多数女生都喜欢的那种痞。除了脸跟穿搭的影响,她觉得主要还是陈江野没有勾腰驼背的原因,他不管姿势有多松垮,背脊始终是直挺挺的,整个人又高又直。

"等我出去抽根烟。"陈江野刚进院子又走了出去。

他站在墙边,从兜里掏出烟盒,抽出一支叼进嘴里,把打火机在手里抛了下,侧头点烟,火光骤然照亮他漆黑的瞳孔。

两分钟后,陈江野抽完烟走进来。

"你不吃早饭吗?"辛月问他。

陈江野眼皮微微掀起看向她,说道:"我从来不吃早饭。"

"不吃早饭容易低血糖。"辛月好心劝告,但听不听随他。

陈江野:"哦。"

看来是不听了。

辛月也不多说,扬起下巴指了指旁边的摩托车,说道:"走吧。"

陈江野走到那辆摩托车前。昨晚天黑他没看清,只知道是辆老式摩托车,现在才发现这辆摩托车不仅老,还破,前照灯都碎了,后视镜跟车轮盖也是用胶布缠上的，坐垫上破了几个大洞，露出里面黄色的海绵，车轮上到处都是泥浆。整辆车看起来比报废了两年的还旧，还破。

"你确定这车能骑？"他皱着眉回头看向辛月。

他没见过破成这样还能骑的车，辛月表示理解。

"我爸爸前两天才骑着去镇上买了东西。"

陈江野没再说什么，转头过去在车前站了会儿才跨坐上去。

老式摩托车需要脚蹬启动杆才能打上火，陈江野大概是没骑过这种脚蹬启动的摩托车，用力踩了十几下才打上火。不过这里面还是车的原因占得比较多。

陈江野脾气不太好，换作是家里的车，他早就把车摔了。

"上车。"

摩托车终于打上火，陈江野的耐心也已经耗尽，语气很是烦躁。

"你先骑出去，我锁门。"

陈江野"啧"了一声，拧动油门出了院子，在外面等她。辛月锁上门后，走到他旁边，踩着脚踏板跨坐上去，手抓在摩托车后座上的铁架上。

"抓稳了？"陈江野看起来一脸不耐烦的样子，但还是问了一句。

辛月她爸载她时从来不会问这个，感觉她坐上来了就直接拧油门，有一次直接把她甩下了车。后来，他便问了几次，然后就又忘记了。

"抓稳了。"

陈江野拧动油门，摩托车顺着蜿蜒的路驶向山下。

早上的山风很凉快，阳光也柔和。辛月取下帽子，双手撑在车后的支架上，仰起头，闭上眼睛深吸了一口山间清新的空气。凉丝丝的空气入肺，带着一缕烟草的气息，大概是风把陈江野身上的味道捎了过来。

辛月微微一怔，睁开眼看向前面的陈江野。他身上的味道淡淡的，蛮好闻的。

路很陡，辛月就算牢牢抓着摩托车后座的架子，还是被颠得屁股都离了座。她是早就习惯了，只是有点担心陈江野不习惯，刚上路她就提醒了他出村后骑慢点。

他们村在山上，出了村子的路旁边基本都是很高的坎，如果骑得太快时遇到一个坑，很容易直接飞出去。

"陈江野，你骑慢点。"

出了村，陈江野完全没有减速，辛月再次提醒，而陈江野依旧骑得飞快。

辛月的心一下就悬了起来，赶紧朝他喊："陈江野你慢点！我没跟你开玩笑，容易出事的！"

"已经很慢了。"陈江野的声音从前面传来，但风刮得呼呼响，辛月没怎么听清。

"你说什么？"

陈江野重复一遍："我说已经很慢了。"

辛月还是没听清。"啊？"辛月又喊了一声，"你再说一遍！"

山上的人交流基本靠喊，从小在这儿长大的人都练得一副大嗓门，挨得近的时候，这样的喊声能震得人耳膜疼。

陈江野眉头一皱，直接捏住了刹车。

他车速本来就快，这猛地一记急刹，巨大的惯性让辛月的身体猝不及防地撞上陈江野的后背。陈江野停车是不想听她大喊大叫，只是未曾想到辛月会猛地撞上自己的后背。隔着单薄的布料，触感极为清晰。他眼神一沉，一时间没有说话。

还是辛月先出的声："你干吗？"她的语气颇有责怪，刚刚那一下撞得她疼死了。

陈江野眼眸微抬，半侧过头对她说："我骑摩托跑过山路，你别喊了，我说我骑得够慢了。"

他以前骑的是正儿八经的山路，完全没有经过人工修建的那种。黄崖村这条路虽然还是泥巴路，但只是有些坑，不算窄，也没有嶙峋的岩石，坡度也不高，对他来说完全是小儿科。要不是这车太旧，他还能骑得更快。

"知道了。"

辛月胆子不小，既然他这么说了，她也就不管了。陈江野似乎能给她一种莫名的安全感，哪怕他们才认识两天，但只是这两天她就已经见识到了他的厉害。

毕竟在灵芝菌的那次，他于她来说，算是有救命之恩。

陈江野确实是有点儿技术在身上的，他只用了一个小时多一点的时间就安全到达了镇上。

"车停哪儿？"

"前面那家卖农药的。"

辛月给他指了方向，陈江野载着她骑了过去。

下车后，辛月跟店里的老板打了声招呼："刘叔，车停你这儿一下啊。"

刘叔跟辛月寒暄道："要去街上？今天不是赶场天哪。"

"去买点儿东西。"

"去吧，你老爸这车也没人偷。"

辛月冲他招了招手，走向陈江野。

"'赶场天'是什么意思？"陈江野问她，说实在的，这边有些话他着实听不懂。

辛月一时间还不知道该怎么解释，想了会儿才说："'赶场'就是

第一章 初遇

赶集的意思,我们这边三天为一场,赶场天的时候商贩要多一些,东西也要便宜一些。"

陈江野转了下眼,他没想到都这年头了,竟然还有这种说法。

"走吧,去赶车。"

辛月在前面带路,不时地回头看陈江野有没有跟上。第二次回头的时候,辛月注意到他头顶立起来了一撮呆毛,像天线宝宝头顶上的天线一样,跟他冷拽的气质很违和,看起来有点滑稽。

辛月忍不住笑了下,不过是回头才笑的,陈江野没看到。

他们从这儿走到车站的一路上,几乎碰到的每个女生都会看陈江野,脸上带着笑,也不知道是因为他太帅犯了花痴,还是笑他头上立着的那一撮呆毛。陈江野估计习惯了女生投来的目光,并没有注意到有什么奇怪的地方。

到了车站这撮呆毛依旧坚挺。辛月没有跟他说,他们又不熟。

买完票,没一会儿车就来了,算蛮幸运的,辛月之前去县城,有时候要等一个小时的车。

辛月和陈江野一前一后上了车,辛月找了个靠窗的座位坐下,正要回头准备问陈江野是要坐她旁边还是自己找座位,结果她看他愣在过道上,眉头皱得老紧,喉头还不停滚动,一副要吐出来了的样子。

辛月猜他这种城里来的大少爷肯定嫌车里的味道难闻,但这会儿其他靠窗的座位也迅速被其他人占了,她只好站起来指了指自己的座位跟他说:"你来坐这儿。"

陈江野犹豫了会儿还是坐了过去,这车里的味儿熏得他快吐了。一坐过去,他立马把窗子开到了最大,把头探出去猛吸了几口窗外的空气。

辛月见他这样,抬手戳了戳他,问道:"要不要我去向司机要个塑料袋给你拿着？"

陈江野知道她什么意思，说道："不用，我不晕车。"

车子这时缓缓启动。

"那你实在不舒服的话跟我说。"

辛月把身子转过来靠在后面的靠椅上。她没有手机可以玩，每次坐车就只是闭着眼睛休息，闭眼之前她瞄了陈江野一眼，陈江野的身体还朝着车窗那边。

客车从这儿驶向县城一般要上一段高速，如果不走高速那得开两个小时才能到县城。

在一个岔路口，辛月听到有人对司机说："今天怎么不走高速啊？"

"今天高速封了。"

这还是辛月第一次碰见客车不上高速的情况，她没走过另一条路，有些好奇，于是睁开了眼睛。

窗户这会儿大敞着，陈江野没在窗户前了，正靠在椅子上闭着眼睛睡觉，只是眉头皱得还是很紧。辛月的目光在他身上停留了一会儿，然后投向窗外，看了十多分钟后才又闭上眼睛。其间，她看到陈江野换了好几个姿势，好像怎样都不舒服。

辛月在车上一般睡不着，今天难得有点睡意，正要睡着的时候她感觉肩膀上压上来了个毛茸茸的东西，吓得她猛地睁开了眼睛，低头一看——

陈江野把头靠在了她的肩膀上。

辛月看他闭着眼睛，觉得他应该是睡着了。她知道他嫌车里的味道难闻，连她这种经常坐的都嫌弃，在这种味道里还能睡着也是挺不容易的，她本来不想推开他，免得把他弄醒，但他的头发被外面的风吹得一直在挠她的脖子，怪痒的。

第一章 初遇

想了想,她还是准备把他推开,然而,她才刚动了动肩膀,一个声音突然响起:

"别动,我要吐了。"

第二章 悸动

陈江野是真快吐了。

他长这么大还是第一次晕车，胃里翻江倒海的，头也晕得要死，这感觉比他高烧到40度的时候还难受，因此他怎么换姿势都不舒服。

直到一个颠簸让他头滑下去靠在了辛月的肩膀上，他突然感觉好多了，像是在无处落脚的太空里终于找到了个支点。

辛月以前也晕车，知道晕车时如果找到个舒服的姿势就会觉得好很多，可她不喜欢被人这样靠着，而且他的头发真的挠得她很痒，但凡陈江野不是昨天才救了她一命，她绝对立马推开他，然后去找司机要个塑料袋让他自个儿吐，她才不想冒着被吐一身的风险当别人的靠枕。

幸好，陈江野直到下车也没吐。

"等我缓一会儿。"

下了车，他就在路边双手撑着膝盖，弯下腰来。辛月在他旁边一边揉着肩膀一边等他。

过了会儿，她问他："你还难受吗？"

陈江野没吭声。

辛月又等了两秒，说道："我去给你买瓶水吧。"

"不用。"陈江野深吸了一口气站起来，薄唇抿成一条线，"卖手机的在哪儿？"

辛月指了个方向，说："那边。"

"走吧。"

陈江野径直朝那边走去。辛月在后面看他步子迈得还挺大的，眨了眨眼，跟了上去。

陈江野找了家最大的营业厅进去，问了问现有机型后，他很快选了一部手机。他原来的手机完全报废了，他是把电话卡插到新手机里才付的钱。

看着陈江野行云流水般付款的动作，她敛眸，问陈江野："几点了？"

"一点。"

"去吃饭吧。"

"嗯。"

出了营业厅，辛月扶了扶帽檐说："想吃什么？我请你。"

陈江野斜眸看了看她，接着头偏过来，问道："用请吃饭的方式还我人情？"

辛月笑了下："不至于。"

手机钱他没让她出，她连饭都不请他吃实在说不过去。

陈江野扯了扯唇："你们这儿能有什么吃的？"

辛月乜他一眼："是没你们大城市的东西好吃，但也能吃，好吗？"

"你怎么知道我是从大城市来的？"

辛月撇嘴道："我还没瞎。"说完，她径直朝前走，"爱吃不吃，不吃拉倒。"

陈江野在原地站了两秒，单手插兜看着她。他的手臂劲瘦白皙，能明显看到上面的青色血管，他的食指在兜里轻点了两下，眼睛里看不出什么情绪。

片刻，他把头侧到一边，嘴角似乎扬了一下，抬腿跟上辛月。

正值盛夏，太阳明晃晃地挂在空中，窄窄的街道上汽车和电瓶

第二章 悸动

车、摩托车同行,汽车不耐烦地直按着喇叭,鸣笛声中混杂着孜孜不倦的蝉声。

在太阳底下走了十多分钟,辛月带着陈江野到了一家饭店门前。这家饭店的装潢不怎么起眼,但都这个点儿了里头的人还不少。

找了个空桌坐下后,辛月把菜单递给陈江野,说道:"既然是请你吃,那你点。"

陈江野也没客气,接过菜单瞄了眼,身子往点菜员那边斜了斜,方便她记菜,手指在菜单上点:"这个、这个、这个……"

短短几秒钟陈江野就说了七个"这个",听得辛月肉疼。她不自觉地摸了摸揣着钱的裤兜,心想幸好今天几乎把存的钱都带出来了,不然都不够这位大少爷吃的。

这家饭店的味道在蒲县是出了名的好,上菜速度也快,没一会儿就端上来了四五道。菜全上齐后,辛月用眼神数了数,九个菜,还全是荤的。她看着这一桌子大鱼大肉,想到每次去王婶家看到他们吃的菜,心里顿时了然。

王婶家算是村里很富足的了,女儿也争气,在大城市上班,但他们家节省得像是油都买不起一样,做菜也很少放油,清汤寡水的,辛月难以想象陈江野这种城里来的大少爷这几天是怎么过的。

农村里的坝坝宴在他们这儿叫作"九大碗",早些年也真的就是九个菜,现在一般是十几二十几个的菜式,不过就算是村里最有钱的人家办九大碗,荤菜也没他们眼前的这么够分量。

辛月已经很久没去吃过"九大碗"了,她不喜欢那种场合,今天算是沾了陈江野的光,不然她觉得可能未来五年她都不会吃上一顿这么好的饭菜。

两人都没见外,互相看了对方一眼后开始动筷。

很奇怪,明明两个人还不算熟,就算不说话,坐在一起吃饭也没有半点尴尬的气氛,仿佛安静吃饭不说话是他们彼此之间的默契。

吃到一半,陈江野率先打破彼此之间的沉默,说道:"我出去抽根烟。"

辛月点了点头,过了几分钟,陈江野回来了。

注意到她夹着片肉却迟迟不送进嘴里,问她:"怎么了?"

辛月回神道:"没什么。"

她把这片肉放进嘴中嚼碎咽下去后放了筷子,说道:"我先去把账结了。"

陈江野往嘴里丢着花生米,说:"我已经结了。"

辛月疑惑地歪头问:"不是说我请?"

陈江野继续吃着花生米,声音没什么起伏地说:"你有钱?"

辛月微微挑眉,还是歪头看着他,她不太喜欢这种大男子主义的行为,什么钱都不让她出,她心里怪不是滋味的,有种欠着他的感觉。

陈江野像是看出来了她的心思,瞟了她一眼说:"你要是觉得不好意思,那算欠我三个人情。"

"才不要。"

辛月连一秒钟的犹豫都没有,直接拒绝,虽然是已经欠着他了,但还是能少欠一点儿是一点儿。

陈江野本来以为她会答应的,见她拒绝得这么快这么干脆,愣了一秒,唇角要扬不扬的。

辛月看他回来后都没动筷子,问他:"你还吃不吃?"

"不吃了。"

辛月扫了眼桌上被他们吃得没剩多少的九个菜,眼底泄出些笑意,支着下巴问陈江野:"这儿的菜还算能吃吗,大少爷?"

陈江野听着她故意拖得老长的最后三个字,眼皮挑了挑,没出声。

辛月抿唇憋住笑,岔开话题:"你还有什么要买的东西吗?"

"有。"陈江野抽出两张纸擦了下嘴,"我们去趟超市。"

陈江野在超市买了几大袋泡面跟饼干,看这架势,他恨不得把超市里能吃的东西全打包了。

辛月有点好奇,问他:"你这两天不会都没吃东西吧?"

"他们做的那是人吃的?"陈江野说这话的声音带了点儿咬牙切齿的感觉。

辛月忍不住笑起来:"所以你真的什么都没吃?"

陈江野斜了她一眼:"三天不吃饭,狗都饿死了。"

"那你吃的什么?"

"我带吃的了。"

辛月轻笑一声,这人还挺有先见之明的。

陈江野结账时,辛月在外面等他。等他结完账走出来,辛月正转身要走,却见他在路过一个有些反光的墙面时突然停了下来,表情变得有点不爽。

辛月猜他应该是看到了自己头上那撮立得直直的呆毛。很快,他就面色如常地朝她走了过来。

辛月以为他不在乎,结果他在一家饰品店前停了下来。

"帅哥要买什么?"老板娘立马过来招呼。

陈江野没说话,面无表情地走到了摆放鸭舌帽的地方。

"买帽子啊,"老板娘很是热情,拿下一顶帽子递给他看,"这顶好看。"

陈江野看了眼,说道:"我自己选。"

然而当他看完这里为数不多的十来顶帽子,他有点崩溃。

十来顶帽子里有八九顶上面的标志都是仿的,剩下的不是粉色就是绿色，要么是大红色，唯一一顶还算正常，可……这顶帽子跟辛月头上戴着的那顶一模一样。

他正盯着那顶帽子看，老板娘眼尖，立马把那顶帽子拿了下来，说道："就这个嘛，多好看，还跟你女朋友的是同款。"

…………

辛月看着陈江野戴着跟自己一模一样的帽子出来的时候，表情很平静。她知道他为什么选这顶。

虽然她没有手机，也不网购，但他们这县城里的教学器材不算太差，中午休息完后，班上就会放维密走秀视频和一些国外模特的街拍合集，用来提神，效果还非常好。

看多了这些街拍，她自然也就认识了一些品牌的标志。

"还买什么其他的吗？"她问。

看着她一脸平静的表情，陈江野的舌头在牙齿上绕了一圈，最后顶了顶口腔左侧，半晌，他开口："你不问我为什么买这顶？"

"我知道里面都是山寨货。"

陈江野"喊"了声，像是觉得有些扫兴般抬起两根指头拍了下帽檐。

两人开始往回走，路上依旧有很多人看他们。很多女生从他们身边路过后都会立马激动地跟旁边的姐妹议论。

"那男的好帅！女的虽然看不到长啥样，但感觉也挺漂亮的，我再瘦十斤都没那么漂亮的下颌线。"

"戴情侣帽是真的会有夫妻相欸。"

"我们这儿还有这么帅的？可惜有女朋友了，呜呜。"

有些女生才刚刚跟他们擦肩而过就开始叽叽喳喳了，辛月听到了一些她们的对话内容。她感觉他俩这样比陈江野头上顶了撮呆毛还招眼，至少刚刚陈江野没戴帽子的时候没人看她。

第二章 悸动

辛月把帽檐压得更低了些，怕被人认出来。

又路过一个眼神不停在他们之间切换的女生，辛月真希望陈江野能把帽子摘了，帮她转移下火力。于是，她轻咳了一声说："我以为你不在乎那撮头发。"

要是他说不在乎，她就让他把帽子摘了，要是说在乎就算了。

没想到陈江野既没表态说在乎也没表态说不在乎，而是问她："为什么？"

辛月心想：拽哥不是应该不在乎这些表面的东西吗？

只是这话不好直说，拽也不是个好词，人家也没说自己是拽哥，是她自个儿给人家贴的标签。

"你看起来挺……"她想了会儿后找到了个还算贴切的词，"挺不拘一格的。"

陈江野只回了一句："那你眼神不太好。"

辛月：……他真的很拽。

陈江野其实真的不太在乎形象，只是头上顶着这撮毛确实让他心情有点不爽，看上去太呆了，所以当看到有卖帽子的店就进去了。

他做什么都只凭心情。

本来他不是一定要买一顶帽子的，在看到那些山寨货的时候，他已经完全没了买帽子的心情，但看到这顶和辛月头顶上戴着的一模一样的帽子时，他又突然就想看看，等他戴着这顶帽子出去，辛月会是什么表情。

结果没想到，她完全没有表情。

这个人，还真是事事出乎他的意料。

他微微仰头，越过遮住视线的帽檐看向辛月。

夏日强烈的阳光从云层里洒下来，被帽檐阻隔，落不进他的眼睛里。那双黑沉沉的眼睛，似乎没有帽檐的阻隔，阳光也照不进，要靠得极近，才能依稀在他漆黑的瞳孔里分辨出一抹人影。

此时蝉声聒噪，道路两旁的树木枝叶葱绿。

盛夏才刚刚开始。

时间不算早了，陈江野不打算再买其他东西，两人朝着车站走去。

车站外面有个小超市，他们路过时有人走了进去。

"来瓶可乐。"里面传出的声音让辛月下意识回头瞟了收银台处一眼。

这种小超市的收银台上一般都摆着很多口香糖和薄荷糖，在超市外就能看到。再平常不过的一幕，辛月走着走着却突然停了下来。

陈江野瞥见她停下，问她："干吗？"

辛月转过来看向他说："你在这儿等我一会儿。"说完，她往回小跑了几步，进了超市。

陈江野找了棵树靠着等她。

两分钟后，辛月从超市里出来，走到他跟前，朝他伸出手，说："给你。"

她手心里是一盒白桃味的薄荷糖。

陈江野没接，问道："你买这个干吗？"

辛月："你不是晕车？"

陈江野眼皮一掀："吃了这个能不晕？"

辛月："你可以吃也可以不吃。"

陈江野皱眉，不明白她是什么意思。

"你不是晕那车上的味道？"

陈江野一副"你怎么知道"的表情。

辛月看出来了他的疑惑，解释道："你不是说你不晕车，结果又晕了，除了是晕车上的味道还能是什么？"

陈江野挑起一边的眉毛："所以？"

辛月打开薄荷糖的盖子，将他挂在裤兜边的手拉起来，把装有薄荷糖的铁盒塞进他手里，说："到了车上你拿着这个闻，应该就不会晕车了。"

陈江野低眸看着手里的铁盒子，里面装着淡粉色的薄荷糖，表面裹了层白色的糖霜。

半晌，陈江野的视线从盒子上移到辛月脸上，一根手指把盖子盖上，喉咙里发出一个"嗯"。

辛月说的这个办法确实有效，回去的路上陈江野的确没晕车。

到了镇上，陈江野骑摩托载着辛月回黄崖村，上车前他把帽子给了辛月，让她拿着，不然骑车时，帽子戴在头上很容易被风吹飞。

辛月坐上车后也是取了帽子的，所以蹲在辛月家门口的一个男人远远就认出了她。他立马收起了自带的折叠小板凳，站起来等她。

这个男人大概二十多岁，穿着白色短袖、潮牌运动鞋，一看就是跟陈江野一样是从城里来的。

辛月几天前见过这个男人，那天他跟了她一下午，就为了让她签他们公司。

辛月从摩托车上下来，对那男人说的第一句话就是："我已经说过了，我不签公司。"

男人脸上露出职业假笑："你先别急着拒绝，我知道上次报的价是比别家低了，这次——"

"不是钱的问题。"辛月打断他。

男人不解："那是什么问题？"

辛月没急着回答他，她看了眼后面还坐上摩托车上的陈江野，掏出钥匙把门打开，然后对陈江野说："你先进去。"

这会儿男人也注意到了陈江野,两眼放光地上下打量着他。

陈江野也没有听他们谈话的兴趣,拧动油门就进了院子。

辛月看到了他的眼神,等陈江野一进院子就把门拉上了,挡住了男人的视线。

男人讪讪笑了两声:"现在可以说了吧?"

辛月淡淡开口:"我马上要考试了,不想分心。"

男人"嗐"了一声:"我还以为什么事呢。"他开始一本正经地胡扯,"都说'知识改变命运',但现在有个大好的机会摆在你面前,你不心动?比一般人少走很多路就能轻松赚钱,你不接受?"

辛月打断他,定定地看着他说:"对于有些人而言,活着不是为了赚钱。"少女声音沉冷,目光坚定。

男人愣住。

话已至此,辛月不想再跟他多说,推门进了院子,直接把门甩上。

"你把门关了,我怎么出去?"

辛月抬眸,视线对上懒懒地靠在摩托车上的陈江野。

她眨了眨眼,走到他面前低声跟他说:"你等会儿再出去吧,他估计也看上你了。"

陈江野"呵"了声,表情满是不屑,径直起身朝外面走去。

那个男人此时还站在外面,看见陈江野出来,眼睛顿时一亮,忙忙掏出名片朝他递过去:"同学,咱谈谈可以吗?"

陈江野垂眸,看向他手里的名片,拿过来瞄了一眼,然后手指一弹,丢在了地上。

"欸,你!"

辛月在里面听到声响,想着出去看看情况,头探出门框的那一秒,她刚好看到陈江野冷冷地对那个男人说:"别再让我看见你。"

辛月表情一怔，她看了看他，又看了看那个男人落荒而逃的身影，一时间不知道该不该对陈江野说声"谢谢"。

她总觉得她要是说了，陈江野估计又要来一句"没帮你"。

然而这个念头出现后，辛月突然就想试试看。于是，她说了声："谢谢你帮我弄走他。"

"没帮你。"

果然……辛月也不知他是客气还是怎么的，但他似乎又不像是个会跟别人客气的人。

辛月来劲儿了，问道："那你这么恐吓他？"

陈江野吸了口烟，头侧到另一边呼出，语气有些烦躁地开口："想让他早点闭嘴走人。"

辛月这才想到，陈江野要是不这么干，那男的绝对要跟他扯上老半天。确实是她自作多情了。

她再次在心里给陈江野加了个标签，这人不仅是个拽哥，还是个狠人。

"给。"她原本出来也是想给他帽子的，"帽子。"

陈江野接过来戴在头上，然后转身要走，但又顿了顿，最后视线越过辛月的肩膀看向她背后门上写的"不签公司，勿扰"几个大字。

"你写这有用？"他突然问。

"有一点儿。"说完，辛月反应过来，"那你说写什么好？"

"已签公司。"

辛月不解："那要是别人问我签了什么公司呢？"

"你就说是星娱传媒的李婉找你签约的。"

辛月有点蒙，问道："你认识这个人？"

陈江野"嗯"了声，抖了抖烟灰后拿出手机拨了个号码。

电话很快接通。

"喂。"那头响起一个中年女人的声音。

"姑,李婉还在你手下吧?"

"在,怎么了?"

"那你跟她说一声,要是有人问辛月是不是被她签走了,你让她说是。"

"辛月是谁?"

"最近很火的那个视频里的女生。"

那头愣了两秒,然后笑起来:"你下手挺快啊。"

陈江野吸了口烟,说道:"一般快。"

…………

辛月听不到电话那头说了什么,不过还是等陈江野挂断电话后跟他说了声"谢谢"。

陈江野打电话的时候半倚着墙,这会儿懒懒地直起身来,半边脸朝着辛月,说道:"记着,你欠我三个人情。"

闻声,辛月的脑子空了一瞬,等她反应过来,陈江野已经扭头走了。

辛月心里说不上什么感觉,只觉得胸口闷闷的,像是吃了哑巴亏一般,但他又的确帮了她,但就是觉得哪里不对。

辛月歪着头,表情有些复杂地回了屋。过了会儿,她拿着笔出来把"不签公司"改成了"已签公司"。

"哟,辛月你签公司了啊?这是真的要当大明星了呀。"骑着电瓶车路过她家的一个妇女恰好看到。

辛月没说什么,只喊了她声:"孃孃。"

妇女看得出来辛月并不想聊这件事,但她压根不管,继续絮絮叨叨地说:"你要是赚了大钱可别忘了咱邻里乡亲的啊,给咱修修路啥的。

第二章 悸动

"你看这路,烂成什么样了,我昨天买了鸡蛋,回去一看,给我颠碎好几个!"

"对了,你不是还在读书吗?不读啦?"

....

"孃孃,时间不早了,我回去做饭了。"

说完,辛月就关上了门。

辛月不打算解释,村里人七嘴八舌的,她不可能一个个去跟他们解释,也没那个心情。他们爱怎么想怎么想,反正不管她说与不说,他们都只相信自己的猜测与想象。

天色渐晚,家家户户不少烟囱里冒出白烟,四处都是丁零当啷锅碗瓢盆的声音,小孩们还在田野里乱窜,所以时不时地就能听到有妇女扯着嗓子喊自家小孩回家吃饭的声音。

辛隆扛着锄头晃悠着走在路上,遇着人就唠上两句。

"老辛,听说你家姑娘签公司了,签的啥公司啊?"

一路上,已经不是一个人问他这个问题了。

辛隆不耐烦地撇了撇嘴:"签个鬼,签了我还用去地里撬沟?"

"不信你回去看,你自己家门上都写了已签公司。"

辛隆一听,加快了些原本慢悠悠的步子。

回到家,他看到自家门上还真写着"已签公司"四个字。

辛隆眉毛一拧,当即大喊起来:"辛月!辛月!"

"干吗?"辛月的声音从厨房里传出来。

辛隆走进厨房,问她:"你签公司了?"

还不等辛月回答,他就喋喋不休训起她来:"我跟你说,你别被人给骗了,你没看那新闻上说好多小姑娘都被假公司骗了,要是骗点钱还好说,你要是被人卖了可怎么办啊!"

辛月全程没怎么听他说话，自顾自地炒着锅里的菜，等他叨叨完了才开口说："我没签公司。"

"没签？"辛隆脖子一伸，"那你写什么'已签公司'了。"

辛月边炒菜边回他："免得那些经纪人来缠着我签公司。"

辛隆的眉头这才松开，过了会儿又突然皱起来，说道："你可别蒙我。"

辛月叹了口气，把菜从锅里盛出来，说："吃饭吧。"

辛月还是习惯性地端着碗出去蹲在院子里吃。晚上风大，挂在院里铁丝上的衣服被吹得摇摇晃晃的。她的衣服和她老爸的衣服基本都是比较耐脏的颜色，所以衬得其中一件淡蓝色的短袖尤为显眼。

辛月这才想起衣服还没还给陈江野。

吃完饭，她把这件衣服取下来，出门去隔壁王婶家找陈江野。

王婶跟她老公这会儿也端着碗蹲在外面吃饭，看见辛月就打了声招呼："吃完饭啦？"

辛月点头，然后问："王婶，刘叔，陈江野在吗？"

"他在洗澡，刚进浴室，估计一时半会儿还不出不来。"

辛月举起手里的衣服，说："那等他出来了，麻烦您把这件衣服给他。"

"行，你放那凳子上。"王婶拿筷子指了下旁边的凳子。

辛月把衣服放到凳子上，说道："那王婶你慢慢吃，我回去了。"

"回去吧。"王婶朝辛月摆了摆手，表情挺平静的，心里想的却很丰富。

等辛月走后，她立马用胳膊肘拐了下自己的老公："你说这俩什么情况，陈江野的衣服怎么跑辛月那儿去了？"

刘叔表示："我怎么知道？你问陈江野啊。"

王婶实在好奇，她把衣服给陈江野的时候还真问了他："你衣服

第二章 悸动

怎么在辛月那儿啊？"

陈江野像没听见似的，把衣服拿过来就回了屋。

王婶见状暗暗骂道："这孩子，整天装聋作哑的，饭也不吃，饿死你得了。"

陈江野没听见，也没回头去看她的表情，自顾自地拿毛巾擦着头发。

回到房间，他把脏衣服丢到一边，又把那件干净的甩在床上。

在家里的时候，洗完澡后他习惯裸着上身，来了这儿也老是忘记把衣服拿到浴室去，但要是在这儿不穿衣服，没一会儿就会被蚊虫叮的满身的包，所以他吹干头发后他顺势拿起衣服穿上了。

穿到一半，他的动作顿了顿，衣服上是他陌生的味道，有股像是皂角与小苍兰混合的清香。不过，小苍兰的味道其实他经常闻到。

他读的是国际学校，学校里的女生很多都喜欢用小苍兰那种清甜香味的香水，大概是闻得多了，他不觉得清甜，只觉得腻味。可此时鼻尖淡淡萦绕的香味却不令他抵触。大概是皂角的涩中和了苍兰的香，而皂角本身涩涩的气味在他原来的生活里很难闻到。

愣怔片刻，他把衣服穿好，室内闷热的空气顿时取代了衣服上的清香。他眉头皱起，打开电风扇，同时也把窗户推开。

窗外的空气虽没房间里那么闷，却也带着一丝燥意。陈江野倚在窗台上，眉头久久没有松开，反而越蹙越紧。

窗外的天由暗蓝渐渐变为墨色般的黑，家家户户的灯在夜色里亮起。

夜晚的乡野一望无际，没有高楼大厦阻挡视线，没有纵横交错而灯火通明的马路，也没有呼啸而过的车辆，四处静谧，唯有晚风轻轻吹拂着，田间偶尔传出蛙声。

陈江野的眉头渐渐松开，视野里亮起了一盏灯，暖黄的灯光照亮了隔壁那个小院子。

一个穿着吊带裙的少女从屋里走出来。少女身影纤薄，头发随意地扎在脑后，细软的发丝被灯光染成棕色，显出了些似猫一般的慵懒。

这会是一副极具美感的画面，如果她手里没拎着那双粉红色卡通草莓袜子的话。

一声短促的笑声在夜里响起。

隔着数米的距离，少女并没有听到这声笑，只是好巧不巧，她在这时候抬头，又不偏不倚地对上了那双狭长而漆黑的眼睛。

两道视线在空中碰撞。下一秒，辛月立马将手里的袜子攥成了一团，迅速藏到身后。她防备地眯起眼睛，视野里陈江野略微模糊的脸变得清晰。

他正微仰着头，下颌线分明，一双漆黑的眼正看着她，眼底似乎写着：藏什么，看都看到了。

被他用这样的眼神看着，辛月的脸迅速发烫。

辛月咬唇移开与他对视的目光，背着手攥着刚洗的袜子走到他看不到的地方，把藏在身后的袜子拿出来挂到衣架上后快步回屋。

在脚迈进房门前，她没有回头，但她能感觉到陈江野的视线一直停留在她身上。

把房门关上，她站在门后深呼了一口气。

耳边传来老式电视机带着噪点声的电视剧对白，嘈杂的声音搅得人心烦。辛月也不知道是被这电视机的噪点声影响，还是因为别的什么，感觉脑子里像是塞进了好多蜜蜂，嘤嘤嗡嗡地响个不停。

半响，她抬起手摸了摸脸，还是很烫。她烦躁地撩起额前的碎

第二章 悸动

发,又挠了挠头。

她不知道自己在介意什么,她回忆了下当时自己的反应——

这时候她才突然意识到,一张好看的脸杀伤力有多大。

考虑到陈江野的那张脸迷惑性太大,危险系数过高,她决定以后还是离他远一点比较好,免得不小心沦陷了。

彼时,倚在窗台上的陈江野抽完了手里的烟。

烟盒里还有几支,但他没有再往外拿,只是靠在窗台上吹风。不知想着什么,一双黑沉沉的眼睛像是看着远处,又像是什么也没看。

黑夜里,他棱角分明的面部线条被阴影打得愈发凌厉,浑身上下都透着冷。

在白天的时候,大概是光的原因,他身上的冷感没有这么重,倒是散漫更多一些,像是对什么都厌倦透了。

"嗡嗡——"四周开始响起蚊子的声音。

陈江野好不容易舒展开的眉又再次皱起,他烦躁地将窗户关上。

紧闭的窗户挡住了晚风,也将田间的蛙声与虫鸣阻隔在外。

世界寂静无声,他的世界也是。

七月的天已经热得不行,蝉趴在树上知了知了地叫个不停,村里几个光着膀子的大爷们坐在屋檐下,拿着把破芭蕉扇有一下没一下地扇着。不远处的电线上停了一排麻雀,楼下传来刀砸在案板上的声音,比城里装修大队打地桩的声音还响。

陈江野被吵醒。他一般要是能睡到下午,上午绝对不会起来,可惜房间里闷得要命,醒了就再也睡不着了。

他起身把电风扇打开,老旧电风扇转动起来,发出像是要散架了的声响,加上楼下的动静,吵得人一个头两个大。

窗户被用力推开,陈江野紧蹙着眉头拿出烟盒,从里面抽出一根烟来点上。深吸了一口后，他眉间的沟壑才缓缓舒展了一些。

"嗡嗡——"放在床头柜上的手机振动了两下。

陈江野把烟叼在嘴里，转身把手机拿了过来。打开手机锁屏，他先看了眼时间，现在是十一点半。

通知栏上这会儿又跳出一条消息，陈江野点进聊天框，看见徐明旭发来的两条消息——

"野哥，你都到那边啦？"

"怎么也不跟我们说一声？"

陈江野一手夹着烟，用另一只手回过去了一个字："嗯。"

徐明旭："等乔语出院我们就来看你。"

陈江野："嗯。"

徐明旭："乔语生病的事你知道吗？"

陈江野："不知道"

徐明旭："你没看群啊？我们这几天都在群里说。"

陈江野："我把群屏蔽了。"

徐明旭："……"

徐明旭："怪不得几百年看不见你在群里发一次消息。"

陈江野没再回他，把手机揣回兜里，抬头继续抽烟，眼睛不知不觉就朝隔壁的那个小院子看去。

小院子里，辛月搬了桌椅摆在屋檐下，桌上放着几张卷子、一个本子和一支笔，像是在做习题，人却不在凳子上。她这会儿正蹲在墙角前，不知道在看什么。

过了一分钟，陈江野看见一只耗子从她跟前窜了出来。

陈江野的眼神很好，他确定那就是一只耗子，还是一只尾巴老长的耗子，虽然看起来只有半个拳头那么大，但就这个头儿，一般女生看了都得吓得直叫唤，而辛月不但没叫，还追着那只耗子跑了起来，

第二章 悸动

脸上甚至是笑着的。

陈江野向一旁呼出烟雾，视线始终跟随着辛月。

辛月似乎没有要去捉那只耗子的打算，像是觉得稀奇好玩才跟着追的，和公园里追着别家小狗跑的小孩一样。

这时，楼下传来泼水的声音。

陈江野垂眸看了眼，是王婶端着盆水泼到了路上。

王婶拎着盆回来的时候也看到了陈江野，她说："你起来啦，那赶紧下来吃饭。"

陈江野把烟拿开，将视线挪回隔壁的院子，回她："不吃。"

"今天做了腊肉！"

陈江野还是说："不吃。"

王婶撇了撇嘴，低声嘀咕道："爱吃不吃。"

大概是听到了他们的声音，辛月抬头看向了他，但很快就移开了视线。就这不到一秒的时间，耗子就不知道去哪儿了。

"辛月，进来烧锅。"恰好这时候厨房里传来辛隆的喊声。

辛月没有立马进厨房，她的眼睛在院子里扫了一圈，估计耗子溜到门外后才去了厨房准备烧锅。

夏天烧锅热得要命，做好饭后辛月赶紧端着碗到外面乘凉。今天气温不算高，时不时还有阵风吹来，室外不用扇扇子也挺凉快的。

辛月下意识往隔壁二楼瞄了眼，没看到陈江野的身影，她暗暗松了口气，要是被他盯着吃饭，想想都觉得不自在。

蹲在屋檐下吃了会儿饭，辛月看到隔壁二楼出现了个人影，不过不是陈江野。王婶抱着一堆衣服路过陈江野的房间，这会儿陈江野房间的窗户跟门都是关上的，王婶拍了拍门，问："陈江野，你有没有衣服要洗？"

"等会儿我自己洗。"房间里头传出陈江野的声音。

王姊觉得陈江野大概是嫌弃自己的衣服跟他们的衣服一起洗,白眼翻上了天,余光却在这时瞄到了隔壁正看着这边的辛月。

王姊表情一顿,立马换上了笑脸:"辛月,吃饭呢。"

辛月点了点头。

王姊转过来对她说:"刚刚我在外头吃饭,看见你家跑出来只大耗子,把我吓一跳。"

辛月也不知道说什么,就冲她笑了笑。

辛隆听到后倒是说了句:"看来要买耗子药了。"

陈江野在房里听到他们的谈话,似笑非笑地勾起唇角。看来这里不是所有人都不怕老鼠。

他把最后一口面包咽下去,起来收拾了下这两天的脏衣服。在陵川的时候,衣服用不着他自己洗,过来这几天他也忘了洗衣服,脏衣服堆得挺多了。

王姊为了节约水,洗衣服一直用的是快洗模式,十多分钟就洗完了,然后便出门干活。听见他们关门的声音,陈江野抱着一堆脏衣服下楼,一股脑儿全丢进了洗衣机里。

正要往里倒洗衣液的时候,他突然想起什么,把洗衣机里一条裤子翻了出来,从裤兜里拿出一盒薄荷糖,是辛月给他买的那一盒。

他盯着这盒薄荷糖看了一会儿。

陈江野是不爱吃薄荷糖的,旁边就是垃圾桶,但他没丢,而是放进了身上的口袋里。

又是一个难得的阴天。云朵是雾蓝色的,风里捎来竹林的气息。

趁着早上空气清新,脑子也清醒,辛月一直在刷题背书。到了中午饭后,有个经纪人来敲门,辛月用陈江野教她的那套说辞跟他说了后,那人就走了。

第二章 悸动

看来这法子的确挺管用的。

那人前脚刚走，辛月看这会儿门前也没其他人便早早出了门去拣落地果。

她去的还是水库后面的那片树林，这片林子很大，没有几天是拣不完的，但似乎有人在前两天她没来的时候拣过这一片区域了，落地果稀稀疏疏的，拣了会儿后她换了另一个地方。

这边离水库也不算远，但她一直向着东边走，等到傍晚的时候就已经离水库很远了。

辛月没有手机，也不爱戴表，一般就是看天色估计时间，等她觉得时候差不多了就会不时抬头看看天。

这会儿瞧见太阳都快下山了，她便从林子里出来了。

她五岁起就在这遍山的林子里拣落地果，对这里的每片林子每条路都很熟悉，出来转一圈看看四周就知道该往哪儿走。

拣落地果的时候有树荫，辛月不怎么觉得热，从林子里出来后才开始冒汗，她抬手擦了擦汗开始往回走。

辛月走路的时候眼睛不会只看着前面的路，经常左右来回扫荡，随时处于警戒状态。这是她从小拣落地果养成的习惯，因为如果一不留神，她就很可能被草丛里冒出来的蛇咬上一口。

她小时候就被咬过，但说来奇怪，明明被蛇咬过，她却一点也不怕蛇。看到蛇，如果是在树林里，她会敬而远之，如果是在路上，她还会跟着蛇后面走一段，她觉得看蛇弯弯绕绕的爬行还挺有趣的。

黄崖村以前也叫蛇村，这里夏天的时候蛇特别多，她出来十次有五次都能看见蛇。今天拣落地果的时候她在林子里就碰见了一条菜花蛇，这会儿在路上又看见一条。

这条蛇不算长，脑袋圆圆的，通身碧绿，特别漂亮，有些像竹叶青，只是竹叶青的头是三角形的。辛月分辨不出这条蛇的种类，估计是条毒蛇，就远远地跟着。

这条蛇实在漂亮，她的目光一直在它身上就没挪开过，视野里除了这条碧绿的蛇，周围的一切似乎都成了模糊的虚影。

辛月就这样一直盯着它，跟了它一段距离，直到它缩到了一个石墩后。

石墩上似乎站着一个人，但辛月没注意，等青蛇完全不见了踪影，她的目光才被石墩上的那双白色球鞋吸引过去。

白色球鞋……辛月愣了愣。只是看到这双鞋，她脑海里就已经出现了一个清晰的人影。她似乎在不自觉间，已经将白色视为那个人的专属颜色了。

辛月抬起头，并不意外地看到那张她已经熟悉的脸。棱角分明，眉骨线条锋利。

他双手插着兜，下颌微微上扬，一双漆黑的眼睛正低垂着看向她。

"你怎么在这儿？"辛月问他。

陈江野不答反问："你不怕蛇？"

辛月眨了眨眼，回道："不怕。"

"呵"一声意味不明的笑从他嗓子里振出来。

辛月的思绪忽然被他这声笑带回了他们初见的那一天，他站在漫天的火烧云下，于仿佛静止的世界中，也发出了这样的一声笑。

她一直很好奇，那天他为什么要那样笑。而这一刻，这种好奇愈发浓烈，几乎已经完全占据了她的所有思绪。

虽有犹豫，她还是问了："你第一天看到我的时候为什么要像刚刚那样笑？"

陈江野歪了下头，表情似乎有些意外。他迈出一只脚，懒懒地从石墩上跳下来，双手依旧保持着插兜的姿势。

第二章 悸动

"记得这么清楚？"他盯着辛月走过来。

看着他靠近，辛月下意识后退了一步，视线也匆匆从他脸上挪开。

这张脸，还是不要看太久的好。

陈江野注意到她的动作，脚步顿了顿，眼底划过一抹暗色，然后接着向她走去，在离她只有一步之遥的距离才停下来。

他们之间已经离得很近了，陈江野却偏偏还要半俯下身来，让自己的双眼与辛月的眼睛保持在一条水平线上，就这样定定地看着她。

辛月的思绪还停留在上一秒，没有注意到陈江野已经离她这么近。等她反应过来，眼睛一下瞟到那张放大数倍的脸，倏地吓了一跳，一个重心不稳，险些往后摔去。

好在陈江野抓住了她，才让她不至于平地摔跤。

明明只是虚惊一场，辛月的心跳却始终加速跳动，呼吸也被搅得一团乱。

辛月很清楚自己为什么会这样，大概没有女生能在如此近距离地面对这张脸时，还能保持镇定。

她也不例外。

刚刚的意外让她此刻抬头直视着陈江野的眼睛，可是哪怕这样近的距离，她依旧看不清那漆黑双眸内的情绪。

她只看到他微眯了眯眼，轻启薄唇，说："我只是觉得在这个地方还能看到个在网络上看到过的人，真神奇。"说完，他松开了她的胳膊。

失去他的支撑，辛月觉得有些重心不稳。她往后退开一步，拉开双脚之间的间距，稳住重心，接着深吸了一口气，再次开口问他："那刚刚呢？"

陈江野唇角的弧度在她问出这句话后加深了一分。

"你猜？"他说。

在陈江野说出"你猜"这两个字的时候，辛月能明显地感觉自己的心跳再次加快。也是在这时，她突然发现，在陈江野面前，她变得有些不像自己。

平日里的她，冷静、沉着，几乎没有慌乱的时候。哪怕是被激怒，她心底也一定是镇定的。可陈江野只是一句话，甚至一个眼神就能轻易让她失控。

这种感觉对她来说很陌生。但大约是出自人类这种情感动物的本能，尽管陌生，她也还是知道，这是心动的前兆。

她自诩百毒不侵，但原来只是还没有遇到过分惊艳的人。

陈江野令她惊艳的不仅仅是那张着实迷人的脸，他身上有股像野风一样的肆意，加之他眼底那种似乎没有任何欲望的厌倦感，都令她着迷。

过往种种，让她最厌恶的就是那些轻易被欲望所控制的人，人性的欲望往往是不幸的开端。

想到这些，她尽快平复了下心情，也重新审视了自己的内心——她是对陈江野有些心动，但只是有一点点而已。

那就到此为止。

她不了解陈江野，但不管他是好是坏，她都不想再被他干扰心绪。她现在最重要的是学习，趁现在还不至于被他一举一动左右情绪之前，她要赶紧远离他才行，免得像村主任的女儿一样，明明有光明的未来，却因为一个男人死去活来，白白葬送了大好前程。

虽然她觉得她不至于让自己沦落到那种境地，但她不敢低估陈江野。有些男生对人就是有着致命的吸引，她看陈江野就很有这种潜质，这种危险人物她还是离得越远越好，所以，她才不要跟他玩什么你猜我猜的游戏，给了他个白眼就径自朝前走去。

收到她的白眼，陈江野愣了半秒。半秒后，他抬头站在原地看着辛月的背影，眸色晦涩不明。

过了会儿，他才懒懒地迈开脚步，不远不近地跟在她身后，一起走回村。

陈江野的注意力都在辛月身上，没有发现身后跟过来了两个人。那两人是刚刚从岔路口另一边过来的，是两个女生，她们本来是要往前走的，但在看到陈江野之后就走不动道了。

两个女生你推推我，我推推你，谁也不敢上去问联系方式，最后索性跟在了后面，一路跟着陈江野到了王婶家。

这两个女生也是黄崖村的，王婶认识她们，看她俩表情扭捏地路过自家门口，就问她们："秋秋，小梦，你俩咋来这儿了？"

被叫小梦的女生说："我们去了趟山上。"

"赶紧回去吧，我回来的时候你爸爸就在喊你了。"

"噢……是吗？"小梦有些心不在焉的，这会儿陈江野出现在了二楼阳台上，她和秋秋的眼神一个劲儿地往上边瞟。

"还不赶紧回去？"

王婶倒是没看出她俩是冲着陈江野来的，只一个劲儿地催促道"等会儿就开饭了"。她可不想问她们要不要进不进去吃饭，万一她们答应了呢。

"马上就回。"两个女生看到陈江野进房间后，立马跟王婶挥了挥手，"王婶再见。"

等她俩走远后，王婶嘀咕了句："从山上回她们那儿的路，怎么也走不到这儿来吧？"

琢磨了一会儿，想起刚才她俩不对劲的眼神，王婶这才反应过来：她俩不会是跟着陈江野来的吧？

她嘴里"啧啧"两声,转身进了屋。

陈江野不知道有人跟着自己,第二天下午又去了山上。

他基本每天都会去山上转一转,屋子里太闷,还没信号,打不成游戏就只能跟人聊聊天。不过他一个回消息能回一个"嗯"就绝不多打字的人,怎么可能一直待在屋里跟人聊天?就算是聊天,他想发张图片还要等半天才能发过去。要是一直待在屋里,他能闷死,而山上凉快,风景也还不错。

他以前去过很多景区,但没来过这种完全没有经过开发的山野,这里的动植物资源都比较丰富,能看到很多说不出种类的鸟和一些模样稀奇古怪的虫子,时不时地还能撞见野兔和松鼠,这对他来说还蛮新奇的,所以基本每天他都会在山上转到傍晚才回去。

只是今天他有些不爽,因为他发现后面有两个人一直跟着他。

最开始他不确定那两个女生是在跟踪他,可他一停,那她们也停,他一走,她们又马上跟着他走。

在确定她们就是在跟踪他后,陈江野直接转身朝她们走去。

两个女生看他突然朝这边走过来,愣在了原地,眼睛睁得大大地看着他,脸颊肉眼可见地变红,表情看起来有些紧张害羞又有些开心,上扬的嘴角都快压不住了。

只是她们怎么也想不到,陈江野开口的第一句竟然是:"你们再跟着我试试?"

语气冷得扎人,眼神也没有一丝温度。两个女生蒙了。

陈江野的五官生得凌厉,仿佛身上的每一处都是锐利的,眼神更是压迫感十足。两个女生中小名叫秋秋的女生胆子应该比较小,被陈江野的眼神一扫,顿时两只眸子就开始犯泪花。

小梦的表情也有些害怕,但还是壮着胆子说了句:"我们……我们就想跟你认识一下。"

第二章 悸动

陈江野冷笑一声，正准备教育教育她们，余光却在这时瞟到了正朝这边走过来的辛月，她背着一个箩筐，应该是割完了猪草在往回走。

他神情一顿，眼底的戾气散去了一些，过了会儿甚至还浮出了些许笑意。接着，他开口对那两个女生说："别，我怕辛月误会。"

"辛月？"小梦的表情微怔，然后忙问，"辛月是你女朋友？"

她的声音因为惊讶而陡然拔高，这让还在十米开外的辛月清清楚楚地听到了这句话。猝不及防地听到这么一句话，辛月的脑子空了两秒。而在这两秒的时间里，另一边陈江野回答了那个女生的问题。

"现在不是，但很快会是。"说完，他还朝着辛月的方向扬了扬下巴，让两个女生看到她，然后说，"她过来了，你们应该知道她的脾气，还不赶紧走？"

两个女生当然知道辛月什么脾气，之前给诚哥那伙人说辛月脾气暴躁的就是她俩。而她们跟辛月的过节远不止于此，她俩以前经常会跟着另外一伙人欺负辛月，但被辛月狠狠地报复回来后，她俩就不敢明着招惹她了。

这会儿她俩听陈江野说辛月过来了，几乎下意识地拔腿就走。看她俩这反应，陈江野也确定了那天听到的那句话——

"不是说她脾气很暴吗？"

看来脾气确实挺暴的。

就在他脑海里刚浮现出这么一句话的时候，恰好传来了辛月怒气腾腾的喊声："陈、江、野！"辛月捏着拳头快步走过来，瞪着他吼道，"你跟她们乱说什么了？！"

陈江野的眼底还挂着笑，语气不疾不徐："说你是我女朋友。"

辛月本就瞪得极大的眼睛被惊得更大了，她缓了好一会儿思绪才回笼，反应过来后她当即朝陈江野大吼了一声："你乱说什么！"

她长这么大没少听人胡乱对她编造的谣言,但她还是第一次这样失控。她知道那些人为什么要嚼她的舌根,无非是小丑跳梁,所以她可以做到视若无睹,而陈江野的动机她实在搞不懂,至少现在搞不懂。

现在她完全就是一个被气蒙了的状态。然而她都快气爆炸了,陈江野却只是轻飘飘地说了句:"你也看见了,挡桃花。"

"你凭什么拿我挡?"

辛月眼睛里都快要喷火,拳头被捏得发白。

陈江野还是那副散漫的样子,说"凭你欠我三个人情,现在算你还一个。"

闻言,辛月一下愣住。她也是气狠了,都忘了这一茬儿。

在那么短短几秒钟的时间里,她脸上泛出了几分理亏的表情。陈江野似乎很喜欢她这个表情,眼底的笑意清晰可见。

但辛月很快就反应了过来,虽然是她欠他人情在先,但怎么还这个人情,再怎么不也应该先跟她说一声吗?

如果他跟她说了,她不会介意,毕竟他救了她的命,这不是普通的恩情,过分一些她也可以接受。但他这样自作主张,也不管她愿不愿意直接做了,这算什么?难道他救了她一命,他就可以对她肆意妄为?那她宁愿烂在水库里也不要让他救上来。

她深吸了一口气,压下心头的怒火,抬手指着陈江野厉声说:"我是欠你的,但你要是再这样,说都不说一声就搞这些名堂,别怪我翻脸不认人!"说完,辛月狠狠地剜了他一眼,转身就走。

辛月背着满箩筐的猪草两秒钟就走出了七八米。陈江野站在原地,手里慢悠悠地转着从她箩筐里拿出来的镰刀,喊了声她的名字:"辛月。"

辛月气冲冲的步伐骤然一顿。在陈江野喊出她名字的那一刻,她

第二章 悸动

心里突然腾起一股很奇怪的感觉,她形容不出来。但这感觉的来由,大概是因为这是陈江野第一次喊她的名字。

也是这时候辛月才发现,他们彼此在这么多天的交集里,还从来没有正式问过对方的名字。他们之间好像从一开始就有种自然而然的默契,这种默契又或许是因为,他们有一点点相像。

人总是很容易被与自己相似的人吸引,所以怪不得……想到这些,辛月皱起眉,没有转身,继续往前走。

"你镰刀不要了?"这时身后再次传来陈江野的声音。

辛月又是一愣,镰刀怎么会在他那儿?

镰刀她都是插在边上的,有草压着,除非故意拔出来,否则不可能掉。

辛月咬了咬牙,这个陈江野!她转身气冲冲地走到他面前,一把夺过他手里的镰刀,顺便又剜了他一眼。

陈江野看着辛月气极的样子,仿佛半点没有意识到自己的问题,竟然还笑出了声,就像学校里爱逗女生玩的那群男生一样,女生越生气,他们笑得越大声。

按理说,听到他丧心病狂的笑声,辛月应该更生气才对,但她没有。

陈江野之前的笑都是那种嘴角半勾不勾的笑,这还是她第一次在他脸上看到真正意义上的笑容,而这样的笑容出现在他这张无可挑剔的脸上,有些过分好看了。

真的很好看。看着他的笑,辛月甚至觉得世界好像突然变得很安静,所有的蝉鸣声、流水与风的声音通通消失不见,一切喧嚣远去,山水也跟着褪色……

世界里唯独他是鲜亮的、炙热的。

她的心脏在这寂静中狂跳,成为她唯一能听到的声音,也正是这个声音提醒她，她不能再看着他了。

辛月快速将头偏到一边，带着还有些微怔的表情转身，快步离开。走开了很远，她还能感觉到自己的眼皮有些发烫，像被强光灼了眼睛，心跳也并未平复多少。

有些人的出现，注定要惊艳很久。

她捂着胸口走得越来越快，一直没有回头，所以也没有看到陈江野始终站在原地看着她，直到她的背影消失在拐角。

从这一天开始，辛月再没有端着碗去院子里吃过饭，做习题的时候也是把桌椅板凳搬到隔壁看不到的死角，出去拣落地果什么的也会早一点回家，尽量避开陈江野。

眼不见为净，看不见他后，她感觉心静了不少，日子仿佛又回到了他没来时的样子。

这段时间门口的人也少了，可能是因为视频热度降了下去，蒲县爱凑热闹的人也没那么多，再加上黄崖村又偏又远，路还烂，来过一次的人基本就不会再来第二次。之前辛月晚一些才回来就是为了躲开门口的混混，现在就没必要回来得那么晚了。

这天，辛月还是和往常一样出门拣落地果，下午四五点的时候就开始往家里走。路过一段岔路时，辛月听到远处有摩托车的声音，伴随着一些男生的声音，像是其他地方的口音，她听着还有些耳熟。

蒲县虽小，但地方语言却很多样，几乎每个乡的口音都不一样。辛月心想可能是来找她的混混，所以等他们走远了才从岔路口出来，继续朝着家的方向走。

这条路的下一个路口有棵很大的槐树，村里人都觉得这棵树有灵性，不少人都跟这棵树许过愿望，树枝上挂满了红绸。现在正值槐树花期，红绸从一簇一簇的花朵间垂下，风一吹，花瓣簌簌而落，红绸

第二章 悸动

在漫天的花瓣中扬起，美得像是梦境里才会出现的场景。

辛月每次路过这棵树都会忍不住多看几眼。

今天也不例外，只是朝槐树望过去的第一眼，她看到的是在树下的那个人。隔着十多米的距离，辛月看不清他的五官，但她知道那个人是谁。

他穿着一身白衣，倚靠着树干坐着，姿势随意散漫。辛月脚下一顿，但很快移开了视线，假装没看到他继续往前走。

只是她才刚迈出两三步，槐树那边就传来了一个声音："喂，你别告诉我你没看见我。"

他都这么说了，辛月自然没法再假装没看到他。她撇了下嘴，不太情愿地转头看向他："干吗？"

陈江野："过来。"

辛月皱起眉，还是问："干吗？"

陈江野"啧"了一声，说道："看不出来我伤得很重？"

辛月表情先是一蒙，然后立马眯起眼定睛看向他，在清晰了许多的视线里，辛月看到他的额头上、脸上和嘴角处都有血，衣服上到处都是泥，还有几个很明显的脚印。

"你跟人打架了？"辛月一边问一边朝他快步走过去。

陈江野挑眉："不然？"

现在凑得近了，辛月更清晰地看到他身上的伤。他手上原本结痂了的伤口又破了，另一只手的关节处没受伤但却红得像被烫着了一样，脸上也有好几处伤口，额头靠近发际线的地方留有血迹，辛月看着都觉得疼。

他应该是拿手背擦过嘴角的血，血在脸上留下一道长痕，像印象派画家安德烈·科恩笔下那浓墨重彩的一抹红，抓人眼球又摄人心魄。

辛月实在不明白，世界上怎么会有陈江野这样的人，明明被打得这么惨，满身泥泞，却不显一丝狼狈。

看着这张脸，辛月突然就明白了为什么那么多人都喜欢看电视剧里演员的战损妆，那种破碎感与凌厉五官交织在一起的感觉，矛盾又带感，实在让人移不开眼。

但陈江野脸上的血不是画上去的，就算再好看，辛月看得也是直皱眉。她在他面前停下来，一边观察他还有没有其他地方受伤，一边问："跟谁打的，打成这样？"

问出这句话后，她突然想起来，为什么她会觉得刚刚那群男生的声音耳熟，不就是之前被陈江野打的那伙人吗？

她心头一跳，又忙问："是那天那伙人？"

陈江野舔了下唇边的血，仰头看着她，表情一如既往的散漫。

"别废话了，过来，扶我一下。"

第三章 炙热

辛月眨了眨眼睛，过了会儿才伸手把他拉了起来。陈江野借着她的力站起来，然后顺势另一只手搭在她的肩膀上，把重心倾斜到她身上。

"喂！"他突然把重量放到辛月身上，她有些没站稳，踉跄了几步。

等稳住重心，辛月沉了沉气问他："伤到腿了？"

陈江野"嗯"了一声。

"严重吗？"

陈江野："能走。"

辛月睨向他："那你靠着我干吗？"

陈江野把脸凑过来，盯着辛月的眼睛，说："靠着你才能走，行了吗？"

辛月不想跟他近距离对视，立马把头偏到了一边。

她躲开视线的动作被陈江野尽收眼底。他还是看着她，眼底似有暗流涌动。

辛月深吸了一口气，右手在装有落地果的编织口袋的开口处绕了一圈，另一只手扶着陈江野，开始往村子里走。

泥路崎岖不平又坑坑洼洼的，伤到脚的陈江野走得很是费力。

辛月看他行动困难，觉得他的脚伤恐怕有些严重，于是说："回去后让刘叔载你去镇上的诊所看看吧。"

"不用。"

"我看你——"

陈江野打断她:"我心里有数。"

辛月白了他一眼:"你又不是学医的。"

陈江野挑起一边的眉毛:"久病成医没听说过?"

辛月"哦"了声:"你以前没少挨打?"

陈江野:"……"

被说"挨打",陈江野的心里很不爽,他才不是单方面挨打,跟他打的那六个也好不到哪儿去。严格来说应该是他一打六,还打赢了,只是受了点儿伤而已。但他懒得多说。

打架这种事情跟女生没什么好吹嘘的,但他又不想一声不吭地显得自己真挨了不少打一样,最后有些烦躁地说了句:"挨打是单方面被打,你能不能注意点儿用词?"

辛月也懒得跟他咬文嚼字地掰扯,敷衍地"哦"了一声。

听到她这声"哦",陈江野咬了咬牙,舌头在口腔里裹了一圈,更不爽了。

像是出于报复,他把自己身体的重量又往辛月身上放了一些。辛月感觉到了,但她没什么反应,这点重量对她来说不算什么,她十二岁就能一个人扛着烂醉的辛隆回家了。

这下直接把陈江野气笑了,只是没笑出声。他歪头看向辛月,表情说不出是气恼多一些还是觉得有意思多一些。

半晌,他又笑了一声,饶有兴致地问辛月:"你天生力气就这么大?"

辛月也不知道自己这是天生的,还是被迫练出来的,于是回道:"不知道。"

辛月是真的不知道,但陈江野听着就不是那个味儿了,他觉得辛月是在敷衍他。

第三章 炙热

向来都是他敷衍别人，这还是他头一次知道被人敷衍是什么感觉。他深吸了一口气，此刻很想抽根烟，但看看旁边的人，又收回了掏烟盒的动作。

人在烦躁的时候，眼神总是会习惯性地乱瞟，所以陈江野没看到脚下的一个大坑，伤到的那只脚一下踩空了，整个人连带着辛月顿时向前摔去。

受伤的脚在落地的瞬间，陈江野被痛得额头上的青筋都冒了出来，却不忘在摔倒时把辛月往怀里一带，没让她就这么脸朝地摔下去。最后是他背部着地，辛月摔到他身上。

因为他劲儿太大，辛月还被甩上去了一截，她的肩膀险些砸在他挺直的鼻梁上。辛月反射性地惊呼一声，接着立马从陈江野的身上爬了起来。

"你没事吧？"辛月也赶紧把陈江野扶起来，低头去看他脑袋着地的那块有没有石头什么的。

这时，她听到陈江野来了句："你喷香水了？"

辛月蒙了两秒后才把头转过来，一脸疑惑地看着他："喷什么香水？你脑子摔出毛病了——"

她话还没说完，陈江野突然靠过来，鼻尖悬停在她的颈侧。

大脑因他突然的靠近而空白，身体无法做出下意识的反应，她就这样保持着原有的姿势怔住，直到耳边再次传来他的声音："那你身上怎么这么香？"

他的声音低沉清冽，不带任何亵渎地情绪，仿佛真的只是好奇她身上为什么会这么香。

在她压到他身上时，那一瞬从她身上扑面而来的清香甚至让他忘了摔倒的疼痛。他没闻到过这样的味道，纯粹好奇，可辛月没有这么认为，回过神来的辛月一把将他推开，盯着他的两只眸子里顷刻泛出冰冷与警惕的神色。

陈江野迎上她的目光，片刻后扯了扯唇，说："别那样看着我，我又没要亲你。"

"你！"辛月觉得他有病。

辛月从地上起来，愤愤地瞪了他一眼，然后头一甩，拽起旁边的编织袋，一声不吭地弯腰捡撒出来的落地果。

陈江野也没再吭声，就坐地上看着她捡落地果。捡完后，辛月把封口一拽，抬腿就走。

"喂！"陈江野蹙眉，"你不管我了？"

辛月脚下一顿，冷眼回眸看向他："想要我管你可以，算我还你一个人情。"

陈江野倏地笑了："我救了你的命，你扶我几步就想还我人情？"他微微后仰，狭长的双眼低敛，"辛月，你挺会占我便宜的。"

"算是还你跟你姑妈打声招呼的人情，不行吗？"

辛月也笑了一下，唇角微勾，她身上的那股韧劲儿在此刻愈发显现出来，像长在戈壁，又生满尖刺的野玫瑰。

陈江野定定地看着她，夕阳烧红的大片晚霞落在他眼底，如同漫天大火，他的瞳孔却在这烈焰里越来越暗，像黑夜吞噬了火光，让人看不清他眼底的烈火燃得有多汹涌。

半晌，他舌尖抵了抵口腔内侧，接着半笑不笑地对辛月说："回去之后你再帮我处理处理伤口，就算你还我一个人情。"

辛月挑眉："你说的。"

"我说的。"

"行。"辛月提着袋子走过来，朝他伸出手，"胳膊伸过来。"

陈江野看着面前白皙纤长的五指，抬起胳膊将手放至她的掌心，然后扣紧。他没有收敛力度，压得辛月的手掌沉了沉，她的睫毛也跟着一颤。

看着他覆上掌心的手，辛月拧起眉。她说的是胳膊，不是手。她暗暗撇了下嘴，还是把他拉了起来。她不知道陈江野是聋了还是故意的，说故意的吧，起来后他又马上把手松开了。

这次，她没有让他靠着自己，而是单手架着他的胳膊。从这儿到家还有几百米，等回去的时候辛月的手都酸了。

到了家门口，辛月问他："去你那边还是我这边？"

"你这边。"

"那你站好，我拿钥匙。"

辛月松开了他，甩了甩酸得要命的手，从兜里拿出钥匙来开门。进了门，辛月给陈江野拿了个凳子，让他在院子里坐着。

"你坐会儿，我进去拿双氧水。"

"嗯。"

没过多久，辛月拿着双氧水和纱布出来。

她出来的时候看到陈江野撑着凳子边缘，仰头望着天。她也顺着他的视线望向天际，视野的尽头是半隐云层后的夕阳与大片烟粉色的晚霞。

很漂亮，像一幅画。可视线下移后，辛月却忽觉眼前的场景更像一幅画——

小院、木凳与望着天空的少年。

辛月自觉冷淡凉薄，但也总是会被生活里一些琐碎的画面触动，比如山间一朵初绽的雏菊、河边停歇在石间的飞鸟，又比如……

眼前。

此时、此景、此间的人。

大概是听到了她的脚步声，陈江野恰好在这时转过头来，两道视线不期而遇。

"咚咚、咚……"辛月听到自己的心跳漏了一拍。

她不知道自己现在是什么表情，但陈江野的脸上看起来实在没什么情绪，可或许是因为刚刚好，夕阳未落，晚霞正浓，将整个画面与氛围衬得旖旎，连带着也熨热了他的视线。

辛月更不知道，为什么自己挪不开眼，而陈江野也不退不避，两个人就这么对视了两三秒，直到一声笑打破了寂静。

"愣着干吗？"陈江野微偏了下头。

辛月还未回神，脚步就已经下意识地迈向他。好在还有几步的距离，辛月来得及调整表情。

等走到他面前，她倏地想起来忘了搬凳子，犹豫了一会儿后，她干脆直接在陈江野面前蹲了下来，然后仰头看向他。

"从哪儿开始？"她问。

陈江野指了指自己的额头。辛月看着他额头上还渗着血的口子，心头一紧，拧着眉对他说："你忍着点儿。"

陈江野没吭声，只静静地看着她。

辛月今天没戴帽子，那帽子连续戴了好些天了，她今早给洗了。

陈江野刚刚转了个身，现在背对着夕阳，斜照的橘色光芒打在他的背后，只漏了那么一两缕落在辛月身上。

看着在她脸上浮动的光，陈江野忽然想起辛月第一次给他消毒时的场景。那时也有一两光落在她脸上，而且恰好映红了她眉心的那颗痣。

这次夕阳没有落在她的眉心，他的目光却依旧望向了那颗痣。

"不疼吗？"见陈江野毫无反应，辛月停下为他擦拭伤口的动作。

陈江野眨了下眼，敛眸对上她的眼睛："不疼。"

"真不疼？"辛月有些不信，刚刚她一不小心下手有点重。

第三章　炙热

陈江野不轻不重地"嗯"了一声。他是真没感觉到疼，甚至都不知道她是什么时候开始的。

辛月以为他是痛神经不发达，于是放了心，大胆下手。然而，她刚稍一用力，陈江野突然叫了一声。

辛月吓得一哆嗦，面露疑惑地看向他："你不说不疼吗？"

陈江野疼得倒吸了一口气，咬着牙说："那是刚刚。"

辛月表情更疑惑了，嘴里嘀咕了句："我还没刚刚用力呢。"

闻声，陈江野表情一顿，把目光甩到了一边。

辛月瞄了他两眼，不明所以地继续给他的伤口消毒。

他额头那儿的伤口创伤面积有些大，但还好只是破了皮，这会儿把周围的血擦干净就没那么吓人了。

给这个伤口消完了毒，辛月拿纱布蘸上双氧水准备把他脸上的那抹血迹也擦一下，只是这一抬手才发现自己的手都举酸了，于是朝陈江野勾勾手，说道："你头低下来点。"

陈江野有点心不在焉，眼睛看着一旁，头只低了一点。

"再低一点。"

这下，陈江野把目光转了过来，又再了低一点头。

"哎呀，再下来点。"

陈江野看着辛月，没动，一双眼睛不知是不是背光的原因，漆黑一片。辛月正要问他搞什么鬼，他却突然俯身，那张棱角分明的脸在她面前迅速放大，鼻尖几乎要与她相触。

辛月这会儿是踮着脚蹲着的，本来重心就不太稳，他突然的靠近直接吓得她一下子失去了平衡。好在陈江野永远反应迅速，他伸手拽住了她的胳膊，一把将她拉了回来。

辛月愕然抬眸，视线撞进了此刻陈江野正定定看着他的眼睛里。他的眼睛仿佛两潭浓得化不开的墨，让人看不出情绪。

"现在可以了吗？"

他就这样直勾勾地盯着辛月，有点儿哑的声线像被砂纸磨过。

声音入耳，不知是因为过于磁性还是怎的，辛月只觉有一股酥麻的电流一下从后背蹿上来，惊得她慌乱地眨了眨眼。

她一边眨眼一边将视线移到一边，低低地闷声说："没让你这么低。"

"嗽。"陈江野笑了声。

"辛月。"他喊她的名字，磁沉的声音透着股漫不经心的吊儿郎当，"你还真难伺候。"

辛月咬了咬唇，嘀咕一声："你才难伺候。"

辛月还是看着一边，没盯着陈江野那双总让人觉得要被吸进去的眼睛，但余光还是能瞄到他依旧保持着低颈的姿势，他并没有要把头抬起来的意思。

辛月不想离他那么近，暗暗挪动脚跟后退，陈江野却突然把手伸到她颈后，扶住她的后脑，像是不许她后退。

"你干吗？！"辛月被他这样的举动惊得猛然抬头。

陈江野倒是波澜不惊，垂眸瞄了她一眼后看向她头顶，懒懒散散地说："你头上有东西。"

说完，他抬起另一只手把那个东西从她头发上拿了下来，递给她看，是一片槐树花的花瓣。

辛月唇线微抿，抬起胳膊推开他的手。陈江野把手收回来，换了只手拿着那片花瓣对着辛月，然后吹了一下。

"呼——"

花瓣被吹到了辛月的脸上。

"陈江野！"辛月恼怒地拂了拂脸，报复性地把手里的纱布往陈江野脸上一砸，"你还想不想消毒了？"

第三章 炙热

陈江野不慌不忙地闭了下眼,再睁开时,眼底带了些笑意:"那你还想不想还人情了?"

"当然不想!"辛月咬牙冷哼道,"能不还最好!"

陈江野微微眯起眼,表情看上去有些意外,他那双黑沉沉的眼睛在这时亮起一些光。

过了会儿,他盯着她说:"没良心。"

听到这三个字,辛月心里咯噔了一下。不知道是不是被小时候看得琼瑶剧给荼毒了,她总觉"没良心"这三个字是形容那些薄情寡义的负心人的。可陈江野又是笑着说的,但笑着说那就更致命了,跟调情似的。

辛月被自己这个想法尬到了,赶紧暗暗甩了甩头想把这个想法抛出去。

她深吸了一口气,抬眸瞪了陈江野一眼,就算这茬儿过去了,然后她重新抽出一片纱布给他擦脸上的血,只是动作还是略显粗鲁。

陈江野感觉没破皮的脸都快被她给擦破皮了,但他还是勾着唇笑,没说什么。

擦干净脸,接下来就是破了皮的嘴角。陈江野的唇形很好看,不笑时像纤薄的云,有种生人勿近的冷感,笑起来又少年气十足,肆意张扬。

辛月看着此刻他一边微微扬起的唇角,控制不住想起来他昨天那个好看得过分的笑容。

昨天那一瞬间,她甚至都能共情烽火戏诸侯的周幽王了,这人不笑跟笑起来完全就是两个人,不笑时已经足够好看,笑起来更是要命的程度。

她又深吸了一口气。

给他嘴角处消毒时,辛月只用了几秒钟。她不想过多盯着他的嘴巴看。

陈江野身上除了脸、手上和胳膊处有伤口，其他地方主要是瘀青，青一坨紫一坨的，看着比伤口还要吓人，而且这会儿还是刚打完没过多久，等明天这些瘀青估计会更吓人。

辛月看着他这满伤的伤，忍不住又问了他一遍："你真的不去诊所看看？"

"嗯。"

辛月又瞄了眼他的额头："你不怕脑震荡啊？"

陈江野蹙起眉，不耐烦地说："你电视剧看多了吧，哪儿那么容易脑震荡？"

"哦……"辛月收好纱布，站起来对他说，"明天我爸爸要去买农药，我让他给你带点药。"

陈江野："谢了。"

辛月微微勾唇："不用谢，这不是在还你人情呢嘛。"

陈江野转开眼，表情说不出是高兴还是不高兴。

一阵风从外面吹进来，撩起他额前的碎发，淡金色的阳光伴着傍晚最后一点的热意，铺在他身上。

院子外蝉声未歇，却不显聒噪。

翌日。

因为腿疼，陈江野没出去转悠，可王婶家信号不好，又没办法打游戏。

陈江野中午起来随便吃了点儿东西，便从行李箱里拿出平板电脑，然后搬了个凳子坐在阳台，打开平板上的绘画软件。

他会画画，但没系统学过，完全靠天赋。天赋这东西真的是羡慕不来的，陈江野就算没系统学过，只在无聊或者想改装摩托车时才画一画，都画得比绝大多数人好。

他转动着手里的电容笔，眼睛四下一扫，视线最后锁定在一株刚刚盛开的野玫瑰上。

看着这朵野玫瑰，他思考了很久才开始动笔。寥寥几笔勾勒出玫瑰轮廓的线条，然后他开始铺色，加细节。

在他快画完的时候，忽然听到远处传来一声女生的吼叫："谁扔的？！"

女生戴着一顶鸭舌帽，和他房间里的那顶是同款。离她七八米外的地方站着几个小孩，脸上都是一副幸灾乐祸的表情。

"都扔了是吧？"辛月颠着手里的一颗石子朝他们走过去。

"快跑！"其中一个偏瘦的小孩喊了声，另外几个小孩跟着撒腿就跑，一个胖些的小孩在跑之前还不忘把手里剩下的石子朝辛月身上丢去。

辛月躲开，蹲下去直接捡起一把石子扔向他们。

不远处立马响起几声吃痛的哎哟声，那几个小孩里有人捂着屁股，有人捂着后背，有人跑一步跳一步，显然是被砸到了脚。

看到这一幕，陈江野笑了一声。

这时，辛月拍了拍手转过身后看到了他，但她的视线只在他身上停留了不到半秒，而陈江野的目光却一直没有收回。他像是思索着什么，狭长的双眸微眯着，一只手仍转动着电容笔。

直到辛月进了屋，他才把目光收回来，然后停止转动手里的笔，垂眸在平板上添了几笔——他给玫瑰画上了刺。

他笔下的这朵玫瑰和路边的那朵并不怎么像，它也并不像市面上的任何一朵玫瑰，不是红色、粉色或是白色，而是透明的，花瓣似水晶般剔透，又像月光般清冷、明亮、发着莹莹的光。

这是属于他独一无二的玫瑰。

他一个人的玫瑰。

下午的阳光总是晒得人困倦又疲惫，知了在树上叫得没完没了。

辛月回到家里的第一件事就是打开水龙头洗了个脸，她家水龙头连着的是井水，沁人心脾的冰凉，水浇在脸上，暑气顿时消了大半。

她把浇湿的帽子摘下来扔到一边，又撸起袖子往胳膊上冲了会儿水后才背着一筐猪草进猪圈。

她家养了三头猪，两天就能吃完一背篼的草，只要是放假，基本都是她去割猪草，她爸爸太懒了，经常饿得猪拱圈。

虽然这猪是养来杀的，但辛月还是见不得它们挨饿，而且它们一饿起来，不仅会把猪圈拱得直响，还会一直叫，声音尖锐又刺耳，她最是受不了这种声音。

喂完猪出来，辛月看时间还早，本来想看会儿书，但身上出了好多汗，黏糊糊的，她还是先去冲了个澡，顺便把头发也洗了。

她知道今天还会出汗，晚上还要洗一次澡，所以没穿睡衣，穿的是宽松的短袖短裤。

她平时很少穿短裤，一是穿短裤去地里容易被蚊虫叮咬，也容易被叶片锋利的杂草割伤，二是村里的老人很见不得女生穿短裤，哪怕都这个年代了，看到女生穿短裤还是会说什么"穿着个裤衩子就出来了，真是不检点"之类的话。加上她之前发生的那些事，那些人要是看到她穿短裤，只会把话说得更难听，所以她一般只在家里才穿。

一到七月，天就越来越热，辛月觉得热得不行，不停地拿手给自己扇着风。

她一手扇风，一手攥着洗干净的衣服从屋里出来。因为被陈江野撞到过一次，之后每次晒衣服的时候辛月都会朝隔壁二楼看一眼。

她看到陈江野这会儿还坐在阳台上，似乎正看向她这边。她没眯

第三章 炙热

起眼睛去细看他是不是真的在看她,只快速将衣物晾好,然后转身准备回屋拿书出来看。

就在这时,一架纸飞机突然闯入了她的视野。

白色的纸飞机绕着院子飞了半圈,接着在她面前打了个旋儿,最后掉在了她的脚边。她蹲下去捡起纸飞机,下意识回头看了眼陈江野。

出于某种直觉,她就是知道这是陈江野折的纸飞机。

陈江野冲她扬了扬下巴,示意她把纸飞机翻过来。辛月不知道他搞什么名堂,出于好奇还是翻过来看了看,上面写了两个字:

药呢?

看着这两个字,辛月一脸疑惑。这位陈大少爷的嘴是有多金贵,两个字都不愿意往外面蹦,但很快她就想起这位陈大少爷昨天被人揍得嘴巴都破了,估计是这会儿还在疼。

她眨了眨眼,抬头朝陈江野喊道:"我爸爸还没回来,等他回来了我拿给你。"

说曹操曹操到。辛月的话音才刚落,外面就响起了老式摩托车那拖拉机般的声音。

辛隆一回来就把买的软膏、云南白药气雾剂,还有一包棉签丢给了辛月,一同丢给的还有剩的二十多块钱。

辛隆这人虽然好吃懒做,还非常不靠谱,但极好的一点就是他从不像别的家长那样,总是以替孩子保管钱的理由没收孩子的钱,他从来不会拿辛月一分钱,今天还是她说托他买的是陈江野要用的药,他以为是陈江野拿的钱才收了。

辛月没有压岁钱,每一分每一毛都是她拣落地果挣的,辛隆清楚

083

她为赚那点儿钱有多辛苦。

辛月揣好这二十多块钱，提着袋子走到王婶的院坝里，仰头冲着坐在二楼的陈江野说："我给你放窗台上，等会儿王婶回来给你拿上去啊。"

"现在就拿上来。"楼上传来陈江野的声音。

辛月一愣，他倒是没跟她客气。

辛月看了眼关着的门，后退两步朝他喊道："门关着呢。"

她刚说完，一把钥匙紧接着就被人从二楼甩了下来。辛月接住钥匙，抬眸看向坐在二楼一动不动的那位"大爷"。

陈江野也正看着他，对视半秒，他张了张嘴，说道："麻烦。"

辛月在心头笑了一下。这还差不多。

辛月拿钥匙打开门后上到二楼，把药拿给了陈江野。

陈江野没接，而是抬手指了指额头："这里，还有背上，我不好上药，你给我上。"

辛月："……"这位大少爷在家里是使唤人习惯了是吧。

"麻烦。"陈江野又说了这两个字。

辛月深吸了一口气。行吧，送佛送到西，免得他又说她占他便宜。

辛月把软膏的盒子拆开，拧开盖子挤出膏体，拿棉签蘸取出一些，然后看向还像大爷似的靠在椅背上的陈江野。

"把头昂起来。"

陈江野把手里的平板转了一圈，放到身后，接着离开椅子的靠背直起身子来，缓缓昂头。

刚刚他靠在椅背上的时候，两个人之间的距离还挺远的，现在就很近了，近到辛月能清楚地在他的眼里看到自己的影子。他的眼睛在阳光下终于不是一片漆黑的颜色，让他看起来少了些许沉戾，多了几分乖张。瞳子明晃晃的，目光像是一并反射了阳光般灼人。

被他这样看着，辛月感觉浑身的细胞都有种灼热感。

在第二次蘸取软膏给他涂伤口时，辛月实在忍不住了，对他说："你能不能把眼睛闭上？"

"不能。"陈江野回答得很快，语气却不慌不忙。

辛月眉头一皱："闭上是会死？"

陈江野懒懒散散地"嗯"了一声。

辛月："你……"辛月都不知道该怎么形容他了，愣过两秒后脱口而出，"你有病吧？"

陈江野扯唇笑道："我不闭上眼睛，你会死？"

"嗯！"辛月也学着他回答。

"喊。"陈江野的嗓子里溢出一声笑，然后他闭上了眼。

这时辛月才发现，哪怕不和他对视，单这么近距离看着这张脸，她也很难控制心跳。这张脸也不知道将来要祸害多少人。

想到这儿，她心里闷闷的，那股悸动很快就平静了下来。她继续给他涂药。

"好了。"

陈江野睁开眼睛，接着抬手把衣服脱了。

辛月顿时一惊："你干吗？！"

陈江野甩了甩被弄乱的头发，说："你难道要隔着衣服给我喷云南白药？"

辛月眨了两下眼，她刚刚忘了他背上也要上药。

"那你转过去。"

在椅子上不好转，陈江野站了起来，辛月突然从俯视他变成了仰视他。陈江野很高，辛月其实也不算矮了，有169厘米，却只高过陈江野的肩膀一点点。

陈江野的目光似乎在完全转过去时才从她的身上挪开。辛月没注意到他的目光，因为他背上的伤实在太过触目惊心，青一片紫一片的，几乎没一块地方是正常的颜色，左肩处更是有一大片骇人的青黑色，像山脊般的棘突上血痕累累。

这该有多疼？

"怎么还不喷？"陈江野回过头来看向她。

辛月这才惊觉自己出了神，回道："马上。"

她拆开盒子，拿出气雾剂给瘀青处都喷上药，她在喷的时候隔得比较近，避免药喷到还没结痂的伤口上。

"你背上也有地方破皮了，我给你涂点软膏。"

"嗯。"

辛月又把软膏从袋子里拿出来，但却忘了拿棉签，或者说是她忘了还有棉签这回事，直接拿手上了药。

指腹触碰到伤口，陈江野背部的肌肉反射性地颤动了一下，辛月也跟着一颤。

"很疼吗？"她下意识地问道。

"还好。"

确实是还好，但比刚刚要痛一些，不过他感觉似乎……看着辛月就没那么疼了。大概是她的存在会分走他许多注意力。

辛月继续给他涂软膏，没有注意此时王婶正在楼下看着他们。

从王婶的角度来看，辛月抬起的手恰好遮住了陈江野的伤口，看起来就像是辛月在轻抚陈江野的后背，并且她问的那句"很疼吗"在王婶耳朵里也显得十分暧昧。

王婶之前就怀疑他俩之间的关系不一般，这下更加确定了。

"王大娘。"恰好这时候不远处一个挑着扁担的中年男人跟王婶打了声招呼。

第三章 炙热

听到这声音，辛月猛地缩回手，愕然回头，刚好对上了王婶正眯着眼看着他们的眼神。

辛月心头一震，突然有种……心虚的感觉。

"咳咳。"王婶清了清嗓子，表情有些许尴尬。

两人就这么尴尬地对视了一会儿，王婶眨了眨眼把视线挪开。

辛月知道她误会了，懊恼地咬了咬牙，转过头来赶紧拧上软膏盖子，然后把袋子塞进陈江野的手里，语速极快地说："给你弄完了，我先走了。"说完，她转身就下了楼。

看辛月朝楼下走去，王婶的眼球转了一圈，像是想着什么，接着走进屋。

辛月看到王婶后，喊了她一声后就快步朝外面走，王婶却一把拉住了她的胳膊不让她走。

"等等等等，你过来。"王婶把辛月拉到一旁的屋子里，关上门，低声问她，"你跟陈江野到底怎么回事？你俩不会……"

辛月连忙摆手，说道："我俩绝对不是您想的那样！"

王婶明显不信："那你俩刚刚在干吗？"

辛月解释道："他受伤了，我让我爸爸买了药，帮他上药算是还他人情，我之前掉进水库里，是他救了我。"

王婶听完，一脸"你俩竟然还有这一茬儿"的表情。过了会儿，王婶又像是在思考着什么。

对于辛月说的话，王婶半信半疑，她知道辛月是个头脑清醒的孩子，晓得现在什么才是她最重要的事情，但她还是想再提醒她一句。

"他救了你的命，你怎么还人情都没有问题，但可千万别搞电视剧里以身相许那一出，你马上就要考试了，可不能分心。"

辛月点头："嗯，我知道。"

王婶也知道她晓得这些，可这上了年纪的人，话匣子一旦打开就很难收住。

"你知道就最好,可别跟那个疯了的刘妍一样,本来人长得漂亮又会说话,能有个大好的前途,要是没因为个男的死去活来,现在再怎么也比我家悠悠出息吧,结果弄成现在这副鬼样子。"

王婶口中的刘妍是村里一个富户的女儿,村里出了名的神童,三岁就能背好多诗了,大家都说她以后肯定特有出息。

刘妍也的确不负众望,学习成绩一直是年纪第一,然而在大学的时候,她和学校里的一个富二代谈起了恋爱。

她被那个富二代哄得团团转,以为自己是他的真爱,谁知人家跟她只是玩玩,并没有真感情。

从小被人捧着、夸着长大的她,哪里遭受得住这样的打击?她当时就崩溃了,接着一段时间后彻底精神失常。

刘妍家的确算得上是富户,会住在这个村子里完全是因为他们的宅子是一处风水宝地,所以刘妍从小到大都是这个村子里最光鲜亮丽的女生,现在却成了一个整日披头散发、打扮得稀奇古怪的疯子。

也是因为刘妍,在很多这个年龄的女生还对长得好看的富家子弟抱有幻想的时候,辛月就知道,遇见那样的男生她应该躲得远远的。

她见到过把刘妍逼疯的那个富二代,他在追刘妍的时候来过黄崖村。那个人长得还行,算是一表人才,看起来挺阳光的一个男生,谁知道竟然是个衣冠禽兽。

这种尚且要装一装的富二代背地里都这么恶劣,更别说那些装都懒得装的,比如陈江野。

倒不是说他一定就是个浪荡公子哥,只是这个可能性极大。他身上的那股肆意与乖张让辛月觉得他并不会是一个禁欲的人,尤其他眼里还总是透着一种厌倦感。

"而且啊,"王婶还在喋喋不休地说着,"陈江野他只在我们这儿

第三章 炙热

待两个月,两个月后就回去了,你可别因为一个只在你面前出现两个月的人把一辈子都搭上了。"

"只在我们这儿待两个月……"

这句话在辛月的脑海里回荡了一遍又一遍。

半晌,她敛眸,语气平静但很坚定地说:"我不会的。"

"唉,"王婶叹了一口气,"我倒是真的希望你不会。"王婶透过窗往二楼看了一眼,"我知道这孩子长得好看,也知道像你们这种小姑娘最喜欢的就是这种类型的男生。你要说你不喜欢他我还真不信,但你要控制好度,有些事太过了,对谁都不好。"

"嗯。"辛月点头。

"那行。"王婶拍了拍她肩膀,"回去吧。"

"那我走了,王婶。"

出了王婶家,外面的日头还很大,阳光刺得人连眼睛都睁不开。

迈出门槛的一瞬间,不知是不是阳光太强烈的缘故,辛月忽然有种眩晕感。在大脑眩晕的那一两秒里,她脑海里又回响起王婶刚刚说的那句话:

"陈江野他只在我们这儿待两个月,两个月后就回去了……"

辛月知道陈江野肯定不会在这里待太久,从见他的第一眼,她就知道他是不属于这里的人。

忽然,她想到什么,快步朝家中走去。

辛隆这会儿正在客厅里吹着电风扇看电视,嘴里还叼着根牙签,辛月走到他旁边拍了拍他,说:"爸,借下手机。"

辛隆掏出手机给她:"叫你赶紧买个手机,你非不买。"

辛月看了他一眼,说道:"你给我买?"

"手机而已,你老爸我还是可以给你买的。"

"我现在也不怎么用得着,买来干吗?浪费钱。"

089

辛月一边说着，一边打开百度，在搜索栏里输入了"经纪人李婉"五个字。

当跳出来的一个词条上写着"娱乐圈三大金牌经纪人"时，辛月还以为是撞名了，然而在点进这个词条后，她看到里面写着李婉所属的公司是星娱传媒。

星娱传媒，陈江野当时说的就是这个公司，她记得很清楚。她还清楚记得，那天陈江野打电话时说的是"姑，李婉还在你手下吧？"。也就是说，娱乐圈三大金牌经纪人之一的李婉是陈江野姑姑的下属。有这样的亲戚，那陈江野的家庭背景绝非一般。

辛月不由得想，陈江野的家世这样显赫，这里的生活对他来说怕是无比煎熬。这里穷乡僻壤的，没有西餐厅也没有可以吃海鲜的地方，娱乐场所除了网吧、低档次的KTV，就只有一些小酒馆，这里没有大型酒吧也没有商场，山上信号还不好，就算有流量也看不了视频打不了游戏。

对于一个普通城市的人来说，这里的生活都枯燥透顶，更别说是像陈江野这样的公子哥。

那毫无疑问，他两个月后一定会回去，回到属于他的世界。

辛月忽然笑了。

"你笑什么？"辛隆听见她笑，有些惊讶地转头过来看着她。他极少见她这样笑过。

"没什么。"辛月淡淡道。

她只是觉得，两个完全不同世界的人，竟然也能在这种地方产生交集，真是稀奇。

不同世界的碰撞总是能拥有别样色彩的火花，绚烂的，热烈的，梦幻的。虽然现在还谈不上有多绚烂，多热烈，但已足够梦幻。他的出现，就像是一场虚无的梦，没有真实感，却有着无限的幻想空间。

第三章 炙热

那双漆黑眼睛里的每一个眼神都能让人有诸多遐想。

回忆起他流连在她身上的每一个眼神——她猜,他也有些为她着迷。

剩下还有一个月,她不知道她与他之间还会发生什么,但她心里的那一方罗盘在此刻已然有了方向——

她不会蓄意靠近,也不会刻意逃避。

理智占不了上风,心动永远更胜一筹。

之后无论发生什么,她就全当是黄粱梦一场,但她一定会记得很久很久。

这场盛夏的奇遇。

很久很久之后,她想,陈江野也一定还会记得她。

只是,他会如何回忆她,如何回忆这段时光,这一场相遇又是否能在他的青春里占据一席之地……

她不知道,她能肯定的只是——

在她的青春里,他会永远拔得头筹。

陈江野的腿受了伤,连着好几天都没出去。辛月每天都能看见他坐在隔壁阳台上,拿着笔在平板上不知是画着还是写着什么。

每个傍晚,陈江野看见她回家了,就会折个纸飞机扔过来,让她来给他上药。

最开始,陈江野还会在纸飞机上写两个字,后来连一个字不写了。看到纸飞机,辛月就会去王婶家给他上药。

陈江野现在身上的伤都已经结痂了,瘀青也散得差不多了,只后背肩胛处那一块的瘀青颜色还比较重,其他地方都是淡淡的青色。

他后背的棘突清晰,肌理的起伏也很明显,覆上这淡淡的青色,像极了水墨丹青绘就的山水画,有种介于破碎感与力量感之间的极致张力。

矛盾但不失美感，像他这个人一样。

"喷完了。"辛月把气雾剂的盖子盖上，说道，"我回去了。"

"等会儿。"陈江野转过身来。

"干吗？"

"明天跟我去街上买东西。"

要是之前，辛月一定想也不想就拒绝，再随便找个理由搪塞过去，但现在她想通了，不会再为了抑制自己对他的心动而刻意避着他。只是，她还是拒绝了他。

"明天不行，明天我爸爸要去打农药，我得给他看着机器。"

陈江野说："那就后天。"

"行。"

答应了他后，辛月就准备走了，但忽然想起一件事，又转过头来看向他。

辛月问："你腿好了？"

陈江野活动了下，说道："能走。"

辛月猜他是要去街上买吃的，于是又问道："是没吃的了？"

陈江野"嗯"了声。

"不会连明天的都没有了吧？"

"还有两包方便面。"

想到他这么多天怕是一口正经饭都没吃过，辛月叹了口气："你也不能总是吃零食和方便面吧，那些东西哪儿有营养？"

"反正就吃一个多月。"

陈江野说这话时表情十分无所谓，但说完，却愣了一下。辛月也是一滞。

果然……

第三章 炙热

他是一个只在这里待不到两个月的人。

辛月笑了笑,彻底没什么顾忌了,大大方方地跟他说:"你要是不嫌弃,可以来我家吃饭,我爸爸的厨艺还不错,村里有谁办宴都是请我爸爸去做饭。"

陈江野没有立马接话,也不知道在想什么。他的眼睛微垂着,目光牢牢地落在辛月身上。

过了会儿他才开口:"你爸爸不介意?"

辛月还以为他是觉得村里人都像王婶家那么抠门,耸了耸肩道:"就多添一副碗筷而已,我家还没有那么穷。"

陈江野偏了下头,唇角扬起一抹弧度,半秒后复又抬眸看向她:"我是说,你爸爸不介意你往家里带男的?"

辛月:"你又不是什么男的。"

陈江野唇边的弧度瞬间敛了下去。

辛月看着他的表情,觉得有些好笑:"我话还没说完,你反应别这么大。"她笑着说,"你可是我的救命恩人,还计较什么男的女的?"

听完,陈江野脸上的表情也没怎么缓和,好像还更不爽了一些。

辛月一脸茫然:"我说得不对?"

"对。"陈江野挑起半边眉毛,说,"很对。"

辛月听他这话,像是有点咬牙切齿的感觉,也不知道是哪儿又戳他肺管子了。

她也懒得管他这位大少爷的脾气,只是既然都这么说了,就随口一问:"我爸今天买了条鱼,你要来吃吗?"

陈江野的眉毛又挑高了一分,盯了她半响后说:"来。"

"行,那我先回去给我爸爸烧锅了,等会儿来叫你。"

刚好这时候,隔壁传来辛隆的声音:"辛月,你人呢?"

辛月抬起一只手掩在嘴边冲家那边喊道:"回来了。"

炙野

　　王婶和刘叔都很勤快，一般都要在地里待到天黑才回，辛月这几天来给陈江野上药都没再碰到过王婶，辛月也不太想再碰到她，她懒得解释。

　　回到家后，辛月正要跟辛隆说陈江野等会儿过来吃饭的事情，却忽然想起她都还没跟爸爸说陈江野救了她的事。

　　辛隆看她愣在门口，催促道："愣着干吗？过来烧锅啊。"

　　辛月轻咳两声，说道："那个，爸，我跟你说件事。"

　　"啥？"

　　辛月在灶台前坐下来，一边把柴火送进灶里，一边说："我之前不是摘了朵灵芝菌回来嘛。"

　　"灵芝菌咋了？"辛隆不明白她要说什么。

　　"那天为了摘那朵灵芝菌我掉水库里了。"

　　"哦，掉水库又……"辛隆愣了两秒，反应过来后猛地抬头看向辛月，眼睛瞪得老大，"你说什么？你掉水库里了？！"

　　辛月很淡定地说："嗯，要不是陈江野刚好路过救了我，我估计就交代在水库了。"

　　虽然辛隆知道辛月肯定是被谁救了，但还是被吓了一大跳。他把铲子往锅里一丢就朝辛月吼道："这么大的事你怎么不早跟我说？"

　　辛月点燃柴火，没什么表情地说："跟你说干吗？挨骂啊？"

　　"你这丫头！"

　　辛隆扬起手作势要打她的样子，但也就暗暗骂了句而已。放下手后，他冷哼一声，问道："那怎么现在又说了？"

　　"因为陈江野吃不惯王婶家那些油都不放的菜，我就让他来我们家吃。"说完，她不忘补充一句，"他等会儿就来。"

　　辛隆的眉毛拧起，总觉得有什么不对劲，过了会儿他才反应过来，说："你俩不会是背着我谈恋爱了，然后编个谎来蒙我吧？"

第三章 炙热

辛月白了他一眼,说:"没有。"

辛隆扁扁嘴,依旧没好气地说:"辛月我告诉你,我供你读书不容易,现在你马上就考研了,你可别给我在这时候跑去谈恋爱。"

他还想说什么,但辛月懒得听,打断他道:"赶紧下油吧,锅都烧半天了。"

辛隆知道她就是不想听他叨叨,嘴里骂骂咧咧地拎起油桶往锅里倒。油一下锅,除了那种需要久炖的菜,基本花不了多少时间就能熟。

看时间差不多了,辛月就问:"还用烧锅吗?"

"不用了,你去喊陈江野吧。"

"嗯。"

辛月拍拍手上的灰站起来往外走,路过屋檐下的书桌时,她脚步一顿,转头看向桌上的那架白色纸飞机。

半晌,她笑了一下,拿起旁边的一支笔,在纸飞机上写了一句:

过来吃饭了。

她拿着这架纸飞机走到院子里,看到陈江野又在拿着笔在平板上画着什么,像是没注意到她。

夕阳落在他身上,将他额前垂下的几缕碎发染成了金色。辛月就这样静静地看了他一会儿,直到他感觉到她的目光。

陈江野抬起眸,他的眸子还是黑沉沉的,没什么光亮,她却感觉有一抹微光穿过了她的瞳孔,直抵心脏。

那是一种,难以形容的悸动。

每一次与他对视,她都有这样的感觉,很微妙。只是似乎每一次对视,都是她先败下阵来,率先移开目光,这一次也是。

不过这一次,她不是仓皇而逃。她举起手里的纸飞机,朝着飞机头哈了两口气后,再次抬眸,迎上他的目光,不躲不避。接着,她甩出手里的纸飞机。

小小的纸飞机飞过院子的围墙,直直地朝她看着的人飞去,一点都没有偏离方向,仿佛有一根透明的线牵引着,以他们的相视的目光为轨道,乘着风抵达终点。

陈江野微微抬手便接住这架纸飞机。看到上面的字后,陈江野的唇角扬了扬,起身把平板扔回屋里的床上,也一并把纸飞机扔了进去。

辛月见他下了楼,就去门口等着。没一会儿,外面就有人拍门。辛月把门打开,两人都没说话,辛月把门关上后就把他带着朝里走。

陈江野也算是来了辛月家里两三次了,但还是第一次进屋子。

辛月家是砖瓦房,夏天要是下大雨,水来不及流下去屋顶就会漏雨,墙面上污水的痕迹纵横,因为没贴地砖,潮气会从地面自下而上地漫上来。漫上来的潮气再加上漏下来的雨,浸得地面已经看不出水泥原本的颜色,像发了霉似的,但被清扫得很干净,这两天也没下雨,地面还算干燥。因为屋里吊着的灯是老式普通灯泡,光线比较昏暗,不细看也看不出地上斑驳的污迹,不过再怎么也是跟王婶家新修的楼房没得比的。

王婶虽然抠,但修房子的时候也是把家里的家具全换了一遍,避免以后女儿带着城里的男朋友回来时看着寒酸。而辛月家不仅房屋老旧,家具也很陈旧,碗柜还是木质的,底部因为太潮都有些发霉腐坏,吃饭的桌子也是不知道用了多少年的,桌面上坑坑洼洼的。

把有钱人家的孩子带进这样破败的家里,算是一件比较难为情的事,但辛月脸上没有半分拘谨,陈江野的脸上也没有半分嫌弃,眼神更没有四处乱扫。

辛隆听到声音走过来,他一直也没跟陈江野说过话,现在看到陈江野后,表情有些不自在,尴尬地冲他笑了笑说:"来了啊。"

第三章 炙热

陈江野礼貌地喊了声:"叔叔好。"

"你好你好。"辛隆不习惯这种城里人打招呼的方式,脸笑得有些发僵,为了显得自然点,他去搬了个凳子来,对陈江野说,"坐。"

陈江野大大方方地坐上去:"谢谢叔。"

"不谢不谢。"辛隆连忙摆手,不太好意思地笑道,"你救了辛月,我这都还没谢你呢。"

陈江野没说什么,只是客气地冲他垂首笑了笑。

一旁的辛月看着此刻这两个人与平时完全不一样的做派,眉毛扬得老高。

她从没见过她爸爸这么拘束的样子,而陈江野呢,对她那么不客气,对她爸爸但是挺客气的。

大家都坐上了桌,辛隆也还是拘束得很,一直紧张地搓着手,边搓边干笑着说:"哎呀,辛月刚刚才跟我说你要过来,早知道我就去买点肉回来多做几个菜。"

"不用了叔,够的。"

农村里装大菜基本都用盆,辛隆今天买的鱼大,放的料又多,看着确实不少。

"那你多吃点。"辛隆赶忙给他抽了双筷子递过去。

等陈江野接过筷子,辛隆才发现刚刚手忙脚乱的,抽了双看起来黑黢黢的筷子,连忙给他换了一双:"来,用这双。"

换过来后,他拿着那双黑不溜秋的筷子尴尬地解释道:"这双看着黑,其实也是干净的。"说完他就拿这双筷子往嘴里刨了一口饭,然后跟陈江野说,"快吃吧,别客气啊。"

看到这一幕,辛月终于知道了她爸爸为什么这样,那是出于穷人的自卑。而这种自卑,在越是在有钱的人面前就越是会放大。

辛月猜他也看出来了,陈江野家里不是一般的有钱。

想到这些，辛月的眼神暗了暗，她从不觉得穷人就比有钱人低一等，也并不为自己是个穷人而自卑，但在这时候她还是有些难过。

像她这样的人是少数，自卑者是多数，这是一个时代的悲哀。她改变不了什么，只能尽量让自己之后过得好一点，再尽量试着去为这个时代做出一点点的贡献。而这仅一点点的贡献的前提也是她要通过读书走出去，成为一个足够优秀的人。

她从很早就明白，读书会是她这辈子最重要的事。

在没有遇到陈江野之前，她从不觉得自己会在实现自己的目标之前去做读书以外的任何事。但是现在……

唉，谁让心动难挨。

不过她也就稍稍放肆这两个月而已。

"辛月你干吗呢？怎么还不吃？"

听到声音，辛月回神。她下意识看了陈江野一眼，陈江野也在看她，她又眨眨眼移开视线去夹菜。

陈江野又看了她一会儿，然后不动声色将目光收回。为了避免气氛尴尬，吃饭的时候辛隆还是一直在找陈江野说话。

"小野你是哪儿的人啊？"

"海城。"

"哟，海城啊！"

辛隆一脸震惊，赶忙咳了两声，调整了下表情，不想让自己看起来太没见过世面的样子，接着问道："那个，我听说你是来这边体验乡土风情的？"

陈江野："是。"

"怎么想到来我们这儿啊？"

"我爸爸选的地方，我也觉得这里挺好的，就来了。"

陈江野在说"我也觉得这里挺好的"的时候看了辛月一眼。辛月捕捉到了他的目光，心头一跳，没来由地一阵悸动。

辛隆大概是察觉出他没说真话，猜他不想提这一茬儿，于是岔开话题道："这鱼还合你胃口不，要是不和胃口你尽管说啊，下次我按你喜欢的胃口做。"

"您做得很好吃。"

辛月觉得他应该不是在客气，他吃了三碗饭，其间还因为说话没注意，被鱼刺卡到了一下。吃鱼的时候本来就最好别说话，而辛隆本来也是为了避免尴尬没话找话，趁着这当口，三人总算是不尴尬地安安静静地吃起饭来。

吃完饭，一向懒散的辛隆主动收起了碗筷，让辛月送陈江野回去。

吃个饭的时间，天就暗了。月亮不知什么时候冒了出来，照得乡间小路明晃晃的。

"我就送你到这儿了。"辛月在门口停下。

"嗯。"陈江野的脚步顿了顿，然后往前走。

辛月看着他一步一步地走远，脑子里回响起他在饭桌上说的那句令她心动的话：

"我也觉得这里挺好的。"

他刚刚和辛隆说的话她听得出来有真有假，但这句话，她觉得是真的。

如果他真的喜欢这里，那他走了之后，还会再来吗？

可是她猜错了，他并不喜欢这里。

这里蚊虫多，没信号，天气热还没空调，干什么都不方便，唯一算得上好的地方就是风景不错，但他去过很多更美的地方。

他会那样说，只是因为……

她在这里。

第四章

肆意

临近八月的天亮得极早。

辛月跟辛隆七点多到地里的时候，隔老远就听到有机器在响了。

大家的地都是差不多大的，打农药要六七个小时才能打完，早点来中午就能准时回家吃饭，来晚了就要下午两三点才能回去。辛隆是宁愿中午吃面包也不愿意早起。

打农药一般都要两个人才行，一个拿着喷嘴进果林里喷洒农药，一个守着机器和装农药的桶子，机器老是会出现这样或那样的问题，还得时不时地整理管子什么的，要是就一个人会很麻烦。

如果辛月不在家，辛隆一个人打农药的时候，经常打着打着就撂挑子不干了，所以他家只有那一两块地的果子结得比较好，其他地里结出的果子因为品相太差，只能卖很低的价钱。

黄崖村里大部分家庭不算很穷，一年还是能靠卖果子赚些可观的收入，但辛月家的地本来就比别人少，再加上她爸爸懒，每年收入都比别人少，算是村里穷的了，偏偏她爸爸在吃喝上还从不亏待自己，所以他家就更穷了。

夏天正是需要大量打农药的时候，辛月每年暑假都要花不少时间跟着辛隆打农药，她还要腾出时拣落地果，所以她平时都是挤时间出来看书学习，打农药的时候也不忘带上书来看，平时拣落地果的时候，她也是一边拣一边背英文单词背课文，或者练练口语什么的。

等机器打燃后，她就近找了棵树，靠着树坐下，拿出带来的笔记本开始看。

炙野

笔记本上是她归纳的各科需要背诵的知识点，她的记性不是特别好，一个知识点需要不停地反复背诵温习才能完全记进脑子里。

药泵的声音很大，天气又闷热，让人很容易心烦气躁的，不过辛月早都习惯了，再热的天也能在这轰隆隆的噪音中静心背书。

辛月在地里背了四个小时的书后，某人才从床上起来。

和往常一样，陈江野起来随便吃了点儿东西后就开始慢悠悠地往村子外面走，只是今天他没往山上走，而且是朝着村子另一边的果林走去。

早上他半梦半醒的时候，隐约听到王婶跟辛月打招呼，问她是不是要去坝山那边打农药。等下楼碰见正在洗碗的王婶，他鬼使神差地问了"坝山"是在哪个方向。

王婶的反应有点迟钝，等陈江野都走远了也没反应过来今天辛月在坝山。

坝山这边有很多农田，几乎每片农田里都有人在打农药，药泵的声音盖过了不绝的蝉鸣，像一百辆拖拉机从面前碾过，空气里还伴随着难闻的农药味。

陈江野找了个还算清净的地方，烦躁地点了根烟。抽了没一会儿，他听到不远处传来了几个小男孩的声音："看我逮的癞蛤蟆。"

"你逮癞蛤蟆干吗？"

"我过来的时候看到辛月在地里，估计是在给她爸爸守着机器，等会儿我们拿这只癞蛤蟆去吓死她。"

听到这儿，陈江野掐灭烟头走了过去。这几个小男孩就是上次朝辛月扔石头的那三个。

"喂。"陈江野朝他们扬了扬下巴。

三个男孩一脸蒙地看着这个陌生人。

陈江野问出的下一句让他们更蒙了："你们为什么要欺负辛月？"

第四章　肆意

三个男孩你看看我，我看看你，又看看陈江野，其中一个有点胖胖的男孩用胳膊肘拐了拐旁边的小个子，低声问："他是谁啊？"

小个子说："不知道啊。"

陈江野没什么耐心等他们讨论出他是谁，直接朝他们踢过去一个石子："我在问你们。"

胖胖的男孩被石子给砸到了脚，哎哟了一声，手上装有癞蛤蟆的塑料袋掉到了地上。那只癞蛤蟆立马从袋子里跳了出去，很快便跑没了影。

"我的蛤蟆！"

丢了蛤蟆又被砸到了脚，那个胖胖的男孩气得直咬牙，他瞪着陈江野喊道："你是谁啊？我凭什么告诉你！"

陈江野拧起眉，漆黑的眼睛里没有一丝温度，声音也变得更加冷了："我没什么底线，惹了我，就算是小孩我会也打。"

三个男孩看着他身上的伤口，感受到他周身的那股戾气，心头顿时有些发虚。

这时，一直没吭声的那个寸头男孩低喊了一声："跑！"

他喊完，三个男孩转身就跑。陈江野冷笑了一声追上去，一手拽住一个，剩下一个看着自己的同伴都被抓了，也就不敢跑了。

他拎起那个喊"跑"的寸头男孩，说道："你再跑试试？"

寸头男孩咽了咽唾沫，不敢吭声。

陈江野又将目光扫向其他人："再问你们一遍，为什么要欺负辛月？"

三个人对视了几眼，胖胖的男孩率先开口："因为她有娘生没娘养，没教养，对着我奶奶都一副死人脸。"

陈江野眸色一沉。

他看向被自己拎着的寸头男孩，问道："你呢？"

105

寸头男孩的眼球转个不停,像是压根想不到理由,过了会儿才说:"我……我也是因为她没教养,对我妈妈没大没小的。"

陈江野再看向站在一旁的小个子男孩。

小个子男孩捂着破了皮的胳膊肘闷闷道:"我就是单纯地看她不爽,自己不自爱还整天一副瞧不起人的样子。"

陈江野沉声问他:"你这话是什么意思?"

小个子刚刚还一脸义愤填膺的,这会儿却结巴起来了:"我……也不知道。"

陈江野暗骂了一声,表情荫翳:"那你乱说什么?"

"我……我没乱说,我姐姐说的,说她不检点,村里好多人也这么说。"

闻言,陈江野的眉心蹙成了一条极深的沟壑,整个人看起来很是阴沉,小个子再不敢跟他对视。

过了一会儿,陈江野过去抓住小个子的衣领,跟拎小鸡似的拽着他往村里走:"带我去见你姐姐。"

十几分钟后,陈江野见到了这个小个子的姐姐,竟然就是那天尾随他的两个女生中的其中一个,黄小梦。

黄小梦看到陈江野来找她,表情又惊讶又疑惑。还没等她问陈江野找她干什么,陈江野就开门见山地说:"我听你弟说,你说辛月私生活不检点?"

黄小梦眨了眨眼,做出一副懵懂天真的样子:"你不知道啊?"

陈江野冷眼看着她:"知道什么?"

黄小梦故作犹豫,过了会儿才说:"她被人强奸过。"

听到这句话,陈江野的眉毛再次皱起,并不是因为相信她说的话,而是表示怀疑。

他爸爸以前被人陷害过,有人只凭一个没头没尾的监控视频就给他爸爸安了个"强奸未遂"的罪名，如果不是他爸爸行事谨慎，去住酒店都会自带监控器放到隐蔽处，不然就凭曝光的那条视频来看，根本没法澄清。

在农村，虽不见得会有人故意陷害，但村里人七嘴八舌的，指不定会把一件事夸张成什么样。

"你亲眼看到的？"他问黄小梦。

黄小梦点头："对，我亲眼看到的，还是我爸爸给她报的警，我可不是乱说的。"

"黄小梦，你在乱说什么！"不远处传来一个男人的怒吼。

黄小梦表情一惊："爸爸，你怎么回来了？"

黄小梦的爸爸走到陈江野面前，说："你别听她乱说。"

陈江野转头看向黄小梦的爸爸，问："她不是说她亲眼看见了吗？"

黄小梦的爸爸哎呀了一声，一时间不知道怎么解释，打量了下陈江野后，问他："你不是我们村的人吧？"

陈江野："不是。"

"那当年那件事你应该不清楚。"

"当年什么事？"

这件事黄小梦的爸爸最清楚，他知道详情，所以也没什么不好说的，于是就直接跟陈江野说了。

"好像是六年前吧，当时辛月跑到我家来，说玉米地那边有人出事了，让我赶紧报警，我们报了警就赶紧去玉米地那儿，就看到有个孩子倒在了田里。"

陈江野问道："那关辛月什么事？"

黄小梦的爸爸叹了口气，说："辛月当时身上的衣服也被扯烂了一点，好多人看到了，我估计她就是当时想救人，就和坏人拉扯了

炙野

一下。"

陈江野的眼神冷戾，薄唇抿成一条线，咬牙道："那你管好你自己女儿，别长着一张嘴巴到处乱说。"

黄小梦在一旁嘟囔了一句："又不是我一个人这样说。"

陈江野将目光转向她，眼底一片漆黑，眼神冷得骇人。

他眼神扫过来的那一瞬，黄小梦只觉自己的头皮顷刻发麻，心脏也骤然狂跳不止，匆匆移开眼睛，闭紧双唇不敢再说一句话。

陈江野又扫了眼其他两个人，没有再说什么，转身离开。

黄小梦的爸爸没见过陈江野，就问黄小梦："他是谁啊？"

"他是辛月的……"黄小梦顿了一下，因为她看到陈江野回头看向了她，眼神里饱含警告。于是，她准备说的"男朋友"三个字下意识改成了"朋友"。

黄小梦也不知道自己为什么这么怕陈江野。气场这东西说不清，有些人天生就与众不同，一个眼神都足够有压迫力。

离开黄小梦的家，陈江野又去了坝山那边。

耳边都是轰隆隆的机器响声，吵得他脑子一团乱。顶着头顶的太阳漫无目地地走，他也不知道他来这边到底要干吗。

一点多正是太阳最烈的时候，空气里的层层热浪肉眼可见。

陈江野出了村子没多久就出了一身的汗，汗水从他的额头上滴下来，顺着面颊滑到棱角分明的下颌线，最后隐没在他锁骨的阴影里。

"辛月。"一旁传来熟悉的喊声，"药还有多少？"

陈江野脚下一顿，一直没有停下的他，此时缓缓地停了下来。

"还有很多。"

空气里又响起一个声音，这声音仿佛极具穿透力，穿过他耳膜，又落进他的心底。

第四章 肆意

他转动脖颈，目光投向声音传来的地方。

十米开外，一棵枝叶茂密的树下，穿着雪纺长衫的少女就坐在那里，手里捧着一个笔记本，正垂眸看着。

阳光透过树叶间的缝隙变成金色的光点，像羽毛般安静地落在她身上，风一吹，那些光点就轻轻跳跃。

不知道是因为她太漂亮，还是因为她身上那股独有的、难以形容的气质，让她仅仅只是低眉垂眸，都兀自成画。

他就这样隔着十多米的距离看着她，在这缓缓流动的时间里，他渐渐地不再感到阳光是刺眼的，空气是闷热的，连四周喧嚣的机器噪音与蝉鸣也消失不见，只余风声在耳畔徐徐地吹着。

一只蓝色的蝴蝶乘着微风从小路的另一边飞过来，它似乎也被树下那个漂亮的少女吸引，扇动着翅膀朝她飞过去。

少女也注意到了它，小心翼翼地向它摊开了手掌。于是，蝴蝶就这样降落在她的指尖。

似是出于惊讶，少女的眼睛顷刻亮了起来，有星星般的光从她的瞳孔溢出，而后她弯起眼睛，露出淡淡笑意。

那是他第一次见她这样笑，像山川雾霭里遍野的栀子花缓缓盛开，像停着帆船港岛边白色的飞鸟划过海面，美好、明媚。

世间的一切美好仿佛都能用来形容她此时的笑容，又都无法形容。

他曾看过很多风景，也见过形形色色的人，可一切迤逦风景，一切不乏美丽的人，所有，所有，在这一刻——都不及她。

眼前的世界逐渐虚化至模糊不清，他的视线里只有她的身影依旧清晰。

夏日长风掀起额前碎发，他的心跳在风里加快。

彼时山间的果林里，蝉鸣此起彼伏。

橙树下，辛月看着指尖缓缓扇动翅膀的蝴蝶，淡淡地笑着。

过了一会儿，有一阵稍微大一些的风刮过来，蝴蝶受了惊，扇动翅膀飞向了别的地方。辛月抬眸，目光追随着蝴蝶飞去的方向，注意力却被远处的那个身影吸引。

隔得有点远，辛月看不清那人的五官，但看他的身形，再加上穿的是白色的衣服，她知道那人是陈江野。

他站在那儿一动不动的，她不知道他在干什么。

"辛月。"身后传来辛隆的喊声。

"哎。"

"把机器关了过来收管子。"

"好。"

辛月起身去关机器，进去收管子之前她抬头看了陈江野一眼，他还是一动不动地站在那儿。

"你人呢？"辛隆在里头催促着。

"来了。"辛月收回目光，弯腰钻进果林里，等把管子全部收好再出来，路上已经没了陈江野的踪影。

看着空荡的山路，辛月猜他可能只是路过而已。

今天本来还要给另一片田打农药，但辛隆嫌太热，不打了。

回到家已经是两点多，辛隆简单地洗了个澡就回房倒头大睡，辛月洗完澡出来的时候，隔着两间屋子都能听到他的呼噜声。

辛月也有点困，但她不想把白天的时间花在睡觉上。

她一边擦着头发一边朝外走，把半湿的毛巾搭在外面铁丝上挂着的衣架上，顺便抬头望了隔壁一眼。陈江野还没有回来。

收回视线，辛月转身进屋，准备拿习题册出来刷题。

她家虽然是平房，但两年前也是装修过的。辛隆把她的房间翻新了一下，还在浴室里安了热水器，厕所也从以前的旱厕改成了瓷制蹲厕。

辛隆虽说好逸恶劳,人也不靠谱,但作为一个单亲爸爸,一直是合格的,很多时候她不用说,他就知道她想要什么,比如房间里的书架。

辛月拣落地果卖的钱基本上都花在了买书上,书架上除了学习资料和习题册,还有一部分以前的教材,辛月没丢也没卖,都保存了下来。

习题册放在从上至下的第四排书架上,因为书很多,每本都塞得严严实实的,要拿出一本来还挺费劲的。辛月把习题册抽出来的时候还顺带弄下来了一个笔记本。

辛月眼疾手快地接住那个笔记本。拿起来后,看着那老旧的书皮和泛黄的纸张,辛月的神情微怔。

一幕幕斑驳的画面在这一瞬间涌现在脑海里,连带着胸腔下的那块地方产生一阵刺痛。

她没想过会突然翻出这本自己多年前的日记本,里面记录了她人生里最暗无天日的那一段过往。

虽然她早已释怀,但在翻开书皮时,她还是深吸了一口气。

此时,阳光从窗外直射进来,强烈的光线刺得她有些晕眩。她蹙起眉,避开刺眼的光线,缓缓地翻开第一页。

泛黄的纸张上留有大片空白,上面只有一行字:

妈妈走了,带走了家里所有的钱,没带我。

辛月知道里面写了这句话,可再次看到这行字时,她还是感觉心脏狠狠地抽了一下。她眨了眨眼继续往后翻,后面的很多页都是日期加上一行字:

妈妈真的走了。

时隔多年,她依然能清晰地记得自己当年写下这些话的心境。那时的她还抱着一丝希望,幻想着妈妈会在某一天回到这个一直被她嫌弃的家。

辛月继续一页一页缓缓地翻着,她看到那相同的六个字变得越来越僵硬、麻木。

一本日记本就这样被翻过了一小半,上面的内容才终于有了不同,上面写着:

明明我什么都没做错,为什么他们都要欺负我?为什么?

辛月不记得自己竟然还写过这样一段话,也不记得当时是以何种心境写下的这段话。是难过,疑惑,还是愤怒?她想了想,那时候她还很脆弱,估计会是难过更多一些。

因为年纪小,她是真的不懂村里的人究竟为什么要这样对她。

他们说她,没有教养,连什么是羞耻都不知道。

他们说她,长得漂亮又怎么样,估计没有男人肯要她。

她曾经以为,是因为没有受过太多教育才让他们的思想如此落后而浅薄。后来她才知道,这与受没受过教育无关,与环境无关,与是贫是富也无关,他们就是嫉妒,就是恶毒,是从骨子里透出来的坏。

不是每个农村里的人都这样,即便再贫穷的地方,也一定有心地良善的人,而不管是偏远的山村还是繁华的大都市,偏偏总有那么一群人——

他们生活在泥潭里,便希望所有人都满身污浊,见不得有人出淤泥而不染,见不得贫壤里开出花来。

如果她不是长了这样一张脸,凭她家不太好的条件,凭她被亲妈抛弃的不幸,本是该得到同情怜惜的,怎么也不该是得到像这样的诋毁与践踏。

如今看到当时写下的这句话,她心里没了半点难过,她在心里哂笑一声,接着往下翻。

终于要回学校了!

这一行字墨迹很深,后面还跟了一个大大的感叹号,像是期待已久的事终于到来,可那时候的她不知道,她以为的避风港,却成了另一个地狱。

那一年她刚上初中,去了县城里的中学,因为学校离家太远,她需要住宿,因此不用每天回来忍受村里人恶毒的目光。

刚开学的一两周里,周末她都不想回家,只想待在学校。直到第三周,一个初三的男生带着一伙人把她堵在了篮球场。

她不认识他,但从他的穿衣打扮和谈吐举止上,完全看得出来他就是个不学无术的混子。

而他不仅是个混子,还是个十足的混蛋。就因为她拒绝和他做朋友,迎接她的就是无穷无尽的欺凌,那个人想以这种方式逼迫她和他成为朋友,说只要她答应,就不会有人再欺负她。

这事简直可笑。

也是在那时候,辛月才发现自己原来是个倔脾气加硬骨头,那些人越是见不得她好,她就偏要好好地活着,越是要敲断她的脊梁骨,她就越要挺直背脊。

之后她不再软弱,也就没再继续写日记。

看着后面空白的纸张,辛月若有所思。当年的事情,很多细节她已经回忆不起来了,还是看着这本日记本里文字才记起一些细枝末节。

她想,要是多年后再翻开这本日记本,那她能从遗忘记忆里找到的,也就只有那些无比煎熬的过去了。但她的生活里也还是有一些美好的。

她思索着,手指轻扣书皮,最后拿着这本日记本和习题册走出了房间。在书桌前坐下后,她提笔开始重新写日记:

7月25日　晴
今天有一只很漂亮的蝴蝶飞到了我手上。

写完这句,她顿了顿,抬眸看了眼隔壁二楼。过了一会儿,她又接着写:

蝴蝶飞走的时候,我看到了陈江野。
我好像总是能碰见他。

今天除了这些似乎没有什么可以写的了,辛月合上日记本后开始做习题。

在做了好几页习题后,她瞄见隔壁阳台上出现了个人影,是陈江野回来了。

"陈江野。"她喊住他。

陈江野本来就看着她,只是在她喊他后停下了脚步。

这位矜贵又冷淡的大少爷似乎还是不习惯山里人用喊进行对话的方式,就只在那儿看着她,并没有张口的打算。

"明天我还是八点来叫你吗？"辛月问。

陈江野点了点头，辛月冲他比了个 OK 的手势，然后继续埋头做题。陈江野却没有挪开视线。

辛月虽然在埋头做题，但余光还是能瞄到他，她知道他一直站在那里。

她忍不住回忆了一下这些天，从认识他到现在的这十多天的时间里，他似乎总是这样隔着一段距离看着她，给人一种感觉——他好像有点喜欢她，但又没那么喜欢。

而他们之间隔着的也仿佛不是一段不远不近的距离，而是看不见的山与越不过的海。

思绪飘远的这两秒，一架纸飞机飞到了她眼前。陈江野不知在什么时候折的，纸飞机在她书桌前转了个弯，降落在院子里。辛月起身去院子里捡，这次上面写了字：

泡面吃完了。

寥寥五个字，一如往常地言简意赅。

这次辛月没有直接扯起嗓子回他，而是也把话写到纸飞机上，然后扔给他。

今晚吃鸡肉，你要来吗？

看到纸飞机上的话后，陈江野将笔在手间转了一圈，继续在飞机上写：

来。

再一次收到他扔过来的纸飞机的时候，辛月笑了笑，不因为别的，只是觉得他俩这种交流方式还蛮特别的，虽然从严格意义上讲就是传纸条而已。

但传纸条什么的，也是蛮青春美好的一件事。不过这件事就不用记在日记本里了。

因为她一定不会忘的。

傍晚，昏黄的灯光下，三人围坐在一桌。

这一次辛隆没那么拘束了，但还是觉得三个人光吃不说话别扭的很，就依旧边吃边找话跟陈江野聊。

"小野你今年多大了？"

陈江野："二十二。"

辛隆笑着拿筷子指了下辛月，说："辛月也二十二岁了。"

陈江野表情一怔，抬眸看向辛月。

"你们城里人应该读书读得早，你都大学毕业了吧？"

陈江野收回视线："还没有，下学期大四。"

"那你跟辛月一样啊，辛月下学期也大四。"辛隆朝嘴里刨了两口饭，包着满嘴的饭继续说，"辛月是出车祸耽误了一年，你怎么二十二岁了才大四？"

听到辛隆说"车祸"的时候，陈江野的眼皮挑了挑，接着皱起了眉，像是记起了什么不好的回忆。只是他垂着眸，密而长的睫毛盖住眼睑，让人看不出他眼底的神色。

如果不是他停下了咀嚼的动作，大概也不会有人察觉他的神情。

辛月注意到了，于是给辛隆使了个眼色。辛隆收到辛月递过来的眼神，轻咳两声准备转移话题。

第四章 肆意

陈江野却又在这时开了口:"我也出了场车祸,在六岁的时候。"

他的声音没多少起伏,也不带任何情绪。

"六岁?"出于惊讶,辛隆脱口而出,"那么小怎么会出车祸?"

话都已经说出口了,辛隆才反应过来自己不该问,于是他又收到了辛月一记眼神,于是赶紧补了句:"六岁那么小,估计你也不记得了。"

辛隆以为他这么说了后,他会像上次问他为什么来这儿一样糊弄过去,但这次没有。

他说:"我记得,那天我妈妈跟我爸爸离婚了,妈妈准备从家里搬出去,我拽着她不让她走,爸爸就朝我吼,说她不要我了,要去国外。

"我妈妈也没解释,转头就走。我跑出去追她,她上车了我还一直追,追到拐角的时候被一辆车给撞了。"

他说起这段过往时表情很冷淡,仿佛故事里那个被母亲抛弃的男孩并不是他,语气也漠然,像是全然不在意,且并非是那种装出来的不在意。

房间里很安静,只听得见外面些许呼啸的风声和孜孜不倦的蝉鸣。

蚊蝇飞到灯泡滚烫的玻璃壁上,又匆匆飞走。

辛月透过室内橘黄色的灯光静静地看着旁边的人,从这张始终冷冷淡淡的脸上,她很难想象出他拼命挽留一个人的样子。

她曾经以为他身上的那股肆意不羁与眼底时常透出的倦意,是因为他出身优越,一切欲望都可以被满足,一切想法都可以毫无忌惮去做,所以才觉得这个世界索然无味。

但这一刻,她觉得,他大概是厌透了这个世间的很多人、很多事。

"唉……"房间里响起一声苦笑,辛隆感慨地说,"你跟辛月还真是挺像的,她妈妈也是不要这个家了。"

　　辛隆一边说着,一边顺手拿过一旁的白酒,说:"我听你的语气应该也是看淡了。这才对嘛,人就得往前看,只要看得开,就没什么大不了的事,照样该吃吃该喝喝。"

　　他把白酒举起来,问陈江野:"会喝白酒吗?"

　　陈江野:"会。"

　　"那来点儿?"

　　"嗯。"

　　"我去给你拿杯子!"

　　有人陪着喝酒,辛隆兴高采烈地拍了下大腿,立马起身去拿杯子给陈江野满上。

　　两人就这么喝起了白酒,辛月也没拦着。她知道她爸爸没两杯就得醉死过去,这么点儿酒量并不伤身。

　　酒精能让人亢奋,辛隆每次只要一沾酒就会变得话贼多,牛皮能从天南吹到地北。开始喝酒后,他全程就一个劲儿地叭叭,嘴上就没停过。

　　但同样是喝酒,陈江野却像喝白开水一样,一点儿反应都没有,既没有觉得辣口,也不见半点亢奋,更没有跟像辛隆那样脸红得像关公似的,那张脸始终好看得让人挪不开眼。

　　陈江野算是很给辛隆面子,一直陪他喝了半个小时也没有显露出半点不耐烦的模样。

　　辛月把他们不用的碗拿去洗了,回来的时候,就看到辛隆已经趴在桌上醉死了过去,她二话不说,俯身把他扶了起来。

　　陈江野单手支颐看着她过分熟稔的动作,脸上浮起一丝笑意,问道:"需要我帮忙吗?"

第四章 肆意

"不需要，坐着等我。"说完，辛月就扶着辛隆往他屋里走。

刚走没两步，辛隆猛地抬起头来，大喊了句："我没醉，小野我们接着喝。"

辛月看他眼睛都没睁开，也没管他，继续扶着他走。

辛隆跟说梦话似的接着喃喃："丽芬啊，丽芬啊……"

闻声，辛月脚下一顿。

丽芬是她妈妈的名字。

辛隆是真的醉了，哪怕有一点清醒，他也绝对不会喊出这两个字，更不会说出接下来的话。

"丽芬啊，我就从来没对你说过半个不字，你该知道的，就算你要走，我也不会强留。"说到这儿，他本就沙哑的声音带上了点哭腔，"你要是想离婚，我不会不离；你要钱，我也会都给你，偏偏你让我跟辛月都成了笑话。你好狠的……"后面的话他没说出口，因为辛月把他嘴给捂住了。

快步把辛隆扶回房间后，辛月关上门出来，一抬头就看到陈江野背对着桌子坐在椅子上，手肘懒懒的撑在桌子上，狭长的双眼半眯着看向她。

迎着他的视线，辛月心里像是有什么轻轻牵扯着。

真的不怪她会认为他也有一点为她着迷，他看她的眼神实在算不上清白。只要他在视线范围，似乎每一次抬眸，她都能看到他正注视着她。

她深吸了一口气，眨了眨眼说："走吧，送你回去。"

陈江野的手肘微微向桌沿借力，懒懒散散地站了起来。

辛月看他那股比平时还要更懒散的劲儿，心头存疑，于是问道："你不会也醉了吧？"

陈江野的薄唇勾起一点弧度："我像是醉了的样子？"

辛月："有一点。"

陈江野唇边的弧度加深了一些："我要是醉了，你也扶我回去？"

辛月睨了他一眼："行了，你没醉。"

"走吧。"她转身朝门外走去。

陈江野看着她的背影，嘴角的笑意接着往外荡，然后慢悠悠地跟在她身后。

两人走到院子，屋里忽然传出辛隆的喊声，还是那种扯着嗓子痛哭流涕似的哭号，他一劲儿地喊着："丽芬，丽芬啊……"

隔着两重墙，那哭号在院子里也能听得清清楚楚。

"我以为你爸真的看开了，原来没有。"

听到陈江野的这句话，辛月脚下一顿，转过身看向他。她深吸了一口气，又吐出来，语气里带着一丝无奈："他就是嘴硬而已。"

陈江野微仰起下颔，半敛着眸看向她："那你呢？"

他的声音里透着股漫不经心，目光却透过云层里落下的月色，牢牢地将她的双眸锁定。

辛月避开他的视线，眨了下眼说："没什么看不看开的，难过归难过，生活还得继续过。"

她的神情带有一种倔强感，音色也带着韧劲，像是烧不尽的野草，风一吹就又继续生长。

可她在说这话时垂下的长睫遮住了眼睛，大概是不想让陈江野看出来她眼底里也还是有一点脆弱。

但有些事越是掩饰，就越是显露。

辛月的睫毛长而细，像柔软的羽毛，院子里橘色的光映照过来，在眼下投出一片泛着淡淡光晕的阴影，让她比平时看起来柔和了许多。

其实她的面部线条一直很柔和，皮肤也通透，像薄而轻的瓷，有种极致的易碎感。只是她那双眼睛总是带着防备与冷漠，才让她显出几分不易靠近的清冷。

不知过了多久，时间悄然流淌而过，月色下的少女缓缓抬眸，对上那双漆黑的眼。

"你呢？"她问他，"你是真的看开了吗？"

两人在月光与老式灯泡发出的光亮交织中对视。

比起这个问题，陈江野似乎对她的眼睛更感兴趣，定定地看了她很久后才开口："不知道，我不会去想这种问题。"

"为什么？"

陈江野面无表情地说："懒得想。"

听他说完这三个字，辛月没忍住轻笑了一声。

这很符合拽哥的风格。

辛月笑时会习惯性垂眸，所以她没有看到方才那双与她对视的眼睛，瞳孔里的黑色又深了一分。

再往前走两步就到门口了。门被拉开，辛月打了个哈欠，然后看着门对陈江野说："我就送你到这儿了。"

"嗯。"

辛月抬手随意地点了点指头就当挥手作别了。

陈江野看着她的眼神依旧深而沉，目光在她的脸上停留片刻后，抬脚迈出大门。往外再走两步，身后便传来关门的声音。

陈江野脚下一顿，过了会儿才继续往前走。

从这里到隔壁二楼，平常不过就几分钟的事情，陈江野却感觉自己走了很久很久，像是走进了一个恍惚的梦。

梦里时空重叠，有山川、湖泊、蝉鸣与风声，以及忽远忽近的喧嚣。蝴蝶从远处飞来，不远的橙树下出现一名少女的身影。

她在树下淡淡地笑，天空映出她轻垂长睫的模样，透着让人想拥入怀中的脆弱。

据说,蝴蝶在希腊语里有灵魂之意,尤其是蓝色的蝴蝶。

…………

"陈江野。"一旁突然响起王婶的声音。

王婶上下扫了他两眼:"你眼睛直愣愣地看什么呢?看路。"

陈江野漫不经心地"嗯"了一声,抬脚朝楼上走去。

走到一半,兜里的手机振动了两下,他把手机拿出来看到上面发来了两条消息,发送人都是徐明旭。

"野哥,乔语前两天出院了。

"发个定位过来,我们等她歇两天就来。"

陈江野把定位发过去,依旧是等了半天才显示发送成功。

过了会儿,徐明旭又发来一条消息:"有什么要我们给你带的东西不?"

陈江野想了想,回他:"带辆山地车过来。"

徐明旭:"OK。"

陈江野瞄了眼他发的消息,把手机放回兜里,只是刚放进去,手机又发出两声振动。他有些不耐烦地皱起眉,但还是把手机拿了出来。

徐明旭:"野哥,不是我说你,你也太不地道了,人家乔语刚出院就来看你,你倒好,人家都住院了,你一句都不过问。"

类似于这样让他对乔语好一些的话,徐明旭平时没少说,但他一向选择让徐明旭闭嘴。如果是在微信上给他这种消息的话,他就直接不回。

徐明旭那群人总是爱撮合他和乔语,不过他们也不明着撮合,就时不时来上这么一句,他都懒得搭理。

乔语是两年前跟他们玩到一起的,他们一群人里,除了他,个个

第四章 肆意

都和乔语合得来,干啥都要带上她,但一起玩了两年多,他始终对她很冷淡,就算整天待在一起也说不了几句话。

起初,也不知道是不是他们觉得他对乔语太冷淡了,所以就有事没事提一句让他对乔语好一点儿温柔一点儿之类的话。只是他这人从小叛逆,别人让他做什么,他非不做什么,依旧我行我素。

后来吧,性质慢慢就变了,成了明里暗里撮合。

他不是个迟钝的人,知道乔语喜欢他。虽然乔语没跟他告过白,但是个长眼睛的都知道她喜欢他,他也不止一次听徐明旭他们暗示过。

而是个长眼睛的也知道,他对她没有半点意思,乔语是喜欢他还是不喜欢他,他也一点儿都不在意。

为什么不在意?因为他们这群人里多她这个人一起玩,还是少她一个人,对他而言都一样,都没劲。

他也不仅仅针对她一个人,他对所有人都一样。所有人对他的感情,他都不在意。

世界无聊透顶,干什么都没劲。

但这一段时间,他好像觉得,每天的生活倒也没那么无聊了。

这天晚上,蒲县下了一场雨。

不算大的雨让整个山野都寂静了,虫子躲了起来,青蛙缩进稻田里,世界仿佛只剩沙沙的轻响。雨停后,连这沙沙声也没有了,安静得像是整个世界都进行了深眠。

这场雨带走了虫鸣与蛙声,也带走了夏日闷热的燥意,的确适合入眠。陈江野却在这个夜晚失了眠。

他经常失眠,但只有这一次他知道失眠的原因——他满脑子里都是一个人的身影。

123

这也是第一次，他发现失眠并不是一件令人困扰的事。

往日失眠时，他会听一些轻音乐来试图助眠，但今天他不需要，他就这样听着窗外雨声沥沥，到深夜世界归于寂静，再到清晨的第一缕光透过窗户钻进屋里。

他在阳光爬上他睫毛时睁开了眼睛。

侧身拿过手机，他看了眼时间：五点二十。距离八点还有两个多小时。陈江野把手机丢回去，转头看见柜头放着的蓝牙耳机盒。

他把耳机拿出来塞进耳朵里，然后打开手机，找到昨天去山里转悠时在每日推荐里听到的那首 *Sunrise*，接着推开窗，看向天边被霞光染成橘色的云朵。

他对音乐没有什么依赖与热爱，只有在失眠、散步或者坐车无聊时听听，也没什么特别喜欢的歌。

Sunrise 是难得的一首让他主动翻出来听第二遍的歌，他觉得这首歌很特别，也很应景。

这是一首日文歌，他听不懂日文，但由于曲风过于特别，听第一次的时候他就知道是 Nao'ymt 的歌。

Nao'ymt 的曲风独特到只要听过一首他的歌，他其他的歌也会逐一出现在之后的歌单里。因为绝大多数听过他一首歌的人，都会被惊艳，从而点进他的个人主页去听他其他的歌。

陈江野没有点进过他的主页，但也记住了他的名字。

Nao'ymt 的歌会给人一种穿越时空的感觉，虚幻中带着缥缈，似有若无，又真真切切。在他的数十首歌里，*Sunrise* 的谱曲并不算是最出彩的，但歌词写得几乎完美契合他的过去。

陈江野不是一个喜欢追忆过往的人，只是歌词里抛开对悲伤的描述，倒也符合他现在的状态——歌词最后一句的意思是，我们都在等待着日出。

第四章 肆意

他也在等待日出。

天边的云从浅橘色变成浓烈的橘红色，曙光已从云层透出，只是还未升起。除了他，还有人在日出前来到了天空下——隔壁的小院里出现了一抹纤细的身影。

他转身看向她，她也在看他。

耳机里的歌还在唱着，看着她的眼睛，他感觉时间突然静止，而整个宇宙在随着音律在他与她的双眼之间，缓缓流动着。

就像那首诗里写的——

> 当我把眼睛沉入你的眼睛，
> 我瞥见幽深的黎明，
> 我看到古老的昨天，
> 看到我不能领悟的一切，
> 我感到宇宙正在流动，
> 在你的眼睛和我之间，
> 风带起一片树叶，在他们的视线中打了个旋。

陈江野微微眯起眼，辛月的眼睛却比平时睁得要大一些。她似乎是惊讶他竟然起得这么早，她的头缓缓偏向一旁，像只歪着头的小猫。

他沉着眸从旁边书桌上的本子里撕下一页纸，埋头写上两个字后，他把纸折成纸飞机扔给辛月。

这次纸飞机失了准头，掉在了院子外面。辛月抬眸睨向陈江野，见他没有要重新给她写一封的意思，她扁扁嘴，朝门外走去。正准备去捡纸飞机，她又看见他直起身来，单手一撑跳出窗，来到阳台。

辛月不知道他要干什么，便先停下脚步看向他，接着就看到他撑

125

着阳台直接跳了下来。

辛月惊得猛地瞪大了眼睛，下一秒赶紧往外冲去。

就算是农村的洋房，一层楼也有三米多高的！而拉开门，她看到陈江野正安然无恙地朝这边走着，并且依旧是平日里那副懒懒散散的样子。

辛月蒙了。

在她发蒙的时候，陈江野捡起了掉在外面的纸飞机，又扔给了她。

被纸飞机的尖端戳到胸口，辛月眉头一皱，下意识的接住，但她没低头去看纸飞机上的内容，还是定定地看着陈江野。她在确认他是不是真的没事。

"你……"她组织了一会儿语言，说道，"你练过？"

陈江野微歪了下头，问："练什么？"

辛月指向王婶家的阳台："从那么高地地方跳下来你的脚不疼？"

陈江野薄唇一勾："你看清楚我怎么跳的了吗？"

辛月摇头。

陈江野一边朝她走过来，一边说："我一米八六，臂长算一米，那二楼顶多四米。"

辛月没明白这其中的关系。

陈江野知道她没听懂，于是给她示范了一下。他跳起来攀住墙沿，然后又松手跳了下来，说道："也就相当于我只跳了一米，还不至于脚疼。"

这下辛月懂了，他往下跳的时候是攀住了阳台的边缘把双腿垂下去后再落地的。

辛月回忆了下他往下跳的动作，并没有想起他有在阳台边上停留过，也就是说，他从阳台那边跳到另一边，再攀住阳台把双腿放下去后跳下来,整套动作一气呵成,没有半点停顿。

这怎么着也是练过的吧?

"你练过跑酷?"她又问。

陈江野:"这玩意还用练?"

辛月:"……"嗯,还是那么拽。

"那散打什么的,你也没练过?"

"这个练过。"

"我就说。"

陈江野挑眉:"怎么,你想学?"

辛月:"当然想,就是没条件。"

陈江野侧目看着她,若有所思。过了会儿,他说:"我可以教你几招。"

"就几招,学来有用?"

"防身够了。"

辛月想了想,说:"那你要愿意教,我就乐意学。"

陈江野唇边的笑意荡开些许,说:"回头我教你。"

辛月"嗯"了一声,这时她才低头看向怀里的纸飞机,上面写着:

  开门。

"你让我给你开门干吗?"

"这个时间还能干吗?"

陈江野跟她绕了个弯,什么也没说,辛月却秒懂,她笑了笑抬眸问他:"我煮面,你吃吗?"

"吃。"

辛月又淡淡一笑。

还未到六点，今天她已经笑了两次，可她分明是个不爱笑的人。

彼时，太阳缓缓从天边升起，将云朵染成梦境般的粉色，飞鸟扇动翅膀从空中划过，像一幅极美的油画。

可惜无人在意这美景，天空下相视而立的少年少女只将目光停留在彼此的身上，然后并肩走进小院里。

"我家只有挂面，你将就一下。"辛月把家里的挂面拿出来。

"挂面？"

陈江野知道拉面、铺盖面、凉面、刀削面、乌冬面、手擀面……就是不知道挂面。

辛月抬起眼皮看向他："你不会没听说过挂面吧？"

陈江野："确实没听过。"

辛月摇摇头，还真是位不知人间烟火的大少爷。

"面馆里的除了手擀面和拉面，基本上都是水面，比挂面劲道，但只能冷藏。挂面是干的，放个一年都没问题，只是口感就没那么好了。"

辛月往锅里放了两瓢水，抬头瞄了陈江野一眼："我少给你煮点吧，免得你吃不惯，反正你平时睡到中午也不吃早饭。"

陈江野扯了扯唇："我没那么挑。"

"那王婶家做的饭你一口都不吃？"

陈江野的眉头拧起："她做的那饭是人能吃的？"

辛月笑了声："王婶一家不是人？"

陈江野被她噎住。

辛月笑着朝他走过来，在他面前停下："让一让。"

陈江野不解地看着她："不是要煮面？"

辛月抬手指向灶台下的柴火："不烧锅怎么煮？"

第四章 肆意

陈江野又再一次被她噎住。

在王婶家,他很少在吃饭的时间出现,中午下楼的时候王婶家一般已经吃完午饭了。下午回来,王婶他们又还在地里劳作,所以他没怎么看到过王婶家烧火做饭,一时间忘了这是这里的人做饭之前要先烧锅。

辛月看着陈江野,她还在等着他让路。

她家的厨房布局比较特殊,空间不算小,但过道很窄,尤其是灶台旁边,只能过一个人,可陈江野也不知道想着什么,站在路中间没动。

见他一动不动,辛月催促道:"你倒是往外走一点,我过不去。"

陈江野这下终于有了动静——他往后退了一步,懒懒的靠到墙上,然后朝她扬了扬下巴,示意她就这样过去。

辛月讶然地睁大了眼睛,他留出来的这点儿空间也只够她勉强侧着身子过去。

"别告诉我这样你过不去。"陈江野语气散漫地来了这么一句。

辛月疑惑地挑眉:"你就一步都懒得挪?"

"嗯。"某人还像故意似的,把这个"嗯"字都说得透着股懒劲儿。

辛月深吸一口气。行吧,她就这么过。

她侧起身子,尽量把后背贴向灶台这边,准备抬脚跨过去。

她的肩背纤薄,骨架也窄,但尽管如此,她在越过他时,依旧感觉到了他的呼吸轻轻洒在了她的额间。

大概是夏日的气温熨热了他的呼吸,她竟觉得有些发烫,可现在明明是清晨。

她很快就越过他,心跳却加快了好几秒。偏偏她还在越过他后,下意识抬眸看了他一眼。就只是这一眼,即便过了很多年,她也还是

炙野

能清晰地记起这一刻映入眼帘的画面——

室内微弱的光线下，陈江野懒懒地靠在墙边，额前的发梢遮住眉眼，他微仰着头，目光却低垂着追随她的眼，漆黑的眸底有不散的笑意。

视线在空气中碰撞，时间在这一秒似乎变得很慢，慢到她能清晰地看到门外透进来的光线是如何跃上他的脸，又是如何透进他的眼的。

这不是他们第一次对视，但这是最近的一次，也是她心跳最快的一次。

她再一次笃定，他会永远在她的青春里拔得头筹。哪怕只是靠这张脸、这双眼。

辛月并不觉得是因为自己见识浅薄，才觉得他如此惊艳，这在后来也的确得到印证。在她走出这里，在繁华世界里遇到形形色色的人后，在每天都会看他无数次后，这张脸也还是会令她惊艳。

也是这时候她才恍然，她对他的心动，或许早在他出现在那漫天的火烧云下的时候，就已经开始。

人是最典型的视觉动物，造物主给了人类双眼与辨别美的能力，那在遇到过分惊艳的人时，心动是本能，无法避免。

况且，他令她心动的原因不仅仅是他的脸。

他这个人就像一阵风，一阵吹过旷野与河畔，带着被阳光晒到极致的慵懒，又带着掠过雪山的清凉，肆意自在的风。

只是山间清风就足以令她欢喜了。

早上山里并不怎么热，就算烧着火也是，辛月却一直在扇风，觉得整个人热得厉害。

都说心静自然凉，大概是她心跳太过吵闹，所以她才觉得温度

很高。

好不容易等面煮好，离开灶台，她的心跳才终于稍稍平复下来。

"调料你要自己放还是我帮你放？"她问陈江野。

陈江野："我不会调。"

"能吃辣吗？"

"能。"

辛月朝他的碗里加了不少辣，挂面要是清汤寡水的是真的难吃。

"要不要放藤椒油？味道重一点会更好吃些。"

"那就放。"

辛月舀了一勺面汤盛进放好料的碗里，从锅里挑起一筷子面放进去，然后递给了陈江野。

"你先吃，看看合不合胃口，觉得难吃你就少吃点，要是剩下了，我就把我爸爸喊起来吃。"

陈江野把碗接过来，夹起碗里的面送进嘴里，像是觉得味道新奇，他的眉尾轻挑了一下。

"难吃？"

"不难吃。"

辛月往旁边挪了一步："那你自己来捞，捞多少吃多少，不准浪费。"

陈江野唇角一勾，将眼神递过来："我不会浪费你的面。"

辛月的心头忽然没来由地颤了一下，明明他也没说什么。

她眨了眨眼收回视线。

因为想着一会儿辛隆也要吃，所以辛月煮得不少，陈江野却捞走了一大半。

两人一同端着面蹲在屋檐下，一边看天边的云彩一边吃，画面特别有生活气。

没等到八点,吃完饭两人就出发了。早一些就凉快些。

陈江野还是骑的辛隆的那辆老式摩托车,也还是骑得飞快。

与上一次的心惊肉跳不同,辛月这一次不仅没害怕,还很享受地仰起头,闭着眼吹风。

没有比这更令人自在的事了。

两人到镇上的时候,才七点多。

可能因为没有那么闷热,汽车上的味道没有上次那么难闻,但上车时,陈江野还是皱了眉。

"你带薄荷糖了吗?"辛月看到他皱眉,于是问道。

陈江野把薄荷糖从裤兜里摸出来,说:"带了。"

"坐这边。"

辛月挑了个晒不到太阳的座位,让陈江野坐在靠窗的位子。

汽车启动后,辛月就闭上眼准备睡觉,但刚闭上没一会儿,她旁边的人就碰了碰她的肩膀。

辛月睁开眼,看到面前递过来一只耳机,问道:"干吗?"

"要不要听歌?"

辛月看着眼前的耳机突然有些出神,她没有手机也没有 MP3,平时只有在电视里的音乐频道和在学校的午后广播中才有机会听歌。

"听不听?"陈江野见她没反应,又问了一遍。

辛月回神,伸手接住耳机,说:"听。"

陈江野看着手机问她:"你想听什么?"

"都可以。"

陈江野瞄她一眼,手在手机屏幕上滑了一阵,最后点进了一个名为"拥抱美好与早晨的清风"的歌单。

音乐在耳机里缓缓响起,是一首辛月没有听过的英文歌,嗓音独特的女生轻轻唱着,用词不算生僻,歌声传进耳朵里,大脑自动浮现歌词大意:"你是难以掌控的夜空,如晨星般无可替代,万千星光,无一而同。"

辛月缓缓地眨了眨眼,听着这首歌,她心里有种很难以形容的触动,像湖水因一根羽毛的落下而漾开层层涟漪。

不知道是因为这旋律,还是因为这词意。

清晨的风从窗户里吹进来,汽车行驶在蜿蜒的山路上,引擎发出着让人昏昏欲睡的杂音。

辛月没有像车厢里大多数的人一样闭着眼睛,而是始终睁着一双小鹿般的眼睛,望着窗外的天空,在听到某些与陈江野贴切的歌词的时候,还会时不时地瞄一眼身旁同样看着天空的他。

比如刚刚。

这一路上,辛月整个人完全沉浸在耳机里传来的歌声与旋律,伴着那轻快的节奏,她眼底熠熠的光也跟着一闪一闪的。

音乐真的能带给人快乐。

陈江野状似不经意地将目光挪过来时,看到的就是辛月明亮得仿佛快要拱出一颗星子的眼睛,她现在的神态像极了一只在山间肆意奔跑跳跃的小鹿。

他还是第一次见到她这个模样,以往她的眼底总像盛了月光般清冷,只有在笑起来时才泛出些星芒。但现在这双眼睛,即便不笑,也像星星一样。

他不由得有些看出了神,直到辛月也不经意般看了他一眼。

两道目光在空气里轻轻碰撞,这一次,还是辛月先错开了目光。

辛月不知道陈江野的目光是从什么时候起变得无比灼热,在这样近的距离下,她甚至半秒都有些坚持不了,一对上他的视线,她的心脏就怦怦乱跳。

为了掩饰慌张,她把视线投向了窗外的天空。她的余光瞄到陈江

炙野

野的唇角似乎勾起了一点弧度，接着他也看向了窗外。

这时，耳机里恰好唱到那一句："因为我觉得我们总有一天可以躺在一起，看同一部电影，听同一首歌曲。"

她与他虽然没有躺在一起看同一部电影，但他们此时正听着同一首歌，坐着同一辆车，也看着同一片天空。

早上九点，车站外陆陆续续有人从客车上下来。

车在山上的时候，从车窗外吹进来的风还算凉爽，一上高速之后，车内的空气变得又闷又热，车窗外吹进来的风都带着股湿热的潮气。

辛月一下车就跟陈江野说："买完东西我们就快点儿回去吧，可能要下雨。"

她扶着帽檐望了望天，天上看不见太阳，只有压得很低的云层，半空中到处可见要涨水时才会出现的飞蚁。

两人拦了辆三轮车坐着去了超市，快速买完东西就出来了。

现在城里都不准三轮车安电瓶了，以前随处可见的三轮车已经所剩不多。他们在新华书店外看到了几辆出租车，思考了一下后，他们决定拎着东西走去车站。

辛月看着越来越阴沉的天，有种不祥的预感，总觉得他们走到半路就要下雨。

女生的直觉果然可怕，他们不多不少刚刚是走到半路的时候，就下起了雨。

夏季的雨往往来得汹涌，硕大的雨点瞬间在水泥路面上打出了一个个黑色的圆点，很快整条路便全湿了。

路边树木的叶片承载不住雨滴的重量，向下垂着。

第四章　肆意

辛月和陈江野跑到路边的一家商铺门口的屋檐下躲着等雨停。这边沿街没有卖伞的地方，最近的只有对面那条街上，他们买过帽子的那家饰品店里才有伞卖。

"这雨应该下不久，我们等会儿吧。"

"要是会下很久呢？"陈江野瞄了辛月一眼。

"呃……那我们只能淋一段路的雨了。"

陈江野"喊"了声，把一大袋东西往地上一扔："在这儿等我。"说完，他就要走进雨幕里。

"喂！"辛月赶忙拽住他，"你干吗？"

"能干吗？"陈江野回过头来看向她，"我去买伞。"

辛月想了想说："那我跟你一起。"

陈江野突然笑了声，那双黑漆漆的眼睛定定盯着她。

辛月不知道他为什么要这样看着自己，直到他用低沉的嗓音开口说："你非要陪我一起淋雨？"

辛月一愣，片刻后错开与对他对视的目光，同时把拽住他胳膊的手松开。

她没说话，陈江野也没再吭声，但依然盯着她，唇边的笑意愈发明显。

辛月被他看得浑身别扭，犹豫了会儿后抿唇道："你还去不去了？"

"去。"陈江野这才终于将目光收回去。

辛月深吸一口气，把帽子取下来递到他面前："帽子给你，好歹能挡点雨。"

陈江野瞥了眼她递过来的帽子，问道："你不怕被认出来？"

辛月眨了眨眼，说道："现在应该没什么人记得我了吧？"

"那你还戴帽子干吗？"

"以防万一。"

陈江野的下颌微仰,目光从她的脸上移到她手上递过来的帽子。

半晌,他扯过她递来的帽子,反手扣回到她脑袋上。

"那就戴着。"

磁性低沉的嗓音落下来,伴随的是轻轻将她帽檐压下一些的动作。

这举动令辛月猝不及防地耸了耸肩,漂亮的颈线也高高崩起。大脑有那么一瞬间是空白的。

等愣怔过一两秒后再抬头,她看到的陈江野奔入雨幕中的背影。

他连背影都令人心动。

看着雨中的他,辛月站在原地,表情有些发愣。

她不知道他对女生都这么体贴,还是只对她一个人这样。喜欢一个人就是这样,哪怕再理性,也还是会去想一些幼稚而没有意义的事情。

在终于意识到自己竟然都想到了这儿去了,辛月被自己蠢笑了。只对她一个人这么体贴又怎么样?以后他总还会对另一个女生这样。

她摇了摇头,把这些不该有的念想甩出脑海,站在原地安静地等他。

过了大约十分钟,陈江野撑着伞出现在她视线里。

雨打湿了他的头发,他就索性把头发全捋到了后面,将整张脸都露出来,过分优越的长相让他完全驾驭得住这个发型,甚至比他平时刘海半遮眉骨的样子还要好看。

辛月不由得深吸了一口气。

没有了刘海的遮挡,让他身上的沉戾气息少了几分,但看起来仿佛比之前还要更拽一些。

看着这样不太一样的他,辛月心里突然涌起一股难过的情绪。

第四章 肆意

人都是多面的,在看了把头发撩起来的他、笑着的他、受伤的他……难免就会有期待,会奢望再看到打篮球的他、穿西装的他……更多更多的他。

陈江野无法得知她此刻的想法,看她眉头拧起,以为她是觉得冷,加快步伐撑伞走到她身旁,问她:"冷?"

辛月摇头。

陈江野也没再多问,换了只手拿伞,弯腰提起地上的袋子,然后把伞遮到她的头顶。

"走吧。"

"嗯。"

两人一起迈入雨中,雨打在透明伞上,能看到伞上溅起的水花。

辛月家里也有一把透明伞,她时常会在下雨时撑着伞走进院里,在伞下仰头看雨如何落下,迸溅出一朵朵漂亮的水花,又如何沿着伞面滑下,消失在视野。

雨天在文学作品里往往用来烘托悲伤,人在雨天也的确更容易情绪低落,譬如她刚刚,但雨天也可以是怦怦然的——

因为伞很小,两个人一起打,肩膀总会不经意地撞到一起。每撞一下,她胸腔下的那块地方也会跟着轻跳一下。像小鹿轻快奔跳,像蝴蝶振动翅膀。

长长的街道上,他们就这样并着肩,慢慢地走着,一人一只的耳机里放着同一首歌,他们没有说话,好像也不用说话。伞是倾斜的,更偏向她一些。分明是倾盆的暴雨,声音却并不嘈杂。

下雨天的夏季没有蝉鸣,世界由滴答声组成,滴答、滴答……

长街走到一半,陈江野停了下来,用手拉了下辛月的胳膊。

辛月微微一怔,脚步停下来,转头望向他,问道:"干吗?"

陈江野看着面前的男装店,拉着她就往里走,说:"买件衣服。"

陈江野随便挑了件白色短袖,然后顺手取下一件薄外套丢给她。辛月下意识接住,表情却是蒙的,过了会儿她才想起他好像问过她是不是冷。

她忙道:"我不冷。"

说完,好巧不巧,她偏偏在这个时候打了个喷嚏。

陈江野什么也没说,只丢过来一个眼神,然后拿着衣服去了试衣间。他穿什么都好看,一件版型和面料都不怎么样的短袖套在他身上,顿时看起来贵了好几倍。

"两件多少钱?"他出来后就直接问老板。

"三百二。"

蒲县街上都是些杂牌子,当地的消费水平也不高,辛月猜肯定是老板一眼看出来陈江野不是本地的,不了解价格,就抬了价格。

她正要跟老板理论,却见旁边的陈江野面无表情把手机转账记录给老板看:"转了。"

辛月:"……"

她本来没觉得冷,这下是真冷了,虽然花的不是她的钱,她的心头也还是拔凉拔凉的。

"走。"

陈江野直接走到外面去等她,丝毫不给她退掉手里这件外套的机会。辛月无奈地只能套着外套朝他走去。

这里离车站不算远了,慢悠悠地晃过去也只需要十多分钟。

大概是因为下雨天,车站里没几个人,空荡荡的。

去顺隆镇的车在他们来之前刚开走一辆,下一辆至少得等半个小时。

顺隆镇的站台在最后面,辛月和陈江野也不知道刚开走一辆,就

第四章　肆意

坐在长椅上等。在这个角落看整个车站，能看到的人更少了，寥寥几个人影还都隔得他们很远，加上近视，那些走动的人，在辛月眼中就像是梦里的虚影。

外面的雨声渐小，世界仿佛突然安静下来，耳机里播放的音乐这时也没了声音，应该是没电了。

辛月取下耳机递给陈江野，表情稍显失落："给你。"

"还想听？"

陈江野注意到她的表情。

辛月点点头，并不否认。

陈江野盯着她，眼睛颜色似乎深了深，过了会儿，他问她："有多想？"

辛月不知道他要干什么，有些好奇，在抬眸看到他让人捉摸不透的眼神时，她更好奇了。

于是，她试探地回答道："很想。"

陈江野的下颌缓缓仰起，长睫下垂。半晌，他说："我可以唱，你听不听？"

他的语调平缓，像是话里说的只是很寻常的举动，辛月的心却猛地颤了一下。

她怎么也想不到，他会愿意为她唱歌……

"听不听？"见她愣住，他又问了一遍。

"听……"辛月怔怔地回答。

她说听，下一秒他就开始唱，没有一丝拘泥。

他是真的肆意随性，想做什么就做，不在意场合，一切都随当下的心情，其他的全不考虑。世上怎么会有像他这样特别的人？

陈江野没有任何铺垫，直接进入副歌："我会在你能够看得到的地方，做个不会下山的太阳，我放空整个心脏，只放你在心上，对

139

你的爱会肆意滋长,漫长的我正载着岁月的晨光,只在你的生命中滚烫,白昼与黑夜也无法阻挡……"

辛月长睫轻颤,看着旁边的他。

他侧着脸,下颌线轮廓清晰,突出的喉结随着吟唱上下滚动,眼睑淡淡垂敛,不时会扫过来一眼,又不动声色地缓缓移开。低沉的嗓音自他的唇间缓缓溢出,带着像是午后微倦的慵懒,在漫不经意间就俘获人心。

"会拥有因你升起的曙光……"唱到这一句,他的声调开始下沉。辛月以为他会接着唱完后半部分,或者就此停下,他却突然转了个转弯,"想你这件事情一直在我脑海中,你是我永远都走不出来的迷宫,我快要失控……"

辛月没有听过这首歌,但从旋律上也能分辨,这是另一首歌。

在空荡的车站里,伴着外面潇潇的雨声,陈江野唱了一首又一首歌的片段:"我在黄昏里刚好遇见你,我屏住了呼吸等风吹过我再吹过你……你将会被我抱紧,唱什么歌哄你开心……着迷于你眼睛,银河有迹可循……"

每一句歌词,似乎都是他精心挑选好的,可他又明明是心血来潮。而不管是否早有预谋,他好像总是知道怎么让人心动。

这么说似乎也不对。

哪怕他什么都不做,只是就站在那里,她也难抵心动。

第五章 真心

"车来了。"

这三个字,就算是收尾。

他不再继续唱,也移开了眼。

他没有让辛月做任何评价,就这样随意而自然地将气氛过渡。

可尽管如此,辛月的心还是久久未能平复。

在车上整整两个小时的行程里,辛月一直没有跟陈江野说话,连看他都不敢,她怕目光一旦撞上那双深邃的眼,他会将她的心事看穿。

好在,他也一路无话。

到镇上的时候已经是中午。

雨还没停,甚至还有越下越大的趋势。

一个雨伞不足以阻挡这么大的雨,两人只能在镇上的小饭馆里等雨停。

吃完饭后,陈江野看了看外面的雨,丝毫没有要停的迹象,又看了看始终心不在焉的辛月,眼底浮起一丝笑。

半晌,他问她:"要不要看电影?"

镇上要比黄崖村信号好,用流量看电影不会卡顿。

辛月反应了一会儿,问道:"是用手机看吗?"

陈江野挑眉:"不然?"

"你手机还有电?"

炙野

　　陈江野看了眼手机电量,还剩75%,新买的手机,电量不会流失得很快。

　　"还有。"

　　"那我们看什么?"

　　陈江野懒懒的靠向身后的椅背:"你说。"

　　辛月除了小学的时候,在学校组织下去电影院看了场电影,至今还没去过电影院。即使是在电视上看,也还是在上初中之前,上初中后她基本就没怎么看过电视了。

　　"还是你挑吧,我就没看过几部电影。"

　　陈江野了然,他滑拉了会儿屏幕,似乎是已经找到看什么了,把凳子往旁边一挪,然后抬眸看向辛月。

　　接着,低沉的嗓音从他地薄唇间溢出:"过来。"

　　有点儿哑的声线,透着散漫的倦意,却有着让人无法抗拒的魔力。

　　有些人就是这样,压根不用说多么撩人的话,仅收缩一点声带,下压一点喉结,就能让人心跳错拍。

　　辛月暗暗深吸了一口气,绷着颈线搬起凳子坐过去,但没挨他太近。

　　陈江野瞄了她一眼,像是嫌她坐得太远,嘴里"啧"了一声,直接伸手将她的凳子一把拽了过来。

　　辛月心头猛地一震。

　　她快速眨了眨眼,看向陈江野拿在中间的手机,拼命让自己集中注意力在手机屏幕上,别转头去看他。

　　手机电影里此刻出现了一个20世纪穿着白色婚纱的异域女孩。辛月心想他该不会还找的还是一部文艺爱情片吧?

　　要命。

第五章 真心

于是，她犹豫了一会儿后问：“这是什么电影啊？”

陈江野懒懒地回她：“《他是龙》。”

听这名字，辛月还以为是部热血魔幻电影，就放心大胆地看了。

然而，看到一半辛月才后知后觉……这是部爱情片，还是一部画面尤为唯美浪漫的爱情片，故事里有着童话般的美好与纯真。

她感觉陈江野是真想要她命。

和喜欢的人一起看这种电影，哪怕周围环境嘈杂，也很难不悸动。

男女主角接吻的时候，她放在桌下的手不自觉地抓紧了凳子的边缘，脸阵阵发烫。她暗暗用余光瞄向身旁的陈江野，希望他没有注意到自己已经泛红的脸，可余光似乎被他察觉，一道视线扫过来。

心口倏地"咚"了一声，她赶紧移开目光，没有看到陈江野唇边那抹过分明显的笑意。

就在这时，外面突然传来一声大喊："野哥！"

陈江野眼皮一挑，抬起头来，辛月也朝外看去。

"野哥，这儿！"

一个头发染成了金色，长得很白的男生坐在一辆越野车上朝这边狂挥手。

在确认没看错后，那男生直接推开车门，冒着雨从马路对面冲过来，车上陆陆续续还下来了两个男生和一个女生。

三个男生打扮得都很潮，看起来与这个破败老旧的小镇格格不入，哪怕他没喊陈江野，也能一眼分辨出他们是一路人。

同行的女生打扮得更是惹眼，上身是一件设计感很足的吊带，露出了半边锁骨与一小段雪白的细腰，脖颈上叠戴了两条金属质感的项链，一头利落的短发，整个人有着少女的纤细，又酷感十足。

她长得也很漂亮，鼻梁高挺，唇形很是好看，唇上涂了雾面灰棕色口红，低饱和的冷色调口红恰到好处地衬出了她优越的混血感，是女生都会喜欢的那种酷飒风女孩。

"天哪，陈江野，我怎么都想不到能在这儿碰到你！"

金发男生显得很激动，嗓门也大，整个饭店的人都看向了他们，不过这倒是跟他的大嗓门没有太大关系，他们这一行人在这镇里就算安静如鸡也一定回头率爆表。

陈江野连金发男生百分之一的激动都没有，依然坐在凳子上，神色淡淡。

"你不是说你们过两天来吗？"

"这不是想给你个惊喜嘛。"那男生"嘿嘿"两声，"结果没想到在这儿就碰上你了。"

"野哥。"

站在金发男生后面的寸头男生把头探出来，指了指辛月问："这位美女是谁啊？"

"不给我们介绍介绍？"第三个黑发男生道。

金发男生也早就注意到了辛月，只是不好一来就一个劲儿地盯着人家看，趁这会儿工夫，他赶忙光明正大地打量着一旁的辛月。

刚看到辛月时他就觉得眼熟，现在更是越看越眼熟，总觉得在哪儿看过。

"啊！"金发男生似乎终于想起来在哪儿看到过辛月了，情绪比刚刚还要激动地问陈江野，"她是不是之前很火的那个……那个天桥底下的女生？"

此话一出，其他人也都惊了。

辛月的长相辨识度很高，但他在那个视频里只出现了三秒，而且是侧脸，如果她在视频里是正面出场，再加上她今天没有戴鸭舌帽的话，这几个人可能一眼就能认出她来。

第五章 真心

寸头男生掏出手机，在搜索栏里输入"天桥下"三个字就找到了辛月大火的那条视频，在比对确认辛月就是视频里的那个女生后，他"啧啧"两声："天哪，野哥，你们竟然认识！还瞒着我们！"

黑发男生看起来挺沉静睿智的一个人，这会儿也不太淡定："你这波确实不地道啊，这都不跟我们说。"

"就是就是。"金发男生附和道。

他们几个不用说话就已经足够吸睛，更别说他们还一个劲儿地扯着大嗓门说话。辛月看到已经有人拿手机往这边拍了，也不知道是认出了她，还是单纯地想拍他们几个。辛月知道自己的视频热度已经降下去了，但看到手机镜头还是很抵触，她抬手压低了帽檐。

陈江野注意到了她的动作，目光往四周一扫，脸色沉了下去。

"赶紧的啊，野哥。"金发男生还在那儿喊。

陈江野眉头一紧："你怎么不再大声点让全镇的人都听见？"

金发男生愣住，他看得出陈江野生气了。

陈江野懒得跟他们解释，这儿也不方便解释，于是站起来拉着辛月往外走。

见他主动拉一个女生的手腕，金发男生和寸头男生目瞪口呆。黑发男生眼底也闪过一丝惊讶，然后扫了旁边的女生一眼。

女生从进来之后，目光就一直落在辛月身上，此刻更是紧紧地盯着辛月被陈江野握住的手腕。

"陈江野你干吗？"

辛月很蒙，她不知道陈江野为什么要怼金发男生那样一句，也不知道他为什么要拉走自己。

陈江野没有立马回答她，自顾自地拉着她顺着街道屋檐走了一段距离后，才在一家倒闭的老旧商店前停下来。

他转身看向她："你没看到有人在用手机拍照？你想被拍？"

147

辛月心头微微一颤，他竟然是因为这个……

"野哥！"刚刚那些人追上来，金发男生朝他埋怨道，"你也太重色轻友了！"

"别嚷嚷。"陈江野侧头指了下辛月，"她不想被拍。"

"这样啊。"金发男生乖乖闭上了嘴。

寸头男生走过来："这儿也没人了，现在能给我们介绍下了吧？"

辛月下意识地看向陈江野，陈江野也看了过来。两人仅仅对视了一眼，辛月就读懂了他眼神里让她来开口介绍她自己的讯息。

辛月也觉得她自己介绍比较好，她转头看着面前的四个人，不紧不慢地开口，没有一丝怯生："我叫辛月，是他在这儿的邻居，土生土长的蒲县黄崖村人。"

金发男生跟寸头男生顿时就是一声"天哪"，紧接着说道："你没骗我们吧，天底下竟然会有这么巧的事情！"他轻咳了几声缓解了刚才的惊讶，说道："那个……我们也自我介绍下吧。"他先起了个头，"我叫徐明旭，跟野哥也是邻居，我俩从幼儿园就认识了。"

寸头男生接着说："我叫刘锐，跟野哥也是从小就认识了。"

"傅时越，野哥朋友。"黑发男生的介绍简洁明了。

三个男生介绍完毕，只剩那个短发女生了。

短发女生表情冷冷地开口："乔语，无语的语。"

徐明旭和刘锐的眼睛同时睁大，满脸"感觉有好戏，但又不敢看"的表情。大概有那么十秒的时间，其间没有一个人说话，空气像是凝固了。

出于女生的直觉，辛月从乔语刚出现的时候，就莫名觉得她可能喜欢陈江野，现在更是几乎确定了这件事，不过她倒并不觉得乔语对她有徐明旭他们以为的敌意。

她对乔语也没有任何敌意，因为她从未奢望陈江野会属于她一个

第五章 真心

人。从见到陈江野的第一眼开始,她就知道,一定有很多人喜欢他。

这个年龄的女生,谁能不爱他这样的人?

"车呢?"陈江野率先打破了有点诡异的氛围。

"车?"徐明旭有点心不在焉,一时没反应过来。

还是傅时越回的他:"徐明旭给你带的摩托车在车的后面。"

"哦。"陈江野拿起手机看了眼时间,又瞥了眼外面还飘着的雨。

"现在三点多,从这儿到黄崖村还要一个多小时,我寄宿的家里除了泡面没东西招待你们,你们要想吃好喝好睡好,现在就可以原路返回去县里,不然按照这里的路形,晚了我怕你们栽沟里。"

徐明旭问:"你跟我们一块吗?"

陈江野用下巴指了指辛月:"我要送她回去。"

"这样野哥,我们等你把辛月送回去,你再跟我们一起去蒲县呗,咱哥几个要是再不聚聚,等你回海城,估计那时候越哥都去国外了。"

陈江野:"我晚上必须回去。"

"为什么?"

陈江野没有第一时间回答,目光下意识地看了眼旁边的辛月,过了一会儿才说:"陈安良跟我发过誓,要是我这段时间能做到不外宿,他以后就再也不管我。"

听完他这话,刘锐笑了两声,说:"野哥,你爸爸是《变形计》看多了吧,真以为你在这儿老老实实地待两个月就能转性?"

刘锐这么一说,徐明旭突然想起来:"我估计陈叔不是《变形计》看多了。"

刘锐:"怎么说?"

"前两天我跟我爸爸吵架,我听我爸爸说他也要去找人来看看怎么治我,然后我就听他给陈叔打了个电话,要什么白大师的联系方式,当时我还没想到野哥你身上来,现在想想……徐明旭猛拍了下大

149

腿,"野哥你这是被那白大师给坑了啊!"

陈江野似乎并不在意这其中的原因,表情没有一丝变化,徐明旭跟刘锐反倒是一脸义愤填膺。

听着他们你一句我一句的吐槽,辛月的长睫缓缓垂敛。

辛月一直以为,她生在穷乡僻壤,离这种阶层的富人很遥远。现实也确实如此,哪怕他们就站在她眼前,和她说着话,她依旧感觉他们之间隔着一整条银河般的距离。

他们像飘在云端般虚缈,而她陷在深潭里。她知道自己总有一天能脱身,但那至少也在一年后。

这让她忍不住想:如果是一年后遇到陈江野,那她一定比现在勇敢得多。

"你们俩能不能消停点,我耳朵都疼了。"傅时越掏了掏耳朵说。

徐明旭和刘锐都属于话特别多,嗓门又大的那类人,两人只要凑在一起,对其他人的耳朵简直就是高倍伤害,比夏天树上的蝉还要聒噪。

"我们刚刚说到哪儿了?"被傅时越打断,徐明旭终于意识到自己跑题了。

傅时越没搭理他,转头看向陈江野,说:"所以怎么说,我们总不可能就这么散了,下次你再见到我估计就要过年了。"

陈江野"啧"了一声,有些烦躁地说:"明天我来找你们。"

傅时越知道他为什么不耐烦:"我看这儿离你发的定位还有二十多公里,这儿到蒲县又是几十公里,你要是骑车来回得大半天吧。"

"什么?还有二十多公里?"徐明旭惊了。

"算了算了。"徐明旭摆手道,"野哥你还是别来找我们了,我们直接跟你回去得了,咱们又不是没挤一张床上睡过。"

"屋里没空调,挤一张床,你想热死我?"

第五章　真心

徐明旭哎哟一声："那就一个打地铺，一个去车里睡嘛。"

"你们倒是安排好了，那我睡哪儿？"乔语踢了徐明旭一脚。

"你……"徐明旭回头看了看她，不知道想到了什么，眼神又缓缓地飘向了辛月那边。

他看了看辛月，又看了看乔语，最后深吸一口气，壮着胆子问辛月："那个……辛月啊，乔语能不能住你家？"

徐明旭这一问惊得乔语一愣，但她并没有说什么。

辛月神色淡淡地望向乔语："如果你不介意跟我睡一张床，可以住我家。"

所有人的目光投向乔语，乔语则看向辛月。两人静静对望着，脸上都没有什么表情，旁边的人看着却感觉她们是在暗中较劲，毕竟两个人都定定地看着对方，眼神不退不避，直直对撞。

一时间，空气仿佛再次凝固，连雨都瞬间小了不少。

刘锐看了看她俩，又暗暗看了眼陈江野，然后伸手去掐徐明旭胳膊。都说情敌见面分外眼红，他还让两个人睡一块，这不拱火吗？

虽然现在刘锐不知道辛月对他们野哥有没有意思，但他觉得像野哥这样长得好看，武力值爆表，酷到没边，家里还巨有钱的大帅哥，应该没有女生会不喜欢。

就在刘锐感觉快要顶不住这气氛的时候，乔语终于开了口："不介意。"

刘锐松了口气，徐明旭赶紧跳出来说："那就这么定了！"

反正已经发展到这个地步，徐明旭也不管三七二十一了。

"那咱现在……"徐明旭给陈江野使眼色，"走？"

陈江野抬手把透明伞打开，把手里的一大包东西丢给徐明旭，说道："你们回车上等着，我去把车骑过来。"

说着，他撑伞从屋檐下走出去，但刚迈出一步就停了下来。

他转头看向辛月:"愣着干吗?"

辛月眨了眨眼,有点蒙。

"你不帮我打伞,我怎么骑车?"

这会儿的雨已经变成毛毛雨了。辛月想说这毛毛雨好像没有撑伞的必要了,但还是朝他走了过去。她要是留在这儿,气氛估计会很尴尬。

看到辛月来到身边后,陈江野直直举着的伞朝她这边偏了一些,像银丝般的雨落在伞上,没有声音。两人并肩往前走,慢悠悠的像是在散步。

他们走出一段距离后,徐明旭伸手出去接雨,后知后觉道:"雨这么小,他还用别人给他撑伞?以前这么小的雨,他……打过伞?"说到最后几个字时,他顿了一下,刘锐撞了下他的胳膊。

他知道刘锐干吗撞他,但大家都不瞎,他觉得就算他不说,乔语肯定也看出来野哥对辛月是有多么不同。

他甚至索性直接转头对乔语说:"语哥,别继续在野哥这棵树上吊死了。"

乔语眼神一颤,目光缓缓移过来瞪住他,冷冷地开口:"要你管。"

辛月和陈江野已经走出了一段距离,听不见他们的谈话。下雨时的世界是安静的,路上行人很少,老旧的乡镇街道上现下就他们两个人。

"你不问我吗?"陈江野打破沉静,兀然问了这么一句。

辛月疑惑地转头看向他:"问你什么?"

陈江野垂眸对上她的视线:"问我那晚上为什么不跟你爸爸说实话。"

第五章 真心

辛月这下才想起来，当时她爸爸有问他是不是来这儿体验乡土风情来着，当时他说是。

今天听徐明旭他们说的，又好像是因为他做错了什么事，或者太叛逆，他爸才把他送来这里来改造。

"你既然没说实话，证明你不想说，那我为什么还要问？"她说。

陈江野突然停下来，辛月不知道他要干吗，茫然地看着他。他也不说话，就盯着她看，双眼仿佛深海的漩涡，漆黑得让人捉摸不透。

"你干吗？"辛月实在是很蒙。

陈江野短促地笑了声，这才缓缓开口："辛月，你就这么没有好奇心？"

他的声音像是有一种特殊的魔力，在每次喊她名字的时候，总是能够轻易让她呼吸错乱。

她不知道怎么回答，脑子也无法思考，偏偏他还非要答案。

"嗯？"辛月快速眨了眨眼，迫使自己的大脑转起来，想要寻找一个合适的回答。

她对他明明一直很好奇。如果不是对他好奇，他出现在这里的那一天，她就不会看到那个站在漫天火烧云下的他，或许也就不会被如此惊艳。

可是她总不能说，她对他一直很好奇，这太暧昧。他们之间暧昧的开始，好像也正是因为她的好奇。

如果不是好奇，她就不会在遇见青蛇的那天，问他为什么要笑，也不就不会得到那个让她心跳紊乱的回答。

然而有些事情与好奇无关，既然知道一件事情他不想说，却还继续追问，这是不礼貌，也是不尊重人的行为。只是现在辛月的脑子有点乱，想不到这上面来。她思考了半天只憋出一句："你没听过一句话吗？好奇害死猫。"

这句话又成功地让陈江野发出一声笑:"那是猫,不是你,也不是我。"

上一秒他还在笑,下一秒说这句话时,他的语气却渐渐沉了下来,眼底不带一丝轻浮的笑意,他像是在很认真地告诉她:他不会害她。

不会让已经困在泥潭里的她继续深陷,所以……

"辛月,你可以对我好奇。"他说。

"咚咚、咚咚——"辛月听到自己急促而剧烈的心跳声。

他总是知道说什么话能让她胡思乱想、心绪紊乱,他就像一个情场老手,三两句话就能引她沉沦。

旁边有摩托车呼啸而过,引擎声响彻街道,她却依旧只能听到自己又快又重的心跳。她甚至在想,陈江野会不会也听见了这跳动得过分厉害的声音。

如果听到了,那她该从何抵赖。

但好像……也不用抵赖。

"我没想骗你。"陈江野把暧昧的气氛拉回了原来的话题。

"只是那天你爸爸在,我总不能说我来这里是因为我差点害死我那个后妈生的弟弟。"

辛月的心头猛地一震,错愕地睁大了眼睛。

看到她的反应,陈江野"嘁"了一声:"我当时要是这么说,你爸爸怕是就不会再做饭招待我了吧?"

的确,这种危险人物,她爸爸一定会让她离他远点,就算他是她的救命恩人。

只是对于陈江野刚刚说的那件事,辛月表示有些怀疑。

她和陈江野虽然只认识了不到一个月,据现在她对他的了解,她

第五章　真心

总觉得他不是那种人。

她想问他这其中是不是有什么误会，看他现在也是刚刚那副"你对我就这么没好奇心"的样子，所以她就问了。

然而陈江野却说："没有。"

辛月的心头又是一震，眼睛再次睁大。

陈江野地嘴角散漫地勾起："现在你是不是也不愿意让我进你家门了？"

看他吓唬完人还笑得一脸痞气的样子，辛月白了他一眼："所以你要是还想进我家门，就把来龙去脉说清楚。"

陈江野像是缓缓吸了口气，上扬的嘴角渐渐下沉，连同眼神也沉了下去，眼底漆黑一片。

他过了好几秒才开口，声音微哑："我养过一只猫，小时候在学校外面捡的，陪了我十年，去年死了。"

听到这里，辛月已经能大概猜到发生了什么，但心仍不由自主地收紧。她第一次在陈江野的眼里看到这样悲伤的神色，淡淡的，像此刻阴霾的天，伴着一种无边的死寂与孤独感，悄无声息地蔓延。

"我以为它是太老了，直到来这里的前几天……"他停顿片刻，喉咙吞咽了一下，喉结压到最下方，再极为缓慢地回升。辛月看到他太阳穴旁有青筋凸起，打伞的那只手也因用力而使指节微微泛白。

"我才知道……"他继续说，"它是被我那个弟弟活生生捂死的。"

辛月猜到了会是这样，但还是感觉心口一抽一抽地隐隐作痛，鼻子也有些酸。

她一直觉得她自己冷漠又薄情，但她极见不得老人和动物被欺负，看到或听到都会容易鼻酸。

自从车祸后，她唯一一次哭就是因为看电视上播放的《最后的狮子》。

炙野

当看到那只名为马蒂陶的母狮经历了一番以一敌多的殊死搏斗后,在黎明前夕,隔着昏黄的日光注视着为了守护领地而被围攻得只剩一丝虚弱喘息的雄狮时,她哭得整个人都在颤抖。后来,只是在课间听到别人说起"马蒂陶"这个名字时,她都忍不住鼻尖泛酸。

隔着屏幕看这样一段故事她都觉得心像被撕裂一样痛苦,更别说亲身经历的人。

她对陈江野的过去知之甚少,但只凭他此前寥寥数语间谈论的过去,她也能知道他是个在亲情里缺少爱的人——妈妈抛下他,他爸爸也不见得对他有多好,更别说他还有个同父异母的弟弟。

都说一个男人如果不再爱一个女人,那么会连她生下的孩子也一并厌弃,虽然不是所有的男人都这样,但现实里又的确有太多男人对前妻的孩子不闻不问,却对后来人生下的孩子好得不得了。

在这样的家庭里,那只陪伴他十年的猫,一定是比任何人都重要的存在。

如果她是陈江野,在知道有人故意害死了陪伴自己十年的猫后,她也一定恨透了那个人。

她用力吞咽,压下喉间堵塞,抬头问他:"所以你恨他,想要报复他。"

陈江野眼眸半垂,情绪已然控制好,只淡淡"嗯"了一声。

有些话辛月觉得他应该知道,但她还是想说:"我能理解你的心情,但你有没有想过,因为这种烂人,弄脏了自己,不值得。"

辛月加重了最后三个字,定定地看着他的眼睛。

"烂人?"陈江野突然笑了,"可我那个后妈说,我才是烂人,就是十条命也抵不了他儿子一条。"

他说这话时,眼底没什么怒意,仿佛他自己也认为自己烂,只是有些不屑,大概是因为最后一句。

第五章 真心

"她应该挺担心你跟她儿子争家产的吧？"辛月问。

"当然。"陈江野挑眉，带着半分不知道为什么这样问的疑惑。

辛月微偏一下头："那你干吗还信她的话？"

陈江野微怔了一秒，倏地又笑了。辛月看着他，缓缓眨了眨眼。

他怎么会是烂人，他是把她从鬼门关拉回来的人，是唯一会回避她抽烟的人，是连打伞都会偏向她这边的人……他可能有些暴躁，有些自我，大概也不爱学习，还很拽……但他很好，就是很好。

"以后别为了这种烂人，把自己给搭进去了。"辛月没忍住又开始说教。

喜欢一个人，就是会变得唠叨。

因为关心。

陈江野的唇角已经有些压不住了："我没那么蠢。"

辛月讶然挑眉："怎么，你还暗箭伤人？"

这下，陈江野彻底笑出了声。

"辛月，你真是个人才。"他的声音里带着一种餍食后的愉悦，眼底却尽是控制不住的亢奋。

"我说。"辛月叹气，"你夸人的时候能不能走点心？"

"不能。"陈江野顶了顶腮，顺势还舔了下牙尖。

辛月撇嘴："夸人都像骂人。"

陈江野把头转向一旁，顶着腮笑了会儿才又转回来，说："走了，取车。"

他脚步迈出去，辛月跟上他。

停车的地方离这里不远，他们很快就走到了。

山里潮湿，地面上很多地方都有青苔，地面干的时候能很清楚地看到，一下雨就不那么显眼了。辛月没注意，一脚踩上去，顿时就是一个趔趄，要不是下意识抓住了陈江野的胳膊，她铁定得摔。

现在她虽然不至于摔下去，但脚已经滑出去了半米，全靠抓着陈江野的胳膊借力支撑。

她想站起来，但后面就是青苔，一踩就打滑，她此时地动作很像是迈克尔·杰克逊太空步的反向版，姿势也很像他标志性倾斜动作的反向版，只是人家能轻松地站起来，她只能动作滑稽地试图挣扎。

说实话有点尴尬。

一声轻笑从辛月的头顶落下来。辛月现在这个姿势一抬眼皮就能看到陈江野的表情。

这个人不把她拉起来就算了，还笑，她想收回之前觉得他很好的想法。

她乜他一眼："你倒是拉我一把。"

陈江野垂着眼，长而浓密的睫毛盖下来，但眼瞳竟比平时还亮些，隐隐有光跃动。

"手给我。"他把另一只没撑伞的手伸过来。

辛月快撑不住了，没管别的，一把抓住他的手。

陈江野的手很大，掌心干燥，上面覆了一层薄茧，与她手掌的摩擦时有刺痒感，尤其是在他抵着她的掌心旋转半圈，再用力握住她整只手时，那股刺痒感像是化成了电流顺着辛月的手臂窜入了她的大脑。

辛月一时间有些思绪纷乱，等她再回过神时，已经被陈江野拉了起来。

此时她的一只手攀着他的左臂，另一只手被他攥着，两人的姿势有种撑伞在雨中共舞的感觉。

"站稳了？"他磁沉的嗓音传入耳膜，气息穿过极近的距离拂动她的发丝。

只是很轻微的触碰，甚至算不上触碰，却令她不自觉地轻耸双

第五章 真心

肩。她慌忙把手从他的掌心里抽出来，没说话。

陈江野敛眸打量着她，将她所有的表情尽收眼底。

"带纸了没？"

"带了。"

辛月立马转身走到伞外，拿卫生纸去擦摩托车车座上的水。

摩托车的前面是一棵枝叶极为茂密的树，能完全挡住外面飘着的细雨，于是陈江野撑着伞慢悠悠地朝辛月走过去。

走到一半，突然一阵风吹过来，树叶上挂着的雨珠哗啦哗啦地往下掉。

几乎是本能一般的速度，陈江野倏地伸长手臂把伞举到辛月头顶，用伞遮住她，自己却被淋了一身。

从树上被吹落下来的水珠比刚刚豆子般的雨点还大，陈江野身上顷刻被淋湿了几处，一颗水珠落到了他的眉骨上，几乎砸出了声，但他只是淡定地闭上眼，抬手擦掉水，然后顺势把头发往后捋。

辛月听到突然哗啦的一声，惊愕地抬头后就看到了头顶的伞。

她愣了一秒，再回头看向陈江野时，他恰好正用手将头发往后捋，露出整张过分好看的脸。忽然间，她有种心脏被人猛然抓住、心跳停止，连呼吸都被夺走的感觉。

陈江野缓缓地睁开眼，眼皮一掀，就看到愣怔的辛月。

他微顿了那么半秒，然后对她说："继续擦你的。"

辛月回神，心跳与呼吸也一起回到身体。她不自觉地吞咽了一下，错开他的眼神，回头继续擦车座。

这男的太蛊了，实在是太蛊了。现在辛月满脑子都是这个想法。

擦个车座本来要不了多少时间，辛月却反反复复擦了很久，她一时半会儿平复不了刚才躁动的心。

等她完全冷静下来，她才跟陈江野说擦干净了，中途陈江野也没

159

催她。

陈江野跨坐上车,单腿撑地,把伞递给她,说:"上来。"

辛月坐上去,然后往后挪了一些。

陈江野调整后视镜时看到了她往后挪的动作,问道:"你坐那么远干吗?"

辛月眨眨眼,说:"我之前也都坐这儿啊。"

陈江野从后视镜里看着她:"之前你需要给我打伞?"

辛月把胳膊尽量往前伸:"这不是能给你打吗?"

陈江野半侧过头来:"我是让你给我打伞,但没让你淋着雨给我打伞。"

辛月想说这雨都这么小了,淋一淋也没什么,但这样说的话,她跟他一起过来的理由就不成立了。

她只能说:"前面没有可以抓的地方。"

陈江野保持着半侧头的姿势:"我有说过不让你碰?"

没有了刘海的遮挡,他望向她的视线格外清晰,瞳孔里有什么东西正明晃晃地往外散发着,比阳光还灼人。

被他这样看着,加上这句叫人心神纷乱的话,辛月完全无法思考要怎么回答,他这句话也没有给她选择的余地。

在这样的氛围下,辛月难以与他保持对视,眼神闪躲着错开。

起初他们还陌生时,她总能坦荡地与他对视,现在熟悉了许多,她反而变得不中用了。

果然大大方方是友情,胆怯遮掩是喜欢。

辛月不太习惯这样扭怩的自己,懊恼地皱起眉心,然后轻轻地朝前面的那个人挪过去。

前面的人在她错开目光时,眼神原本沉了一分,这会儿看她慢慢靠过来,眼底又漫起了一丝笑,连眼尾都像是微微上扬了一些。

第五章　真心

他笑着地转过头去，拧动油门。拖拉机似的引擎声有些破坏氛围，但没关系。雨天都算不得什么，何况这一点噪音。

身后的少女动作生涩且小心地攥住了他的衣角，一声低笑从他嗓子里溢出。

"这路颠成这样，你就抓个衣角是想摔下去？"

他话说得恶劣，语气却有种逗弄小孩的味道。这样的一句话，很难不让人去想——他是不是想让她抱他的腰？

辛月的双眸控制不住地看向他那隔着衣服都能看出劲瘦有力的腰，眼睛开始慌乱地眨啊眨。

说不想抱是假的，但这动作太亲昵。如果只有他们两个人，也许她还有那个胆量，可前面还有他那几个嘴碎的哥们等着。

暧昧期，最禁不起的就是起哄。

辛月的眉心皱得更紧了，思考着要怎么办才好。

银丝般的细雨斜斜地飘着，化作微尘般的水珠挂在她的睫毛上，一颗、两颗……直到她的睫毛都快变成雪天里的针叶松，她还没想好要怎么回他。

这时间说长不长，说短也不短，反正前面的人是等得不想再等了，索性一把拽过她的手直接环在自己的腰上。

"抱紧。"

这两个字从他薄唇中溢出时，他的手还停留在她纤细的手腕上，并将她整只手往自己的腰上压了压，像是无声又霸道地说着——不许拿开。

陈江野的腰真的很细，但要单手环住，辛月还是得紧紧贴住他的后背才行。辛月猜他一定感觉到了她无比剧烈的心跳。

在这短短半天的时间里，她已经不知道自己这是第几次心跳加速。

161

她本来以为，他和她一样，希望保持暧昧就好，但她现在不确定了。他好像开始对她发起了攻势，而她根本无法抵抗。

她再一次忍不住想，他们为什么不是在一年后相遇，那她就不用克制，可以任心动至上。

今年她准备考研，她不想分心去谈恋爱，虽然现在没谈她也分了心，但只暧昧的话，应该可以说断就断。

如果正式交往了，那这关系就不是她说断便能断的了，而且她也不想说断就断，她不想让这段感情显得随便又轻贱。她更不希望陈江野会在她的记忆里从一个永远都拔得头筹的少年，变成一个与她玩玩而已、说散就散的人。

就算他并不打算与她就此散场，与她异地保持联系，这对她而言也不行。

她并不是天赋异禀、智商过人的那类人，要想考上心仪的学校，离自己的理想更进一步，她必须分秒必争，勤学苦练，全身心地扑在学习上。

这对另一个人不公平，爱意也会在漫长的等待里被消磨。她更不知道，自己能否可以保持克制，保持清醒，始终以学习为重。

那可是陈江野，她不敢冒这个险。

年少时的爱情是很好，错过了也许就再也遇不到那样惊艳的人，但理想也很盛大不是吗？

她有一个很远大的理想。

因为车祸，她失明过两个月。那段什么也看不见的日子里，她才发现，曾经的黑暗都算不得什么。也是在车向她撞来的那一刻，她发现自己原来那么怕死，倒也不是怕死，只是怕她老爸伤心，怕他老了孤苦伶仃，无人照顾。

她记得在电影频道看一个演员这样说过——

第五章 真心

"我几乎讨厌这世界的绝大部分,但一定有小部分的东西留住你。"

她也是一样,爸爸就是留住她的那一小部分。

所以在失明的那段时间里,她比被人诋毁被人欺压时更煎熬绝望,她不想成为爸爸的负担。好在她很幸运,遇到了一位心善又医术精湛的眼科医生。

在重见光明的那一刻,眼前那身着白衣的医生在她的眼里就仿佛像降临人间、普度众生的神女般神圣。

也就是在那时候,她心里就已经种下了之后要当一名医生的种子,她想和那位为她筹款又为她治好眼睛的医生姐姐一样,给人带来希望与光明。

后来,她又目睹了好几名患者重获光明时的欣喜,与手术失败后的患者崩溃大哭的场景。因为她自己也失明过,她能切身体会到复明是一种怎样的欣喜,也知道希望破灭会有多绝望。

作为淋过雨的人,她真切地希望每一个失明的人都能重获光明,所以在得知能做外伤性黄斑裂孔手术的人极少时,她就暗暗发誓,她一定要成为可以做这项手术的人,把更多绝望的人从黑暗里拉出来。

为了这个理想,别说是一场恋爱,她可以一辈子不谈恋爱。

但如果可以,她也还是希望,自己能成为理想中的自己,再拥有理想的爱情。

可惜……

他们没在好的时间相遇。

辛月眨了眨眼睛,睫毛上挂着的雨珠润进眼睛里,凉凉的。她没有把手收回来,借这个理由拥抱,也挺好的。

陈江野的体温透过衣料传至她的手臂,有些烫,她不自主地收紧掌心，手指隔着衣服面料微微擦过他的腰际。

他腰上的肌肉是紧实的，隔着面料也能感觉到肌肉的起伏。

"伞打正，走了。"说完，陈江野就拧动了油门。

惯性使得辛月猛地往后一仰，手下意识结结实实地搂了下陈江野的腰，让她更清晰地感受到了他腰间的线条与力度。

辛月第一次知道，荷尔蒙原来可以是一种触感。

从这里到饭馆的距离不远，走路也只需要十来分钟，陈江野骑着摩托车却花了五六分钟才到。

陈江野载着辛月转过拐角后，眼尖的徐明旭看到了辛月搂着陈江野的腰，惊得直接把头伸出了车窗，当即一声："天哪！"

刘锐也把身子探了出来："天哪，他俩是已经在交往了吧？"

傅时越也看到了，但没他俩那么大惊小怪。

至于乔语，她是他们里视力最好的那个，自然也是看到了，但并没有流露出什么表情。

"你们在干吗？"

陈江野在他们的越野车前捏住刹车停了下来。

徐明旭和刘锐也不敢瞎起哄，只一个劲儿地冲他使眼色。

陈江野当然知道他们是什么意思，但他懒得搭理他们，转头看向傅时越："进山之后没信号，而且路很烂，你就跟在我后面开。"

傅时越点点头。

"野哥你要不换辆摩托车？你要我带的摩托车就在后边。"

徐明旭看他骑的这辆摩托车破得都快散架了，跟他的气质实在不搭。

"不用。"陈江野说完就掉转了车头。

"哦。"徐明旭把头缩回车里，刘锐也已经在车里坐好了。

第五章　真心

　　辛月倒是没料到这两个看起来挺闹腾的男生竟然没起哄,但看他们一个劲儿地跟陈江野使眼色的时候,她还是忍不住红了脸,好在陈江野挡住了她。

　　"你的伞又歪了。"陈江野在拧动油门前提醒辛月。

　　辛月默不作声地把伞举正,可陈江野还是没拧油门。

　　"野哥,怎么还不走?"

　　陈江野侧目望了后面一眼,过了会儿才开口说话,但徐明旭他们压根没听清,因为这句话是对辛月说的:"你是不是傻?举累了就把手靠我背上。"

　　辛月心头一颤,伞又歪了。

　　"野哥你说什么呢?"徐明旭把头探出来。

　　"没跟你说。"

　　"哦……"

　　徐明旭悻悻地又把头缩回车里。

　　"轰轰轰——"跟拖拉机似的引擎声响起,陈江野收回撑在地上的腿,载着辛月朝前驶去。

　　摩托车已经开出了一段距离,辛月的思绪还停留在陈江野刚刚跟她说的那一句。

　　她抬眸看向他宽阔的背。

　　一阵风在这时候吹过来,加上摩托车在行驶时的气流阻力,还没撑正的伞歪得更厉害了,如果不借助外力的支点需要花很大的力气才能把伞撑正。

　　辛月在心里失笑,接着将手肘贴上了陈江野的背。

　　这时候,风又小了。

　　像是老天都在撮合他们。

　　回去的路,越到后面路越颠,辛月不得不一直紧紧地搂着陈江野的腰,好几次甚至直接被颠得整个身子都靠在了他身上。

山间带着雨的空气微凉,他身上的温度却始终滚烫。

下雨路滑,一个半小时的路程被拉长至两个多小时,这两个多小时里,辛月举伞举得实在手酸,但她始终举着这把毫无意义的伞。

倒也不是毫无意义,没有这把伞,她也就没有理由再抱着他了。

老天真的像是在撮合他们,一路上都下着毛毛雨,他们刚到家,雨就停了。

这给了辛月一种错觉——

也许一个月后,并不是他们的终点。

今天,辛月原本的计划是上午陪陈江野去城里,下午就刷题背书的,结果到家都快下午五点了,所以她在快到王婶家的时候就跟陈江野说:"等会儿我就先回去了,晚上乔语过来让她直接敲门就行。"

听她说完,陈江野捏住了刹车,车刚好在王婶的家院坝前停了下来。

见他停车,傅时越也停了车。徐明旭从后座探出头来,问道:"野哥,到了?"

陈江野半侧过头,说:"你们就在这儿下车,我送辛月回去。"

他拧动油门让摩托车继续往前行驶几米,在辛月家门口停下。辛月从车上跳下来打开门,陈江野一轰油门把车骑了进去。

里面没人在,辛隆不知道又溜到哪儿打牌去了。

陈江野单脚撑地,另一只脚把摩托车的脚撑蹬下来。他似乎并不着急离开,站起来把腿收回一侧后又靠着摩托车坐下来,然后抬眸看向站在门口的辛月。

"你还不走?"辛月问他。

陈江野沉默了两秒,接着,不答反问:"你真不介意乔语跟你睡一起？"

"都是女生有什么好介意的？"

"行。"

他腰间一发力站起来就走，只是走了两步又停了下来。停顿一秒，他看向辛月，张了张嘴想说什么，结果只表情烦躁地说了两个字"算了"，然后继续往外走。

辛月不懂他搞什么名堂，等他走出门后准备关门时，才发现手上还拿着他买的伞。

"伞。"她喊住他。

已经走出门的陈江野脚下又是一顿，他没回头，很快又接着往前走，只丢下三个字："送你了。"

辛月神情微滞，垂眸看向手里的透明伞，长长的睫毛盖下来。她家里已经有一把透明伞了，那这把……就留作收藏吧。

辛月淡淡一笑，把递出去的伞收回来，另一只手缓缓地将门关上。

在铁门即将关闭，只剩最后一条细长的缝隙时，她看到从越野车副驾驶座位上下来的女生似乎正遥遥地看着她。

她看不清那女生到底是在看她还是在看陈江野，更不知道她是什么样的神情。她也并未多想，将铁门关上，转身回房。

"乔语。"

乔语将目光收回，转头看向喊她的傅时越。

"你行李拿不拿下来？"

这会儿他和徐明旭几个都在后面拿行李。

"先放着。"

"哇！"徐明旭突然号了一声，"越哥，你车后备厢里还有两箱酒啊。"

刘锐听到有酒,兴奋了:"这不刚好合适了吗?不过你这酒还能喝吗?你这放在蓉城的车,怕是八百年没开过了吧。"

傅时越:"能喝,这些是我们上次去川西的时候剩的。"

"那直接开整啊!"

徐明旭和刘锐把酒抱了下来。

王婶他们还在地里没回来,陈江野掏出钥匙给他们开门。一进门,几个人都被到处安着的摄像头给吓了一跳。

"天哪,怎么这么多摄像头?"

"这不知道的还以为你真的是来拍变形计的吧?"说着,徐明旭冲摄像头挥了挥手,打招呼道,"李叔,咱就是来看看野哥,可没捣乱啊。"

陈江野没管他们,继续朝里走,其他人只好赶紧跟上。

徐明旭抱着一箱酒撞了下陈江野:"这摄像头怎么回事啊?李叔怕你出事?"

"鬼知道。"

见问不出什么,徐明旭撇撇嘴,环视了一圈屋里的环境。

"你这儿环境不错嘛,我们还以为你住的地方真的跟变形计里的那样呢。"

刘锐也附和道:"我都做好心理准备了,结果搞半天,野哥你住小别墅啊。"

"是我们想多了,这已经不是七十年代了。"

"但刚刚这一路过来也有不少破旧的院子啊。"

徐明旭想想也是,转头看向陈江野,说:"看来陈叔心里还是惦记你的,特意给你找了家条件好的。"

陈江野没吭声。

"野哥,我们在哪儿喝?"刘锐问。

第五章 真心

"上去。"

陈江野带着他们上楼,拿出钥匙打开自己房间的门。

他住的这间房原本是王婶给她女儿留的,结果后来村里遭了贼,王婶觉得这间房太容易被贼摸进来,就空着了。

王婶对别人虽然抠,但对自己的女儿一直很大方,这间房因为最初是打算给她女儿的,所以空间很大,地上还贴了地砖,几个人直接席地坐下来围了个圈。

"这地上还挺凉快的。"徐明旭和刘锐拆开箱子,把酒拿出来摆在中间。

这时候徐明旭意识到一个问题:"只喝酒啊?"

"玩这个。"傅时越从裤兜里掏出一盒扑克牌扔到地上。

刘锐惊了:"越哥你随身带扑克牌?"

傅时越:"刚刚在车上拿的。"

徐明旭把牌拿出来,一边洗牌一边问:"玩什么?"

刘锐:"那就炸金花呗。"

"OK。"

徐明旭直接发牌。

炸金花的规则很简单,每人三张牌,三张点数相同的牌是最大的牌型,其次是花色一样且为顺子的同花顺,同花顺又大过仅仅只是同花色的牌,再往下就是顺子、对子和散牌。

"还是老规矩,一人当庄家,其他人押杯数。"

其他人点头,徐明旭继续发牌,刚好发到陈江野这儿。

陈江野把牌给他丢了回去:"我去拿杯子,你等会儿再发牌。"

"对哦,还没拿杯子。"

陈江野站起来,乔语的目光跟随他出了房间,然后又拉回来在他的房间里扫视了一圈。房间很空,但因为东西少,并不显得乱。

169

"热死了。"徐明旭站起来去开电风扇。

电风扇旁边是一张桌子,徐明旭终于研究出来怎么开这台老式电风扇时,余光瞟到一旁桌子上的纸飞机。

"野哥竟然还折纸飞机玩。"

刘锐提醒他:"你少碰他东西,小心他等会儿回来揍你。"

徐明旭赶紧把手缩回来,继续研究怎么让这台老式电风扇转起来,结果半天没研究明白,还是陈江野回来弄的。

"这电风扇有年头了吧。"

陈江野瞥了他一眼:"是你长辈。"

徐明旭下巴都快惊掉了:"二十多年的电风扇!算古董了吧?现在还能转也是牛,以前的东西质量这么好?"徐明旭一边说着一边坐回去。

陈江野把杯子分给他们,徐明旭重新洗牌。

乔语拿起发过来的三张牌,状似漫不经心地问:"加真心话大冒险吗?"

其他人表情一顿,你看看我,我看看你。

"我觉得可以。"刘锐率先表示赞同。

乔语望向徐明旭,徐明旭赶忙说:"我也可以。"

傅时越也跟着点了点头。

乔语转头看向陈江野:"你呢?"

"随便。"

"那就这么定了。"

乔语伸手把牌拢到自己跟前,紧紧地盯着陈江野说,"这局我坐庄。"

其他人被她说这话时的气场慑住,个个都愣了两秒,不知道她要干什么,直到她盯着陈江野继续说出下一句:"真心话,开你。"

第五章 真心

陈江野眼皮一掀："我还没说押几杯。"

"随便你押几杯。"乔语甚至连牌都没看，"我都开你。"

徐明旭和刘锐默契地对视了一眼，嘴都张成了"O"形，只是没发出声，但脸上的表情是藏都藏不住的震惊。

陈江野的眉头皱起来，说："三杯。"

乔语冲他扬了扬下巴："亮牌。"

陈江野把手里的牌甩出来："顺子。"

乔语也没整吊人胃口的那一套，直接把牌翻了过来。

"天哪！"徐明旭和刘锐同时双脚并双手跪行两步凑了过来。

乔语手里的牌乍一看是比陈江野要小的顺子，但仔细看下花色。

"乔语你手气牛啊！一来就同花顺！"

乔语瞟了他们一眼，然后又看向陈江野，没有往常赢了之后的骄傲，依旧面无表情。

她说："我赢了。"

陈江野愿赌服输："问。"

"你喜欢辛月吗？"乔语毫不犹豫地问出了这个问题。

在场所有人都一脸震惊，除了陈江野还是那副烦躁又倦懒的样子。

徐明旭和刘锐这下是真的下巴都要惊掉了。他们虽然一直知道乔语很勇很刚，但也知道，这么久了，她一直没勇气跟陈江野表白，所以他们怎么都想不到，她竟然会突然勇敢起来。

以前乔语在陈江野面前和在别人面前，完全就是两个样子。在别人面前，拳头挥过来她都不会眨一下眼睛，而当面对陈江野时，很多时候她甚至连与他对视都做不到。

但今天她一反常态，始终定定地盯着陈江野的眼睛。她迫切地希望得到一个答案，一个可以让她放弃他的答案。

陈江野也很干脆地给了她答案："喜欢。"

一个肯定且没有丝毫犹豫的答案。

徐明旭和刘锐又惊了。他们虽然早就看出来了野哥喜欢辛月，但看出来是一回事，亲口听他们这位"万年铁树不开花"的兄弟亲口说出这两个字又是另一回事。

"OK，"乔语把头转回来，"下一局。"

徐明旭和刘锐都暗暗看了乔语一眼，表情有些担忧，怕她是强装淡定。气氛一时间有些难以言喻。

"牌给我。"傅时越打破安静，收牌洗了起来。

"这局我坐庄。"说完，他开始发牌。

他和乔语一样，也是牌都不看就直接开陈江野："真心话，开你。"

徐明旭和刘锐怕乔语太受打击承受不住，疯狂跟傅时越使眼色，但他选择视而不见。

"你们来劲了是吧？"陈江野语气里透着怒。

傅时越轻笑一声，说："这不是难得有机会？"

"啧。"陈江野烦躁地说，"那你别怪我押两瓶。"

傅时越耸耸肩："随你。"

陈江野真的无语了，直接把牌甩飞了出来。这次他拿的是烂牌，而且还是烂到不能再烂的散牌。这局还是他输。

"你们在交往了？"傅时越问。

"没。"

"下一局。"

傅时越把牌丢给徐明旭，顺便丢给他一个眼神。

刘锐也接收到了他的眼神，两人瞬间秒懂，他们最最善解人意的越哥怎么可能故意往语哥伤口上撞呢？肯定是为了语哥好！所以，他俩索性也都豁出去,个个轮番轰炸陈江野。

"野哥,真心话,开你。"

好在陈江野也没那么倒霉,连输两局后又连赢了两局。乔语已经得到了自己想要的答案,即便是赢了也懒得多问,直接过了。

这次轮到傅时越坐庄。

傅时越是有点运气在身上的,陈江野又输了。

"你喜欢辛月什么?长得好看?"

陈江野缓缓地眨了下眼,有那么一会儿没回答,像是在认真思考他到底喜欢她什么。

在这几秒钟的思量里,他的脑海里闪现了很多画面,但他也不清楚那些是不是他喜欢她的理由,好像是,又好像不是。

喜欢是一种感觉,绝大多数时候都难以形容。但他不得不承认,如果辛月没有那样一张一眼惊艳又十足耐看的脸与那样一双迷人的眼,他未必会心动,但令他心动的又远不止这些。

所以他只能说:"不止是因为好看。"

傅时越追问:"那还有什么?上升到灵魂吸引的层面了?"

灵魂吸引……陈江野在心里默念着这四个字。

他记忆力极好,几乎过目不忘,有时候无意间扫了一眼的东西,他都能记很久。比如之前他看到过有人对"灵魂吸引"的解释是,原本只有一扇窗的屋子突然开了另外一扇,你透过他的眼睛,多了一个全新角度看世界,五彩缤纷的世界。

这解释在现在看来,似乎形容得极为贴切。

他是在遇见她后才发现,这个世界原来没那么无聊。

"嗯。"只淡淡的一声,房间里的人却个个睁大了眼。

"野哥你来真的啊?"

徐明旭以为陈江野只是觉得在这儿太无聊想找个人打发时间而

173

已，他实在难以想象像陈江野这样性子淡漠的人会动真感情。

陈江野半掀起眼看向他:"轮到你问了吗?"

徐明旭这下是真来劲了。

"来来来,把牌给我。"

确实机会难得,后面傅时越都没再针对陈江野了,徐明旭和刘锐还一直针对他,结果陈江野的手气突然好起来,他俩输得连喝了好几瓶酒后,刘锐才终于赢了一局。

刘锐赶紧把早就准备好的劲爆问题问了出来:

"你准备什么时候跟辛月表白啊?"

第六章 月色

"再等等。"

"你还在等什么？再等你都回海城了。"

刘锐已经醉醺醺的了，说话完全是大舌头的状态。

陈江野冷冷地瞥向他："用你管？"

刘锐和徐明旭平时挺怕陈江野的，一般这时候就不敢再叨叨了，但酒壮人胆，刘锐现在一点不怵他，跌跌撞撞地跑去抱着傅时越说："越哥，你手气好，开他！"

傅时越把他推开："输了你帮我喝？"

"喝！我帮你喝！"

傅时越："得了吧，你现在都醉成这样了，再来我怕你醉死。"

"说什么呢，我没醉，再来多少瓶我都没问题！"

徐明旭也跟着凑热闹，拍了拍胸脯说："越哥，他喝不了我帮你喝！"

傅时越表示："我看你比他还醉。"

这时，门口传来敲门声，陈江野起身去开门。

敲门的是王婶，等他开门后探头往里瞧了瞧："你朋友啊？"

"嗯。"

王婶嘀咕道："我就说楼下的车是哪儿来的。"

里面的酒味窜出来，王婶抬手扇了扇，皱着眉说："你们喝酒可以，别吐到床上啊。"

陈江野"嗯"了声。

王婶扁扁嘴就要走，但又突然想起来什么，脚下来了个急刹。

"你朋友该不会晚上都要住这儿吧？"

陈江野的眉头蹙起一分："有问题？"

"我这儿可没别的房间给你啊。"

"他们就睡我这儿。"

"不是还有个女的？"

王婶用一种"你们可别在我家胡来"的表情看着陈江野。

陈江野当然知道她在乱想什么，皱着眉说："她住辛月家。"

"那就行。"王婶摆摆手，这次是真准备走了，但走之前还不忘撂下一句，"少喝点儿，可别大晚上给我撒酒疯。"

陈江野没再接话。

王婶早习惯了他这副冷冰冰不爱讲话的样子，翻了个白眼走了。陈江野把门推上。

"这阿姨挺有意思的。"身后传来傅时越的声音。

陈江野转头看向他。

"她应该知道你家很有钱吧？"

"嗯。"陈江野回到原来的位置坐下。

"那她还挺不待见你的样子？"

陈江野从一旁的烟盒里摸出根烟来叼在嘴里："倒也不是不待见，只是单纯的抠。"

"啊？"傅时越讶然。

陈江野一边把烟盒递给他，一边淡淡地说："我来这儿就没见这家人往锅里放过油。"

"不是吧？"傅时越难得瞪大了眼，连一旁始终低头玩手机的乔语也惊的抬起了头。

第六章 月色

"所以这些天你都是吃零食和泡面?"乔语一早就注意到了他拎回来的那一大袋吃的。

她说这话时,陈江野的脑子里突然蹦出某人之前说过的话——

"你也不能总是吃零食和方便面吧,那些东西哪儿有营养?"

"没有。"

他参与了两次某人的家庭晚餐,还吃了一顿某人亲手煮的挂面。想到这些,他的唇畔兀然露出几丝笑意。

坐在他正对面的傅时越因为在和旁边的人说话,并没有看到这罕见的一幕,但乔语看到了。

看着他不经意间流露的笑意,乔语有些恍惚。在她记忆里他从来没有这样笑过。女生的直觉告诉她,他是因为那个人才会这样笑的。刚刚听到他亲口承认他喜欢辛月时,她已经决定放弃他了,但在这一刻,她彻彻底底地死心了。

她永远也做不到让他想到她就会不禁地笑。

在与他们四个相处的两年里,他只偶尔会兴致不高地"嗾"一声,其余时候,只有别人挑衅他时,他才会笑,但那不是开心的笑,是蔑然的笑。

徐明旭和刘锐曾无数次竭力地逗他笑,但常常换来的只是他仿佛连应付都懒得应付的一声轻哼。

徐明旭是和他一起长大的,也亲眼看着他是怎么一点一点变成如今这副冷淡颓废的样子。没有人比徐明旭更了解陈江野,她听徐明旭在别人说陈江野装酷时说过——

"不是野哥装酷,生活环境不一样性格肯定也不一样,他爸妈挺不是人的,这么多年我都没见他笑过几次。"

听到这句话的时候,她多希望他生命里能出现一个人能让他多笑一笑。这个人可以不用是她,只要能让他开心就好。

炙野

现在这个人好像真的出现了。

屋里的老式电风扇呼呼地转着,伴随着"咯噔咯噔"的卡顿声,仿佛每一圈转动都极为费力,但风力不小,对着吹也会让人眼睛睁不开。

乔语却在这风里始终愣怔地看着面前的人,一瞬都不曾挪开,这让人很难不发现。

陈江野淡淡地瞥了她一眼,放下一直没点燃的打火机,朝傅时越偏了下头,说:"出去抽。"

傅时越注意到了乔语的异常,看了她几眼后才跟着陈江野起身去外面。

刚下过雨的山里,空气是清新的,带着浸润的湿意,外边比开着风扇的屋子里还要凉快得多。

傅时越出来的时候,看到陈江野弯着身子,手肘撑在阳台上已经开始抽起了烟。他的头偏着,目光落在旁边的院子里。

傅时越顺着他毫不藏匿的目光望过去,看到在屋檐下拿着笔埋头做题的少女。

"她还在上大学?"

傅时越也走过去,手肘撑在阳台上。

"嗯。"

"大几了?"

陈江野夹着烟,深吸一口,然后缓缓呼出:"大四,准备考研了。"

傅时越不知想到了什么,眉心皱了一下。

他把点燃的烟叼进嘴里,颇为意味深长地说:"一看就是好学生。"

第六章　月色

陈江野的表情微微一顿。这时，傅时越转过了头，捕捉到了他的神情。

傅时越吸了口烟，半开玩笑似的说："你可别耽误了人家。"

陈江野半垂着眼，长长的睫毛盖住了他的瞳孔，那漆黑的双眸内倒映的世界逐渐褪色，一点一点下沉。

他没有再说话，只沉默地抽着烟，很快一支烟就抽没了。他在阳台的瓷砖上摁灭烟头，重重地往下一扔。

这还是他来王婶家里后，第一次乱扔烟头。

"还有几瓶酒，进去喝了吧。"说完，他转头就朝里走。

傅时越深深吸了一口气，然后化作一声长叹，伸手在阳台外抖了抖烟灰后也跟着他进了屋。

徐明旭和刘锐已经醉得倒头大睡，剩下他们三个玩了点别的游戏，全程傅时越一直在赢，倒也不是他手气有多好，纯粹是另外两个想输。

两个人都像是想把自己灌醉，但偏偏两个人的酒量又一直很好。

时间也不早了，乔语站起来："困了，我去辛月家了。"

傅时越："要我送你过去吗？"

"两步路还送什么？"

傅时越还是站了起来："我给你开后备厢。"

两人一起下楼，没说话，傅时越开了后备厢之后，乔语拿着行李就走了。

傅时越站在院坝里看着乔语的背影，半晌才转身上楼。

今晚没有月亮，乔语借着王婶家屋檐下的灯光走到辛月家门口。

"咚咚咚——"她抬手敲响铁门。

辛月很快来开了门，她刚刚洗漱完，没戴帽子，换下了短袖和阔腿裤，穿的是一条棉质的吊带裙，蓬松而细软的头发在脑后随意挽了

181

个丸子头，整个人显得柔和了许多，看起来和白天判若两人。

乔语看得愣了一秒。

她们这个圈子里从来不缺美人，但眼前这个出生在山村乡野间的少女竟比她所见过的许多书香门第的世家小姐还要气质出众，更美得惊人。

她也刷到过辛月走红的那条视频，评论里都说"小说里的清冷美人有脸了"，但辛月远远不止是清冷而已，她身上有股坚韧感，眼睛里透着从荒野里长出的生命力。

乔语突然就明白了为什么家里开了影视公司的陈江野还能喜欢上一个乡野丫头了。辛月就算什么都不做，只站在那里，就足以让人沦陷。

"进来呀。"辛月不知道乔语在门口愣着干什么。

乔语回神，提着行李箱进门。

辛月大大方方地带着乔语进了自己的房间，跟她说话时也没有一点拘谨："我家没有多的房间，你只能跟我睡一张床，我抱了床新的被子出来，你将就一下。"

"有睡的地方就行，我不挑。"

乔语从外边看辛月家还是有点年头了，本来想着里面的条件肯定比隔壁差得挺远，但没想到辛月的房间竟然是单独装修过的。

虽然家具还是很旧，但墙面干净，四处十分整洁，屋子里不用开电风扇就很凉快，比陈江野那间闷热得要死的房间好多了。

"行李箱你就放桌子旁边就行。"

"好。"

乔语拉着行李箱走到桌子旁边，目光被桌子上堆着的好几架纸飞机吸引。陈江野的房间里也有这样的纸飞机，折叠的形状也一样。

她忍不住多看了几眼，看到纸飞机机翼上的字：

第六章　月色

泡面吃完了。

过来。

等我。

是陈江野的字迹。

乔语的眼神沉了沉,唇畔却浮出笑意:"没想到陈江野竟然还挺会玩情调。"

背对着她的辛月听她突然来了这么一句,有点蒙,转过头来看到她正盯着桌上没收起来的纸飞机。

辛月反应两秒:"你说那些纸飞机?"

乔语抬眸看向她,唇角微微勾着。看她这反应,就是纸飞机没错了。

"只是因为我没手机,他又不喜欢喊。"辛月解释道。

乔语轻笑了笑,没说什么,垂眸再次看向桌上的纸飞机。过了会儿,她才又开口:"原来他喜欢一个人的时候是这个样子。"

辛月:她……喝多了吧,说话一句比一句劲爆。

辛月看着乔语,张了张嘴又合上,一时不知道该说什么好。

而乔语继续她的危险发言:"想问我怎么知道他喜欢你?"

辛月:"……"她并不想问。

然而乔语脸上几乎都写着:你一定想问。

辛月眨巴了两下眼睛,有些无奈地说:"你可能误会了。"

"他都……"乔语想说他都承认了,但像是想到什么,没继续说下去,打了个弯说,"你是知道的吧,他喜欢你。"

辛月干笑了两声:"你可能真的误会了。"

"那你喜欢他吗?"

这下直接把辛月问蒙了。

她……一定是喝多了。

乔语知道自己问得唐突，补充道："不好意思，是我太冒昧了，但我真的很想知道。"

她不说，辛月也看出来了她有多想知道。不然谁会在刚认识不到半天就问别人这么私密的问题。

"你放心，我不会告诉别人。"

辛月看她像是不得到答案不会罢休的样子，心里叹息一声，说："我没时间去想这些。"

乔语见辛月没有否认也就知道了答案。她还想追问为什么没时间，余光在这时候刚好瞄到桌上的考研真题卷，顿时明白了。

"还是学习更重要。"她低喃。

辛月不太明白她为什么看起来有些失落，情敌见面不应该分外眼红才对吗？这个情敌怎么回事？好像还很希望她和陈江野在一起的样子。

"你大学学的什么专业？"乔语又问。

"临床医学。"

乔语微微有些惊讶："你想当医生？"

"嗯。"辛月点头。

乔语若有所思，过了会儿又问她："你没有考虑过去国外吗？国外也有很多医科大学。"

"以后有机会会考虑去国外进修，不过现在还没这个打算。"

"读研……"乔语不自觉地低声喃喃道，"到时候他都回国了。"

屋子空间不大，所以哪怕乔语说得很小声，辛月也听到了。她的眼皮挑了挑，睫毛垂下来，在眼睑下方映出一片淡淡的阴影。

"你们这个圈子的人是都会出国吗？"这次轮到她问乔语。

第六章　月色

乔语知道她是想问陈江野会出国吗,但她没有戳破,只说:"我们这个圈子有两种人,一种优秀且努力,自己考上国内外知名大学,毕了业便能自己开展一番事业;而像陈江野这种不爱学习的,就只能靠出国镀金才能再回来继承家产。"

辛月表情淡淡地"哦"了一声,双眸始终轻垂着,一只手伸到脑后去解头发,另一只手理了理被子,像是有意无意地找事情做。

乔语轻声叹了口气,不打算再问别的了,准备去洗漱。

"卫生间在……"她话还没说完就戛然而止。

听她话只说了一半,辛月疑惑地抬起眼来看向乔语。发现她直愣愣地看着自己,辛月更蒙了,辛月看看自己,又看看她,正要问她是怎么了,忽然听她开口说:"你好漂亮。"

辛月脸上完全就是个大写的问号。她实在不懂,乔语又为什么会突然冒出这么一句话来。

其实没什么原因,乔语只是单纯地在辛月头发散下来的那一瞬间被她美到了失语。可辛月不知道,见乔语的眼神有些迷离,再结合刚刚乔语的反常举动,让她不得不怀疑:"你是不是……喝醉了啊?"

蓦地,乔语笑了一声。她是被辛月那带着点试探又很认真的表情给逗笑的。

她感觉自己可能真的是醉了,不过她还是说:"没有,我是真的觉得你很漂亮。"

"呃……"辛月的眉毛缓缓挑起,"那谢谢了。"

辛月被很多人夸过漂亮,她早已经习以为常了,但这次却浑身都不自在,大概是因为别人那么真诚,她却说人家喝醉了的原因。

她轻咳两声,说:"你要去洗漱是吧,我带你过去。"

乔语点点头。

等她把睡衣和洗漱用品拿出来后,辛月带她去了浴室,然后独自走回房间。还未走到门口,她远远就看到了桌上堆着的纸飞机,于是脚步不自觉地慢了下来。

在门前停驻片刻,她朝着书桌走去,

书桌旁有几个储物的大箱子,她弯腰从一旁的箱子里面翻出了一个铁质的饼干盒。

盒子很漂亮,她一直留着,想着之后可以用来装些什么,但放了好几年也没再翻出来过,现在终于找到了用处。

她把纸飞机一架一架轻轻地放进去,再合上盖子,就搁在桌上,没有放回储物箱。她想着之后也许还会收到他的纸飞机,到时候她就不用再费力去把盒子翻出来。

把纸飞机收好后,她盯着铁盒子在桌前静静地站了一会儿,表情微微放空,思绪像是飘出了很远。

待眼底的焦点重新聚拢,她拉开凳子在桌前坐下,伸手在堆叠的一摞书册里抽出一本纸张已泛黄的日记本。还未翻开,目光触及这泛黄的纸张,她又怔住了。

她忽然想到——纸飞机是纸折的,那终究也是会泛黄的。

于是,她原本打算在日记本里写下的话,又多了两句。

在记下今天她和他一起在车上听歌,他为她撑伞,为她唱歌,两人一起看电影……她把能记起的歌词一一写下后,在末尾这样写道:

我会收好这些你折的纸飞机,往后山高水长,就当留个念想。

等到纸飞机泛黄的时候,你还会想起我吗?

我们,还会再见吗?

最后一个符号落下,她放下了手中的笔。

第六章　月色

"还会再见吗？"

她在心底重复了一遍这个问题。

应该不会了。

他们就像两架迎面飞来的纸飞机，飞行的轨迹只会在这里短暂交错，然后背道而驰，愈行愈远……

窗外暮色涌动，屋内灯光昏黄。

书桌前的少女垂着眸发呆，任以往她所珍视的时间一分一秒地消逝。直到浴室传来开门的声音，她才回过神来。

意识到自己发了很久的呆，她低笑一声。

感情这玩意果然很影响学习。

辛月深吸一口气，把日记本放回去，再抽出来一本习题册，打开台灯准备做题。

乔语洗完澡回来见她在做题便没有多打扰她，寒暄几句后就在床上躺下来玩游戏。

这地方的网速卡到离谱。

连连打了好几个哈欠后，乔语一不小心就睡着了，一个激灵再醒过来，已经是两个小时之后。

她把手机摸过来看了眼时间，12点半。耳边响着笔尖摩擦纸张的沙沙声，辛月还在做题。

从乔语的这个角度能看到辛月的神情专注而认真，像是完全沉浸在题海里，都没有发觉时间的流逝。

是在这一刻乔语才意识到，辛月与他们真的是两个世界的人。

他们这些人不用那么刻苦努力，完全不用为未来担忧，可以肆意挥霍青春，随心所欲地去做任何想做的事。

而辛月不行，辛月如果要想成为理想中的自己，那她的青春就只能比别人更加刻苦。

乔语在心里长叹一声，启唇轻声喊她："辛月。"

辛月转过头来，问："怎么了？"

乔语把手机举起来，用手指敲了敲屏幕上显示时间的地方："已经 12 点半了，你还要做题啊？"

"12 点半了？"

辛月吃惊地睁大了眼。

平时她 11 点多就困了，但这会儿她还全无睡意，所以没有注意到都这么晚了。

放在往常，如果实在没睡意，她会选择继续做题，但今天屋里还有乔语，她总不能让人家也陪着她熬夜。

"不好意思，没注意时间。"辛月赶紧把书本收起来，把扎起的头发解开，上床按住吊灯开关，"我关灯了哦。"

"嗯。"

"啪"的一声轻响，灯光熄灭，黑暗蚕食视野，窗外也没有一点光亮。

辛月躺下来，闭上眼睛，可全然无睡意。

人一旦睡不着就容易胡思乱想，辛月此刻脑子里出现了好多画面，全部都是关于陈江野的，怎么都挥不去。

今天好像注定要失眠，原因很明晰。

她有些难过。

白天她才与他有了那么多动心的瞬间，晚上却得知他会出国，他们此后的世界不会再有交集。这虽然是她很早就了然于心的事，但被人亲口告知，还是难免神伤。

今晚没有月亮也没有星星，天空是深黑色的。

在同一片夜空下，有人和她一样失了眠。

第六章 月色

在几米之外的二楼,一扇窗开着。

穿着白色背心的男生用手肘撑在窗台上,手里夹着根烟。旁边放着部手机,微弱的光线里依稀能看到他的脸,深深匿在他眼窝中的一双眸透不进光,瞳孔灰蒙蒙的,像常年雨雾不散的林。

猩红的焰火在夜色里明灭,白色的烟雾弥漫缭绕,玻璃烟灰缸里已经堆了不少烟头。

在他这浑浑噩噩的许多年里,他从未有像此刻般清醒。

晨风冲荡,树叶喧哗,昨夜又下了雨,山林似被洗净,愈发青翠苍郁。

辛月推开门,还带着雨水气息的空气扑面而来,她闭上眼深吸了一口。再睁开眼,她习惯性地看向某一处。只是惯性地淡淡一瞥,不料却对上一双漆黑的眼。

时间在这一秒被无限延展,那人望着她,似是笑了,笑意中带有稍纵即逝的玩味。

在略微模糊的视野里,辛月看到他忽地撑窗侧翻到阳台,再像此前那般从阳台上跳下来。虽然已经见过他这么跳,辛月的胸口还是重重地"咚"了一声。

辛月知道他要过来,不等他敲门就给他开了门。

她打开门的时候,陈江野距离门口还有那么一两米的距离,他带着一脸的困倦朝她走来,眼下有浓重的阴影,像是一夜没睡。

其实辛月昨晚也没睡着,但看起来不像陈江野这么熬夜明显,他连双眼皮都褶出来了一层。

"你昨晚没睡?"辛月问他。

"跟两个醉鬼一起,怎么睡?"

他早起的嗓音低而哑,透着困倦的懒意。

"那你还不找地方补补觉?"

"不补了。"他在辛月面前停下来,"你今天早上吃什么,面?"

"面。"

"那给我也煮一碗。"

辛月微挑起半边眉毛,感觉这人差不多快把这儿当他家了。

"不行?"陈江野也挑起半边眉毛。

"当然行。"

辛月松开拉着门把的手,抬起来给他做了个"请"的姿势:"请进,我的救命恩人。"

陈江野勾着嘴角进了门。

"进去的时候你小点声说话,我爸爸跟乔语都还没起。"

陈江野点点头。

进屋后,辛月开始洗锅。她往锅里倒进两瓢的水,接着绕到灶台下,往灶里添柴烧火。

两人保持着安静,屋内只听得见柴火燃烧时的"毕剥"声。屋内昏黄的灯光流泻满地,于双方之间划分界限,半明半暗。

陈江野靠在一旁的墙上看着辛月,灯光在他的脸上映出阴影,让人看不清神色。辛月知道他在看她,但她没有转头,而是始终盯着眼前跳动的火焰,微微出神。

昨晚一夜,她想了很多,而这很多里,又有很多是幻想。譬如,滨海医科大学离海城并不远,他们以后可能会在遇见。又譬如,他还会回来……诸如此类的幻想。

她明知是痴心妄想,却还是忍不住一遍又一遍去编织那些难以触及的梦。

直到窗缝透进几丝曙光,她才决定回到现实,回到这个真真实实有他的世界里。

第六章 月色

　　她真的很想像幻想中那样与他拥抱、热吻，在山林中肆意地奔跑吹风。

　　这是她可以做到的，也是她不能去做的。与他保持暧昧，已经是她能做的最大胆的决定。她希望他也是如此，不要再继续靠近了。

　　他们本还有一个月的时间，如果他宣之于口，那就连一个月都没有了。

　　"水开了。"

　　辛月回神，瞥了眼旁边的陈江野，站起来往锅里下面。

　　"这次你吃多少？"

　　"四两。"

　　辛月吃惊道："你吃得完这么多？"

　　这个年龄的男生虽然是吃得多，但一次性吃四两面的还是少数，他们班有个姓王的男生就因为每次都能吃完四两面，被取了个"王四两"的绰号。

　　陈江野很肯定地回她："吃得完。"

　　辛月叹了口气，一个一顿能吃四两面的人，怕是顿顿都得吃主食才能饱，结果来这儿只能顿顿吃零食。

　　她犹豫了一会儿，转头对他说："你要不……以后每天都来我家吃？"

　　陈江野发出一声闷沉的笑，嘴角随之扬起："那算你还我个人情。"

　　辛月轻笑："成交。"

　　他们彼此相望着，谁都没注意到一个人缓缓地退回了墙后。

　　乔语本来是想去上厕所的，没想到会撞见他们相视而笑的这一幕。她不想打扰，也没有故意去听他们的谈话，默默地回了房间。

　　"你今天要干吗？"

"上午做题,下午要去割猪草。"

"一直没问你。"陈江野盯着辛月,瞳仁乌沉,"你成绩很好?"

辛月一边烧火一边回他:"还行吧。"

"还行是什么意思?"

辛月手头的动作一顿,思忖了两秒后说:"我高考的时候,考了六百八十多。"

每个地方的高考总分都不一样,陈江野对这个分数没什么概念。

"六百八十多分是什么水平?"

辛月侧目看了他一眼,然后很快错开,淡淡道:"今年清华大学在四川的录取分数线是六百八十二分。"

闻言,陈江野的眼皮狠狠一挑。

"所以你这次打算考清华的研究生?"

"不打算。"

陈江野有点疑惑:"那北大?"

辛月摇头:"我要考滨海医科大学的眼科学专业,眼科是他们学校的王牌专业,录取分数线跟清华的差不了多少。"

陈江野蹙眉:"现在医院要处理各种医患关系,你还想当医生?"

辛月抬眸看向他:"天天都有出车祸的,你为什么还要骑摩托车?"

陈江野被噎住。

辛月笑了下,转头继续烧火。

"我只是好奇,"陈江野顿了顿,继续说,"你为什么想当医生?"

听到"好奇"这两个字,辛月的神情有片刻的恍惚。他昨天才跟她说过那句:"你可以对我好奇。"

现在想起来,她还是感觉浑身像过电一般。

她的脑袋晕乎乎的,于是随口说了句:"你原来也有对我好奇的时候。"

等她反应过来自己说了什么时,耳边已经传来了陈江野沉沉的低笑。

"我对你一直都好奇。"

伴随着懒倦笑意的嗓音入耳,辛月倏地呼吸一滞。

暧昧期,有些话比告白更让人心动,那是一种极其微妙的触动。

"面快糊了。"

陈江野的嗓音再次传来,捎带的笑意比方才更加明显。

辛月的脸红了,但她本人不知道,还以为脸上的温度是被火光熨热的。她更不知道的是,身旁的人是如何看着她一点一点红透了脸,又是如何一点一点扬起了嘴角。

他的嘴角带着揶揄的笑,撩人得过分。

锅里的面被一筷子接着一筷子捞起来,放平时顶多四五筷就能捞完的面,辛月足足捞了十来回。

她是后知后觉才发现自己的脸是因为他而发烫,她不敢看他,因为她知道,如果她看他一眼,脸庞一定会更加发烫。等脸上的温度差不多降下去了,她才回头去看他。

"你的面。"她把装了四两面的碗递给他。

"谢了。"

"还你人情,用不着说谢。"

陈江野一个眼神抛过来:"你非要分得这么清?"

辛月不说话了,默默地端着碗去桌上吃面。陈江野笑了下,跟过去。

坐下来吃了两口面,陈江野漫不经心似的打破沉默:"所以你到底为什么想要当医生?"

辛月不知道他为什么执着于这个理由,医生是很多人心里神圣而

193

向往的职业,又不是什么很冷僻的职业,就算她没有经历过失明,她也许还是会想要成为一名医生。

她犹豫了一会儿,还是告诉了他以前她失明过的事。

"我车祸后失明过两个月,如果不是走运遇上了一个很好的医生,我现在可能就是个盲人了。"

在听到她说出"失明"这两个字时,陈江野吃面的速度骤然慢了下来,眉头顷刻蹙起。

"所以你是因为这样才想当一名眼科医生的?"他沉声问。

"嗯。"

陈江野没有再继续追问,埋头又加快了吃面的速度。

他突然的沉默让辛月有些奇怪,疑惑地看了他好几眼。他像是在想什么,眉头皱得很紧,吃面的速度也异常得快,一碗四两的面没多久就快被他吃完了。

辛月不想他等会儿吃完了还要看着她吃,便也加快了吃面的速度。最后,两人竟出奇一致地在同一时间吃完了碗里的面,又出奇一致地同时抬头,看向对方。

辛月愣了愣。而陈江野在她微怔的片刻里,朝她抬起碗,接着扬了扬下巴,似乎是示意她也把碗端起来。

"干吗?"

"就当这是酒。"陈江野微微偏头,"祝你成为最顶尖的眼科医生。"

辛月再次愣住,眼睛因为震惊而睁大。

语言是有力量的,尤其是在人出其不意的时候。

陈江野绝大多数时候都给人一种对这个世界没有任何眷念与期待的感觉,他似乎没有向往的生活,也没有理想,将将就就地活着而已。

所以,这样一番话从他口中说出来有种莫名的灼热感,仿佛……

他也在荒原里找到了他的方向与理想。

辛月忽觉眼皮有些发烫，心头没来由地一阵炙热，倒也不是没来由——

她喜欢的人，她希望他好。

"那我也祝你……"她端起碗，却不知该接着往下说什么。无奈，她只能问他，"我该祝你什么好？"

这个问题像是也难住了陈江野，甚至让他陷入了片刻愣怔。

"祝我……"半晌后，他唇微启，目光牢牢地落在她身上，"祝我得偿所愿。"

在清晨的微光里，他向来漆黑一片的眼底却燃着漫天大火，炙热、滚烫。

透过他的眼，辛月看到了自己的影子，她的心开始不断收紧。直觉告诉她，他的所愿似乎与她有关，但她希望这只是她在自作多情。

不过，无论是否与她有关，她还是希望他能得偿所愿。像他这样的人，就该是什么都能得偿所愿。

她深吸一口气，漂亮的颈线高高绷起。迎着他的目光，她不躲不避，像一名虔诚地向神明祈祷的信徒般祝愿他。

"祝你得偿所愿。"

两人碰了个碗，把面汤一饮而尽。

辛月其实已经很饱了，但气氛都到这儿了，她还是将面汤喝得一滴不剩。

"碗给我。"陈江野朝她伸手过来。

"干吗？"

"洗碗。"

辛月眨了眨眼，总觉得这两个字从他嘴里说出来特别违和。

"我洗就行了。"

陈江野"喊"了一声,直接夺过她手里的碗,没什么表情地说:"你做饭我洗碗,天经地义。"

辛月讶然,像他这种养尊处优的大少爷竟然还会跟她抢着洗碗。

"你会洗吗?"辛月有些怀疑。

"谁连碗都不会洗?"

辛月用手支着下巴看着他把碗拿到灶台上:"我觉得像你这种大少爷,不会洗也挺正常的。"

"不会洗碗的那不是大少爷,那是智障。"

然而在陈江野说完这句话的下一秒,他就发觉自己这话说早了,看着完全陌生的灶台,他完全不知道该从何下手。这儿除了一个灶台和一口水缸就什么都没了,锅里的水他都不知道舀出来后该往哪儿倒。

"水倒哪儿?"

"你旁边有个潲水桶。"

陈江野"哦"了声,拿着水瓢就要把锅里的水舀出来。

"不是用那个水瓢。"

陈江野动作一顿:"那用哪个?"

"你手里那个是用来舀干净的水的,舀脏水用边上铁的那个。"

把水舀出来,看着锅里沾了一圈的面糊,陈江野又犯了难。这玩意滑溜溜的,弄到抹布上怕是不好洗。

他的眉头紧紧蹙成一个"川"字。

碗谁都会洗,锅就不一定了。

辛月轻笑一声,走过来,说:"今天还是我洗吧,下次你来。"

陈江野倒也没死要面子逞强,直接退到了一旁,但眉头还是皱得老紧。辛月着手开始洗锅的时候,他也没离开,就站在旁边观望。这农村里的很多器具他见都没见过,这又不是他家,他也不好按自己的

第六章　月色

猜测来随意使用。

他看见辛月拿起水瓢从水缸里舀了些水倒进锅里，然后用旁边像是用竹签捆成的刷子在锅里刷了一遍，接着在锅边敲了几下，把刷子上沾的面糊给甩下来，再把锅里的水舀掉后，这才重新往锅里倒水和洗洁精洗碗。

这时，陈江野兜里的手机振动起来，他拿出来瞄了眼，接通。

"你人呢？"手机里头传来傅时越的声音。

"等会儿回去。"说完，他按断电话。

"我先回了，晚上叫我。"

"晚上你朋友们也要来吗？"辛月问。

"我让他们今天回去。"

辛月脸上流露出几分吃惊："别人这么大老远来看你，你不多留他们两天？"

"不留。"

他也没说原因，只漠然地吐出这两个字。

"走了。"

刚出厨房，陈江野抬眼就看到了在隔壁二楼阳台上抽烟的傅时越。

陈江野视力好，能够清晰地看到傅时越饶有兴致地冲他挑了下眉。他倒是没什么表情，淡淡地收回了视线。

傅时越没徐明旭和刘锐那两个那么八卦，陈江野回来后，他什么也没追问，只问他："今天怎么说？"

"等乔语和那两个醉鬼醒了，我送你们去蒲县。"

傅时越："不多留我们两天？"

陈江野还是那两个字："不留。"

傅时越心领神会地笑了下，继续抽烟，只在弹烟灰的时候说了句:"下次再见,估计就是过年了。"

陈江野也点了根烟,说:"不至于。"

傅时越:"你带我出去转转吧,我还没来过这种正儿八经的山村。"

"嗯。"

"对了,你昨天买没买面包?昨晚上我就吃了点零食,快饿死了。"

"买了。"

陈江野回屋里拿了面包丢给他。

傅时越接住:"你不吃?"

"我吃过了。"

"在辛月家吃的?"

陈江野没否认,"嗯"了一声。

"你跟她……算了。"傅时越还是没问。

"走吧。"

两人出去逛了一圈,回来的时候刚好碰到乔语从辛月家出来。

"乔语。"傅时越喊住她,"你回去把行李收拾了吧,咱们等会儿就走了。"

乔语没想到这么快就要走,表情微怔,但她什么也没说,只望了陈江野一眼,然后就转身回去收拾东西。

这会儿八点多,陈江野和傅时越上楼把那两个醉鬼叫醒。

"野哥你也太不厚道了,才睡一晚上你就赶我们走。"徐明旭赖着还不想走。

"你们再多待几天,我得猝死。"

陈江野这么一说,徐明旭才注意到他眼下的黑眼圈:"你昨晚没睡好啊?"

第六章　月色

"不是没睡好，是没睡。"

徐明旭还一脸天真无邪地问他："你怎么不睡？"

陈江野："你们两个的呼噜声比开拖拉机的声音还大，我怎么睡？"

徐明旭讪讪地摸了摸鼻子："我还好吧，刘锐打呼才大声，昨晚喝那么多酒我都听见他打呼了。"

一包烟立马砸过来，随之而来的是刘锐的回怼："我还听见你打呼了呢！"

"你胡说！"

"你才胡说！"

傅时越打断了他们："你们能不能抓紧时间收拾，乔语已经在下面等着了。"

两人暂时停战，各自把衣服套上，但徐明旭的动作贼慢，明显是不想走。

徐家和陈家是世交，他跟陈江野当了十多年的邻居，一点儿都不习惯没有陈江野的日子。

不只是习惯使然，徐明旭一直挺依赖陈江野的。他这人嘴欠，要不是有陈江野撑腰，他不知道被人打几百回了。

从楼上到楼下，徐明旭一路上都绞尽脑汁想让陈江野再留他们几天，连漱口的时候都不忘再叨叨几句。

"要不这样，我们去蒲县找个酒店，早上你骑车到镇上，我们来镇上接你，晚上再把你送回来。"

然而他说这么长一串只换来陈江野的一句："闭嘴，漱你的口。"

最后，他还是被刘锐硬拉上车的。

山里信号不好，陈江野怕他们走错路，便在前面骑着摩托车，带着他们出山。

今天是阴天，骑摩托车的时候还挺凉快的。陈江野原本只打算把他们送到镇上，后来想想还是决定请他们去蒲县吃顿饭。

他带他们去的是辛月之前带他来吃过饭的那家馆子。这家馆子看起来虽然破，但味道真是不错。

徐明旭本来还想，都到城里了怎么还带他们来这么破破烂烂的地方来吃饭，但对方是他亲爱的野哥，他还是忍住了没吐槽，结果等到上菜后，他吃得比谁都香。

"天哪，这家店破成这样，菜的味道竟然这么好！"说完，他想到什么，"嘿嘿"两声，挤眉弄眼地对着陈江野说，"野哥，这地方肯定不是你自己发现的吧？"

陈江野瞥了他一眼，没说话。

徐明旭话多，就算陈江野不搭理他，他也还是能说个没完。

"欸，野哥，你什么时候回海城啊？"

陈江野咀嚼的动作一顿。

徐明旭接着说："到时候我来接你啊，咱再来吃一次。"

陈江野重新开始咀嚼，没回他的话。

"野哥你倒是给句话啊。"

陈江野正准备开口让他闭嘴，只听他突然"天哪"一声："野哥！你该不会不想回海城了吧？"

陈江野的眼色蓦地一沉，半晌，他敛着眸说："你想多了。"

"你会回？"

"嗯。"

徐明旭眯着眼打量他，最后一拍桌子，说道："那你发誓。"

陈江野眉头蹙起，冷冷地抬眸："你几岁了？"

徐明旭撇撇嘴，嘟囔道："发个誓有什么，你又不是没发过，我看你就是不想回。"

第六章 月色

换在平时，陈江野一定会不耐烦地让他闭嘴，今天却异常平静。

完了完了完了。徐明旭心头警铃大作，觉得真被自己给说中了。

这时，在旁边一直安静吃饭的乔语忽然开口对陈江野说："你要只是懒得发誓还好，如果是真的不想回，我劝你断了这个念头。"

众人齐齐地看向乔语，陈江野也睨向她。

乔语嗤笑一声，继续说："你别忘了你还没毕业。"

陈江野似乎被她嘲弄的语气激怒，眼里压着暗火。

"就算你不在乎能不能毕业，难道别人也会不在乎？"乔语迎着他极具压迫感的目光，丝毫没有要停下来的意思，"你是恒远集团的大少爷，就算是小学文凭也能有别人八辈子花不完的钱，但这山里的女生想出去只有靠读书，而且人家有自己的抱负，你别因为你的一时新奇，毁了别人一辈子。"

乔语一口气把想说的话都说了，情绪有些激动，说完后胸口还不住地上下起伏。

"你说完了吗？"陈江野漠然开口。

乔语看他那一脸冷淡的样子，气不打一处来："那你听进去了吗？"

陈江野冷冷地盯着她："你以为只有你想得到这些？"

在这个风声鹤唳的年纪里，总有人冲动而荒唐。

有人说这才是青春，肆意、热烈、莽撞，青春就该不计后果地过，就该是轰轰烈烈的。

可倘若真的喜欢一个人，再冲动的人也会变得小心翼翼，再离经叛道的人也会有所收敛。

既然喜欢，又怎会不为她着想。

陈江野回到黄崖村的时候已经是下午五点。他停好摩托车后上楼,在阳台上瞥了旁边的小院子一眼,没看到辛月。

一股烦躁涌上来,他没进屋,就靠在阳台上抽烟。半晌,他的眉头稍稍松了一些,但仍是一条深深的沟壑。

这时,他的视野里出现了个晃动的人影。他立马抬眸,眼底骤然掠起一些光。在看清那个人影后,那一点光亮又暗了下去。

不远处,辛隆扛着把锄头慢悠悠地朝这边走过来。陈江野深吸一口气,下意识把夹着烟的手放了下来。

"小野你今天没出去啊?"辛隆也看到了他,跟他打招呼。

"刚回来。"

"去送你朋友了?"

"嗯。"陈江野点头。

辛隆一边掏钥匙一边跟他说:"晚上来吃饭啊,今天给你做凉拌鸡。"

陈江野眨了下眼,想来辛月已经跟她爸爸说了他要每天都去吃饭的事。

"谢谢叔。"

"谢什么,"辛隆朝他挥下手,"我进去了。"

辛隆开门进去,喊了声辛月,没人应。他撇了下嘴,拿出手机看完时间后,嘴里嘀咕道:"这都几点了还没回来,别是割完猪草又跑去摘莓子了,老曹还等着我打牌呢。"

他想了想,转过身来朝还在阳台上的陈江野喊道:"小野,拜托你件事。"

"您说。"

"你帮我去山上找找辛月,她平时这个时候就在水库那儿割猪草。水库你知道在哪儿吧?"

"知道。"

第六章 月色

"那就行,你找到她就让她赶紧回来,吃了饭我还有事。"

"好,我拿个东西就去。"

陈江野回屋把烟头摁进烟灰缸里就出了门。

水库离这儿有大概半个小时的步行路程,一条不算窄的山路直达,辛月如果已经在回来的路上,那两人就一定能碰到。

今天是阴天,山风微凉。沿着山路步行没多久后,陈江野就放慢了脚步。

他看到辛月了,她在路边一片长满了红色小果的灌木丛里。陈江野并不认得这种植物,看着像挂在树上缩小版的草莓。

枝干上都是倒钩刺,辛月全神贯注地摘着莓子,并未注意到他,而且这儿有个半人高的坎儿,正好形成了视觉差,她在下面视线会被遮挡。

这条路人来人往,辛月大约习惯了忽略这些人的存在,陈江野都走到了与她距离仅一米的地方时,她也还是只管埋头寻找着已经成熟的果子。

陈江野没有喊她,默然地站在上方垂眸看着这一幕——少女弯身在灌木丛里摘着莓子,几缕发丝从她的额前垂下来,任微风拂动。一颗一颗红色的莓果像童话绘本会发光的漂亮果实,点亮了丛林,也点亮了少女的眼睛。整个世界都安静了,耳畔周围只有不绝的蝉声和清脆的鸟鸣。

对于一个从小生活在城市,见惯高楼林立,听惯鸣笛喧嚣的人来说,眼前过分安静美好的画面,恍惚间变得有些不真实。

陈江野倒也在景区里见过田间的采茶女、花丛里嗅花的少女,但清晰可见的刻意又怎抵得过如此般的生动。

这样的美好,叫人实在不忍打扰。

他没有喊辛月,就这样静静地在上面等待。

炙野

  路旁长着几株野玫瑰，在等待的几分钟里他漫不经心的拈下花瓣，攥在手心。半晌，辛月终于注意到路上有个人停驻在那里一直看着她，于是茫然地仰起头来。

  两道视线还未来得及相交，一阵轻风忽起。

  感觉到风起与她的抬眸，站在上方的陈江野摊开手，掌心的花瓣被风吹出一段距离，恰好落在她的脸上。花瓣与她的眼睛轻碰，她倏而闭上眼，肩膀轻轻耸起，像山间受惊的小鹿。

  陈江野眸色一暗，随后又扬起嘴角。

  辛月皱起鼻头，拂掉脸上的花瓣，睁开眼看到的就是他那玩世不恭的笑。

  辛月瞪他一眼："怎么哪儿都碰得到你？"

  "有句话你没听过吗？"陈江野的嗓音里还透着些许的哑。

  "什么话？"

  他低头看着辛月，眸色转深：如果你觉得总能遇见我，那是我想让你遇见。他在心里这样说道，却并未宣之于口。待开口时，十八个字变成了四个字："冤家路窄。"

  辛月微微一怔，目光下意识躲闪："别乱用成语。"

  "冤家"在百度百科里是这样解释的：一指对情人的昵称；二泛指似恨实爱、给自己带来苦恼而又舍不得的人；三指仇人。

  这三个释义里，哪个都不合适。

  "还有，这是一个词，不是一句话。"辛月又瞪他一眼。

  陈江野谑笑一声，回归正题："你爸爸让我来叫你赶紧回去。"

  辛月："这才几点？"

  "他说吃了饭他还有事。"

  辛月撇撇嘴："他能有什么事？他就是想去打麻将。"

  她一点不着急地收好装莓子的袋子，递给陈江野，说："帮我拿

第六章 月色

一下。"

陈江野懒懒的蹲下,接过来,问:"这什么?"

"我们这儿叫山泡儿,学名不知道。"

陈江野提起来看:"能吃?"

"不能吃我摘它干吗?"说完,辛月抓住坎儿上的树干准备爬上来。

昨天刚下过雨,土有些松软,辛月踩上坡面一发力,土就散了。辛月正要试第二次,一只大手伸到了她面前。

"我拉你。"头顶落下陈江野依旧散漫的声音。

辛月愣了下,看着眼前指节清晰的手,她不自觉地眨了眨眼。

过了会儿她才说:"不用。"

她又试了第二次,结果还是没能上来,接着第三次、第四次……全都以失败告终。

简直见了鬼了,平时比这高的坎儿她都能爬上去。

一声沉沉的低笑落下来,陈江野说:"别逞强了。"

那只白皙好看的手再次伸到她面前。

辛月也不想再接着被他看笑话,拍了拍手上的土准备还是让他搭把手,但看着那只手,她又犹豫了。

"愣着干吗?"陈江野动了动两根手指。

辛月深吸一口气,强行把那些旖旎的心思丢到脑后,伸手放入他的掌心。

陈江野五指覆上她的手背后握紧。

他的掌心很干燥,有层薄薄的茧。把她往上拉时,薄茧摩擦手心,有些微微的痒。他劲儿大,轻松就拖起了她整个重量,但正是因为力道太大,惯性让她径直扑向了他。

辛月的双眸骤然睁大,想用另一只手撑住他让自己停下来,可手

205

上都是泥,她刚抬起来又下意识收了回去,眼睁睁地看着自己撞向他怀里。而陈江野,他没有丝毫慌乱,站起身的同时还用另一只手揽住了她的腰。

眼见就要撞上他的胸膛,辛月本能地闭紧双眼,肩颈收起,以蜷缩的姿态跌入他的怀中。

"嘭——"一声闷响,她的侧脸与他结实的胸膛相撞。

他的气息猛然间铺天盖地地袭来。说不清是什么味道,辛月只觉得好闻,混着淡淡的烟草香,一齐涌入鼻腔。

随之而来的,是腰肢被人用力地揽住——他们完完全全地相拥在了一起。甚至,她的一只手还被他攥在掌中,仿佛他们并非偶然相撞,而是紧紧相拥跳着一支华尔兹。

有那么几秒,辛月的呼吸与意识都被夺走,心脏却疯狂跳动。她靠着他的胸膛,像他怀里的一只猫。

待意识回拢,她的脸已经不自觉地烧得发烫,浑身的温度也在持续攀升,而陈江野丝毫没有要松开她的意思。

辛月想推开他,可一只手被他攥着无法发力,另一只手又都是泥。

她慌了,生平第一次这样慌张。人在慌乱时总是要笨一些,明明她都脸红到发烫,她竟还抬头看向了他。

陈江野始终垂着眸,将她眼底的慌张与脸上烧到耳根的红都尽收眼底。他漆黑的眼瞳像是将光压抑在了最深处,只透出些许,或明或暗地晃动着,格外意味深长。

辛月看向他是想开口让他放开她,可一对上那双眼,她就像从沼泽地又一脚踩进了深渊,直直地坠下。

她张了张嘴,却没有说出一个字。

即便是阴天也有光从树叶的缝隙间落下来,随着风动,忽明忽暗

第六章　月色

的光影在两人之间来回地荡啊荡。

有什么暗涌着,在夏日晚风的尽头。

不知道过了多久……

"你……"

辛月终于红着脸说出了一个字,剩下的"放开我"还未说出口,她忽觉腰上一松,陈江野放开了她,后退了一步。

辛月心头松了一大口气,那三个字她都不知道该怎么跟他说。

陈江野的目光此时还落在她身上,她快速眨了眨眼,将长长的睫毛盖下来。气氛一时间又陷入了另一个难以打破的境地。

就在辛月不知如何缓和这尴尬又暧昧的氛围时,一只手倏地捏住她的下巴,迫使她抬起头来。辛月惊得瞪大了眼。

陈江野忽略了她的震惊与不解,捏着她下巴左右打量了一下。接着,他勾起一侧的嘴角,谑笑着喊她的名字:"辛月。"

他的目光落在她仍旧红透的脸。

两声沉沉的笑从他嗓子里振出:"脸红成这样?"

本来辛月心里刚刚还小鹿乱撞得厉害,现在只剩被他调戏的怒。

她狠狠地瞪着陈江野,用沾满了泥的那只手用力拍掉他捏住她下巴的手,转身就走。陈江野没跟上去,就站在原地看着她气冲冲的背影,嘴角挂笑。

等辛月走出七八米后,他懒洋洋朝她喊:"猪草不要了?"

辛月脚下一顿,她懊恼地闭了闭眼,咬咬牙后转过身又走了回来。她没看陈江野,径直地走向背篓,只在走的时候剜了他一眼。

陈江野笑了笑,还是站在原地没走,准备看看她什么时候能想起来还有东西没拿。

这次倒是不用他提醒,辛月走出两步后就又折返回来,一把将他手里装着莓子的袋子抢过去，然后转身继续走。

陈江野笑了两声，抬脚慢悠悠地跟在她身后："你对你的救命恩人就不能大方点？一颗莓子都不给？"

辛月冷哼一声："三个人情我都还完了，我可不欠你的了。"

她说的是气话，陈江野提出的三个人情是还完了，但若他还有请求，只要不过分，她也还是会答应。可陈江野听了后，眸色骤然一沉，脸上的笑也慢慢消失。

回去的路需要走十多分钟，这期间，陈江野没有再说话，只默默地跟在辛月身后，距离不远也不近。

辛月没有察觉他的异常，他们两个人本来话都不多。

回到家，辛月径直去了猪圈喂猪，把陈江野一个人晾在了院子里。

辛隆听到动静，从屋里出来，看到站在院子里望着猪圈方向像是在发呆的陈江野。

"回来啦。"

陈江野回神，转头看向辛隆，喊了他一声："叔。"

"来。"辛隆朝他招招手，"来帮我个忙。"

陈江野朝他走了过去。辛隆给他拿来个凳子，让他在一个放着鸡的盆子前坐下来。

"帮我拔下鸡毛。"

辛隆只想着快点吃完饭去打麻将，有人就使，才不管陈江野是城里的大少爷还是村里的野小子。

好在陈江野不是那种娇生惯养会嫌这嫌那的公子哥，很痛快地应下了。

辛月从猪圈出来的时候就看到两人在那儿拔鸡毛，整个人愣了两秒。

第六章 月色

陈江野和拔鸡毛这个画面……太违和了。

他穿着白色短袖，质感极好的面料干净得仿佛一尘未染，背后标志性的图案极其醒目，再配上那张能把地摊货都穿出高级感的脸，让人理所应当地觉得他应该出现在城市中心繁华地带的街头，和其他身穿潮牌的男生一起做一些很酷的事情，而不是在一个农村平房的院子里跟人一起拔鸡毛。

辛隆注意到她出来了，说："愣着干吗？你不是摘了山泡儿吗？赶紧去洗了吃啊，等会儿就烘熟了。"

辛隆是个好吃嘴，手里拔着鸡毛还不忘惦记着山莓。

辛月也是这时候才记起来，她拎着袋子进屋将山莓倒进了一个碗里，拿到水龙头前洗，顺便把萼片和果柄摘掉。

才摘到一半，外面就传来了辛隆的催促声："还没洗完？我快渴死了。"

辛月撇撇嘴，端着已经洗好的那一半出来："渴了喝水，这酸不溜秋的能解渴？"

辛隆："你老爸吃你几个山炮儿都不行？"

"没说不行。"辛月把碗递到他跟前。

辛隆摊开沾满了鸡毛的手给她看："我哪儿来的手拿？"

"张嘴。"辛月抓了几颗山莓丢进了辛隆的嘴里。

"欸，这次摘的挺甜。"辛隆眉飞色舞地吧唧了两下嘴。

辛月正要拿起两颗扔自己嘴里，余光不经意瞄到旁边的陈江野，手上的动作顿时一滞。

陈江野此刻正看着她。

这时，辛隆问陈江野："小野你没吃过这个吧？"

陈江野把视线收回来："没有。"

"你吃吃看，这都野生的，你们城里人肯定没吃过。"

"嗯。"

陈江野又抬眸看向辛月，辛月也看着他，两个人大眼瞪小眼地对视了两秒。

见她迟迟没动作，陈江野眼底荡出一抹笑，也把沾满了鸡毛的手摊开给她看，脸上就差清清楚楚地写着：喂我。

辛月咬了咬牙，她偏不喂他。

"等会儿完事自己拿。"撂下这句话她就转身回了屋。

陈江野微挑起眉，有些出乎意料。

"嘿！你这丫头怎么跟人说话的？"

辛隆骂完辛月转头跟陈江野打圆场道："女娃娃就是别扭，你别介意啊。"

陈江野笑笑："不会。"

拔完鸡毛，辛隆拎着鸡去水龙头下去掉内脏后就扔进了锅里准备煮。

辛月负责烧锅，辛隆负责调料和做其他的菜。至于陈江野，他还是站在老位置，倚着墙看着忙碌的二人，全程没有看过一次手机。

今天虽然是阴天，气温不高，但灶台上的火一烧起来，室内还是很热。辛隆不断地擦着汗，辛月也一直用手给自己扇着风。

"小野，你去外面等吧，这屋里热。"辛隆抹了把汗对陈江野说。

"看您做饭挺有意思的，我也顺便学一学。"

辛隆和辛月同时抬头看向他，面露惊讶。

辛隆"嗐"了一声："你们这种有钱人家的孩子还学做饭干什么啊，我要有钱，我天天下馆子去。"

陈江野只是笑笑没说什么。

做完饭已经是六点半。

"我先走了，小野你慢慢吃。"

第六章　月色

辛隆忙着去打牌，几下刨完一碗饭就走了。他一走，屋里就剩下辛月和陈江野两个人。

辛月一到夏天就没什么胃口，吃完半碗饭就放下了。这时候，陈江野却又去盛了满满一大碗饭。

辛月虽然生他气，倒也不至于就把他一个人撂在这儿，于是催他道："吃快点。"

听到她略为不快的语气，陈江野掀起眼皮看向她，不但没加快吃饭的速度，还把碗给放下了。

"我说，"他微微眯起眼，身子后仰，"我就开了句玩笑，你气我到现在？"

"莫非，你脸红是对我有什么想法？"

辛月再一次被他气到了，瞪大眼厉声骂他："陈江野你有病吧！"

没想到陈江野竟淡淡地"嗯"了一声。

辛月觉得他简直不可理喻："你真的有病。"

"是有病。"他定定地看着辛月，漆黑的瞳孔如同能藏匿一切的深海，连声音也如海底暗流般低沉寂然，"快疯了。"

辛月怔住，她没看到过他这个样子，像是被一种难以克服的无奈深深攫住。

她还以为，像他这样肆意无忌的人不会有被现实所困的时候，但原来……他也有想做而不能去做的事吗？

看着这样一双眼，她的心口钝钝地泛疼，她知道，那是名为怜悯的情绪。而她听过这样一句话：喜欢一个人不可怕，喜欢还怜悯一个人才可怕。因为当你开始怜悯你喜欢的人时，你就怎么也逃不掉了。

辛月垂下眼，放在桌面上的手渐渐攥紧。过了一会儿，她站起来，垂着眼冷冷地说："要疯也别跟我发疯。"说完，她站起身来回了屋。

211

昏黄的老式灯泡下，只剩陈江野一个人。他静默地坐在桌边，灯光将他的影子拉得很长。

面前的饭还冒着热气，香味四溢，他却有些吃不下，但有人说过，不准浪费。他把碗端起来，还是硬咽了下去，然后起身收拾桌面，洗碗，刷锅，擦灶台……把一切都清理干净后，他在通向辛月房间的通道外停驻片刻，最后默然离开。

夜色很静，辛月听得到他离开的脚步声，从厨房到院子，然后消失在关门声后。

接着，关于他的什么声音她都听不到了。

辛月呆呆地坐在卧室的书桌前，眼神空洞。

她不知道怎么就变成了这个样子，她和他能在一起的时间已经只剩下不到一个月，她该珍惜的。

辛月重重地闭上眼，心里有些难过。

不知过了多久，她睁开眼深深地吸了一口气，神情黯然地拿起笔筒里的笔，翻开习题册准备做题。

以往每每感觉快要被低沉的情绪淹没时，她就会用做题来转移注意力，绝大多数时候效果都很好。自从经历了车祸，不管受了多大委屈，只要稍微转移一下注意力她都能很快看开，把情绪调节过来，但这一次似乎不行。

她拿着笔看了很久的题也还是一个字没看进去，中途她还看了眼窗边，却没有看到隔壁二楼亮起的灯光，不知道陈江野离开后去了哪里。

就在她准备再次尝试集中注意力的时候，只听"啪"的一声轻响，屋内突然陷入了一片黑暗，只有充电式的台灯还亮着。

停电了，这还是今年第一次停电。

辛月看这台灯也撑不了多久，于是拿起台灯去找蜡烛，结果翻遍

第六章 月色

了家里也没找到。家里的手电筒也没电了,她只能去村里的小卖部买蜡烛。

她叹口气,拿着台灯出门。

小卖部离她家挺远的,买完蜡烛往回走的时候,她手里的台灯就快没电了。

当灯光倏地暗下来的时候,辛月心里猛地"咯噔"了一下。

由于失过明,她还挺怕黑的,而且在这山里,就算平时家家户户亮着灯的时候路上也是黑咕隆咚的,再加上路边随处可见的坟地……

人一旦倒霉起来,怕什么来什么。就在她经过一处老坟时,身后突然传来了一阵脚步声。瞬间,她的头皮倏地麻了一下。

她告诉自己肯定也是出来买蜡烛的人,不用慌,要镇定,但身体却忍不住发抖,更不敢回头看,只能拼命加快脚步往家里赶。

可身后的脚步声却越来越近,越来越近……

被恐怖气息包围的她心脏狂跳着,害怕得已经快要无法呼吸,脑神经也不受控制起来,整个人如同跌进了一片阴森而扭曲的空间,周遭的一切事物都是模糊而涣散的。

在这样的情形下,辛月即使只是踢到一块很小石头,也还是摔了下去。

她顾不上疼痛,只想快点回家,可当她正要爬起来时,手臂上突然传来一阵冰凉的触感。

"啊——"她被吓得惊声尖叫,连忙后退。

"是我。"头顶落下一个极具辨识度的低沉嗓音,"陈江野。"

在听到"陈江野"这三个字时,辛月那颗高悬着的心忽然间落了地。她恍惚地抬起双眸,看到那张熟悉的脸,眼泪不受控制地涌出。

看到她眼底泛起的泪光,陈江野就像被什么打中了一样,愣在了

213

原地。黑夜里，他的眼底有暗光闪动。

辛月看到了他眼底的光亮，也感觉到了自己眼睛传来的酸涩与湿润，忙把头扭到一旁，咬住唇死死地把眼泪困在眼眶里，再没让一滴泪流出来。

这时，她听到耳边传来一声低笑："原来你也有害怕的东西。"

辛月先是心头一震，接着眉头皱起。

她都吓成这样了，他还笑她！

她气得攥紧了拳头，从地上爬起来就要走。

"啊！"伴随着一声惊呼，她又摔到了地上。

陈江野赶忙过来拉住她的胳膊，问："脚崴了？"

辛月没回他，倔强地把头偏在一旁。

"我背你。"陈江野说着就把她手放到肩膀上，但被辛月抽了回去。

"不用你背。"辛月赌气般地跟他使着脾气。

陈江野扯了扯唇，语气讥嘲："不然你要怎么回去，爬回去吗？"

"你！"辛月转头瞪向她。

陈江野冷哼一声："肯看我了？"

他这句话又成功地把她激得将头甩到了一边。

陈江野看着她，眼神沉下去，接着，他二话不说，直接将她打横抱了起来。

"陈江野！"辛月惊愕地看向他。

"你放我下来！"她瞪他。

陈江野瞥了她一眼："你再瞪我？再瞪我就把你甩到那坟上去。"

威胁完，他还把手机的手机电筒转了个方向，照向旁边的一座坟。

辛月被吓得浑身一颤。

第六章 月色

混蛋！辛月在心里骂了他一声，咬着牙把头甩到一边。

她气得不行，把她气成这样的人却似乎在笑，她感觉到了他胸膛微微的振动。

辛月咬咬唇，鼻头皱起。有那么好笑吗？

她始终认为陈江野是在笑她被吓到的样子，没往另一些地方去想。

比如，一个人在开心的时候，也是会笑的。

这里离家还有一段路，距离不算远，两人却迟迟未达。

辛月怀疑他是不是故意走慢了，明明他抱她起来的时候看起来丝毫不费力，怎么会走得这么费劲。

但她是不会问他的，她才不要和这个取笑她的混蛋主动说话。

这一路上，她一眼都没看过陈江野，一直偏头看着前面闷闷生气，而陈江野的视线始终落在她身上，只用余光看路。

如果她回头看他一眼，一定不会再觉得他是在取笑她——他的笑意里有说不尽的温柔。

月亮不知何时透出了云层，他们踩着月光，终于到了家。

陈江野在门口停下来，颠了怀里的辛月一下："开门。"

辛月还闹着别扭："你可以放我下来了。"

陈江野也不拿话堵她了，只淡淡地笑道："送佛送到西。"

辛月懒得跟他多说，反正也都到这儿了，再被他抱着多走两步也无所谓。

她把钥匙掏出来，跟孩子耍小脾气一样把钥匙转得贼响。陈江野唇畔的弧度又加深了一分。

进了院子，辛月指着屋檐下的一个凳子说："你把我放那个凳子上。"

"嗯。"

陈江野抱着她走过去,轻缓且平稳地把她放到了凳子上。接着,他把手收回来插进兜里,丝毫没有要离开的意思。

辛月心里有种不妙的预感,犹豫片刻后,她闷声提醒他:"你还不走?"

"辛月。"他突然喊了声她的名字。

每次他叫她的名字,辛月心里都会颤一下,这次也不例外。

"看着我。"

她的心口又一颤。

他的嗓音仿佛有种奇特的磁场,明明心里已经响起了心动信号的警钟,她还是不受控制地抬起了头。

"辛月。"他不厌其烦地喊着她的名字,插着兜俯身,将他们之间的距离慢慢拉近,笑着望向她的眼睛说,"你又欠我个人情。"

第七章 蝉鸣

"辛月,你又欠我个人情。"

陈江野说完,在辛月还愣怔地望着他时,他笑着转身离开,并不给她拒绝的机会。

等到辛月终于从他那让人无法自拔的笑容里回到现实时,她才意识到自己被他占了便宜。如果不是他跟在后面吓她一跳,她也不会摔,更不会崴脚,哪儿还用得着他抱她回来?

辛月想着就生气,趁他还没走出门,抓起旁边一个海绵刷朝他丢过去,正中他的后脑勺。

陈江野脚下一顿,转过身来,脸上说不出是什么表情。

辛月深吸一口气冲他喊:"陈江野你别想占我便宜,我才不欠你!你不吓我,我能摔?"

陈江野朝她走过去,一边走一边说:"我哪儿吓你了?是你自己吓你自己。"

"你要不是故意的,你跟我后边走那么久干吗?"

"谁跟着你走了?你拿着个那么暗的灯,鬼才看得清是不是你。"陈江野插着兜在她面前停下来,"我遛完一圈往回走碍着你什么了?"

辛月被他怼得一时语塞,过了会儿才说:"谁大半夜在外面乱逛?你不乱逛我能被你吓到?"

"我心情不好。"他敛眸,声音清凉,"不行?"

辛月忽地一滞。

有风掠过,拂起她耳边的发,头发微遮眼帘,她却没有眨眼。

眼前背对着月光的陈江野，双眸比以往任何时候还要漆黑沉郁。被这样一双眼看着，辛月的心头发紧，终究还是败下阵来，暗暗咬唇将头偏到了一旁。

"不服气？"陈江野挑了下眉，然后一手撑着膝蹲下来，仰头去看辛月的脸。

辛月没说话，整张脸透着一股倔劲儿，看起来确实很不服气。

她也的确不服。就算是两个陌生人，其中一个不小心吓到另一个还会说声"对不起"，他倒好，还跟她算起账来了，而且她也没要他抱。

刚刚要是他没说那句他心情不好，她肯定还能跟他怼上好几个来回。中途出局，哪怕是自己认输，心里当然还是不服。

陈江野嗤笑一声，伸手捏住她的下巴，迫使她把头转过来。

辛月一惊，正要抬手拍开他，却听他说："这一次你不认也没有关系。"

他突然的退步让辛月有些猝不及防。

看着她一脸茫然的表情，陈江野勾起一侧的唇角，与她对视的眼神尤为意味深长。

"辛月，总有你求我的时候。"他的语气势在必得。

辛月愣了愣，不过不是因为他这句话，而是他说这话时眼底透出的炙热，像里面烧着一把火，一把漫天的大火。

在这样的灼烧下，辛月根本撑不了多久。

她慌忙眨了眨眼，伸手拍开他，倔强道："你就等着吧，我会求你才怪了。"

"嗯。"陈江野缓缓站起来，把手重新插回兜里，居高临下地看着她，"我等着。"

陈江野的这句话不是随便说说，但他想得比较远，所以他怎么也

第七章　蝉鸣

没想到，这句话竟然会实现得那么快。

第二天，辛月一如往常，天刚亮就起了床。

昨天她脚并没有崴得很厉害，今早走路已经完全没有问题，只还有一些隐隐作痛。

她还是煮的面吃，用昨晚调的凉拌鸡的汁水拌着吃。

今天陈江野没来，她一个人蹲在屋檐下吃完了面，正要进去洗碗，余光突然注意到一旁几个什么也没挂的衣架上。

她猛地回头，定睛看向那几个衣架。上面原本是挂着她的吊带背心的，现在只剩几个空荡荡的衣架。

这用脚指头都能想到，肯定是哪个人趁昨晚停电把她的吊带背心偷了！那可是前些天她新买的！

辛月气得直咬牙，在心里诅咒完那个人后，她气恼地抬头看向旁边二楼的那个窗口。

昨晚辛隆打了一个通宵的麻将，现在在里面睡得正熟，肯定不会载她去镇上的，那就只有……找陈江野了。

辛月烦得要死，她昨晚才说会求他才怪，结果今天就……她烦躁地抓了抓头发。

她咬咬牙，最后还是朝外面走去。

这会儿王婶也刚起来不久，正端着碗面在门口吃，看到辛月从院子里出来就跟她打招呼："辛月，这么早你就要出门啊。"

辛月叹口气，说："我找陈江野。"

王婶觉得奇怪："大早上的你找他干吗？他都是要睡到中午才起。"

辛月干脆地跟她说了："我的吊带背心被人偷了，得让他载我去镇上重新买。"

"被偷了？！"王婶一脸震惊，"谁啊，这种事都干得出来！"

辛月耸肩。

突然，王婶像是想起什么，端着碗朝辛月走过来，凑近她压低声音说："我跟你说，下面那个老齐你知道吧？"

辛月点头："知道。"

"他有个妹妹，老公爱赌，欠了一屁股债，为了躲债，她去南边的厂子打工去了，把儿子丢到了老齐家，就上个月的事。那小子随他爸，从根子里就是坏的，说是因为偷东西进了好几次少管所，我估计就是他干的！"

王婶说着还推断起来："咱村里要有这种偷东西的贼，早就被发现了，你以前没被偷过吧？"

"没。"

"那不就对了，他一来你东西就被偷了，哪儿有那么凑巧的事？"王婶拿手背碰了碰辛月的胳膊，"这阵子你多长几个心眼，提防着点那小子。"

辛月回忆了下，除了之前的混混，她最近确实还在村子里看到过一个生面孔，应该就是王婶口中说的那个人。

"你应该看到过他吧？"

辛月："应该看到过。"

"你记得以后碰到他赶紧躲远点。"

辛月点点头。

"行了，你上去叫陈江野吧，我懒得叫他。"

"那我上去了。"

"上去吧。"

辛月上楼，在陈江野的房门前停下来。她拍了拍门，拍得挺大声的，但里面没动静。

第七章 蝉鸣

辛月深吸了一口气,开始一边拍一边喊:"陈江野,我有事找你。"

在喊了两遍他的名字后,门开了。

陈江野拉开门,他只穿着一条短裤,上身的腹肌一览无余,辛月整张脸"噌"的一下就红了。

她倒也不是第一次见他裸着上身,但突然撞见,那视觉冲击力实在太大。

"找我干吗?"陈江野拢了拢凌乱的头发,惺忪的眼微眯着,声音里透着困倦的懒意。

辛月不想让他看到自己脸红,也因为这么快就打了脸而有些别扭。她把头低着偏到了一边:"想麻烦你件事。"

陈江野的眼尾挑起,笑道:"不是昨天才说不会求我?"

辛月咬咬牙,抬头瞪了他一眼又快速低下头:"你听清楚,是麻烦你,不是求你。"

陈江野笑了声:"说吧,什么事?"

辛月有些吃惊,他竟然没为难她,非要她放低姿态求他什么的。

"麻烦你带我去趟镇里。"

陈江野往门上一靠:"没好处的事我不干。"

辛月在心里叹了口气,妥协道:"算我欠你个人情。"

陈江野勾起一侧的嘴角:"这是你自己说的。"

辛月知道他心里一定在取笑她,闷闷道:"你差不多得了。"

"这才哪儿跟哪儿。"陈江野伸手捏住辛月的下巴,让她把头抬起来看他。"辛月,我对你算好的。"

他的语气没什么起伏,辛月听着却仿佛心脏被往上提了一下。

他对她是算好的了,就算是普通朋友之间,说的话这么快就被打了脸,怎么也得嘲上好几句。

辛月也不得了便宜还卖乖,只淡淡地说:"知道了。"

见她难得收起身上的刺,陈江野主动松了手。

"下去等我。"

辛月转身下楼。

等了一会儿,辛月看陈江野叼着个面包出来,然后三两下塞进了嘴里。

见他手里还拿着一个,辛月提醒他:"我没那么着急,你慢点吃。"

陈江野丢给她:"我给你拿的。"

"我吃了。"辛月眨了眨眼。

陈江野目光一沉:"大早上把我吵醒,我以为你有多着急,原来是饭吃完了才想起我?"

"我也是吃了饭才发现衣服被偷的。"

这事跟他说也没什么,反正陈江野肯定要问她去城里干吗,她总要说的。

陈江野眉头拧起来,表情像是有些惊讶,又透着不爽。

不过他什么也没说,让王婶把卷帘门打开,将里头的摩托车骑了出来,然后在辛月面前停下,递给她头盔。

"上来。"

辛月记得这辆摩托车,是上次他的朋友过来的时候一并带过来的。这车实在漂亮,车身设计的科技感十足,颜色搭配也极其酷炫高级,喜欢赛车的男生估计没人能对这辆摩托车有抵抗力。

这车后座很高,辛月要攀着他的肩才能上去。

辛月有些不习惯这个高度,而且坐上去后她才发现根本没有可以抓的地方。

"哎哟喂,你这车怎么载人哦?"

第七章 蝉鸣

王婶在一旁看辛月坐那么高都替她捏了把汗，加上这路还那么颠，所以王婶也顾不上什么别的了，赶忙对辛月说，"你快点儿趴下去抱着陈江野，抱紧点，你这要摔下去好吓人的。"

陈江野听到后不由自主地扬起唇，在王婶瞄过来的时候也没有压下嘴角，笑得肆意张扬，还转头对辛月说："听见没？"

辛月的脸上又开始控制不住地泛红。

为了不让王婶看出来，她趁脸上还没有烫得太厉害时赶紧趴了下去，把头侧到了一边，只是双手向陈江野腰际靠近的动作还是有些缓慢。

王婶在一旁看得急死了："这种时候害什么臊啊，命重要！"

说着，她干脆走过来亲自上手，让辛月两只胳膊环着陈江野的腰，再把她的手拿过来贴在陈江野的两边腰侧："扒紧！"

"哎呀，拳头松开，扒紧他啊！"

因为紧张，辛月刚刚是握着拳的，在王婶的催促下才慢慢地松开了手，手指缓缓地贴上了他的腰。

"对嘛，这样才牢实。"

陈江野全程听着一直沉沉地发着笑，而辛月已经害臊得连耳根都熟透了。

陈江野没多磨蹭，直接拧下了油门。

重型机车起步极快，"唰"的一下就窜出去了，吓了王婶一跳。辛月也被这速度吓了一跳，原本只是轻贴着他腰侧的手，一下就抱紧了。

彼时，晨间的空气扑来，迎着风的少年仰起头，唇角是风吹不散的笑。

极具科技感的赛车在绿意盎然的山路间行驶，车上的两人都有着如同动漫人物般的面容和身材比例,远看着像是科幻机甲电影的画面。

山路颠簸,即便两人都带好了头盔,陈江野也没有骑得很快,直到上了水泥路后他才开始加速。

在山上的时候,辛月因为颠簸一刻都不敢松开抱着陈江野的手,到了水泥路又因为他骑得太快,她便抱他抱得更紧了。

于是,等到了镇上,陈江野停下车后说的第一句话就是:"辛月,你想勒死我?"

辛月脸上一烫,赶紧松了手,但这后座实在太高,她趴久了起身有些眩晕,让她又不敢完全松开,只一只手拽着他的衣服。

"谁让你骑那么快?"她抱怨了一句。

坐他的车,她全程的心都是悬着的。不过这感觉并没有不好,起初她是害怕的,但习惯后就有种速度带来的快感,他每一次的转弯都能让她肾上腺素飙升,紧张又刺激,而在过完弯道驶入平缓地带后,全身松弛下来的那一瞬间又有种极致的解压感。

之前陈江野用她爸爸那辆破旧摩托车载她的时候,她没这感觉,那车把油门拧到底也没多快,后座也平整,可以舒舒服服地撑着车架吹风。这一趟才让她彻底明白了那些男生为什么这么爱玩赛车。

速度是令人着迷的刺激,是兴奋的催化剂,当速度到了一个临界点,人的大脑是完全放空的,能摒弃所有杂念,只去感受此刻快感的攀升,是极致的享受。

所以哪怕是觉得什么都没劲的陈江野,也没办法不爱上赛车。

陈江野把头盔摘下来放在车上,手插进凌乱的头发里拢了拢,转头看向辛月,眼皮微掀。

"这算慢的,载着你能快到哪儿去?"

辛月不懂他这什么逻辑:"什么叫载着我能快到哪儿去?我有那

第七章 蝉鸣

么重？"

陈江野微眯了下眼，嘴里"喊"了一声："你脑子装的都是些什么？"

"再快的话，急刹车会失控，容易出事。"他漫不经心地说着，瞳孔滑到眼尾睨着她，"我能让你出事？"

他说出最后这句话时，语气也是懒懒散散的，辛月心里却忽地一紧，整个人又不受控制的被那该死的悸动定在那里，瞳孔震颤地望着他。

陈江野唇角泄出一点笑，不动声色地收回目光。

"下车。"他转过头去。

辛月回神，慌乱地眨眨眼，把头盔摘了之后，迅速下了车，可因为腿弯了太久有些站不稳，她又慌慌忙忙的，身子顿时朝后倒去，她赶紧抓住了陈江野的衣服。

感觉到衣服的拉扯，陈江野转过头来，看到她的身体已经后仰得快要倒下去的时候立马抬起手握住了她的胳膊。

陈江野一把就将她拽了起来。

他半侧着腰，视线与辛月在同一条水平线上，一撞上那双眼，辛月感觉心脏的跳动都慢了一拍，在与他对视了半秒后，她才因他那一拽吃痛地发出一声闷哼，低低的，有些娇。

陈江野的眼神蓦地一沉。

"站稳。"他喉结伴随着开口上下滑动，声音略哑。

辛月后退半步与他拉开距离，抬手揉了揉胳膊，眉头紧皱。

陈江野慢慢直起身，下巴仰起："怎么，还怪我弄疼你了？"

辛月抬眸瞥他一眼："没有。"

"那你不谢谢我？没我的话你就摔了。"

辛月吃惊地半偏头。这还是她认识的那个拽哥吗？那个她跟他说

227

谢谢,他还要冷冷地来句"没帮你"的拽哥。

陈江野也半偏头,一副"你怎么还不说"的表情。

"谢谢你了。"怕他觉得自己语气不诚心,辛月还加了个礼貌的称呼,"陈同学。"

"我跟你算哪门子同学?"陈江野挑眉,"叫哥。"

辛月咬咬牙,警告他:"陈江野,你差不多得了啊。"

陈江野"啧"了一声,说:"没劲。"

辛月:"我管你有劲没劲。"

陈江野又"啧"了一声:"你是真没良心。"

辛月翻了个白眼:"你就拽了我一下,我还得以身相许是吧?"

话都说完了,辛月的脑子才跟上来,等她意识到自己说了什么的时候,眼前男生的表情已经变得格外意味深长。

他的嘴角勾起,笑道:"也不是不可以。"

辛月瞪他:"你做梦去吧!"

没想到陈江野却说:"嗯,今晚回去就做。"

一瞬间,辛月的瞳孔也跟着放大。

陈江野将她眼底的震惊与慌张看得分明,也知道她在想什么,她无非是想,他是不是要捅破那层彼此都心知肚明的窗户纸了。

但,怎么可能?他现在真的很想破口大骂,骂这该死的一切。

他的眼神暗下去,表情也冷了:"别用你那思春的眼神看着我,我说做梦,又没说梦你。"

辛月愣了愣。还没等她反应过来,陈江野丢下一句:"在这儿站着等我。"

然后,他就去停车了。

看着他停车时始终皱着的眉心,辛月心里有种说不出的难过。

他们之间始终隔着一道的鸿沟。她一直清楚地知道那是一道无法

第七章 蝉鸣

跨越的鸿沟,但在他刚刚险些跨过来的那一刻,她竟有些动摇了。

她原以为,当他跨过这条鸿沟时,她会推开他,用满身的刺筑成一道高墙,把他挡在墙外。可当他真正迈出那一步,她心里却冲动地想要抛开一切,去奔向他。

这是她在她始终坚定行驶着的轨道上,第一次想要偏轨,而陈江野与她恰恰相反——她是他这肆意生长的许多年里,唯一的克制。因为他的克制,辛月也停下了想要奔向他的脚步。

辛月远远地看着他,紧握的双手渐渐松开。他那样的人都没有冲动,她更该清醒才对。

等陈江野朝她走过来的时候,她已经收敛好表情,像什么都没发生过一样。而陈江野懒得掩饰,一路上都阴沉着脸。

辛月也不知道要怎么做才能让他从这情绪里出来。辛月想,是不是像刚刚那样跟他拌嘴,像朋友般相处,他就能开心一点。

直到,他们走到卖内衣的地方,辛月看到架子上挂着的男士内裤。

她转过头来对陈江野说:"你要不要买?"

陈江野摇摇头。

辛月:"那我去买了,你在这儿等我。"

辛月买完从内衣店出来后,仰头看看天,说:"时间不早了,走,我请你吃饭。"

"你想吃什么?"

陈江野面无表情地回答:"随便。"

"你说的。"

"嗯。"

"那你跟我走。"

辛月把他带到一家名为"麻辣馆"的江湖菜饭店前。江湖菜,属于四川川菜里有一定的饮食文化底蕴的创新菜，特点是重麻重辣。

陈江野瞥了辛月一眼："辛月，你故意的是吧？"

陈江野虽然没那么怕吃辣，但也吃不了太辣。

辛月点头，很干脆地承认："嗯，谁让你说随便。"

陈江野用舌头顶了顶腮："你还想不想回去了？"

辛月撇撇嘴，能屈能伸的她立马赔上笑脸对他说："逗你的，我要带你来的是旁边这家，这家干锅据说做得不错。"

辛月听班上很多同学都提过这家店，她没什么朋友就一直没跟人约着来吃，她其实还挺想吃的。

这家干锅的味道确实不错，虽然还是有些辣，但陈江野也吃了不少，两个人把一个三人份的中锅吃得干干净净。

吃完后辛月去付账："老板，多少钱？"

"你们这桌已经付过了。"

辛月一脸错愕地回头看向陈江野，问道："你什么时候付的？"

明明这次中途他没有出去过。

陈江野用看智障似的眼神看着她，说："桌上有码。"

辛月："……"

"多少钱？我给你。"辛月掏出兜里的钱。

陈江野："我稀罕你那几个钱？"

"你稀不稀罕是一回事，我给不给是另一回事，我不想欠你的。"

听到她说的最后那一句话，陈江野嗓子里振出一声笑。

他朝她走过来，垂眸定定地看着她，一字一句地对她说，像非要让她听清楚似的："我就想你欠着我。"

辛月听出了他语气里透出的愉悦与恶劣，像是非要与她作对一般，但他的的确确就是想让她欠着他。

听到这样一句话，辛月形容不出心里是什么感觉，有被他的故意

第七章 蝉鸣

激起的恼怒，但更多的是一种说不清的情绪，像是心底深埋的那根弦被人狠狠地拨了一下，胸腔被震得发麻。

辛月不想让他看出这种情绪，将火全聚到眼睛里，然后化成话语扔给他。

"行，你有钱，你了不起。"她咬着牙说。

"没你了不起。"陈江野回。

辛月不知道他为什么要这么说，话里指的是什么，但她懒得去琢磨，也不想去琢磨。

对他这样的人有太多猜想，只会陷得更深。

象征性地剜了他一眼后，辛月转身走出干锅店。陈江野在原地站了两秒，然后跟上。

这儿离停车的地方有些远，现在又正是太阳最毒的时候，空气燥热，路上的层层热浪清晰可见，没走几步辛月身上就开始冒汗。

辛月本来就有点不爽，于是抱怨了陈江野一句："这么热的天你把车停在西门口干吗？"

陈江野走在她旁边，听到她的话后将眼球移到眼尾扫向她。

"你今天没戴帽子，坐那么一辆拉风的摩托车上，生怕别人认不出来？"

辛月一愣，她完全没想到这儿来。

今天早上她心烦意乱的，忘了戴帽子，刚刚这一路上的行人频频回头看她和陈江野，她也不知道是自己被认出来了，还是和陈江野走在一起太惹眼。

他俩走在一起已经够扎眼的了，更别说再骑一辆那么显眼而且声音又大的摩托车。要是有人拍下来传到网上，怕是辛月之后又不得安生了。

这段时间，辛月不想自己再在网上有任何的曝光，要是那条视频的热度降不下来，那她就别想着安安稳稳地准备考研了。

好在这一路上他俩赚取的回头率虽然高，倒也没有人敢正面光明正大地拍他俩，况且他俩又一直在走路，也不太好拍到清晰的侧脸。只有在城外路上的时候，有个坐在汽车副驾驶座位上的女生想要用手机相机拍他们，被陈江野一个油门甩出了老远。

陈江野这个人是真的要命。

他明明看起来是那种就算整个地球围着他转都显得很理所当然，只会被别人簇拥，很难会为他人着想的人，却偏偏比她遇到过的所有人都细致、通透。

辛月深吸了一口气。就在她准备不要去想了的时候，手腕被人蓦地拽了一下，身后传来陈江野略显暴躁的呵斥声："你不要命了？路都不看！"

辛月这才后知后觉地发现他们走到了一个车来车往的路口，刚刚她要是再往前走两步，铁定会撞上刚刚驶过来的摩托车。

辛月在心头叹了一声，陈江野这个人是真要命。

"还走神？"

陈江野眉头蹙得老紧，眼睛睨着她，握着她腕子的手用力捏了下她。

辛月疼得直皱眉头，转头瞪他："松手。"

陈江野"喊"了一声，松开她的手腕，却在下一刻又握了过来，拉着她朝另一个方向走。

"喂！你干吗？"

"买头盔。"

徐明旭是把车带过来了，但忘了带头盔。今天他俩过来戴的头盔还是王婶家之前用过的，质量不好不说，样式也够土的。陈江野本来是想着要来买头盔的，结果跟辛月一闹又忘了，这会儿正好瞟见一家

第七章 蝉鸣

卖摩托和电瓶车的店他才想起来。

他手拉着辛月,直到进店后才松手。

"帅哥,买车?"老板迎过来。

陈江野的目光在店里扫了一圈,说:"买头盔。"

他是行家,不用店家介绍,自己选了两个头盔。

打量了几眼手里的头盔后,陈江野转头看向还站在门口的辛月:"过来。"

辛月看着他手里的那个粉红色头盔,问道:"你还要给我买?"

"不然呢?"

"哦……"

辛月走过去,在他面前停下。

陈江野把头盔举起来,正要给她戴上,辛月突然往后缩了一下。

"我自己戴。"她伸手准备去接头盔。

陈江野瞥了她一眼,没理她,手握住头盔两侧直接套在了她的头上,又顺势把她往跟前一拉,霸道地将她刚刚后缩的距离拉了回来,甚至更近了。

斜上方的牵扯让辛月不由自主地抬起头,眼睛也随之抬起,视线直直地撞进他低垂的眼睛里。

他的眼底像是随时带着将燃未燃的火星子,一碰就着,火焰顺着两人之间的视线一路烧过来,灼热了她的眼,也熨红了她的脸。

"咔嗒。"

头盔上的安全扣被扣上。

辛月慌乱地眨了眨眼,然后低垂下眼睛。可她刚把眼睛垂下,他又倏地捧着头盔两侧迫使她抬起了头。

视线再次相撞。这一次,他还低下了头。

看着眼前放大的脸,辛月感觉自己的心脏瞬间狂跳起来,本能地

233

抬手抵住他的胸口,喊道:"你干吗?!"

陈江野靠近的动作微微一顿,接着,他左右晃了晃她的脑袋,然后再抬起来让她的眼睛与他保持对视:"我看头盔的大小合不合适,你想什么呢?"

带着戏谑笑意的嗓音沉沉地落下,是无法形容的撩拨。辛月那原本只是微微发烫的脸瞬间红透。

好在她反应迅速,赶紧把前风镜拉了下来,遮住自己整张通红的脸,透过前风镜,她看到陈江野唇畔的弧度又加深了一些。

十指不自觉地蜷缩,她恨不得立马找个地洞钻进去,而在意识到自己蜷缩成拳的手还抵在陈江野的胸口时,辛月想死的心都有了。

她僵硬地把手收回来,懊恼地转身,避开他染着笑的视线。

在看到旁边有面镜子后,她径直朝镜子走了过去。她尽量保持行动自然,假装刚刚转身只是为了找镜子,而不是不敢看他。

她都转身了,陈江野自然没再继续弯着腰,他缓缓直起了身子,拿起一旁的一个男士头盔也试戴起来,全程唇角始终带笑。

"就要这两个。"

"好咧,一共四千二百元,帅哥眼光好啊,这是我们这儿最好的头盔了,碳纤维材质的,夏天戴着也绝对不会热……"

四千二百元!辛月被这个价钱惊呆了。

她连忙把头盔取了下来,正要跟陈江野说她不要了,只见他把手机屏幕转了个方向给老板看,然后说:"转了。"

辛月:"……"

他每次转钱的速度是真的快。

陈江野瞄了她一眼,看表情就知道她在想什么,他拎着头盔朝她走过去:"别跟我说你不要,不要就别坐我的车。"

这人真是……算了。辛月觉得自己早该习惯的,我行我素不是他

第七章 蝉鸣

一直以来的风格吗?

她深吸一口气,抱着头盔跟上陈江野走出店门。

门外刚好有个三轮车经过,辛月叫住了它。

"师傅,到西门口。"

下了三轮车后,两人不约而同地先把头盔戴上了,一个粉色,一个黑色,看起来像是情侣款。

陈江野先走到摩托车旁边,然后轰着油门骑到辛月身旁。

"上车。"

或许是没有旁观者的原因,这一次辛月很自然地抱住了陈江野的腰。

这个炙热的七月,连风都是滚烫的,她双手环着他的腰,却只觉得暖,让她觉得可以抱紧一些,再抱紧一些,就算一直这样抱着也没有关系。

在呼啸而过的风里,她情不自禁地闭上眼轻蹭他的后背,因为戴着头盔,所以做这样过分亲昵的动作也没有关系。

她曾无数次踏上归途,在这条蜿蜒的路上走过百遍千次,而这是第一次,她希望这条路能没有尽头。

摩托车驶过没有树木遮挡的马路,进入山林,头顶没有了烈阳,摩托车的速度降了下来,不是山路颠簸,只是想让她抱久一点。

等回到家,已经是下午四点。

从镇上到黄崖村用了一个半小时,这次花费的时间没比骑辛隆那辆老旧摩托车少多少。

辛月不知道具体时间,但也感觉到了他似乎放慢了很多速度。

"哟,怎么才回来?"王婶这会儿难得在家,调侃道,"你这车中看不中用啊。"

陈江野取下头盔瞟了王婶一眼,没说什么,也没什么表情,倒是辛月的表情有些不自然。

下车后,辛月取下头盔递给陈江野。

陈江野没接,对她说:"放你那儿吧。"

辛月犹豫了一会儿还是收了。

"那我回去了。"辛月抱着头盔回了家。

王婶在一旁看着,眼神不断在他俩之间切换,表情微妙。

陈江野把车停好,然后把那两个老旧的头盔还给王婶后刚准备上楼,却被王婶叫住。

"有事?"陈江野回头。

王婶扇着扇子说:"我看你跟辛月关系挺好的,你也知道她的衣服被偷了,我看你一天到晚除了闲逛也没其他事,那你就多看着辛月点儿。"

陈江野的眼皮挑了挑,没出声。

王婶继续说:"她一个女孩天天一个人去深山老林里头多危险啊,以前有次她差点就出事了,虽然最后人没事,但还是惹得一身流言蜚语。"

说起这事,王婶问:"以前的事,辛月有没有跟你说?"

"没说,但这事我知道。"

"这些长舌妇!"王婶暗骂了一声,赶忙跟陈江野说,"你别听那些人胡说八道,辛月干干净净的,比他们谁都干净。"

王婶是个好心人,说起这些眼底都泛起了泪光,声音也变得沙哑哽咽:"辛月这孩子可怜,她那没良心的妈拿着家里的钱跟人跑了,过后没多久她又遭了这事,全村的小孩都不跟她玩,还老欺负她。"王婶抹了抹眼泪:"还好这孩子坚强,成绩好,以后肯定能有出息。"

说到这儿,王婶意味深长地看了陈江野一眼。她想了想,还是决定跟他说一说。

第七章 蝉鸣

"你们年轻人的事我这个外人本来不应该管,你也不像是个会听劝的,但我还是要劝你一句,你要是不喜欢辛月就别去招惹她,你要是喜欢她就多为她着想着想,她今年要考研了,不能分心去谈恋爱。"

所有人都这样说,这让陈江野整个人无比烦躁。

他知道!他知道!他知道!用不着每个人都来跟他说一通!

"陈江野你听到没有?"

"我没聋!"陈江野突然吼了一声。

王婶被他这突然一声的吼吓了一跳,她知道这样说让他心情不好,倒也没计较,只规劝道:"小小年纪火气别那么大。"

这时,外面传来辛月的喊声:"王婶。"

"哎!"王婶探出头去。

"水库那儿在卖鱼,我爸爸让我去买,你家要不要?要的话我给你们带回来。"

"不用不用,我们前两天才吃了鱼。"

"行,那我过去了。"

"路上慢点。"

辛月冲王婶挥了挥手,目光瞟向旁边只露出了个衣角的陈江野,她听到了陈江野刚刚跟王婶叫嚷,但这会儿她也不好问,只好转身朝山上走。

王婶看着辛月走出一段距离,正准备转身回屋,只见眼前掠过一道人影。

"都这会儿了你去哪儿?"王婶喊住从她面前走过的陈江野。

陈江野的眉头压着,不耐烦地说:"不是你让我看着她?"

"哦……"王婶挥挥手,"去吧去吧。"

这会儿辛月已经走出去挺远了,她走路向来很快。陈江野也没想离她太近,就远远地跟着,等要拐弯时才加快了脚步。辛月的警觉性

237

一直比较高,很快就发现了他。

  她转头看着十米外的陈江野,问他:"你跟着我干吗?"

  "你哪只眼睛看到我跟着你了?"陈江野的语气有点冲。

  陈江野心情不好的时候整个人显得极不好惹,但辛月不怕他。

  "两只眼睛。"

  陈江野没再吭声,只盯着她。

  "说话。"

  陈江野偏不说。

  辛月略为无奈地叹了口气,说:"你要没跟着我,那你走前面。"

  "我不走了。"

  辛月不知道就这会儿的工夫,他的火气怎么变得那么大,不过她也不惯着他:"不走算了。"说完,自个儿转头走了。

  陈江野踢了脚地上的石头,整个人很是烦躁。看着前面那个身影就快消失在转角的时候,他的烦躁情绪又继续上升,他盯着那个方向,瞳仁漆黑无比,眼皮薄得像刀,浑身都是利的。

  可在这样的情绪下,最后他竟然选择的是缴械投降,又跟了上去。

  他腿长,很快就赶上了刚刚拉开的距离,辛月很快就又发现了他。她真的很蒙,完全不知道他要干吗。

  "你不是不走了?"她停下来问他。

  陈江野:"你管我?"

  "你跟踪我,我当然要管。"

  "这不叫跟踪。"

  陈江野一点就燃。

  辛月歪头问道:"那叫什么?"

  保护。陈江野脑海里浮现出这两个字,但他没说。

第七章 蝉鸣

　　他冷冷地抬起眼皮，看了辛月一眼，又瞥到一旁："王婶让我看着点儿你。"

　　"看着我干吗？"

　　陈江野稍稍缓和的表情又一瞬间被点燃："贴身的衣服都被偷了，你一点儿都不慌是吧？"

　　辛月一愣。所以……他跟着她，是想保护她？

　　辛月的眼睛沉了下来，心里像是被什么东西轻轻牵扯着，说不出是疼还是什么感觉。

　　有个愿意保护你的人是件很幸运的事，可这份幸运并不能持久，而她也从来不想让别人成为她的依赖。

　　她是她自己的依仗，从来都是。

　　"陈江野。"她沉了沉气对他说，"我不需要你的保护。"

　　陈江野的眼神一秒变阴，那双眼睛比以往更加漆黑，深得仿佛没有底。

　　他死死地盯着她，从紧咬的牙关里蹦出来几个字："需不需要，我说了算。"

　　"陈江野，你能不能别这么蛮不讲理？"

　　陈江野睨着她："你第一天知道我不讲理？"

　　辛月放弃跟他争论，反正她说的他也不听。

　　她转身继续走，陈江野则继续跟。两人之间一直保持着不远不近的距离，谁也不跟谁说话，西沉的太阳将他们的影子拉老长。

　　聒噪的蝉声里不时地传来几声清脆的鸟鸣，树上偶尔会出现一只毛茸茸的松鼠看着路上经过的两人。路边的小河里有几个小孩在抓螃蟹，在他们路过的时候悄悄打量。

　　"那个男的是谁啊？他跟着辛月干吗？"

　　"我知道那个男的，他是从城里来的。"

炙野

……………

小孩们窃窃私语着，其中一个小女孩说："他不会是喜欢辛月吧？"

旁边一个男孩撇了撇嘴："你一个上二年级的知道什么是喜欢吗？"

女孩指着他说道："你上三年级，你了不起啊！"

"是比你这个二年级的了不起。"男孩说着还摆出一副得意扬扬的样子。

女孩气极了，摸起河里的一块小石头朝他扔过去，大声冲他吼道："我情书都收到好几封了，才不像你这个丑八怪没人喜欢！你才不懂什么是喜欢！"

听到他们的打闹声，辛月转头朝他们看了过去，余光不经意地瞥到身后的陈江野，他还是阴沉着一张脸盯着她，目光像是从没挪开过，也不受任何干扰。

辛月不知道王婶跟他说了什么，惹得他发这么大的火。其实也并不难猜，无非是关于她的，而关于她的，也就那么些个事。

辛月的眸色暗了暗，将视线收回。

没一会儿两人就走到了水库边，辛月去买鱼，陈江野则靠在不远处的树干上抽烟。

辛月买鱼就花了那么几分钟的时间，陈江野已经抽了两支烟，这会儿他又打开烟盒抽了一支出来。

辛月看到他把第三支烟叼进嘴里，眉头皱起，转头对卖鱼的大叔说："不用帮我处理内脏了。"

"那我直接帮你装起来？"

"嗯。"

大叔把鱼装进袋子里递给她。

第七章 蝉鸣

"谢谢。"

辛月接过袋子快步朝陈江野走过去。

看到她过来,陈江野掐掉了刚抽没两口的烟。

"你拿烟当饭吃啊,少抽点吧。"辛月对他说。

陈江野眼皮一抬:"用你管?"

"谁管你,我只是好心劝告。"

陈江野的眼神泛冷,薄唇抿成一条线,说:"我不需要你的好心。"

辛月眉头再次蹙起:"你今天吃火药了是吧?"

陈江野看着她,没吭声。

见他不说话,辛月闷声又补了一句:"我说不需要你的保护,你照做;你说不需要我的好心,那我也照说。"

听到她这么说,陈江野突然笑了起来,不是之前怼她时的冷笑,也并非戏谑揶揄的笑,辛月形容不出来,只觉得胸腔莫名地被这沉沉笑声震得发麻。

他笑时头微微偏到了一旁,视线也跟着甩了过去,舌尖顶了顶口腔内侧,再抬眸时,他漆黑的瞳孔里像是燃着火,燃着一把烧得极烈的火。

被他用这样的眼神直勾勾地盯着,辛月有种呼吸都被夺走的感觉,世界突然空白一片,唯独眼前的这个人、这双眼真真切切。

像是出于某种预感,辛月感觉自己的心脏骤然间狂跳起来,之后耳边传来他低而沉的嗓音:"我不需要的多了,你都非要反着来?"

辛月只觉心口"咚"的一声,然后骤停。

那预感愈发强烈。

陈江野那只懒懒的踩在树上的脚微微发力,整个人从倚着的树干上直起身,朝她走了过来。他们之间的距离本就不远,此刻离得更

241

近。辛月慌乱地垂下眼,不去看他过分炙热的双眼。

视线错开的那一秒,陈江野"喊"了一声,将掐灭的烟丢掉,然后捏住她的脸,强迫她抬头。

他手上的烟灰像是还没有冷却,手指上的温热传到辛月的皮肤上却变成了灼热的烫,辛月下意识想要挣脱他的桎梏,他却愈发用力,眼睛死死地盯着她,捏得辛月有些发疼。

他的视线灼热,烫得辛月大脑一片空白。等意识慢慢回笼,怒气也跟着攀升,她一把拍掉陈江野的手,用愤怒到极点的眼神瞪着他:"你有病是吧,陈江野?"

辛月不想再跟他多说一句话,转身就走。

陈江野站在原地,眼睛盯着地面,脸上说不出是什么表情。盛夏灼人而滚烫的阳光落在他身上,光线强烈得仿佛要将人的虹膜撕裂,而他的眼底漆黑一片。

他没有再跟过去,他的自尊心、他的高傲,都不允许他再跟过去。

刚刚他已经败给过她一次,不可能再有第二次。

可……他垂下的手慢慢攥紧成拳,手背上的青筋根根暴起,指节因过于用力而发白。

不远处来买鱼的人不少,个个都看向这边,眼神里满是不怀好意的猜测,甚至有人窃窃私语起来。

往往这种时候,人们投来的视线会比针芒还扎眼,陈江野不会注意不到,但他仍僵立在那儿,全然不在意这些人的目光。

直到有个不嫌事多的大妈走过来,佯装好心般劝他:"哎哟,小伙子,你别去惹那个辛月,那丫头野得很,比狗都会咬人。"

陈江野没有焦点的双眼重新聚焦,眼睛在抬眸的那一瞬间燃起怒火,他狠狠地咬着牙盯着眼前的中年妇女,语气凶煞:"你再说一句

第七章 蝉鸣

试试？"

大妈被他的眼神吓得抬手捂住胸口，平时那张绝不饶人的嘴此刻闭得严实，一脸发怵地快步走过。

陈江野的目光没在她身上多作停留，他缓缓转头看向另一个方向，只是视线里已经没有了他想看到的那个身影。

他眼底的世界仿佛开始下沉，无尽地下沉。

不知过了多久，像是触底反弹，突然间，他眼底又蓦地升起大片光亮，那光强烈得足以撕开一切黑夜冗长。

接着，他开始跑了起来，一步一步，速度不停加快，几乎用尽全身力气去奔跑。

他要去追一个人，把她追回来。

从这儿到村口足足有两公里，陈江野没有片刻停歇，只用不到七分钟就跑完了全程。

可他没有看到辛月。他用辛月的脚程推算时间，笃定辛月此时不可能进村。那最大的可能就是，辛月为了防止他跟上来，走了另一条路。

他来这儿的时间不算长，但他早已摸清这里的路，知道除了这条比较宽的路，前面的岔口处还有一条小路可以通向水库那边。于是，他继续往前跑，直到看到那个岔口才慢慢停下来。他就站在路边等，旁边的果树挡住了他身影。

几分钟后，不远处传来脚步声，伴着塑料袋晃动时的沙沙声。声音在距离岔口处只有两三米时止住了。

辛月这时才看到了他。她的眼底滑过一丝愕然后，辛月落在他身上的目光逐渐冷了下去。

空气闷热，四周只有聒噪得惹人心烦的蝉鸣。

243

半晌，辛月还是先开了口："陈江野你有完没完？"

陈江野起初并没有说话，直到辛月作势要走。

"没完。"他的声音响起，嗓音低哑。

辛月不想再跟他进行这种无聊的对话，继续往前走。她权当陈江野不存在，漠然地越过他，身后随之响起了脚踩在碎石上的声音。

辛月脚下一顿，停下来。

"别跟着我。"她半侧头对他说，"我说了，我不需要你的保护。"

片刻死寂的沉默后，身后传来用力从齿间狠狠碾过的声音："不需要是吧？"

下一秒，辛月被人用力一拽，力度大到她感觉自己的骨头都快被撕裂，然而疼痛感还未传至大脑，紧接着又是一阵天旋地转。

她根本没有反应的机会，人已经被重重地压在地上，双手更是不知什么时候被陈江野按在了头顶。他跪在她身旁，单腿压着她的膝盖，让她无从挣扎反抗，完完全全被禁锢。

出于本能地做了一番徒劳的挣扎后，辛月喘着气瞪向陈江野，怒声质问他："你到底想干吗？"

陈江野的嗓子里发出一声冷笑："你不是说你不需要我的保护？"

辛月气得咬牙："你就是这么保护我的？"

陈江野继续冷笑："如果有人跟我一样把你困在这里，你又能怎么样？"

辛月一瞬间愣住。她一直认为自己的力气不比男人小，再加上她去山上时会随身带着镰刀，因此她觉得她不用怕任何人，但这时候她才知道男女之间力量的悬殊。

只要趁她不备，如此悬殊的力量，她是怎么也没有反抗余地的。

可她不想就这么认输，陈江野今天实在太过分。她把头扭到一旁，倔强地开口："就算我同意你跟着，你又能保护我多久？"

第七章 蝉鸣

话一说出来,她的心狠狠抽了一下。

他们之间一直都还没有触碰过"多久"这个字眼,谁都不愿意提,因为彼此都心知肚明,他们之间剩下只有这不到一个月时间。

这字眼谁先说出来,就相当于逼着另一个人来承认他们之间没有未来,没有结局,是在拿刀捅对方的心窝。

眼前这是个极少压抑情绪的人,像浑身都是火星子,一碰就着,脾气暴得要命的人,却在这一次,出乎意料的冷静,只是眼神沉得吓人。

他一瞬不瞬地盯着她,攥着她手腕的手指逐渐收紧,直到疼得她控制不住地发出一声闷哼。

"所以……"他的手指继续收紧,"从今天开始,回去跟我练防身术。"

手腕上的疼痛在这一秒突然消失,不知是因为他松了手,还是因为她的大脑在这一刻变成了一片空白,未再接收疼痛的讯号。

此刻她的脑海里反复地想着这一路上她与他之间发生的那些事。刚刚她还在恼他说话过分,不顾她的意愿非要跟着她,还用这样蛮横的方式对待她。

可现在,她的心里只余叹息。

他啊,可真是……

她深吸了一口气,转过头来对上他眼睛,轻声说:"以后有话好好说行吗?能不能不要每次都用这么别扭的方式?"

陈江野倏地一怔。一阵风从他们之间掠过,辛月的发丝被轻轻吹起,与他垂下的头发缠绕在一起。

他回神,手上松了力。他当然知道刚刚那样她会疼,他就是要她疼,要她知道这很疼,只有这样她才会记得教训。

可她一句话就将他击溃。她让他不要别扭,可她也在用别扭而不

炙野

直白的方式告诉他——

　　她懂，她什么都懂。

"还不放开我？"

陈江野没说话，盯着她看了两秒后松开手，从她身旁起来。

辛月撑坐起来，吃痛地揉了揉手腕。

手里提着的鱼没了，辛月一边揉手腕一边转头四周找了找，最后在三米外的果田里看到了躺地上挣扎的鲤鱼。

辛月现在手腕疼，不想去逮鱼，那鱼身上滑不溜秋的，没点劲还真逮不起来。

她给陈江野递过去一个眼神，犹豫两秒后说："你去把鱼捡回来。"

陈江野这会儿已经站了起来。

"自己去。"他把头扭到一边。

"你不搞这一出，鱼能飞那儿去？"

陈江野还是站着不动。

辛月深吸一口气："我手疼，拜托你，行吗？"

这下，陈江野终于转过头来看向她。就这么不说话地盯了她几秒后，他面无表情地弯腰钻进林子里。

辛月就知道他吃这一套。

呵，这位傲娇的陈大少爷。

陈江野长得高，这边的果树都比较矮，枝叶又密，他费了好大劲才终于逮到鱼。鱼身上沾了泥，弄得他手上也全是泥，树上的灰又弄了他一身。从果树林里后，出来看着自己这满身的灰和泥，陈江野的眉头皱得老紧。

瞧见他这脏兮兮的样子，再配着他这表情，辛月没能忍住笑。

第七章 蝉鸣

她不笑还好,一笑起来,陈江野的表情立马从烦闷变成了冒火,抬眼瞪向她。

"辛月,你故意的是吧?"

辛月从地上起来,一边拍拍屁股上的灰一边说:"我的手是真疼,你自己的手劲你自己没点儿数?"说到最后,辛月看着他叹了口气,"做人别这么狭隘。"

"呵,我狭隘。"

多么明显的讽刺语气。

辛月眨眨眼,抬脚朝前走,在经过还伫立在原地的陈江野时,她催促道:"走啦,回家。"

回家……

两个字落入耳中,陈江野微微一怔。双眼的焦点有一瞬间散开,又慢慢聚拢,最后落在辛月身上,他的视线始终跟随着她,在夏日刺眼的光线里。

半响,他的脚步也跟上。一前一后,不远不近。

回到家的时候已经快五点了,辛月把鱼洗干净后放进水池里。

这鱼的生命力极其顽强,上岸这么久,一入水又是活蹦乱跳的。

"爸。"辛月朝屋里喊了几声。

没人应。辛月进去找了一圈也没看到人,估计他又不知道去哪儿凑热闹了。

找不到人,辛月直接回了屋,拿出单词本走到院子里准备背背单词。

这时,陈江野从外面推门进来,他刚回去换了身衣服。

"你爸爸没在?"他刚刚听到她的喊声了。

"不知道跑哪儿去了。"辛月将他上下一打量,问道,"你现在过来干吗?"

陈江野瞬间不爽起来:"才跟你说的你就忘了?"

"哦……"辛月的确才想起来,"练防身术是吧?"她把手上的单词本放下,问他,"练这玩意真的有用吗?"

"没用我费那劲教你干吗?"

"谁知道?"

辛月嘴快地冒出这么一句,说完后又立马闭上了嘴,眼神里闪过一丝慌张。有些事她心里知道就行,说出来就不好了。

陈江野从来都不是一个迟钝的人,当然知道她这话是什么意思。他的确有其他意图,但那有怎样,他不认。

"辛月,你少给我自作多情。"

刚好辛月也想快点结束这个话题,敷衍道:"知道了知道了,来吧来吧。"

陈江野像一拳砸在棉花上,表情愈发烦躁。

辛月也不是第一次看他摆张臭脸了,现在的她完全可以忽略,语气稀疏平常地问他:"你要怎么教我?"

这会儿他们之间还有些距离,陈江野眉宇低敛,冷冷地开口:"过来。"

不知道为什么,明明他说这两个字时表情凶得要死,辛月的心头却颤了一下,仿佛有种讯号传入心底——"他们之间的距离会被拉近"的讯号。

辛月深吸一口气,过了会儿才慢慢挪步朝他走过去。

等她走到陈江野面前,陈江野转过身背对着她,只侧过半张脸来对她说:"你站我后面抱住我,我先给你示范一遍。"

果然……辛月发现自己的直觉真的是准得可怕。

尽管他面无表情,语气也毫无起伏,不带一点轻佻,辛月依旧有些紧张,她一遍遍在心里告诉自己这只是教学流程。可陈江野迟迟没

第七章　蝉鸣

有动作，辛月的手抬起来一点又握紧放下。

陈江野睨着她，嘴角发出一声轻呵："再提醒你一次，别自作多情。"

辛月知道他是在故意激她，顺便嘲讽一下。

但他成功了。

她咬了咬牙，问道："怎么抱？"

陈江野把头转过去，"把我的两只胳膊一起抱住。"

"哦。"辛月迈过去一步，深吸一口气，把那些不该有的念头全都抛掉，抬手从后面把他抱住。

"抱紧。"前面传来陈江野不耐烦的声音。

辛月后槽牙绷紧，用力收缩手臂。

然而他还是说："三天没吃饭了是吧？用力。"

这下辛月脑子里彻底没什么粉红泡泡了，怒火噌噌噌地往上冒，她拿出吃奶的力气使劲箍住他。但她不知道，这个姿势不管怎么用力也痛不到哪儿去。

结果，她没把陈江野箍疼，反而把他箍笑了。沉沉的笑声从他的嗓子里振出，连带着她紧贴他后背的胸口都阵阵发麻。

此时辛月的整张脸变得通红，一半是太过用力涨的，一半是被他气的。

"你还教不教了！"

"教。"

陈江野略微收起了一些脸上的笑。

"记清楚，第一步。"

辛月放平心态，竖起耳朵认真听。然而，这时她只觉脚背一疼——陈江野踩了她一脚！

她条件反射地"啊"了一声，接着，陈江野的声音才慢悠悠地响

249

起:"第一步是踩那个人的脚。"

刚刚他那一脚并没有多用力,辛月知觉稍稍有一点点疼,只是突然来了这么一下吓得她叫了出来。但这还是让她很气,示范而已,用得着真踩?

"你非要真踩?!"她怒气腾腾地问他。

陈江野转过头来看着她,挑眉:"不然?"

"陈江野,你故意的是吧?"

"做人别这么狭隘。"

他勾唇,把这句话还她。

很好,辛月这下更加笃定他是故意报复了。

就在这时,陈江野趁她走神从她的禁锢里脱身出来。辛月还没反应过来,陈江野已经把手撑住她肩头,另一只手握住她的手腕将她反钳住。

辛月正欲挣扎时,头顶上落下他掺了笑的声音:"做人别太狭隘,我只是想告诉你轻踩一下你手上的劲都会松,更别说用力踩。"

辛月的脸上一热,温度怎么压都压不下去。她咬咬牙把头转到另一边,不想让陈江野看到她吃瘪窘迫的模样。

陈江野脸上荡着笑,嘴里却一本正经地说着:"挣脱束缚后可以像我这样来个擒拿手,踢他一脚再跑,免得直接跑容易被追上。"

辛月脑子里现在热得发胀,根本没去听他说的是什么。

陈江野弯下腰来凑到她耳边说:"听到了吗?"

辛月还把脸转在一边,不想回他,也没法回,她压根没听见。

可他偏偏要她回答。他用手捏住她的下巴迫使她转过来,看着她通红的一张脸,陈江野又问她一遍:"听到了吗?"

辛月发现他是越来越会乘人之危了,动不动就趁她慌张或者像现在这样没有反抗之力的时候捏她的脸。

第七章 蝉鸣

她瞪着他，不打算回他，而是选择了挑刺："如果我没踩到他的脚呢？"

陈江野眼神一沉，脸上笑意收起，过了会儿才说："那就摆动下半身大力地去击打对方的裆部。"

陈江野有些烦躁地把头偏到一旁，用舌头顶了顶腮，转移话题道："你来试一遍。"

辛月还有些愣怔，说话没过脑子，下意识地回："试哪种？"

陈江野总是半奓着的眼睛头一次猛地睁大，火大地盯着辛月，像恨不得敲开她的脑袋看看装的什么。

他又一把捏住她脸，逼视着她眼睛怒道："你还想试第二种？"

看着他喷火的眼睛，辛月不自觉地咽了咽唾沫，没有回答。

陈江野第一次见她的脸上露出"知道自己说错话"的表情，火气稍微小了一些。

"还试吗？"

三个字从他的牙缝里蹦出来，辛月赶紧摇头。

陈江野的情绪还有些难以平复，胸口上下起伏着，过了好一会儿才松开辛月。辛月也难得没反抗挣扎，乖乖任他捏了很久。只是在这种说不清是暧昧还是别扭的气氛下，教学好像也没法继续下去了。

两人沉默着对站了半晌，辛月攥紧裤腿说："今天就到这儿吧，我爸爸等会儿回来了，看到不好解释。"

"嗯。"

气氛再次陷入僵局。

辛月暗暗看了陈江野一眼，他就站在那儿，逆着光，身上像笼了一层雾，看不清他眼底的情绪。

辛月不喜欢这种浑身不自在的感觉，硬着头皮开了口："我去背单词了，你……"

炙野

陈江野冷着脸说:"我回去洗头。"

说完转身就走。

辛月看着他的背影,心头叹息一声,贴身教学什么的,实在不适合在暧昧中又不打算确认关系的男女。

陈江野也知道不适合,所以更烦。

回去之后,他没立马去洗头,而是靠着墙抽了支烟。

一支香烟的尼古丁不足以抵消他的烦躁,可正当他准备抽第二支时,似乎想起了什么,又把那支烟塞了回去。

第八章 紅綢

从那天开始，陈江野每天都会来教辛月防身术。

两个人都是暴脾气，所以经常练着练着就吵起来，甚至连打一架的时候也是常有的，只是结局永远是辛月被陈江野按在地上，双手双脚都动弹不得。

要是某人这时候就收手还好，偏偏非要激她一激，那四肢都被锁死的辛月只好动嘴了。二十多天下来，陈江野的肩膀被辛月咬了好几个牙印。

有一次，辛月实在是被气狠了，往死里下嘴。陈江野的肩膀被她咬出了血，留下了个很深的牙印。

每次被咬时，陈江野都不反抗，只会骂一句："辛月，你是狗吗？！"

这时，辛月就会松口，再骂回去："没你狗！"

只有这一次，辛月没骂，她尝到了嘴里的血腥味。

"怎么哑巴了？你嘴巴不是厉害得很？"

辛月有些心虚，没了气焰："你流血了。"

陈江野这时才注意到自己肩膀被咬的地方在慢慢往外渗血。

陈江野松开她站起来，绷着后槽牙看向她，说："你怎么不再用力点把我肩膀上的肉咬下来？"

辛月自知理亏，眨了眨眼，闷声说："别说气话。"

她这么一说，反倒把陈江野给噎住了，只能干瞪着她。

辛月出于心虚，看天，看地，看墙，看墙边搬家的蚂蚁……就是

255

不看他。陈江野则死死地盯着她。

辛月是没看他,但是能感觉到他那死亡般的目光,不自在地想把浑身的骨头都拎出来晒晒。

不过她还惦记着他伤口,得赶紧消消毒才行。

"你别瞪我了,先消毒。"她抬起头来对上他压着火的眼睛,问道,"行吗?"

"消完毒然后呢?"他眼底的情绪不知什么时候被搅成了浓墨,"你打算怎么赔偿我?"

他的眉骨立体,眼窝微陷,密而长的睫毛从里延伸出来,让他的眼睛即便被盛夏的阳光浸着,也深不见底。

辛月不知道他的情绪为什么突然间转换,只觉得他的眼神太过吓人,不自觉地往后退了一步。

陈江野迈腿跟过来。他只是靠近了一步,辛月就连呼吸都停滞了。

"你……"她紧张地攥住衣角,"你想怎么样?"

他俯下身,带着侵略的气息一点点朝辛月盖过来。

"我要咬回来。"他说。

辛月心头冒出一个问号,她眉头皱起:"陈江野,你幼不幼稚?"

"只准你咬我不准我咬你?"他冷笑一声。

刚刚因为拉扯,陈江野的领口被她拽到了一边,所以辛月实实在在咬的是他的肉,这会儿领口回归原位盖住了伤口,但从伤口慢慢渗出的血正一点点透过衣服浸出来。

辛月看着陈江野肩膀处缓缓往外漫开的血迹,不想再继续跟他对峙。她了解陈江野,这人不达目的是不会罢休的。

算了,她把胳膊抬起来,递到他面前。

"咬咬咬,给你咬。"

第八章　红绸

然而陈江野并不买账："你咬我哪儿，我咬你哪儿。"

辛月深吸一口气，手指捏紧又松开。

算了，随他都随他。

辛月眼睛一闭，扯住一边的领子露出半边肩膀。

陈江野盯着那雪白的肩头，喉结上下滑动片刻，颈上淡青色的血管凸起。

他狭着眼，漆黑的瞳孔里不知掠过了多少晦暗，深得近乎一只不知餍足的兽。

"你要咬就快点。"辛月催促道。

他将瞳孔移至眼尾，瞥见她紧闭的双眼与咬着的下唇，嘴里里溢出一声笑。

他将手绕到辛月的后脑，伸至她精致的下颌，控制住她的脖颈，而后缓缓张嘴，低头落下。

"啊！陈江野！"辛月当即喊出了声，"你松口！疼死了！"

辛月以为他只是浅浅地报复一下，没想到他来真的！而且比她咬得还用力！

"陈江野！"

辛月痛到开始挣扎，但他似乎早有预料，一双大手死死地控制着她的身体。

"啊！陈江野！"

辛月痛得眼泪都快不自主溢出来的时候，陈江野才终于松开。痛感一瞬间消失大半，辛月倒吸了一口气。

陈江野这下把抵着她脖子的手也拿开了，用舌尖扫了扫沾血的牙尖。辛月捂住肩膀立马后退一步和他拉开距离。

"陈江野你疯了？"辛月冲他怒骂。

陈江野无动于衷，眼睛看着她捂住的地方，过了会儿才抬起眼皮

257

对上她的视线。

他此刻正逆着光,睫毛在眼底投射出一片阴影,压出几分狠劲:"记着,这是我留给你的。"

他说,这是留给你的,而不是还给你的。

心脏忽地像是被什么牵扯着,一下又一下,扯得她生疼。

辛月的手还捂着被他咬出血的伤口上,不知道是不是她的错觉,那伤口突然变得炙热无比,烧得她手心都发烫。

他给她留下的这道咬痕很深,如果处理不好应该会留疤,那这道印子就会一直烙在她的肩膀上,永远都不会消失。

很疼,真的很疼,但辛月认了。这是她自己惹出来的,她得受着。虽然是陈江野惹她在先,可她知道自己的不对的地方会更多一些。

不过……下次她还咬,换个地方继续咬。

她也不懂自己是出于什么心理,像是也想在他身上留下些东西——

一些不会消失的,他一看到就能想起她的东西。

诸如此类的事时常上演,在这二十多天里,他们就这样折腾来折腾去,总是你骂我一句,我怼你一句,仿佛至死才方休。

不过,他们倒也不是没有安安静静相处的时候。一天里,其实除了学习防身术的那一个小时左右的时间,其余大多时候,他们都是安静的。

在家里。

辛月做题背书,陈江野就在隔壁的阳台上摆弄平板电脑,不时地瞥这边两眼。

辛月有问过他是不是在画画,他说是。

第八章 红绸

辛月总觉得他是在画她,所以没有问他在画什么,只调侃了一句:"陈大少爷原来还是陈大画家。"

陈江野也没有多说,只是一笑置之。

在外面。

辛月去割猪草或者捡落地果捡菌子的时候,陈江野就静静地跟在她身后,不近也不远。

两人偶尔搭话,遇到野果子,辛月会摘下来给他,然后一起坐在树荫下吃,再一起看远处的山、天上的云。

辛月没进林子里的时候,比如在去和回来的路上,陈江野会把蓝牙耳机递给她一只。这时,他们会走得近一些。

每每听着耳机里传来的旋律,感受着身后的目光,辛月都希望时间能慢下来,能停止的话更好。那他们就能一直这样听着同一首歌走下去,他也会永远在她回头就看得到的地方。

只是有时候,陈江野会破坏这美好的氛围,趁她不注意搞偷袭,美其名曰,实战训练。

辛月的反应本来就快,再加上这些天的训练,基本每次她都能做出相应的防措,不过只是点到为止。

二十多天里,陈江野大概偷袭了她十来次,之前她会将这件事仔仔细细地写进日记本里,后来因为习以为常便被一笔带过,但在临近八月末尾的那一次,她在日记本上写了很多很多,几乎将当时的场景完全用文字记录了下来。她害怕会忘记,又觉得自己一定不会忘记。

那天,陈江野从后面搭住了她肩膀,她就用前几天他才教她的过肩摔把他给摔了。

当时看着被摔在地上的他时,她没忍住调侃了一句:"也有你摔地上,我站着的时候。"

陈江野从地上起来,神色散漫地说:"我只是在扮演一个普通人。"他朝她扬扬眉,"你这次再来试试。"

辛月当然不想跟他再来,用脚指头都能想到这次肯定是她躺地上。

恰好,这时天上下起了太阳雨,雨势还不小。

她就说:"都下雨了赶紧回去吧。"

陈江野脚下没动:"这么大的雨,你就算狂奔回去,照样被淋湿。"

"那也不能站这儿傻淋着吧?"

陈江野只说了两个字:"再来。"

辛月知道他那倔脾气又上来了,想着赶紧完事赶紧回去,于是扶额转身摆好姿势。陈江野再一次把手搭在她的肩膀上。

这次,辛月把马步扎得更稳,铆足了劲,她要是敷衍,这人估计还要再来一次。

令她没想到的是,陈江野竟然再一次被她摔过了肩。

看着半空中落下的陈江野,她的眼睛因惊讶而睁大,以为自己赢了他。然而就在下一刻,她的胳膊被人用力地回拽住,辛月的重心顷刻失去平衡,猝不及防地往前倾去。

本能让辛月紧紧地闭上了眼,她伸手想要撑住地面以避免自己脸先着地摔下去,可身体被那股力量牵引着在半空中抡了个半圆,最后竟是背部先着地,想象中的疼痛也并未传来,只感觉到有什么东西轻压在了她身上。

接着,一道像被砂纸磨过的低沉嗓音落下来。

"辛月,你不可能赢我,除非……"

空白的大脑里好像有一根羽毛缓缓落下,却掀起滔天巨浪。辛月怔怔地睁开眼,目光对上另一双眼,她听到最后那一句——

"我想让你赢。"

第八章　红绸

有那么一瞬间，辛月的世界是安静的。在她胸腔下的那块地方，有什么彻底塌陷下去。

雨还在下着，阳光将雨滴染成金色，天空、密林，整个世界都在雨里灿灿发光，很美，却都沦为他的陪衬。

她目光所及之处只有他，他们在大雨中对视。

雨淋湿了他的发，雨水从耳后顺着侧脸下滑，经过他那笑时都透着凌厉的薄唇，落下来，再滴在她的唇上。

雨水是凉的，辛月却感到发烫。

无他，只因她在想——

滑过唇角滴落的雨，那算不算也是一个吻。

盛夏山林的深夜，四处一片蛙声，月亮高悬，星星也亮。

辛月洗漱完从浴室里出来，顺手把厨房的门关上，但没反锁，今天辛隆不在家，又跑去通宵打麻将了，她得给他留门。

辛月家的房子构造是由厨房通向其他房间的。

回到房间，辛月掀开被子准备上床，正准备把被子拉过来躺下，一不小心碰到了床边的水杯，一大杯水全洒在了被子上。

辛月叹了口气，抱起被子去了浴室，把湿了的被子丢进了洗衣机里。

她家的洗衣机是很老式的那种，转起来后声音比拖拉机还响，隔壁都能听到。这大半夜的，她当然不能现在洗。

回到房间，她想着顺便把床单也一起换了。辛月力气大，一把就将枕头压着的床单扯了下来，枕头下的那把刀也跟着被甩了出来。

那是一把水果刀，一直压在辛月的枕头底下。辛月把刀拿起来放到一边，重新铺上床单，拿出一床备用的薄被后，又将这把水果刀塞回枕头底下。

离了这把刀她睡不踏实。

如果不是这把刀,她早就没命了——

当年,她得以在那个犯人手底下逃脱,全靠她用这把水果刀划伤了他。虽然是成功逃脱了,但她此后每晚都做噩梦,梦里全是那个面目狰狞的罪犯。

她经常从梦里惊醒,醒了之后也依旧害怕得浑身颤抖,要去厨房找到这把刀拿在手里才安心。后来她索性把这把刀放在了枕头下。

现在她很少再做噩梦,但还是离不了这把刀。她尝试过把刀拿走,但失败了。

还好她对这把刀的依赖仅限于家里,在学校住宿的时候没有这把刀她也能安然入睡,大概她的潜意识里认为学校是安全的。

辛月把一切收拾完已经是夜里十二点多了,辛月打了个哈欠,回房关灯睡觉。

今天的月亮是真亮,室内不用点灯都明晃晃的。

辛月家没有挂窗帘,是贴的窗纸,但窗纸只能起到个防窥的效果,一点都不遮光。山上月亮的光很是清透,只要有月亮,辛月觉得关灯和不关灯都没什么区别,甚至有时候辛月觉得月光比她屋里的灯发出的光还亮。

不过辛月已经习惯了,倒头就能睡着。如果白天没有发生什么让她辗转难眠的事,她一般两三分钟就能睡着。只是自从那件事后,她一直睡得都很浅,周围有一点异样的动静就能让她醒过来。

大约凌晨两三点,辛月的屋子里终于暗下去了一些,月亮被一片云遮挡。

迷迷糊糊间,辛月感觉自己听到了开锁的声音,她以为是辛隆回来了,因此并未引起她的警惕,翻了个身继续睡。

然后又响起了开门声。她家厨房的门是木门,不管用多小的力气

第八章　红绸

推也会发出几阵咯吱的声响。

很快,整间屋子又恢复安静,辛月仍未在意。

然而又过了几分钟,辛月猛地睁开眼睛,她突然意识到——辛隆回家的动静不可能会这么小!

而就在这时,她听到了身后传来明显压抑着却又无法完全压抑的粗重的喘息声。

辛月很清楚此刻在她背后的人绝对不是辛隆,辛隆就算是喝酒喝到不省人事也绝对不会进她的房间。但奇怪的是,她房间的门关了就必须要用钥匙才能打开,如果不是辛隆,谁还可能有钥匙?

"那小子随他爸,从根子里就是坏的,说是因为偷东西进了好几次少管所,我估计就是他干的。"

王婶之前跟她说过的话突然浮现在脑海。

偷东西……有一种人不用钥匙就可以开门——小偷。

大致猜出对方是什么身份后,辛月的眼底滑过一抹冷色,沉着地将手伸到枕头下摸出那把刀。

身后的那人浑然不觉,还伸手准备去触摸她露在被子外的肩膀。

然而下一秒,辛月出现在了床的另一头。

她拿刀对着他。

"你想干吗?"辛月的声音清冷,眼神比在夜里泛着冷光的刀刃还要锋利。

那人明显蒙了,不知道她是什么时候醒的,更不知道她从哪儿摸出来了一把水果刀。

那人背对着窗户,看不清脸,但辛月从身形轮廓上判断出这个人就是王婶口中的那个田浩。

"田浩是吧?"

"你……你知道我?"田浩的声音在颤抖,不知道是害怕还是太过于不敢置信。

"给我滚下去。"

田浩咽了咽唾沫，颤巍巍地从辛月床上下去。

"到边上去抱头蹲着。"辛月命令他。

被刀指着，田浩不敢不照做，只是田浩也是有"经验"的人，他看辛月跟着他从床上下来后，倒退着往门口走，就知道她是要去喊人。

田浩连忙央求道："求你别喊人！"

没有人不讨厌小偷，更别说是一个摸进女生房间想进行猥亵的小偷。辛月猜他以前肯定被抓到过，清楚她出去喊了人后，自己会是什么下场。

"求你了……"他哆哆嗦嗦地说，"我再也不敢了，求你别喊人，喊了对你的名声也不好。"

"名声？"辛月冷哼一声。

她早就没有什么名声可言，就算有，她也不在乎。

她现在一点也不在乎外面那些人会怎么说她，就算他们把那些个谣言传遍全城，乃至全国，她都无所谓，她只要这些人得到应有的惩罚。

她继续往外走。

"求你了，真的求你了！"田浩还在不停地央求。

辛月无动于衷，反手拧动房门把手。

听到开门的声音，田浩隐在暗处的双眸开始疯狂颤动，曾经被人人喊打的经历不断在脑海里涌现。他不想再经历一次。

辛月看不到他的眼神，手上一用力，门开了。

开门的声音似乎刺激到了田浩，他突然发疯似的冲了过来。

辛月在他路过窗户时看到了他扭曲的表情，那个样子与曾经在她

第八章 红绸

每一个噩梦里出现的梦魇如出一辙。有那么半秒的时间，辛月像是被钉在了原地，直愣愣地看着他朝自己冲过来。

她的大脑仿佛停止了转动，但身体却做出了本能的反应。

"啊——"耳边响起一声撕破黑夜的惨叫，辛月猛然间回神。她连忙把房间里的灯打开，"啪"的一声，房间里的灯光亮起，她看到田浩捂着胳膊在地上疼得打滚。

辛月眉头一蹙，当即转身去厨房从灶里摸了一把草木灰过来。她蹲下来，一手按着田浩，一手果断地把草木灰按到他的伤口上。

"啊——"田浩疼得疯狂挣扎起来。

"不想死就给我忍着！"辛月冲他大吼一声。

"辛月！"这时，外面传来一阵喊声，是陈江野的声音。

伴随着一道落地声，门外响起了一阵急促的拍门声。

"辛月！开门！你不开门我就踹了！"

他的语速极快，大概是听到了这边的动静。

"别踹！"

辛月赶忙喊了一声，然后起身去开门。

门一打开，辛月在陈江野的脸上看到像是恐惧的表情，这还是她第一次在他的脸上看到这种表情。

她一愣，不知道他是看到她手里拿着沾了血的刀感到害怕，还是怕她发生了什么意外。

"这些血是怎么回事？"他连声音都有些颤抖。

辛月现在没心思去想一些情情爱爱，只是眼前的陈江野实在不像平时的他，让她依旧微微发怔。

"你倒是赶快说啊！"

辛月被他吼得浑身颤了下。

陈江野表情一顿，声音低下来："你倒是快说。"

"王婶之前说的那个男的刚刚跑到了我房间,我划了他胳膊一刀。"

陈江野的双眸陡然睁大。

"他对你做什么了?"

"没有,他一进来我就发现了。"

听辛月这么说,陈江野终于松了一口气,双眸慢慢恢复至平常大小,在夜里看起来像一条狭长而深邃的幽谷。

"他人呢?"他又问。

辛月侧头指了指屋里,语气冷静沉着:"在里面,我刚给他抹了草木灰止血。"

"呵。"陈江野突然笑了一声。

辛月不知道他为什么要笑,转过头来,奇怪地看向他。陈江野迎着她的目光,慢慢俯身。在被拉进的距离下,辛月能清楚地看到他双眸的转动——他的眸光从她的眼睛流转到她的脸,再到唇,最后又回到她的眼。

"辛月。"

他喊她的名字,而后抬手摸了下她的脸。因他的触碰,辛月地双肩微微耸起,长长的睫毛扇了扇。

在有些慌张而闪烁的视线里,她看见他的唇角缓缓上扬,然后笑着开口:"你可真带劲。"

辛月眉头蹙起,骂他:"你有病吧?"

他不怒反笑:"谁没病?"

我已病入膏肓,我知道你也是。

"你打算把他怎么样?"陈江野收回手,直起身。

辛月:"报警。"

第八章 红绸

"那我回去拿手机。"

"不用,你帮我看着他。"

陈江野疑惑地问道:"你要干吗?"

辛月侧目看向门外,暗夜里,那双本就清冷的眸子一瞬间折射出几乎割面的冷意。

"我要让那些人看看,我辛月不是只会做做样子。"

看着她的表情,陈江野的眼神一滞。他落在她身上的目光在极短的时间内变得灼热,像是有人往他的眼底添了一把火。

而这把火的来由,只能是她。

忽而,他笑起来,不愧是辛月。

他仰头,说道:"去吧,我给你守着。"

"嗯。"

辛隆打麻将的地方离这儿不远,就在生产大队的旁边。

打麻将是这个村子里为数不多的娱乐方式,每天都有不少人聚在那儿打通宵麻将,就算停电了都不影响他们继续搓麻将,直接拿打鱼的头罩灯来顶着。

辛月快步走了十来分钟就到了他们打麻将的地方。门关着,但能看到光,里头的声音更是隔老远她就听见了。

她抬手敲门,很快,有人来开门,开门的是在这儿卖烟和零食的大爷。

大爷拉开门,看到外面赫然出现了张惨白的脸,吓得"哎哟"一声连连后退了好几步。其他人不明所以地望过来,看到辛月后也是齐齐倒吸了一口气。

辛月生得白,此刻的她又披散着头发站在黑咕隆咚的门外,像极了刚从坟墓里爬出来向人索命的恶鬼,尤其是那双漆黑的眼睛还死死地盯着他们。

炙野

辛月的视线在他们的脸上睃视了一圈后找到辛隆。辛隆这会儿还没认出她来,也是一脸惊恐,直到辛月盯着他喊了声:"爸。"

辛隆浑身一颤,猛地站起来:"辛月?"

辛隆赶紧冲过来,问道:"你……你这是怎么了?"

辛月瞥了眼屋子里的人,面无表情地说:"有人趁你不在偷溜进了我们家,我划了他一刀,报警吧。"

辛隆惊得眼睛睁得老大,连忙掏出手机准备报警,但因为惊吓,手机被他从兜里拿出来颠了好几下才拿稳。

屋子里头的人刚刚都竖着耳朵在听,这会儿的表情一个比一个丰富。旁边传来拨号的声音,辛月收回目光提醒道:"跟警察说下那个人需要处理一下伤口。"

"好!"

电话拨通,辛隆立马跟警方说了情况。他虽然着急,声音也在抖,但表达得很清楚,让他们赶紧带着医生过来。

辛隆跟警察通话的时候,屋子里头的人已经开始窃窃私语,而当辛月一个眼神扫过去时,他们又立马把嘴巴闭严了。

等辛隆跟警察说完,他赶紧拉着辛月往回走,屋子里的人也都不打麻将了,乌泱泱地跟过来。

辛隆没让这群看热闹的进院子,把他们关在了门外。

进去后,辛隆看到陈江野靠在辛月的门口,表情一愣:"小野,你怎么在这儿?"

陈江野:"我听到这边的声音就过来了,辛月叫我看着他。"

"麻烦你了。"

辛隆拍了拍他的肩膀,然后越过他走进辛月的房间。此时,田浩脸色发白地躺在地上,已经没力气哼哼了。

回来的路上,辛月已经将这件事的来龙去脉和辛隆交代清楚了,

第八章 红绸

现在他们也做不了什么,只有等警察过来。

这里太过偏远,警察来的时候天都亮了,外面看热闹的人越来越多,把辛月家的小院子里三层外三层地围着。要不是辛月家的院墙上撒着碎玻璃,估计那些人能跑墙上去坐着看。有人想到去王婶家的二楼去看,但王婶没同意,两口子直接把门给锁了。

外面看热闹的人个个一脸八卦,胡乱揣测着偷摸溜进辛月家的人是谁,说的一个比一个难听。

"不会是徐老光棍吧,我看他都没来。"

"说不定就是他,我老听到他跟一群大老爷们说什么十年不亏,听着就恶心。"

"要我说啊,那人怕不是摸进去的,是辛月带进去的吧,她不给开门,人怎么进去的?"

"辛月跟他妈一个德行。"

"这辛月是真彪悍,你们是没看到她来大队上找她爸时候的样子,跟个鬼一样,吓死个人!"

…………

好几个小孩也跟着大人过来了,凡是这些带了小孩的人,都在跟自家小孩说离辛月远一点,把辛月说得跟会吃人一样。

人群里只有一个四十多岁的妇女看起来不像是凑热闹的,她此刻的表情惴惴不安,她是田浩的姨妈。

今天一听说这事,她就赶紧去了田浩的房间,里面没人。她顿时心头一凉。

田浩是她的外甥,这村里没人比她更了解田浩是什么德行。这孩子从小就爱偷东西,长大了偷得更厉害,还总跟一群不学好的人混在一起,进了好几次少管所还是死不悔改。

田浩的妈妈原本想着这个暑假把他丢到这个穷乡僻壤里来,他就没法跑出去跟那伙人鬼混。结果没想到，他一个人也敢跑人家里去，还打起人的主意来了！

警察跟医生来了后，田浩先被带走去处理伤口了，辛月则上了警车去警局做讯问笔录。

她从院子里出来的时候，那些人一看到她还是避之不及，仿佛她才是犯错的那个人。

不过，辛月要的就是他们这个反应。

辛月上了警车后，辛隆和陈江野各自骑着一辆摩托车跟在警车后面一起去了警局。

鉴于田浩有大量前科，警察并没有询问辛月太久，主要是针对她有没有受到侵害以及如何划伤田浩等这些问题进行询问。

临走时，辛月问警察："他大概会被判多久？"

警察回道："这说不清楚，我们还需要进一步的调查，如果他坚持说他只是想偷东西，那就要按照他所盗取的具体金额来定，如果调查后确定他属于猥亵犯罪未遂，那就要根据具体情节来定。"

辛月没什么表情地点了点头。出警局的时候已经是下午一点了，辛隆和陈江野坐在外头等她。

三个人今天直到现在都还没吃过饭，这会儿已经饿得不行了，赶紧找了家馆子坐下。为了防止陈江野又擅自买单，刚点完菜，辛月就去把账结了。回来的时候辛隆已经跟陈江野以茶代酒喝上了，两人还碰了个杯。

"这茶没意思，回去我拿白的再敬你一杯。"

"不用了叔。"

"那不行，你从半夜跟我们折腾到现在，说什么我都得敬你一杯。"

"应该的。"

第八章　红绸

"咱都一起吃了这么久的饭了,你跟我客气什么。"

陈江野笑笑:"那回去我陪您一杯。"

说着,两人又碰了一杯。

辛月瞟了他们两人一眼,暗暗地摇了摇头。

已经快两点了,店里没什么人,菜很快就上了桌,三个人迫不及待地动筷。

这时,店里进来一对母女,就坐在他们身后那桌。

母女俩打扮得都挺时髦,母亲因为保养得好看不出年龄,她女儿因为妆化得太浓了也看不出年龄。刚一坐下,那母亲就跟女儿说:"这没两天就要开学了,你赶紧把野了的心收一收。"

听到"开学"两个字,辛月的心头猛地颤了下,陈江野夹菜的动作也是一顿。

辛隆没注意到他俩的异样,还说起了开学的事:"这就要开学了?我以为还有挺长时间呢。"

"这开学的话……"辛隆喃喃着,目光转向陈江野,问道,"那小野你是不是要回去了?"

陈江野眸色一沉,下意识般看了辛月一眼,然后才低低地"嗯"了一声。

"你什么时候开学啊?"辛隆又问。

陈江野敛眸:"九月一号。"

"今天多少号来着?"

"八月二十五。"

辛隆睁大眼:"那你岂不是这两三天就要走?"

"嗯。"

辛月抓着筷子的手逐渐收紧。她从八月中上旬开始,写日记的时候就没有再标日期,她不想记得还有多少天到月底,还有多少天他就

271

要走。

可现在,这个数字清晰地传入了她的耳中,她再也没办法骗自己他们还有时间。

马上就要结束了,这个拥有陈江野的盛夏。

"那等会儿我们去趟农贸市场,今天回去我给你做顿好的!"

"谢了,叔。"陈江野的声音有些沙。

辛月埋着头,一直埋着,全程没有说一句话,长睫始终下垂遮住眼。

她吃饭的时候向来都挺安静的,辛隆没觉得有什么不对劲,最后察觉出点什么还是因为辛月破天荒地剩了饭。

"你怎么连一碗饭都没吃完?"辛隆问她。

辛月只闷声回了句:"没胃口。"

"奇了怪了,你也有没胃口的时候。"

辛月没解释。

辛隆以为她是因为出了田浩这档子事而心情不好,但随后他看了眼旁边的陈江野。一起吃了这么久的饭,辛隆还是知道陈江野的饭量的,他就从来没有只吃一小碗饭的时候。

他心里瞬间什么都明白了。

谁还没有个年轻的时候?他年轻的时候也是远近闻名的大帅哥,不然也娶不到辛月的妈妈。年轻人这点心思,他还是了解的。

他在心头叹了口气,再抬起眼皮时又当什么都不知道,打了个饱嗝说:"走,买肉去。"

到了农贸市场,辛隆负责在前面买,辛月和陈江野则安静地跟在后面走。

辛隆见不得他俩这死气沉沉的样子,把已经买好的东西塞给他们,说:"你们把这些提到停车的那儿等我,我再去买条鱼过来。"

第八章　红绸

两人拎着东西往农贸市场门口走，一路还是没说话。

到了停车的地方，辛月把东西放到摩托车上后向陈江野伸过去手，终于跟他说了第一句话。

"给我。"

可她还是没抬头看他，只低头盯着他手里拎着的菜。

陈江野把东西递过去，辛月伸手接。塑料袋的拎口很小，两人的手碰到一起。

有那么好几秒钟，辛月没往回拎，陈江野也没松手。然而过了这几秒，陈江野还是没松手。

他不松，辛月就没法把袋子拿过去。辛月试着拽了拽，拽不动。

她咬了咬唇，终于抬头看他，说："陈江野，松手。"

陈江野的眼睛忽地一沉，漆黑的瞳孔一瞬不瞬地盯着她，眼底的情绪晦涩难辨。

他就这样盯着她看了很久，才说："你让我松手？"

辛月的心被这五个字震得一颤，像是被人塞了一口柠檬，酸得要命，也涩得发苦。明明只是让他松开袋子而已，可他口中所指却似乎并非只是袋子。

辛月与他对视的双眼开始不自主地闪烁，她控制不了，只好把头偏到了一边。

"嗯。"她的声音极轻。

"看着我说。"他没有就此作罢。

辛月深吸了一口气，连接下颌两侧的颈线高高地绷起。她抬头，迎上那双漆黑的眼。

"我让你松手。"她的声音还是很轻，但吐字清晰。

陈江野没有再说什么，脸上也全无表情，旁边矮楼的阴影打在他身上，拉出凌厉线条，有种骇人的冷意。

炙野

"哗——"是袋子落到辛月手里的声音。

那袋子里的东西并不重,但辛月感觉她整个人都像是被拽着往下坠。

陈江野没再看她,侧过身去从兜里摸出了根烟叼进嘴里,然后站在原地将烟点燃。这是他第一次没有避开辛月抽烟。

巷子里的风是朝着辛月这边刮的,风把他呼出的白烟吹过来,呛得辛月直咳嗽,可她也没避开,就在那儿站着。

他们像两只紧挨着的刺猬,非要扎得对方生疼。

抽完最后一口烟,陈江野将烟头掐灭,扔进了墙角的垃圾桶里。

"喝过酒吗?"他突然问了一句。

辛月看了他一眼,说:"喝过。"

"我那儿还有几瓶,明天陪我喝了。"他没问辛月答不答应,完全是命令的语气。辛月也没拒绝,轻轻"嗯"了一声,然后,又是无尽的沉默。

好在只过了一会儿,辛隆拎着鱼过来了。

"走走走,回了回了。"

辛隆把鱼挂在摩托车的把手上,对辛月说道:"上车。"

辛月踩着脚踏板上车,还没坐稳,辛隆就拧动了油门。

她似乎想到了什么,在惯性的冲击下,她刚刚睁大的双眼很快沉了下去。

回去的时候已经是下午六点了。

一下车,辛隆就开始忙活着做饭,结果在调料的时候发现家里没醋了。

"辛月,去大队上买瓶醋回来。"

"哦。"

第八章 红绸

辛月拿着辛隆给她的二十块钱出去买醋。

这会儿菜都已经切好了，就等醋买回来就能下锅。辛隆洗洗手准备先抽根烟，他刚把手伸进兜里摸出烟盒，一根烟就递到面前来。

"叔，给。"

辛隆也不客气，接了过来，两个人朝外面走。

"你这烟挺贵的吧？"

"还好。"

陈江野抖了抖烟灰，呼出一口烟："叔，我有事想跟你说。"

"你说。"

"出了昨晚那事，以后应该没什么人敢惹辛月了，但您还是别让她一个人去山上，她毕竟还是一个女生。"

他说这话时垂头看着地面，瞧不出眼底是什么情绪，可有些东西是怎么藏也藏不住的。

辛隆看着他，收起了平日里懒懒散散又不靠谱的样子，第一次像个稳重的长辈一样点了点头："我知道。"

陈江野猛抽了口烟，过了会儿抬起头来看向辛隆，开口的语气很沉，声音也哑："您先辛苦一阵，以后……"他顿了顿，喉头压了一下，继续说，"以后，她会过得很好，你们会有很好的生活。"

辛隆有些不明白他这句话的含义，但想想也是，他一直相信辛月以后会有出息，于是点了点头。

这时，他看见陈江野从兜里摸出一张银行卡。陈江野把这张卡递给他："这张卡您收下，密码是123123。"

辛隆大为震惊，忙忙抬手推开："你这是干什么？"

陈江野笑了一下，黑眸里的平静在笑的那一瞬间四分五裂，深藏在眼底的情绪从裂缝中倾泻出来。

"叔，您应该看得出来吧，"他笑着坦白，"我喜欢辛月。"他是笑着的,声音却像快碎掉了:"这是我现在唯一能为她做的。"

辛隆愣住了,不单单是因为他的这些话,他从来没见过这孩子这副模样。

陈江野趁他愣神把卡塞到他手里。

"拿着吧叔,我想让她过得舒心些,学医已经够辛苦了。"

辛隆叹了口气:"小野你是个好孩子,我知道你喜欢辛月,但辛月有她的理想……"

"我知道。"他顿了顿,似乎还想说什么,但又因为喉间堵塞而不能言语。

他已经很多很多年没有过这样的情绪,也从来没有感受过这样的抽离,像是眼睁睁地看着自己被抽掉一根骨头,即使疼得要命,却也只能眼睁睁地看着,什么也做不了。

"所以,"他的声音哑得不像话,"叔,你别告诉她这些。免得她对我牵肠挂肚影响学习。"

他用着自嘲般的语气,表情散漫,还扯唇笑了笑,眼底却全无笑意。那双眼睛此刻愈发漆黑,仿佛山川雾霭,草木与万物,都从他的眼底里消失。

"她说过她想当一名优秀的眼科医生。"

"我希望她如愿。"

清晨五点多,一群麻雀扑腾着翅膀落在高低不一的电线上,挂在电线上的水珠坠落地面。

昨夜下了一场大雨,路边的野玫瑰被打得七零八落,花瓣被埋进泥泞不堪的土沟里,只依稀露出一点原本的颜色。

湿气顺着窗户的缝隙钻进来,辛月睁开眼。

外面的麻雀叽叽喳喳叫个不停,吵得辛月本就十分沉重的后脑隐

第八章　红绸

隐作痛。她撑着床面坐起来,感觉有些难受,她又闭上了眼,脸上的疲惫感很重。

她昨晚彻夜都失眠,一夜未睡让她的心跳又重又快,辛月深吸了一口气,缓了一会儿后才下床。

和往常一样,她起床后永远是先打开门,去院子里呼吸新鲜空气。也和往常一样,她踏入院子后的第一眼,永远是看向侧上方。

她看到了她想看到的那个人,他撑着窗台,仰头望着天。似乎是注意到了她的目光,他低头看过来,视线与她的撞上。

辛月不知道陈江野是起得比她早,还是一直就没睡。

在辛月的记忆里,陈江野只起早过四五次,每一次在看到她后就会从阳台上跳下来,让她给做早饭,但这一次没有。他移开了视线,转身回了房间。

看到他的身影消失在窗口,辛月心口"咚"的一下,接着酸意上涌。在原地站了会儿后,她也默默回了房间。

这天,陈江野没过来吃午饭,晚饭也没有,从早上那一面之后他就再没出现在她视野里。直到晚上八点的时候,辛隆接了个电话出去了,他前脚刚走,陈江野后脚就来了,手里还提着五瓶酒。

"在哪儿喝?"他冷冷地问。

"厨房里吧,外面有蚊子。"

陈江野"嗯"了一声,提着酒瓶进了厨房。

厨房的灯是老式的灯泡,灯光是暖调的橙色,可照在他身上却显得清冷。

陈江野在桌旁坐下,熟稔地徒手打开五瓶酒,他把还"咝咝"冒着气的两瓶酒砸也似的放到辛月跟前,一些沫子因为酒瓶和桌面的撞击溅到了辛月的手上。

辛月抹掉手上的酒沫,抬眸看向对面的陈江野:"干喝?"

陈江野起先没回答，垂眸拿起厨房角落里的一个空酒瓶子，然后把酒瓶子放到桌子中间，瞄了辛月一眼，说："看着。"

他用手指捏着瓶身，用力一转，酒瓶快速地旋转起来，几秒后缓缓停下，瓶口指向辛月。

"转到谁，谁喝半瓶，也可以选择不喝。"他抬起眼皮，看向辛月，"不喝的话，对方可以问一个问题，被问的人必须回答，不准说谎。"

"不准说谎"四个字，他加重了语气，眼神也更厉了一些。

辛月不自觉地眨了眨眼，轻轻"嗯"了一声。

"那你是喝还是不喝？"

陈江野身子后仰，下巴微微抬起。

辛月一惊，看了看指着自己的啤酒瓶，又看了看陈江野："现在就开始了？"

陈江野："不然？"

辛月吸了口气，倒也没说什么，提起酒瓶子就喝。

她以前是喝过酒，但只喝过一次，还是不是正儿八经的啤酒，是同桌给她的果啤。而陈江野这次带过来的是国外进口的啤酒，度数偏高，比果啤烈多了。

辛月没喝两口就被呛得直咳嗽，眼泪都咳出来了。

陈江野在一旁冷笑："喝不了就别硬喝。"

辛月不想让他看笑话，但她不清楚自己的酒量，比起不想让他看笑话，她更不想一局刚完她就醉了。

她把酒瓶子放下，擦了擦嘴，抬头看向陈江野："问吧。"

"你谈过恋爱吗？"

陈江野的语气平静，看着她的眼神也毫无感情，但问的却是这种问题，挺违和的。

"没有。"辛月回答。

陈江野没什么反应,只微微扬了扬下巴,示意该她转酒瓶了。

辛月用力转动酒瓶,酒瓶飞速旋转,眼瞧着就要指向陈江野,结果最后停下来的时候,瓶口还是指着她这边。

辛月深吸了口气:"再问吧。"

他又问了一个与他冷漠表情相违和的问题:"你以前有过喜欢的人吗?"

以前……辛月默认是遇到他之前。

她还是那两个字:"没有。"

陈江野"喊"了一声,像不信又像嘲讽:"不说真话就没劲了。"

辛月也"哼"了声:"说了你不信就有劲了?"

陈江野依旧是那副表情:"谁会活了二十几年连一个喜欢的人都没有?"

辛月盯着他,表情有些冷。半晌,她深吸了口气说:"不是每个人都像你这样衣食无忧,有那么多闲心,有些人光是活着就已经很辛苦了,没那么多心思去想别的。"

陈江野表情一滞,没再说什么。

辛月猜他也无话可说了,问:"还是我转是吧?"

陈江野点头。

辛月再次转动酒瓶,这次终于没那么倒霉,该她问他了。

她一时间忘了还有选择喝酒这一茬儿,直接问他:"你以前有过喜欢的人吗?"

陈江野倒是也没提喝酒的事。

"没有。"他回答。

"你会没有?"辛月把这句话还给他。

没想到陈江野只是抬了下眼皮:"说了你不信可就没劲了。"

行,他厉害,她没话说。

陈江野睨她一眼,拿起酒瓶开转,几秒之后,瓶口稳稳地停在了她那一边。

陈江野也直接开问:"考完研之后准备谈恋爱吗?"

辛月没想过这个问题,于是如实说:"没想过。"

"现在想。"他的语气蛮横又霸道。

辛月沉了沉气,想了半晌后说:"不打算。"

陈江野眼神一暗,他没说话,只盯着她。

辛月感觉得到他眼里压了火,但不明白他为什么这样,她也不敢问。

空气陷入沉默。

辛月不想再继续这个话题,抬手刚准备去转动酒瓶,就在这时,对面传来他的声音:"为什么?"

"没时间。"辛月只简简单单地回了这三个字,然后转动酒瓶,结束这个话题。

这次瓶口指向陈江野。

辛月不打算再问这些暧昧的问题,她只想和他再多待一待。

"我现在才想起来。"她说,"之前,你说你和你弟弟不对付,所以就来了这儿,但为什么?真的像徐明旭说的那样,是你爸爸听了白大师的话?"

陈江野瞥开眼,冷冰冰地"嗯"了一声。

"白大师怎么说的?"

陈江野提起酒瓶喝了一口,淡淡地回道:"说我来这儿待两个月能转性。"

"所以你爸爸让你来,你就来了?"

"嗯。"

第八章 红绸

"你肯听他的话?"

辛月虽然没听陈江野讲过他爸爸,但上次徐明旭他们来时,她听他说起他爸爸时喊的都是全名,想来他们父子关系也不怎么好。

说到这儿,陈江野似乎提起了几分兴致,表情也没有刚刚那么不快了。

他挑起眉尾,嘴里冷哼了一声说:"我当时也真想看看,这儿究竟有什么东西能让我转性,而且他说只要我老老实实地待两个月,他就再也不烦我。"

辛月眨了眨眼,这的确是他能做出来的事。

她以为他说到这儿就完了,便垂眸等着他转动酒瓶,结果他继续说:"不得不说,有时候玄学这玩意还真不能不信。"这话他是盯着辛月说的。

辛月感觉到了他过于灼人的目光,没敢抬眸,慌忙转移话题:"还有一点我挺好奇的,你爸爸为什么要在王婶家安那么多监控?"

陈江野又盯了她一会儿,然后冷冷地转开眼:"不安监控,他怎么知道我有没有跑到外面去。"

"那也不用安那么多吧?"

"鬼知道他为什么要安那么多。"说完,陈江野睇了辛月一眼,不爽地开口,"你都问几个问题了?"

辛月本来也没打算继续问了,把酒瓶朝他那边点了下。陈江野表情烦躁地抬手转动酒瓶。

这次他自己转的酒瓶竟然指向的是他自己,辛月还以为他玩这个很厉害。看到瓶口的指向,陈江野的表情看起来更烦了。

辛月看着他眉间紧蹙出的"川"字,眉心也不自觉地皱起。

他好像总是不开心。辛月不知道他是在这里才这样,还是一直都不开心。

心头紧了紧,过了半晌她才开口:"你在海城的时候……"她嗓子有些堵塞,闷闷的。"过得好吗?"她蹙着眉,声音一句比一句沙哑,"开心吗?"

陈江野的眼神倏地一沉,他沉默了几秒,然后抬眸看了她一眼,又不动声色地瞥向别处。

"不好。"没什么值得开心的。

"为什么?"

辛月不明白,他虽然家庭关系不太好,但他还有那么多朋友,用钱能买到的开心应该也有很多。

"没劲。"

辛月还是不懂,他才多大怎么就觉得什么都没劲了?他应该还有很多没有做过的事,他甚至连恋爱都还没谈过。

可能这就是他的性格,而性格很容易受原生家庭的影响,但不管怎么样,她希望他能开心一点。

她想试图劝一劝他,虽然也许没什么用,但她还是想劝一劝,劝他多做一些让自己开心的事,不要把自己封闭起来,可她又不知从何劝起,除了摩托车,她不知道他还喜欢什么。

他一定还有其他喜欢的事吧,不然这个世界如何留住他这样的人?

"怎么才算有劲?"她问他。

陈江野的表情一滞,他侧目盯着地面,灯光在他挺直的鼻梁下拓出阴影,一阵风吹进来,灯光晃动,他脸上的光影变幻,明暗交织下,他一动未动,只眉心越蹙越紧。

就这样沉默许久,他终于抬眸看了辛月一眼,但又很快移开,提起一瓶酒仰头猛喝。随着他喉结的快速滑动,半瓶酒很快下去。

他这举动的意思很明显,他不想回答。

第八章 红绸

辛月看着他喝酒的样子，放在桌下的手攥得渐渐紧。

喝完大半瓶，他重重地把瓶底放在桌面上，抬手去转动中间的酒瓶。之前他转动酒瓶时都是看着酒瓶，这次却定定地看着辛月，像是笃定，瓶口一定会指向辛月。

结果也的确如此。

辛月看着他那双漆黑的眼，心底忽然有些不安。

她想移开与他对视的目光，可他的眼底似乎有双无形的手，紧紧地攥着她的视线，不允许她有一分一毫的闪躲。

他的眸中暗涌翻滚，像一池浓郁的墨。

"辛月。"

他的声音沉沉，在不大的空间里如有回音，一遍一遍地传进辛月的心底。辛月的指尖攥得发白，心里愈发不安。

他还是定定地看着她，眼底有隐忍，似乎此前所有的铺垫只为了这一句。

"你……想我留下来吗？"

像是被一颗石子飞旋着击中，辛月一瞬瞳孔骤缩。

而他继续说："你说想，我就留。"

这两句话反反复复地在辛月脑海里回荡。

她曾想过很多种可能，唯独没想过他会为了她而留下来。

如果从一开始，她就知道他会有这样的选择，那她一定不会放任心动，会躲得他远远的。

爱情不是她生活的全部，她有理想，有家人，不可能在这样关键的节点去谈恋爱，哪怕那个人是陈江野。

陈江野……她心底默念着他的名字。

像他这样肆意的人，就应该也被肆意地爱着。她做不到肆意地去

283

爱他，只能期望未来会出现这样一个人，一个他爱着，也同样爱他，能给他全部的爱，能让他开心的人。

她希望他开心，只是……现在她不得不做一件让他难过的事。

她看着他，说出两个字："不想。"

一瞬间，辛月看到了他眉目中掠过的惊讶和痛楚，但紧接着，所有的情绪又沉入那双彻底漆黑的眼。

他站起来，一言不发，或许他早已经料到这种结局。

房间里安静无声，听不见彼此的呼吸，也听不见心跳。

这样的沉默没有持续很久，陈江野面无表情地移开了与辛月对视的目光，转过头，径直离开。他一句再见也没有，只留下渐远的脚步与摔门声。

他走进夜色里，也消失在夜色里。

今晚的夜空没有月亮，世界是漆黑的，一切归于死寂。

不知是多久之后，外面起了风，有雨落下来，浇得房梁上的瓦片哗啦作响。

辛月感觉自己的五脏六腑也跟着淋了场雨，雨水腐蚀了所有的情绪与知觉，就像做了一场梦。

梦都醒了，她还沉浸在那个坍塌的世界里，可能是被什么还没完全腐蚀掉的情绪支配着，她喝光了桌上剩的酒。

那酒里面像掺着刀子，刮得喉咙发疼，一不小心喝急了，眼泪都会呛出来。

她终于知道了自己的酒量，看来是不太好，才四瓶多就吐得昏天黑地。

可是奇怪，她都吐成了这样，脑子却始终清醒。酒精没能麻痹她的神经，她也没能入睡，难受了一整晚，然后在早上雨停时，她听到了外面传来的汽车鸣笛声。

第八章　红绸

汽车低沉的引擎声熄灭又响起,再渐行渐远。直到完全听不到声音,辛月突然感觉胸腔下的那块地方一阵抽痛,吸进去的氧气像是带着无数根针。

胃又开始收缩,胃酸一阵阵上涌,让她想吐,可胃里已经没有任何东西,她只能干呕。吐不出来真的很难受,她死死地抓着床沿,眼泪被难受得生生挤出来,从发红的眼眶掉落。

辛月从来没这么难受过,感觉像是快要死掉。

这一整天,她一直躺在床上没下有下来。辛隆中途来看过她,问她吃不吃饭,她说不吃,辛隆也没劝。

不吃不喝地躺了一天两夜后,辛月终于下了床,起来自己煮了碗面。等面好了,她就端着面去屋檐下吃,表情平静,像什么事也没发生一样。

只是没吃两口,外面起了阵风,吹得她一阵战栗。

天像是忽地就冷了。

仿佛那个在盛夏出现的人,在离开时也一并带走了夏末的余温。辛月看着雾蓝色的天空,眨了眨眼,回屋加了件衣裳。

过了会儿,辛隆也起了,看她在吃面,他也煮了一碗,然后父女俩一起端着碗在屋檐下唆面。

"胃不难受了吧?"辛隆问。

"嗯。"

"要还难受就说,别硬撑着,身体才是本钱。"

"我知道。"

"以后别喝酒了,女孩子家家的喝什么酒?"

辛月垂眸,端起碗喝了口面汤,然后淡淡地说:"不喝了。"

两个人默契地都没提起那个人。

吃完面,辛隆把碗递给她,说:"去洗碗。"

辛月先是一愣,后一把拽过碗,还是去洗了。

辛月洗碗的时候,辛隆在一旁剔牙。

"今天你干吗,看书?"

"不看了。"

"那你干吗?"

辛月不答反问:"昨天是不是也下雨了?"

"嗯,小雨。"

"那我们去捡菌子吧。"

每次只要下过雨,山上就会长出很多蘑菇。

"又捡?你不是前几天才和……"辛隆猛地刹住车,眼睛被吓得睁大了,抖了抖肩膀才继续说,"不是才捡过一次。"

她是才捡过,和陈江野,就在把他过肩摔后的第二天。那天他还因为雨后路滑摔了一跤,摔得满身是泥。她笑他,他就把她也拽进了泥潭子里,还拿泥抹了她一脸。

这个人啊,真的是小气又讨厌。

可回忆起这些,她脸上露出的全是笑容。

"你不用回避他的名字。"她说。

陈江野不是什么不能提的人,她又没打算要忘记他,相反,她想永永远远都记得他,关于他的全部,一点一滴,她都想永远记得。直到死。

爱情不是她生活的全部,但她全部的爱情是他。

虽然余生还很长,她肯定还会遇到很多人,可这一点她是肯定的。这是她在这一天两夜的时间里想得最清楚的一件事。

心里惦记着一个人却和另一个人在一起,这对另一个人不公平。所以,她不仅不介意别人提起他的名字,甚至希望他的名字还能多被提起。

第八章 红绸

陈江野,这三字,听一次,少一次了。

"那,那我提了啊。"辛隆摸了摸鼻子。

"嗯。"

"那天晚上……"辛隆犹豫了一会儿,像是觉得不好开口,但最后还是问了,"你们没干什么不该干的事吧?"

辛月:"……"她白了他一眼:"不仅昨晚没干,以前也一直没干过好吗?"

"哎呀,你急什么?我就是问问。"辛隆摸了摸鼻子,"快点洗,出去晚了都没剩几个菌子给你捡了。"

辛月吸了口气,把抹布上的水拧干,然后往灶台上一丢:"走吧。"

去山上的路要经过好几户人家,其中有一户的老太婆因为老是嚼辛月的舌根,辛月就拿碳把她年轻时的糗事全写在了她家墙上。

她家的墙外面是刷了一层白石灰的,除非她把石灰全刮了,不然根本弄不掉这些字,之后还是她儿媳妇又刷了层石灰,才把这些字盖住。

她儿媳妇是个明理的,知道是她婆婆有错在先,也就没来找辛月理论,这让老太婆更气了,只要看到辛月从她门前路过,就会在背后朝吐她口水,还故意"呸"得很大声让她听见。

而今天辛月路过那老太婆的家门口时并没有听见她吐口水的声音,明明她就坐在屋檐下。出于好奇,辛月还回头看了她一眼。

那老太婆跟她对上眼后像是被吓了一跳,浑身肉眼可见地哆嗦了一下,然后赶忙起身进了屋。

都说越老就越怕死,看来是真的。

"外面是把我传成什么样了?这老太婆怕成这样?"

辛隆撇了下嘴："我是你爸爸,他们能讲给我听?"

辛月想想也是,不过,光是看这老太婆的反应她就能猜个七七八八了。不过这样也好,想来以后敢来招惹她的人会少很多。

辛月抬起头,继续往前走,看见了那棵被系满了红绸的老槐树。路过时,辛月习惯性望过去。

一阵风恰好吹过,掠过槐树繁密的枝叶,吹得满树红绸飘摇。

辛月微微一怔,恍惚间,记忆与现实重叠,她看到陈江野就坐在那棵树下,姿态随意,散漫地冲她笑着。只是一眨眼,那个人又消失不见。

辛月深吸了一口山林间微凉的空气,肺叶似是因为这凉意收缩了一下,连带着中间的心脏也被轻轻牵扯。

她的生活里已经不会再有他,却又处处都是他的影子。

挺好的,至少还能看见他。辛月淡淡地笑了笑。

一旁的辛隆注意到她的表情,明明她是在笑,他却一脸愁样,仿佛很担心自己女儿的精神状态。

到了山上,父女俩一边捡菌子,一边有一句没一句地闲聊着。

辛隆是个爱凑热闹,爱听八卦的,跟辛月没什么聊的时候,他就会说说最近听来的八卦。

"刘瑶是谁你还记得吧?我记得你小时候被她家养的鸡追过,你跟我说是她把鸡逮走的。"

辛月:……大可不必说后面那两句。

"记得。"

"听说她要结婚了,对象是北城的,而且还是几套房的本地人。我当初就说她面相好,以后命肯定好。"

听到辛隆说起结婚的事,辛月纤长的睫毛缓缓扇动了一下。

犹豫了一会儿,她转头问辛隆:"爸,我要是以后一直不打算结

婚，你会怎么样？"

辛隆先是一愣，然后笑了声："你不结婚，我还能怎么样，我还能替你嫁？"

"你不介意吗？"

"我介意什么？结不结婚是你的事，你想结就结，不想结就算了，又不是不结婚不能活，这都什么年代了，你爸爸我思想没那么封建。"

辛月还挺意外的，想了想，又说："可你又不想去城里生活，我要是一直一个人回来，村里这些人肯定又要说闲话了。"

辛隆满不在乎地"哼"了一声："他们说咱家的闲话还少了？你不用管这些，你自个儿不后悔就行。"

"不对。"辛隆突然想起来，"我听电视上说过一句话，结不结婚的人，都会后悔，我觉得说得挺对，所以你自己看着办。"

"我不会后悔的。"辛月没片刻犹豫地说出这句话。

她很肯定，自己绝不后悔。

全部的爱情都是一个人是一件很浪漫的事，哪怕那个人并不在她身边。

"差不多了，回去吧。"

回去的路上，辛月又看到了那棵槐树。

她希望这棵槐树是真的有灵性，她有一个想要实现的愿望。

回到家，她从家里翻出一段红绸，拿出油性笔在上面写：

陈江野要开心。

写完，她拿着红绸跑出门。

"才回来你又去哪儿？"辛隆从屋里追出来冲她喊。

"别管我了，等会儿就回来。"

辛月一路跑到槐树下，仰头看着满树飘动的红绸。

树上的红绸有些是被扔上去的，有些是系上去的。如果碰到大风天，那些被扔上去的很容易被吹下来。

辛月决定爬到树上去系。

昨天刚下过雨，树皮是润的，树干上还有湿滑的青苔，辛月尝试了好几次才爬上去，中途还从三米高的地方摔了下来，然后她又接着爬。

花了差不多半个小时的时间，辛月终于爬到了槐树的顶部。

她用树杈把脚卡稳，然后从兜里拿出红绸，小心翼翼地系到一根枝条上。刚刚系好，一阵风吹过来，她看到自己的红绸在风里被扬起，这是不是代表槐树看到了她的愿望。

她的眼底溢出笑意。

片刻，风停了，辛月准备从树上下去，只是，刚一转头，她的余光似乎瞟到了自己的名字。

谁的愿望上会出现她的名字？她以为是自己看错了，但还是朝那条红绸看去，她清楚地看到上面写的字：

辛月要梦想成真，我也要得偿所愿。

是熟悉的字迹。

倏地，耳朵"嗡"的一声，响起被无限拉长的耳鸣。

一直压着的情绪忽然间崩断。

她再也控制不住，泪如雨下。

第九章 依偎

夏末，从前的大片知了声渐渐稀疏下去，风里捎来秋天的气息，梧桐叶开始微微泛黄，林立道路两旁的香樟树却依旧葱郁茂密，只时不时落下一片叶子。

今天是开学的前一天，林荫大道上已经人来人往，住校的学生都会提前一天来学校。

辛月住得远，吃了午饭过来已临近傍晚，路上往宿舍里搬东西的人已经很少了，多数正两三成群地往外走着。

每个人在路过辛月时几乎都会侧目望向她，许是认出了她，又或许，就算她戴了帽子遮住脸，手里还提着个蛇皮袋子，也盖不住她身上那清冷脱俗的气质。

面对一道道投过来的目光，辛月皱起眉，将帽檐又往下拉了拉。

"你都把脸遮成这样了，他们还能认得出你？"辛隆也被这些人看得浑身不自在。

"谁知道？"辛月加快了脚下的步伐。

丹湖大学除却足球场，整个布局呈长方形，宿舍在最里面，几乎要经过整个学校。辛月一直很烦走这段路，每次都会有种怎么都走不到尽头的感觉。

宿舍一共五楼，走完这段路再爬个五楼要累死人，好在辛月住二楼，爬楼梯不算费劲，只是她的宿舍在二楼最里面，又要走很久。

"你住哪边来着？"

"左边。"

宿舍门没关，辛月用脚推开门，提着两个蛇皮袋进去。

里面有人，一个是辛月的上铺，一个在辛月对铺，两个人看到辛月进来，不约而同地露出惊讶的表情。

"你们好。"

辛隆伸头进来跟她们打了个招呼，辛月则径直走到自己的床铺前。她跟这宿舍里的人并不怎么合得来。

丹湖大学是按高考成绩来分配宿舍的，辛月作为本地高考的第一名，按理说这个宿舍应该是和她一样勤奋好学的人，但事实完全相反。

最开始的时候，另外三个人还算得上刻苦，可就在不到半年的时间里，一个人谈起了恋爱，天天跟另外两个人讲男人和各种八卦，弄得另外两个也开始心猿意马，慢慢心思就都不在学习上了。

只要一回宿舍，她们三个就开始聊八卦，有时候能聊到夜里一两点，辛月没兴趣加入她们，有几次忍无可忍还跟她们发过火。

虽说每次辛月一发火，她们就闭了嘴，没跟她对吵加剧矛盾，但背地里没少跟人说辛月的坏话，说她装，说她傲。

她们时不时也搞些小动作，什么不小心碰掉她的杯子啊，不小心把她的衣服给弄掉了啊，不小心把她的鞋又给踢飞了……但是她们不敢搞得太过分，怕她跟她们撕破脸。

到目前为止，辛月也的确还没真正意义上跟她们撕破脸，毕竟是同一个宿舍的，抬头不见低头见，真撕起来，那就是每天没完没了的破事，辛月没那工夫天天跟她们计较。

但她是不想，不是不敢。

"这些东西是谁的？"

走到自己床铺前，辛月指着上面的一堆东西回头看向对面的刘灵。

第九章　依偎

刘灵的眼球转了一圈，撇着嘴怪声怪气地说："我还以为你不来了。"说着，她又低声嘟囔了句，"谁知道你还会还跟人挤宿舍啊？"

辛月懒得和她多说，只冷冷地吐出四个字："给我拿走。"

刘灵暗暗不爽地过来拿走东西。

她搬东西的时候，辛隆进来把手里的行李放到地上，拍了拍辛月的胳膊说："你收拾完就先去把饭吃了，我就先回去了。"

"嗯。"辛月叮嘱道，"等会儿天黑了骑慢点。"

"晓得。"

辛隆没再说什么就走出了宿舍。

辛月转过头来，刘灵已经把东西搬走了，她便开始收拾。

这会儿，刘灵和住在辛月上铺的郑淼淼都收拾得差不多了，两个人你望望我，我望望你，拼命给对方使眼色，最后，在同一个宿舍的两人还发起了微信。

刘灵在只有她们三个人的微信群里艾特郑淼淼："快，你问问。"

郑淼淼："你怎么不问？"

刘灵："你跟她关系好点。"

郑淼淼："我跟她关系哪儿好了？"

刘灵："比我好，快点，问她怎么还要住宿舍。"

郑淼淼性格温暾，确实没和辛月起过正面冲突，平时其他两个人使坏，她也是把风的那个。她胆子很小，但正是因为胆子小，她连跟辛月搭话都要先在心里打打草稿。

过了好一会儿，她才把头探出来，问辛月："辛月，你还要一直住宿舍吗？"

辛月继续铺床，只淡淡"嗯"了一声。

刘灵又给郑淼淼使了个眼色，郑淼淼咬了咬唇，又问："住宿舍这么不方便，你怎么不搬出去住啊？"

295

辛月手上的动作一顿,抬眸瞄了她一眼:"你给我出房租?"

辛月只是瞄了她一眼,郑淼淼就不敢再说话了。

刘灵在一旁看得着急死了。郑淼淼这个不中用的。

她索性还是自己问:"你没签经纪公司吗?签约费应该不少吧,你都红成那样了。"

辛月一边把东西从蛇皮袋里拿出来,一边回她:"没签。"

"为什么不签?多好的机会。"

辛月看都懒得看她:"这机会谁爱要谁要。"

刘灵听了,嘴角往下撇,一脸鄙夷。

她转过去背对辛月,拿出手机给郑淼淼发微信:"这人又装起来了。"

郑淼淼:"人家志向远大,哪像我们呀。"

刘灵:"一个书呆子能有多大出息?就她这清高样,进了社会怎么死的都不知道。"

"发生什么了?!发生什么了?!辛月回宿舍了?!"

跟男朋友约会去了的胡思雨这会儿才看到群里的消息。

刘灵把刚刚和辛月说的话给她复述了一遍,然后发了个呕吐的表情。

郑淼淼也跟着发了个呕吐的表情。

胡思雨没跟梯队。

"你们这就不懂了,人家是要放长线钓大鱼呢,学历上去了,就相当于给自己镀了一层金,到时候什么样的男人找不到?你们都学着点。"

刘灵:"啧啧啧,月姐厉害。"

郑淼淼:"是我们路走窄了。"

胡思雨:"看着呗,现在装出一副只想读书的样子,要真有大款

第九章　依偎

找上门，她还能拒绝？"

刘灵："也是，这么努力不就是想发财？"

郑淼淼："等她考上再说吧，说得好像她真能考得上一样。"

胡思雨："人家这长相，考不上也有人上赶着追。"

刘灵和郑淼淼又发了几个呕吐的表情。

在一个不算好的学习环境里，清白是罪，努力是罪，只要不与他们同流合污就都是罪，再加上一副美丽的皮囊，那更是罪该万死。

翌日，开学。

今天不上课，只用报道。

昨晚辛月来宿舍了的消息被刘灵她们三个传了出去，一直有人跑来她们寝室问辛月这问辛月那，辛月忍无可忍最后把门锁了，并警告她们三个再敢开门试试，但外面还是吵得要命，最后还是宿管阿姨来把人撵走的。

所以，为了防止被人堵在路上，辛月起得很早，六点多就到了教室。

以防人来后把她围得水泄不通，放好东西后她就去了天台背书，等八点老师到了教室后，她才回去。

可惜她也只能躲这一会儿，还在发书的时候很多人就已经看着她蠢蠢欲动了。

辛月索性把几张写着"没签经纪公司，没打算当艺人，没想进娱乐圈，除了读书不会别的，别问了"的便利贴，贴在了脑门和肩膀上。

便利贴上已经写得很清楚，班上的人倒是没有再一个个过来问她，只三三两两地在私下议论。

辅导员何晴也看到了她便利贴上的内容，发书的时候让她去了趟

297

办公室。

"我之前就跟你爸爸打过电话了,知道你的心思还是放在学习上的,其他的你别担心,大家对你走红这件事肯定是有好奇心的,应该过段时间就好了,你不要有心理负担。"

辛月点点头。

何晴轻轻地拍了拍她的肩膀:"有什么需要我帮助的就尽管跟我说。"

辛月抬头看着她,说:"何老师,我现在就有个请求。"

"你说。"

"我能在班上也戴帽子吗?我不想被拍。"

"当然可以。"

"谢谢老师。"

辛月向她微微点头以示感谢,然后抬头说出另一个请求,"还有,老师,我一会儿拿到书之后能直接回宿舍吗?趁着现在大家都在教室。"

这会儿学校里的人基本都在教室里,在外面的基本都是去领书的。辛月回去的时候绕开了领书的地方,也避开了有打球声传来的篮球场,走的是有小卖部那边路。

辛月走得比较快,路过小卖部时险些和几个刚从里面出来的女生撞上。她下意识地抬头看向那几个女生,她们化着妆,穿着打扮都很惹眼,现在温度都降了,她们还有人穿着超短裤和露脐装。

穿露脐装的那个女生,辛月知道,叫夏梦妍,是学校的知名人物。

辛月收回目光,准备绕开她们继续走。然而,她往左迈一步,站在她面前的夏梦妍也跟左迈一步,她往右,夏梦妍也往右。

第九章　依偎

虽然没看夏梦妍的表情，但直觉告诉辛月，夏梦妍绝对是故意的。

"别走啊，辛大美女。"

果然……辛月皱眉，抬起头来。

夏梦妍上下打量了她一番，然后勾着唇说："刚刚我们还说要去找你呢，没想到在这儿就碰上了。"

辛月冷冷地看着她："有事？"

"当然有事。"夏梦妍伸手过来搭住她的肩膀，一副跟她很熟的样子，勾着她的肩一边走一边说，"我有件事想找你帮个忙。"

辛月并没有要跟她走的打算，定住脚步后把她的手拿开："就在这儿说。"

夏梦妍转转过头来看着她，眼底已经涌现出不爽的情绪，但脸上仍勾着半边唇在笑。

"行。"她的舌头在口腔里裹了一圈，"咱就在这儿说。"

辛月瞟了一眼旁边的小卖部和站在夏梦妍身后的另外两个人，其中一人凑到旁边人的耳边，并不算小声地说了句："她挺拽啊，谁给她的勇气？"

另外两个人面露冷笑。

夏梦妍瞟了她们两眼，然后跟辛月说："你知道我也拍短视频吧？"

辛月已经猜到她想干什么。

"所以？"

"所以想邀请你跟我拍个视频。"

辛月面无表情地回她："不好意思，我并不想。"

"我说辛大美女，做人不能太拽。"

夏梦妍还没挂脸，只是眼神变冷了些，而旁边的人已经快把白眼翻上天了。

有个人没忍住，直接冲辛月骂道："你别敬酒不吃吃罚酒。"

辛月转头看向她："这酒给你，你要不要吃？"

那女生又骂了一声，过来就要动手。

她的气势很足，还没走到辛月跟前就已经把手抬了起来，只可惜没威风多久，下一秒辛月就抓着她那只手直接拧了一圈。

"啊——"顿时一阵惨叫声响起。

都说头脑发达四肢简单，但辛月发现自己在运动这方面也是有点天赋的。学校运动会只要是她参加的项目，基本都是她拿第一，陈江野的防身术才教了她不到一个月，她就已经能有这种身手。

夏梦妍和剩下的两个人直接惊得愣在原地。

小卖部的老板听到声音后从里面出来。

"你们在干吗？"

看到小卖部老板，辛月也没有要松手的意思。她的手上暗暗加重力道，惨叫声不断地从那个女生嘴里发出。

夏梦妍没有过来制止，她收起脸上惊愕的表情，风轻云淡地和小卖部老板说："别紧张啊老板，我们就是在闹着玩。"

小卖部老板看她们的打扮就不怎么相信，警告道："你们女孩家家可别打架啊。"

"真没打架。"她转过头来朝辛月扬了扬下巴，"是吧，辛大美女？"

辛月没说话，看了眼小卖部老板后松开了手。

那人捂着胳膊往前跟跄了几步，嘴里还疼得倒抽气，瞪向辛月的两只眼睛像是快要喷出火来，但碍于小卖部老板在场，她没说什么，只死死地瞪着辛月。

这时，夏梦妍朝辛月走过来，伸手拍了拍她的肩膀，将红唇递到

第九章 依偎

辛月耳边，笑着对她说："咱们走着瞧，辛大美女。"

最后喊她时，夏梦妍还吊儿郎当地冲着她的耳朵吹了口气。

辛月闭了闭眼。

夏梦妍欺负人的手段，她一个两耳不闻窗外事的人都听说过。她不懂为什么，为什么生活在她这儿就这么难，苦难和折磨接踵而来，压得她快要喘不过气。

但……她早就习惯了啊。

早就习惯一个人挺过来，再一个人独自愈合。

刚刚过去的两个月只是一个意外，那个跟在她身后保护她的人已经不会再出现，她该回到从前的状态——来什么就接着、受着、挺着，能反抗就反抗，反抗不了就忍着，只要死不了就继续活。

"同学？"看她的情绪有点不对劲，小卖部老板喊了她一声。

辛月睁开眼，向小卖部老板微微颔首，说了声谢谢，然后在风里抬起头，大步朝前走。

回到宿舍，辛月心平气和地背书做题，中午和晚饭吃的都是面包。

宿舍里的其他三个人到晚上七点才回来，然后从七点聊天聊到夜里十二点多还没停。

辛月最近失眠，睡得比较晚，她们聊天，她就戴着耳塞做高数题。沉浸式的思考会让人摒弃外界的嘈杂，所以她不在乎她们一直吵，反正打扰不到她，她也还没有困意。

等外面都没声音了，辛月看了眼时间，已经是凌晨一点多。

辛月深吸了一口气，开始收拾东西准备睡觉。

闭上眼，世界陷入黑暗。

又花了好长时间，辛月才终于入睡，而这时离起床的时间已经不远了,很快,生物钟就让她睁开了眼。

辛月不知道这样的失眠要持续多久,如果再久一点,她得去买些安眠药了。

她拖着疲惫的身躯起床,洗漱完后戴着帽子去了教室。

今天有开学典礼,所有人都要搬着板凳去操场。辛月不想听校长枯燥乏味的演讲,坐下后就撑着膝盖闭眼小憩。

何晴发现她一副没精神的样子,过来拍了拍她的肩膀,关心地问道:"怎么了,昨天晚上没睡好?"

辛月点了点头。

"那你眯一会儿吧。"何晴小声说。

旁边的人立马不淡定了。

"何老师,我也没睡好。"

"我也是。"

"我也想眯一会儿。"

何晴瞪了他们几眼:"闭嘴给我好好听!"

"好学生的待遇就是不一样啊。"

…………

略微刺耳的议论声传来,辛月脸上的表情没有一声波动,继续闭目养神。

等校长和教导主任讲完,还有一个学生代表发言环节,原本辛月是学生代表,要上台发言,但她不想露面,校方也不好勉强,于是换了别人。

学生代表发言完毕,各班组织起立,演唱丹湖大学的校歌。

大概是阴天的云也被这青春的声音所触动,竟渐渐散开,露出了身后的太阳。

没有了云层的遮挡,阳光格外强烈,刺眼的光线直射入辛月的瞳孔，她的目光却没有半点闪躲。

开学典礼到这里差不多就结束了，学院团总支副书记又叨叨了几句后宣布解散。

辛月搬起凳子走到何晴身后，喊住她："何老师。"

何晴回过头，问："怎么了？"

"等上去了，我有事想跟您商量。"

"行，等会儿你放好凳子就去办公室等我，我在班上说两句话就过来。"

"嗯。"

何晴没再多问，而是和辛月聊起了家常："暑假过得怎么样啊？"

辛月的表情微微一滞，然后淡淡地笑了笑说："很好。"

何晴有些意外："我还以为视频那件事会让你挺烦心的。"

"是挺烦心的。"

"那看来是有其他让你很开心的事啊。"

"嗯。"辛月点头。

"那就好。"何晴伸手摸了摸她的脑袋。

两人慢慢往回走，又聊了些别的。上楼后，辛月把凳子放好就去了办公室等着，几分钟后，何晴从教室回来。

"说吧，什么事？"何晴坐下来看着辛月。

辛月很冷静地跟她说："我可能会遭受校园暴力，需要您的帮助。"

何晴表情一惊，整个人愣住。

"谁？谁要欺负你？"过了会儿，她才问辛月。

辛月说："是别的系的。"

"哪个系？我去找他们的辅导员。"

"没用的。"辛月语气肯定。

何晴焦急道:"不试试怎么知道没用呢?"

辛月垂下眼,长睫遮住双眸,淡淡地说:"我试过了,高中的时候。"

何晴顿时再次愣住,片刻后,她的眼神里流露出诸多情绪,有震惊,有不解,但更多是心疼。

等思绪回笼,她尽量平复心情,略微思考一番后,问辛月:"那我要怎么样才能帮到你?"

辛月:"这个请求会很麻烦您。"

何晴摇摇头,说:"不用说这些,你就说我要怎么做。"

辛月深吸了一口气:"我需要有老师每天陪我一起吃饭,晚自习后送我回宿舍,放假的时候也需要有老师送我去车站。我知道这很麻烦各位老师,可除了这个办法我想不到别的了。"

她不卑不亢地央求着,表情平静,但语气中还是透着无奈。

"就这些事啊。"何晴轻轻拍了拍辛月的手背说,"你刚刚说的那些陪你吃饭,送你回宿舍,去车站,这些事并不麻烦。"

何晴一边说着一边抬头指了下办公室里其他老师。

"午饭和晚饭你就跟着我们去教师食堂吃,晚上谁守晚自习谁就送你回去,就几分钟的事情有什么麻烦的,你们说是吧?"她问其他老师。

办公室里的其他老师刚刚就听着了,何晴这一问,个个连忙站出来说:

"就是,这有什么麻烦的。"

"都守晚自习了还赶这几分钟?"

"辛月你别担心,我们保证每天都会把你安全送到寝室。"

"辛月你别怕,我不信我们守着你,他们还敢怎么样。"

辛月忽觉眼皮有些发烫,她站起来,朝他们深深鞠了一躬:"谢谢各位老师。"

何晴连忙把她扶了起来。

"你这孩子，还行什么大礼。"

何晴是个感性的人，有时候训那些不听话的学生都会训着训着自己先流了眼泪。她刚刚眼角就已经湿润，这会儿眼睛里的泪光清晰可见。

她偏过头去抹了下眼泪，然后才转过头来拍着辛月的肩膀说："你放心，我们会保护好你的。"

辛月一怔，她缓缓转动脖颈，看向一旁的何晴，说："谢谢您。"

除了感谢，她不知道还能说什么。

"谢什么，老师保护学生，这是本分。"

何晴冲着她笑，声音却在发颤，仿佛下一秒就要哭出来。

旁边的老师看气氛再这样煽情下去，不只何晴要哭，可能整个办公室的老师都要哭了，于是"哎呀"一声，打了个圆场："辛月，你啊其他什么都别管，好好准备考试就行，就冲你想当一名优秀的眼科医生这志向，咱干什么都值了。"

听完这话，原本有些低沉的气氛一下就燃了起来，有些振奋人心。

"就是！"又一位老师凑过来说，"我在这儿教书十几年了，我不允许校园霸凌出现在咱们学校。"

"对，辛月你别害怕，老师们都会帮你的。"

"什么麻烦不麻烦的，辛月你好好准备考试，等将来有出息了，记得回来看看我们就行。"

老师们个个神情振奋。

最后，老师拍了拍辛月的肩膀说："要我说，有志向是好，但辛月你也别有太大压力了，尽力就行。"

辛月点头。

何晴这会儿又暗暗抹了两把眼泪，强忍着哭腔看着辛月："行了辛月，你赶紧回教室吧，待会儿就上课了。"

"那各位老师我先回去了。"辛月又朝他们微微鞠了两躬。

"回去吧回去吧。"

几位老师齐齐摆手。

辛月后退着直到出了办公室的门才转身。

她刚刚虽然眼眶发烫，但一直没有哭，直到这会儿背对着办公室才慢慢红了眼。

她从不在人前哭，哪怕是感动也一样。

从这天起，辛月每天都会和老师们一起去教师食堂吃饭，几位老师轮流在晚自习后送她回宿舍，就连去上体育课，有时老师们也要把她送到操场才放心，根本没有给夏梦妍她们机会。

只是，夏梦妍这群人比辛月想象中还要猖狂恶劣。就算有老师陪着，她们也还是会拿石子丢她，拿水泼她，拿口香糖粘她头发。

口香糖一旦黏到头发上就很难弄掉，辛月索性直接把头发剪了，只留到耳朵下面一点，平时她还会戴着帽子，这样，夏梦妍她们想跑过来一下把口香糖黏在她头发上就很难了。

可她们没两天又会想出来别的招数。不过对辛月来说，这些小动作都不痛不痒，对她造不成影响。

她有一颗很强大的心脏，这颗心脏早已千锤百炼，足以抵挡一切谩骂、诽谤与欺辱，只有在深夜想起那个人时才会隐隐作痛。

日子就这样一天一天地过去，时间在失眠与麻木中无声消逝。

蒲县作为偏南方的一个小县城，却每一年都早早入冬。不过才十一月，风已刮面，冷得刺骨。

第九章 依偎

冬天的蒲县好像总是阴天,天空雾蓝,像蒙了一层细灰。

可有那么一天的傍晚,向来灰蒙蒙的天空铺满了火烧云,像烈火中燃烧的玫瑰般一直蔓延至天际。

彼时,下午最后一节课正上到一半,可座位上的学生们已经无心上课,纷纷将目光投向窗外。

这堂课是现代文学的选修课。正念着诗的老师看着满座侧目的学生,在念完最后一句诗后轻笑着放下了手中的粉笔。

"难得冬天还有这么漂亮的火烧云,大家去天桥上看吧。"

教室里顿时响起一阵欢呼,接着学生们一个个跑到了天桥。辛月也跟着出了教室,来到了天桥。

没有了建筑物的遮挡,天边的火烧云看起来似乎烧得更烈了。这样的火烧云连在夏天都很少见,今年夏天她只见过一次,而那一次,她没有看云。

那个站在云下的少年占据了她所有的目光。

这一次……

云下没有了他的身影,可在云层的背后,她依稀间看到了一双微狭着的眼,那双总是漆黑的眼。

倏地,像是被强光灼了眼,她的眼底一阵刺痛,接着是滚烫的灼热感。她慌忙收回视线,连同情绪也一并收敛。

就这样在天桥上站了一会儿,她转身回到教室。

"怎么这么快就回来了?"

这会儿就她一个人回来了,老师不免有些好奇。辛月什么也没说,只匆匆垂下了眼。

这天是周五,上完这节课就可以放周末了。

下课后,她去办公室等了会儿何晴,然后坐她的车去了车站。在车上的时候,天边的云依旧如漫天燃烧的烈火。

辛月靠在车窗边，仰头看着天际，思绪再次飘远。

本来，这一次她没有像在天桥上时有想哭的冲动，可偏偏车里放了一首歌，经过降调的旋律低沉轻缓——

"我以为忘了想念，而面对夕阳，希望你回到今天，我记得捧你的脸，在双手之间安静地看你的眼……我想在你的身边。"

听到最后一句，有什么从辛月的眼眶里溢出来，怎么都控制不住，一颗一颗滚落。

而在视线模糊的那一刻，她恍惚间又看到了那一双漆黑的眼。

她苦笑了一下，又是幻觉。

"刚刚那辆车上戴帽子人是辛月吧，她什么时候剪成短头发了？"

"早剪了你不知道？"

"我八百年看不到她一次，我怎么知道？"

两个男生一边说着一边走进一家奶茶店。

"那你更不知道她为什么要剪吧？"

"那肯定啊。"

"我跟你说。"

正在说话的是一个戴眼镜的男生，他拉着一旁的寸头男生坐到二楼最里面的位置，瞅了四周一眼才说："她惹到人了，夏梦妍她们天天欺负她，往她头发上粘口香糖，我都看到过好几次了，最后她就把头发给剪了。"

"夏梦妍她们为什么这么针对她？"

"说是夏梦妍想找她拍视频，她不愿意。"戴眼镜的男生推了推镜框，继续说，"我听她寝室的人说，辛月被欺负得都精神恍惚了，每天要吃安眠药才睡得着。"

"天哪，不是吧？"

第九章　依偎

"怎么不是，你没看刚刚载她的是她的辅导员啊，现在她们学院的几个老师轮流送她回去，但夏梦妍那群人猖狂得很，有老师在也照样欺负她。"眼镜男"啧啧"两声："我估计辛月迟早得退学。"

"兄弟。"一道磁沉的声音忽然传来。

下一秒，他们旁边的座位被拉开，一个戴着鸭舌帽的男生坐下来，一只手随意地搭在桌面上，五指修长。

他微微仰头，露出被帽檐遮住的半张脸，他的鼻梁英挺，双眸狭长而漆黑，像常年雨雾不散的密林。

"麻烦你个事。"他的声音薄凉，带着逼人的冷意。

明明是在被他请求，座位上的两个人却感觉到了浓重的压迫感，一时唾沫都不敢往下咽。

那人并不废话，直接开门见山："麻烦帮我打听下，你刚刚说的夏梦妍，背后有谁在给她撑腰。"

眼镜男心头一惊，有些踌躇地开口："这个……我……"

"不会白让你费劲打听。"他从兜里拿出手机，极薄的手机在他的手里转了半圈，接着，他抬眸，"这些够不够？"

眼镜男瞬间愣住了，眼睛睁得老大，还是寸头男在桌子下面踢了他一脚，他才回神。

"够！够……够了。"眼镜男忙道。

"加个微信。"

眼镜男掏出手机："哥你怎么称呼？"

"陈江野。"

回家的这两天，辛月并没有一直待在家里做题背书，大脑也是需要休息的。

以前，家里总有很多活要干，时间显得格外珍贵，所以每一分每

炙野

一秒可以用来学习的时间她都不想浪费。而现在，辛隆什么活也不让她干，时间十分充裕。

这两个多月里，每一次回来，她都会出去转转，沿着小溪边听河水潺潺，走在田坎间看风吹树叶，再去山林里听听虫声鸟鸣……

辛隆是不让她去山里的，可她不听，她喜欢去山里，只有走在山间的小路上，她才会感觉他还在，就在她身后，就在她回头就能看得到的地方。

但是她不会回头。

有时候，她也会去那棵老槐树上坐坐。她把写着她的愿望的红绸和陈江野的系在了同一根枝条上。

只是看着那两条红绸在风里飘扬摇晃，缠绕在一起后又松开，松开后又缠绕在一起，红绸上的两个名字不时碰撞，她就能在那儿待上一下午。

她很喜欢这样一个人安安静静的，任回忆无限回荡，思念肆意疯长。

曾经，她以为想念一个人会是痛苦的，原来不是。当那个人的世界你往后再也够不到，你们成了永不相交的平行轨道，那每一次回忆就都会是一种慰藉。

至少他出现过，至少她还记得。

可这样自在的时候总是过得飞快，她又不得不回到那个嘈杂喧闹的世界里。

听了两辆老式摩托像拖拉机似的声音后，再在充满各种异味的客车里坐了两个小时，她背着沉重的书包下了车。

和往常一样，她准备打一辆出租车，这样出租车可以把她直接送到宿舍门口，避免夏梦妍她们把她堵在校外。

可今天她一下车就看到了那几个熟悉的身影，旁边还站着几个吊儿郎当的男生。

辛月很清楚接下来会发生什么，她没有慌张也没有害怕，只平静地跟刚刚一起下车的一位中年妇女说："阿姨，麻烦帮我报下警。"

阿姨这时也注意到了朝她走过来的那群人，点了点头后赶忙一边朝马路对面跑，一边用手掩着手机报警。

"辛月。"夏梦妍拿出含在嘴里的棒棒糖，讽刺地笑道，"不愧是好学生啊，在学校找老师，在外面找警察。"

她走过来，在距离辛月只有半步之遥的地方停下，痞里痞气地偏着头冲她挑眉："你最好祈祷每一次都有人帮你报警。"

辛月没有说话，只冷冷地盯着她。

"哑巴了？"夏梦妍把没吃完的棒棒糖朝她扔过来。

辛月偏了下头躲开。

"敢躲？"夏梦妍嘴里"呵"了一声，朝两个男生使了个眼色，"给我架住她。"

辛月没有反抗，她背着很重的书包，手里也提着东西，挣扎容易让书包和袋子里的东西撒出来。

她可以挨两下打，但书包里重要的笔记绝不能让她们碰到，不然很可能会被毁掉。

在人来人往的马路边，她猜他们不会有胆量干特别过分的事。

的确，那两个男生除了抓住她的胳膊，并没有进一步做什么。

"今天怎么不使你那招擒拿手了？"夏梦妍凑过来抬手拍掉她的帽子，"你不是很厉害吗？"

辛月偏头看着飞出去的帽子，眉头蹙起。

"还不说话？"夏梦妍一把捏住她的脸用力掰回来，"你装什么高冷？"

辛月依旧冷冷地盯着她，表情没有丝毫畏惧，也没有一点退缩。

然而她越是这样,夏梦妍就越是气急败坏。

"你别以为报了警我就不能拿你怎么样了。"夏梦妍用力捏着辛月的脸,嘴角牵开,笑得极为恶劣地对她说,"警察赶到这儿少说也要好几分钟,几分钟能做的事就多了。"

"谭鑫,把地上的棒棒糖给我捡起来。"

闻声,辛月瞳孔一缩,表情不再平静。夏梦妍是真的远比她想象中的还要卑劣恶毒,她盯着夏梦妍的双眼里燃起怒意。

夏梦妍似乎很满意她这个表情,嘴角弧度扩大:"哟,不装啦?"

这时,被叫作谭鑫的女生已经把地上黏了泥的棒棒糖捡了起来,而这个谭鑫正是上次被辛月把胳膊反拧的那个女生。

夏梦妍用余光瞟了她一眼,朝她摊开手。

谭鑫一边瞪着辛月一边把棒棒糖纸棒的那一端放到夏梦妍手上。

夏梦妍接过棒棒糖,拿到辛月面前晃了晃,笑得更加愉悦而恶劣:"你说,我只是请你吃根棒棒糖,待会儿警察叔叔来了应该不会抓我去警察局吧?"

说完,她拿着棒棒糖慢慢地朝辛月的嘴靠近,脸上的表情仿佛在玩弄一只信手就能捏死的蚂蚁。

"来,张嘴。"她像哄小孩般开口。

辛月死死地咬住牙关,脚下蓄力准备踹开她。然而,就在那根沾满了泥的棒棒糖距离她的嘴唇仅几厘米时,一只手突然拽住了夏梦妍的胳膊。

夏梦妍脸上的笑骤然一收,转头看向旁边拽住她的那个人。

"胡睿洋你干吗?"胡睿洋没搭理她,只看着辛月。

"辛月。"他喊她的名字,"你要是答应做我女朋友,你今天什么事都不会有,以后也是。"

"胡睿洋,我就不该叫你来!"

第九章 依偎

夏梦妍将捏着辛月脸的那只手松开，转身就砸了胡睿洋一拳，整个人气得脸都紫了。但胡睿洋的目光依旧停留在辛月身上。

辛月看着他那自以为深情款款的样子，只觉得恶心。

这个人她是认识的，大学刚来就追过她，后来实在追不动就跟其他女生在一起了。如果他今天没有出现在这里，她至少还看得起他。他要是真喜欢她，真想救她，从夏梦妍过来的那一刻开始，他就应该站到她这边来，而不是在这个关头假惺惺地来这么一出。

他这样，和之前那个用暴力逼迫她谈恋爱的人有什么区别？

都是混蛋。

当初她没有妥协，现在更不会。

"你做梦。"她冷冷地开口。

"哈哈哈哈哈！"夏梦妍立马狂笑起来，"胡睿洋听到没有，你在人家眼里什么都不是。"

胡睿洋的脸色瞬间沉了下去。

夏梦妍还在旁边煽风点火地继续嘲笑他："人家可是有大志向的人，你以为人家瞧得上你？"

"夏梦妍你闭嘴！"

"那你把手给我松开！"

夏梦妍一把甩开他，胡睿洋往后退了两步，眼睛抬起来看向辛月，大概是恼羞成怒，他额头上的青筋绽起，一张脸阴沉得可怕。

夏梦妍看他这样，没急着过来把棒棒糖塞进辛月嘴里，开始抱着胸看起了戏。

胡睿洋的胸膛起伏着，眼底是肉眼可见的怒意，他似乎有在压抑，毕竟已经够丢人了，但根本压不住，他眼底的怒火在极短的时间里烧得可旺。

他攥紧拳头，携着满身怒火朝辛月走过来，抬手用力捏住辛月的下巴，力道大到像是要将辛月的骨头捏碎。

"辛月，你别敬酒不吃吃罚酒！"他咬着牙，声音狠而厉。

辛月忽地愣住，不是因为他此刻的表情有多可怕，而是辛月突然发现，他这时候的声音和语气和记忆里那个人好像好像。

他也老是像这样捏她的下巴，说话一样难听，但……他比眼前这个人要好上一万倍。

半晌，辛月的双眼重新聚焦，清晰可见的厌恶从她的眼底溢出。这当然愈发惹恼了跟前这个已经暴怒的男人。

"辛月，你找死。"胡睿洋面目狰狞，后槽牙似乎都快被咬碎了。

"等会别哭！"

他狠狠地丢下这句话，然后甩开辛月的脸，后退到夏梦妍身边。

"今天你要是能让她哭出来，我以后叫你姐。"

"你说的。"

夏梦妍嘴角勾起，把手里的棒棒糖往鞋底一抹，过来就要往辛月嘴里塞。

这次辛月没有等到最后一刻，在夏梦妍距离她不足半米的时候就猛然抬腿踹向了她。

"妍姐！"有女生过去把夏梦妍扶起来。

谭鑫骂了一声，冲过去就要给辛月一脚。

场面一时混乱起来。

最终这场闹剧并没有持续多久，警察很快就来了。警察把一群人带到派出所做了笔录之后，便叫家长来领。

辛月没给辛隆打电话，是何晴来领的她。

她脸上挂了彩，身上也全是瘀青，何晴先带她去医院拍了片子，确认没伤到内脏和骨头后才带她回学校。

第九章 依偎

因为这事，打她的那几个人都相应受到了处分。

就在他们被通报处分的第二天，胡睿洋那几个男的就被打了，而且被打得很惨。但学校里没人知道到底是谁打的他们，只是在传是一个长得很高的男生。

听同桌说起这事的时候，辛月走了神。她想到了一个人——

长得高、一打多、没人认识，这些关键词通通指向了那个她珍藏在心里的名字——

陈江野。

可怎么会是他，现在的他，在距离她将近两千公里外的海城。

辛月只当是自己多想。

两周过去，辛月脸上的瘀青已经散了，她没让何晴把这件事告诉辛隆，为了隐藏自己受伤，辛月这两周都没有回家。她不想让他担心。

所以，又要返校的时候，辛隆还是只把辛月送到镇上的站台就回去了。

天越来越冷，到了该穿棉衣的时候，山上比山下更冷，辛月把自己裹得厚厚的，因为坐摩托车风大，她还戴了一条大红色的围巾。

辛月生得白，是那种晃人眼睛的白，本就惹眼，戴上大红围巾后就更加惹人注目，哪怕她将帽檐压得低低的，只露出了半张脸，揣着手静静地站在站台旁等车，什么也没做，几乎所有路过的行人，目光都会在她身上停留很久。

辛月早已经习惯了这样从四面八方投来的目光。可不知道为什么，在隐约感觉到一道目光的时候，她鬼使神差地抬起了头，目光被直觉牵引着投向左前方。

那里是一条破旧的长街，路上只有稀稀松松几个人。隔着几十米的距离，辛月的目光穿过绰绰约约的人影，落在长街的尽头。

模糊不清的视线里，有个人站在那儿，看不清脸，身形也分辨不出胖瘦，只看得见他的衣服、鞋子都是黑色的，帽子也是黑色，浑身上下的深黑色似乎将他的目光也染得一片漆黑。

辛月倏地愣住，心脏重重跳了一下。

这次不是错觉，她知道。

可隔得太远，她并不能确定是他。

但就算只是相似，她也没办法从情绪里抽离。她的目光死死地锁在那个人身上。

在这七十多天的长夜里，她无数次幻想他会回到这里，她会与他再相遇。她也想过，再见到他，她该用什么心境、什么表情去面对他。

而真正到了这一刻，她发现自己在脑海里演练了千百遍的那些场景，现在一幕也想不起来。她的大脑一片空白，世界也都化为虚影，只有那一抹模糊的身影是真实存在的。

她呆呆地站在原地，隔着冬日凛冽的空气与他对望。

时间似乎在流动，又似乎静止。她不知道他们对视了多久，只知道长街尽头的那个人先移开了目光。他转过身，然后走向尽头的拐角。

蓦地，辛月感觉心脏狂跳，是慌张。

她的大脑此时依旧是空白的，身体却做出本能反应——追上去，没有片刻犹豫。

她在冰冷刺骨的风里拼命奔跑，用尽全身力气。

五十多米的距离，她背着沉重的书包，只用了不到七秒的时间，可还是没有那个人的身影。

这里的拐角通向两条路，一条绵延至山上，路上没人，另一条路

第九章　依偎

通向一栋破败荒废的老房子。

辛月立马跑向那栋半隐在荆棘丛后的老房子,可她围着老房子转了一圈,并没看到任何人。心脏传来一阵钝痛,嗓子也被冷空气刺得生疼,她停下脚步捂着胸口大口喘气,目光仍在前方搜寻。

忽然,获取空气的口鼻被一只大手从背后用力捂住。出于本能,她的身体立马做出了反应,可还没来得及动作,她在他的指间闻到了一股熟悉的淡淡的烟草味。

那是她梦里百转千回萦绕不散的气味。

顷刻,本能丧失。她整个人僵住,心跳似乎也在这一瞬间停止,唯有瞳孔在颤动。

时间不知如何流逝,或是几秒,又或很长。

耳边响起一声短促的冷笑:"我教你的东西,你就全忘干净了?"

仿佛从紧咬的齿间一字一字硬生生挤出来的声音从后方传来,熟悉的低沉声线,语气也依旧。

辛月的视线一瞬间被泪水模糊。

真的是他。

她的陈大少爷,她的陈大画家。

她的,陈江野。

"我教你的东西,你就全忘干净了?"

他已经说完许久,这句话还在辛月脑海里回荡。

这是他真实的声音,是她每天都想再次听到的声音。

此时,他已经没有再用力捂住她的口鼻,她却依旧没有呼吸,像是除了他,她什么都记不起,甚至连呼吸都已忘记。

而他也没有动作,没有催促她回答,没有再说话,他头低着,刚刚捂着她口鼻的手此刻滑了下来,落在她的肩上,另一只手圈住她两只臂膀,就这样以像是从背后紧拥的姿势抱着她,仿佛要将她紧紧地融进身体。

不知过了多久,他才终于再次开口,声音沙哑得像被砂纸磨过:"哑巴了?"

辛月想告诉他,她没忘,可嗓子实在堵得厉害。她用力地吞咽,想压下喉间的堵塞和眼底的热意。

然而,眼中的泪光还未压下去,脸上的表情也还没来得及收敛,一只不知在寒风里冻了多久的手伸过来,捏住她的脸,迫使她半转过头。

视线不断上升,直到……撞上那双漆黑的眼。

"辛月。"

他一如既往地喊她的名字,她也一如既往地感受到了心脏的颤动。

他紧紧地盯着她,嘴角衔着一抹笑,眼底却具是冷意,暗处闪着深谙的光。

"你就这么想见我?"他发狠地捏她的脸,"这种地方也敢跟来?"

辛月的心底一震,睫毛也跟着颤了颤。她没有回答,只无声地看着他。

似乎知道她不会回答,陈江野扯了扯唇,冷笑一声,松开她,也推开她。

辛月往前跟跄了几步,站稳后,辛月用力眨了眨眼,拼命地控制情绪,等到不再连吞咽都困难时才转过头来。

她鼓起勇气抬眸,对上那双眼。

"你怎么会在这儿?"她尽量让自己的语气听起来是平静的,但还是有些控制不住地发抖。

"你管得着?"他的嗓音依旧是冷的。

第九章 依偎

辛月没有因为他的冷淡而难过。他既然回来了，那就怎么伪装都没用。

"为什么要回来？"她又问了他一个差不多的问题，只不过这一次还加了一句，"因为我吗？"

辛月不知道自己为什么有勇气问出这一句。如果他说是，她是否还能忍心将赶他走？如果他说不是，她又要如何？

戳穿吗，还是配合地也为自己找一个留下他的借口？

"喊。"意料之内的一声嗤笑。

"辛月，少自作多情。"

这回答，也是意料之内。

辛月看着他缓缓眨了眨眼，心里传来一声长长的叹息。

她曾做过很多试想，想他如果回来了，她会怎么做。曾经的答案是——

虽然很想他，但她还是会怪他，怪他擅自再出现，然后赶走他。她赶走过很多人，所以她理所当然地认为自己也可以像赶走那些追求者一样赶走他。

可当他真正再次出现在她面前，她才发现——她只想缴械投降。

她一直以为自己有极强的自控力，强到可以轻松违背人类最难以克制的惰性。然而，她这曾引以为傲的自控力用在他身上，根本不堪一击。

他不用说什么话，也不用做什么表情，就站在那儿，一个眼神，尽管冰冷，她都溃不成军。

不过，这样的结果，她也是在彻夜的失眠里想到过的。他可是陈江野，这也是她不敢冒险的原因。

曾经那句"不想"就已经花光了她所有的力气。现在她只期望他不要再继续靠近，不要让她再次沉溺，至少，留给她一丝清醒。

如果他真的发起攻势,她完全没有信心能抵御,或许会被搅乱所有心绪,而她并非天赋异禀,稍有分心,就极容易从这唯一通向她理想之地的高梯上跌下去。

她不希望会是这样的结局,她想他也是,否则,他不会在那条红绸上写下那样的愿望。

想到这些,她清醒了一点。

她不知道他这次回来多久,还会不会走,但不管怎么样,趁现在理智尚在,那就先把距离拉开。

"既然不是,那我就先走了,我赶时间。"她说,然后下一秒转身。

"如果我说是呢?"

刚走出几步,身后传来的声音又让她骤然停下脚步。

"别忘了。"那道磁沉的嗓音越来越清晰,他在朝她靠近。"你还欠着我。"

他咬着牙,发狠的语气就落在辛月的耳侧。

辛月不自觉攥紧手指,她深吸一口气,转头看向他:"你想我怎么还你?"

陈江野笑了一声,带着略微的嘲讽。

"我说怎么还,你就怎么还?"

辛月眉头蹙起:"当然不是。"

"那你问什么?"

辛月尽量保持冷静地看着他:"你可以先说,如果我做得到,我会尽量去做。"

她的这句话不知道触到了他的哪一点,他的眼神迅速沉了下去,漆黑得看不见底。

半晌,他又朝她迈过来一步。他看着她的眼,俯身,将两人双眼

第九章 依偎

之间的距离拉进。

辛月不知道是因为他的靠近，还是因为他过分逼人的眼神，她紧张得屏住了呼吸。她看到那双倒映着她影子的瞳孔里滑过一丝暗色。

接着，沉沉的嗓音从他地嗓子里震出："我要你陪我做男女之事。"他的眼底是清晰可见的恶劣，"你做得到吗？"

虽然已经猜到他会说一些很过分的话，但听到这句话，辛月的眼底还是瞬间燃起了怒意。

"陈江野，你不嘴贱会死是吧？"辛月狠狠地瞪住他。

陈江野似乎很满意她这个表情，眼底浮出些笑。

"对。"他半挑眉，"会死。"

倏地，辛月愣了一下，记忆被这两个字以及他戏谑散漫的神色带回到三个月前的那个下午——

"你能不能把眼睛闭上？"

"不能。"

"闭上是会死？"

"嗯。"

他还是那个他。

记忆翻涌着，淹没她此刻一切的情绪，怒意就这样消失得无影无踪。

感觉到怒意的消散，辛月攥紧了双手，果然……

面对他，她只能是输。除非，他想让她赢。

辛月不知道这次他回来是想让她赢还是输，她只知道自己要是再这样跟他对峙下去，怕是又要犯糊涂，说出些不该说的话，问些不该问的问题。

她绷着颈线，深深地吸了一口气："我懒得跟你扯。"

丢下这句话，她转身就走，走得很快。她不知道陈江野有没有跟上来，极力控制着自己不要回头。

走到离站台还有几十米的时候，刚好车来了，于是她跑过去，跟在等车的队伍后上了车。

她是最后几个上车的，车上只剩四个空位，其中两个并排着，中间隔着过道，另外两个靠窗，不过旁边都坐了人。

辛月最后选择了一个靠窗的座位，旁边坐着的时一名中年妇女。

陈江野上来的时候，辛月假装没看到他，把脸偏在一旁望着窗外，只用余光留意他。

剩下的三个位置都在辛月的后面，辛月看到他走到自己旁边的座位就不再走了。她依旧强装镇定，也继续强装没看到，哪怕她清楚他心知肚明。

他就在那儿站着不动，一瞬不瞬地盯着她，似乎要看她能装到什么时候。

车里的人都在用异样的目光打量着他，他也全然不在意，依旧盯着辛月。

"小伙子。"售票员喊了他一声，"你到底坐不坐车？要坐就赶紧去坐下，要开车了。"

"坐。"他的声音冷硬。

辛月以为他终于要走了，却见他弯腰轻声地对她旁边的大姐说："姐，换个位置。"

大姐转头看了辛月一眼，又看了一眼陈江野，表情了然。

陈江野在辛月旁边的座位坐下，这会儿，他反而没盯着辛月看了，只瞥了她一眼，接着嘴里"嗤"了一声。

"没那演技就别装瞎。"

辛月表情一怔，没吭声，还是把头偏在窗户那边。陈江野又哼笑了下，没再继续开口。

第九章　依偎

这时，车门关上，客车摇晃着开始缓缓驶动。

售票员挨个按座位过来收票钱，辛月把钱递过去后就又把头转到窗边。

其实她有挺多话想问陈江野的，比如他回来多久，什么时候走，但就以陈江野现在这情绪，她觉得问了也是白问。

她心里隐隐有种直觉——他们还有很长的时间，话可以慢慢说。

这样的猜想不是没有依据，像陈江野这样的人，如果只为了回来看她一眼，那他一定不会让她发现。

不是她自作多情，除了是因为她回来，她实在想不到陈江野还有什么理由回来。

今天车上的人异常安静，耳边只能听见客车低沉的引擎声和外面的风声。

车辆摇摇晃晃，车内狭窄的空间在汽车驶出一段距离后变得暖和，让人昏昏欲睡。好多人都靠着座椅闭着眼在睡觉，陈江野也闭着眼，却并非在睡觉，他眉间的沟壑蹙得极深。

这车里暖是暖和了，难闻的皮革陈旧味和各种难以形容的味道也跟着蒸腾，弥漫在车里的每一处。

一股味儿飘过来的时候，辛月暗暗瞟了眼旁边的人，见他眉头紧蹙，辛月也不禁皱了眉。

似是察觉到她的目光，陈江野睁开眼，辛月赶紧又看向窗外。

有些热，她把围巾取了下来。旁边的人动了动身子，衣服与座椅摩擦的声音响了很久，他应该是换了好几个姿势，但怎么都不舒服。

辛月的眼睛看着窗外，耳朵却听着他的动静。就在这时，颈间传来一阵刺痒，是被短而硬的头发轻擦的触感。接着，肩上一沉，他的脑袋压了上来。

辛月一怔，熟悉的记忆再一次涌现在脑海，然后又因颈间传来的

炙野

阵阵刺痒而中断。

　　辛月知道他不舒服,但她实在是痒,忍不住还是往回缩了缩。

　　"再动我吐你身上。"耳边传来某人的威胁。

　　辛月的腮帮子微微鼓起。

　　这个人比以前更混蛋了。

　　心里骂着他混蛋,她却又乖乖听话地没有再动。

　　老旧客车驶过蜿蜒的山路,过了一站又一站,他们始终依偎着。

KUWEI
酷威文化
图书 影视

一腐野

下　八宝粥粥　著

江苏凤凰文艺出版社

CHAPTER 10 第十章
誓言 *325*

CHAPTER 11 第十一章
守护 *359*

CHAPTER 12 第十二章
救赎 *391*

CHAPTER 13 第十三章
克制 *465*

CHAPTER 14 第十四章
有风 *497*

CHAPTER 15 第十五章
天光 *531*

CHAPTER 16 第十六章
玫瑰 *561*

CHAPTER 17 第十七章
炙吻 *595*

CHAPTER 18 第十八章
尾声 *631*

EXTRE 番外
长情 *653*

目录
CONTENTS

他曾是一只疯犬，直到……他在乡野里发现了一株玫瑰。

满是荆棘的玫瑰像月亮，发着光，将他照亮。

于是，在那个炙热的夏天，始终撕裂着一切的疯犬也有了想要守护的美好。

少年的爱意永远炙热滚烫。

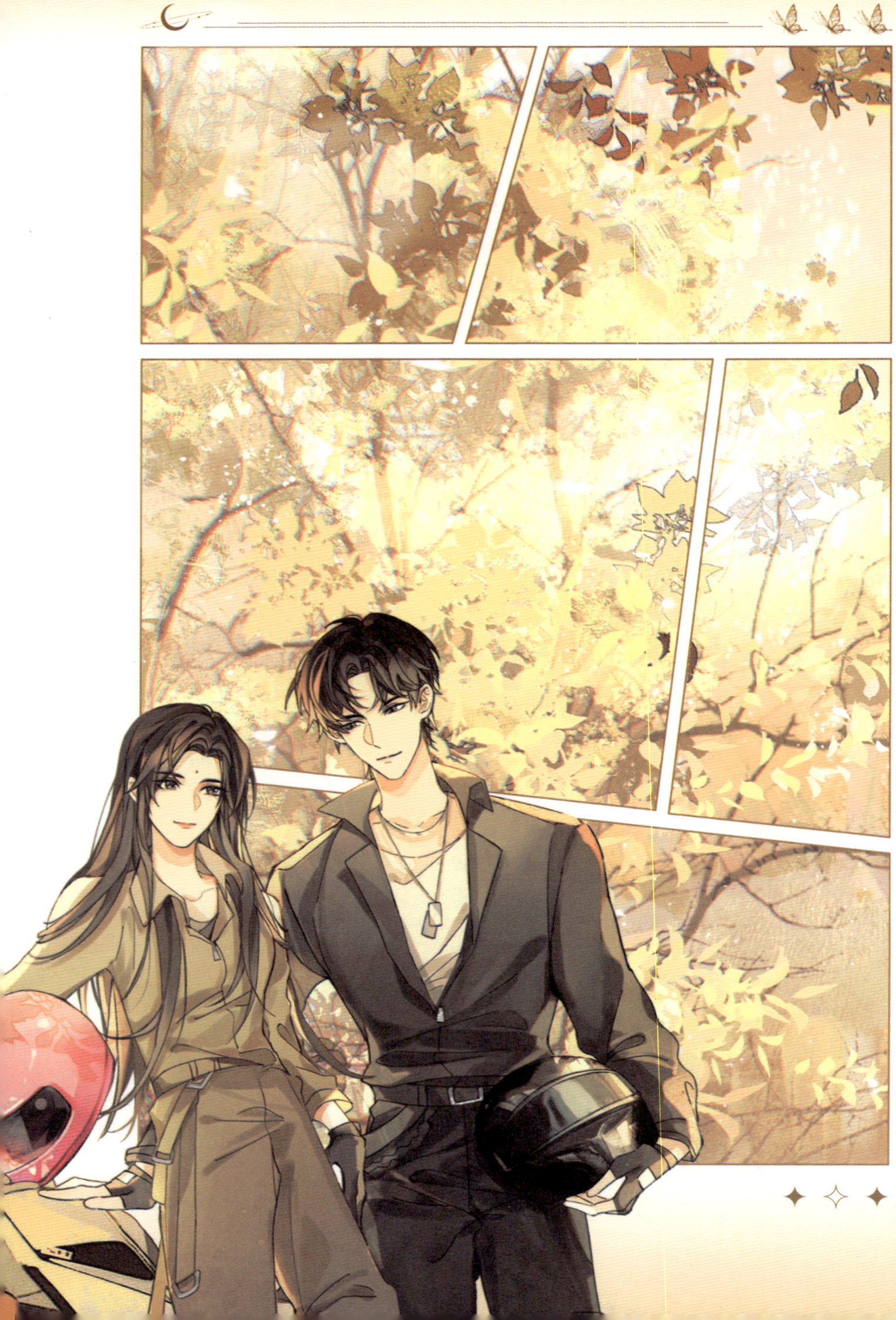

第十章 誓言

蒲县的冬天没有雾霾,但天空仍是灰蒙蒙的。外面的冷空气和车内的温度差让车窗上起了一层雾。

辛月看着窗上的雾,不自觉抬起手来。

每每到冬天,她坐车时最爱的就是在起雾的车窗上写字。前两次坐车,窗上也起了雾,她写的是陈江野的名字。

这次,下意识地,她依旧写的是他的名字,只是在刚写出半个"陈"字后她猛地回了神,慌忙擦掉,然后紧张地看向还枕着她肩膀的人。

他还闭着眼,只是紧蹙的眉头不知何时松开了。

辛月暗暗松了一口气。她转过头,抬手把那一片的雾气都擦了,车窗外被雾氤氲的景色变得清晰。

这时,客车正要路过一条小路,她透过窗看到一辆摩托车突然从小路里冲出来。

刺耳的鸣笛声顿时响起,司机被冲出来的摩托车惊得踩着刹车猛打方向盘。车身猛地倾向一旁,一些人直接从座位上被甩到了过道。

辛月旁边是窗户,她看到了那辆车,也下意识拿手撑住了窗,所以她没撞到车窗上,但陈江野没有看到,重重地摔到了她身上。

好重,辛月被他压得闷哼一声。她听到自己骨头的脆响,也听到耳边"嘭"的一声巨响,是他的手砸在了车窗上,接着,辛月感觉到一阵鼻息喷到脖颈上。

心跳一瞬间加快。

辛月不知道是因为这场险些发生的车祸,还是因为他的靠近。

片刻,车身又甩向另一侧。

惯性让辛月往后倾去,但身后的人却仿佛不受惯性的支配,纹丝不动。于是,她重重地撞向了他。

下一秒,辛月的侧脸撞上了一片柔软的地方,略带湿润感。

辛月睁大眼,心脏似乎在这一秒骤停,浑身的血液也跟着停止流动,一切静止,只有瞳孔剧烈颤动。

身后的人垂眸将她的表情尽收眼底,一阵低笑在耳边响起,沉沉低笑声让辛月回神,又麻了她半边身子。

她咬了咬唇,懊恼地皱起眉,等麻意渐渐消失后赶紧从他怀里起来,捂着脸靠向车窗那边,缩成小小的一团不让自己碰到他。

脸发烫得厉害,只有不小心被他亲到的那个地方,还残留着他唇上的凉意。

车上逐渐响起各种抱怨与怒骂声,随后客车重新启动。

陈江野收回撑在窗上的手。

看到他的手离开余光能扫到的范围,辛月的心跳终于放缓,然后没过半秒又加快,他再次把头靠在了她的肩膀。

辛月的眉头皱得更紧了。她不信他这一会儿都忍不了,他绝对是故意的。

辛月沉了沉气,挪动屁股又往窗户那边缩了一些。

"别动。"

辛月不听,她非动。

在报复性地摇了摇肩膀后,身旁传来说不出是什么情绪的声音。

"说了别动。"

辛月的情绪上来了,没好气地说:"知道晕车为什么不买薄荷糖?"

第十章 誓言

陈江野没有回答为什么不买,只说:"你给我买。"

辛月转头睨了他一眼,见他的唇角勾着抹笑后,更气了。

"一个薄荷糖还非要我给你买?你有病?"

陈江野闭着眼,像还在晕车,但唇畔的笑意实在明显。

他懒懒地开口:"谁让你欠我的?"

辛月心头一颤,而后,她攥紧拳头,脸上的表情像有些生气,又像只是赌气。

她的确是在赌气,闷声对他说:"买了就能不欠你了?"

这下,陈江野唇边的笑敛了下去。

他睁开眼,睨向辛月:"你做梦。"

他的声音没什么起伏,但透着十足的冷,辛月没有再说话。

陈江野盯了她一会儿,重新闭上眼。

客车又驶过一站,终于进了城。车站就在城边上,一般很多乘客都不会坐到站,除非是还要坐车去别的地方,不然基本上都在加油站旁边就下了。

上次辛月就是在加油站旁边下的,结果被夏梦妍那群人给堵了。辛月透过车窗往外望了望,想着如果夏梦妍她们又来了,她就坐进站,从后面的那个出口走。

不过今天她没看到夏梦妍那群人,想着就还是在这里下车算了,这儿好打车一些。蒲县车站小,外面根本没有给出租车停车的地方,下车后需要往前走段距离才有出租车,如果坐进车站,那就还得再绕一大截。

"下车了。"辛月对还靠着她肩膀的人说。

陈江野睁开眼,慢悠悠地起身,两人一起下车。

这时,加油站旁边的便利店里一个女生探出头,接着赶忙对里面的人说:"辛月到了,辛月到了。"

一伙人立马从便利店里出来,十几个人,一从便利店出来就十足惹眼。

看到为首那人熟悉的脸,辛月的脸瞬间沉了下去。

"陈江野。"

她冷静地喊了声在旁边撑着膝盖缓劲的陈江野,伸手拉住他手腕。

"跑!"

她拉着陈江野就要跑,一切等先跑再说,等会儿再跟他解释,但被他一把拽了回来。

"跑什么?"

陈江野懒懒的直起身,声音也透着一股倦。

辛月有些着急,这次夏梦妍带的男生不少,她不想陈江野跟他们起冲突,也不想让他知道她这段时间的经历。

可陈江野不走,她根本拉不动他。

便利店离这儿很近,夏梦妍带着那十几个人很快就过来了。

"哟,还找了个护花使者啊。"

夏梦妍的嘴里依旧含着根棒棒糖,神态也依旧是一副不良少女的做派。

她的眼神在陈江野身上睃巡了好几圈,然后嘴里发出一声笑,这才看向辛月。

"你挺厉害啊,去哪儿找的长这么帅的?"

辛月把视线从陈江野身上挪过来,冷冷地看着夏梦妍。

"又装哑巴。"夏梦妍嗤笑一声,转头朝陈江野扬了扬下巴,"我说帅哥,这儿没你的事,不想挨打就赶紧走。"

"挨打?"

陈江野像听到了个笑话,他望向她身后那几个人,眼底是清晰可见的轻蔑。

"就凭你们几个？"

夏梦妍旁边的一个黄毛男生从她背后走出来，双手插着兜，下巴昂着，自以为很拽的样子。

"你挺拽啊。"

黄毛比陈江野矮不少，陈江野便自动带有一种居高临下的感觉。

"你管得着？"

黄毛被他眼底的轻蔑惹怒，抬手推了他一下，指着他咬牙说："你有种再说一次？"

陈江野"啧"了一声，像是对这种小学生似的推推搡搡很是不耐烦。他懒得跟他废话，直接抬腿踹了他一脚。

黄毛没被踹到地上，后面的人离他挺近，把他给接住了，但他还是痛得脸上的青筋全都绽了出来。

他捂着被踹的地方，忍着痛大喊一声："给我揍他！"

可好巧不巧，一辆警车刚好在这时候路过。在经过他们时，警车停了下来，里面的警察撑着窗沿探出头来。

"夏梦妍！"警察厉声喊出夏梦妍的名字。

听到这声音，夏梦妍脸上的滑过一丝愕然，转头看向那名警察。

"叔……"她表情讷讷地喊了一声。

警察抬手指着她："你又在欺负人？"

夏梦妍讪讪道："没。"

"那你们在这儿干吗？"

"就……遇到熟人打个招呼。"

那警察一脸早已经把她看穿的表情，警告道："你要再被我抓到打架，我绝对告诉你爸爸。"

"真没打架。"

炙野

　　警察侧目瞄了眼旁边的辛月和陈江野，只淡淡地说了句："你自己看着办。"

　　说完，他就又坐了回去，没一会儿，警车驶离现场。

　　夏梦妍把视线收了回来，递给黄毛一个眼神。黄毛这会儿也冷静了，收到夏梦妍的眼神后，他顶了顶腮，转头看向陈江野。

　　"学校后面有个老钢管厂，有种就星期天下午来。"

　　陈江野微抬下巴："好。"

　　闻言，辛月一惊，愕然地看向他。

　　"行，你有种。"黄毛过来用一根手指戳了戳陈江野的左肩下方，"我等着你。"

　　陈江野蔑然地笑了一下。

　　黄毛被他的表情再次惹怒，但这次他忍了。

　　"走。"

　　夏梦妍拿着棒棒糖舔了一口，目光再次上上下下打量了陈江野一遍，露出一脸惋惜的表情。

　　几个男生已经跟着黄毛走了，她还站在原地，不知在想些什么。

　　过了会儿，她突然笑了下，然后对陈江野说："帅哥，你下周来的时候要不戴个头盔吧，这张脸打坏了挺可惜的。

　　"不然，小心咱辛大美女不要你了。"说完，她抬起手，笑着冲陈江野和辛月挥了挥手，"拜，回见。"

　　她领着剩下的女生也走了，原地只剩下辛月和陈江野两个人。

　　待他们都走远，辛月双目含怒地瞪向陈江野。

　　"陈江野，"她朝他吼道，"你疯了？！"

　　陈江野低眸，表情很淡，眼神却极深。沉默片刻，他俯身，定定地看着辛月的眼睛，鼻腔里发出一声冷哼。

　　他表情讥诮地开口："我早就疯了，你不清楚？"

第十章 誓言

辛月神色一怔。看着那双漆黑的眼睛,她感觉心里传来钝钝的痛,像是被什么一下又一下地牵扯着。

她仿佛想到了什么极为可怕的事情,眉头深深蹙起。

半晌,她怔怔地问他:"你到底……为什么回来?"

陈江野的眼神沉下去。

为什么,还能为什么?

原本,他没想过回来。他以为,他不在这里,她会在学校里好好读书、上课,不受任何干扰,然后顺遂地实现她的理想,可她却在这里受欺负。

那他怎么允许?

他也以为,三五年会过得很快,和以前一样,风一吹就过了,什么感觉都不会有,他可以在终点再和她相遇。

可才过了两个月,他就疯了一样想见她。

他不想只在终点等她了,她人生中的每一秒,他都想参与。

"回答我,你到底为什么回来?"

辛月一瞬不瞬地看着他,迫切地想要知道答案。

这个答案对她很重要。如果是为了保护她,她不要,她不要他为了她去惹那样一群人,那些人真正被激怒的时候,从不会有什么顾忌,什么事都干得出来。

她要他好好的。

像他这样的人,就该永远在她触碰不到的地方,活得肆意自由,而不该跟她一起陷在泥潭里。

如果他真的是为了保护她而回来,那她无论如何也要赶走他。

"陈江野,回答我!"她朝他怒吼。

陈江野始终缄默,这不是他的风格。大概他也知道她猜到了他回来的原因，所以他说那些违心的话已经没有用了。

最后，他还是选择用之前的方式，用冰冷而扎人的语气对辛月说："你让我说我就说，你以为你是谁？"

辛月猜到了他会这么说，她攥紧双手，深吸了一口气，继续逼视着他，眼神冰冷。

"你知道我为什么非要问你这个问题吗？"她没有要他回答的意思，接着漠然开口，"因为我不想看到你，如果你是因为我回来的，不管是出于什么原因都大可不必，你的存在只会对我造成困扰。"

听她说到这儿，陈江野的眼神蓦地一沉。

辛月看到了，于是用愈发冷漠的目光盯着他，不退不避地与他对视。

"我承认，"她说，"我有一点喜欢你。"

似是没料到她会突然这么说，陈江野的眼皮挑了一下，漆黑的瞳孔里骤然掠起一抹光。然而，这抹光在她说出下一句话后，又很快被湮没。

"但这点喜欢对我来说，一文不值。"

她加重了最后四个字的语气。

"我跟你说过，我想考滨海医科大学的眼科专业，但分数线太高，我不能有一丝分心才有可能考上，如果你继续待在这里扰乱我，这一点喜欢很快就会变成讨厌。"

"陈江野。"她向他靠近一步，定定地看着他的眼睛，问他，"你想被我讨厌吗？"

这些话真的很不像假话，辛月不知道陈江野会不会相信，但至少现在看来，他是有一点相信的，不然他不会什么话都不说，也什么都不做，就这样目光沉沉地看着她。

"说话，陈江野。"辛月没有给他思考的机会。

第十章 誓言

"我说了。"陈江野的语气冷洌,"你以为你是谁?"

他忽然一把扼住辛月的下颌,猛地拽过去,发狠地捏着她的骨头,语气也狠戾无比:"你是讨厌我,还是喜欢我,我都不在乎。"

他真的很用力,像是要把她捅进他心脏翻搅的疼痛全都还给她,让她知道这有多疼。

辛月疼得皱眉,但她依旧不退不避地迎着他发狠的目光。

"那你在乎什么?"她保持冷静地问他。

陈江野的表情愈发冷戾,眼底烧着怒火,太阳穴两侧的青筋绽起。他用力咬着牙,一字一句像全被碾碎了才从齿缝中挤出:"别忘了你还欠着我。"

辛月深吸一口气:"那是不是我还了你,你就可以从我面前消失?"

陈江野眸光一暗,眼底的怒火烧得更旺。

"你还不起。"

"我还得起。"辛月的语气笃定。

陈江野被她彻底激怒:"你再说一遍!"

"我说我还得起!"辛月重复,抬手用力抓住他领子,瞪着他吼道。

辛月清晰地看到陈江野的瞳孔骤然一缩。他当然怎么都想不到,她可以做到这个地步。

只要他能好好的,这没什么大不了的。

"只要你能滚,别再来碍我的眼,你想我怎么还你都行。"

陈江野似是被刺痛,双目都变通红。

他猩红着眼死死地盯着她,眼神如同一把锋利的刀,仿佛要将她整个人贯穿,他想看她是不是真的就那么不想看到他,想看自己在她眼里是不是真的就一文不值。

他还在捏着辛月的脸,力道大得像要把她骨头都捏碎。

"你说的。"他狠狠对她说,"别以为我干不出来。"说完,他拽着她的手就走。

蒲县最好的一家的酒店就在这附近,走不了多久就能到。陈江野应该是在去镇上前就在这儿订了房间,他没有去前台,拉着辛月径直去了电梯间。

电梯门合上后,辛月看着门上映出的影子,原本以为还算冷静的一颗心开始狂跳。这一路过来,她还以为自己已经做好了准备。

可当这件事真的即将发生时,她还是没有办法做到不紧张。

密闭而狭窄的空间里,剧烈的心跳声无处隐藏,辛月不知道站在她前面的陈江野有没有听到。她只知道,从进酒店开始,陈江野拽着她的力道变得愈发重,她手腕被他握住的那一圈已经泛红。

这一路他没有再和她说话,整个人沉默得可怕,他仿佛被笼着一层极重的阴霾,身上有一种无声的压迫感。

蒲县没有高楼,酒店最高也就七层,电梯门合上后没多久便又开了,只有陷入紧张情绪的人才会觉得这个过程很漫长。

电梯门一开,陈江野又立马拉着辛月往外走,步伐重而快。他腿长,一步就是近一米,辛月几乎要小跑着才能跟上。

电梯外是一条长廊,走到一半,陈江野从兜里拿出房卡,再往前几步,他停下来,拿着房卡在门上一刷。

"嘀——"是电子锁解锁的提示音,然后是门把手被拧开的声响。

陈江野把辛月拽进房间,用脚把门关上。听到"嘭"的一声响,辛月浑身一颤,心跳也跟着停跳了两拍。

背上的书包也被拽下,下一秒,辛月只觉一阵天旋地转,回过神后,人已经被甩到床上。

一切发生得太快,辛月还来不及反应,忽又感觉眼前一黑,属于

第十章 誓言

那个人凛冽而独特，带着淡淡烟草味的气息铺天盖地罩下来。

辛月的心脏在那一刻骤停，整个屋子顷刻气温升腾，好像平白被人丢进来一把火，在一瞬间烧到最旺。

呼吸被掠夺，后脑被扣住，下颌更是被高高抬起，确保她无法撤退，也无法动弹。没多久，辛月就感觉肺里的空气被他掠夺殆尽，一种濒死的窒息感将她深深攫住。

求生的本能让她挣扎着拍打陈江野，陈江野却仍不罢休，用力啃咬着她下唇脆弱敏感的口腔黏膜，直到嘴里漫上一股铁锈的甜腥味，他才微微松口。

"能再蠢一点吗？"他喘着粗气，嘴里发出一声冷冷的嗤笑，"用鼻子也能呼吸。"

辛月一愣，本就通红的一张脸愈发透红。一声嗤笑再次响起，她的唇也被再次吻住。

他来势汹汹，像失去控制的暴躁囚徒，力道比刚刚还要重。

哪怕这次辛月知道可以用鼻子呼吸，也还是因他疯狂的掠夺而一次又一次陷入窒息，气息紊乱得不行，他的呼吸也又粗又重，空气里都是急促的呼吸声。

不知过了多久，辛月觉得全身的力气都被他抽干，他才终于放过她。

辛月像一条被海浪拍上岸的鱼，躺在床上大口大口地呼吸。恍惚中，她感觉扣着她后脑的手慢慢滑到了前面。

他双手捧着她的脸，鼻尖与她的相抵，他就这样保持近距离的姿势看着她有些涣散的双眸，嗓子里震出两声笑，有些恶劣，又透着狠戾。

"你现在后悔还来得及。"他说。

辛月只觉脑子里白光一闪，片刻又清醒。

她不会后悔,怎样都不后悔。

辛月抬眸对上他的眼,眼底是绝不退缩的决心。

她看着他,深吸一口气,然后二话不说捧住他的脸主动吻上去,尽管动作生涩,她还是吻得很用力。她和他一样带着报复般地咬,像是不甘示弱,他咬他,她也要咬回来,如同一只初生毛犊却又冲动的小兽。

一切都是横冲直撞的,荒唐又迷乱。

陈江野被动地承受了几秒她热烈的吻后,更加发狠地回吻她,两个人像是将这一小小的空间化为了战场,将唇舌化作刀剑,你来我往,非要分出个胜负。

"你就这么想让我走?"他掐着她的脸冲她怒吼,双目猩红。

辛月大口地喘着气,胸膛不断起伏,眼神却平静得近乎冷漠。

"是。"她说。

扼着下颌的那只手力道骤然一重,辛月疼得闷哼一声,却仍毫不躲闪地迎着他烧着熊熊怒火的目光。

陈江野死死地盯着她,那双狭长、从来都是半睁不睁的眼,此刻充血暴睁着,凶狠得像是眉眼就能杀人。

在这样的压迫感下,辛月依旧没有一丝退缩,拿出全部的意志力与他抗衡。两个人就这样用目光僵持着,房间里的空气都仿佛凝固,原先的火热逐渐冻结成冰。

"辛月。"

终于,死寂般的房间里响起了一道男人冰冷的声音。陈江野用力咬着牙对辛月说:"我天生叛逆,你越想让我走,我越不走。"

说完,他抓着辛月的领子一把将她拽下床。

"滚!"

辛月踉跄了几步才扶着墙站稳。她靠在墙上转头看向他,却迎来

第十章 誓言

了一个用力砸过来的枕头,伴随着男人的怒吼。

"滚!给我滚!"

辛月站在那儿一动不动,砸过来的枕头却都失了准头。

她看着砸到墙上又落到地上的枕头,眼神黯了黯。

还是失败了,这已经是她最后的底牌,可他不接受,她想不出还能用什么办法让他走。

即便是失明的时候,她也没有感到像这一刻般心如死灰,整个世界都在下沉,心脏一阵刺痛。

"我让你滚!"

心脏又是一阵刺痛,辛月垂着眼,沉默半晌后还是抬脚走向了门口。

房间里响起她的脚步声,背书包的声音,接着是开门声。门被拉开到一半,声音戛然而止。

辛月站在门口,犹豫很久,还是冲里面说了一句:"陈江野,如果你因为我而受伤,我不会感激你,只会更烦你这种不自量力还自我感觉良好的人。"

她说完,摔上门,走了。

房间里,死一般的寂静。陈江野坐在床边,整个人阴沉得可怕,不知想到什么,他冷笑了一声,像是讥讽。

又过了一会儿,他拿出手机拨通了一个电话。

"喂。"

"今天我和辛月碰到夏梦妍那群人了,然后她就非要赶我走,这些人是干过什么很出格的事吗?"

"还好吧,我没听说辛月和什么男的起过冲突。"

"跟夏梦妍一起的有一个染黄毛的人,你认识吗?"

"那个人是职高毕业的,好像是盛航的弟弟。"

陈江野眉头一蹙:"盛航又是谁?"

"对了!我怎么忘了盛航这号?!"

电话那头的人似乎猛拍了下大腿。

"他怎么了?"

"他喜欢辛月,非要辛月跟他谈恋爱,辛月不干,他就让几个女的天天欺负辛月。"

陈江野听到后面,眉头越蹙越紧。

"现在他人呢?"

他声音低而沉,冷得像冰,隔着手机也让人胆战。

"出了事,进去了。"

陈江野的神色倏地一滞。

那头见他没说话,试探地喊了一声,"陈江野?"

陈江野回神:"挂了。"

他摁下挂断键。

房间里再次安静下来,只剩空调出风口呼呼地响着,有点像老式电视机出现黑白噪点时的声音。

陈江野从床上站起来,走到窗边。从这个角度能看到酒店大门口,一个熟悉的身影就在那里,似乎是在等出租车。

他看着她,忽地笑了。

这个笨蛋。

"前面就是女生宿舍吧?"

"对。"

出租车师傅把车停在女生宿舍门口,辛月付了钱后从车上下来,背着书包走进宿舍。这个时间点宿舍没人,周围很安静。

辛月把书包放下,坐到床边,一股极重的疲惫感突然泛上来,辛

第十章 誓言

月闭上眼，将整张脸埋进手心。

她从来没感觉这么累过，从身到心。现在她真的好想睡一觉，但马上就快要到上晚自习的时间。

缓了一会儿，她还是强撑着精神站起来，走到外面的阳台打开水龙头准备洗把脸。

一捧水浇到脸上。

"咝——"她突然倒吸了一口气，因为嘴上传来的刺痛。

学校的水质不太好，碰到伤口会很疼。辛月这才想起来，自己的嘴巴不知道被陈江野咬破了几处。

她抹了一把脸，回去拿来面镜子，扒开下嘴唇对着镜子照了照。从镜子里，她看到了里头好几处伤口，外面也被咬了一个大口子。

混蛋。她在心里暗骂了陈江野一声。

这时，门口传来钥匙转动的声音，辛月把镜子放下来。

胡思雨从外面进来，她可能是以为寝室里没人，结果一抬头看见辛月坐在那儿，把她吓了一跳。

"哎哟。"胡思雨被吓得拍了拍胸口，问辛月，"你怎么还没去教室？"

"等会儿去。"

辛月说话的时候，胡思雨注意到了她嘴上的伤。

"你嘴巴怎么了？"

辛月表情一顿，别开眼说："吃饭不小心咬的。"

"自己能咬成这样？"

辛月没再回答，目光微微躲闪。

胡思雨觉得没那么简单，不过她没打算继续问。但是，她又发现一个很奇怪的点——辛月今天竟然没戴帽子！

"你……今天怎么没戴帽子？"

炙野

　　辛月瞬间愣住，这下又才想起自己的帽子不知道去哪儿了，怪不得在寝室走廊里，她看到那些人都在用奇怪的目光看着她。

　　她想了想，应该是落在了陈江野酒店的房间里。她懊恼地暗暗咬了咬唇，结果又碰到伤口，疼得她嘴角抽了一下。

　　胡思雨注意到她这一连串表情的变化，看她的眼神开始微妙起来。

　　辛月看她那表情，知道她在胡乱想着什么，皱眉回她："忘戴了。"

　　"哦——"胡思雨故意把声音拖长。

　　辛月懒得管她，转身收拾书包。

　　胡思雨是回来拿东西的，这会儿既然结束了与辛月的对话，她拿了东西就出去了。

　　辛月看了眼时间，在寝室里挨到晚自习快开始了才过去，因为没戴帽子，她不想碰到太多人。何晴知道她的情况，并没有责怪她偶尔一次的迟到。

　　今天她的心绪太乱，自习课都上到一半了，她拿着书一个字都没看进去，她便找了张高数卷子准备集中一下注意力。

　　陈江野的出现能扰乱她的思绪，但倒还不至于影响她已经记进脑子里的知识，整张卷子她做得很顺畅。

　　一整张卷子做完，辛月顿时又有些心猿意马。她知道今天肯定是没什么心思学习了，索性放任思绪飘远。

　　她坐的位置靠窗，看着外面像那人瞳孔般漆黑的夜色，她忍不住想：他现在在干吗？吃饭了吗？心情有好一些吗？他会在这里待多久？要怎么样才能让他别去赴约，离开这里呢？

　　…………

　　一个又一个问题萦绕在她脑海，让她的眉头越蹙越深。

第十章 誓言

今晚注定又要失眠。

她知道会失眠但也没有找些助眠的事情来做，回去洗漱完就拉上遮光帘睁着眼躺在床上发呆。

脑子里一遍又一遍地回荡着那些问题，有些答案大概能猜到，有些则始终想不到，比如她到底要怎样做才能让陈江野离开，让他好好地、安安全全地离开。

像陈江野这样肆意的人，如果不是他自愿，大概谁也没办法逼他做任何他不想做的事。

那该怎么办才好？她不想他有事。

她知道陈江野的身手很好，但对方肯定会带很多人。双拳怎么都难敌四手，她实在想不明白陈江野为什么要答应，印象里他虽然好强却并不逞强，有时做事没章法，像个疯子，但也是个通透的疯子。

自寻死路，这怎么都不像他风格，而且，还是在她知晓的情况下。这让她不由得想，他是不是已经有了应对的办法。

他的身上总是有一种松弛感，像不管做什么都势在必得。又或者，他纯粹就是想要报复她，非要她为他担心。

想到这里的时候，寝室内响起了外放的歌声。

辛月本无心注意，但她听到了一段熟悉的旋律与歌词——

"花接受凋零，风接受追寻，心的伤还有一些，不要紧，我接受你的决定，你将会被谁抱紧，唱什么歌哄他开心……"

恰好是陈江野曾经为她唱过的歌，可歌词好像有些不一样，她记得很清楚，最后两句，陈江野唱的是："你将会被我抱紧，唱什么歌哄你开心。"

是他唱错了，还是她记错了？

为了印证这一点，辛月起来翻开了日记本。日记本上写的是：

你将会被我抱紧,唱什么歌哄你开心。

然而,她听寝室内放完了一整首歌,这一句歌词重复了几遍,全都是:"你将会被谁抱紧,唱什么歌哄她开心。"

所以,是他唱错了。

那是他记错了,还是……

歌曲很快到了尾声,接着切换至下一首歌。

辛月看着手里的日记本,忽地笑了。

会唱歌哄她开心的人,会为了成全她而离开的人,又怎么会故意扰她心神。

他向槐树许过愿的呀,希望她能梦想成真。那他一定不会故意要她为他担心,也一定会好好地,毫发无损地回到她跟前。

嗯,一定是这样。

他可是陈江野,那个骄傲矜贵的陈大少爷。

这样想着,辛月才拿过一旁的安眠药吃了。在安眠药的助眠下,她的意识很快远去,她坠入了一个安静的梦。

梦里,天边是大片的火烧云,偶尔两只白鸽在天空掠过,落在山林间的树梢上,枝丫轻轻晃动。

她走在山间的小路上,路边开着几株野玫瑰。

起初,四周很静,但渐渐的……她听到了只属于盛夏的蝉鸣。她好像回到了两个月前,那个有他的夏天。

于是,她在山路上奔跑起来,开始寻找。她奔跑着途经一株又一株的野玫瑰,一条又一条溪流,她一路上跋山涉水,终于在山路的尽头,漫天的火烧云下,看到了那个熟悉的身影。

他站在那里,风吹动他白色的衣袖,也吹动他黑的发。

反正是在梦里,她可以毫无顾忌地奔向他。他也张开手,紧紧地

第十章　誓言

拥住她。她把脸埋进他的胸膛，整个人被他身上的味道环绕，他们交换着彼此的体温。

天空在这时下起了雨，是透明的太阳雨。

那些属于他们两个人的回忆，像是全部汇入了这个梦里。

她仰起头去看他，而他低下头，他们在雨中对视。像曾经那样，雨湿了他的发，从耳后顺着侧脸下滑，经过他的唇，再落在她的唇上。

他似乎也注意到了，所以笑了。

接着，辛月感觉脸被一双手捧住，视线里的他闭上眼，继续低头，吻上她的唇。

梦境在这一秒突然变得安静，蝉鸣与潺潺的水声通通消失不见，只剩下彼此的心脏一下一下跳动的声音。

时间在这个吻里被无限拉长，直到梦境逐渐褪色、破碎，他们也不曾分开。

最后的最后，在梦境的尽头，她听到他说：

"我回来了。"

冬日的六点，天还是黑的。

辛月睁开眼，然后又闭上，像是想回到梦里。但过了会儿，她还是起了床。

简单洗了把脸漱了个口，她就准备出门了，只在临走时照了照镜子。嘴上的伤口已经结痂，但看起来更加显眼。这个位置，这个伤口，真的很难让人不多想。

辛月沉了沉气，放下镜子出门。

她还是第一个到教室的，坐到座位上后，她拿出书本开始看书，教室里陆陆续续来了人。

炙野

　　今天早上八点是有课的，等人都到齐了，何静走进教室，说："先安静会儿，今天我们来了位新同学，是从海城来的一名交换生。"

　　闻声，辛月心头一凛，某种强烈的预感突然袭来，她猛地抬起头。

　　这时，何晴看向门外，招招手对外面的人说："进来吧。"

　　门外走进来一个人，黑色潮牌上衣，同样黑色的阔形工装裤，除了脚下的那双白色球鞋，他浑身上下都是漆黑的，头发是，瞳孔是，连眼神都像夜色般漆黑无比。

　　此刻那双眼睛，目光穿过整个教室，落在后排神色愣怔的少女身上。

　　并，只看向她。

　　教室里的所有人在这一刻都睁大了眼，不论男女。在这样的小县城，永远不会有像这样的人，矜贵、冷冽、气场强大却又透着漫不经心的倦懒。

　　他走上讲台，那只比平地高出一阶的讲台忽然就像被无限拔高，他如同站在云端之上，连眼皮都不用抬就能居高临下地俯瞰所有人。

　　"跟大家自我介绍一下吧。"何晴说。

　　男生从走进教室就看着一个地方，不对，准确说是看着一个人，此刻他也还是只看着那个人，沉声开口："我叫陈江野，之后半年多的时间都会在这里，望多指教。"

　　被她直勾勾看着的辛月瞳孔不停震颤。

　　怎么可能……他为什么会到这里来？他到底想做什么？

　　辛月不明白他了，真的不明白。

　　"好，我们用掌声欢迎陈同学。"

　　何晴此话一出，教室里立马响起了极为热烈的掌声，响了好久都没停。

"行了行了!"还是何晴敲了敲讲台让他们停了下来。

"你先随便找个位置坐下吧。"何晴对陈江野说。

陈江野"嗯"了声,抬脚开始往下走,路过哪一排,哪一排的人就齐齐往后看,好多人捂着嘴都遮不住脸上的激动与兴奋。

"天哪,这也太帅了吧!"

"这是人能长出来的样子?"

"长得真帅。"

…………

说话的是几个男生,女生绝大多数都捂着嘴说不出话来,等他路过了才激动地掐着人中说:"救命!"

"呜呜呜,这也太帅了。"

"你们有没有发现,他好像一直在看辛月欸。"

"这多正常,人家辛月的长相,跟他比也一点儿不差的好吗?"

"嘭嘭嘭——"讲台上又传来何晴用力敲打桌面的声音。

何晴站在上面大喊:"闹什么?上课了!"

陈江野走到了辛月前面那一桌,这时,他的目光还牢牢地落在辛月的身上,而辛月也正看着他,两人的视线在半空中交汇。

时间的流动在这一秒似乎放缓,世界的一切事物也变得很慢很慢……

可真实世界里的时间并不会为任何一个人放慢脚步,只是他们彼此太过专注地看对方的眼,不想让目光错开而已。

这一米的距离,实在太短。

他的瞳孔滑至眼尾,最终还是随着向前的步伐离开了她的视线。

辛月没有回头,像是被定在了那儿。在他完全路过她时,她有种被高悬的心脏突然回到胸腔的感觉,那是一瞬间的震颤,然后再无比剧烈地跳动。

陈江野走到辛月后面的一个空座上坐下,桌子抵着她的凳子,所以在他像是踢了一脚桌子时,辛月浑身也跟着一颤。

辛月本来以为他是不小心踢到的,但桌子又被他踢了一下,接着,身后传来他低沉的嗓音:"给两张纸。"

辛月的心头一紧,快速眨了眨眼后尽量保持镇定拿出一包纸丢给他,但没抬头看他。

陈江野像是冷哼了一声,然后才抓起桌上的纸,抽出一张来擦桌面和凳子。

他擦桌子的时候,坐在辛月旁边的徐俊杰靠过来低声问她:"你跟他认识啊?"

辛月神情一滞,把长睫垂下来遮住眼睛,语气淡淡地说:"不认识。"

她的声音放得比较低,但这三字似乎还是被某人听见了,他手里擦拭的动作顿了顿。

这时,前面不断有人回头看向这边,但碍于何晴就守在上面,绝大多数人不敢交头接耳,只能和旁边的人说两句,等下课时间一到,那些早就蠢蠢欲动的女生找到自己的姐妹迫不及待地聊了起来。

像胡思雨那群整天八卦不离口的人就更不用说有多兴奋了。

何晴刚一说"下课",她已经冲到了刘灵旁边,都不等出教室就一脸激动地说了好几声"天哪"。

"我跟你们说!我发现了一件超级劲爆的事!"

看她激动成这样,刘灵已经等不及了,不等拉上郑森森就催她赶紧说。

"辛月的嘴巴不是破了吗?我昨天问她怎么破的,她说自己咬的,骗鬼呢,真当我傻,那伤口一看就知道是被人咬的。"

第十章 誓言

她虽然分析得头头是道,但这些她昨天就说过了,刘灵"哎呀"一声:"这事你已经说过了,说重点!"

"我刚刚!看到!"胡思雨故弄了一会儿玄虚,表情极为夸张地说,"陈江野的嘴巴也破了!"

刘灵当然明白她的意思。

"天底下哪儿有这么巧合的事!"

胡思雨拍拍刘灵的胳膊,一脸激动地问她,"你应该也看到了吧?陈江野一进来就盯着辛月,眼睛就没挪开过!"

刘灵猛点头:"我看到了!"

郑森森这时也加入进来,胡思雨又跟郑森森复述了一遍,三个人从教学楼到操场,聊得不亦乐乎。

"辛月挺厉害啊,平时装出一副一心只读圣贤书的样子,背地里直接来个大动作,把海城的帅哥都勾来了。"

郑森森对胡思雨的推断表示震惊:"你真觉得陈江野是为了辛月才来咱这儿的啊?"

"不然呢?"胡思雨表情笃定,"你看人家那身行头,那气质,像是会来我们这所破学校读书的吗?"

郑森森反驳道:"但他要不是先来这儿,辛月怎么可能认识得了他啊?"

"肯定是他看到辛月那个视频后直接就追来了呗。"

"不至于吧,从海城追到这儿。"

胡思雨"切"了一声:"那些整天无所事事的富二代什么干不出来。"

郑森森撇了撇嘴说:"我还是觉得他俩认识的可能性太小了,辛月家在山上,莫非他还追到山上去了?"

"这倒是。"

"看看呗，他俩要是有什么，肯定藏不住。"

"就是。"

在她们聊得热火朝天的时候，她们口中的当事人正安静地坐在教室里看书。

下了课后辛月没走，而是选择直接在教室里看书，她问过了，这间教室今天上午不会被占用了。

今天陈江野的到来确实给了她不小的的惊吓，辛月坐在座位上发呆，回过神后，整间教室仿佛只剩下她自己。辛月深吸了几口气，犹豫半晌还是缓缓地转过头朝后面看去。

视线还未转过半圈，一个黑色的影子已经被余光捕捉。陈江野懒懒地倚着凳子，正看着她，他似乎就等着看她什么时候转过头来看他。

对于她的回眸，他像是意料之中，表情冷冷的，眼神没有一丝波动。辛月则没有他那么淡定，瞳孔不受控制地微微震颤着。

辛月一直觉得他的眼睛好像有种特殊的魔力，每次一对上那双眼睛，她就会被定在那里，被他的目光死死地锁住。

她曾与他在很多地方这样看着彼此的眼睛，小院里、山林里、河边、路旁……但她怎么都想不到，他们会在同一间教室对视。

这从未想象过的场景让辛月有些恍惚，而陈江野的神色始终漠然，虽然看着她，却丝毫没有要开口说话的意思。

总不能一直这样对视着却不说话。辛月回过神后，在心里轻轻叹了口气。

"你……"

她开了口，却不知道要说什么，或者问什么。那些她想知道的问题，他一定不会告诉她，比如他到底是怎么想的？又为什么要转来这里？

第十章 誓言

她甚至都知道他会怎么回答,他会说"你管得着"。

辛月再次叹了口气,最后问了句不痛不痒的话:"你怎么没回寝室?"

然而他还是那句话:"你管得着?"

辛月皱眉:"你能不能换句台词?"

"我跟你说过什么台词?"陈江野扯唇,语气尽是讥讽,"我跟你认识吗?"

辛月一怔:"你……听到了?"

"废话。"

辛月眨了眨眼,表情像是偷吃糖果被当场抓住的小孩。

陈江野看着她的表情,唇畔浮现出一抹冷笑:"你真行啊。"他咬咬牙,声音狠戾,"亲都亲过了,说不认识?"

辛月心口"咚"的一声,嗓子也倏地发紧。

她吞咽了两下才开口,语气倔强:"不然我要怎么说?说认识,然后别人问我你为什么从海城到这儿来,我要怎么回?"

陈江野"喊"了声:"你要是这么想知道我为什么来,那就直接问,少跟我拐弯抹角。"

辛月也"哼"了一声:"我问了你会说?"

"会。"

辛月一愣,心里突然紧张起来。他说他会回答,她却有些不敢问了。如果他说就是因为她他才回来的,那她要怎么办?最戳心窝子的话她都已经说过了,无济于事,他不走。现在他甚至都追到学校来了,那摆明了他暂时是不会再回海城的。

辛月在心里长长叹了口气。

她一向是既来之则安之的性格,既然事已至此,无法转变,她也懒得白费功夫折腾,更不想再说些什么违心的话把两个人都戳得遍体

351

炙野

鳞伤。

她思考片刻就想清楚了，现在她该想的不是怎么赶走他，而是怎么能在与他天天见面的情况下，保持定力，不要被他影响学习。

原本，之前不让他留下来，是她不敢冒这个险，总觉得以他对她的吸引力，她很难自控。可当他真正出现在这里时，她又觉得自己不会那么没出息，这些年她什么大风大浪没见过，她就不信了，还真能被一个男人带沟里。她也愿意相信，哪怕她沉沦了，陈江野也不会把她往沟里带。

他是为她许过愿的人啊。

辛月深吸一口气，胸腔下那颗被眼前人搅得一团乱的心逐渐沉静下来，她觉得她可以和他好好谈一谈。

"那说吧，你为什么回这儿来？"

"我想找个不会被徐明旭那伙人打扰的地方读书。"

辛月顿时一脸震惊。

她没听错吧？读书？！

她有些半信半疑，她愿意相信他是真的不打算继续浑浑噩噩地生活下去，甚至很期望这句话是事实，但这个作为他回来的理由也实在太牵强了。

她觉得他没说实话，但她也懒得刨根问底，他回来的原因现在对她来说已经不是很重要了，她只是想借此跟他好好谈一谈。

就在她还没想好怎么借他这句话跟他谈谈的时候，他接着说："顺便想看看你现在有多没出息。"

辛月的表情一凛，眼底"噼啪"一声就被他点燃了火苗："我怎么就没出息了？"

"你别以为我不知道，你被那群人搞得神经衰弱，靠吃安眠药才睡得着。"

第十章 誓言

这个人果然有找人打听她的消息,竟然连她吃安眠药的事都知道,肯定是胡思雨她们那三个大嘴巴传出去的。

辛月咬咬牙,厉声反驳道:"我吃安眠药才不是因为她们好吗?"

陈江野的眼皮挑了一下,盯着她的眼神忽地暗了下去。半晌,他一侧的嘴角扬起。

"那因为谁?"他谑声问她。

辛月蓦地愣住,接着,她因气恼而瞪大的双眼不受控制地快速眨了起来,脸也瞬间微微发烫。

陈江野看着她慌张的表情,以及她那张泛红的脸,原本像布满阴云般的眼底透出抹笑来,周身的冷意散去。

"我?"他挑起半边眉毛。

辛月的眼睛再次瞪大。

意识到自己反应过度,她又赶紧调整表情,冲他吼道:"你少自恋!"

陈江野并不理会她的否定,懒懒的换了个姿势靠着椅子,但视线始终锁着她,唇畔噙着痞里痞气的笑。

"辛月。"

听到他喊自己的名字,辛月心底的警铃大作。她知道他又要说些让人悸动的话出来了,心脏便提前开始狂跳。

在这剧烈的心跳声里,她看见他仰起优越的下颌,狭长的双眸微敛,笑着开口:"你就这么喜欢我,想我想到失眠?"

他的嗓音低沉而动听,撩人的笑声随着声带的收缩与那些本就足够撩拨的话语一并震出,辛月整张脸"噌"的一下红透了。

她想矢口否认,但脸上的温度实在烧得发烫,说什么都显得没有说服力。

而陈江野似乎并没有要放过她的意思,再次微启薄唇,戏谑地

353

说:"我是要好好读书的人,劝你死了这条心,别影响我。"

"什么?"辛月怀疑自己听错了。

"我说,"陈江野不疾不徐地给她重复一遍,"你别影响我。"

辛月成功被他挑衅得来劲了,双目蹿火地瞪着他说:"我还想警告你别影响我呢!"

"我影响你?"陈江野冷哼,"别忘了,是谁亲口承认的喜欢我。"

辛月又是一愣,她现在想一头撞死。早知道他会来学校做交换生,她才不会跟他说那些,还主动……

她真的想撞死。

陈江野倚着凳子看她的脸色一阵青一阵红的,唇畔的笑意愈发明显。

辛月不想再被他看笑话,鼓着腮帮子气鼓鼓地把头转了回去。

她不要跟他说话了!

然而,她刚转过来没一会儿才想起来一件事,她还有个很重要的问题没问他。她忍不住在心里暗骂了一声,等脸上的温度终于降下去后又把头转了过去。

陈江野还保持着刚刚的姿势,也还是看着她,像是知道她会回头。

辛月情绪还在,不想看他,瞥了他一眼后就将眼神甩到了一边,然后闷声问他:"周末你真要去赴约啊?"

"去。"

辛月犹豫了会儿,还是抬头看向了他:"你到底怎么想的?"

"还没想好。"

看他一脸风轻云淡的样子,辛月气不打一处来:"还没想好你答应什么啊!"

"反应这么大干吗?"他的语气还是轻飘飘的。

第十章 誓言

辛月要被他气死了："你以为他们约你是去过家家啊？"

陈江野扯了下唇："打架这事，你还能比我清楚？"

"我懒得跟你扯。"辛月咬咬牙，"你就给我个准话，你不会让自己受伤的，对吧？"

"辛月，你当我什么，千里送人头的蠢货？"

辛月撇撇嘴："我倒希望你不是。"

陈江野"喊"了一声，眼神蔑然地甩到一边，接着又荡回来落在她身上。

目光沉沉地看了她一会儿，他的眼底掠起一抹光，神情轻蔑地说："把心思放在学习上，我犯不着你来操心。"

他像是胜券在握，眼底透着独属于少年的轻狂。

看着他此时的模样，辛月一时间有些挪不开眼。这个时候的少年就该是轻狂、嚣张、肆意的，这样的他们才最夺目。更何况，眼前的人是陈江野，那个只用站在那儿，就敛尽世间所有光芒的陈江野。

辛月一只手紧抓着凳子的边缘，需要用尽全身力气才能让自己挪开眼。

两个多月的时间并没有让他有一丝一毫的改变，还是拽得要死，偏偏这份拽在他身上又显得那么理所当然。

这让辛月也理所当然地觉得是她瞎操心了。

冬天的教室，窗户都关得紧紧的，外面的风刮过来，只会从窗缝里透进来一两股难以让人察觉的冷气，仅窗户的震动声宣示着有风来过。

听到声响，辛月下意识地抬头看向窗外，操场上传来打球的声音。

辛月顺势转移话题，问陈江野："你怎么不去打球？"

"长得太帅，容易引起骚动。"

355

辛月用一言难尽的表情转过头来看向他，见他还一脸没觉得这话有任何问题的样子后，表情更一言难尽了。

"你是真自恋。"

陈江野半抬眼皮睨着她："你辅导员说的。"

尴尬了。

辛月一时间不知道该怎么接，只能说："现在也是你辅导员。"

对话到这儿就可以结束了，但陈江野看着辛月的眼神突然深了一分，他不知想着什么，看着辛月补了三个字："我们的。"

辛月一怔，心里像是被什么飞旋着打中，然后整颗心塌下去，塌陷进了一片极为柔软的地方。

我们的。

这三个字不单单是一组平常的形容词，这代表着，他们的世界，开始相交了。

十一月的校园里，四处不再是绿意盎然，寒风冲荡在每一条走廊与过道，只有教室里是暖烘烘的。

课间休息，安静的教室立马闹腾了起来。辛月没有放下手里的书，继续看着，丝毫不受外界的嘈杂干扰。

她原本以为，在陈江野出现的那一刻，今天会是很不同的一天。

可一切的一切似乎并没有什么不同，陈江野虽然有些生人勿近的气场，一看就不好惹，但总有那么几个好奇心贼重的男生凑过去。

陈江野也并没有排斥他们，会在他们围过来后有一搭没一搭地跟他们闲聊，主要还是他们来问，他来回。

面对一个大城市来的帅哥，还是一个看起来就很有钱的帅哥，他们无非就是那些问题。

"兄弟，你怎么从海城来我们这儿了？"

第十章 誓言

陈江野淡淡地回道："想来就来了。"

"为什么会想来这儿？海城不比这儿好？"

陈江野不答反问："海城有什么好？"

"海城还能不比这儿好玩？"

陈江野："就那样。"

在就海城这个地方问过来问过去后，终于有人抛出了个不一样的问题："你嘴怎么了？"

陈江野不动声色地瞄了前面的背影一眼，说："被狗咬的。"

这时，辛月拿着书的双手一下掐紧了，她把陈江野说的话听得清清楚楚。

碍于不想暴露认识他这件事，而且他俩嘴上都有伤，哪怕她稍微有点反应都很容易被人怀疑，辛月只能忍气吞声，在心里骂他：死陈江野！还有脸说她是狗，他才是狗！

"你家的狗？"有个男生继续问。

陈江野神色微顿了两秒，而后勾起嘴角，看着前面气呼呼鼓着腮帮子的少女说："嗯，我家的。"

"你自己家的还咬你？"

他唇畔的笑意加深："脾气大，爱发疯。"

"那你还养？是我早丢了。"

"丢是不可能丢的。"他的目光定定地落在前方，眼底尽是笑意，"这辈子都不可能丢。"

357

第十一章 守护

下午的课终于结束，大家欢呼着离开教室。

很快，教室里只剩下两个人。

两人一个埋头看着书，一个低头做着题，谁也没说话，像真的是头一天见面的新同学。

过了一会儿，陈江野放下书，把放在桌子上的书包提起来在里面翻了翻。他在找草稿纸，但没找到。

他又把书包扔了回去，目光看向前面的辛月，然后身子后仰靠到椅子上，手插回兜里，抬腿踢了下辛月的凳子。

"借张草稿纸。"

辛月并不想理这个说她是狗的男人，抬起凳子往前挪了挪。陈江野也不意外她是这个反应，眼尾上扬了一分，抬腿又踢了一下，辛月于是又往前挪。

陈江野再踢，辛月继续挪，直到她的前胸都快被桌子压得贴后背了，某人还能踢到，真不知道他的腿到底有多长。

她也不继续挪了，就当感觉不到，他要踢就踢他的，反正他踢的是桌子，她又不疼，疼的是他。现在她倒希望他能多踢一会儿，再用力点，痛死他。

可惜，陈江野并没如她愿。

见她不挪了，他也不踢了，懒懒散散地从凳子上起来，走到她旁边，双手插着兜半坐到她旁边的桌子上看着她。

"你在学校脾气也这么大？"他问她。

"关你什么事？"

辛月看都不看他。

陈江野笑了声："我随口编来搪塞他们的，你跟我较什么劲？"

辛月不说话，懒得搭理他。

然而她越是这样，某人越是来劲。陈江野俯下身来，伸手捏住她的脸，让她看着自己。

"怎么？"他狭长的双眸微敛着，眼里是清晰可见的恶劣笑意，"你想我跟他们说实话？"

辛月因为皱眉而压着的双眸瞬间睁大。

"说被你咬的——"陈江野还故意说出来，声音拉长。

辛月的脸不到一秒就烧起来了，陈江野捏着她脸的手都感觉到了那灼热的温度。

于是，眼底的笑意跃然而出，他的双唇咧开，露出一侧尖利的犬牙。

辛月从来都抵挡不住他笑起来的模样，尤其是这样玩味中透着点恶意的笑，露出尖尖的虎牙，像一只明知危险却能让人心甘情愿献上脖颈的吸血鬼。

他的确很像吸血鬼，冷白的皮肤、尖而利的牙、深邃的五官、漆黑的双眸，更别说他眼底还染着像被鲜血勾起的欲。

辛月像是被他夺走了呼吸，也夺走了灵魂，目不转睛地看着他，如同电影里被吸血鬼的绝美面容蛊惑的少女。

她一时间忘记了呼吸，流转在两人之间的呼吸却逐渐加重，一声比一声沉。

是他的呼吸粗重起来。

电影里会被蛊惑的从来都不只是那些美丽的少女，故事正是因高贵的吸血鬼为自己的食物沉沦开始。

第十一章 守护

比鲜血更迷人的，是少女的眼睛。

此刻的陈江野愈发像吸血鬼，一只因太久没有饮血，渴得快失了智的吸血鬼。

他的眼神开始迷离，双眸失焦，呼吸又重又烫。情不自禁地，他捏着辛月的那只手不断收紧，身体一点一点下低，两人双唇之间的距离也一点一点拉近。

就在这时，教室外传来脚步声。陈江野的双眸倏地重新聚焦，一下子清醒。那脚步声很快逼近，教室里忽地响起一阵桌子挪动的声音。

陈江野把辛月压到了凳子上，书桌遮住了他们的身影。

从教室外路过的人听到动静后朝里看了看，却没看到人，但那人也没停留，面上稍带着点疑惑就走了。

"你干吗？！"

辛月瞪着他，陈江野压得她快要喘不过气了，她想推开他，可他重得要死，她根本推不动。

不是因为她力气小，而是他不想起。

"你想被人看到我们刚刚那样？"

他还捏着她的脸，另一只手撑着凳子。

辛月觉得他在鬼扯："你放开我滚开不就行了？"

听到她用"滚"这种字眼，陈江野眼底"噼啪"一声燃起了火。

"凭什么我滚？"他捏着她骨头的力道愈发的重，声音也发狠，"你还没回答我。"

"回答你什么？"

辛月也是气蒙了，都没想起来他刚刚说的话。

陈江野咬牙跟她重复一遍："你是不是要我跟他们说，嘴是被你咬破的？"

辛月猛地一愣。

"嗯?"陈江野用力晃了下她的脸。

辛月眉头皱起,瞪他:"你说什么不行?非得说我是狗?"

"你不是?"

辛月没想到他竟然这么说,气得一时间话都说不出来了,张了好一会儿嘴才发出声:"你才是狗!你先咬我的!"

"呵。"陈江野发出一声冷哼。

他突然松开她,然后一把拉开领子,露出半边肩膀,上面是一个淡淡的牙印。

"谁是狗?谁先咬的?"

辛月看着那个牙印子,不自觉地咽了下唾沫。

不知是出于什么心理,她把视线瞥到了一边,闷声嘟囔道:"那也是被你逼的。"

明明是他偷天换日,他们说的那天的事,又不是之前,那天就是他先咬,她才咬回来的,她却连这句嘟囔都说得没什么底气。

陈江野又冷哼一声。

"辛月。"

他喊她的名字,再次强迫她看着自己。

"是你逼我。"

他这样说,声音低沉而冷冽。

辛月忽觉心里像是被什么一下击中,不疼,是一种难以形容的感受。

她看着他,双眸内逐渐没了怒火,眼底逐渐归于平静。

半晌,她表情认真地开口:"陈江野,我们能不能好好谈一谈?"

陈江野的眼神一黯。

"不能。"

第十一章 守护

"为什么？"

"我跟你没什么好谈的。"

冷冷地说出这句话，他忽然松开了她。

等辛月撑着凳子坐起来时，他已经一把扯过她桌上的本子回了座位。

辛月也懒得再跟他这个别扭又傲娇的大少爷多说，从桌上翻出一沓草稿纸转头过去扔给他，再把他刚刚拿走的那本抢回来。

"这才是用来打草稿的。"说完，她就又转了回去。

接下来的十多分钟，两人没再说过话，都拿着笔在做题，教室里安静得只听得见笔尖摩擦纸张的声音。

辛月本以为他的出现会让她心乱，尤其是像刚刚那样闹过一场后，可她竟然很快就静下了心来做题，一点都不像昨天。

辛月停下笔思索起这其中的原因。只是这种事情，不管怎么想都很难找到正确答案，她只能猜——比起他不在身边，他在这里，她才更安心。

事实好像也的确如此。

在他离开的那两个月里，她就从来没睡过好觉，但破天荒的，今天她竟然在教室就睡着了。睁开眼醒过来的时候，她是吃惊的，但她很快就平静了下来，然后偷偷转头看向身后的人。

那人桌上没放几本书，不会挡住他，他还枕着胳膊在睡，像是睡得并不舒服，眉头紧蹙着。这人连睡觉都看起来凶凶的。

辛月缓缓地将头重新靠到胳膊上，头依旧偏着，唇畔不自觉地流露出浅浅的笑意，甚至在他睁开眼前都没收回唇角上扬的弧度。

陈江野坐的位置准确来说是在她的侧后方，所以一睁眼就看到了她微弯的嘴角。

意识是在一瞬间清醒的，又在一瞬间走远。

炙野

而后，他也弯了嘴角。

今天有体育课。

体育课辛月还是要去上的，总不能除了吃饭、睡觉、上厕所一直都待在教室或者图书馆里。

丹湖大学有三栋教学楼，第三栋主要是教师办公室、实验室还有器材室，所以课间从第三栋教学楼下去不会碰见什么人，不过辛月还是等了会儿才下去。

至于陈江野，刚刚他跟班上的刘洋和胡宇航出去了。这会儿都快上课了，按理说，他们应该已经在操场上等着集合才对，辛月却在第三栋教学楼的楼梯口碰见了他们三个。

刘洋和胡宇航这两个人是班上在陈江野没来之前公认长得最好的了，身高也不矮，跟陈江野走在一起也不算违和。

辛月瞥了陈江野一眼，很快收回目光，走在他们前头下了楼。

时间快来不及了，辛月没有左顾右盼，走得很快，后面三个看起来走得慢悠悠的，但因为腿长，离她并不远。

光是辛月就够惹眼了，更别说她后面还跟着三个又高又帅的男生，其中一个颜值还极为逆天，很难不让人注意。

体操室里的几个女生老远就看到了他们，纷纷拿出手机偷偷拍了起来。因为她们在室内，加上角度问题，辛月和后面三个人都没有看到她们，完全不知道被拍了。

这条视频很快就被其中一个拍摄的女生传到了网上，刚传上去点赞量就开始疯涨。

辛月本以为网上那些人已经把她忘得差不多了，但这只是在她没有继续出现的情况下，这又一露面，还是正面，后面跟着的三个男生中还有个颜值爆表的男生，曝光度远超上一次的视频。

第十一章　守护

直到体育课结束，辛月和陈江野的正脸照几乎已经传遍了全网。

徐明旭他们下午四点多就刷到了关于辛月和陈江野的视频，他们疯狂给陈江野发消息，然而陈江野设置了静音，还一直把手机丢在包里，并没有看到他们发的几十条消息和二十多通电话。

陈江野是在吃完饭跟徐洋他们去抽烟的时候才打开的手机，于是，徐洋和胡宇航看到陈江野的脸在手机屏幕亮起的下一秒就阴沉了下去。

"我去打个电话。"

陈江野将烟掐灭，往旁边的垃圾桶一扔，冷着脸径直走出天台。走到这层楼的楼梯间，他拨通了一个号码，电话响了很久才接通。

不等那头说话，他率先开口："有人拍了我的视频传到了网上，今天晚上九点之后，我不希望任何相关的一条视频或一张照片还会被我看到。"

那头沉默半秒，然后笑出了声："我说你怎么会给我打电话。"

"少废话，这点小事你别告诉我做不到。"

陈江野的语气可以说是极为不善，没有一点拜托人办事的样子，反而像命令，命令的还是自己极为不爽的人。

"这点小事当然不是问题，问题是你的态度。"那头的人不疾不徐地说。

陈江野冷笑："陈安良，你适可而止。"

那头不怒反笑，并问："视频里只有你一个人？"

陈江野的脸色在这一秒变得愈发阴沉。

"你不用跟我藏着掖着，我知道那个叫辛月的女孩子，也知道她是你命门。"

听到辛月的名字，陈江野的瞳孔里骤然掠起滔天怒火，眼神冷得可怕。

"你别这么紧张。"那头像是能看到他此刻的表情一般,"我又不会拿她怎么样。"

"你敢拿她怎么样试试？"他已经不仅仅是在警告了。

那头只是笑了声："挂了，一会儿还有会。"

下一秒，电话被挂掉。

陈江野听着电话那头传来的忙音，他把手机放下，眼神也跟着沉了下去，眼底烧着的怒火像是变为了黑色，与漆黑的瞳孔融为一体。

他从之前回去跟陈安良谈判的时候就隐隐有猜到，陈安良知道辛月的存在，只是为什么当时陈安良不提辛月的名字，他现在才知道。

他在心里暗骂了一声。

这时，他瞥见手机屏幕上有消息弹出。他深吸一口气，把手机拿起来。

"野哥，你看到消息了是吧？我打你电话说是在通话中。"

是徐明旭发过来的消息。这条消息上面是还有两句话，再上面是几张图片，都是从网上的视频里截的图。

他掠过徐明旭发来的那三串文字，将消息往上滑，从徐明旭发的第一张图片点进去。

放大的图片里，出现了他和辛月的脸，因为拍摄的角度，加上拐角处树木的遮挡，画面里看不到徐洋和胡宇航，只有他和辛月两个人。

看了会儿这张照片，他阴沉的表情终于有了一丝缓和，甚至还泄出了一点笑意。半晌，他长按住这张照片，在弹出的选项框里点击了"保存"，就当是他们的第一张合照。

下午没课的时候，大多数学生会选择在寝室里玩手机。

刘灵和郑淼淼上完课一回来就躺床上刷视频。郑淼淼刷到的第一

个视频就是辛月和陈江野。

"刘灵！"郑淼淼惊得大喊。

"干吗？"

郑淼淼一脸激动地把手机递给她看："我刷到辛月了！第一个视频就是！"

听她这么说，刘灵立马从床上蹦起来，把她手机拿过来看。

"天哪，谁这么人才，把她跟陈江野都拍进去了。"

刘灵翻看评论区，评论里面一波夸辛月，一波夸陈江野，一起夸两个人的更多，还有人说他俩的颜值绝配什么的。

刘灵她们几个虽然看不惯辛月，但从来没吐槽过她的长相，对于她靠一张脸就能红遍全网这件事也并不觉得稀奇，但她们怎么都想不到，现在短视频更新迭代那么快，辛月将近五个月时间没再露面，居然还有那么多人记得她，而且在这么短的时间内再次有了要火遍全网的架势。

这时，通知栏弹出来一条消息，是这会儿正跟男朋友一起的胡思雨发的："有人拍了辛月跟陈江野的视频，并传网上去了，你们知道不？"

刘灵把手机还给郑淼淼，拿自己的手机回："我们刚刷到。"

胡思雨："拍视频的那个女生是我男朋友他们班的，说是她今天一下午就涨了两万多粉丝，她那条视频就有十几万的点赞量，估计大家都在等她上传新的辛月和陈江野的视频。"

刘灵："天哪！"

郑淼淼："这才一下午就涨了两万多粉丝？"

胡思雨："那可不，我估计晚上不知道有多少人会在寝室外边蹲着拍辛月。"

刘灵看到这句话，眼珠子转了两圈，然后打字说："他们能拍，我们也能拍啊。"

郑淼淼看到她的这条消息,讶然地抬头看向她:"你真的想拍她?"

刘灵一脸理所当然地说:"不拍白不拍,别人都拍的话,我们离她最近,干吗不拍?"

郑淼淼:"你不怕她跟你翻脸啊?"

刘灵"切"了一声,顺势翻了个白眼:"谁怕她?"

郑淼淼皱起眉,有些纠结地说:"我们再怎么说也是一个寝室的,闹翻了不太好吧?"

刘灵仰起头,扁扁嘴说:"我早就不想跟她一个寝室了,闹翻才好,她要不想被拍,有本事搬出去啊。"

说着,她不知道想到了什么,突然笑起来。

"她要翻脸才好呢,看我不把她那副嘴脸拍下来传到网上,让全网都看看!"

听她这么说,郑淼淼似乎也期待起来,没有了刚刚的胆怯,还冲她竖起大拇指,说:"还得是我灵姐。"

郑淼淼瞄了眼门外,压低声音继续说:"如果她真跟你吵起来了,你要是没法拍,我跟思雨一定帮你拍。"

刘灵知道她的性格,轻哼道:"到时候你要是没拍下来我就跟你急。"

"你放一百个心。"

"这话思雨说我还能勉强相信。"

郑淼淼"哎呀"一声:"关键时候我不会掉链子的。"

"这样。"她还出起了主意,"我们先计划计划,把机位摆好,免得她看到我们拍她。"

刘灵没想到她对这件事还挺积极的,意外地挑了挑眉,然后想了

第十一章 守护

想说：“那等思雨回来后，我们一起想想怎么搞。”

"行。"

此时，辛月正在教室里看书，对自己又被拍了这件事丝毫不知情，还是徐俊杰找到她和她说的这件事，徐俊杰还拿出手机给她看了视频。

在看到自己的脸再次出现网络视频上时，辛月形容不出自己心里是什么感受，明明她已经气得浑身不自觉地发抖，心底却没有升腾起怒火，而是有一种无尽的下坠感，像栽进了深渊，一直往下落，一直往下落……

她不明白，这世上有那么多人想要出名的人，老天不去如他们的愿，却非要把这种事强加到她身上。她只是想好好地读个书，怎么就那么难？

自从十岁之后，她的生活中就不断出现挫折，一件接着一件的事找上她，被至亲抛弃，被同乡因一件莫须有的事而诋毁，在学校遭受欺凌……

好不容易熬到现在，她以为就快熬到头了，没完没了的事又全找上来，一刻的安宁都不留给她。

辛月本以为自己已经习惯了被命运捉弄折磨，但当所有的事情都压上来的时候，她发现自己也没有想象中那么坚强。

她感觉好累，真的好累。倍感无力的她，连火都发不出了，一个皱眉的动作在这时候都显得艰难。

徐俊杰注意到她的异常后，忙把手机关上，问她："你没事吧？"

"没事。"

她说着没事，声音却无力得像病重的患者。

徐俊杰知道她不想被拍，不想被这些事情打扰，可他不知道该怎么安慰她，只能试探地问她："要不……我先去给你带顶帽子和一包口罩过来？"

辛月没有拒绝，轻轻地跟他说了声："谢谢。"

说完，辛月把胳膊抬起来放在桌子上，头埋下去，额头抵在胳膊上，像睡觉的姿势，可双目却始终空洞地看着地面。

从徐俊杰的这个角度，他能看到她是睁着眼的，虽然看不到她眼神，但也能感觉到她的无力。

他和辛月从小就认识，听到过她的很多传言，也看到过盛航拉着一群人把她堵在操场，夏梦妍她们有一次朝她扔石子的时候，他也就在她的后面。

她很多至暗、狼狈的时刻，他都见过，可他从没见过她现在这个样子——仿佛有无数双手在把她往深渊里拽，而她再无力挣扎。

哪怕是曾经她眼里还时常会有恐惧时，她也从未放弃过抗争，他是看着她望向那些人的眼神是怎么从害怕一点一点变成像割不尽的野草般坚韧顽强的，这让他以为她不会再被打倒，可生活就像是非要压垮她才肯罢休。

被霸凌还能躲还能藏，被诋毁也能充耳不闻，可这样被曝光在大众视野里，她根本避无可避，会有无数人为了那点流量，像饿狼一样朝她扑过来。更别说，这一次已经有人尝到了甜头。这些事想想都可怕。

他想帮她，但能力也仅限于给她带顶帽子和口罩了。徐俊杰攥紧双手，心里也发着紧，他恨自己没用，但这种情况，似乎谁也没有办法帮她更多。徐俊杰叹了口气，把头转过来，他知道辛月这时候肯定不想被人看着。

过了一会儿，辛月深吸一口气，从臂弯里抬起头，表情又恢复如常，神色依旧淡漠清冷。

第十一章　守护

下节有课，很多人进教室后不时地朝她这里瞥一眼，然后窃窃私语，表情或笑或嘲。

她听到有人说："要不是何晴她们会送她回寝室，我也去找个地方蹲着拍她。"

"我听说有人都踩好点了，准备藏到花坛里去拍，既不会被发现，拍得也清楚。"

"花坛里黑咕隆咚的，有个手机亮着不是很明显吗？"

"但看不清脸啊，而且把亮度调低，再拿块布遮着，哪儿还能看得到？"

…………

辛月的眼神沉了沉，在心里冷笑。这些人还真是什么办法都想得出来。

"戴上。"

视线里，陈江野一身黑衣，眉头压着，携着如冬夜般的冷冽气场走过来，手里提着顶帽子，还有一包口罩。然后，他把手里的东西扔到她面前。

帽子是她落在他酒店房间的那顶，口罩是新买还没拆封的。他的声音里仿佛灌了外面的冷风，似割面般的利，语气不容人拒绝。

辛月怔住，有人开始议论他们两个之间的关系，但她听不到，她的世界里仿佛只剩下眼前的这个人。

就在刚刚，她还对命运的捉弄感到无力而疲惫，浑身从骨头缝到五脏六腑都感觉无比地冷，可此刻看着这双分明透着冷的眼，她的心底却忽地升起一股暖流，像在漆黑一片又寒冷彻骨的深渊里，看见他携着一身拂晓般的光朝她走来。

她突然觉得——

373

这个世界也并没有那么令人绝望，如果他和她一起。

"天哪，他俩啥关系？"
"我怎么感觉有点不简单？"
"他们不会之前就认识吧？"
…………

教室里的人议论纷纷，其中胡思雨是最激动的，她疯狂地拍着刘灵的胳膊说："你看你看！我就说吧，他们俩就是认识！"

"啧啧啧。"刘灵连啧了好几声，"辛月竟然这么野。"

"什么什么什么？"

旁边的一个男生嗅到了八卦的气息。

胡思雨掩着嘴笑眯眯地跟他说："我们怀疑辛月和陈江野的关系不一般，你看他俩的嘴巴。"

"天哪！这么劲爆！"

那男生忍不住直接喊了出来，全教室的人都听见了，辛月和陈江野当然也听见了。辛月没什么反应，像是还没回过来神，陈江野则转头过去看向了那个男生。

他漆黑的眼睛似乎下压了一分，透出的眼神凌厉而极具压迫感。那个男生收到他的视线后，立马收起了脸上的兴奋表情，摸着鼻子坐回了座位。

接着，陈江野又扫了眼胡思雨和刘灵。有些人的气场天生就是能压人一等，胡思雨和刘灵也是瞬间就笑不出来了。

等陈江野回头，辛月已经戴好了帽子，正抬头看向他。

她旁若无人地问他："你呢？"

陈江野知道她的意思，无所谓地说："我不用。"

辛月拆开口罩，取出一半递给他："回去的时候你还是戴口

第十一章 守护

罩吧。"

陈江野敛眸看向她手里的口罩，又抬起眼皮瞄了她一眼，最后还是伸手接了过来，然后坐回座位。

教室里很多人都还在看他们，但等陈江野坐到自己的座位后一抬头，所有人都齐刷刷把头转了回去，像是一对上那双漆黑的眼就会有什么很可怕的后果。

这时候，晚上第一节课的老师走进教室，在外面的时候她就觉得奇怪，竟然没听到教室里有人讲话的声音，等进了教室她更是觉得气氛诡异。

她在教室里用目光扫了好几眼才说："今天这节课我给大家发一个案例，大家试着分析。"

纸质案例从前面传过来，辛月接过后放在自己桌上一张，剩下一张转身递给了陈江野。

辛月转身的时候，她看见他的手上正把玩着一架折好的纸飞机，也正看着她。

注意到他手上的纸飞机，辛月的神情微微一滞，心跳也在一瞬间慢了半拍。

而那架让她走神的纸飞机就在这时被陈江野从手里抛出，在半空中画过一段较短的抛物线，然后降落在她的桌面上。

突然出现的纸飞机让一旁的徐俊杰回头看了一眼陈江野，陈江野并没有理会他，目光一直锁定在辛月身上。

辛月被他看得脸上一阵发热，尤其在他扔出纸飞机的时候，她赶紧转身坐好。

机翼上没有写字，字在底部。

还要假装不认识我吗？我也不是不可以配合。

辛月一手拿着纸飞机,一手扶额。叹了口气后,她拿起笔在他写的字下面写:

你觉得谁还会相信我们不认识?

写完,她拿着纸飞机把手背到身后丢给他,没有回头。
没一会儿,纸飞机又飞到了她的桌上,她直接拿起来看向底部。

怎么,还怪我给你买口罩了?

辛月又拿起笔写了一句,再丢给他。陈江野把她扔在桌子边缘的纸飞机拿过来,翻到背面。辛月只回了他四个字:

我谢谢你。

下一秒,一声不加掩饰的轻笑在教室里响起。
所有人都下意识地看向笑声传来的地方,他们清楚地看到是陈江野正勾着唇在笑。他旁若无人地继续看着手里的纸飞机,并未有收起唇边笑意的打算。
陈江野笑起来的时候的确好看得过分,连准备呵斥他的老师都愣了愣,最后只提醒了一下:"还没下课呢。"
陈江野这才将视线从纸飞机上移开,瞄了眼讲台,然后慢悠悠地把纸飞机收进桌子,又慢条斯理地翻开书,漫不经心地开始看,唇边那抹似有若无的笑始终没有消散。
徐俊杰给辛月递过来一张字条,上面写着:

第十一章 守护

你跟陈江野真的不认识吗？

辛月盯着那张字条，没有犹豫很久，拿过来写上：

认识。

她只写了这两个字，对于之前为什么要说不认识这件事并没有解释，徐俊杰也没有再问。

这节课下课后，徐洋他们来找陈江野，他们几个一起去了第三栋教学楼的天台。

有男生迫不及待地问陈江野："你跟辛月应该不是今天才认识吧？"

陈江野不疾不徐地说："不是。"

几人一听立马激动了。

"那你们什么时候认识的？怎么认识的？"

"暑假，她是我认识的一家人的邻居。"

几个人你看看我，我看看你，有人用胳膊碰了碰徐洋。

徐洋知道他们想问什么，抽了口烟后问陈江野："你……是不是喜欢辛月啊？"

"嗯。"没有片刻的迟疑。

"天哪！"

"我就说。"

"你来的时候我就看你一直盯着辛月看，我还以为你是看她长得好看，搞半天你早看上人家了。"

"是不是海城也找不出几个比她长得好看的？"

377

几个人炸开了锅，激动得不行，只有胡睿洋表情淡淡的，还叹了口气说："果然，没有男生会不喜欢辛月。"

听到他这样说，陈江野眼皮挑了一下，抬眼睨向他。

"哥，你别那样看着我。"胡宇航深吸口烟又呼出来，"没人跟你抢。"

"也抢不过。"他又补了一句，表情多少还是有点哀怨沮丧。

陈江野的脸上没什么表情，只不动声色地移开眼。

"兄弟。"徐洋拍了拍胡宇航肩膀，"有自知之明是好事。"

说完，徐洋又看向陈江野，信誓旦旦地说："哥，你放一百个心，就算你没来也没人打辛月的主意，人家哪儿是我们配得上的。"

"对了。"他岔开话题，又继续问，"你跟辛月发展到哪一步了？"

陈江野冷哼一声："能到哪一步，她脑子里除了读书还有别的东西？"

"啊！"

几个人惊呆地说："不是吧，连你都不行？！"

他们的惊讶明显是对陈江野颜值的肯定。

有人摇头感叹："辛月这意志力也太厉害了吧，真就一心只读圣贤书啊。"

还有人伸手过来比着陈江野的脸说："这张脸都不行，你们要还有没死心的，赶紧趁早死了这条心。"

陈江野没说什么，只表情淡淡地抽了口烟。

其他人看着他，都是一脸"这就是大哥的气质"的表情，对他是真心的膜拜，不管是颜值、气质还是举止谈吐。

等回去的时候，几个人十分自觉地让陈江野走在前面。

陈江野穿着一身黑衣，个子也是最高的，此刻走在他们几个人的前面，的确很有"大哥"的气质。

第十一章 守护

已经是晚上九点钟了，辛月很是吃惊地看到陈江野还在教室里。

反正也不装不认识了，辛月直接转过头去问他："你住校？"

陈江野："不然？"

"你竟然住校！"辛月表示震惊。

"我为什么不能住校？"

因为你可是陈大少爷。辛月心里这样想，但没说出来。

辛月想了想，问："你没钱了？"

陈江野笑了声，表情蔑然："我陈江野什么都可能没有，但不可能没钱。"

装腔这件事，他是有一手的。

辛月："那你干吗住校？"

"想住就住。"

废话文学，他也很拿手。

辛月知道她什么也问不出来了，就把头转了回去，结果这一转头，撞见好多人都在看他们。

她叹气，人啊，果然本质是八卦。

一下课，辛月就把帽子和口罩戴好，压低帽檐，跟着看这节晚自习的老师回宿舍。

一路上，的确有很多人拿着手机往这边拍，因为戴了口罩和帽子，辛月倒也无所谓他们拍不拍。

老师是把她送到了寝室的，所以辛月需要提防的只有寝室里的那三个人而已。

胡思雨一般要去跟男朋友腻歪到快熄灯才回来，另外两个每天都要去食堂吃夜宵，回来得也比较晚，辛月趁她们回来之前几下洗漱完上了床，把遮光帘拉得严严实实的。

今天三个人都是快熄灯了才回来，而且破天荒的没怎么聊天，估计是在外面聊完了才回来的。

辛月难得在寝室也能安安静静地学习到十一点半。一到点，辛月就放下了书，习惯性地拿过安眠药。

她倒出两颗，正要往嘴里放，又停住，因为她突然想到，陈江野已经回来了，那她……是不是也不用再依赖安眠药入睡。

静坐了两秒，她把药放了回去，就这样躺下。

是意料之外，也是意料之中，她真的睡着了。

此前她不是没有尝试过戒掉对安眠药的依赖，但没有一次成功，只有这一次。

所以……

他回来，于她而言并不是一场灾难或冒险，而是救赎。

早晨，是生物钟叫醒的辛月。六点十分，她睁开眼。

细碎的晨光漏进床帘，透过帘子的缝隙，辛月看到窗外天光敞亮，不像冬天的清晨，倒像是盛夏。

那个拥有陈江野的盛夏，像是又回来了。

唇畔不自觉地流露出笑意，辛月从被窝里起来。身体不同于往日因吃了安眠药导致的沉重，在这开学的两个多月里，辛月头一次感觉神清气爽。

她笑着伸了个舒服的懒腰，手垂下来的时候，手指不经意地碰到了个瓶子。瓶子滚过来，里头传来的药片碰撞的声音。

辛月垂眸，看向一旁白色的药瓶。半晌，她把这瓶安眠药拿起来，掀开帘子下床，然后毫不犹豫地将这瓶药丢进床边的黑色垃圾桶。

她不再需要这瓶药了，虽然里面还剩了大半瓶药，但她并不觉得

第十一章 守护

可惜，安眠药吃多了会影响记忆力，如果不是迫不得已，她也不会需要靠安眠药来入睡。

到外面的阳台简单洗漱完，辛月带好帽子和口罩出了门。

因为还不到六点半，这会儿路上几乎没有人。今天有太阳，但空气还是冷的，呼一口气就会液化成白雾。

辛月搓搓手，快步走进食堂。

偌大的食堂里，此时只坐着一个人，那人一身黑衣，正垂头吃着一碗面。蒸腾的热气模糊了他的脸，再加上距离造就的虚影，但辛月还是一眼认出了他。

大概是听到了她的脚步声，他抬头看向她。

辛月脚下停顿了那么一两秒，然后继续朝前走，而他就坐在面对大门、背靠打饭窗口的座位。

她要买早饭，就一定会路过他，除非，她绕到另一个过道，但不用，她直直地朝他走去，一步一步，再在他的面前停下来。

"起这么早？"简单而直白的寒暄。

陈江野仰头："不然等着被人拍？"

辛月挑眉，唇畔泄出一抹笑："你怕被拍？"

"不是怕。"他纠正道，"是烦。"

辛月在心里笑了声，她都没加重那个字，还是被他抓住了她想表达的重点。

这时，打饭窗口后穿着白褂子的厨师把一大笼馒头从里头抱了出来。

辛月没再继续逗留，淡淡的笑着朝窗口走去。她戴着口罩，没人看得到她唇角的弧度，但她眼睛也跟着弯了。

所以，陈江野知道她在笑，于是，他也弯了唇。

碗里没剩下几根面了，他一筷子夹起来全部送进嘴里，然后端着碗去倒掉。

等再走回来时，辛月已经买好了馒头和豆浆，他和她刚好并排着朝通向教学楼的另一扇门走去。

辛月这会儿没吃馒头，用两只小手捧在胸前取暖，看起来像只捧着白色坚果的松鼠。

陈江野用余光看着她，有种漫不经心的痞。

"有这么冷？"

辛月瞥了他一眼："我只是手冷。"

陈江野把揣在兜里的手拿出来，看了看，又揣回去，然后问："你们女生都容易手冷？"

都？辛月的眉头抖了下，斜眼乜向他："挺多女生跟你说过手冷？"

看着她说这话时的表情，陈江野"喊"了声，嗓音却透着笑："这不是常识？"

辛月也"喊"了一声："常识你还问？"

"我怎么知道你是本来手就容易冷还是因为有病才冷？"

"你才有病。"辛月瞪他。

陈江野唇畔的笑意愈发明显。

"我的手可不冷。"

他带笑的语气散漫慵懒，有一种难以形容的撩拨。

他这话不知为何让辛月的表情微怔，长睫扇了扇，把视线收回来，拉下口罩低头去咬馒头。

只是，她忘了馒头被装在塑料袋里，一口下去咬到的是塑料袋，某人直接笑出了声。

肆意的笑声回荡在无人的过道上，也震进辛月的胸腔与身体，似发着烫，将冬日的寒意都一一驱散。

第十一章 守护

辛月埋着头，帽檐遮住了她通红的脸，但遮不住透红的耳尖。陈江野看着她发红的耳尖，眼神变得有些意味深长。

据他对她的了解，她的脸皮还没那么薄，出了糗还不至于连耳朵都红成这样，所以……她在想什么？

他揣在兜里的双手开始摩挲，像是有些发痒，想牵点什么。

冬天的风呼呼地刮着，但风里的两个人都不冷，他们的身上是烫的，带着微微的燥。

慢悠悠地走到教室，辛月已经把馒头啃完了，正低头咬着豆浆的吸管。她一边喝着豆浆一边从兜里拿出钥匙开门，但单手不好开，她转了半天钥匙也没能把门打开。

旁边的人"啧"了一声，伸手过来夺过她手里的钥匙，两下就把门打开了。

他是从她手里把钥匙夺过去的，那他的手自然就会碰到她的。

他的手的确不冷，很热。

开完门，陈江野随手把钥匙丢给辛月，然后只听"啪"的一声，钥匙掉地上了。

陈江野回头看向辛月："你怎么不接？"

"你说要丢给我了吗？"

"这还用说？"

"用！"辛月加重语气，愤愤地蹲下去把钥匙捡起来。

陈江野没再说什么，只用一种似笑非笑的表情看着她。

辛月白了他一眼，朝教室里走去。

回到座位，她拿出单词本来记单词，陈江野则打开一本资料书看，不时地拿笔在本子上算两下。

快八点的时候，教室里陆陆续续来了人。

徐俊杰一进来就冲到座位上跟辛月说："辛月，你那个视频没了，

383

炙野

基本全网都没了！"

辛月惊得微微睁大了眼。

徐俊杰继续说："我去搜都搜不到，连那个拍你的女生的视频号都搜不到了。"

辛月睁大的双眼又圆了一分。

"这是……什么情况？"

因为过于惊讶，辛月的脑子有些转不过来，说话有些迟缓。

"有人说她的视频是被平台封的，我看评论区有个自称知道内幕消息的人说，是因为你现在没签经纪公司，他们怕你抢流量，所以联合起来把你封杀了。"

听完，辛月的眉毛上挑："如果真是这样，那我倒是谢谢他们。"

但她总觉得，不是这么回事。

那她的视频到底是因为什么被封？现在她已经从惊愕里回过了神，很快便想到一个很大的可能——

陈江野。

她转过头去看了他一眼，猜徐俊杰刚刚说的他肯定都听到了，但他什么表情都没有，像是并不意外。

教室里的人越来越多，讨论这件事的人不少。

辛月转了转眼珠子，在草稿纸上写了一长串话，然后把纸折成小方块，丢给了陈江野。

陈江野把字条从桌子边缘拿过来，拆开。

  徐俊杰说我俩那个视频被封了，那女生的视频号都没了，这是你做的？

陈江野慢悠悠地拿起笔，写上几个字，然后踢了辛月的凳子一脚。辛月感觉到他踢凳子后把手背到后面去,陈江野就把字条放到她的手里。

把字条拿来,辛月看他只回了她两个字:

不然?

看着这两个字,辛月都能想象出如果他是说出来的,那语气会有多拽。但他就是有拽的资本。

辛月笑了笑,把字条收起来,看向桌上的单词本继续背单词。

今天又到了大扫除的时间。

"你们后半组去扫天台。"

"前半组扫过道。"

…………

生活委员安排着分工。

"这组去扫礼堂,礼堂外面那段路就由陈江野跟辛月去扫吧。"

生活委员边说边朝陈江野使了个眼色,他是昨天跟着他们一起去天台的那波男生里面的一个,知道陈江野喜欢辛月。

辛月没注意他跟陈江野使眼色,以为他就是按位置安排,便径直地到后面去拿拖把,然后把那把扫帚扔给陈江野。

"你在门口等我,记得拿簸箕。"说完,她拿着拖把去水池浸湿。

陈江野靠在门口等了她两分钟,看着她很轻松地提着还在滴水的大拖把从水池那边走过来。

陈江野不知道从哪儿摸出来顶帽子戴着,还是和她同款的那顶。

辛月盯着陈江野的帽子走到他面前,倒也没说什么,只朝他偏了下头,说:"跟我走。"

陈江野懒懒散散地直起身子，拿着扫帚跟在她身后。

礼堂的位置比较偏僻，虽然离校门最近的建筑就是礼堂，但由于前面有个小花园，旁边又是很高的教学楼，整栋礼堂被遮得严严实实，算是个很隐蔽的场所，一到下午或者晚上就会有不少恋爱的情侣跑来这边约会。

辛月和陈江野要清扫的就是这条不知被多少情侣踏足过的走道。

两人戴着一样的帽子，颜值又都是逆天的，一路上引得路过的人频频回头。

到了礼堂，终于没人再盯着他们。

辛月停下来，对陈江野说："你在前面扫，我在后面拖。"

陈江野"嗯"一声，走到她跟前停下，然后伸手拿下了她的帽子。

"干吗？"辛月抬头看他。

"下周可以把帽子取了，天天戴帽子你不怕头秃？"

辛月眨了眨眼："我以后都不用担心被人拍了？"

"至少一年内，关于你的视频和图片在几大网络平台上都会被限流。"

"那为什么是一周后？"辛月疑惑地微偏了下头。

陈江野卖弄玄虚地说："到时候你就知道了。"

辛月直接给了他一个白眼："你能不能别卖关子？"

"不能。"他勾唇，眼底的戏谑过分得明显。

辛月无语地撇了下嘴，也懒得再追问，把拖把杵到地上，冷眼朝他扬扬下巴："扫地。"

陈江野笑了声，也不知是在笑什么，然后才转过身去扫地。

他扫个地也是一副懒散样，连腰都懒得弯一下，估计这位大少爷平时也不用亲自扫地。

第十一章 守护

辛月感觉自己拖地都快赶上他扫地的速度了,于是催促道:"你能不能扫快点?"

没想到某人却说:"我这不是在等你?"

"我有让你等?"

"用你让?"陈江野挑眉,"我想等就等。"

辛月:"……"

这个人,真的是一点下风都不愿意落。辛月深吸一口气,低下头继续拖地。

陈江野也不再说什么,仍旧懒懒地扫着。

辛月看着陈江野的背影,想起他们在山上的那段日子,他回来了,真好。

想着想着辛月便走了神,也没注意前面的陈江野早就转过身来看着她,她就这样直直地撞进了他的怀里。

他轻笑了一声,低沉的笑声传入耳膜,震得人半边身子发麻,阵阵酥麻如同过电般顺着她的脊髓窜入大脑,像被人下了蛊一样。

辛月的整张脸瞬间变红,红得连耳尖都发烫。

陈江野似乎感觉到了她耳尖的滚烫,这让人忍不住想贴上去看看……到底有多烫。

他喉结极缓地往下压,过了会儿才又慢慢滚上来。

"辛月。"他喊着她的名字,垂眸看着她通红的脸,"你怎么这么笨啊?"

最后一个"笨"字,怎么听怎么暧昧。

辛月已经丧失分辨的能力,无法去计较他轻佻的调笑,只想赶紧逃离这个地方。这种时候和他待在一起,哪怕他什么都不说,什么都不做,她都呼吸发烫。

"我……我去洗拖把。"

炙野

　　随便找了个蹩脚的借口，辛月低着头飞快地逃跑。

　　陈江野看着她跑开，唇畔的笑意也随之荡开，然后慢悠悠地朝她跑掉的地方走。

　　那边是通向操场的一个紫藤萝长廊，顺着长廊走一段路有个水池，一到大扫除的时候，很多人直接在这池子里洗拖把，搅得本就不算干净的池水更加浑浊，学校没管，算是默许了大家可以在这儿洗拖把，这的确方便得多。

　　来都来了，辛月索性也就在这儿把拖把洗了。

　　她在池子边上蹲下，把拖把放进池子里，反复上下往水里按压，一边洗着拖把一边用另一只手给脸降温。

　　感觉脸上温度差不多降下去了，辛月把拖把提起来，站起来准备回去。

　　然而在转身后，她看到背后不知何时出现了个人，离她很近很近，是个女生，把她吓得一愣。

　　那女生似乎也被吓得一激灵，像是没料到她会刚好在这时候转过来，抬起来的手不知道是该收回来还是该继续计划中的动作。

　　辛月觉得她有些面熟，但在还没想起来她到底是谁时，只见她眼里滑过一道狠色，忽然将抬在半空的手朝自己推过来。

　　辛月的双眸骤然睁大，在这一瞬间想起了她是谁——那个经常来粘她口香糖的女生。

　　每次她冲过来在辛月头上粘了口香糖就跑，所以辛月一直没看清过她的脸，只能按发型和身形来分辨。也是在这一瞬间，辛月知道了她刚刚站她身后是想干吗——

　　她想推她下水。

　　她来不及躲开，那个人已经用力推向她，受到冲击的身体无法控制地往水池里倒去。现在她唯一能做的，只有伸手抓住这个女生的胳膊，拽她一起下去。

第十一章 守护

"扑通!"一阵巨大的落水声响起。

幸好手里拿着拖把,辛月用拖把撑住了身体重心,才没完全摔进水里。但那个女生就没那么幸运了,辛月摔下来的时候抓着她胳膊狠狠地拽了她一把,让她整个人直接脸朝下扑进了水里。

因为张着嘴,脏水还往她嘴里灌进去了几口。池子里的水并不深,那女生很快挣扎着在水里跪坐起来,低头疯狂呕着嘴里那带着腥臭味的脏水。

许多人很快朝这边聚集过来看热闹,那女生即便还呕吐着也能感觉到周围人投来的一道道夹杂着嘲笑与恶心的目光。

这样的难堪与狼狈让她一时间连嘴里的恶心都忘了,眼球剧烈颤动着。

此刻距离她不到一米的辛月在站稳后冷冷地看了她一眼,然后面无表情地拖动浸在水里的双腿朝池子边走去。冬天的池水冷得刺骨,加上穿的是厚裤子,水一灌进去,像比装了铅还重,让她走得极为吃力。

那女生眼看着身上干干净净的辛月逐渐靠近池边,池中即将只剩下她一人狼狈,她的自尊与理智顷刻全数崩断,发了疯似的猛然朝辛月冲过来。

她的目的很明显,她要把辛月拉回去,按在水里,让辛月像她一样也喝几口腥臭无比的脏水,像她一样狼狈不堪。

辛月听见水花剧烈迸溅的声音,她警惕地回头,然而,视线被一道身影遮挡。

不知何时跳下水池的陈江野站在她身后,像一座高墙。

他狠狠地盯着那个女生,骇人的戾气从他的眼底透出来,凌厉、冰冷。

"你再往她那边迈一步试试?"

第十二章 救赎

他盯着那女生，语气凶狠到了可怖的地步。

原本像是丧失了理智，被怒火吞噬的女生，瞬间熄了火，整个人被陈江野冷戾的眼神钉在那儿，一动都不敢动。

陈江野看她面露惧色，谅她不敢再有什么动作，收回阴鸷的目光，转过身去抓住辛月的手腕，拉着她往池子边上走。辛月看着他，表情有些微怔，任他在众目睽睽之下拉着她的手。

陈江野先迈上了池子边缘，然后松开辛月的手腕，转身朝她递过来另一只手。辛月回神，视线落在他的手上，她缓缓眨了眨眼，半晌，将手放进他的掌心。

她的手一放上来，陈江野立马握住她，把她从池子里拉了上去。

这会儿，打扫礼堂的人也有来洗拖把的，刚好看到了这场热闹，而这个人还刚好是徐洋。

徐洋拿着拖把朝他们跑过来，看他俩双腿膝盖下都湿透了，忙道："你们赶紧回去把裤子换了。"

陈江野拿过辛月手里的拖把，再弯腰捡起地上的扫把丢给徐洋："帮我们拿上去。"

"嗯，你们赶紧回去。"

陈江野没有再多说，拉着辛月就朝宿舍的方向走，视若无睹地经过一个又一个看着他们的人。

他走得很快，辛月有些跟不上。浸了水的雪地靴重得要命，每踩一下，都会有水从鞋垫里压出来，冰得皮肤一阵刺痛，冷意直往骨头缝里钻，让浑身的神经都跟着一颤。

辛月感觉踩在刀尖上走大概也不过如此，每一步几乎都要冻得她倒吸一口凉气。

"陈江野。"她实在受不了，这条路还很长很长，"你走慢点，我脚冷。"

刚说完，她就因为脚被冻得蜷缩而崴了一下，撞到了陈江野的背上。

陈江野转过头来看她时，她已经抓着他胳膊支撑起身体的平衡抬起了头，两个人的目光也相应地撞上。

辛月眨了下眼，抓着他胳膊的手逐渐收紧，借力把步子迈过来直起身，但她的脚似乎在那个停电的晚上被崴过后就很容易习惯性崴脚，虽然每次崴得并不严重，但还是会有那么一两天走路困难。

这一次也是，她的脚才刚落地就又趔趄了一下。

陈江野抓住她的胳膊。

在暑假剩下的那半个多月每天的如影随形里，他知道辛月经常崴脚，于是问："又崴脚了？"

"可能。"

陈江野敛眸看着她，目光沉而暗。下一秒，他俯身将辛月横抱起来，径直朝宿舍走去。

辛月的双眸骤然睁大，惊愕地看着他。

"陈江野！"她皱起眉，怒道："你放我下来！这是在学校！"

陈江野瞄她一眼，继续走："我管在哪儿。"

辛月扶额，这人真的是无法无天。

但想想，其实也没什么。反正他俩就算什么也不干，谣言也不知道已经传成什么样了，她从来不在乎这些流言蜚语的，只是觉得在学校这种场合不适合这样亲昵的举动，可他抱都抱了，而且肯定她说什

第十二章 救赎

么都不会放她下来。这样也好,走得快些,这条路实在是太长了。

辛月放弃挣扎,乖乖地让他抱着。

陈江野就算抱着她,步子还是迈得又大又稳,她窝在他怀里一点都不觉得颠。

这会儿学校里每一个角落都有人,走到哪儿都有人看着他们。辛月以为自己能视若无睹,但脸上还是忍不住阵阵发烫,于是抬手将帽檐往下压了压,几乎遮住整张脸。

从陈江野的角度,他只能看到辛月的帽子,耳朵也看不到,辛月拿头发盖住了,但看这动作他就知道,帽子下是怎样一张透红的脸。

他弯了唇角,浑然不觉得冷。

很快,他俩就到了女生宿舍门口。

辛月已经做好了被放下来的姿势,陈江野却直接抱着她进了女生宿舍的门。

"陈江野,这女生宿舍!"辛月惊道。

陈江野垂眸,神色淡淡:"女生宿舍又怎样?"

这时,宿管阿姨看到有男生闯进来,赶忙从值班室出来拦住。

"怎么回事?"

陈江野淡定从容地对宿管阿姨说:"她脚崴了,我送她回宿舍。"

"几楼的?"

"几楼的?"

陈江野颠了下怀里的辛月。

辛月深吸一口气,说:"二楼。"

宿管阿姨在他俩身上来回扫了几眼,然后才说:"我带你们上去。"

"哪间宿舍?"

"236。"

"带钥匙没?"

"带了。"

"那走吧。"

宿管阿姨走在前面给陈江野带路。

爬楼梯的时候，宿管阿姨看着他俩都湿透的裤脚，问他们："这大冬天的，你们怎么湿成这样?"

陈江野瞟了一眼辛月，开口回道："掉池子里了。"

"哦，脚也是这么伤的?"

"嗯。"

宿管阿姨倒也没再多问。

过了几分钟，三个人走到236寝室门口，辛月拿出钥匙之前看了看陈江野，又看了看宿管阿姨，犹豫一会儿还是开了门。

陈江野抱着她进门，眼神并没有乱瞟。

"哪张床是你的?"

"靠窗的下铺。"

丹湖大学每间寝室都是六张床铺，按理说应该住六个人，原本这寝室里也确实是住了六个人的，但那两个人一个来了没多久就搬出去住了，现就只剩下四个人。又因为有张床不稳当，郑淼淼和胡思雨只想住上铺，所以每个人的床铺还是维持的原状，辛月住在郑淼淼的下铺。

辛月的床铺上挂了遮光帘，这个帘子的遮光效果很好，一拉上基本不会透出什么光，最开始是怕熄灯后学习影响到别人，后来反而成了防止她们影响她睡觉的工具，刘灵经常看小说看到半夜，她还不喜欢用夜间模式，手机屏幕特别亮。

辛月的床铺很整洁，也没什么很隐私的物件，完全不怕敞开让人看，但这会儿她还是有点害臊，因为她床上几乎所有的东西都是

第十二章　救赎

粉的。

陈江野的确在笑，但并非嘲笑。他走过去，轻轻地把辛月放在床上。

"行了，赶紧走吧，人家还要换衣服。"

"嗯。"

陈江野盯着辛月的眼睛说："走了。"

说完，他直起身。

"你是不是还要来接她？"

宿管阿姨在外头问他。

陈江野的表情一顿，辛月也是。

"嗯，来。"

辛月的双眸微微睁大。她在想，他该不会还要过来抱着她去教室吧？

那也太羞耻了。

辛月动了动脚踝，感觉也没怎么大碍，可能只是太冷的原因，正想说让他不用来了，却只听一道关门声。陈江野趁她走神的时候已经走了。

辛月深吸一口气，不管了，先换衣服，冷死了。

换完衣服，她下床去接了盆温水，准备泡泡脚，回一下温。

刚下地的时候，她还是走得有点费劲，但似乎不是因为脚崴到，而是因为被冻僵了。等打完水泡了泡，她又在被窝里捂了一会儿，感觉好了很多。

她估摸着陈江野过不了多久就会过来，所以没有在被子里待太久，穿上袜子和鞋下床试着走了走。看来还是有一点点崴伤，走的时候脚会有些隐隐作痛，但一个人走还是没问题的。

她猜得没错，陈江野果然很快就来了，她还没走几步，外面就传来了敲门声。

辛月打开门，外面就陈江野一个人。他把身上的衣服全换了，不得不说，他的品位是真的好，连冬天的衣服都很好看，加上人长得好看，所以哪怕他是一身黑，站那儿却只让人觉得整个世界都敞亮。

"宿管阿姨呢？"她问。

"她懒得上来，让我十分钟内下去。"陈江野看了眼她的脚，问，"能走？"

"本来就能走。"

陈江野扯了扯唇："那你往我身上栽。"

他说这种话时总习惯性地微微仰起下颌，眼睫下敛，让那双眼里透出的目光愈发意味深长。

辛月脸上一热，忙忙把视线甩到一边，皱眉嘟囔道："那是崴到了。"

陈江野哼了声，问道："走不走？"

"走。"

辛月走出去关上门，和陈江野并肩往下走。

整个宿舍楼都没几个人，大家基本上都还在打扫卫生，但他们只要撞见，每个人都会用既震惊又激动的表情看着他们，想来他们不只表情丰富，心理活动怕是更加丰富。

走到楼梯口的时候，陈江野把手抬起来，说："撑着我走。"

辛月明白他的意思，宿管阿姨是因为她的脚受伤才放他进来的，她总不能这样大步流星地跟着他一起走出宿舍。

她没有忸怩，抬手去抓住他的胳膊，佯装出一副脚崴得很厉害的样子，一瘸一拐地路过一楼大厅。

辛月不知道是自己手心的温度太高，还是陈江野过烫的体温穿过衣服透了出来，她感觉自己像抓着一个刚接了热水的玻璃杯。

第十二章 救赎

等出了宿舍,辛月松开抓着他的手,手心的温度很快被冷空气侵蚀,辛月不自觉地握紧手心,像是想留住那不知是属于自己还是属于他的体温。

"回教室?"陈江野问。

"嗯。"

接着,两人都没再说话,抬步朝教室走去。

辛月因为脚还是有些疼,所以走得很慢,陈江野于是也放缓了步子,始终和她并肩而行。

两人回到教室的时候,教室里的卫生刚刚好打扫完,有人正在把倒置在桌上的凳子放下去。

恰好正在放凳子的徐洋看到陈江野回来,冲他抬起手:"陈江野,你回来得刚好,我们正准备去吃饭。"

这时,何晴也从办公室过来找辛月。

"辛月。"她走过来,神情有些担忧,"你没事吧?徐洋说你被人推到池子里去了。"

"没事,就湿了裤子和鞋,我已经回去换过了。"

何晴的表情忽然变得怒不可遏:"她们简直越来越猖狂了!"

"哎呀,何老师,别气。"徐洋在一旁说,"刚刚你急着去找教导主任,我忘了跟你说。你是不知道,那女的想推辛月下水,结果自己也栽进去了,还喝了好几口那洗过拖把的臭水。"

说完,徐洋觉得大快人心地哈哈笑了两声,何晴却笑不出来。

"那你们两个呢?"

她问辛月和陈江野,徐洋当时跟她说的那个女生把辛月推池子里了,陈江野为了救她也下池子把身上弄湿了,所以两个人都回去换衣服了。

"他们两个就湿了裤腿。"徐洋替他们回答。

"那就好。"何晴松了口气,"等会儿我给你俩拿几包感冒冲剂来,你们一定要吃,这大冬天的别感冒了。"

"对了。"她没有停顿,脸上的表情又变得义愤填膺起来,对着辛月说,"这事我已经跟教导主任说了,教导主任承诺我会严肃处理,那女生一定会受到学校的处分的。"

"谢谢老师。"辛月向她微微颔首以示感谢。

"谢什么,走,去吃饭。"

她拉着辛月就朝外走。

徐洋学着何晴的样子去拉陈江野:"陈江野,走,去吃饭。"

说着,他又向其他几个人招了招手,几个人聚过来,一起下楼。

因为何晴就在前面,下楼的时候,几个男生没说什么,等到了食堂,那话匣子一股脑全打开了。

"陈江野,你这出英雄救美够帅啊!"

"辛月是不是超感动?"

"我听他们说你是抱着她回宿舍的,真的假的?"

就在他们兴冲冲地问陈江野时,几个人挡住了他们的去路。

陈江野淡淡地抬起眼皮,看向面前的人。

"我说辛大美女的护花使者,你今天是真帅啊。"那人笑着说。

会说出这种话的,除了夏梦妍,便再没有别人了。陈江野没吭声,只面无表情地看着她。

夏梦妍又走近一步,表情讥讽地对他说:"我昨天晚上才知道你竟然来我们学校了,你不会就是为了当她的护花使者才来的吧?"

陈江野的表情还是没有丝毫的变化,只说了一句:"用你管?"

夏梦妍冷笑一声:"我只是想好心提醒你,护花使者可不是那么好当的。"

陈江野的脸上终于浮现一丝变化,不过是一声冷笑。

第十二章 救赎

"你应该还记得我们周末有约吧？"

夏梦妍轻笑着继续说："原本黄毛还担心你会跑，但既然你都过来了，我们也不让怕找不到人了。"

"跑？"陈江野的唇角牵起一抹笑，"我还怕你们跑了。"他的眼尾微微挑起，蔑然地盯着夏梦妍开口，"就算你们不来找我，我也会去找你们。"说着，他表情又冷下来。

"你们，一个都别想跑。"

沉冷的声线入耳，夏梦妍怔住。眼前这个男人给人的压迫感实在太重，明明她觉得他就是在打肿脸充胖子，却依旧被他的眼神所威慑。

过了一会儿，她才像听了一个笑话一样扬起唇。她双手抱胸，歪头看他："你说得我都想今天就是周末了，我倒要看看，你一个外地人，能在这儿翻起多大风浪。"

陈江野扬唇，轻蔑地笑："那你最好早点到，给我等着，好好看。"

"我等着。"夏梦妍高傲地仰起头。

陈江野懒得再跟她废话，抬步绕开她，像是完全就没把她放在眼里。

徐洋他们几个刚刚躲在陈江野身后，呼吸都不敢太大声，这会儿陈江野走了，他们更是看都不敢看夏梦妍一眼，赶紧跟过去。

等跟夏梦妍的距离拉远了，他们才胆战心惊地跟陈江野说："天哪，陈江野，你怎么招惹上她了啊？"

"陈江野，真的，夏梦妍这种人，咱们惹不起的！"

陈江野只是轻轻一笑："还没有我陈江野惹不起的人。"

听完这话，几个人你看看我，我看看你，表情有些微妙而难以言喻。

炙野

最后,还是徐洋硬着头皮开了口:"陈江野,我知道你帅,但这时候咱真没必要强行耍帅。"

多说无益,陈江野没再开口,一笑了之。

徐洋是个会看脸色的,拿手拍了拍其他几个人,没再提这茬儿。

几个人吃完饭后约着去打球。篮球场就在食堂的后面,很多女生看到陈江野在打球,直接走不动路了,站在路边看他打球。

辛月从教师食堂出来的时候,看到的就是这样一幕——

被诸多女生围着的篮球场上热气蒸腾如冬雾,穿着白色卫衣的陈江野在场上的人影里穿梭着,速度极快,位置不断变化,你却只看得到他。他身上有着极致的少年感,奔跑如风。

她来得正是时候,篮球刚好传到他的手上,有人过来拦,他直接背手将篮球往背后一扔,再转身一捞,将弹起的篮球揽至腰侧,动作利落帅气。接着,他在原地起跳,径直地将手里的篮球朝七米外的篮筐投去,爆发力实在是惊人。全场的目光都顺着抛至半空的篮球而移动。

"哐!"篮球在半空中画出一道漂亮的抛物线,正中篮筐。

场上顿时响起一阵欢呼与尖叫。

陈江野就是这样的存在,轻易就能让所有人为他疯狂。

辛月走在篮球场外的过道上,面色平静,心底却也在为他雀跃。而这时,她看到篮球场上的那个意气风发的少年仰起头,视线穿过冬日的雾与沸腾的人群,与她对视。

他看过来的瞬间,辛月很难形容那种感受,好像在这个喧嚣而芜杂的世界,无论是隔着山,还是隔着海,他都会越过一切阻挡,看向她,也只看向她。

她一步一步往前走,陈江野的视线也一寸一寸地跟着她移动。

有人顺着他的目光看过去,只看到一个掠过的人影。

第十二章 救赎

"陈江野，愣着干吗？继续啊。"

"嗯。"

他们继续打球，辛月则跟着老师们一起回了教学楼。

去办公室拿了预防感冒的冲剂后，辛月回到座位上，拿出笔记本准备做今天老师布置的作业。

教室里只有她自己，辛月不知道是不是这个原因，教室里有些冷，坐着没一会儿，她身上也跟着一阵阵发寒，后背像是有冷气般一股一股地往上蹿，头也有些晕。

可别是发烧了。这样想着，她赶忙把冲剂冲来喝了。

热腾腾的感冒药入胃，身子立马暖和了起来，大概是心理作用，辛月感觉头也不怎么晕了，于是继续做题，但没过一会儿又觉得背上有寒气在往上冒，脚也变得冰冷。

辛月摸了摸自己的额头，并不算烫，头也并不怎么晕，她猜应该就是之前的冷劲还没过去。她深吸一口气，把脚蜷缩起来，咬紧牙关接着埋头做题，想着要是实在遭不住就去找何老师拿颗退烧药。

今天的确冷，刘灵和郑淼淼都冻得回宿舍泡脚去了。

气温太低，盆里的水没多久就凉了，刘灵把床底下的拖鞋拿出来，准备再去换一盆水，结果因为拖鞋的鞋底有些滑，她突然一个趔趄摔了下去，盆里的水直直地朝正前方泼去，而她前面就是辛月的床。

好在，水并没有泼得太远，只有一小点水泼到了辛月床上。

郑淼淼坐在胡思雨的床上，听到动静愕然抬头，看到一地的水，和辛月床上弄湿的那一小片地方。

"幸好你没把她的床弄湿多少，要是再多点，晚上干不了，她回来绝对跟你算账。"

刚说完,她和从地上爬起来的刘灵像是同时想到了什么,都愣了愣。

昨天她们还一直在想,到底要怎么样才会让辛月冲她们发火,这样她们才能把辛月不堪的一面拍下来发到网上。她们在食堂讨论了半天,在还没商议出结果的时候,胡思雨的男朋友就给胡思雨发消息说了有关辛月所有的视频和图片都被限流了的事情,气得她们晚饭都没吃完就回来了。

郑淼淼知道刘灵跟她想到一块去了。这不就能让辛月冲她们发火嘛,但现在她们已经不打算搞这事了。她叹了口气:"要是她的视频能晚一点儿被限流就好了,我们泼她一床的水,她回来铁定跟我们发火,我们还可以把这事甩给夏梦妍那伙人,她肯定不可能直接去问夏梦妍她们。"

没想到刘灵却说:"现在也可以。"

郑淼淼一脸蒙:"她的视频不是都被限流了?"

刘灵抬起头来看向她,突然笑了一下:"我们等寒假再发不就行了?"

郑淼淼秒懂她的意思。

"对哦!"

辛月的视频虽然现在被限流了,但不代表两个月后还被限啊。

她们完全想不到辛月的视频之所以会被限流是陈江野在背后操作,还以为真是像传闻里说的那样被几个经纪公司给联合封杀了。

"等过了这阵子,只要不带那几个话题,应该就不会发一个封一个了吧,到时候我们把这个视频发出去,就算那些经纪公司看到,应该也不会再封,我们拍的又不是让她吸粉的视频。"

"对!"刘灵一脸兴奋地说,"而且这种视频肯定会更火!"

位高权重的人坠落高台、家财万贯的人流落街头、一尘不染的人

第十二章　救赎

形象崩塌……有些人总喜欢将自己的快乐凌驾于他人的苦难之上。

世人皆苦，所以他们要那些他们需要去仰望的人，落下来，和他们一起，跌进泥里。

刘灵和郑淼淼一拍即合，当即去外面接了盆水泼在辛月的床铺上。就这一会儿的时间，郑淼淼连到时候何晴问起来时的说辞都想好了。

"就说，我们是怕辛月跟她们动手才拍的视频，毕竟辛月害怕镜头，我们拍下来也没想到发到网上，只发给了一两个朋友，谁知道就传开了。"

"天哪！"刘灵激动地用力摇晃郑淼淼的肩膀，"郑淼淼，你真是个天才！"

郑淼淼得意地挑眉："我就说我关键时候不会掉链子吧。"

"你厉害。"

"走，去跟思雨说。"

两人激动地走出了寝室，只留下地上的一摊水，以及正不断向下渗着水的被子与床褥。

在教室的辛月浑然不知床上被泼了水，还想着今天回去把厚衣服也搭在被子上，蒙头睡一觉，把汗闷出来。

她是在下午第二节课后确认自己发烧的，不过可能是低烧，所以额头没有那么发烫，但身上冷得厉害，脑袋也晕晕沉沉的，但也还算清醒，可以继续上完晚自习，她不想因为生病而耽误自己的复习进度。

所以，她是在晚自习下课后才找何晴要的退烧药。

何晴挺担心她的，但看她脸色还好，想着应该只是低烧，那吃点

405

退烧药应该就可以了。也正是因为她脸色还好的原因,整个晚自习没人发现她不舒服。

不知道是硬撑太久了还是怎么的,出了教室后被冷风一吹,辛月突然感觉自己整个人都有些摇摇晃晃。她咬紧牙关,没让何晴看出异常。

回去的路上,何晴说她的儿子也感冒发烧了,所以辛月坚持让她送自己到宿舍门口就行,然后自己上的楼。

一进寝室,她发现其他三个人竟然破天荒的在她之前都回了寝室,这让她觉得有些奇怪,但她现在很不舒服,没功夫去多想,只想赶紧吃了药睡觉,于是她径直走去饮水机旁接水。

吃了药后,她拖着快要支撑不住的身体走向自己的床。然而刚一坐下,撑着床的手心下是一片湿冷的冰凉。

从手心传至大脑的冰冷让辛月瞬间清醒。她睁大眼低头,看到床单和被子上的一大片水渍。

怒火顷刻烧起,她转头看向寝室里此刻本不会出现的三个人,心中一下什么都明白了,尤其是在她看到一个放在挂篮里,只露出一个漆黑摄像头的手机时。

她起身走过去,抽出那个手机按下关机键就朝床铺上的胡思雨砸过去。

"啊!"胡思雨被砸得大叫了一声。

"辛月你疯啦?"胡思雨捂着脸冲她吼道。

辛月冷笑:"我只是不到一百度的近视,还没瞎。"

她看向房间里的其他两个人,指着自己的床质问她们:"谁干的?"

这话她是盯着郑淼淼说的,郑淼淼本来都准备好了答词,却被她吓得不敢说话,只能朝刘灵投去求助的目光。

第十二章 救赎

"夏梦妍她们干的,你冲我们发什么火?"刘灵没好气地说,"你也知道她们有多坏,她威胁我们不让我们告诉你,我们有什么办法。"

"夏梦妍?"辛月转头看向刘灵,冷哼一声,"那你们敢不敢跟我去查监控?看看夏梦妍到底来没来过?"

听她这么说,刘灵和其他两人的表情俱是一惊,她们都忘了宿管阿姨那边还有监控这回事。

看着她们的表情,辛月眼底的冷意更甚,转身就朝阳台走去。

她们寝室有个水龙头漏水,为了不浪费水,他们每天都会拿一个大盆接着,用来洗拖把。

这会儿水已经接满了一大盆,辛月端起那盆水,在那三个人还没反应过来时,直接端起盆子将水泼向了她们的床,顺带把她们的人也浇了个透。

房间里顿时响起几声尖叫。

"辛月你疯了吧!"

"你个疯婆子!"

刘灵和胡思雨一边脱衣服一边骂。

辛月冷冷地看着她们:"你们弄湿我床的时候,就该想到这个后果。"

"我们都说了不是我们干的!"

"那你们怎么不敢跟我去查监控?"

"怎么回事?"

听到动静的宿管阿姨赶过来。

看到宿管阿姨,刘灵立马哭着跑向她:"小姨,她泼我们水。"

辛月一直知道这层楼的宿管阿姨是刘灵的亲戚,所以才会纵容她们大半夜还吵得不行。

宿管阿姨走进来,看到一地的水和被浇得满身是水的几个人,当即冲辛月骂道:"你有病啊!大冬天泼人水,缺不缺德!"

辛月指着床上的水渍,面不改色地说:"是她们先泼的,我不过是还给他们。"

宿管阿姨闻言,转头看了刘灵一眼,见她眼神躲闪,自然知道了辛月说的是实话。

她剜了刘灵一眼,然后指着寝室里每一个人吼道:"都快要大学毕业了,还以为自己是几岁的孩子吗?这么大了还搞这出!你们丢不丢人?"

"我告诉你们几个。"她一个一个指过去,"这次就算了,还有下次我一定告诉你们辅导员!"

听到这儿,辛月心里冷笑一声。

这事说大是不大,性质却很恶劣,竟然就这么算了,要是换别人来,怕是二话不说直接给辅导员打电话。真不愧跟刘灵是亲戚。

不过,事情当然不能就这样草草了事,几个人的床都湿了,今晚肯定是没法睡了。

宿管说:"今天晚上你们就去找同学挤一挤,明天该让爸妈带床垫跟被子的就让他们带,该买的就买。"说完,她又骂骂咧咧了几声,然后拽着刘灵走了。

剩下的胡思雨和郑淼淼什么也没说,大概是不想再跟辛月待在一个寝室里,她们俩几下换完衣服去了别的宿舍。

很快,宿舍就只剩下辛月一个人。

辛月没有收拾东西,似乎完全没有要去找别人挤一挤的打算,就算她想……她又能找谁呢?她没有朋友,从很早之前就没有了。

所有人都视她为洪水猛兽,避之不及,怕跟她在一起会同样遭受到高年级那一群人的欺凌。

直到盛航入狱,原本霸凌她的那群人才肯罢手,大概是可怜她,

第十二章 救赎

她们竟然还会在别人找她麻烦时给她撑撑腰,但也仅限于此,虽然知道她们也是受盛航指示,但辛月不会和她们握手言和,也不会原谅她们。等她们毕业后,她就再没见过她们。

拜她们和盛航所赐,她习惯了一个人独来独往,在她漫长而艰辛的五年青春里,她没有交过任何一个朋友,始终一个人踽踽独行。

空荡的宿舍里,白炽灯亮得晃眼,黄色的木门似乎将一切嘈杂都阻隔在外,房间里只听得见阳台处漏水的水龙头往下滴水的声音。

辛月站在宿舍中央,手里还拿着那个接水的盆,盆里剩下的水也正一滴一滴地往下落。

不知过了多久,她松了手,盆子摔落到地面,发着咕噜咕噜的声响滚了一圈后才停下来,接着,宿舍里又是无边的寂静。

冬天的夜晚,太安静也太冷了。

辛月缓缓蹲下去,用双手抱住自己,将头放在膝盖上,整个人蜷缩成小小的一团,像只受了伤,独自舔舐伤口的小兽。

宿舍里依旧很安静,她没有哭,只是眼眶泛红。为那些人哭,不值得,但她不得不承认,她很难过,真的很难过。

今天发生的一切原本都不足以压垮她,也没什么大不了,何况她的陈江野还回来了。可人在生病的时候,心理防线总要脆弱一些。她只是想回来躺一躺,怎么就连这么一件简单得不能再简单的事,都不能满足她。

她很冷,很累。时间在不断下坠的情绪中无声地流逝,漫长而难熬。

"啪"的一声轻响,熄灯了。四周不仅仅只是冰冷,更是漆黑。

辛月还蹲在原地,像是要以这个蜷缩的姿势度过整个黑夜,只是没过一会儿,门外响起敲门声。

外面的人没说话,只敲门,敲门声不算响,但很急。

辛月深吸一口气，强行打起精神，撑着床沿站起来缓了会儿，然后凭记忆在一片漆黑中找到台灯，按亮，拿着台灯去开门。

她抬手转动门锁打开门，门才打开一条缝，外面的人就闪了进来，也可以说是强闯。

手里的台灯因那个人的突然闯入而和门框碰撞，改变了方向，辛月看不到进来的到底是谁，只看到眼前掠过一道很高的黑影。

女生宿舍哪儿有那么高的人，这一看就是个男人。

辛月不知道这人是哪儿冒出来的，当即就要喊叫，一只大手在这时捂住了她的嘴，把她压在了门上。

辛月的反应也很迅速，抬腿就要用膝盖去撞他的裆部，但眼前并未被台灯照到的人似乎知道她会怎么反抗，竟在她的腿才抬到一半时就压住了。

她一惊，耳边落下一声散漫的笑。

"反应还挺快。"

是熟悉的嗓音。

是独属于陈江野，磁沉而带有颗粒感的嗓音。

辛月惊愕地睁大眼，忙转动手里的台灯照向跟前的人。真是他。

这时，他松开了捂住她嘴的手。

"陈……唔……"只是她刚喊出一个字，他又给捂住了。

"别喊。"说完，他才正儿八经地把那只手拿开。

"陈江野！你疯了吧！"辛月压低声音朝他吼，"这是女生宿舍！"

辛月怒不可遏，他却笑得风轻云淡："又不是没来过。"

"你！"辛月都不知道该骂他什么好，最后咬咬牙说，"光明正大跟偷摸进来能一样吗？"

"我是光明正大进来的。"

第十二章　救赎

听他这么说，辛月的表情一顿，不免好奇："所以你是怎么进来的？"

"翻阳台。"

二楼的尽头处有个阳台，离地面有三四米，但修了很高的护栏，加上得有将近六米了，全校大概也只有陈江野能翻上来。

"你管这叫'光明正大'？"辛月有些无语。

"嗯。"

这下是彻底无语了。

她蹙眉瞪了他一眼："起开。"

陈江野不但不起，还凑了过来，定定地看着她的眼睛。

"哭过？"他问。

借着台灯的光，他看到她的眼眶是红的。

辛月微微一怔。

"没有。"

她把目光移到一边。

陈江野："那现在哭。"

辛月愕然地抬眸，困惑而恼怒地看着他："你有病吧？"

已经不知道被她骂了多少次有病，陈江野早都习惯了，他还勾唇笑了下，但随后嘴角又降了下来，眼神也跟着沉了下去，轻声和她说："我都听到了。"

辛月愣住。

二楼阳台的门开着，刚刚刘灵和宿管阿姨的声音那么大，只要是路过的，怕是很难听不见。

他既然听见了，也过来了，那就证明他知道她没有朋友，哪怕床都湿透了，也只能待在这个寝室里，独自熬过这个漫长而寒冷的夜。

"我也看到你去问何晴要了退烧药。"陈江野继续说，"所以，"他

411

看着她，沉沉地开口，"我知道你难受，那就哭出来。"

辛月的鼻腔一瞬间发酸。

人总是这样，原本可以蜷缩起来，一个人取暖，一个人舔舐伤口，一个人愈合，可倘若有一个人在这时朝你走过来，哪怕只是一句简单的问候，所有的情绪也会在这声简单的问候中顷刻崩塌。

所有她自以为的顽强、坚韧，也会在对方望过来的温柔目光里逐一瓦解。

可她习惯了不在人前哭，哪怕就快忍不住，也要拼命忍着。

"忍着干什么？"陈江野看出来了她在忍，抬手轻触她已经浸出一点泪光的眼角，轻笑道，"又不是没见过。"

他是见过的，在买蜡烛回去的路上，辛月被他吓哭的那一次，但辛月始终觉得那一次他是在嘲笑她，所以听到这句话，她回忆起上一次的窘迫，便更不肯掉眼泪让他笑话了，于是她把眼泪死死地困在眼眶里。

陈江野像是叹了一口气："我不会因为你哭就觉得你软弱、好欺负。"他说着，嘴角扬起一抹戏谑的笑，"毕竟不管你怎么样，我都可以欺负你。"

"陈江野！"

辛月已经分不清他到底是在安慰她，还是在拿她寻开心。

他会不知道这样说一点都安慰不到她反而会让她生气吗？他就是故意的，故意要激她。辛月不知道他的意图到底是什么。

可其实，他的意图很简单，也始终都只有一个——他要她哭出来。哭出来就好了，人的情绪不能总是被压着。

至于他为什么要激她……

他在以前等人时随手拿的一本心理书上看到过，一个人在被激怒时最容易失控。所以，她越是忍着，他越是要激起她满身的刺，再一根一根拔下,然后告诉她:"你不用那么坚强,在我这里,你可以哭。"

辛月心里的那根防线在这一刻终于彻底崩断。眼泪再也控制不住地从眼眶里溢出,无声地滑过脸颊,再滴落。

她依旧是克制的,连哭都没有一点声音。

陈江野不知道一个女生要经历多少委屈与曲折才会像这样,连失控的哭都是无声的。看着她眼眶里的泪珠一大颗一大颗地滚落,陈江野的眉心逐渐蹙成一条深深的沟壑。

他的目的已经达到了一半,他该欣慰的,可看着她这样哭,他却感觉自己的心脏猛地塌了一片,像夏天暴雨天时新闻播报的塌方,轰隆隆地塌陷下去。

这是他从未有过的情绪。

他需要深吸一口气,才能继续。

"辛月。"他喊她的名字,抬手轻轻捧住她的脸,"哭出来。"

辛月用力咬着唇看着他。

他像一个手段高明的骗子,一步一步摧毁她竖起的高墙,把她从围墙里诱骗出来,再拉着她去到她最抵触的湿地。

但她不明白,他为什么非要逼她哭出来。她不想在人前哭,哪怕是在他面前,她也觉得狼狈、难堪。

在人前哭,在她看来是示弱,而曾经的发生的一切让她在很早之前就明白,你越让自己看起来软弱,别人越是会变本加厉地欺凌你。也是从很早之前,她就开始不让自己在人前哭,后来更是绝不允许。

所以,在他面前眼泪流得越厉害,她的心里就越是怒,越是恼,恼得想狠狠咬他一口,像从前他戏弄她那样,用力咬这个诱哄她掉眼泪的坏蛋。

此刻她的表情,除了那不断涌出的眼泪,也真的很像当时咬他时的模样。于是，陈江野轻易地看出了她的意图。

"又想咬我？"他发出一声笑，将脖颈主动递到她面前，"来，朝这儿咬。"

他让她咬，她真的就咬了，毫不留情。可明明她咬得不轻，陈江野却轻笑出声。然后，他也低下头，去咬她。

不知道是被咬得太疼还是觉得实在委屈又难过，辛月终究还是出声哭了出来。

声音断断续续的，像是在颤抖。

听到她抽泣的声音，陈江野缓缓松口。胸膛下的那块地方彻彻底底地塌陷下去，他停在她颈侧处，听着她低低的哭声。

她哭，他的心里也跟着疼。

是真的疼，不管是身体还是心理。

半晌，他抬手将她按进怀里，轻抚她的脑袋，轻声地说："哭出来就好了。"

辛月觉得不好，很不好。

"陈江野你混蛋。"她哭着骂他。

"是，我混蛋。"他顺着她。

辛月的确是被他一步一步给诱哄哭的，但归根到底，她不是因为他哭，是因为这该死的生活，这一天比一天糟心的日子。

"凭什么日子到我这儿就这么难。"随着情绪完全释放，她忍不住把心底的委屈也宣泄了出来，"我只是想好好读书而已，为什么就这么难？为什么都要欺负我……"

她把头抵在他的胸口，哭得抽抽搭搭的，委屈又伤心。

"讲道理。"陈江野轻笑，"我欺负过你吗？一直都是你折磨我。"

辛月吸了吸鼻子，语气固执又倔强地说："明明是你折磨我。"

陈江野本来想说什么，张了张嘴又合上，过了会儿才说："算了，

第十二章 救赎

今天不跟你争。"说完,他听见辛月的哭声明显顿了一下,然后声音渐渐小下去,不知道想到了什么。

对于情绪宣泄这件事,有的人需要很久,有的人则很快。

陈江野知道她好强,等那股情绪过去,她估计又要觉得难堪了,所以即便还不想松手,他还是放开了她。

"走。"他的手滑下来,拉住她纤细的手腕。

辛月的脑子还没转过来,一脸茫然地问他:"去哪儿?"

她的声音还有些闷闷的,听起来像是很好欺负的样子。这样的声音入耳,陈江野不自觉吞咽了一下。

过了一会儿,他才哑声回答:"带你出去睡。"

辛月一愣,睁着双泪眼蒙眬的眸子看着他。陈江野在她愣怔的目光中扬起眼尾,意味深长地看着她。

"不出去睡你是打算在这儿干熬一晚上?"他谑笑一声,补了句,"想什么?"

辛月又是一愣,这次脸还红了。

陈江野看到了她脸红,但没再揶揄她,只说:"酒店还是网吧,你选一个。"

辛月将头别到一边,抬手抹了两下脸上的泪痕,然后才转过来说:"网吧。"

"那走。"

"怎么走?"

"还能怎么走?怎么来的怎么走。"

辛月一惊:"翻阳台?"

陈江野:"不然?"

辛月蹙起眉:"那么高,你倒是跳习惯了,我跳得摔个半死吧?"

陈江野"嗽"了声,看着她:"我能让你摔?"

他的声音低沉,却掷地有声。辛月只觉得这声音似乎穿透了她胸腔,直抵心脏最柔软的那块地方。

他总是这样,漫不经心的一句话就撩拨人心。

她与他对视的目光一下变得躲闪起来,长睫像风里蝴蝶的翅膀,飞快地扇了扇。

她将视线移到一旁,低声闷闷地说:"谁知道?"

陈江野笑着转开眼,半晌又转过来。

"你尽管跳,我接着你。"

他的声音透着散漫的笑,语气听着痞痞的,一点儿也不靠谱的样子,却无端让人安心。

辛月不自觉地咬了咬唇,还是试探地问了一句:"怎么跳都行?"

"嗯。"他把手机上的手电筒打开,"把台灯放回去,走了。"

辛月吸了吸鼻子,听话地把台灯放了回去,顺便脸上剩下的最后一点眼泪也都擦干净。

她不知道自己是哪儿来的勇气,就这样轻易地决定和他一起出去。

在学校里,她没做过这样出格的事。大概是脑子被烧糊涂了。她这样想。

但糊涂就糊涂吧,今天她只想找个地方好好睡一觉。

她放好台灯走到门口,陈江野关上手电筒,打开门看了外面一眼,没人。

"走。"

两人走到阳台。外面还不算太黑,能看清对方的脸。

在往下跳之前,陈江野压低声音对辛月说:"记着,我会接住你,你只管往下跳。"

第十二章 救赎

辛月的睫毛微微一颤，点头。

见她点头，陈江野笑了下，接着二话不说就跳了下去，落地的声音并不大，辛月不知道他是怎么做到的。

辛月扒着阳台往下看，看到他就站在下面。没有片刻的犹豫，辛月也利落地跟翻上了阳台，然后低头看了下陈江野的位置。

这儿虽然只是二楼，但真的很高。不过没关系，他说他会接住她，她信他。

辛月深吸了一口气，闭上眼，跳了下去。

极速的下坠感让一颗心顷刻高悬，呼吸停止，全身的血液都仿佛涌到了颅顶，这些生理的反应与感受都在告诉辛月，她在害怕。

好在，这样令人心惊的下坠感并没有持续太长时间——她稳稳地落进了一个怀抱。

大概是心有余悸，她的心跳很快。而后，她在剧烈的心跳声中缓缓睁开眼，看到那张笑着的脸，也听到他带着笑意的声音。

"接住你了。"

他低沉的嗓音带着无法言说的慵懒，像被阳光晒透的倦，声线却又比同龄的其他男生都要沉冷一些。

这大概也是为什么，他只需要喊她的名字，就能轻易俘获她心神的原因。

这个人啊……辛月在心里叹息，眼睛却无法挪开。

她不知道他是怎么做到的，明明她是直直地跳下来的，他此刻却将她横抱在怀里，所以，她一睁眼就能看到他的眼。

陈江野也在看着她，然后在她怔怔的目光里缓缓挑眉："还不准备下去？"

辛月倏地回神，慌忙别开脸，懊恼地咬着唇说："你不放开我，我怎么下去？"

陈江野倒也不戳穿她，只笑了笑。

他没有立马松开，而是往前走了几步，到一个花台前，倾身将她放到了半米高的花台上，像是怕直接放手她会站不稳崴到脚，又不想显得太过小心翼翼。

是高傲的大少爷做派没错。

把辛月放到花台上后，陈江野一只手还是没松，他抓着她的手肘，好让她借力从花台上下来。

熄灯后的校园安静而空旷，四下一片漆黑。

辛月迈下花坛，望了望四周，再看向陈江野，问："我们从哪儿出去？"

"跟我走就行了。"说完，他的手从她的肘部滑下，像在寝室时一样，握住她的手腕，拉着她走。他知道她怕黑，也免得她踩着什么又崴了脚。

辛月没有把手抽出来，任他拉着自己走在漆黑的夜色里。

他不牵着她，她是真的会怕。今晚没有月亮，只远处有一些隐隐的光亮，仅依稀看得到路，到处黑咕隆咚的，尤其是道路两旁阴森的树丛，像是随时就会有什么可怕的东西从树影里突然钻出来。

如果是一个人走在这熄灯后处处透着恐怖气息的学校，辛月肯定会怕得要命，即便是两个人，平时这种时候她也会觉得毛骨悚然。以前和辛隆一起走夜路的时候，她都快挂到辛隆身上了，心里还是有些发怵。

但今晚，陈江野只是轻轻地拉着她的手腕走在前面，她就什么都不怕了。

冬天的深夜冷意凛然，风吹在脸上，如刀割面。辛月被风吹得眯起眼，却没有觉得冷，身上是暖的，心底也是。

她的陈江野像是永远都是炙热的、滚烫的，被他牵着，她又怎么

第十二章　救赎

会冷。

可他依旧回头问她:"冷吗?"

她摇头。

陈江野感觉到了她皮肤的滚烫,所以没有怀疑她的话,只是眉头蹙起一分,大概是以为她身上发烫是发烧了的缘故。

"药吃了吗?"他又问。

"吃了。"

陈江野眉间的沟壑微微松开一些:"不舒服就说。"

"嗯。"

他拉着她继续走。

十多分钟后,两人穿过操场,来到一面高墙前。

辛月仰头看着三米多高的墙,问道:"这要怎么翻?"

陈江野微微弯身,伸出手,姿势像一名邀请女士共舞的绅士。

"踩上来。"他说。

辛月惊愕地睁大了眼睛,有些不敢置信地看着他,一部分是因为他竟然会愿意让她踩他的手,另一部分则是她不敢相信他一只手就能托起她全身的重量。

"你一只手能把我托起来?"

陈江野微一挑眉:"这很难?"

行,又成功被他装到了。

"那我踩了。"

"嗯。"

辛月从来不是个忸怩的人,既然他让她踩,那她就踩。她伸手扶住墙,在看了眼陈江野就上了脚。

陈江野的力气大她是知道的,但踩上他手的时候,她还是震惊了,他的手就像和墙面一体的台阶一样,竟然纹丝不动,稳得不行,

419

而且这手还是他的左手。

在辛月无比震惊的目光里,他不疾不徐地伸出右手,抬高,接着微扬着下巴示意她把另一只脚也踩上来。

辛月咽了下唾沫,心想这个男人究竟是怎样可怕的存在。

她深吸一口气,把另一只脚踩到他的右手上,身体又拔高半米,这下她能够到墙头了。

陈江野看她两只手都攀住了墙头,出声道:"抓稳,我举你上去。"

"我抓稳了。"

听到她的回应,陈江野握住她两只脚,像举杠铃一样缓缓地将她高举过肩头。

"行了。"

辛月也算是个爬树能手,只要高度合适,翻个墙对她来说也很轻松,她把一只脚抬起来挂到墙头,手脚同时发力就翻了上去。

"你怎么上来?"

她坐在墙头上问陈江野。陈江野没吭声,拍了两下手后用行动回答她——

他稍稍后退了一些,在助跑两步后就腾空跃起,像电影飞檐走壁的侠客般在墙面蹬走,双手再往上一攀便上了墙,动作无比利落。

辛月惊得不由自主地张开了嘴。

陈江野看着她这一脸震惊的样子,眼底泄出些笑:"我先下去,你再跳下来,我接着你。"

辛月回神,往墙下望了望说:"这个高度我可以自己下去的。"

陈江野"喊"了声:"崴到脚我可不背你。"

辛月眨眨眼,闷声道:"谁要你背了?"

陈江野又哼了一声,接着跳了下去。

第十二章 救赎

辛月没法像他那样直接跳下去,她半转过身子,双手攀住墙头把腿慢慢放下去。正当她准备跳的时候,她忽然感觉双腿被一只手揽住,虽然知道是陈江野,她还是吓得一下扒紧了墙头。

"松手。"陈江野抬头看向她紧紧扒着墙头的手。

辛月撇撇嘴,犹豫会儿还是松了手,接着腰也被揽住,陈江野像抱小孩一样把她接下来轻轻地放到了地上。

此时的学校外,街道空旷无声,路灯还亮着,橘黄色的灯光落下来,罩在人身上,无端让人觉得温暖。

一辆货车从远处驶来,打破这寂静,又轰隆隆地离开。货车的影子掠过站在墙边的两人,遮挡片刻视线,待眼前重新出现无人的街道时,陈江野放开辛月直起身来。

"确定去网吧,不去医院?"

辛月点头:"低烧而已,用不着去医院。"

"那就去网吧。"

陈江野把手机掏出来,"你知道哪儿有网吧吗?"

"我只知道距离这儿有点远的两家。"

辛月虽然在这儿生活了这么多年,但她很少会出来逛街,熟悉的街道就那么一两条。

陈江野大概是猜到了,所以提前把手机拿了出来,打开地图搜索附近的网吧。

"走。"

他瞄了两眼就记住了路线。

辛月跟上他,和他并肩走在寂静的街道上。

丹湖大学前是一条一眼望不到头的柏油路,走出十多米后,辛月回头看了眼身后渐远的学校,脑海里回现刚刚他们翻阳台又翻墙出来的一幕幕场景,心里像是被什么轻轻牵扯着。

他们这样趁夜色出逃……像私奔。

私奔。这两个字浮现在脑海,辛月的心跳忽地慢了一拍,脸上顷刻发了烫,她慌忙低下头不让陈江野看到,好在外面风大,冷风一个劲地往脸上刮,没一会儿就温度降了下去。

风实在太大,辛月不知道是因为发烧还是药物的原因让她越来越觉得乏力,步子虚浮得不行,风再大些怕是都能把她吹倒。走到一半,辛月实在是走不动了,头也被风吹得又昏又涨,真的感觉再走几步就要倒下去。

陈江野注意到她越来越慢的脚步,于是停下来。

"走不动了?"他问。

"嗯。"辛月也没逞强。

陈江野敛眸看着她:"是抱还是背,你选。"

辛月倏地心头一紧。

虽然今天他们已经亲密接触了很多次,但听到这样一句话,她还是会感到慌乱。

"背。"她没有犹豫很久,声音低低地回答。

陈江野很自然地蹲下去:"上来。"

他的语气也自然,仿佛他们是已经相恋许久的情侣,不需要拘泥。

辛月做不到像他那样松弛,面对他,她总是难以自持。

她深吸一口气,有些紧张地伸出手搂住他的脖子,倾身靠到他背上。陈江野握拳架住她的腿,很轻松地背着她站起来。

风依旧很大,但他全为她挡下,只有几缕细风吹过来,捎着他身上淡淡的味道。

辛月的呼吸微弱,心跳却异常剧烈。但此刻似乎不只是她一个人心跳剧烈,因为靠在他的背上,辛月能听到他的心跳,一下,一下,

第十二章　救赎

又急又重。

那……陈江野，你也听到了吗？我为你而加快的心跳。

她圈着他脖颈的双手不自觉地收紧，手腕擦过他的皮肤。她将耳朵贴在他的背上，她听到他的心跳声忽然加重了一下，像回应——他听到了。

有些事情，他们本就早已心知肚明，所以她并不介意被他听到自己暴露心境的心跳，尤其在这个她生着病，他会让着她的夜晚。

唇畔有笑意泄出，辛月毫无顾忌地将头靠在陈江野宽阔的背上，感受着从他衣服面料里透出来的温度。

他身上好暖，她就这样靠着他，没多久就觉得全身都变得暖和。

这让她情不自禁地在他背上轻轻蹭了蹭，像只猫。

她的这一举动让原本正背着她缓缓走着的陈江野脚下一顿，停了片刻，才继续朝前走，唇角露出一抹笑容。

这个冬夜无疑是冷的，风是刺骨的，但少年的爱意永远炙热滚烫。

冬夜的风凛冽寒冷，路旁的香樟树被吹得沙沙作响。

穿着橄榄绿薄棉棒球服的男生背着蓝白色棉衣外套的女生走过长长的街道，橘黄色的路灯灯光落在他们的身上，无声地流淌。

那条似乎没有尽头的长街终于到达了转角，男生继续背着女生往前走，拐过几个弯，再穿过两条小巷，最后在一家网吧前停下。

"到了。"陈江野轻轻颠了下背上的辛月。

辛月睁开惺忪的眼，她竟然在他背上睡着了。

陈江野侧头看着她迷迷糊糊的模样，嘴里发出一声低笑。他还是第一次看她这个样子，没了白天的清冷疏离，整个人透着股娇憨，像刚睡醒的婴孩，让人挺想捏一捏她那睡出红印子的脸。

又一声低笑从他薄唇中溢出，他说："把嘴巴擦干净。"

闻声，辛月一下就清醒了，急忙抬手擦了擦嘴，却发现，她根本没流口水。

这个陈江野！

她刚想瞪陈江野一眼，可刚一抬眼，一顶帽子盖了下来，遮住了她半张脸，这让她需要极力仰头才能看到陈江野。

刚刚路上风太大，她就把鸭舌帽摘了，把鸭舌帽拿在手里，戴的棉服上的帽子。至于鸭舌帽怎么到了陈江野的手上，估计是她睡着的时候帽子掉下去被他接住了。

辛月撇撇嘴，晃了晃腿说："放我下来。"

陈江野微微下蹲，把她放了下来。

辛月的腿有点麻，落地后有点站不稳，便伸手抓住了陈江野的胳膊。

陈江野站着没动，等她缓劲。

过了一会儿，辛月跺了跺还微麻的脚说："进去吧。"

辛月还是第一次来网吧，也不知道要怎么弄，但也没事，她只要跟着陈江野就行。

陈江野走在前面，她压低帽檐跟在后面。

这家网吧是新开的，环境虽比不了海城的网咖，但在这种小县城里已经算很好的了，而且因为是新开的，异味也不重。

走到吧台，陈江野从兜里掏出身份证给网管："开个包间，要最大的。"

辛月一惊，抬眸地愕然看向陈江野。原来网吧也有包间，辛月头一次知道。

嗓子忽地发干，辛月咽了下唾沫，揣在兜里的手因为紧张而攒成了拳，全身都已经控制不住地开始发热。

第十二章 救赎

在陈江野没来之前，辛月从来不知道自己竟然那么容易害臊，以前也不是没有男生撩过她，但面对那些男生，她别说脸红心跳了，能不犯恶心就不错了。

"开好了，我带你们过去。"网管把身份证还给陈江野。

两人不远不近地跟着网管走。

辛月看着陈江野没立马揣回兜里还随意拿在手上把玩的身份证，忍不住问他："你随身带身份证？"

陈江野"嗯"了一声。

辛月没有随身带身份证的习惯，平时又不怎么用得到。

"你随身带身份证干吗？"辛月又问。

陈江野看着她的眼神略微有些意味深长，过了会儿才说："以防出现今天这种情况。"

"就这儿。"这时网管已经带他们到了包间门口，推开门让他们看了看，里面有八个机子和八张电竞椅，旁边还有一张能坐四五个人的沙发。

"有事叫我。"网管说着，目光在两人之间来回扫了两下，犹豫了一会儿还是提醒道，"你们别乱来啊。"

他不说还好，这一说，辛月连脖子都红透了。

陈江野没回那网管，只笑了一下，然后拽着整个人像刚从沸水里捞出来的辛月进去。

一进门，辛月只觉一阵天旋地转，陈江野将她抵在了门上。

"嘭"的一声，门被砸得重重关上。

辛月心也跟着重重地"咚"了一声，愕然抬头，而身前的人似乎就正等着她抬头——

她撞上了一双微狭的眼。

陈江野一只手压在她身后的门上，高悬吊灯的映照让他高大的身影罩下来，连同他身上凛冽的气息，将她整个包裹。

她想往后退，可身后就是紧闭的门，一旁是墙，另一旁则是陈江野压在门上的手，她根本无处可躲，强制地被他禁锢在这个狭小的空间里。

"你干吗？"她问他，嗓子却发紧，声音细细的，不像是质问，倒像是撒娇。

听到她这样的声音，陈江野的目光蓦地一沉。

辛月也听到了自己的声音，懊恼得咬唇低下头，然而她才把脸侧到一边，一只发烫的手又扼住她的下颔，迫使她抬头。

"脸红成这样？在想什么？"

他在笑，沉沉的笑声在不大的空间里回荡。

陈江野没再逗她，侧过身示意她进房间里。而他则打开门准备出去。

"你去哪儿？"见他要出去，辛月问他。

"别管。"他往外走，在要关上门时侧头看着她补了一句，"给我在里头好好待着。"

这儿是网吧，鱼龙混杂的，辛月也不敢乱跑。

门被关上，辛月在原地站了会儿后转头打量了下这个包间，电脑桌和沙发都是新的，看起来挺干净的。

她走过去在沙发上坐下。看着这张挺大的沙发，她这才知道陈江野为什么要订最大的包间，估计只有大包间才会有这种人躺下来也不会觉得拥挤的沙发。可沙发只有一张……

辛月刚安静下来的心绪又开始不宁了起来。

此时，陈江野走到吧台，对网管说："麻烦给我条毯子，要新的。"

辛月还在包间里想着一张沙发怎么睡两个人的时候，陈江野拿着

第十二章 救赎

毯子进来了。他把毯子丢给她,然后随意地坐在一张电竞椅上转过来看着她。

"盖上,新的。"

辛月的半截身子被扔过来的毯子盖住,陈江野看不到她因某种情绪而攥起的双手。

这是一条单人毛毯。

辛月垂眸看了会儿毯子,抬头看向陈江野:"你呢?"

"我不需要。"

"那你怎么睡?冬天不盖被子睡觉会感冒。"

陈江野面无表情地回道:"不睡。"

辛月一惊:"不睡怎么行?"

"一晚上不睡死不了。"

陈江野还是没什么表情,只靠在电竞椅上看着她。

辛月看着他,不知道该说什么。她大概知道他为什么不睡,这里是网吧,来这里的什么人都有,不能不警惕一点,要是两个人都睡着了,有人摸进来做点什么,谁也不知道。

早知道就说去酒店了。她在心里叹了口气。

"愣着干吗?还睡不睡了?"陈江野的声音有些故作的冷,"我费那么大劲带你出来,别告诉我你又不睡了。"

辛月知道他是故意激她,无奈道:"睡。"

她裹着毯子躺了下去。

从小她就喜欢侧着身睡,不然睡不着,她朝着沙发靠背的一面侧身躺下。她总不能朝着他睡。

两个人都不说话后,包间里就很安静了,只能听到空调出风口呼呼往外送风的声音。

空调的温度好像有些高,连呼吸都熨得发烫。

虽然听不到他的声音，也看不到他，但辛月知道他就在那里，也知道他在看她，所以心跳一下比一下重，不像是要入睡，倒像是因为想他而失眠一夜的后遗症。

在这样只属于他们两个人的空间里，辛月以为自己会很难睡着，可大概是暖气开得实在太足，烘得人脑袋昏昏沉沉的，再加上药物的作用和这一整天的折腾，她还未从悸动的情绪里出来便已跌入了梦里。

她一向是习惯朝着右侧睡的，就算身体因为长时间侧卧而调整姿势也只会平躺一会儿又侧到右边睡，可奇怪，今天她睡着睡着却侧到了左边，朝向了此刻正静静注视着她的陈江野。

陈江野在当年随手翻阅的那本心理书上还看到过这样一句话——

"当你喜欢一个人，不光是目光会习惯性望向他，身体也总会在不经意间靠近他，偏向他。"

而她不光偏向了他，还在睡梦里喊了他的名字。

"陈江野……"

低低的、喃喃的呓语，但房间里的那个人听到了。

听到自己的名字在空气中呢喃而过，陈江野的心蓦地停跳了一下，漆黑的双眸一瞬变得愈发沉。

那短短的三个字，很快就消逝在空气里，他抓不着，却在胸腔里留下余音，一声又一声地回荡。

他再也无法自抑，站起来朝她走去。

走到沙发前，他垂眸看着微侧着脸压在自己手腕上正睡着的少女，她细密纤长的眼睫微颤，在精致的鼻梁侧方投下一片淡淡的阴影，安静又漂亮。

房间里的灯没有关，头顶吊灯的光线穿过他颈侧，被分割后的灯光落在少女的眉心。他的视线不受控制地看向她眉心那颗小小的痣。

第十二章 救赎

曾经数次想起的那句话又开始在他脑海里浮现,伴着回音萦绕。

"每一颗痣都是在告诉你,吻这里。"

他的目光一点点沉下去,半晌,他倾身。一个极轻的吻落下,轻触少女的眉心,像羽毛般轻柔而细微的触碰。

过了很久,亲吻着少女的他才缓缓睁开眼,看向被他吻过的地方。

终于,他亲吻到了那颗他惦念已久的痣。

辛月是被人捏着脸摇醒的。

一睁眼,她就看到陈江野那张杀伤力极强的脸,辛月瞬间清醒,但脑袋还是晕的,她根本回忆不起来自己是怎么睡着的。

她抬手揉了揉眼,撑坐起来。

"几点了?"

"五点四十五。"

"这么早?"

"你想被人看到你是在外面睡的?"

辛月眨眨眼,陈江野这个人看起来总是漫不经心的,却什么事都想得细致周到,这样的男人的真的很要命。

她没说话,陈江野看她的表情有些呆,脸又红扑扑的,于是问道:"感觉还发烧吗?"

辛月回神,晃了晃脑袋,没感觉头晕。

"应该没有了吧。"

她刚说完,一只手伸过来,覆在了她的额头上。

他掌心的温度似乎总是很高,辛月能感觉到从他的掌心传来的热,过了一会儿,他把手拿开。

辛月以为这样试一下体温就行了,下一秒,却见他整个人倾过来。

她下意识想躲,而他似乎早有预料,抬起一只手扣着她的后脑,然后继续靠过来,将额头抵着她的额头,鼻尖也轻轻触碰。

这忽然的接触,让辛月倏地全身绷紧,她抓着还盖在身上的毯子,一动不动,连眼睛都未敢眨一下,也不敢抬眸,就那样怔怔地看着他挺直的鼻。

她屏住了呼吸,只感觉到他的呼吸喷洒在脸上,微微刺痒。

"应该退烧了。"

陈江野的语气淡淡的,说完便直起上身坐了回去。

辛月长长地松了一口气,可因为刚刚一直屏着呼吸,有些缺氧,又深深地吸了一口气。

陈江野看到了她这一呼一吸,眼底泄出些笑意。

"起来走了。"他率先站起来。

"嗯。"辛月掀开毯子,"毯子放哪儿?"

"就丢那儿。"

出了包间,陈江野带着辛月去洗手间洗了把脸,然后离开了网吧。

外头天还没亮,两人并肩朝学校的方向走,这会儿街上一家开门的店铺都没有,卖早饭的小贩也还没出摊,他们只能回食堂去吃。

走了大约二十分钟,两人到达学校门口。

丹湖大学这会儿大门已经开了,操场上有三三两两晨跑的人。如果这个时候被人看到他们两个人一同走进大门,那关于他俩的谣言恐怕会愈演愈烈。

"你走大门。"说完,陈江野朝一旁走去。

辛月知道他又要去翻墙。不过这次他没绕去操场那边,而是直接翻的校门口旁边的围墙,反正现在外面也没人。

第十二章 救赎

那面墙后面是一个小花园，直走的话会到礼堂。

辛月看他轻轻松松地就上了墙，忙小跑进学校，然后快步走到礼堂通向这条路的出口。

从礼堂去食堂有两条路，一条是从后面走，会经过那天辛月被推下去的那个池子，另一条则是绕出来，走从校门口通向食堂的那条林荫大道。

林荫大道这条路比起池子那边的路要多走一截，但陈江野还是走的这条路。沿着通向林荫大道的小路走了一会儿，视线里出现了辛月穿着蓝白棉服的身影。

她站在天桥底下，等着他。

他们谁也没说要在这里碰面，他不知道她会在这里等，她也不知道他会选这条路，但他们就是在这里相遇了。

冥冥之中，他们总是如此默契。

看到对方的那一瞬间，两个人都笑了。

时间在两人的双眸之间被拉长，像是某个平行时空的画面永远被定格在这一秒。

而这个世界的陈江野没有停驻太久，继续朝他的月亮走去。

辛月，新月。她不光名字像月亮，人也是，清冷却发着光。

陈江野走到她身边，两人什么也没说，一起朝食堂走去。

食堂这会儿一个人都没有，窗口也都没打开，只透过玻璃窗能看到里头蒸腾的雾气，隐约听得见师傅们的谈话。

辛月和陈江野找了个位置坐下。

看着陈江野眼下浓重的阴影，辛月轻声问他："你要不要先睡一会儿？"

陈江野看她一眼，然后"嗯"了声。

"那你睡吧，我等会儿叫你。"

陈江野点头，把手拿到桌上，枕着胳膊将眼闭上。

辛月坐在他对面，可以光明正大地看他，就像她睡时，他看着她那样。

现在距离六点半还有二十分钟。

这二十分钟的时间里，辛月的目光一直没从陈江野的身上挪开过，她就这样静静地看着他，丝毫不觉得无聊，甚至觉得这二十分钟的时间太短，不知怎么就过去了。

食堂的窗口陆陆续续打开，穿着白袍的师傅端着热气腾腾的蒸笼出来。

辛月看陈江野都看走了神，还是窗口那边有人撞到什么发出一声巨响，她才回神。她猜陈江野也听到了这声动静，他眉头蹙了起来。

辛月没有立马叫醒他，趁这会儿没人，他也闭着眼，她轻轻靠过去，把下巴放在手背上，近距离地看着他。

她不知道为什么会有人生得这么好看，五官的每一处都像是被精心描摹勾勒出来的。也是这时她才发现，他的睫毛好长好长，都怪那双眼太过深邃迷人，才让她没能注意到这漂亮的睫毛。

很少有男生会有这样浓密而长的睫毛，大概也正是因为这过分浓密的睫毛，才让他的眼睛看起来那样深邃。

真的很漂亮，漂亮得让人看着就情不自禁地想伸手去拨一拨。

辛月抬起一根手指，虽然不敢真的去拨，但能靠近一点也好。她小心翼翼地将指尖移过去，在距离他的睫毛仅一两厘米的地方停下。

陈江野就是在这时候睁开眼的。

被发现了。

陈江野闭着眼睛的时候感觉到了有什么东西在他的眼前一晃，一晃的。刚开始，他看到的是一根细白的食指，再抬眸，是一双盛着星子般，又像林间小鹿的眼。

第十二章 救赎

对面趴在桌上的少女正近距离地看着他,似乎还想用手指轻碰他的眼睛。

"你干吗?"他扬起眼尾。

辛月伸出去的那根手指在他睁眼后一下子就缩了回来,现在更是被死死地压在掌心里,但无济于事,她已经被发现了。

辛月的脑子飞快地转起来,最后朝他干笑两声:"想问你吃什么?我去帮你买。"

陈江野也不戳穿她,懒洋洋地枕着胳膊说:"豆浆油条。"

"好,我去买。"说完,辛月站起来,小跑着去窗口,活像一只被大狼狗吓得落荒而逃的猫。

陈江野眯着眼看着她,眼皮很沉,很沉,但他不想闭上。

一夜未睡,他的眼里带有极浓的疲倦感,可眼底更多的是笑意,瞳孔里映着那抹纤细的影子。

穿着蓝白棉服的少女正在为他买早餐,是他喜欢的豆浆和油条,刚出锅的豆浆应该很烫,少女刚碰了一下盛豆浆的纸杯就被烫得赶紧摸了下耳朵。

怪可爱的。

大概是不想让他等,尽管很烫,她还是端着两杯豆浆飞快地朝他跑过来。

跑过来后,她赶紧把豆浆放在桌子上,烫得她直甩手。

陈江野眼含笑意地缓缓抬头,拿手支着下巴看着她:"烫就等一会儿,我又不是马上要饿死。"

"早点吃完你不就可以早点去教室睡觉?"

陈江野的表情微怔了那么两秒,然后笑了声:"算你还有良心。"

"我一直很有良心好不好?"

陈江野又发出一声短促的笑:"光有良心有什么用,能不能有点脑子？"

辛月一脸蒙："我怎么没脑子了？"

"你跑这么快有什么用？"陈江野微微挑眉，"这么烫，能喝？"

辛月一愣，她的确忘了这点。

豆浆这么烫，怎么着也得等凉一些才能喝，也就是说她刚刚忍着烫跑过来的动作，没有任何意义。

辛月没话说了。

陈江野也没继续取笑她，从兜里摸出手机丢给她："我再睡一会儿，十分钟后叫我。"

"好。"

陈江野把手机扔过来的时候按到了锁屏键，屏幕是亮的，辛月拿过来看了下时间，目光却被锁屏背景吸引。

他的锁屏背景是一朵玫瑰，但不是拍摄出来的玫瑰，是画出来的，花瓣和茎叶像水晶般剔透，发着清冷而美丽的光，很漂亮。

看着这朵特别的玫瑰，她不由得想：这是不是他自己画的？

如果不是，这样一张画作为男生的锁屏未免有些奇怪，但也有可能是手机自带的随机壁纸。出于好奇，辛月等手机熄屏后又按了下锁屏键，但锁屏背景还是那张图，那就证明这是他自己设置的锁屏壁纸。

辛月心底生出很多疑问。陈江野为什么要用这张画作为锁屏背景？这张画是不是有着什么隐喻的含义？如果有，那会与她有关吗？

但有关无关都不重要，她都会为他骄傲。

她的陈大少爷啊，真的也是她的陈大画家。

等手机屏幕再次熄灭，辛月轻笑着抬眸，继续看陈江野睡觉的样子。

十分钟过得很快，辛月本来想让他多睡会儿，但食堂已经陆陆续

第十二章　救赎

续来了人。

"陈江野，起来了。"辛月伸手摇了摇他的胳膊。

陈江野长吸一口气，抬起头后才缓缓睁开眼。

"走吧。"他站起来，随手拿过桌上的豆浆和油条。

油条还没凉，豆浆也还微微烫，一切都刚刚好。

两个人一边吃着一边朝教学楼走去。

半路上，陈江野问辛月："你寝室那几个你打算怎么办？"

"还能怎么办？告状。"

听她把告状两个字说得中气十足，陈江野微微挑眉，然后笑了声。

嗯，不愧是辛月。

在学生时代，大家最讨厌的就是爱告状的人，但有些状，该告就得告。更何况，辛月从来不管别人是讨厌她还是喜欢她。或许她还会觉得大家都讨厌她更好，免得扰她清净。

到教室门口的时候，两个人的油条都吃完了，但豆浆还没喝完，等辛月开了门，陈江野把还剩了半杯的豆浆塞她手里："给我拿进去放桌上。"

说完，他径直朝厕所走去。

辛月端着两杯豆浆进教室，把陈江野的那杯放在了他的桌上。

在把豆浆放下去的时候，辛月微愣了一秒，像是想起了什么。

陈江野是在两分钟后回来的，他很困，但出于不浪费的原则，他准备把剩下的豆浆喝了再睡。他伸手把豆浆捞过来，一张压在豆浆下的字条也飘了下来，上面写着一句话：

　　陈江野，谢谢你。

是女生隽秀的字迹。

一声短促的轻笑声的在空荡的教室里响起。听到这声笑,辛月感觉心里像是被人拿羽毛轻挠了一下。

"刺啦——"身后又传来一声纸张被撕下的声音。

接着没多久,一架纸飞机飞过来,稳稳地落在辛月的桌子上,机翼上写着:

用不着谢我,欠着我就行。

辛月看着这行字,心头失笑。

门口传来脚步声,学生们陆陆续续地走进教室。

辛月把纸飞机放进桌屉里,拿出书来开始看,等到听到旁边有人喊"辅导员来了"时,她又放下书,起身朝办公室走去。

去告状。

"何老师。"她推开办公室的门进去。

"欸,怎么了?"

何晴还在收拾桌面。

辛月向来说话都是开门见山:"想麻烦您跟宿管阿姨通融一下,让我搬去空的那个值班室睡,我跟我那三个室友闹翻了。"

何晴一惊,忙问:"怎么回事?"

辛月条理清楚地把整件事的来龙去脉都说给了何晴听。

"昨天我回去发现床上被人拿水泼湿了,平时我回去的时候,我那三个室友基本都还在外边,但昨天她们却都在,还偷偷地拿手机拍我,我问她们我床上的水是谁泼的,她们说是夏梦妍一伙人,却不敢跟我去看监控,很明显,我床上的水就是她们泼的,所以我也朝她们的床泼了水。"

第十二章 救赎

听完,何晴震惊得愣了一会儿,然后被气得直咬牙,抬手猛地一拍桌子:"这群人简直是想造反!等会儿看我怎么教育她们!"

何晴火冒三丈,不敢相信这是她带的学生能干出来的事。

辛月站在一旁,没再说什么。

忽然,何晴像是想到什么,表情一变:"你们都闹成这样了,宿管怎么没给我打电话呢?"

"我们那一层的宿管阿姨是刘灵的亲戚。"

何晴直接被气笑了:"还有这层关系在呢!"

这时,她又想到一点:"你们的床都湿了,那你们昨晚怎么睡的?"

"宿管阿姨让我们去找别的同学挤一晚,然后让今天出去买床褥跟被子,或者让家长送。"何晴看着辛月,眼底掠过一丝沉痛,她的关注点并不在请假这件事上,她皱着眉问辛月:"那你……去找别人挤挤睡了吗?"

辛月微微一愣,而后轻轻摇了摇头。

何晴的眼底顷刻漫上雾气,她快速眨了眨眼,把头偏到一边,过了会儿才转头重新望向辛月。

"我给你一天的假。"她深吸一口气,拉开抽屉,从里面拿出请假条,一边写一边说,"这会儿农贸市场那边卖床单和被子的店应该已经开了,你一会儿就过去买吧。宿舍的事情我会和宿管那边沟通,你回来以后直接搬,然后好好睡一觉。"

她把请假条写完,递给辛月:"你要好好注意自己的身体,你昨天才发了烧。"说到发烧,她顺便问,"烧退了吗?"

"退了。"辛月接过请假条,朝何晴微微鞠了一躬,"谢谢何老师。"

"去吧。"

辛月拿着请假条回到教室,收拾东西准备出去。

徐俊杰看她拿书往书包里塞,就问:"你收拾东西干吗?"

"我要回去。"

"回寝室?"

"嗯。"

"你不舒服啊?"

辛月不想多做解释,只"嗯"了一声。徐俊杰没再继续问,给她挪了凳子好让她出去。

大概是徐俊杰挪凳子的声音吵到了陈江野,他皱了下眉,然后睁开眼,恰好看到辛月出去。

他看着辛月走出教室,又闭上眼继续睡。

辛月走后,何晴进了教室。她挨着走到刘灵、郑淼淼和胡思雨面前,敲了敲她们的桌子,叫她们去办公室等着。

三个人当然知道何晴是因为什么找她们,个个表情发怵,战战兢兢地起身走去办公室。

等她们三个都进了办公室,何晴环视了一圈教室,沉着脸走向办公室走去。

进了办公室,何晴压着怒火的目光在三个人脸上一一扫过去。

接着,她走到自己的工位,拿起一本书。

"嘭!"何晴用力把拿起来的书朝桌面砸下去。

三个人被吓得浑身一颤。

何晴用恨铁不成钢的表情看着她们,咬牙切齿地开口:"你们最近是不是有点太过分了?这么道德败坏的事都做得出来!"

她的声调陡然拔高,拿起书朝桌面又重重地一砸。

"老师。"刘灵突然喊了她一声,声音虽然低,但语气中听得出来不服。

何晴也没让她闭嘴,用一脸"我看你要怎么狡辩"的表情看

第十二章 救赎

着她。

刘灵暗暗吸了一口气,壮着胆子说:"昨晚我们只是不小心打湿了辛月的床,不知道辛月跟您说了什么,你要这么说我们。"

"不小心?"何晴冷笑一声,"来,你告诉我,是怎么个不小心法让她需要把床褥跟被子全换了?"

"就……我洗完脚起来端水去倒的时候不小心滑了一跤。"

何晴看着刘灵的眼神越来越冷:"昨天我一下晚自习就送她回去了,你洗脚洗那么快?之前我送她回去的时候可是一次都没看见过你们,怎么就刚好昨天你们的动作那么快?"

刘灵在何晴的逼视下眼神开始变得躲闪,声音也结巴起来:"是……是下午。"

"那你们不告诉她,让她早点去买床褥和被子来换了,还在早早地跑回寝室等着她跟你发火?撒谎都不打打草稿是吧?"

何晴瞪着刘灵的双眼几乎快要喷火。

被当面戳穿谎言的刘灵吓得不敢再说话,何晴也没有再给她说话的机会,火冒三丈地继续说:"我真不敢相信你们这三个女孩子,心眼怎么能这么坏!"

整个办公室都充斥着何晴怒极的吼声。

"我不是第一次说你们三个了,我以为你们只是不思进取,没想到你们是连根都烂透了!

"我何晴担任你们这种人的辅导员,说出去都丢人!"

何晴越来越激动,情绪已经完全失控,也不管说的话有多难听。

刘灵她们三个虽然因为违纪没少挨她的骂,但还是第一次被骂成这样,个个眼泪直往下掉。

看她们眼泪哗啦啦地掉,何晴一点都没有可怜她们,反而愈发暴怒:"你们还有脸哭?我等会儿就给你们家长打电话,让他们好好看

439

看自己教养的女儿是个什么德行!

"出去!"

过了会儿,三个人红着眼回了教室。

"她们三个怎么回事?怎么把何晴惹得发这么大火?"

"我估计跟辛月有关。"

"肯定啊,不然辛月怎么一大早就走了。"

"天哪,我太想知道发生什么了。"

…………

教室里绝大多数人都无心上自习了,个个都在说这件事,直到何晴走进来发了一通火。

为防止这些人继续交头接耳,她阴沉这一张脸在教室里巡视。走到教室后排,自然而然地看到了正在睡觉的陈江野。

何晴的火气还没消,看到人光明正大地在早自习睡觉,顿时又是勃然大怒,抬手用力砸在陈江野的桌子上。

陈江野慢悠悠地抬起眼皮。

早自习是让你拿来睡觉的?"

陈江野用一脸没睡醒的表情说:"我不太舒服。"

何晴看他的脸色确实有点憔悴,眉头一皱,问道:"怎么回事?"

"家里出了点事,一晚上没闭眼。"

他这么说,何晴不免会想到一些很严重的事情上去,表情渐渐缓和下来,语气也轻了许多:"要睡回宿舍去睡。"

"好。"

陈江野站起身。

离开教室,他没有立马回宿舍,而是去了天台。

他那双狭长的双眼满是疲惫,冷风吹得他的衣袂呼呼作响,透骨的冷。他迎着凛凛的风,目光始终落在校门口,像是在等什么人出现

第十二章 救赎

在那里。

时间在呼啸的风中也随之呼啸而过,直到一抹蓝白的身影出现在校门口,他这才转身下楼。

校门口。

辛月从出租车上下来,手里提着两个大袋子,一个装的床褥,一个装的被子。

辛月力气大,提着这两个大袋子,背上还背着书包,依旧走得很快,只是去往宿舍的这条路实在太长,她走了半天还没走到。

她没戴手套,手因为要拎着袋子一直暴露在冷风中,冻得都紫了。她不觉得累但觉得冷,所以在走过第三栋教学楼的时候,她停下来搓了搓手。

朝掌心呼出的热气在空气中液化成白雾,缭绕升起,微微模糊了视线,余光透过这白雾看到一抹熟悉的身影。

辛月一怔,他怎么会在这里?

"拎不动了?"那人走到她面前。

辛月眨了眨眼问他:"你怎么在这儿?"

"辅导员让我回宿舍睡觉。"

"她以为你病了啊?"

陈江野"嗯"了一声,目光落在她被冻紫的手上。

他弯腰,单手提过她放在地上的两个大袋子,乜她一眼说:"手冷就买手套,哈气有什么用,你以为你哈的是仙气?"

听他这话,辛月在心里叹了口气。

这个人说话是真的难听,但行动却永远在那儿。好矛盾好矛盾的一个人,可能这就是传说中的傲娇吧。

辛月深吸一口气,然后又呼出来,抬脚朝前走,继续一边朝手心哈气一边搓手。

陈江野"呵"了一声，却没再说什么，拎着东西跟上。

"你今天有跟辅导员说换寝室的事情吗？你跟她们闹成那样，又告状，之后还怎么住一同一间寝室？"

"说了，我去住值班室。"

"值班室？"

"就是自习室，你们男生寝室应该也有，之前是自习室，后来改成了值班室。不过说是值班室，其实根本没人用，也不让学生住，因为那个房间不会断电。"

听辛月说完，陈江野不知道想到了什么，微挑了下眉。

"你们值班室在哪儿？"

"就楼梯上来看到的第一间房间。"

闻言，陈江野的眼底忽地泄出一点笑，表情颇有些意味深长。辛月注意到了他的表情，但没细想，继续朝前走着。

几分钟后，两人在女生寝室门前停下，陈江野把手里的袋子还给辛月。

辛月伸手接的时候，他突然说："下午我想出去吃饭。"

辛月抬眸看向他，眼里满是疑惑。

他想出去吃关她什么事？

她还没把这话说出来，接着就听他说："你请我。"

辛月："……"是关她事。

"行。"

她答应下来，也没法不答应，人家整夜没睡一直守着自己，她不请才说不过去。

"我先进去了，下午见。"

"嗯。"

回到宿舍，辛月问宿管阿姨要了值班室的钥匙后就开始搬东西。

第十二章 救赎

她东西不多,收拾得也规整,很快就搬完了。把床铺好后,她下床端起放在地上的盆和洗漱用具,准备放在外面阳台的洗漱台上。

门一拉开,她看到阳台外的香樟树、对面的男生寝室,以及对面阳台上的那个人。

那个人倚在阳台上,像初见那天一样,他靠着二楼的阳台上,透过香樟树的枝丫看向他。

辛月怔住,她怎么也想不到竟然有一天,推开门就能看到自己喜欢的人。

一切尽在不言中。

辛月突然明白了刚刚她说出值班室的位置时,他眼底为何会有笑意。他知道她会在他对面,知道她推开阳台的门就能看见他,所以他在这里等她。

这个人啊……

辛月深吸一口气,把盆子放下,对着他做了几个口型。

陈江野从她的口型分辨出她说的话是:快点回去睡觉。

男女生宿舍之间还是有那么一段距离的,辛月要眯起眼睛才看得清陈江野的表情,他似乎是笑了,然后转身进了屋。

看他进去了,辛月也回了房间。

本来还有些东西要收拾,她却回去坐在床边发了会儿愣,愣着愣着还一个人笑了出来,笑得傻傻的。

等意识到自己一个人在傻笑,她摇了摇头,这才开始继续收拾。

她的东西是真的少,她把那天在池子里弄湿的鞋子洗了,又把床单和脏衣服拿去洗衣房洗了,等一切收拾完,也才不过上午十一点钟。

昨晚不知道是药物和身体的原因,还是网吧的包间里太暖和,她昨天睡得很好,这会儿一点也不困,于是她把考研资料拿出来,准备

炙野

在寝室做做题。

辛月看了眼时间，又复习了十分钟后，把桌上的书本收起来放进书包里。今天她不在教室，那就不能跟老师们一起去教师食堂了，她一个人也不太好去教师食堂吃饭。为了避免遇到夏梦妍那群人，她只好早点去食堂了。

收拾完后，她站起来准备去外面阳台洗个手。

推开门，像早上那样，她又猝不及防地看到了站在对面阳台上的陈江野。陈江野似乎是在等她，看到她后给她比了个手势，他用食指向下冲着女生宿舍门口点了点。

辛月反应两秒，猜他是想让她在下面等他。她抬手给她比了个"OK"的手势。

下去后，她果然看到陈江野也下来了。

等他走过来，辛月率先开口："中午饭我也请你吧。"

陈江野没跟她客气："走。"

两人并肩朝着食堂走去。

到了食堂，辛月问他："你是不是只吃特色菜？"

陈江野"嗯"了一声。

食堂有好几个窗口，其中一个是特色菜，又贵分量又少，但味道确实比一般饭菜要好很多。

这会儿食堂里的人不多，每个窗口前都不需要排队，辛月和陈江野走到特色菜的窗口。

"你要吃什么？"辛月问。

"你看着点。"

辛月瞟了他一眼，向窗口前的师傅点了几个菜：小炒黄牛肉、黄焖鸡、青椒炒肉、萝卜老鸭汤。都是些不怎么辣的菜。

"四个菜一共七十二元。"

第十二章 救赎

辛月点点头,正要拿饭卡去刷,一只大手却在她之前拿卡刷了。

听到"哔"的一声提示音,辛月愕然抬头看向陈江野:"你干吗?不是说了我请?"

陈江野反问:"我说了让你请?"

辛月回忆了下,他没说,只说了一个"走",是她以为他答应了。

"你那点钱留着下午请我。"

他两只手端起三盘菜,朝辛月扬了扬下巴,"愣着干吗?端饭。"

辛月叹了口气,端了饭跟上他。

两个人找了个角落坐下,就算两人极力将自己的存在感降到最低,但还是会被人盯着。学校里估计没人不认识他俩,就算不认识陈江野也认识辛月,就算他们俩谁都不认识,就凭这两张脸凑在一块,就没人会不去注意他们。

早都习惯了被人注视的两个人视若无睹地吃着饭,全程没说过话,也都没什么表情,但就是看着就让人觉得好嗑得要命。

"啊啊啊,他们两个好配!"

"超配!绝配!天仙配!"

"我们学校也太厉害了吧,能同时出现两个这样颜值逆天的!"

"他俩在谈了吧,在谈了吧!"

"绝对!这看起来都到老夫老妻的模式了!"

"我听说陈江野就是为辛月才申请的交换生,说不定两个人老早就谈了。"

"啊啊啊,这是爱吗?救命!"

…………

听到那些女生的八卦的内容,辛月和陈江野咀嚼的动作同时停了下来,然后又同时抬眸看向了对方。

陈江野似乎在笑,而辛月在看到他眼里的笑意时却笑不出来,整张脸瞬间发烫。

她知道他听到了，他也知道她听到了。只一秒的对视，她就赶紧埋下了头。

听到这些话，谁能扛得住？

心里清楚是一回事，被人说出来又是另一回事。

辛月是真不想自己像个容易害羞的小姑娘似的动不动就脸红，在遇到他之前她也从未想过自己会这样，她觉得不是她脸皮太薄，定力不足，实在是关于陈江野的桩桩件件，都过于让人动心。

陈江野没有拿这件事揶揄她，就当没听到，继续吃饭，胃口相当好。他一顿吃了三碗饭，等吃完和辛月出去时，刚好赶上用餐的高峰期。

别人都是往里跑，他和辛月往外走。回到教室后，教室里也只有他们两个人。

安静的教室里只有写字的沙沙声和纸张翻动的声音。辛月在看书，陈江野在做题。

辛月偷偷看了一眼，此时的陈江野眉头蹙着，像是在思考。

这让辛月忍不住想：为她来到这里的陈江野，也会为了她而学习吗？

滨海不仅有很好的医科研究生院校，也有其他名列前茅的高校，最好的一所，离滨海医科大学并不远。答案已经很明显。

辛月垂眸，淡淡一笑。

她的陈江野真的很好。

下午上完课已经五点了。

等人都走得差不多了，辛月和陈江野才一前一后往教室外走。

两人下楼后就没怎么避讳了，一起出的校门。

第十二章 救赎

"你想去哪儿吃？"

"蒲县你熟，你说。"

辛月睨他一眼："你看我像经常下馆子的吗？"

陈江野"啧"了声："那就以前那家。"

"以前哪家？"

"干锅。"

那家干锅店就在育才路的一条巷子里，离学校不远，两人就走着去了。

这次辛月没给陈江野付钱的机会，刚点完菜就去把钱付了，去收银台时，她看陈江野的眼神跟防贼似的，引得陈江野笑出了声。

今天不是周末，店里人不多，菜上得很快，两人吃完时间都还早，所以也还是慢慢走回去的。

从干锅店出去旁边就是一家手机营业厅，路过时，陈江野不知道想到了什么，侧头对辛月说："你在这儿等我会儿。"

说完，他就进去了。

辛月以为他是要买手机配件或者手机出了问题要维修，于是乖乖在外面等他。

可陈江野进去了挺久都没出来，外头挺冷的，这样站着不动更冷。

辛月平时都窝在教室里不出去，所以只有在回家时才会戴围巾，这会儿修长而纤细的天鹅颈完全暴露在外，冻得她一阵阵地打冷战。

她朝里头望了一眼，看见陈江野在趴在柜台上，估计他一时半会儿不会出来，辛月就把两只手都揣到了袖子里头，脖子也缩起来，在营业厅门前来回跺着脚走。

陈江野在营业厅里待了十分钟都还没出来。

辛月在外边一边踱步一边往里望，总觉得他是在干什么坏事，不然他怎么会在大冷天把她晾在外头。如果只是修手机什么的,他会让她一起进去吧。

难道是他看看什么不良视频把手机看中病毒了?

辛月越想越觉得这个可能性很大,到最后甚至是笃定了这个想法。不然除了这个理由,她怎么都想不出第二个他会把她晾在冷风里的理由。

于是,等陈江野从店里出来的时候,辛月看他的眼神里很是鄙夷。而陈江野在她鄙夷的目光里掏出来一个手机丢给她。

"接着。"

辛月下意识地接住,脸上打满问号。

陈江野:"给你买的。"

现在是问号加叹号。

陈江野垂眸看着她,没什么情绪地对她说:"别多想,也别自作多情,我只是懒得再跟你打哑谜,以后有事发微信。"

"不是,陈江野——"

辛月正要说什么,陈江野打断她:"给你买了就拿着,手机激活了退不了。"

辛月被他噎住,没说话,只看着他,足足看了一分钟。这一分钟的时间她像是在消化这个事实,眼底的惊讶缓缓降下去,怒意逐渐涌出来。

最后,她恼怒地咬牙说:"多少钱?我给你。"

"我说了,我只是懒得再跟你打哑谜,我是花钱买我自己的方便,用不着你给我钱,你要是这么介意,那以后这个手机你就只用来跟我联系,其他功能都别用不就行了?"

辛月发现他的嘴巴是真的厉害,她竟然没办法反驳。

"还有,记住了,"他补充道,"对我来说,能用钱解决的事情,

第十二章 救赎

都不是事,懂?"

辛月:"……"

辛月还是接受了陈江野给她买手机这件事。

不管他刚刚的那一番说辞是事实还是为了说服她收下手机,反正买都买了,也退不了,那她除了收下还能怎么样?

虽廉者不食嗟来之食,她知廉耻,但这不是陈江野对她的施舍,她也没那么清高,她从来不喜欢为难自己,尤其是在情绪这方面。只要她没伸手朝人要,给的人她也不排斥,那塞到她怀里的东西,她也还是可以接受的。

"行,算我欠你一个人情。"

陈江野微眯起眼,扯了下唇说:"你知不知道现在你的人情对我来说意味着什么?"

辛月先是一愣,过了一会儿才反应过来,接着就是火冒三丈。

"陈江野!"她压低声音朝他吼,"你脑子里除了……"她顿了顿,跳过那个词,"还有没有别的东西了?"

"有,怎么没有,但又不冲突。"

辛月气得直咬牙,然后冷笑一声:"你不说你是性子冷淡?"

"那是以前。"陈江野理直气壮地说,"人哪有不变的?"

"你!"

辛月没再理他,转身就走。走得飞快是女生生气时的通性,辛月没一会儿就走出了十几米。

陈江野站在原地看着她,眼里泄出些笑,迈开步子慢悠悠地跟上。他虽然走得慢,但胜在腿长,一步相当于辛月的两步,两人的距离倒也没有拉得太远。

辛月的背影都是气腾腾的,两只手都攒成了拳头,像是想随时给谁两拳似的。

不过，大概是天实在太冷，她都气成这样了，没一会儿还是没忘把手揣进袖子里，脖子也缩起来，配上那气冲冲的步伐，像只揣着手的企鹅，有几分滑稽，也怪可爱的。

她把手揣起来的时候，恰好路过一家饰品店，里头就挂着手套和围巾。陈江野跟着路过的时候用余光朝里面瞄了眼，脚步也跟着放慢，但没停。

到了学校，辛月依旧一路疾走，没回头看过陈江野一眼，等回到教室，即便陈江野就在她后面，她也一句话没跟他说。

陈江野就看着她使性子，也没哄。

连徐洋他们都看出了他俩的不对劲，跟陈江野一同去天台的时候，他问："你跟辛月吵架啦？"

陈江野只说："不算吵。"

徐洋："你管吵没吵，这女生不高兴就得哄啊。"

陈江野睨他一眼："这用你教？"

徐洋撇嘴："那怎么也不见你有行动。"

陈江野抽了口烟，将烟雾徐徐呼出来，不紧不慢地说："教室是读书的地方。"

徐洋："……"这理由，他无力反驳，但觉得很扯。

他们当然不懂，读书对于他和辛月的意义。为了好好读书，她放弃过他，而他也为了不打扰她读书，忍受暂时失去她的痛苦。

所以，他不想让她在学习的时候感受到任何一丝一毫的打扰。

她气他，不想跟他说话时，如果她能更专注地学习，那他就不说，也不打扰，不会像很多这个年纪的男孩子一样，都已经把女生惹生气了，还非要搞些小动作。是示弱也好，还是哄人也罢，在这个人家不想理你的时候还打断人家学习，挺烦人的，更别说是一个把学习看得很重要的人。

第十二章 救赎

这天放学,老师依旧将辛月送回了宿舍。

回到这个安静、不会受到任何人打扰、只属于自己一个人的空间,辛月一下就放松了。她头一次觉得,下晚自习回宿舍是件让人开心的事。

人一旦因为某件事开心,对另一些人另一些事的负面情绪也会随之改变,比如,她现在想到那个讨人厌的陈江野,好像也并不那么让人讨厌了。

他也不是第一次说那种混账话了,而且他说的……也的确是事实。

辛月扶额。

想到这个人,她顺带才想起来这个人今天送给她的手机,她把手机拿出来。

手机的牌子、型号、性能什么的她不了解,只觉得这个手机的质感很好,估计不便宜。

辛月叹了口气,解开屏幕锁,看到首页界面上常用的 App 已经基本安装上了,陈江野甚至还把电话卡给她办好了,连微信都给她注册了。

她点开微信,联系人列表里只有一个人,头像就是一张黑底图,什么也没有,微信名:L。

没有任何备注,但辛月知道这除了陈江野不会是其他人,但看着他的微信名,辛月有些茫然,他为什么要用"L"这个字母作为微信名?他名字拼音的首字母里也没有"L"。

出于好奇,她点击他的头像,跳转到他的个人主页。他的微信号是几个标点符号加一个英文单词 lunarnaut,地区是空白。

lunarnaut,辛月认识这个单词——登月宇航员。

倏地,她心头一紧。

鬼使神差地,她又看了他给自己注册的微信名:M。再点进个人主页,上面显示的微信号也是几个标点符号加一个英文单词moon。

心头又是一紧,接着,她的心跳开始加速加重。心跳剧烈的跳动仿佛隔着冬天厚厚的棉衣都能看到胸腔的震动。

而就在这时,下面突然显示出一个红点,有人给她发了消息。

辛月回神,点开消息。

陈江野给她发了一张图片。

那是一张画,像日式漫画又有着彩色水墨的质感,画中是一个带小院的矮平房,屋檐下,扎着马尾的少女正垂眸写着一张试卷,整个画面清新又治愈。

看着这张画,辛月愣住,手指在愣怔中不自觉轻触了下屏幕,图片缩小,下面弹出一条新消息:"送你当壁纸,不客气"

这个人真是……

辛月失笑,又把图片点开。

她猜到了陈江野当时是在画她,但没想到他画得这么好。

她盯着这张画看了好久好久,最后点击保存,设置为锁屏背景和壁纸。

这一晚,她似乎忘了还生着某人的气这回事,连睡着了嘴角都是挂着笑的。

今晚有月亮,是半弯的形状,像少女笑时的模样。

月亮也很开心吧。

第二天早上,辛月还是六点多睁开的眼,昨天大概是她上大学以来睡得最好的一个晚上了。十一点半就闭眼躺在床上,没有嘈杂的谈话声,没有其他人起夜弄出的声响,并且一夜无梦。

她伸了个懒腰,赖了会儿床后,不舍地从暖和的被窝里起来。

第十二章 救赎

拉开阳台的门，冬日清晨的薄雾与冷空气扑面而来，辛月透过稀薄的雾看到对面阳台上的男生。

她看了他一会儿，便收回视线去洗漱，等洗完脸，对面也已经没了人影。

回到房间，辛月把手机拿出来看了一眼，没消息。她放回去，背上书包下楼。

女生宿舍大门外的那棵香樟树下，一个颀长的身影站在那里，手随意地背在身后。

辛月脚下顿了顿，然后走出宿舍大门。

"过来。"那人开口。

"干吗？"

"让你过来你就过来。"

辛月不太情愿地走过去，在他面前停下："到底干吗？"

陈江野没回答，只是抬起手。

辛月只觉眼前划过一道白色的虚影，接着，脖子上就被挂上了什么东西，她低头去看，一个柔软的东西又围了过来，圈住她的脖子和半张脸。

辛月像受惊的小鹿般眨了下眼，才看清脖子上被围上了一条雪白的围巾，围巾上带着触感柔和而软糯的细绒，而刚刚挂在她脖子上的是一双同样雪白的手套，外面也裹着一圈细细的绒毛，很漂亮。

辛月愕然抬头。

眼前的人正敛眸看着她，没什么表情地开口："别再让我看到你又缩脖子又缩手的，碍眼。"

辛月眼底的愕然立马变为了郁闷，她白他一眼："既然这样，那我就不谢你了。"

陈江野勾唇，没说话。

辛月又看了他一眼，然后转身朝食堂走去。

和每次一样，陈江野先是站在原地看了她一会儿，然后跟上。

从这天起，每天早上陈江野都会来女生宿舍门口前等辛月，然后跟她一起去食堂，再一起到教室。

中午和晚上吃饭的时候，辛月会和老师一起，但只要一回头，她也总是能看到他。

时间好像倒退回了那个盛夏的尾巴，他们形影不离，他永远在她回头就能看到地方。

日子也如那时在山林中般恬淡安然，每天都是平静的、充实而开心的，她仿佛忽然间从人间炼狱去到了童话世界里，梦幻却又真实。

大概就是因为日子太过安宁了，让她都忘了陈江野周末还要去赴一场鸿门宴。

她是在周六晚上突然想起来的，虽然陈江野跟她说了这事用不着她操心，但临近关头，她还是辗转难安。

最近几天她都是十一点半就睡了，今天晚上她也是十一点半就躺下，但一直到十二点半都没睡着。又过十分钟，她实在受不了了，爬起来摸出手机给陈江野发消息。

M："陈江野，你睡了吗？"

L："干吗？"

M："明天你真要去那个钢管厂？"

L："去。"

M："你到底打算怎么办？别跟我卖关子了！"

L："说出来就没意思了。"

啊啊啊！辛月简直快要抓狂。

她深吸一口气，继续打字："你是花钱请了一堆保镖吗？"

L："你想象力挺丰富的。"

第十二章 救赎

M:"陈江野你是成心想让我今晚睡不着是吧?"

那头不知在干什么,过了一会儿才回:"你就这么担心我?"

辛月一愣。透过这几个字,她仿佛看到陈江野斜勾着唇在笑,笑得意味深长又痞里痞气。

她一下不知道该怎么回了。

就在她苦恼着怎么回复时,对话框里又弹出来一条消息:"既然你这么担心我,那明天你跟我一起去。"

高悬的心在这一刻忽然落地。因为她知道,陈江野不会让她有事。

"现在能睡着了吗?"对话框中再次弹出一条消息。

看着这句话,辛月不自觉地咬了咬唇,然后赌气似的按下了锁屏键把手机丢回去。

让他非要卖关子,那她不回了。

对面那个人也没有再发。

夜很深了,明月升起,预示着这个周日会是个大晴天。

徐洋他们一行人聚在教室,他们一个挨一个地走到陈江野身边,表情像是正在参加葬礼一样。

"陈江野,保重!"

"兄弟们等你回来。"

"要不咱别去了,或者你给个话,我们多久去救你合适?"

陈江野懒得搭理他们,侧目看向辛月:"走了。"

徐洋他们几个惊呆了。

"你还带辛月去啊?"

"不是吧,你怎么想的?"

"你想当乌江自刎的项羽,也别拉着辛月当虞姬啊!"

这句还算有点文化的话换来了陈江野的淡淡一瞥，但又很快移开，还是没搭理他们。

见劝不动陈江野，几个人又去劝辛月。

"辛月，陈江野想不开，你别想不开啊！"

辛月看向他们，问："你们还不走是想跟我们一起去？"

一句话，直接让这群人把嘴闭成了河蚌。

见状，陈江野看向辛月，唇边浮出一丝笑。

他们尴尬地对视了几眼，然后，作为代表的徐洋才干笑着说："我、我们就算了，我们几个不禁打，顶不了多久，就，不去送人头了。"

说完，几人齐齐朝教室门口后退着走。

"陈江野，我们等你回来！"

"陈江野，晚上我要是还能看见你，你就是我这辈子最佩服的男人！"

"Salute（致敬）！"

几个人朝陈江野敬了个礼后火速开溜。

辛月摇摇头，收回视线看向陈江野，表情没有一丝畏惧与担忧："现在就过去？"

"不急，先吃饭。"

陈江野带着辛月吃完饭后才慢悠悠地朝钢管厂那边走过去。

快到的时候，他们远远就看见一大波人在废弃的厂子外头站着，有男有女。

看着乌泱泱这么一群人，说不紧张是假的，辛月暗暗深吸了一口气。

似是看出了她的紧张，陈江野伸手拉住她的手腕。忽然的触碰让辛月浑身一颤，愕然地抬头看向身旁的他。

第十二章　救赎

他正侧目看着她，神情淡淡的，姿态也松弛。那双漆黑的眼里着实没有什么情绪，甚至还透着漫不经心的懒意，但就是这样才更让人有安全感。

他总是这样松弛而从容，像从来不将任何事放眼里，永远胜券在握。

这么说也不对，他也有失控的时候。

但他只为她失控。

在他平静的注视下，辛月的心也很快平静了下来。

"怕？"他的声音落下来。

辛月摇头："不怕。"

他扬唇，没再说什么，转头过去，拉着她继续朝前走。看着他唇角的弧度，辛月也轻笑起来，迈开脚步跟上他。

前面几十号人都在看着他们。

这些人中过来看热闹的占绝大多数，毕竟陈江野放了狠话，要让他们一个都跑不了。那谁不想来看看这位拽哥到底要怎么让他们一个都跑不了。

也因为他这句话，夏梦妍她们那几天才没去欺负辛月，比起辛月，她们现在对他更感兴趣。

那天，陈江野还让夏梦妍早点来等着，夏梦妍就真的早早来等着了，中午饭都没吃。结果她空着肚子跟一伙人等了半天都不见陈江野来，气得她骂了好几句，还以为他耍他们，自己当缩头乌龟跑了。

然而，她没料到的是，陈江野不仅没跑，还把辛月带来了。

看到辛月从出租车里下来，夏梦妍惊讶得叫出了声。

"他还把辛月给带来了？"夏梦妍眼底闪着如同野兽嗅到血一般极度兴奋的光，有种癫狂的疯劲，"他俩给我演偶像剧呢？真有意思。"

她拍了拍旁边坐着的男人："凯哥，人来了。"

被叫作"凯哥"的男人抬起头，微眯着眼看向不远处的一男一女，然后又看向旁边一脸激动的夏梦妍，笑着拍了拍她的脑袋，表情说不出是宠溺还是觉得有趣。

显然他就是这群混混的头子了，然而这凯哥长得并不可怕，模样看着竟然还挺温和的。

夏梦妍像是早就习惯了被他摸头，没什么反应，眼睛一直盯着慢慢走过来的那两个人，还手指放到嘴里冲他们吹了个口哨。

"我说帅哥，你把辛月带过来是几个意思？我不太懂啊。"夏梦妍把手放到嘴边做喇叭状朝他们喊，笑容猖狂。

矜贵的大少爷是不可能像她那样大喊大叫的，陈江野拉着辛月的手腕走到她面前才冷声开口："让你给她道歉的意思。"

夏梦妍指着陈江野看向旁边的男人："凯哥你听见了吧？"

男人看着陈江野，站起来"嗯"了一声。

"这人是真的拽，就因为他拽成这样，我还以为他多有势力，搞得我还把你都叫来了。"

男人瞄了她一眼："你不叫我，我也会来。"

"啊？为什么？"

"因为……"

男人转身看向她，微微俯身，抬起一只手放在她的头顶，和之前拍她脑袋的动作一样，表情却大相径庭，语气也急转直下。

"野哥你也敢惹？"他的声音森冷无比。

夏梦妍愣住，像是不敢相信自己听到的，整个人是处于完全蒙圈的状态。而下一秒，她忽然惊声尖叫起来——男人毫不怜香惜玉地扯住了她的头发，把她朝陈江野跟前拽。

"凯哥！凯哥！"

第十二章　救赎

震惊、不解与疼痛混杂的情绪让眼泪顷刻夺眶而出，夏梦妍一边哭一边喊着男人的名字，双手抓着他的胳膊却又不敢用力拍打，只能祈求地望着他。

男人无动于衷，一路拽着她到陈江野面前，然后把她往地上一扔。

夏梦妍摔到满是灰尘的地面上，一身纯白的仿貂毛外套顷刻沾满了黑灰，她及胸的长发也沾了灰，原本漂亮的卷发此刻凌乱无比，整个人狼狈不堪。

"刚刚你也听到了，野哥让你跟这位道歉。"

夏梦妍的表情仍旧是不解，不光是她，在场除了跟着男人一起过来的，其他人的表情全都是蒙的。

他们没一个人知道，陈江野跟这个叫作"凯哥"的人是什么时候认识的，明明陈江野就是个刚来这儿不到一周的交换生，而且还是从海城来的，跟他们应该八竿子都打不着才对。

辛月也是其中一员，她不敢置信地转头看向陈江野，压低声音问他："怎么回事？"

"回去跟你说。"

这事不好在这儿说，跟她更是不太好解释。

就在上周的这个时候，陈江野跟面前的这个混混还不认识，他们是在上周日晚上九点的时候才第一次见面。

在打听到夏梦妍除了仗着家里的关系外，主要就是拿着"南凯妹妹"这名号横行霸道之后，陈江野就托人把这个叫南凯的男人约了出来。

他们是在一家茶馆的包间见的面。陈江野先到，在里面等着。南凯进来后看到他，先是有些惊讶地挑眉，然后随意地在他对面坐下。

"陈江野是吧？"这是他开口的第一句话。

459

陈江野:"南凯是吧?"

南凯笑了声:"挺久没听人这么叫我了。"

这里的人要么叫他凯子,要么叫他凯哥,几乎没人会叫他的名字,因为那些人即使没见过他,肯定也听说过他。

不过,他也只是说说,并未介怀。

"介意我抽烟吗?"

陈江野:"你随意。"

南凯拿出一支烟点上,舒缓地半眯上眼往后靠。

"说吧,找我什么事?"

陈江野开门见山:"夏梦妍是你认的妹妹是吧?"

南凯"嗯"了一声。

"你知道她仗着你的名号到处欺负人吗?"

南凯的表情一顿,眉头皱起:"我没那闲工夫去关心她在干吗。"

陈江野嗤笑一声。

"所以她真欺负人了是吧?"南凯抖了抖烟灰问他。

陈江野挑眉:"不然?"

南凯上下打量了他一眼:"欺负你?"

陈江野:"我喜欢的人。"

南凯大概是猜到了,唇畔浮起一抹笑:"那你是来找我算账的?"

"我是找你谈生意的。"说着,陈江野一个黑色挎包扔到桌面上。

挎包是敞开的,这一扔,里面几沓红色的纸质物掉出来。南凯看着里头那一捆一捆的钞票,表情骤然一顿。

南凯是个会做生意的,当即直起身,把手里的烟摁灭,正襟危坐。

"野哥,你说,要我做什么?"

南凯嘴里那声"野哥"就是这么来的。其他人并不知道这其中的

第十二章　救赎

缘由，只知道凯哥都叫哥了，那陈江野就是他们惹不起的人。

和夏梦妍一起来的几个女生已经害怕到眼球都在发颤，之前那个嚣张的黄毛男也紧张得直吞唾沫。有个女生实在是太害怕了，她趁自己站着的地方比较靠后，开始小心翼翼地往后挪，想要逃跑。

只是，人在过度紧张时，大脑很容易会丧失思考能力，她原本可以悄悄逃走，却偏偏在几米后开始疯跑了起来。

南凯听到动静后抬起眼皮，嘴里"啧"一声，给旁边的人递过去一个眼神：把她给我抓回来。

那女生跑得本来就不快，还跑两步自己摔了，很快就被过去的男人拎小鸡似的拽回来。

陈江野看向这几十号人里的某一些人。

"都到齐了是吧？"他的眼底迸溅出冷色，锐利地目光一个挨一个扫过去，"我说了，你们，一个都别想跑。"

闻声，那些人都打了个冷战，无一例外。

有些胆子小的，立马向辛月弯腰道歉，只是跌坐在一旁的夏梦妍一直不肯开口。

南凯还带了几个女的过来，其中一个红发女人一把扯起夏梦妍："你听不懂人话是吧？"

夏梦妍没说话，只是用一双还往外掉着眼泪的眼睛瞪着那个红发女人。

"还敢瞪我？"

红发女人抬头问其他人："你们带剪刀了吗？"

"接着。"

有人给她丢过来一把剪刀。

看着她手里的剪刀，刚刚还打死不服输的夏梦妍眼底透出惊恐，瞳孔震颤着试图后退。

红发女人蔑然笑了声："这就怕了？"女人俯身，用一根手指缠起夏梦妍的一缕头发，"啧"了一声道，"这么漂亮的头发，可惜了。"

辛月看着这场面，不适地皱起眉头。

这些人沦落到这种境地，她觉得活该，但她并不喜欢这种场面，甚至是抵触。这就是她和夏梦妍她们最根本的差别。她永远不会以欺凌别人为乐。

陈江野的表情也始终漠然。

在注意到辛月的表情后，陈江野问辛月："想走了？"

辛月："嗯。"

"好。"

这儿离城里挺远的，也打不到车，陈江野侧目，看到外面停着两辆汽车和几辆摩托车和电瓶车。

"南凯。"陈江野问他，"哪辆车是你的？"

"黑色的那辆。"

"借我开下，下午你找人来丹湖大学的停车场开回去。"

"行。"

南凯将车钥匙摸出来丢给他。

陈江野接住钥匙，扫了眼在场的人，淡淡道："这儿你自己看着办，我走了。"

"好。"

"走。"

陈江野拉着辛月朝那辆车走去。在快走到车子前的时候，辛月紧蹙的眉头才渐渐松开，她问陈江野："你还会开汽车？"

陈江野："当然，上车。"

陈江野用钥匙把车锁解开，辛月去拉后座的车门。

第十二章 救赎

"坐前面。"陈江野把副驾驶座的车门给她拉开。

辛月犹豫了一会儿,还是坐到了副驾驶座位上。

陈江野看她坐好后甩上车门,绕到另一边上了车。

车里有些闷,他上来先把车窗打开了些。打量了下车内的装置后,他顺势漫不经心地瞟向辛月这边,然后视线就没挪开了。

辛月不知道他为什么要看着自己,还以为是自己身上有什么东西,于是低头去看。

就在这时,她感觉眼前忽然罩下一道阴影,伴随着凛冽的、淡淡的烟草味。

她愕然抬眸,鼻尖撞上了另一个鼻尖。眼前的人偏着头,动作像是要吻上来。辛月的心头狠狠地一颤,下意识抬手推开他。

"你干吗?"她瞪大双眸看着陈江野。

"刺啦——"只听一声什么被扯出来的声音,辛月偏头,看到陈江野把她座位上的安全带拉出来了一节。

"给你系安全带。"陈江野微眯起眼,唇边荡出一抹笑,"你以为我要干吗?"

辛月暗暗咬了咬唇,尴尬地把抵在他胸口的手收回来,闷闷地说:"我可以自己系。"

陈江野:"那你不系?"

辛月:"……"

陈江野笑了一声,坐了回去。

很快,车子启动,陈江野一脚油门下去,外面的风猛地灌进来,辛月被吹得缩起脖子,双眸却迎着风看向窗外。

陈江野单手搭在方向盘上又瞟了她一眼,伸手把车窗关上。

看着车窗玻璃缓缓上升,辛月眨了眨眼,深吸一口气,就这样对着车窗开口:"现在能说了吗?到底怎么回事?别和我说你跟那个男的早就认识,我不信。"

陈江野很干脆地回答:"花了点小钱。"

辛月心头一震,犹豫半晌转过头来看向他:"小钱?"

"嗯。"

他说是小钱,辛月却知道那一定会是个她目前无法企及的数目。

辛月喉咙发紧,语气有些咄咄地问:"到底是多少?"

忽然,伴随着一道刺耳的刹车声,辛月因惯性而猛地前倾,整个上半身都压在了安全带上,然后又重重跌回到座位上。

"我说过了。"陈江野不耐烦的声音在车内响起,"在我这里,能用钱解决的事都不是事。"

他的眼神是冷的,表情又狠又凶。

可辛月知道他是故意做出这种表情,许是想着态度恶劣一些,她会被激怒,然后不跟他说话,这件事就算这么过去了。

然而,辛月并没有像往常一样,被他一激就怒,眼神反而沉了下去。

"所以你要我怎么样?"她的声音低而沉,"心安理得地接受你为我花钱吗?"

"我知道你有钱。"她继续说,"可那是你的。"

"辛月。"陈江野喊她的名字,定定地看着她。

"我的,总有一天,也是你的。"

第十三章 克制

辛月猛地一怔。

此刻车是停着的，耳边却都是呼啸着的风声，可那到底是不是风的声音，还是别的什么，辛月也不知道。

她的血液仿佛停止流动，心跳也有那么一瞬间静止，然后又开始狂跳。

看着她这表情，陈江野冷笑："你满意了吗？"

辛月纤长的睫毛颤了一下。

陈江野单手撑着方向盘，目光像钉在了她身上，泛着寒光。

他继续问她："要我说得再清楚一点吗？"

辛月攥紧双手，嘴微张着，却说不出话。她没想到他会说出这样的话，也没想过他话里几乎是明示的那件事，她从不敢想。

他的世界离她太过遥远，能和他一起走过一段路，在天空下拥抱，于雨中热吻……这些已经是她做过的最大胆的梦。

可他就那样明明白白地告诉她，他已经确定了他们的未来。

她的心脏因这一句话而为他疯狂跳动，她的手心开始出汗，浑身的细胞也都是紧张蜷缩的。

他说的已经够清楚了，但他还在继续问。再清楚一点，这意味着什么，她不会不知道。

要现在就确定关系吗？

一切都好像失控了。

明明两个人都是清醒的、克制的，事情都到了这样的地步，那要是真的越过了这条线，会更加一发不可收拾的吧？

关系一旦确认，就会想要牵手，牵了手又会想要亲吻，而亲吻过后，会想要更多更多的那些难以克制的，也极易上瘾的事。

也许没那么容易上瘾，可难抵对方索取。尤其对方还是陈江野，她根本拒绝不了他。他就是轻轻扬一下嘴角，于她而言都是致命的勾引。

她承认她想得有点多，但作为一个成年人，她很难不往这些地方想。更何况，陈江野还总是提起。

一想到这些，辛月觉得自己需要冷静，也必须冷静。

"喊。"一声嗤笑在这时响起。

陈江野的神色泛着阴戾，咬牙开口："你既然玩不起，就别跟我玩火。"

听到他仿佛盛怒的语气，辛月再次怔住。

陈江野无视她的表情，冷着脸转过头去，一脚将油门踩到底。刹那，周遭场景如潮水倒退，路旁的树木被拉成模糊的虚影，风声隔着窗都似乎要撕裂耳膜。

辛月因惯性而被迫回神，她用力抓住扶手，颈侧两边的线条绷起。

她还是看着陈江野，他这个样子挺吓人的，浑身都像是冷的，可辛月知道他不是在生她的气。

一个人在忍耐力到达极点的时候，难免会感到无比烦闷和暴躁。

辛月深吸一口气，将目光缓缓地移向窗外。

因为速度太快，此时坐在车里看着窗外不停倒退的场景，会有种进入了时空隧道的感觉。

辛月倒是真的希望他们进入了时空隧道。即便是在最难熬的那一段日子里，她也没有像此刻一样希望时间能过得快一点，再快点

第十三章　克制

一点。

等考完试，她不会再让他忍了，也不会再让自己这般克制。

再等等，再等等，她到时便能任心动至上。

黑色的汽车在无人的马路上疾驰，寒风呼啸着，将路旁的树木枝叶吹得狂颤，似要吹过整个漫长的冬日。

陈江野把车开进了学校。

"你是回寝室还是教室？"陈江野冷声问。

辛月："教室。"

陈江野朝左打方向盘，把车开到第一栋教学楼前的停车场。两人下车，一起朝第二栋教学楼走去。

现在学校里的人很少，只听得见远处篮球场上隐隐传来的拍球的声音。

从停车场到第二栋教学楼的四楼，两个人谁也没说话。快到教室的时候，辛月听到里面传来徐洋他们的声音：

"要不我打听下他们约在哪儿吧，我们悄摸过去。"

"这都几点了，他们那边怕是已经结束了。"

"谁让你们那么厌，没一个敢跟着去的。"

"你敢去？你敢去？"

"唉，等着吧，陈江野要是没把握肯定不会把辛月带过去的。"

"他既然能认识辛月，那他在这儿肯定也是有认识的人的，说不定陈江野后面也是有人的。"

听到这些，辛月瞄了旁边的陈江野一眼，只见他的眉头紧皱。

这时，只听一声"天哪"，接着教室里的几个人就都冲了出来。

"陈江野！"

"你没事吧？"

"你这是去了还是没去啊？"

469

"急死我们了!"

……………

几个人的声音同时在耳边炸开,吵得人耳膜发疼。

陈江野烦躁地"啧"了一声:"你们不是去网吧了?"

"唉,"徐洋说,"你这生死不明的,我们哪儿还有心思打游戏,一局都没打完就回来等着你了。"

陈江野没接话,半搭着眼皮朝里走。

几个人赶紧跟着他进去,陈江野在座位上坐下,他们就过来围着他。

"说说呗,你们是打了还是没打?"

"打了。"

闻言,几个人把他上上下下仔细地打量了一番。

"你这不像打过架的啊。"

陈江野:"我没动手。"

"那谁动的手?"

"南凯。"

"南凯是谁啊?"徐洋回头问另外几个。

胡宇航:"有点耳熟,但想不起来。"

其他人:"不知道。"

徐洋又转过头来问:"南凯是谁啊?"

"南凯就是南凯,还能是谁?"陈江野的耐心已经完全耗尽,"你们再在这儿挡着,作业你们给我写?"

"我们不问了不问了,你好好写作业。"徐洋朝另外几个人挤了挤眼,"我们也去写作业。"

他拉着其他人朝前面走,半道上跟其他人小声说:"你们赶紧去问问。"

第十三章 克制

其他人掩着嘴说:"不会是道上的吧?"

南凯在蒲县的名气的确很大,徐洋他们很快就打听到了,而且还从今天去了钢管厂的人里知道了今天的情况。

"天哪天哪天哪!"几个人掩饰不住的激动。

他们不敢叫得太大声打扰陈江野,但又实在激动,只能把声音压低。

"陈江野也太厉害了吧!"

"怪不得那么有大哥气质,这是真大哥啊!"

"陈江野到底是什么爽文男主!"

几个人激动了一阵,转头看向后面正压着眉写作业的陈江野,眼里都是崇拜。

"还是学霸。"

"还有钱。"

"还帅。"

几个人同时喊出了声,陈江野抬起眼皮扫了他们一眼。

胡宇航:"我都快爱上他了。"

徐洋:"所以辛月是怎么做到这都不爱的?"

听到这句话的辛月写字的动作倏地一顿。

半晌,她失笑。

她做不到,大概,没人能做到不爱他。

晚自习上完后,何晴一如既往地准备送辛月回宿舍。

何晴过来的时候,辛月瞟了一眼还在座位上的陈江野,对何晴说:"何老师,以后不用麻烦您再送我了。"

"欸?"何晴有些惊讶。

"夏梦妍她们不会再找我麻烦了。"

炙野

"你怎么知道她们不会再找你麻烦了？"何晴问。

辛月不打算编一个什么谎来圆，只说："不太好跟您解释，总之她们真的不会再来找我麻烦了。"

她这么说，何晴也不好追问，思忖了一会儿说："行吧，但你自己回去还是要注意安全。"

辛月点头。

何晴看着她，像是想说什么又没说，最后只拍了拍她的肩膀。

"那我走了。"她像是还有些不习惯。

"老师再见。"

目送何晴离开教室后，辛月才背起书包离开座位，另一个人也在这时起了身。

两人一前一后地走出教室，再经过食堂外的小道，醉后到宿舍，两人始终一前一后，距离不远不近。

在即将迈入宿舍大门的时候，辛月停下来，转身。视线里，陈江野就站在路灯旁的香樟树下，正看着她。

这一路，辛月都没有回过头，但她知道他就在她身后，也正是因为知道，她才敢独自一个人回来。

其实，她并不确定那群人还会不会来找她的麻烦，她只是确信他会在她身后保护她。

曾经她以为，她自己才是自己的依仗，这个念头到现在其实也并没有变，今后依旧，她会继续依仗自己朝前走。只是不管她走到哪儿，走多远，她相信，陈江野会一直在她身后。他会是她永远的后盾，也会成为她停歇的港湾。

这种感觉真的很好。

哪怕再强大，再独立的人也一定希望会有一个独属于自己的避风港。如果不是没有可以依靠的人，没有人愿意所有事都一个人扛。

第十三章 克制

一个人的路总是漫长，可倘若你和我一起，我会希望这条路能长一些，再长一些。是直是曲都没关系，只要你在我身边，爱意皆可抵。

即便在这个时常挑起性别对立纷争的时代，大家互相讽刺，却也无人讽刺爱情。

爱是这个世界上最浪漫的存在。

就像此刻，那个树下的少年静静地站在那里，透过夜色与她对视。只是对视，她还未来得及做的梦里，便已花开遍地。

清晨，冬雾弥漫，叶子上结了白霜，像昨夜下了一场雪。

天是真的越来越冷了。

辛月洗漱完后走向房间里挂围巾的地方。那里挂着两条围巾，一条大红色的，是她自己买的，一条雪白色的，是陈江野给她买的。

她看了一会儿这两条围巾，最后取下了陈江野为她买的那一条，也把他给她买的手套戴上。

现在她身上只有蓝白二色，蓝色和白色的确很搭，像十八岁的天空，天是蓝的，云是白的。

习惯性地戴上帽子，辛月背上书包出门。

今天的雾很浓，视野里的近景都像打上了一层柔和的滤镜，这让门口的那一幕比以往还要有氛围感——冬日的树、白雾与少年。

看着眼前的场景，辛月不由得呼吸一滞，脚步也不自觉地停下。

如果眼睛能化作相机就好了。她这样想。

她希望能把眼前的画面记录下来。

"愣着干吗？"他的声音不大，但因为距离不远，辛月听到了，于是回过神来，朝他走去。

"不是说了，"陈江野不悦地看着她还戴着的鸭舌帽，"这周不用再戴帽子了。以后没人敢再往你头发上黏口香糖，也没人再会欺负你。"

辛月一愣，这才想起上周大扫除时，他跟她说过这周不用戴帽子了，当时她没去想为什么，原来是因为这个。

看到她发愣，陈江野"啧"了一声："听到没有？"

辛月眨眨眼，低声说："听到了。"

陈江野敛眸，抬手勾起她的一缕头发，在指尖绕了绕："还有这头发，留长，现在丑死了。"

他语气霸道，说的话也讨厌，但辛月没法生他气，只象征性地睨了他一眼，然后转身朝前走。

陈江野看着手里的发丝从指间滑走，表情有那么一秒的失神，不知道是想到了什么，他在原地站了会儿才跟上去。

他说，以后没人再会欺负她。然而何止是不会欺负她，现在学校里很多人看到她就会自觉避让。

从星期二开始，辛月就没有再戴过帽子了，她知道夏梦妍那群人不会再来黏她口香糖，但令她意外的是，也没人再拍她了。之前哪怕是她的视频和图片已经被限流，她还戴着帽子口罩的时候，都会有人拍她，想来周末的事情怕是都已经传遍了整个学校。

挺好。

只是这件事还传进了何晴的耳朵里。

何晴刚听说的时候不太敢相信，如果不是辛月没再让他们送她回寝室了，她是怎么都不可能相信的。

这件事说大不大说小不小，何晴想了想，还是决定把陈江野叫到办公室跟他谈谈话。

等陈江野进了办公室，她还是先问他："上周末那件事外面传的是真的吗？"

陈江野："外面传的什么？"

第十三章 克制

"说一群混混替你教育了夏梦妍那群人。"

"是。"陈江野没否认。

何晴叹了口气,半晌,她想到了另一个问题。

"你是怎么惹到夏梦妍那群人的?听说你把辛月还带过去了,你是在为辛月出头?"

"嗯。"陈江野很干脆地承认。

何晴一惊,忙问:"你俩是在谈恋爱?"

"没谈。"

何晴半信半疑:"真没谈?"

陈江野没再继续回答是或者不是,而是平静且认真地说:"没人比我更希望能她实现自己的理想,所以我不会去扰乱她,也不允许别人这样做。"

何晴愣住,她怎么也没想到会听到这样一番话。

这样的话从一个二十几岁的男生口中说出来,有些令人匪夷所思,可看着那双像收敛了万千情绪的沉沉黑眸,她却无法去质疑这话的真实性。

而此时,他继续开口:"这也是我来这里的理由。"

何晴的双瞳因震惊而倏地一缩。

"你从海城大学特意申请作为交换生来到这里⋯⋯"她思索了一会儿该怎么组织语言,最后试探地问他,"是为了保护她?"

"嗯,所以,以后不用再麻烦各位老师。"他扫了眼办公室里正竖着耳朵在听的其他老师,说,"保护她这件事,我来。"

这个时候,辛月正在教室看书,浑然不知整个办公室都快炸了。老师们可能也没想到,有一天会为学生的爱情而激动得快要疯掉。

谁不想在这风华正茂的年纪里,有个人不远万里,专程为你而来,只为保护你。

日子一天一天地过去，平静而充实。

辛月不再需要戴口罩和帽子，也不再需要老师们送她回宿舍，去车站，吃饭也可以就去学生食堂了。

老师们本来想让她和之前一样和他们一起吃教师食堂，但辛月觉得还是一个人吃饭更自在一些，而且她知道有她在，老师们在吃饭的时候都不好闲聊，所以她还是一个人去食堂吃比较好。

倒也不是一个人，陈江野跟她一起，虽然不是坐在同一桌，但会同进同出。

他们之间的距离不会太远，所以这天，在吃完饭回教室的路上，辛月撞见夏梦妍的时候，陈江野两步并一步，两秒内就走到了辛月身边。

辛月本来以为只是恰好遇到，不用陈江野那么大反应，直到她发现夏梦妍就是盯着她走过来的。

最开始，辛月都没认出前面的人是夏梦妍，她戴着鸭舌帽，原来那头漂亮的卷发完全消失不见，只剩下几乎和男生一样短的头发。

夏梦妍看她的眼神也变了，曾经是嘲弄中带着厌恶，现在则是完完全全的憎恨。

她当然会恨她，不只是因为这一头被剪掉的头发和被打的过节。曾经，她在学校里多风光，每天打扮得光鲜亮丽，现在却只能戴着帽子，天天被人拿鄙夷的眼神看着，活得像阴沟里的老鼠。

每一个人看她的眼神都像针一样扎在她身上，她受不了了，所以不管用什么方式，她也要让家里人给她办理退学。

她本不想就这样认输，成为更令人看不起的笑柄，但她高估了自己的忍耐力。她必须逃离这里，不然她会疯。

但在走之前，她要做一件事。

第十三章 克制

比起旁人的取笑,她更受不了的是让她沦落到这般境地的两个人却风光无限,还你侬我侬地每天形影不离。

她做不到让他们也变得像她一样,但至少她知道一件事,这件事就算不能让他们两个人分开,也一定能让他们两个人心里都不好过。

她径直地走到辛月面前停下。陈江野向前把辛月挡在身后,然后用饱含警告的冰冷声线问她:"你想干吗?"

"我能干吗?只是想跟辛大美女说句话而已。"夏梦妍冷笑一声,"拜你们所赐,我要退学了,来跟你们道个别。"

陈江野的眼里泛起戾气,说:"那是你自找的。"

夏梦妍暗自翻了个白眼,没管他,而是越过他看向他身后的辛月,她冲着辛月大声开口,语气中充满嘲讽:"辛大美女,你是真没良心啊,你难道忘了盛航为你做过什么吗?"

闻言,辛月和陈江野的表情同时骤然一惊。

盛航这个名字陈江野也不陌生,之前他调查夏梦妍的时候,听说过这号人物。

辛月从陈江野身后绕出来,眼神犀利地盯着夏梦妍:"你说什么?"

"我说,他是因为你才进的监狱,也是因为你而家破人亡。"她朝辛月迈过来一步,盯着她厉声说,"他去了监狱后,他爸妈承担不了高额的赔偿金,一个在被人追债的时候掉下楼梯摔死了,一个跑了,还不知道他出来之后能不能联系上。"

夏梦妍情绪激动,整张脸涨得通红,瞪着眼珠子继续说:"如果不是为了保护你,他又怎会因为伤人而进监狱!"

听完这些,辛月如受雷亟,愣在原地,瞳孔不停地震颤。

夏梦妍很满意她的表情,脸上露出一抹笑,想接着说一些能继续刺激她的话,只是她才刚张嘴,耳边就传来一声男人咬牙切齿的低吼声。

"闭嘴。"

夏梦妍看了他一眼，只见他双目猩红，眼球极度充血，手骨全显，额头两旁也爆出青筋，整个人散发着无比的狠戾。

"你再说一句话试试。"

他的语气冰冷得没有一点温度，几乎到了令人恐怖的地步，一字一句都像是在齿缝中狠狠碾过。

夏梦妍被他眼底的寒光所慑，不自觉地往后退了一步，回想刚刚之前的经历，她还是有一些后怕，不敢再多说什么。

他们站的这里就在人来人往的天桥下，去食堂吃饭或吃完饭回来的人都会途经这里，来往的人不少，多数人的脚步虽然没停，但目光一直暗暗投向这边。

夏梦妍受不了被作为弱势的那一方围观，咬咬牙，表情愤然地扭头走了，只是走出一段距离后还回头瞪了他们几眼，脸上仿佛写着"你们给我等着"的字眼。

辛月并未在意她的表情，将目光收了回来，看向身旁的陈江野。她现在的心很乱很乱，她需要冷静，慢慢地去消化这件事。

如果夏梦妍说的不是假话，那真的是她害得盛航家破人亡？

想到这儿，辛月感觉心里像被人猛地塞进了一把湿而冷的泥，冻得她浑身发冷、发痛，也堵得要命。

像得知再次走红时的那种无力感又忽然泛上来，且比那一次更为汹涌，让她一瞬间有些无法站立。

陈江野发现了她的不对劲，在她倒下的第一时间接住了她。

"怎么了？"陈江野的眉头瞬间蹙起。

辛月重重地闭了闭眼，撑着他胳膊重新站稳，然后摇摇头说："没什么。"

第十三章 克制

她虽然这样说,但陈江野还是敏锐地察觉到了。

"你很在意那件事?"他压着眉问。

辛月无力地抬头看向他,微微点了点头。

陈江野的眉头又下压了一分。

"那件事和你有什么关系?"他盯着她沉声说,"只要没有经过你的同意,那其他人做的所有事情都与你无关,懂吗?"

辛月的心头微微一颤。

她向来不会难为自己,也明明知道陈江野说的这个道理,她还是难以释怀。她虽然不是始作俑者,却是因果循环的中"因",没有她,也就不会有这个"果"。

"这世上会有很多我们无法控制的事情,有些人的结局是命中注定,并不会因为你而发生改变。"带着金属质地般清冷的声音落下。

辛月愕然,陈江野像是会读心术一般。他说的,正是她在想的因果。

辛月望着他,瞳孔微颤,心脏也跟着颤动。

这世上怎么会有他这样的人,明明看起来是个不近人情的傲慢大少爷,心思却比任何人都细腻,也通透无比。

"陈江野。"辛月轻声喊他的名字。

"干吗?"

"谢谢你。"

低而轻柔的嗓音传入耳膜,陈江野忽地一愣,压着的眉在片刻后逐渐松开。

"想明白了?"他问。

辛月点头。

"笨。"

辛月表情微怔,这个"笨"字怎么听都不像责备。

"走了。"他松开刚刚一直扶着她胳膊的手。

"嗯。"

辛月迈开步子,与他并肩一起往回走。

想开后,辛月心底的负罪感少了许多,但要完全做到不在意,还是需要一点时间的,不过她面上已经看不出来什么。

可奇怪的是,开导她的人,在短暂的时间里,眉头又压了下来。

辛月以为他也是需要时间来消化这件事,便没管。然而,直到傍晚,陈江野的眉头似乎还是没有松动。于是辛月决定一会儿问问他在想什么。

徐洋和胡宇航走过来,陈江野便跟他们一起出去了。

他们出去没一会儿,辛月也出了教室,去上厕所,但这会儿厕所里的人很多,辛月进去看了眼情况就出来了,准备去办公楼那边的厕所。

在快要到那边的厕所时,她听见楼梯间传来一道熟悉的声音。

"我问你们。"

辛月脚下一顿,不由得放缓了脚步。

楼梯间的门关着,但并不隔音,陈江野的声音清晰地从里面传出来:

"如果你们是个女生,有个男生你本来很讨厌,但他为了保护进了监狱,还搞得家破人亡,你心里会惦记他吗?会不再讨厌他吗?"

此时一同在楼梯间的徐洋和胡宇航表情都有点惊讶,他们还是第一次听陈江野一次性说这么多话,下意识暗暗对视了一眼。

他们觉得这个问题应该是和辛月有关,毕竟陈江野从不会关心辛月之外的其他女生,但他们不知道盛航这号人物,再考虑到为爱坐牢和家破人亡什么的像是只有电视剧里才会出现的桥段,倒也没往辛月身上去想,就当是陈江野突发奇想,于是他俩正儿八经地代入自己去

第十三章 克制

想了想。

徐洋说:"会的吧,这搁哪个女生身上不感动啊?如果那男的长得还不丑,那怕是会直接爱上吧。"

"对。"胡宇航接着说,"要是电视剧里这种剧情,女主角肯定终身不嫁,一辈子惦记那男的了。"

"电视剧肯定会这么演!女主角肯定会等他出狱。"

"对对对,别说是当事人,观众都得感动得哭死。"

"我记得好像小时候跟我妈妈真看过两部这样的电视剧。"

"我也记得!叫什么来着?"

两人聊得正欢,没注意到陈江野的表情越来越阴沉。

就在两人还在想剧名的时候,陈江野转身推门就走。

"欸,你去哪儿?"看他是往厕所方向走,徐洋和胡宇航就没跟过去,"应该是去厕所了吧。"

陈江野的确是去厕所,他想洗把冷水脸,可他刚出楼梯间走了两步就停了下来。

刚刚出来的时候,他用余光瞄到了一抹人影。他回头,看向站在几米外的少女,本就阴云密布的一双眼在这瞬间变得愈发阴郁。

辛月冷静地走过去,拉着他就朝天台上走:"你跟我过来。"

陈江野的脸色不好,但并没有挣开她。

到了天台,辛月松开他,然后抬头看向他。

风很大,但她连眼睛都没眨,定定地盯着他的眼睛说:"陈江野你听好了。这件事,无论如何,都不会让我对盛航改观。"她的声音即使是在呼啸的风里也清晰,"他所做的一切都不是我需要的,

"他沦落到家破人亡的地步,你也说了,这跟我无关,是他自己做的选择,我甚至都不知情,所以我也不会可怜他,一个霸凌者,有什么好共情的?

"我这辈子是忘不了他,但是因为我恨他。"

她一口气说了很多,最后问他:"你听清楚了吗?"

陈江野盯着她,有那么好几秒都没说话,就盯着她,瞳孔深处像是有什么在疯长。

"陈江野!"辛月有些生气了,她说了这么多,他到底有没有在听?

"辛月。"忽然,他开口,声音很哑,很沉,"你知不知道,我……"剩下的几个字是,想亲你。

他没说出口,他的理智不允许他这么做。

"什么?"辛月追问。

陈江野的喉结滚了滚,压到最低,过了会儿才说:"我只是随口一问,你那么紧张干吗?"

辛月愣了愣,表情一下子慌张起来:"谁……谁紧张了?"

他朝她迈近一步,嘴角携笑:"不紧张你给我解释那么多?就这么怕我误会你心里有其他男人?"

"我……"辛月向来巧舌如簧,现在却不知道该怎么回,只能眼神躲闪着后退。

然而她后退一步,他就跟上来一步。他一步一步逼近,伸手扣住了她后脑,不允许她继续后退。

他定定地看着她的眼睛:"辛月,我说过,我有洁癖,你的心里得给我腾干净,不准别人进去。"说着,他低颈,将薄唇递至她耳畔,"除了我。"

最后三个字入耳,辛月只觉脑子里像是倏地有烟花炸开,落满地,每一根神经都被烫得战栗。

这感觉很不妙,她得赶紧逃离这炙热之地。

"我……我要去上厕所了。"说完,她飞快地从陈江野的旁边

第十三章 克制

跑开。

　　陈江野站在原地,过了一会儿才缓缓直起身。等他回头,那抹身影已经溜得不见踪影。

　　他站在天台上,耳畔是呼啸的风声。那双狭长的双眼风吹而不动,但能清晰地看到他的瞳孔在一点一点变暗。

　　奇怪,明明他该开心才对,就在刚刚他也的确很开心,他心爱的女孩用尽全身的力气告诉他,她心里没有其他人,让他想冲动地去狠狠吻她。

　　可现在,他突然一点都开心不起来了,他无法想象,在没有他的日子里,他的月亮经历了怎样黑暗的长夜。

　　他才来到她身旁两个多月,就已经见到了好几次她快要熬不下去的样子,也看到了她的脆弱与无力,还有那么多次的险境……

　　那他不在的时候呢?她到底遇到过多少次危险,受了多少煎熬,又有多无助?

　　在这样一个贫穷、混乱又充满贪欲的偏远地区,她那不知令多少人羡慕的美丽没有令她得到一点雨霖,给她带来的除了苦难还是苦难,不知有多少双污浊的眼睛在暗处窥视着她,有多少双污秽的手想把她拉进黑暗里,而这一切,她只能独自去抵挡,稍有不慎,就是万劫不复与深渊地狱。

　　她的人生甚至禁不起任何一次如果,如果那场车祸不只是暂时夺走她的光明,如果碰见罪犯那一天她不是拿着刀去割甘蔗,如果田浩偷摸进去时,她没有把刀藏在枕头底……

　　每想到一种可能,他的心里都如同刀绞一般的痛,像真的有一把刀捅进去,将心脏翻搅得血淋淋。

　　他多希望,他们能早一点相遇,那他一定会好好保护她,陪着她。

483

炙野

这样的情绪一旦翻涌起来，就像是慢性病，漫长的隐痛，病症难以痊愈，痛感也难以平息，然后到剧烈发作时，疼得要人性命。

而这种情绪怎么掩饰都掩饰不了。

辛月察觉到了，不过她不明白他是为什么不开心，明明她都那样说了，她也传字条问了，结果没问出个所以然。

可她希望他开心，于是，在这天夜里，她在朋友圈里发了一首诗。

她的朋友圈里只有他一个人，这是为他写一个人的诗——

夜很静，月亮缓缓升起，
途经一片燃烧的旷野，乌云遮住月亮的眼睛，
好在火烧得烈，她看得清，黑夜还在无尽地吞噬，
乌云四溢，旷野沉默地灼烧，
滚烫，驱散夜的寒意，
月亮停下了，她说她不想升起，
不是堕落，是她在火光里，看到了一处港湾，旷野无际，
比起荒芜的夜，那里明亮、温暖，
月亮说，她想去到那里，
在你怀里，也在辽阔里。

她不像他会画画，只好用写诗来哄他。

冬日深夜的校园是寂静又吵闹的，冷风呼啸着从窗外刮过，吹得门窗哐哐作响。

男生宿舍的灯已经熄了，只剩一个房间的灯还亮着。

陈江野完全没有要去关灯的意思，他睁着眼躺在床上，像是在看

第十三章 克制

着上铺的床板，又像是什么都没看，双目黯淡无光。

已经很晚了，他还没从下午的情绪里出来，他像陷进了一片无尽的沼泽，越陷越深……沼泽地的湿泥似乎漫到了他胸口，将他的五脏六腑都挤压着，疼且闷，令他难受无比。

他自认从来不是一个容易感伤的人，这样的情绪是自从知道辛月在学校里受欺凌那天才开始，第一次就差点要了他半条命。心像被人生生撕开，难受得让他发了疯，失了控。

刚刚到这里的那些天里，他一直溺在这样的情绪里，快要窒息，直到他在一家奶茶店里，等到载着她的那辆车驶出来，透过车窗看到她的半张侧影，才稍微得到一点缓解。

再之后，就是他在网吧守着她的那天夜里。

只是熬一晚的夜还不至于让他看起来像生了一场大病一样憔悴，只是那一整夜他都心痛如绞。如果她再受一次委屈或苦难，或许他比她会更难受。

"嗡嗡——"身旁的手机振动了两声。

陈江野黑沉沉的双眸缓缓有了焦点，他把手机拿过来，屏幕通知栏上显示接收了一条新的微信消息，是辛月发过来的。

他的眸光一颤，解锁点进去。对话框里没有白色气泡的消息，只有中间一栏小字写着：

M 拍了拍你。

陈江野的眼里现出几分茫然，手伸到她的头像上也准备拍一拍她，结果因为手长时间露在被子外面有些冻僵了，屏幕感温困难，把他点的两下识别成了一下，直接点进了辛月的个人主页。

让他惊讶的是她的朋友圈那一栏里竟然有内容。

炙野

　　于是，他点进去，一首现代诗顷刻映入眼底——

　　　　夜很静，月亮缓缓升起，
　　　　途经一片燃烧的旷野，
　　　　…………
　　　　月亮说，她想去到那里，
　　　　在你怀里，也在辽阔里。

　　他一个字一个字地看下来，眼底发热，到最后几乎出现灼烧感。
　　他的月亮为他写了一首诗，用月亮的口吻。眼前文字里的月亮似乎如真的月亮一般发着光，轻柔的光透过眼睛，照进心底。
　　有什么仿佛忽地散开了，像夜里月亮升起，驱散一切漆黑的夜色与荫翳。
　　不大的房间响起一声轻笑。
　　此刻在他心里，除了这一首诗什么也没留下。
　　遗憾、内疚、入骨的心痛……通通消失不见。
　　她是他的病症，也是解药。

　　寒冷的冬夜里，陈江野始终暴露在冷空气里的双手逐渐回暖。他学着辛月曾经的口吻，在她发的这首诗下评论：

　　　　辛大学霸，原来还是辛大诗人。

　　看到这条评论的时候，辛月的心里"咚"的一声，这个口吻的话她只在两个月前说过一次，他竟然记下了。
　　她缓缓眨了眨眼，回到聊天页面，点开对话栏里唯一一个人的头

第十三章　克制

像，也是联系人里的唯一一个人，敲了几个字给他发了过去："你还不睡？"

很快，那边回了，也是这四个字："你还不睡？"

M："马上就睡了。"

L："我也马上睡。"

他俩都不是会腻腻歪歪给对方说什么早晚安的人，对话到这儿应该就结束了，但辛月拿着手机想了会儿，又给他发了一条："祝你好梦。"

收到这四个字，陈江野的唇畔荡出一抹笑意，他关上手机，带着唇畔上扬的弧度闭上了眼睛。

大概是因为得到了她的祝愿，他真的做了一个很好的梦。

梦里他带她去了远方旅行，他们一同看山，看海，看沙漠与雨林，远方的风景很美，他们在日暮的晚风里接吻。

画面真实得不像是梦，而是另一个时空，在未来的他们。

于是这一晚，他的唇畔始终带笑。

第二天是周五。

辛月像是想到一些事情，手里写字的动作停下。

过了一会儿，她转过头去问陈江野："你这周是住酒店还是跟以前一样住王婶家？"

陈江野放下笔，说："王婶家。"

"那到镇上谁来接你？"

"我不需要人接。"

辛月一脸问号："那下了客车你怎么去王婶家？"

陈江野笑了一下："谁说我要坐客车？"

辛月愕然："你骑摩托车回去啊？你疯了吧，这天都冷成这样了，

487

山上说不定还下雪了。"

"除了客车就只能是摩托车?"陈江野半挑眉,"我自己开车不行?"

辛月这会儿才想起来他会开车。

"那辆车你还没还回去?"

"嗯。"

"哦……"

辛月这下更加确定他给南凯的钱不是一般大的数目了,连车都能这么放心地交给他。

她心里对这事还是挺介怀的,她没法心安理得地接受他给自己花那么多钱,不自觉微微鼓起了腮帮子,然后走着神慢慢转过身去。

转到一半,陈江野又踢了脚她得凳子。

辛月回神,又转头看向他:"干吗?"

"你跟我一起回去。"

辛月没拒绝:"那我中午回去给我爸爸打个电话。"

"不用,我待会儿给他打。"

辛月一愣。她知道他有她爸爸的电话号码,不然他离开前的那天晚上,怎么会辛隆接了个电话前脚刚走他后脚就来了,而且还一夜不归,故意把时间就给他们。这世上哪会有这么凑巧的事情。

但她没想到他会直接说出来,所以,她说了句:"你还有我爸爸的电话号码呢?"

陈江野嗤笑一声,眼睛睨着她:"你装什么傻?"

辛月:"……"他竟然知道她知道。

"你怎么知道我知道?"她直接问他。

"你要是连这都猜不到,那你脑子真不像能当医生的。"

这个人总是能把夸人的话都说得像骂人的话。

第十三章 克制

辛月咬牙:"我谢谢你。"

陈江野又笑了一声。

陈江野走到第三栋办公楼的楼梯间,掏出手机拨通辛隆的号码。

"喂,小野?"那头的声音明显有些惊讶,"你怎么给我打电话了?"

陈江野沉声开口:"叔,我回来了。"

那头有几秒的时间没说话,但陈江野知道不是信号的问题。

这几秒过后,那头重新响起声音:"怎么就回来了?"

"叔,辛月没告诉您吧,她在学校受着什么样的欺负。"

"你说什么?"

电话里的声音陡然拔高。

陈江野深吸一口气,把最近发生的事情告诉了他。

"辛月不告诉您这些也是不想你担心,您别怪她,也别表现出知道了这些,因为以后这种事情不会再发生了。"他对着电话的那头如立誓般坚定地开口:"我会保护好她。"

陈江野和辛月等人都走得差不多了才从宿舍出去,车就停在学校里,被人看到太过张扬。

这一次,辛月还是想坐后座,但也还是没坐成,陈江野给她丢了句:"你把我当司机?"

这人的嘴是真厉害,不只是嘴,这人什么都厉害,开车也是,就算是在山路,车开得也特别稳,而且速度还不慢。

车里开着暖气,不冷,烘得人昏昏欲睡,但辛月不想睡,陈江野就在她旁边,她要是睡着不小心流了口水,他肯定会取笑他,所以她一直扭头看着窗外的风景。

山路行到一半，辛月看到前面的路和树都变成了白色，像是下过雪。而等车开进那一片白色里，辛月才发现这里不是下过雪，而是正在下雪，一片一片雪花从天空落下。

"陈江野。"辛月睁大双眼，声音是掩不住的欣喜，"下雪了。"

这里虽说是南方，但只要是海拔高的地方都很容易下雪，每年差不多十一月底的时候，这里就会下雪，但辛月却很少能看到下雪天。

黄崖村在这座山的后面的另一座海拔要低许多的山上，她只有坐车去蒲县时才会路过这里。

陈江野看出了她大概是很少遇见下雪天，因为如果是经常看到雪的人，不会是这种反应，她的瞳孔都仿佛微微放大了些，像是有花海在她的眼底绽放开来。

他问："要去看吗？"

"可以吗？"辛月有些惊喜地望向他。

山路都窄，一般为防止对面有车来让不开，很多人开山路时都是不会轻易停车逗留的。

"前面不是有块空地？"

他把车开过去，刚停下车，辛月就迫不及待地解开安全带下了车。

这里应该就是用来防止对面来车让不开所以开辟出来的一片空地。

辛月来到空地中央，仰头看着漫天纷飞的雪，伸手去接，那飞雪像是落进了她眼里，让她的眼睛像浸水一般泛着莹润的光，比夜里的星星还要亮。

陈江野站在车前，目光始终静静落在她身上，没看天，也没看雪。

她站在那里，就是他为何不看风景的原因。

第十三章 克制

雪地里的她,像一首清冷绝艳的宋词,很美,很美。

天上的雪花似乎也为她的美所沦陷,空中飘来的雪花越来越多,一片一片落在她的发间,不多时便落了满头的白。

陈江野看着她被大雪染白的发,不知想到什么,眸色微沉,接着,他偏头看向车窗。

车窗上映出身影,他的头发也沾满了雪。

眼底有笑意泄出,他回头,又看向雪地里的少女。

这是难得遇上的雪天。

那就一起淋一场雪,一起到白头。

少年的目光过分滚烫,满天的雪也无法掩盖。哪怕是背对着他,辛月都能感觉到他灼灼的目光。

她愣了愣,转头看向他,大雪在他们的视线之间飘落,遮不住对方的眼。

陈江野似乎并没有要把目光收回的打算,就这样明目张胆地告诉她:我在看你。

他很多时候都是克制的,但很多时候他的爱意热烈而张扬。

辛月清晰地感觉到自己的全身逐渐被他的目光熨热,雪天的冷意根本盖不住。像曾经无数次那样,她在与他的对视中败下阵来,落荒而逃般垂下眼,挂着雪的长睫轻轻扇了扇。深吸了一口气后,她才又抬起眸来看向他。

"陈江野。"她喊他的名字。

"嗯。"

"海城会下雪吗?"

"会。"

"会经常下吗?"

"算是。"

辛月缓缓眨了眨眼，轻叹："真好。"

陈江野微微偏头："你很喜欢雪？"

辛月点头："嗯。"

"那以后带你去雾凇岛，那里的雪景不错。"他的语气平静。

辛月倏地一愣。最动人的情话往往并没有什么煽情的字眼，而是他平铺直叙地说着你们的未来，没有半点夸张的神态，仿佛那是他确信能与她去做的事情，不需要过分期盼，只需静静等待就好。

心里像是也跟着下了一场大雪，雪花轻柔地落到心底的最深处，再慢慢融化。

她愣怔地看着他，任心动肆意蔓延。

"看我干吗？还看不看雪了？"

"看……"辛月极为缓慢地将目光挪开，转过头去。

她仰头看着天，像是在看雪，又像是什么也没看，静静地发着呆，连睫毛上压满了雪也浑然不觉。

时间在无声中流逝。不知过了多久，身后传来一个声音："转过来。"

辛月的思绪还未回笼，但身体已然下意识转了过去。

在有些失焦的视野中，她没来得及看清他的脸，只觉颈上一暖，是极为柔软的触感——他在给她围围巾。

将她的脖子围住后，陈江野用手轻轻拍掉她头上的雪，然后拿着围巾的一端在她头上缠了一圈，将她的头顶盖住，整张脸现只剩下精致的鼻和一双眼暴露在外。

辛月哪怕是裹成这样也漂亮得不行，毛茸茸的白色围巾给她添了几分可爱，那双小鹿般的眼睛还眨啊眨的，更可爱了。

陈江野的眼里泄出两分笑意，但很快垂眸遮住了，不是要掩饰，

第十三章 克制

是他还要给她戴手套。

车里开了暖气,所以上车后辛月就把围巾和手套都取下来丢到了后座,陈江野刚才看她的脸和手都冻红了,就去拿了出来。

他像照顾小孩子一样,连手套都要亲手给她戴上,而辛月因为还愣怔着,乖乖地任他给自己戴。

两只手都戴好手套后,他重新抬眸,也抬起手,隔着围巾捧住辛月的脸,像是检查有没有包裹好,又像是借着这理由满足自己某个私心。

"行了。"陈江野看着她的眼睛说,"继续看你的。"

他缓缓松手。

辛月的表情还是呆呆的,过了好一会儿才迟缓地转过身去。刚刚被风吹得冰冷的脸和脖颈慢慢回温,变得很暖和,甚至有些发烫。

她压根没心思看雪了,心里乱得一塌糊涂。

等心情平复一些,她转过头来,对还站在她身后的陈江野说:"回去吧,天快黑了。"

冬季的天总是黑得很快,这会儿才下午六点多,天就已经灰蒙蒙的,而且天黑后走山路总是不太安全。

以前不管是春夏还是秋冬,辛月每次周五回到家的时候天都已经黑了,今天因为是陈江野开的车,他们可能还能赶在完全天黑之前回到家。

"走吧。"

"嗯。"

辛月朝陈江野走过去,陈江野则等她走到自己身边后才转身和她并肩一起往车子的方向走。

雪天路滑,陈江野看辛月像是有些走神,正要提醒她看路,然而已经来不及了,他眼看着辛月脚下一滑摔了下去。

493

几乎是下意识地,他赶忙转身去拉她,然而雪天的路是真的滑,他没能拉住她,反而被她给拽了下去,一起栽进雪地里。

陈江野用半边胳膊撑住了地面,另一只手护着辛月的后脑。

两人此刻双眼之间的距离极近,辛月能清晰地在陈江野的黑眸里看到自己的影子。

呼吸在抬眼的一瞬间屏住,她望着距离自己极近的那双眼,大脑一片空白。

像是风吹过来,又像是他的呼吸落下。起初尚凉,须臾微灼,片刻后炙热、滚烫。

辛月的心跳一下一下地撞击着胸腔。

雪还在缓缓地从天空落下,一片雪花在即将落在她耳边时打了个旋儿,挂在了她长长的睫毛上,然后又因融化,跌进了她眸光微微颤着的眼睛里。冰冷的触感,让眼睛本能地眨了一下。

闭上眼的瞬间,她恍惚间看到上方的那双眼蓦地一沉。接着,头顶的围巾被拉下,盖住了她的双眼。

本就剧烈跳动的心脏倏地狂躁,有什么压了下来覆住她的眼。

耳边忽地响起无限拉长却并不尖锐的耳鸣,她浑身的毛孔都在这一刻蜷缩起来,肩膀不自觉耸起。

她什么都看不见,但她知道——他在吻她,隔着围巾克制地吻她。

不知道是时间变缓,还是这个吻太长,他迟迟没有松开她。

辛月在雪天的寂静里听着自己一下又一下的心跳,像是过了很久很久,压在围巾上的那双薄唇才离开了。

"起来。"微哑的磁沉嗓音刚落,辛月只觉自己被托着后脑扶了起来,盖在眼睛上的围巾自然掉落,她看到陈江野半蹲在她面前,神情淡淡的,仿佛什么都没发生过一般。辛月也尽量假装什么都没发生,

第十三章 克制

眨眨眼压下眼底的慌乱。

陈江野拿开托着她后脑的手站起来,然后朝她伸过来另一只手:"手给我。"

辛月的目光下移,落到他伸出的那只手上,余光却扫到他垂在身侧的那只手。

倏地,她的神情一变。

陈江野的那只手在流血,他微微侧着手,本来她是看不到他受伤了的,但血已经顺着他的指尖开始往下淌。

辛月原本是坐在地上地,看到他的手在流血后变成半蹲,伸手去握住他那只手的手腕,把他手翻过来查看。

他的手背上方靠近手腕的地方有个很大的创面,像是摔下去的时候手砸在了什么尖锐的石头上。

辛月这时候才想起,他刚刚这只手一直护着她的头。想到这儿,她猛地转头,果然看到地上有块带血的石头。

那石头在她头摔下去的地方旁边一点,如果陈江野不护着她的头,她大概率也不会砸到那块石头上,他的手也不会受伤,但他还是护着他,也始终没有松手。

辛月皱起眉,抬头望向陈江野:"你不疼吗?"她语气略带责怪。

陈江野把手抽回来,语气淡淡地开口:"这点儿疼算什么?"

"你能不能有一天坦荡点?"

"坦荡?"陈江野看着她挑起半边眉毛。

糟糕,暴露了给他贴的标签,不过也没什么。

陈江野垂眸盯着她,嗓子里振出一声笑。他俯下身来,用另一只手捏住辛月的脸,咬着牙开口:"说我装是吧?来,你说说,我哪样用装?"

辛月用仿佛写着"幼稚鬼"的眼神看着他,说:"我可没说你装。"

陈江野的表情微顿，一时语塞。

"哪样都数一数二的陈大少爷现在可以让我起来了吗？"

陈江野的表情又是一顿，接着，他似乎是暗暗咬了咬牙，然后才松手。

他也不拉她了，就这么居高临下地看着她。辛月皱了下鼻头，自己从地上站起来。

起来后，她从兜里摸出一包卫生纸递给陈江野："先擦擦，回去再给你消毒。"

陈江野没接，把手递过去："你给我擦。"

辛月抬眸瞟了他一眼，在心里腹诽他：幼稚鬼，幼稚鬼，还是爱使唤人的幼稚鬼。

她一边在心里腹诽他，一边给他擦血。

他的伤口在靠近手腕的地方，辛月得托着他的手心才好擦。

辛月先把流到手背和手指上的血擦了，然后才小心翼翼地去擦他伤口周围的血。手背上的伤口还在不停地流血，但辛月又不敢直接用卫生纸去堵住伤口，卫生纸容易粘在伤口上扯不下来，她只能把卫生纸放在他的伤口边缘，等伤口不再流血。她想着这么冷的天，估计血也流不了多久。

她的注意力一直在陈江野的伤口上，没注意到陈江野一直落在她身上的目光。起初，他是看着她的脸，后来又慢慢转到她托着他手心的那只手上。

他只需要把四指收拢，那就会像牵手。这么想着，他就这么做了。

感觉他的手指突然贴上来，辛月浑身都不自在地颤了一下，然后睁大眼看向他。

"你干吗？"她问。

陈江野轻牵唇角："疼。"

第十四章 有风

疼？刚刚手直接砸在石头上他都一声不吭，这会儿挨都没挨到他的伤口，他说疼？辛月懒得拆穿他。

她白了他一眼，换张纸继续给他擦血，但没有要他松手的意思，于是他们就这样保持着牵手的姿势。

"好了。"等血终于不流了，辛月把卫生纸收起来。

"嗯。"

陈江野松开贴着她手背的四根手指，把手收了回去。

辛月："走吧。"

两个人也是傻，明明可以在车上擦拭伤口，车里还有暖气，偏偏要站在外面吹冷风。

大概是两颗发烫的心感觉不到冷。

原本，两人是可以赶在完全天黑之前到黄崖村的，这一耽搁，回去的时候天还是全黑了。

这时山路上没什么人也没什么车，陈江野开着远光灯，在快到的时候远远就照到了辛月家门口蹲着个人，是辛隆。

这还是第一次让别人送辛月回来，辛隆实在不放心，所以才会在这么冷的天还跑来门口蹲着等。

一看到照过来的远光灯，哪怕被灯光晃得看不到里面坐着的人，辛隆也知道是陈江野跟辛月回来了，他赶紧从地上起来拍了拍屁股。

陈江野把车停在了王婶的坝子里。王婶他们听到动静也都从屋子里出来。

"回来了啊?"王婶笑着说。她倒也没那么不待见陈江野,虽然最开始是挺不待见的,但后面也是打心底觉得这孩子不错。

下车后,辛月喊了王婶一声,陈江野则向她点了点头。

"还没吃饭呢吧?老辛给你们准备了一大桌子菜,快回去吃吧。"

"嗯,那王婶我跟陈江野先去我家了。"

"去吧去吧。"

辛隆从那边一路小跑着过来,接过辛月手里的东西,也催促道:"快点快点,你们再不回来,我锅里的菜就要凉了。"

辛隆不搞寒暄那套,拉着两个人就朝家里走。

"陈江野,等等。"王婶突然喊了一声。

陈江野回头。

"接着。"王婶把钥匙丢过来,"等会儿回来自己开门。"

陈江野接住钥匙,说:"行。"

"快走快走。"

辛隆拉着两人继续走。

王婶家和辛月家的距离很近,他们走得很快,陈江野看着周遭记忆里的场景,却觉得时间忽然变得缓慢,就像终日苦行的旅人回到了许久未归的家。

这里不是他的家,但两千多里外的那个家给不了他的归属感,他在这里找到了。

"你小子东想西想什么,走快点,我们进去喝两杯。"

"好。"陈江野收回视线。

辛隆算着时间把菜都做好了,放锅里保着温,等着他俩回来后拿出来就能吃。

锅盖子一揭开,整个厨房都肉香四溢。

辛隆做了好几个荤菜,鸡鸭鱼都有,还有一盘小炒黄牛肉。辛隆

第十四章 有风

虽说从不在吃上面亏待自己,但也几乎没有一顿做过这么丰盛的,毕竟家里一年的收入就那么点儿。

三个人每人两盘菜,一趟就把锅里的菜都端到了桌上。

端盘子的时候,辛隆注意到了陈江野手上的伤口,问道:"哎哟,你这手怎么搞的?"

"摔了一下。"

"走路多看着点儿嘛。"

陈江野"嗯"了声,目光扫向辛月。辛月恰好在这时看向了他,顿时脸上一热。

把菜放下后,辛月一边抓着陈江野的胳膊把他往旁边拉,一边对辛隆说:"我先给他的伤口包扎一下。"

"弄快点儿,等会儿菜冷了。"

"知道。"

辛月拉着陈江野来到堂屋,让他先坐着。她把双氧水、胶布和纱布一并拿过来,他手背上创面还挺大的,睡觉什么的很容易碰到,所以她想着还是给他包扎一下比较好。

"忍着点。"

辛月把双氧水淋到他的伤口上,然后拿纱布擦干净,再把周围擦干净,最后用纱布将伤口包住。

她的动作很小心,但还是时不时地问他:"疼吗?"

"不疼。"

辛月像是想到什么,轻笑了下,撩起眼皮瞄了他一眼:"现在又不疼了?"

陈江野的表情一怔,半晌,也笑了一下。

"行了。"辛月把东西收起来后,对他说,"去吃饭。"

两人回到厨房。

"快快快,酒我都倒好了。"辛隆把酒推到陈江野面前,"今天就喝这一杯,不喝多的。"

陈江野心中了然,端起杯子和他碰了碰,然后一饮而尽。

"来,动筷动筷。"

陈江野已经很久没有来辛月家里吃饭了,但气氛没有一点不洽,仿佛昨天三个人才一起吃的饭,不过这大概是归功于辛隆这个话痨,他吃两口就说几句,话就没停过。

他从这两周谁家结了婚,谁家跟谁家打了架,一直讲到谁家狗生了十胎狗崽,虽然倒也没有显得刻意,但辛月还是忍不住说了句:"才喝一杯你就醉了?"

辛隆睨了辛月一眼:"才一杯怎么可能醉?"

"对了。"他像是突然想起来件事,"听说西岭那段下雪了,你们看到没?"

辛月的表情一顿。

"看到了。"陈江野回。

不仅看到了,还下车赏了场雪,可能是当时雪景太美,才让人情不自禁。

辛月低着头,脸微微泛红。

辛隆没察觉到什么,继续说:"那你们运气挺好啊,今年的第一场雪就被你们赶上了。"

这话一出,陈江野的表情微顿。

第一场雪,那就是初雪。据说,如果初雪时和心爱的人在一起,那两个人就会永远在一起。

陈江野垂眸,淡淡一笑。

这顿饭,辛隆是最后一个吃完的。

他摸着肚子打个饱嗝,然后把碗一放:"辛月,洗碗。"

第十四章 有风

辛月剜了他一眼,没说什么,端起碗去洗。

辛隆见她去了灶台,从裤兜里摸出烟盒,抽出一根叼在嘴里,朝陈江野扬了扬下巴:"出去走走?"

"嗯。"

辛隆走在前面,陈江野跟着他出去。

辛隆带着陈江野走出院子后还往外走了走,等离家门有段距离了才停下来。他摸出打火机把烟点燃,然后把打火机放回去,接着从兜里拿出一张卡。

"既然你回来了,这卡也还你。"

陈江野从辛隆说只喝一杯的时候就知道辛隆是想把这卡还给他。

他把卡推回去,淡笑着说:"您还是收着吧,就当是我提前给彩礼了。"

辛隆的神色猛地一震,直接被他这话给说蒙圈了。

"你这小子!"等回过神,他立马吹胡子瞪眼起来,"辛月可没说要嫁给你!她说她这辈子都不嫁人的!"

陈江野愣了愣,问:"她什么时候说的?"

"你走之后的第二天。"

辛隆如实回答,结果说完自己先愣了,像是忽然意识到了什么。

而他想到的东西,陈江野也想到,于是,一声轻笑在夜色里响起。

"你笑什么笑?"辛隆又把眉毛吊起来,"你少自恋啊!"

陈江野还是在笑。

辛隆快被气死了:"你不会以为辛月是非你不嫁了吧?"

陈江野用现在早已笑得眯成一条缝的眼睛看着辛隆:"叔,要打个赌吗?"

"赌什么?"

"赌辛月愿不愿意嫁给我。"陈江野没有给他拒绝的机会,直接说,"如果我赢了,您就安安心心地把辛月交给我。"

辛隆撇撇嘴："如果你输了呢？"

"我不会输。"

辛月把碗洗到一半的时候，外头的两个人回来了。

辛月也不知道他俩在外头除了抽烟还干了啥，出去的时候辛隆还一脸笑呵呵的，这一会儿的工夫，回来就成了苦瓜脸，时不时地斜眼剜陈江野一眼，浑身上下都透着怨气。

陈江野的表情则与他完全相反，他的嘴角始终噙着笑，也不知道在笑什么。

"你还不回去？"辛隆甚至直接下了逐客令。

更甚的是，到了第二天的午饭，陈江野一放碗，辛隆就立马下了逐客令："吃完赶紧回去。"

等陈江野走了，辛月不解且觉得两人有鬼地问辛隆："你俩昨天晚上说什么了？"

辛月不问还好，一问辛隆就来气，扯起喉咙大吼道："两个大男人能说什么！"

辛月：……不想说就算了，倒不用这么大情绪。

他不说，辛月猜也能猜得到，估计是陈江野说了什么关于她的话把辛隆给得罪了。

她叹口气，瞥了辛隆一眼说："你要真那么不待见他，干吗还老早就起来给他做这么一大桌子菜？"

辛隆眼睛一瞪，胡子一吹："谁给他做的？你没吃？"

辛月也不惯着他："前两周我回来的时候怎么不见你给我吃的这么好？"

辛隆被噎住，脸涨成了猪肝色。

辛月懒得再跟他掰扯，回屋看书去了。

现在是大冬天，她没法再跟夏天一样搬张桌子到屋檐下看书做题。

第十四章 有风

以前在屋檐下的时候,她一抬头就能看见陈江野在做什么,这令她在屋里坐下来后还是会习惯性地抬头,只是视线里只有透光却不透明的窗。

她忍不住想:现在他在干吗呢?

他在朝山上走,陈江野想重新去走一走每一个曾经与她走过的地方,再告诉它们:他回来了。

走出村,沿着路走一截就是那条熟悉的岔口,站在岔路口处一转头就能看到那棵系满了红绸的槐树。

他停下,然后朝槐树走去。这里有他的愿望,那便作为他回忆的第一站。

他爬上树,准备去看看红绸上的字有没有被雨淋得褪色。

他当然还记得自己把红绸系在了什么地方,但在那个记忆里的位置,他看到两条紧挨着的红绸,一条他的,另一条不是他的,却写着他的名字——

陈江野要开心。

一瞬,世界忽然模糊不清,只那在风中飘摇的六个字映在他眼底。那字迹像是会发烫,灼了他的眼,心底也跟着被灼烧。

就像有人往他生满杂草的荒芜世界里丢了一根火把,瞬间火光漫天,将冗长的黑夜尽数照亮,也让一切燃尽,然后万物生长。

在遇见她之前的漫长岁月里,他从未有一刻如此觉得,这人间值得。

陈江野从山上回来的时候已经是下午三点多,辛月刚好在晒衣服,看到了正在上二楼的他。他也看到了她,于是停下脚步。

辛月不知道他这几个小时都干吗去了,掏出手机给他发消息:

"你干吗去了？"

陈江野看到她把手机拿出来后也低头拿出手机，很快回她："去山上转了一圈"

辛月本来还想问他想不想去山上散散步的，于是她回："你怎么不叫我？"

L："你要想去，我可以再走一趟。"

M："算了。"

陈江野看着屏幕上的对话框，似乎若有所思，几秒后，他敲了一行字发过去："我走之后你去过山上吗？"

M："去过。"

L："去割猪草？"

M："不是。"

L："那你去干吗？"

M："你也不割猪草，那你去干吗？"

陈江野看着屏幕上的字笑了下，把手机揣回去，然后进屋做题。

王婶家没空调又没暖气，静坐着做作业冻手又冻脚，陈江野算是很抗冻的了，然而做两个半小时作业后手脚还是都被冻僵了。他把笔一丢，准备站起来做运动热下身，手机刚好在这时候发出一声振动。

拿过手机，他才发现已经下午六点了，通知栏上是辛月给他发的消息："你冷不冷？"

L："冷。"

M："过来我家烤火，我家烧了火，等会儿也要吃饭了。"

L："来了。"

两分钟后，陈江野来到辛月家门口，此时辛月已经打开门在门后等他。陈江野插着兜走进去，辛月把门关上，跟他一起进厨房。厨房的角落烧着一堆火，火堆上方挂着几十串猪肉和香肠。

第十四章　有风

昨天陈江野还没注意这个地方，坐下后问："腊肉就是这么熏的？"

"嗯。"

耳边隐隐传来电视机的声音，陈江野又问："你爸爸在看电视？"

辛月又"嗯"了一声，说："今天他用电磁炉炖的鸡肉，不用烧锅，等饭好了就能吃。"

说着，辛月把一旁的笔记本拿出来，打开台灯照着看，厨房的光线太暗，不拿台灯根本看不清字。

陈江野把手伸出来烤火，见她拿一只手捂着半边笔记本，问："你还把要背的东西在本子上誊了一遍？"

辛月："不是誊，是我默写的。"

"你都能默写出来，还背它干吗？"

辛月抬眸白了他一眼："我可不像你，过目不忘。"

听着她有点咬牙切齿的语气，陈江野笑了一下，把她手里的本子夺过来："那我考考你。"

辛月像是把所有知识点都记在了这一本笔记本里，现在翻开的地方，左边是元素周期表，右边是英语单词。

"我先抽查你一下元素周期表。ⅦA族元素里毒性最小、比重最大的元素是什么？"

辛月被问蒙了，这是什么偏得不能再偏的知识点？

她想了好久才试探地回答："砹？"

陈江野点点头，又问："ⅢA族最重的元素？"

又是一个知识盲点，辛月只能靠周期规律去推："铊？"

陈江野继续下一个问题："哪个元素是化学性质非常活泼的金属，但熔点高达1668℃？"

辛月总算是有个能确定的："钛。"

"能够在室温下形成六方晶体，但在加热到300℃之后便转变为面心立方结构的钢系元素？"

"这谁知道？"

"铯。"他知道。

"已知元素中金属活动性最强的是什么？"他又接着问。

"锂。"这个简单。

陈江野抬眸，视线从笔记本上挪到她的眼睛，语气漫不经心地说："再考考你记忆力，刚刚我抽了哪几个元素？"

"砹铱钛铯锂。"

辛月迅速说了出来，但说完，却愣了好几秒。这五个字的读音传回耳朵里，就像是在说："爱你，太爱你。"

在意识到这一点后，辛月整张脸无法控制地发烫。

这个人用最漫不经心的语气，却动着最撩人的心思，毫不费力就会给你最致命的一击，再让你溺死在他漆黑的眼里。

屋里烧着的火在这一刻像是将空气都燃烧殆尽，让人有种缺氧的悸动。如果不是辛隆在这时候来到了厨房，辛月感觉自己真的快要窒息。

"你们在干吗？"辛隆看他们两个不太对劲。

陈江野把视线挪开，举起手上的本子："我在抽查她知识点。"

辛隆目光狐疑地在他们两人之间扫了扫，最后一撇嘴："吃饭，我在看电视都听到电饭煲在响了，你俩在这儿都没听到。"

陈江野把笔记本还给辛月。辛月低头接过，把台灯关了，站起来朝放饭桌走。

辛隆把盛了饭的碗递给她，瞥见她的脸红得不正常，但他也没多想，以为是火给烘成这样的，就叨叨了句："让你离火远一点，你每次都不听，你看你的脸都被烤成啥样了？"

他这么一说，辛月脸上的温度一瞬间又升至最烫，她赶忙接过碗去桌上夹了菜跑去火堆旁吃，试图拿火光做掩护。

第十四章 有风

辛隆"啧"了一声："有那么冷？"

辛月背对着他回："有。"

"这才几月份，再过一个月不得冷死你？"

辛月没说话。

"算了。"辛隆把饭递给陈江野，"我们也去那边吃。"

三个人都围着火堆吃饭，火光映在他们身上，整个角落都暖烘烘的。

吃完饭，辛隆又去看电视了，大概是想到天太冷，他这回没赶客，留辛月和陈江野在屋里继续烤火。

辛月洗完碗过来后依旧打开台灯继续背书。

陈江野什么也没干，就看着她，然后问："你每次回来都这么用功？"

"这不是快考试了。"

之前他没回来的时候，除了背书，她基本都在山上和槐树上待着想他，现在他就在她面前。本来她想和他一起再去山上转转的，谁知道他竟然一个人去了。

他仰起优越的下颌："你一定能考上，我说的。"

辛月的眉尾上挑一分："你说的管用吗？"

"百分之五十的概率吧。"

"扑哧"，辛月没忍住笑出了声，眼睛因为笑而弯成新月的形状。

看着她此刻脸上无比明媚的笑容，陈江野的表情微怔。现在的她常常会笑，但这还是他第一次看到她这样大笑，而不管是大笑还是轻笑，都是扑面而来的漂亮。

辛月是在看到他表情时才意识到自己竟然笑成了这样，一时间也有些愣怔。

她有多久没有这样笑过了？五年，六年，还是更久，她已经记不得了。她只记得，自从陈江野来到这个偏僻的小山村，又在两个月后回到她身边，曾经那些她遗失的笑容也开始一点一点回来了。

她看着他，在心里对他说：陈江野，谢谢你出现在我的生命里啊。而后，她垂眸，并未收起脸上的笑意。

"我背书了，你玩手机吧。"

陈江野"嗯"了一声，却并没有把手机拿出来，只是静静地坐在她身旁烤火，火光在他漆黑的瞳孔中跳跃，像黑夜里漫天的山火，在寂静中烧得火热。

到九点，他起身说："我回去了。"

"等等。"辛月也站起来，"你等我一会儿。"

她放下笔记本和台灯，小跑着进屋，过了两三分钟才出来，出来时手里拿着个粉色的热水袋。

"给。"她把热水袋递给他。

陈江野接过。

"冷了就把里面的水再换成热水，小心别烫到了。"

陈江野看了眼手里的热水袋，问道："你给我了，那你用什么？"

"我还有一个。"

"行。"

陈江野拿着热水袋回王婶家，继续做作业。

冬日的深夜是一天里最冷的，但陈江野感觉一点都不冷，他也不知道为什么，一个小小的热水袋就足以温暖他全身。

写到夜里十二点多，他洗漱上床睡觉，把已经有些凉了的热水袋抱在怀里，他没有换水，因为在被窝里他并不需要再用热水袋取暖。

热水袋上似乎留有她身上的体香，若隐若现的、淡淡的味道，他无法形容，那是一种任何香水都制不出的气味，淡却致命。于是在梦里，他深深埋入她雪白的颈，像吮吸血液的吸血鬼，贪婪而不知餍足地嗅着那令他魂牵梦绕的味道。

第十四章 有风

十二月二十五日,考研的日子如期而至。

陈江野开车将辛月送到考点,一路上陈江野表现得比辛月还紧张。她看到他不时地用纸巾擦去手心的汗。

辛月看着他,轻声笑了笑:"怎么感觉一会儿进考场的人是你而不是我啊。"

陈江野睨了她一眼:"你准考证带了吧?"

"带了。"

"涂卡笔带了吧?"

"带了。"

"橡皮呢?中性笔呢?尺子呢?"

"带了带了都带了,陈江野你也太唠叨了。"辛月有些不耐烦地回道。

"小没良心的。"

等到了考点学校,陈江野和辛月一同下车。

陈江野:"明天下午我来接你,这是酒店的房卡。"

考研要考两天,为了方便,陈江野替辛月订了附近的一家酒店,这样她就可以有更多的时间复习。

辛月:"嗯,我进去了。"

在辛月转身刚向学校门口走了几步,陈江野叫住她,辛月回头,视线正好与他的相撞。陈江野手插兜,侧靠在汽车旁,眼睛里有暗流涌动。

"希望阿月医生能梦想成真。"他说。

考研的过程很顺利,辛月对自己还挺有信心的。笔试成绩会在次年二月底出,也就是说从笔试结束到出成绩的这段时间里,她就不必再每天紧绷绷地学。

辛月问陈江野寒假他要不要回海城,陈江野说不回。

"你真的不回去?"

"不回。"

陈江野开着车，眼神平静地望着前方，语气没有一点起伏。

辛月看着他，认真思考了一会儿再次开口问："你能跟我说说吗？你到底为什么跟你家里人有那么大的矛盾？"

辛月对他家里的情况并不了解，之前他只说过他弟弟和他之间的事，并没有说他是为什么会和他爸爸也仿佛有深仇大恨的样子，明明抛弃他离开的是他妈妈，不是他爸爸。

她只能猜或许也跟他弟弟有关。

从前他和她没什么关系，所以哪怕在坦白局上她也没有问过这些关于他的私事，可现在不一样，她确信他们有未来。

所以，她想知道他身上发生过什么，是什么样的经历让他在这个本该朝气蓬勃的年纪就像早已厌透了这世界，眼里满是无尽的冷冽与倦意。

虽然现在他漆黑的眼底开始了光亮，身上的冷意少了些，脸上的笑容也多了，一切都在慢慢变好，但她希望他更好，希望她能像他治愈她那样，治愈他。

可要对症才能用药，她得知道他的病症。

"你不用那样看着我，我没你想象的那么惨。"

见他嘴硬，辛月睇了他一眼："那你之前一直一副……"辛月一时间想不出一个准确的词来形容他之前的状态，想了会儿才找到个勉强算恰当的词，"一副半死不活的样子。"

"你才半死不活。"

"半死不活又不是说你有病，你反应那么大干吗？"辛月轻哼了一声，"说什么都没劲的人不是你？"

"没劲就是没劲，跟我过得怎么样有什么关系？"陈江野还就跟她杠上了。

辛月也不甘落于下风："哪个正常人年纪轻轻就觉得什么都没劲？"

第十四章 有风

"谁刚说的没说我有病,这会儿又说我不正常了?"

跟他吵架真的很难赢,辛月一时语塞。

正当她想着要怎么回怼他的时候,陈江野突然一脚急刹。

"下车。"

辛月一愣,这人什么意思?小吵一架不至于要把她丢路上不载她回去了吧?

"你干吗?"她问他。

陈江野冷眼甩过来:"大过年的你不放烟花?"

辛月又是一愣,这时才发现车停靠的旁边有一个卖烟花爆竹的摊位。

"还不下车?"

辛月面上露出一丝误解他的理亏,默默解开安全带下车。陈江野轻嗤了一声,也解开安全带开门下去,两人来到摊位前。

这里过年一直是可以放烟花爆竹的,大年三十晚上烟花爆竹的声音会响彻整夜,整个天空都会铺满烟花。那是一年里,辛月最期待的一天。

她很喜欢烟花,所以即便穷,每年她也还是会花些钱来买烟花。

很多人说她长了一副不食人间烟火的模样,只有极少数人知道,她最爱的就是这人间的烟火。

只有在这一天,她才会喜欢这世界的喧嚣与热闹,心也跟着沸腾。

她很喜欢这种感觉,她可以清晰地感受到自己还活着,还对美好向往着,没有被生活打倒,没有因苦难变得麻木,心也还没有冷却。

他们这里并没有守岁的风俗,但她每一年都会在院子里站一整夜,哪怕风再大,天再冷。

看到摊位上摆着的烟花,辛月的嘴角不自觉地露出笑容。

"喜欢?"陈江野看到了她唇畔的笑意。

"嗯。"辛月点头回答他,眼睛没有离开摊位上的烟花,认真地挑选着。

陈江野敛眸看了她会儿，然后转头指着地上那堆烟花对老板说："这些我都要了，麻烦帮我搬车上。"

辛月猛地抬头看向他，眼睛因惊讶而瞪大。

"看我干吗？我买个烟花你也要管？"

"你买这么多干吗？"

陈江野："我喜欢。"

她深呼吸一口，很快平复了一下心情："你高兴就行。"

陈江野唇角一勾，说："你得习惯。"

辛月愣了愣，双眼不受控制地慌乱起来，只好匆瞥到一边。陈江野看着她，唇边的笑意更明显。

老板急着做生意，没等他俩聊完就已经抱着那一堆烟花走到车子后面，对陈江野喊道："帅哥，开下后备厢。"

陈江野这才把视线从辛月的身上挪开，转身掏出车钥匙把后备厢打开，烟花直接把车的后备厢和后座都塞满了。

老板搬烟花的时候，陈江野又看了看摊位上其他一盒一盒的小炮，感觉挺有意思的就又每样来了两盒。

现在天黑得越来越早，他们回去的时候，路才走到一半天就完全暗了下来，不少人家已经开始放烟花，一路都能听到烟花升空再绽开的声音。

从天黑下来，辛月就一直望着窗外。外面的烟花也并没有很多，稀稀疏疏的，可她的眼里却已满是星光，比草原上的星空还漂亮。

陈江野看到了她的眼神，唇角泄出抹笑，踩下油门加快了速度。

黄崖村基本不会有汽车经过，一听到汽车的声音辛隆就知道是他们回来了，于是他打开院子的门出来。

"哦哟，你们买了这么多花炮啊。"

在蒲县这边叫烟花为花炮。

第十四章 有风

王婶也看到了,对从车上下来的两个人说:"你们这明天不得放一整晚才放得完啊?你们要放一晚上的话就去村外面放,不然你让人咋睡。"

王婶对陈江野的语气一如往常没太客气。

陈江野瞄了王婶一眼,说:"今天晚上就放一半。"

"今晚上就放?"辛月问。

陈江野:"你不想放?"

"嗯……想。"

"那就放。"

"先吃饭。"

辛隆才不管他们什么时候放花炮,他已经饿得不行了。

等吃完饭,陈江野把烟花搬了些出来,放在辛月家的院子里。

"有胆子放吗?"陈江野侧头问辛月。

"我每年都是自己放。"

"那你来。"陈江野把打火机丢给她。

辛月接住打火机,朝烟花走去。她熟稔地拆开包装把火线拨出来,然后按下打火机。

今天风大,辛月按了好几下打火机都没出火,她拿手挡着也无济于事,她的手太小了,根本挡不住。直到,一只肤色冷白的大手从侧方拢过来,拢住她的手,也挡住风。

火光骤然亮起,照亮两个人的掌心。

辛月微微一愣,抬头。

身侧的人垂着眸,睫毛在眼睑下方投出一片阴影,低沉的嗓音从他微启的薄唇中溢出:"看我干吗?点火。"

辛月不自觉眨了下眼,有些愣怔地低下头,目光第一时间却没有看向烟花的火线,看的是他的手。他的手很大,指骨修长却有力量感,跟她的手放在一起,有种漫画里体型差的感觉。

515

她没有看很久，收回视线拿打火机点燃了火线。

被点燃的火线传来噼里啪啦的轻微细响，辛月和陈江野同时收回手，又一起缓缓往后退，两个人表现得都很从容。

一步，两步，三步……

"咻——"院子里响起烟花升空的声音。

院子里的三个人随之抬头，看着烟花在空中绽放。隔壁二楼，王婶和刘叔也在阳台上仰头看着烟花。

所有人的目光都被烟花吸引，无人注意有人视线下移，看向了身侧的少女。

少女的眼睛里仿佛也有烟花在绽放，比夜空中的更美。

烟花还在不停地绽放，伴着破空声与巨响，而有人的世界是静谧的，寒风也不再刺骨。

院子里烟花绽放的声音持续了一个多小时才停歇。

"放完了放完了。"辛隆把手揣起来，"冷死了，赶紧进去烤火，那些花炮筒就放那儿，明天再收拾。"

听辛隆说完这些，辛月才收回仍看着夜空的视线。

进了屋，寒风被挡在门外，里头的空气被火堆烘得暖洋洋的，辛月这才后知后觉浑身早已冰凉，不禁打了个冷战，赶紧坐到火堆旁去。

因为要放烟花，三个人吃饭时都想着赶紧吃完，没像之前那样一边吃饭一边聊家常。这会儿辛隆才想起来问陈江野："你过年不回海城？"

"不回。"

"为什么不回？"

"没什么好回的。"陈江野说。

"怎么，跟家里闹别扭了？"

"不是。"

第十四章 有风

辛隆有点疑惑,没闹别扭怎么不回去,于是问:"那是怎么回事?"

陈江野只说:"就是不想回。"

辛隆"嗐"了声:"还说不是闹别扭?"

"不是闹别扭,是硌硬。"

辛隆惊讶地缩了下脖子,用长辈教育后背的语气说道:"这就是你小子不懂事了啊,哪有这么说爸妈的?"

"爸妈?"陈江野冷笑,"他们不配。"

辛隆这时才想起陈江野之前说过他妈妈在他六岁时候抛下他去国外了,这确实不配当妈。

辛隆虽然表面还做着有点看不惯陈江野的样子,但心里已经把他当准女婿了,倒也没有顾忌,直接问:"你爸又是怎么了?"

陈江野瞄了一眼辛月,像是让她听好了,他就不单独再跟她讲一遍了。辛月看向他,表情像是在说"她在听了"。

陈江野开始说:"当年我去追我妈妈的时候被车撞了,在医院昏迷了一个月才醒,但我醒过来的时候房间里一个人都没有。第一个进来的是这段时间负责照顾我的护工,我听到她给家里打了电话,说我醒了,我以为陈安良会来,但他没有。"他看了眼辛隆,补充道,"陈安良是我爸。"

接着,他继续说:"当天来的人是我姑姑,陈安良没有来,我住院住了十个月,这个十个月里,他从来没出现过……"

那时候,他在病房听到姑姑打电话跟陈安良吵了很多次,姑姑就只是让陈安良来看看他而已,但他就是不来,所以两人才会吵起来。

姑姑最开始还会替陈安良编些他为什么不来看他的理由,到后来什么也不说了,干脆不提这个人。

陈安良一直不喜欢他,他从小就是知道的。哪怕当时他只有六岁,也能在陈安良刻意掩饰的态度里察觉到他对自己的厌恶。不是他

517

太敏感,而且陈安良眼里的厌恶连掩饰都掩饰不住。

陈安良和他妈妈孟荷是商业联姻,两人之间没有感情。后来孟荷怀孕,陈安良一度怀疑她肚子里怀的不是他的孩子,还是让孟荷去做了亲子鉴定后,他才让孟荷把他生下来。

老天大概是在捉弄他,他明明是陈安良的儿子,却和陈安良长得一点都不像,眉眼反而与孟荷那个中英混血的前男友有几分相似。这大概也是为什么,陈安良看他的眼神总带着掩饰不了的厌恶。

再后来,爷爷病重,陈安良接手公司。

陈安良是个商业天才,短短六年时间就将恒远集团壮大了数倍,丝毫不用再倚仗孟家的支持。这六年里,陈安良还一点一点地切断了恒远集团与孟家的所有商业联系。

没有了商业上的牵扯,陈安良和孟荷这两个彼此早都受够了对方的人,也终于不用再维系这段毫无感情可言的婚姻。

孟荷果断选择出国,抛下当时只有六岁的他,也和孟家断绝了关系。

他无法得知孟荷是否知道他出了车祸,险些丧命,但不管是知道还是不知道,她始终都没有再回来过,连电话都未曾打过一个,他彻底从这个她厌恶的世界里消失得干干净净。

在医院的十个月里,他记不起自己是怎么扛过身体上的疼痛和被亲生父母双双厌弃的心理打击,反正总之没死,只是性格从此像变了一个人。

出院那天,姑姑问他,是想回家还是想跟她回去。

他说:"回家。"

姑姑没有说什么,把他送回了家,毕竟不管怎样,那里始终是他的家,他总有一天要回去。

那天,刚满七岁不久的他,已经做好了迎接陈安良冷脸的准备,但他怎么都没想到,他看到的是一个满面笑容的陈安良。只是他的笑

第十四章 有风

不是因为他,而是因为他身边一个年轻女人怀里抱着的婴孩。

婴儿看起来已经有几个月大,真是可笑啊,他躺在病床上生死未卜的时候,陈安良在喜当人父,满心欢喜地期待着另一个生命的到来。

在他因心理和身体上的双重疼痛而辗转难眠的无数个日夜,陈安良在忙着照顾他怀有身孕的新婚娇妻。

陈安良是希望他自生自灭吧。他那时这样想。

这并不是他的猜测,而是确信。

那天,陈安良脸上的笑容在看到他的那一瞬间消失,但凡陈安良的表情没有转换得那么快,也不至于那样刺伤人眼。

可在陈安良冷漠的眼神里,他还是踏进了那个家,那个与他格格不入的家。

错的不是他,他没理由退出。

他们越是觉得他碍眼,他越是要横在他们中间碍他们的眼,他们不配拥有那么幸福美满的家庭。

陈安良既然决定让他来到这个世界,那不管是他长得像谁,他和孟荷都应该对他负责。毕竟他们没人问过他,愿不愿意被他们生下来。

从此,他就像变成了一条疯犬,撕裂着有关这个家的一切。

谁都别想好过。

陈安良只要回家就会被他气得半死,每天都要面对他的那位后妈更是被他折磨得快要疯掉,他们不是没想过背着他搬到其他地方去住,但第二天他就会出现在他们的新住所。

当时还小的他当然没那个本事能让他们怎么甩都甩不掉,是他的姑姑也觉得这是陈安良该有的报应。

这样彼此折磨的日子持续了好几年,陈安良拿他没办法,只能选择无视,然后报复性地在他面前对他的弟弟陈喻舟关爱有加。

陈喻舟不知道是被这个充满戾气的家庭影响,还是说天生就是坏种，陈喻舟在还背着"人之初，性本善"的年纪就有了一颗无比阴暗的心。

大概是报应，陈喻舟在六岁这年突然诊断出心脏病，而且是凭现在的医疗根本无法完全治愈的心脏病，只能靠昂贵的药物续命。

陈安良这下慌了，从他接手恒远集团这十二年以来，集团产业链不断壮大，已经几乎全面渗透了每一个行业，数字媒体、影视、游戏、音乐、金融、教育、餐饮、医疗、农业……只要你能想到的，基本恒远都有涉及。

这样一个由陈安良亲手缔造出的庞大商业帝国，陈安良是不可能拱手让给外人的。

除了陈江野，陈安良甚至连个三代以内的旁系血亲后辈都没有，姑姑虽然结婚了，但并没有生子的打算。

于是，陈安良又跑来和他示好。

陈安良以为他想不到继承这一点，还上演了一场悔过的大戏。

"我在他眼里根本就不是儿子，只是个有血缘的工具，如果不是陈喻舟得了心脏病，他连正眼都不会看我一眼。"

陈江野全程冷笑着说完这些，然后抬眸看向辛隆，问："叔，这样的人，配当爸爸吗？"

辛隆听得拳头都硬了，骂道："你爸真不是个东西！"

"不对。"他纠正道，"这个陈安良真不是个东西！"

"你别回去了，以后过年都来我们家，我给你做年夜饭，给你包汤圆，我的厨艺也不比你们海城大酒店的厨子差多少！"

辛隆地情绪有点激动，浑然不知自己说的这些意味着什么。

过年，是要和家里人一起过的，但他说：以后过年都来我们家。

陈江野看着辛隆，表情微怔，从来没人跟他说过这些，也没人为

第十四章 有风

他做过年夜饭，包过汤圆。

忽地，他笑了："叔，说出口的话可不能反悔。"

辛隆一愣，这才意识到自己说了什么，讪讪地摸着鼻子瞄了辛月一眼，没吭声。

辛月没注意辛隆丢过来的眼神，她在看着陈江野，一直看着他。

他在说那些过往时，表情全是讽刺，眼里都是冷意，没有一点难过，像只觉得可笑。

但辛月很难过，她终于知道他眼底的厌倦感从何而来。

他与他爸爸血浓于水，他爸爸对他却只有厌恶，唯一的示好还是利用，是虚情假意。而他的妈妈，抛下一切的同时也把他一起抛下了。

世间最温馨的亲情在他看来是最恶心的东西，最美好的爱情，此前于他也讽刺无比。

那这人间还有什么是值得的？

回来在车上的时候，他说他过得不惨，不需要她的同情，的确，他过得不差，甚至可以说是很好，生在这样的家庭，即便和家里关系差，但大多物欲都是可以被满足的。

可越是这样，生活于他而言，便没什么值得期待了。

难怪他总说没劲，也难怪，他明明是天之骄子，却放任自己消沉。从六岁那样小的年纪就一直浸在恨意里，情绪始终消极，又怎会对自己有任何期待？

世界没有他所期待的，未来也不会有。

心底传来阵阵钝痛，辛月深吸一口气才勉强压下眼睛里快要溢出来的情绪。

在陈江野将视线从辛隆身上移到她这边时，她转头看向辛隆："爸，还是我来包汤圆吧，你做菜是大厨级别的，但包的汤圆是真

521

难吃。"

说着，她转向正看着她的陈江野，说："我来给你包汤圆，以后每一年。"

辛月看着陈江野，陈江野也看着她，夹在中间的辛隆抬手一把捂住自己的老脸。此刻辛隆很想提醒辛月：我的闺女啊，你老爸还在这儿呢。

辛隆过了会儿才把手放下来，表情一言难尽。

"你们烤，我去看电视。"说完，他起身就走。

辛月一愣，这会儿才反应过来这尴尬的气氛，眼睛一下子睁大了。她赶忙移开视线，看向火堆。

辛隆的脚步声渐远，厨房里只剩下柴火燃烧时发出的细微轻响。一道低沉的嗓音在这静谧中自身侧传来："谢谢。"

听着他这声"谢谢"，辛月心中有种很难形容的感觉，像有一簇细细的电流在她的身体里轻轻淌过。

他不是没谢过她，但每次他感谢人时的语气都很拽，不像此刻，语气真挚，声音温柔。

辛月转头看向他，尽管脸上发烫的温度还没降下去，她也不管了，就这样静静地看着他，什么也没说。

不知道是暖色调的火光映在他身上的原因还是由于他此刻的眼神过于温柔，他的五官似乎没有平常那样凌厉。

见她怔怔地看着他，他轻笑了一下。辛月倏地回神，脸一下子变得更烫了。

她不知道为什么，明明已经看他笑过那么多次，等下一次，下下次，她也还是难抵他笑时那一瞬的心动。

半响，辛月才垂下长长的睫毛盖住双眸，嘴上喊他的名字："陈江野。"

第十四章 有风

"嗯。"他的嗓音依旧温柔。

"我每年都要守岁,今年也要守。"

说到这儿,辛月觉得还是得看着他说才好。她暗暗深吸了一口气后抬眸,可一对上他那双含着温柔笑意的眼,她还是有些抵抗不住,浑身发烫得厉害,她想要逃,但又不想让自己显得那么不中用。她极力控制自己的视线不要躲开,像夜里星星一般的眸光就在那儿颤啊颤的,漂亮得不像话。

她在颤动的眸光中对他说:"我给你包汤圆,你陪我守岁吧。"

声音是不同于以往带着股韧劲的清冷,语气是软的,嗓音也软,呢喃一样。

陈江野怔了好几秒,喉结不自觉地滚动。他压下心里的痒,开口的嗓音有些哑:"每一年吗?"

辛月眼底本就颤动着的眸光又狠狠地颤了一下。

她迎着他的眼,轻声回答:"嗯,每一年。"

旁边的火堆还在噼里地响,他们在火光里对视,彼此的眼里只有对方。

第二天,大年三十。

辛隆难得起了个大早去镇上买菜,等回来的时候鸡鸭鱼肉拎了一手。

简单吃了中午饭后他就开始炖高汤,为了这顿年夜饭,他整整忙活了一个下午,做了九个大菜。

大概是觉得陈江野是去大饭店吃过饭的人,这九道菜他在摆盘上还下了功夫,看上去有模有样的,就算端到大饭店也完全能拿得出手。

"叔,您在这儿真是屈才了啊。"陈江野如此评价道。

"是吧。"辛隆得意地挑眉,"我这手艺到你们海城也不逊吧?"

"何止不逊,当酒店主厨都可以。"

"你少拍我马屁。"辛隆嘴上这么说着,脸上却已经控制不住地眉飞色舞了。

"没拍马屁,您要什么时候不想待在这儿了,跟我说一声,海城那边十几家酒店随您挑,我没那么败家,不会砸自家招牌。"

辛隆愣住,他知道陈江野家里有钱,但不知道他家里这么有钱。

"你家在海城有十几家酒店?"

"嗯。"

在海城确实是只有十几家。

辛隆"啧啧"两声:"怪不得你爸不肯把家产让给别人,十几家酒店都让给外人来经营,搁我也没那么大度。"

陈江野微微挑眉,没再说什么,只笑了笑。

"行了,开吃开吃。"

这边的年夜饭没什么讲究,就是一家人一起吃顿好饭好菜,重在团聚,但开饭前还是要意思意思举个杯,讨个口彩什么的。

辛隆给陈江野跟自己倒上酒,又丢了一盒牛奶给辛月,站起来说:"我还是说一句,不过我这人文化程度不高,就说一句。"他把杯子举起来:"祝我们年年有余,岁岁有今朝。"

辛月和陈江野同时愣了愣,然后又同时站起来,再同时出声:"岁岁有今朝。"

他们都只说了这一句。

辛隆:……你们这样显得我很多余。

他叹了口气,郁闷地把整杯酒一饮而尽。

陈江野也仰头把杯子里的酒一饮而尽,白酒入腹,整个身子一下子暖了起来,连肺腑都在发热。

第十四章 有风

之前每年的年夜饭，陈江野总是会看到一群人虚与委蛇地推杯换盏，比看戏精彩多了，那场景不像是年夜饭，倒像宫斗剧里的鸿门宴。

这一顿年夜饭是他参与过的最冷清的一次，只有三个人，却也是热闹的一次，他的心在沸腾，振聋发聩。

因为有人陪着喝酒，这顿年夜饭辛隆吃得比往年要高兴得多，他一高兴喝得就多，春晚都还没开始，他已经醉得不省人事了。

辛月把他扶进屋后出来，外面到处响起了烟花爆竹的声音，陈江野倚在门口等她。

下午过来的时候，他就把烟花也搬了过来，挨个放在了院子里。等两人放完剩下的烟花，时间不到十点，陈江野问辛月："你一般守岁都干吗？"

"看烟花。"辛月如实说。

陈江野扯了下唇，像是猜到了。

"你就在院里看？"

"在门口看。"

院子里视野不好，有院墙遮挡，他们家在半山腰，烟花放得久的基本都是住在山下的，要去门口才看得到。

陈江野走到门口，把门推开，看了眼周围的视野，轻晃了晃头，像是觉得不行。

他回头对辛月说："我带你去个好地方看，你敢不敢？"

辛月先是一愣，然后立马说："有什么不敢的？"

陈江野偏了下头："那走。"

辛月跟着他出去。

陈江野把她带到停在王婶坝子里的车前，给她拉开车门，靠着车

炙野

门偏了下了头："上车。"

"还要开车去？"辛月有些愕然。

"待一整晚，你要想冻死，走着去也行。"

辛月没再说什么，弯腰坐进车里。陈江野把车门关上，绕到另一边上车，然后把车往外开。

大概十分钟后，陈江野把车开到村外路旁的一片空地上。辛月知道这里，去镇上会路过这段路，这片空地大概也是用来错车的，场地不小，外面围了一圈护栏，因为再往外就是悬崖。

因为是半山腰的环山公路，四周没有遮挡，视野很开阔，下面就是乡镇村庄，此时家家户户亮着灯，家家户户都放着烟花。

陈江野把车停在了靠近护栏的地方，不用下车就能看到漫天的烟花。

"地方选得还行吗？"他看向辛月。

辛月解开了安全带，把胳膊肘撑在中控台上，手托着脸看向外面，笑着说："很棒。"

她不吝夸赞，陈江野唇边荡出一抹笑，他单手撑着方向盘，也看向前方。

看烟花对他来说挺无聊的，但和她一起看，却并不无聊。

只要和她一起，什么都不用做，就很好。

车外的烟花喧嚣着绽放，车内只有空调出风口轻轻往外送着暖风的声音，时间在车外的喧闹与车内的静谧中流逝。

辛月是真的很喜欢看烟花，一连几个小时，动作都没怎么变过，一直撑着下巴睁大眼睛看着在半空中不断绽放的烟花。

陈江野这么一个没耐心的人竟全程也没怎么换过姿势，要么单手搭在方向盘上，要么胳膊撑着窗口，始终静静地陪着车内的另一个人看烟花，只视线会时不时地落在她身上。

第十四章 有风

凌晨两点多的时候,还能看见烟花,但山下放烟花的人家应该已经没几户了,烟花稀稀疏疏的。

辛月还是很专注地看着,心里依旧是雀跃的,只是身体开始抗议了,她张嘴打了个哈欠。

打哈欠真的会传染,陈江野也打了个哈欠。

陈江野边打哈欠边看了眼时间,然后跟辛月说:"我们下车去把那些小炮放了?"

辛月这才想起来他们还买了些一盒一盒的小炮。

"嗯。"

陈江野把车灯打开下车去后备厢里拿,辛月也下车,但因为这会儿又有一户人家开始放起了烟花,她一下车就又停下来看烟花了,没跟着陈江野去后备厢。

也就两分钟的时间,那户人家的烟花就放完了,辛月这才想起陈江野,准备去找他。而就在这时,她忽地听身后传来一阵烟花被点燃的声音。

她回头,看到陈江野站在她身后,正垂眸点着一根仙女棒,一簇一簇的烟火在夜色里燃起,照亮他在此刻的眸。

见她转身,他的嘴角牵出一抹笑,他把手里的仙女棒递给她。

不知道是他的笑太好看,还是他手拿仙女棒的这一幕太有氛围感,辛月愣住了。她看着眼前的画面,总觉得这像是电影里才会出现的场景——少年在黑夜里为女孩点燃一簇花火,然后笑着递给她。

"愣着干吗?"陈江野偏头,"你们女生不最喜欢这个?"

辛月眨了眨眼,怔怔地伸手去接。

"还有个挺有意思的东西。"他说。

接着,他从手指夹着的一个盒子里拿出一个像糖果一样的小鞭炮。

527

炙野

"看着。"他提醒了辛月一声，然后用打火机点燃火线，扔到几米外的地上。

小鞭炮落地后没一会儿，突然向四周蹦出几颗星火，而这些星火又从一个变成了两个，两个变成了四个、八个……无数个，到处都是跳跃的星火。

看着这梦幻的一幕，辛月睁大了眼，双手因吃惊而捂住了嘴。

陈江野看着她这模样笑了笑，又点燃几颗扔了出去。

很快，星光跳跃在四周的每一个角落，像星星落了满地。他与她站在这片星河里，变成被星光簇拥的恒星。恒星会永恒不变，永远相守，他们也是。

有烟花在空中再次绽放，站在星光中的少年少女同时抬眸，瞳孔被烟花点亮。

这一夜还很长，但不妨更长。

两个人是在凌晨五点回家的。

回去之后，辛月就开始做汤圆。

做汤圆的第一步是揉面团，这是个力气活，陈江野自动包揽这活，辛月则去将花生粒压碎，再把红糖块捣碎，将两者混合在一起作为汤圆的馅。

这过程看似简单，但奇怪得很，不同的人做出来的味道就是不一样，辛隆调的馅其实没那么难吃，但确实不如辛月调的。

等陈江野把面团揉好，两个人就一起站在灶台前开始包汤圆。

陈江野的手好看，揉汤圆时修长的手指微弯，手背上的筋脉若隐若现，是兼具力量与美感的一双手，这让辛月很难专心致志地包汤圆，眼睛总会时不时地往他手上瞟。

"你能不能专心点？"

第十四章 有风

被发现了……辛月飞快地把视线收回来，虽然都被戳穿了，她还是假装正在全神贯注地包汤圆，并且嘴硬道："我哪儿没专心？"

陈江野："我都快包二十个了，你看看你才包几个？"

辛月看了眼，从开始到现在她就包了七个。

"慢工出细活。"她继续嘴硬，并且义正词严。

陈江野"嘁"了一声："还说是给我包汤圆，我看是我给你包。"

辛月一愣，把头低下去。

半个小时后，两个人把汤圆包完了，直接下锅煮。

刚刚包汤圆的时候陈江野还没什么太大的感觉，可当辛月把一碗冒着热气的汤圆递给他时，他的心底蓦地有股极为滚烫的暖流涌出来，比眼前的这碗刚出锅的汤圆还要热腾腾，是他从未有过的感受。

他好像终于知道了那种名为家的温暖。

"愣着干吗？接着啊。"辛月催促道。快烫死她了。

陈江野回神，接过碗。

辛月第一次见他发这么长时间的呆，哪怕是接过碗后，他的神情也依旧恍惚，完全不顾汤圆刚出锅的滚烫，拿起勺子舀起来就要往嘴里送。

"喂！"辛月赶忙制止他，"这刚出锅！"

陈江野这时候才完全回神，但他也并没有显得窘迫，只淡淡地抬眸，把勺子放了下去。

"凉一会儿再吃。"

"嗯。"

辛月给自己也盛了一碗，然后两个人端着碗去火堆旁坐着吃。

第一颗汤圆是陈江野先吃的，辛月看着他吃完，然后问他："好吃吗？"

"嗯。"

很好吃,是吃一辈子也不会腻的程度。

辛月淡淡一笑,也开始吃起来。

汤圆还是有些烫,吞下去浑身都是暖的。

两人安静地吃了一会儿后,陈江野问辛月:"你们这儿初一都干吗?"

"出去玩,打麻将,去庙里烧香什么的。"

"你呢?你每年都干吗?"

辛月想了想:"不干吗,就在家里看看春晚回放。"

"今天你也想在家看春晚回放?"

辛月转头看着他,看了一会儿才说:"山上有个龙鹄庙,听说挺灵的,我们去烧炷香吧。"

陈江野笑了下。

"行。"

龙鹄庙离这里不远,开车只需要一个小时。

今天庙里的人很多,上香需要排队,但好在速度很快,没有排很久就到他们了。

两人每人三炷香,点燃香后安置胸前,再举至齐眉,接着一支一支将香插进香炉,最后应对佛像,肃立合掌,恭敬礼佛,虔诚地许愿。

辛月的愿望还是那一个:

陈江野要开心,永永远远开心。

陈江野的愿望也依旧:

辛月要梦想成真,我也要得偿所愿。

此时,有风起。

像神明在说,他听到了。

第十五章 天光

大年初一一过就是忙碌的走亲访友，辛月家没几个亲戚，大多时候他们还是待在家里，直到大年初七，辛月和陈江野回到了学校。

　　二月底，到了辛月查笔试成绩的时候。

　　陈江野和辛月又去了上次去的那家网吧，开了个包间。

　　辛月一脸平静地打开网页，输入准考证号，页面跳转，四科成绩清楚地展示出来。

　　辛月的笔试成绩在滨海医科大学排名第一。

　　辛月看着陈江野，慢慢地露出笑容，却逐渐红了眼眶。

　　陈江野一把拥住了她，两个人此时都无比幸福。

　　笔试过了，辛月便紧锣密鼓地准备复试，四月中旬，辛月收到了滨海大学复试录取的通知信息。

　　电话那头的辛隆已经开始谢天谢地谢祖宗了，还说："我现在就去给你奶奶烧炷香！"

　　考研终于告一段落，辛月也终于美梦成真。

　　临近五月，大家纷纷开始准备毕业论文与答辩。而陈江野作为交换生的时间也到达了尾声。

　　这节课是班会，何晴说起了毕业论文的注意事项和相应导师选题的分配情况。

　　"陈江野同学我校交换生的时间已满半年，过几天他就要回海城了，大家记得和他好好告个别。"

　　听何晴这么说，辛月一惊，她竟然忘了还有这回事。

下课后，辛月没有一个人走在前面去吃饭，而是等着陈江野跟他一起，然后问他："你什么时候回海城？"

"四号。"

辛月抬头看着天，深吸了口气，笑着说："那我们二号回家，三号的时候去山上转转吧。"

临近毕业，学校没有给他们安排课程，大多数时间他们可以自由支配。

陈江野笑着回答："好。"

到了这一天，他们和计划中的一样，躺在暖烘烘的被窝里直到中午才起，吃完饭后两人开始往山上走，两个人挨得很近，肩膀会时不时地碰到一起。

山上风大，风一吹过来，辛月的头发也会碰到陈江野的肩膀。她的头发已经长回原来的长度，风有时会将她的发丝吹到陈江野的颈间。

痒，但他没躲。

他们就这样一直漫无目的地走，不曾停歇，像是会这样永永远远地走下去。

第二天。

陈江野是在辛月家吃了早饭后才准备开车下山的，辛月将他送到了门口。其实还可以往外送一送，但陈江野只让她送到门口。

"就送到这儿，我又不是不回来了。"

他转身看着辛月，不再克制，抬起一只手放至她的后颈，轻轻把人带过来，低头在她的眉心印下一个吻。

这个吻没有持续很久，他还有话对她说："等我回来，我们一起去滨海。"

辛月先是一愣，而后眼底的笑意泄出："嗯，我等你回来。"

第十五章 天光

论文答辩的当天，辛月收到了一条微信。

L："要赢。"

语言是有力量的，文字也是，她感受到他给的力量了，所以她也想给他力量。

她回他："我会赢，你要。"

我们一起赢。

"好。"他回。

辛月笑笑，把手机放进书包。

这里应该算是最后一关了，她与陈江野也不用再克制，他们可以一起奔赴未来。

梦想与爱情，都很盛大。

辛月深吸一口气，朝教师走过去，带着一定会赢的决心。

今日的阳光炙热滚烫，万里都无云，仿佛在两千多公里外的那个地方，也是同一片无云的天空。

答辩刚刚结束，一个颀长的身影直接冲出教室。

他走得很快，神色却又并不匆忙，眼底带着笑，像是赶去赴一场他期待已久的约。

来接他的车早早停在了校外并不拥堵的车道，他径直朝那个约定的方向走去。

停在外面的车看到他后立马开过来，等他一上车就直奔机场。

驶出一段距离后，包里传来手机的振动声。陈江野把手机拿出来，通知栏上显示接收到了一条新的消息，徐明旭发来的。

徐明旭答完辩出来没找到他人，就知道他已经去机场，所以给他发了条这样的消息："陈江野，才分开几天而已，你就这么迫不及待地要回去见你的小月亮？"

炙野

陈江野淡淡一笑。

嗯，他迫不及待。

初夏的夜晚，风微微的燥，路灯一圈一圈地亮着橙黄色的光，灯下有飞舞的萤虫。辛月站在路灯旁，目光一直望着前面的路——

她在等陈江野。

答辩结束后，她拿到手机就看到陈江野给她发的消息："我快上飞机了，晚上九点半到蒲县，你在之前那家干锅店外边等我。"

几秒钟后，他又补了一条："按着时间去，不用太早，我会准时。"

辛月猜他是觉得大晚上不安全，但既然觉得不安全干吗不约在学校，非要约到这儿来？

可能是他想吃这家干锅了吧。辛月这样想。

陈江野让辛月不用太早到，她还是八点多就到了这里等他。

女生应该矜持才对，可她已经迫不及待，一秒钟的矜持都不可能有。

她还穿上了她唯一一条裙子。

认识陈江野以来，除了睡裙，她从来没穿过裙子，其实不仅仅是这一年，她除了小时候就再也没穿过裙子了，当时买这条裙子的时候她也没想过要穿，只是觉得作为女生应该有一条裙子。

今天穿上这条裙子，她猜陈江野到时候肯定会奚落她，但是没关系，今天什么都没关系。

巷子里的风吹过来，扬起少女的裙摆，耳边的碎发被风吹得微微遮住眼，她没有受干扰，透过发丝眺望着巷口的方向，期待着那个人的出现。哪怕现在距离约定的时间还有半个小时。

这个巷子也算人来人往，几乎每个路过的人都会看向路灯旁那个

第十五章 天光

穿着纯白连衣裙的少女。路灯的光静静地落在她身上,仿佛她才是那个发光体,一袭白裙就可以令整个黑夜明亮。

又过了十多分钟,手里的手机发出振动,有人打来了电话,辛月忙拿起来,上面显示来电人是陈江野。

"喂,你到哪儿了?"接通后她率先开口。

那头似乎笑了声,接着,略带沙质颗粒感的声音从手机里传出:"回头。"

辛月一怔,而后猛地回头,高高的马尾在半空画出一道漂亮的弧度。在巷尾的拐角处,她看到了那个熟悉的身影。隔着二十多米的距离,她看不清他的表情,但她知道他在看她,在笑着在看她。

"过来。"手机里再次传出他的声音。

辛月没说话,大脑此刻一片空白,身体却本能地迈向他,一步、两步,步伐不停加快,又在半路回神后极力控制自己不要走得那么快,要尽量矜持地、从容地走向他。

她是迫不及待,但既然他已经出现,她还是希望主动的那个人是他,由他来开这个头。

因为他比她浪漫,她想有个浪漫的开头。

他说她是大诗人,可他才更像写诗的那个人,他总是用眼神,用漫不经心却无比动人的话,用一次又一次拨动她心弦的举动,用灿灿的雨和漫天的雪,为她作诗。

离得近了,辛月看到他真的在笑,神情还颇为意味深长,像是轻易看出了她的心思。

看着他眼底过分清晰的谑色,辛月皱了皱鼻,在距离他一米多的地方停下。

"再过来点。"他微微偏头。

辛月不自觉地咬唇,表情不太情愿,却还是朝他又迈了一步。

他还是说:"再过来点。"

辛月娇嗔地瞪了他一眼,又很快把眼睛垂下,然后闷声说:"离那么近干吗?"

"亲你。"

两个字入耳,在辛月还未来得及反应时,她的脸已经被一双修长而有力的手捧起,微张的唇在下一秒贴上了另一个人的唇。

唇瓣相贴,辛月蓦地睁大双眼,她看见他眉眼间的动情。她慌张地闭上了眼,在一片漆黑又透光的视野里承受着这个来势汹汹的吻。

他吻得很重,也很用力,以至于,他捧住她脸的手都需要滑至她颈侧支撑着,而后其中一只手再移到后颈,扣住她的后脑。他继续加深这个吻,唇舌不容抗拒地长驱直入。

辛月一点心理准备都被没有,鼻腔里全是他身上令人着迷的淡淡烟草味,带着铺天盖地的侵略性。空白的大脑里仿佛有火花不停地炸开,辛月长而纤细的睫毛始终狠狠地颤着,身体也情不自禁地战栗。

辛月连一分钟都坚持不了,腿发着软,需要靠着他才能勉强站立,到最后几乎是完完全全倚在他怀里,彻彻底底被他掌控。

她迷失在他的吻里,不知道该如何呼吸,如何动作,本能地接受他贪婪而不知餍足的索取,任心脏肆意地为他跳动。

夏日的晚风掠过,带不走彼此滚烫体温。

他们在街道的角落热吻。

剧烈的心跳回荡在无人的巷尾,分不清是谁的心动。

…………

像是亲吻了一个漫长的世纪,陈江野睁开眼,缓缓松开怀里的少女。

"走不走?"他问她,声音很哑,很沉。

"去哪儿?"辛月茫然。

第十五章 天光

"你说呢?"他捏着她的下巴,近距离看着她的眼,他的舌尖抵在牙齿上,转了一圈,声音压得很低,"你还不打算还我人情?"

辛月猛地愣住。

"我在问你。"陈江野把她的下巴继续抬高。

"陈江野……"辛月怔怔地喊他的名字,声音低低的。

她似乎想说什么,但陈江野打断了她。

"辛月。"他也喊她的名字,整张脸凑过来,几乎是贴在唇上跟她说,"别再对我说'不'这个字。"

辛月的长睫一颤,她想起他去年盛夏他离开前的那一夜,她对他说"不想"时,他眼底掠过的伤痛。那时候他一定比她更伤心。

想到这里,她的鼻尖有些犯酸,眼里也起了一层雾。

不会了,以后她不会再对他说"不"。

他已经给了她足够的耐心、让步与尊重,所以从今天起,他想要的,她都会给他,一切都可以给他。

陈江野不知道她在想什么,只觉得她在走神,于是用力捏了下她的下巴。

"听到没?"他微微挑眉。

辛月眨眨眼,轻垂长睫,低声说:"听到了。"

陈江野的眸色一沉,声音更沉:"听到了是什么意思?"

他的嗓音里透着难以形容的撩拨,听得人浑身都是酥的。辛月难以控制睫毛与双眼的颤动,颈侧漂亮的线条绷起,脸烫得不行。

"嗯?"偏偏他还要追问。

辛月攥紧双手,尽管她做好了准备,可还是难免紧张又难为情。她暗暗深吸了一口气,用了极大的勇气才抬起眸,去看向他深沉得几乎快用涌出墨色的眼,微嗔地说:"你再问……我就不跟你去了。"

闻声,陈江野的眼皮一挑,唇畔泄出笑来。

539

他不问了,手自她的颈侧滑下,十指紧扣,牵住她的手。

"跟我走。"他拉着她就往巷尾的拐角处走。

辛月突然明白了他为什么要她在这里等他,巷口的前面人来人往,这里却无人问津,是个隐蔽的角落,方便接吻,也方便拐人。

这个人坏死了,一切都是他计划好的。他知道她拒绝不了他,还说那样的话让她心疼,真的是坏死了。

拐角后停着一辆车,不是之前南凯的那辆,是一辆看起来很低调,但车标和价格并不低调的轿车。

辛月有些紧张地坐上车,在路上也全程都是紧张的,而陈江野完全看不出一丝急迫,他好像做什么都永远松弛,不紧不慢,也游刃有余,对什么都能绝对掌控。

她完完全全被他掌控。

夏日午后的窗前,偶尔有几只麻雀停留一会儿后又振翅飞走。阳光漏进窗帘的缝隙,在洁白的床面上拉出一条略微刺眼的光线。

辛月就是被这阳光叫醒的。她睁开眼,除了这强烈的光线,第一眼看到的是一张令她魂牵梦绕的脸,她的脸上露出淡淡的笑容。

上一次隔这么近看他睡觉还是半年前在食堂的那一次了,这一次她要好好看一看,虽然以后多的是机会,但反正也看不腻,这张脸怎么看都好看。

她在被窝里拱了拱,靠他更近了些,她想再靠近一点看。

他的手还搭在她的腰上,她动弹的时候大概是吵到了他,他的眉头往下压了压,眉间蹙出一条沟壑。

辛月觉得陈江野这张脸怎么都好看,但唯独不喜欢他皱眉,看上去凶巴巴的。她抬手,用指腹把他眉间的沟壑轻轻抚平。陈江野睡得挺沉的,这样都没醒。

第十五章 天光

辛月回忆起昨晚一夜的荒唐……

她闭上眼摇了摇脑袋,让自己不要再去想这些,在脑子里不停默念:色即是空,空即是色,色即是空,空即是色……

过了好一会儿,她才重新睁开眼。心的确静了些,她又再次抬眸看向陈江野。

他像是在做梦,眼球转动着,浓密的睫毛微微颤着。看着他那漂亮的睫毛,像上次一样,她忍不住想抬手去拨一拨。

上次她没想真的去拨却被抓了个现形,这次……被抓就被抓吧。

她伸手去拨了,他的睫毛比想象中要柔软一些,刮得指尖痒痒的。

很奇怪,明明触感也不是多么让人爱不释手,但就是停不下来,想一直拨一直拨,然后……她就又被抓住了。

"醒得这么早?"陈江野刚睡醒的声音透着十足的沙哑,带有勾人心魄的欲,"看来你还不是太累。"

看到她脸上迅速泛起的红云,陈江野笑了一声。

"陈江野,我们俩现在是什么关系?"辛月把自己的脸闷在被子里,闷闷地问。

"什么什么关系,你说我们现在是什么关系,需要我帮你回忆一下吗?"陈江野的眼神一沉,伸手将辛月揽在怀里。

两个人的唇紧紧相贴,初夏在这一分钟像是忽地快进到盛夏最灼热的那一天,周围的空气是滚烫的,也是躁动的。

房间里仿佛烧着一把火,而他俩身上都带着将燃未燃的火星,一碰就点着了。

辛月被他吻得快要呼吸不过来,抬手不停地去拍他的肩膀,可陈江野还是重重亲了她好久才松口。

"辛月,别招我,我们今天还有正事要干。"

"什么事？"

辛月不记得今天有什么正事要干。

陈江野笑了声，狭长的双眼微微眯起，谑声道："你刚才那么问，不就是想我跟你来个正式的表白？"

辛月瞳孔一缩，眼睛却睁得极大。

这个人！真的有读心术吧！

陈江野捏着她的脸轻轻晃了晃："这么惊讶干吗？你想要的，我哪样没给你？"

辛月愣住。看着他透笑的眼，她感觉心里像是有漫天的雪飘下来，雪花一片一片落进心底最深的那个地方，并非冰凉，而是很暖很暖的。

"起来。"他把还在愣神的她拉起来，"我们换个地方。"

辛月低着头，像紧张，又像害羞，轻轻"嗯"了一声。

陈江野先下床，把沙发上的裙子给她拿过来，顺便把她的凉鞋也拿了过来。

等辛月穿上裙子把两条腿搭到床边时，一旁已经穿好衣服的陈江野突然单膝蹲下去，吓得辛月瞳孔一震。

陈江野看了她一眼："没要跟你求婚。"他握住她一只脚的脚踝，"给你穿鞋。"

说着，他把鞋拿起来，亲手为她穿上。

辛月低头看着这一幕，心脏难以言喻地颤抖着。她矜贵的陈大少爷单膝蹲在她面前，像童话书里的王子那样，为她穿上水晶鞋。

她垂着眸，长睫在眼睑下方落下一片温柔的阴影，不自觉轻轻笑着。

"行了。"

为她穿好鞋，他站起来，朝她伸手。辛月看向他摊开的手掌，缓

第十五章 天光

缓将自己的手放进他的掌心。

刷牙的时候,陈江野一边刷着牙一边看着辛月。

辛月刷完牙后,问他:"你看什么?"

"裙子不错。"他的眼尾微扬,"什么时候买的?"

"两年前。"

陈江野挑眉,嘴里"啧"了一声:"我还以为你是专门为我买的。"

辛月:"少自恋。"

"我自恋?"陈江野的眉尾继续往上挑,"你不是专门为我买的,我认,还能不是专门为我穿的?"

辛月咬了咬唇,觉得也没什么不好承认的,索性直接说:"是,我是专门为你陈大少爷穿的,满意了吗?"

陈江野轻笑:"以后多穿。"

辛月没说话。

"走了。"

他又把手伸过来,辛月自然地搭上他的手,与他十指相扣,一起朝门外走去。

一拉开这扇门,辛月就愣住了——

外面的走廊与房间里仿佛是两个世界,房间里是白昼,走廊里是黑夜,却并非是一片漆黑的夜,这里有漫天的星光。

在她愣神之际,陈江野拉着她走出去。

门一关,像是就此踏入了另一个时空,他们站在银河里,被万千星星拥簇。

这里美得不像真实的世界,而这就是真实的世界,是陈江野为她打造的世界。

辛月看着四周闪烁的星光,眼底有些发热,鼻子也有些发酸。

炙野

没有人会不为这样的场景而感动,有个人把整个星空都捧到了你面前。

"走了。"

陈江野拉着她继续往前走。

穿过这条像星光隧道的长廊,陈江野带她来到一个礼堂的大门前。

他松手,对她说:"把门推开。"

辛月的心里忽地紧张起来,她知道,在这扇门后面,是他为她打造的另一个梦幻而又真实存在的世界,里面装着他炙热滚烫的爱意。

她深吸一口气,抬手去推高达三米的沉重木门。

随着木门被缓缓推开,强烈的光线倾泻出来,一时让人睁不开眼。

辛月嗅到一股浓烈却并不刺鼻的花香,像是玫瑰。

的确是玫瑰。

待眼睛适应光线,她看清了,眼前是一整片玫瑰花海,真的是花海,甚至可以用浩瀚来形容。而令她震撼的不只是这片花海。

礼堂的四面墙壁上都挂上了LED高清电子屏,上面正播放着影像,影像里是更为浩瀚的太空,让人感觉像是站在了其他星球上仰望太空,也拥有了上帝般可以穿越光年的眼。

她看到了地球,而这个视角与距离……是月球。

她一愣,像是意识到什么,低头看向地面。礼堂地面上铺的是像月球土壤般灰白色的沙。

四周是无声的,她的心脏在这寂静中狂跳,声音震耳欲聋。

半响,她怔怔地转头看向身后的陈江野,怔怔地喊他的名字:"陈江野……"

"嗯。"

第十五章 天光

"你手机背景的玫瑰……"

"是你。"

她还不知道怎么问,他就已经回答。

她望着他,眼泪在一瞬间失控,汹涌地溢满整个眼眶。她的陈大画家怎么能这么浪漫?

他其实不用回答,这一片花海与宇宙,就已经在告诉她——

你是我的玫瑰,也是我的月亮。所以,我在月亮上为你种满玫瑰花。

"哭什么?"陈江野走过来,抬手替她轻轻擦掉眼角溢出来的眼泪,"我都还没开始。"

他捧住她的脸轻轻吻了一下她的额头。

"把眼泪擦干净,好好听我说接下来的话。"

辛月点点头,用力吸了吸鼻子,把眼泪憋了回去。

"过来。"陈江野牵着她走向花海中央,门自动缓缓关上,"把眼睛闭上。"

辛月的长睫颤了颤,然后乖乖地闭上了眼。

几秒钟后,在这个密闭的空间里,她听到有风声响起,不是错觉,是真的有风。

她感觉到风将地上的玫瑰花瓣吹到她身上,耳边的发丝被风扬起贴到半边脸上,还有什么东西乘着风,轻轻碰到她的肩膀。

她实在好奇,于是迫不及待地问:"可以睁开了吗?"

"可以。"

她睁开眼,视线被一片白色占据,空中飘来无数架纸飞机。

一架又一架纸飞机划过她的身旁,每一架的机翼上都写着字,她伸手接住一架,看到上面写着——

545

炙野

辛大诗人,从今天起,我想在这四个字前面永远加上两个字:我的。可以吗?

"可以吗?"

身后传来陈江野独有的、略带颗粒感的,清洌而低沉的嗓音。

辛月怔怔地转身。

站在她身后的陈江野不知从哪里捧来一束花,不是花海里那种红色的玫瑰,是和他手机背景里的一样,透明的、像是水晶做的玫瑰,晶莹剔透的花瓣还发着如月色般清冷的光。

他拿着这束捧花朝她走过来,递到她怀里,继续问她:"可以吗?"

辛月想回答,张了张嘴却发现喉咙堵得无法言语。

陈江野倒也不着急,他单手捧住她的脸,低下头,用额头抵着她的额头,轻声说:"我想你永永远远成为我的。"

辛月的嗓子还是堵得厉害,她只好踮起脚去吻他。

陈江野先是一愣,而后闭上眼,回吻她。

这是一个很温柔的吻,两个人的动作都很轻,却又吻得深而绵长,不掺杂一丝欲念,是彼此灵魂的交换。

一架又一架纸飞机飞过他们身侧,花海中的玫瑰在风里摇曳,他们站在星空下,浩瀚的宇宙中,缠绵地、深深地吻了很久,仿佛会这样拥吻到宇宙的终点,时间的尽头。

在这拥吻的不知多少分钟里,辛月的眼底一直发着热,眼泪堆满了整个眼眶,然后在他们的双唇缓缓分开时滑落,泪水淌过捧着她脸的那只手。

"想哭就哭。"陈江野还是静静地捧着她的脸,"如果是因为我而感动。"

第十五章 天光

他这么一说，辛月的眼泪彻底决了堤。

她是因为他而感动，也是因为这一切都太美好，是她的生活里从未有过的。

"陈江野……"她现在终于能说话，只是声音哑得厉害。

"嗯。"他轻声回应。

她用浸满泪光的眼看着他，声音微微颤抖地说："我是你的，一直都是。"

辛月垂下眼，吸了吸鼻子。

"陈江野。"她又喊他。

"嗯。"

辛月看了会儿怀里的水晶玫瑰，然后才抬眼看向他，问他："你怎么这么会撩啊？"

陈江野微微挑眉："这不是会撩。"

辛月："那是什么？"

陈江野看着她的眼睛，语气认真地说："这是我在用心。"

辛月怔了一下。

他低头，将两人之间的距离拉进，重申一遍："是我在用心爱你，懂吗？"

辛月的睫毛狠狠地一颤，心也跟着颤抖。

用心爱对方的人有很多，但不是每个人都会说这么动人的情话，做这么浪漫的事情，很多人都不知道要如何去表达爱，而他完全就像一个情场老手，能够轻易地将她掌控。

第一次谈恋爱就这么会谈，还是位骄傲矜贵的大少爷，这让人很难不怀疑他是在花花世界里练就的这一身撩人的本领。

"陈江野，你真的没谈过恋爱？"她忍不住问，哪怕明知道他就是没谈过。

"这辈子只跟你谈。"他说。

看吧,随口一句都撩人得要命。

"那你为什么这么会搞浪漫?"

辛月不是怀疑他的话,就想听听他还能说出什么。

接着,她看见陈江野轻蔑地笑了下,然后说:"我天生浪漫,不行?"

很狂妄,很拽,是他陈江野的风格。

辛月看着他笑。

"又哭又笑像什么样子?"

陈江野抬手又抹掉她一滴滑下来的泪。

"为你感动还不行?"她也说得直白。

"行。"陈江野的嘴角扬起。

"辛月。"他伸手捧住她的脸,指腹摩挲着她脸上的泪痕,"这辈子就为我哭这一次吧。"说着,他又立马补充一句,"求婚的时候再哭一次也行。"

辛月却说:"在你看不见的地方,我已经为你哭了很多次。"

陈江野没想到她会这样说,更没想到,下一秒,她会主动抱住他。

她把脸靠在他的胸膛,闭上眼,神情眷念地说:"你回海城的那两个月,我很想你。"

陈江野的眸色重重一沉。他将手放在她的后脑,把人往怀里压了压,力度很大,像是想将人嵌进身体。

"以后不用再想我。"他的声音很哑,"我会一直在你身边。"

"嗯。"辛月轻轻应了一声,在他怀里蹭了蹭。

今天他们彼此都说了太多情话,仿佛想一次性把所有的爱都告诉对方,再把对方滚烫的爱意永存心底,一起去抵御这个冰冷的世界。

第十五章 天光

往后的日子还很长,这世界的绝大多数人都觉得未来是无法预见的,没有谁能确定会发生什么,但陈江野能确定他们的未来,除了死亡,没有什么能将他们分开。

辛月也确信,她虽然自己没什么足够的底气,但她相信陈江野,她有他给的底气。

他们静静地相拥,四周的纸飞机终于都降落于花海,这场盛大的告白也终于落幕。

接下来,是新的旅程。从今往后,他们肆意热恋。

陈江野从未想过自己会如此希望得到一个人。

在遇到她之前,他从来没有想要得到过什么,他对这个世界没有了任何的欲望与期待,得过且过地活着。

而现在,他想要很多。

他想要她永远属于他,想要每一天都抱着她入睡,想要她时时刻刻她陪在他身边,想她实现梦想成为国内最顶尖的眼科医生,想自己也成为能够与她匹配的人。

还有很多很多……都是与她有关。

她是他所有的妄念。

这种有妄念,有期待,让人觉得真真实实活着的感觉,真的很好很好。

他闭上眼,紧紧拥着她,希望就这样一直到老。

夜色已深,窗外的梧桐树笔直,绿茵茵的树叶在风里摇晃,隐隐泛着水光。

这是一个静谧而美好的夜晚。

月色很美,星星也都亮着。

这天，辛月是在八点多自然醒的。

睁开眼睛的第一眼，她看到的依旧是陈江野，但他没有躺在她身边，而是坐在窗边的沙发上。

他逆着光，头发透着朦胧的光影，冷白的肤色在背光的环境下也不显一点暗沉。

此时他的膝盖上放着一个平板电脑，手里拿着电容笔，正垂眸画画。

这是时隔许久辛月再一次看到他画画，一时有些愣神。

"不睡了？"

陈江野画了几笔后抬眼看向她。

辛月回神，想要换个姿势。

只是她刚动了一下，沙发那边就传来一道沉沉嗓音："别动。

"我在画你。"

声音淡淡的，却让人心头一震。

他说完，抬手将平板电脑翻过来立在腿上，一手搭在电脑的上方，姿态慵懒。

辛月先是看到他微屈着指节轻垂的手，过了一会儿她才将视线从他的手移向电脑屏幕上画到一半的画。

距离不远，她看得清他的画，他也的确是在画她。

这不是辛月第一次看到他画里的自己，但这张与之前那张风格不同，而且那张是远景，面部画得并不细致，而这张是近景，连她的每一根睫毛与发丝都画得分明。

画上的她闭着眼，一头海藻般的头发搭在枕头上，睫毛轻垂似鸦羽，漂亮得像在发光，如同枕着月色而眠的神明少女。

辛月从不觉得自己有多漂亮，可这张画上少女的五官与她的确分毫不差。

第十五章 天光

只是即便如此,她依旧觉得是他把她画得很漂亮,但她不由得想,在他眼里,她是不是也如此漂亮。

"别动,你可以继续睡。"陈江野的声音再次传来。

这一次,辛月乖乖地没有再动,过了会儿还静静的闭上双眼让他画她。

她的眼底有些发热,睫毛始终颤啊颤的。

很奇怪,明明她没有一丝困意,可这样闭着眼睛什么也不做,却并不让她觉得难熬,还暗暗开心着,嘴角压不住地微微上扬。

你爱的人正一笔一笔细细描摹你的模样,这是一件想想就很美好的事。

看见她扬起的嘴角,正在画她的人唇边也泄出几分笑意,含笑垂眸继续勾勒她的模样。

半个小时后,陈江野放下电容笔,把电脑放下。

"行了。"

辛月睁开眼,直接坐起身朝他伸出手:"给我看看。"

陈江野笑了下,把平板电脑递给她。

翻开保护套的盖子,上面弹出来要输入密码的提示。

"密码。"

"0711。"

辛月表情一顿,抬眸:"你生日?"

陈江野平静地看着她:"七月十一号,我跟你遇见。"

辛月眸子狠狠地一颤。

他的语气真的说不上是有意的撩拨,他只是平铺直叙着客观事实,却让足以人心底掀起一场风暴,呼啸不停。

待与他对视半晌,忽地,辛月垂眸笑了下。

"笑什么?"

陈江野起身朝她走过来，没等她回答，先亲了一下。他喜欢她笑的样子。

　　亲完，他又捧着她的脸问了一遍："笑什么？"

　　"就……"辛月还咯咯笑个不停，仰头看着看着他，"陈江野你怎么这么会谈恋爱？"

　　"说了，天生的。"说着，他挑眉，"怎么，笑成这样是觉得捡到宝了？"

　　辛月适当收敛了下脸上的笑容："差不多吧。"

　　"差不多？"

　　陈江野捏着她下巴有些咬牙切齿地说："我会谈恋爱，专一，还有钱，就只配一个'差不多'？"

　　辛月："那你想听我说什么？"

　　"说点好听的。"

　　"嗯……"辛月佯装出一副很难想的样子，然后在看到陈江野的眉头压下来的时候，她忽然去搂住他的脖子，把嘴唇凑到他耳边，笑着对他说，"陈江野，你是我这辈子最大的宝藏。"

　　陈江野像是愣住了，片刻后，一阵笑声才从后方传来，震得人胸腔发麻。

　　接着，辛月的耳边贴过来一双唇，那人将声音压低，用低沉而撩人的嗓音开口："辛月，在谈恋爱这件事上，你也不赖。"

　　辛月看着他，依旧笑着："陈大少爷哪样都数一数二，女朋友当然也要样样都不赖。"

　　"何止不赖？"

　　两人好像在比谁说的话更好听，而陈江野不仅吵架没人赢得过，说情话也胜人一筹。

　　"辛大诗人。"他这样喊她，"你是我的荣幸。"

第十五章 天光

辛大诗人……

你是我的荣幸……

听到这样的话是什么感觉？大概就是有个小人在心底激动地疯狂扭动，粉红泡泡冒了满地，烟花在脑海里不停绽放。

辛月已经没办法做表情管理了，眼睛笑得弯成了月牙。

她笑起来真的很美。

陈江野很难忍住，低头去吻她。

起初辛月吻得还挺专心，后面却不知想到什么，一边吻还一边笑起来。

"又笑什么？"陈江野像是责怪她的不专心，捏着她下巴晃了晃，"嗯？"

辛月不答反问："陈江野你开心吗？"

陈江野微微一愣，然后"嗯"了一声。

辛月笑起来，很真挚地说："你开心我就开心。"

"我知道。"

"嗯？"辛月微微疑惑，因为他的语气太过肯定，不像是第一次听到这句话的反应。

"我看到了，"他说，"你在槐树上许的愿望。"

辛月愣住。

陈江野轻笑，抬手将她脸上的碎发拨到耳后，然后对她说："恭喜你，你的愿望已经实现了。"他在她愣怔之时再次开口，"但你知道我的愿望还没有。"

"所以……"他捏了捏她的脸，"要继续加油啊，阿月医生。"

辛月的鼻尖忽地泛酸，她还是受不了"阿月医生"这个太过触及心脏的称呼。

这个称呼，是她的梦想，也是她的爱情。

她眨了眨眼,把泛出的泪光压回去,用有些颤抖的声音说:"陈江野我会努力成为最好的眼科医生,实现你的愿望。"

也实现我的梦想。

"但你的另一半愿望呢?"她问他,"你的所愿是什么?"

他说他想得偿所愿,而关于他的所愿,她只是能猜到与她有关,但到底是什么,她想听他亲口说。

"你成为我的。"他说。

他的两个愿望都与她有关。

眼泪再也控制不住地溢出眼眶,可她是笑着的,她笑着对他说:"那也恭喜你,得偿所愿了。"

夏日下午的五点多,阳光仍旧强烈。

同学聚会六点才开始,徐洋一行人早就到了,这会儿出去买了雪糕,一边吃一边往饭店走。

他们到门口的时候,看到一辆通身漆黑的轿跑经过他们,车身设计低调,但一看车标,徐洋顿时就是一声"天哪"。

几个人雪糕都不吃了,瞪大眼,目不转睛地盯着那车,想看看从上面下来的是什么人。

几秒后,副驾驶的门从里推开,一只纤细而莹白的腿迈出来。

几个人不约而同地咽了口唾沫。

再下一秒,几个人又不约而同地齐齐开口:"天哪!辛月!"

他们几个人加起来的声音不小,辛月听到了,回头看向他们。

而另一边的陈江野也下了车。

于是,几个人又是一阵:"天哪!陈江野!"

几个人都不管他们手上已经融化的雪糕了,一边大喊"野哥"一边冲过去。

第十五章 天光

陈江野走到辛月身边看着他们。

他们的目光先是在挨得很近的他俩身上扫了扫,然后看向车。

"这车是你的?!"

对男人而言,车是比八卦更重要的存在。

"不是。"陈江野回道。

这车是恒远旗下的一家子公司的人给他准备的,不是他的车,但要真算起来,也可以是他的车。

"那是谁的?"

"公司的。"

几个人更惊讶了:"你还有公司?"

陈江野:"家里的。"

徐洋他们不问了,露出一副"都懂"的表情,但还是大为震惊。他们知道这车绝不可能是陈江野从海城开过来的,也就是说他家在这里还有公司。

在禾城和海城都能开得起公司,别的地方那更不用说了,妥妥的家大业大。

徐洋他们本来就很崇拜陈江野了,这下更是想直接上去抱大腿,但辛月就在旁边,还是得装一装。

几个人收起脸上没见过世面的样子,把目光重新放在陈江野和辛月身上。

徐洋指了指他们两个:"你们……"

陈江野也不跟他们多说,直接牵起辛月的手,和她十指相扣,再举起来,像在炫耀:这个,我的。

"哎呀哎呀。"徐洋他们个个做出一副被闪瞎了眼的样子。

辛月把头别到一边,还没等他们起哄就已经红了脸。

她生得白,脸一红就会很明显。徐洋他们本来想起哄让陈江野发喜糖请吃饭什么的，看她脸一红，整得他们也不好意思了，个个瞬间成了哑巴。

最后，还是徐洋象征性说了句："野哥，辛月，我看好你们，结婚的时候一定要叫我。"

"还有我！"胡宇航站出来。

其他人也纷纷开口："还有我还有我！"

"我我我！"

"结婚的时候一定要请我们啊！"

"你们结婚，我就是倾家荡产也一定随礼来！"

陈江野笑了下："人到就行。"

"哦哟哟。"

话都到这儿了，几个人还是没忍住起哄："刚谈就考虑结婚了？"

"你们这是直奔结婚去谈的恋爱啊？"

"找男人还得找我野哥，人帅，有钱，还靠谱！"

辛月整张脸已经红得不能再红，他们要是再说下去，她感觉自己都快被自己给蒸熟了。

陈江野瞄了她一眼，唇边荡出一抹笑，把人拉到身后，然后对还起着哄的几个人说："你们可以闭嘴了，我女朋友脸皮薄。"

他不说还好，这话一出，辛月真的感觉自己快要烧起来了。

徐洋他们则是先"啧啧"了几声，然后做了个把嘴巴拉起来的动作。

"啊，我的冰糕化了。"

"你才发现？"

"有纸吗？"

"我这儿有。"

几个人手忙脚乱地擦手。

第十五章 天光

"你们在这儿晒着干吗?"不知什么时候到的何晴走到他们这儿来,"都进去啊。"

"何老师。"

"何老师。"

辛月也跟着喊了一声,其他人都是男生,就辛月一个女生,何晴一下就注意到了她有些沙哑的声音。

"嗓子怎么了,感冒了?"何晴问辛月。

辛月一愣,刚刚降下点温度的脸又一瞬间烧到最红。

何晴不知道她脸红是因为害臊,毕竟这句话也没什么好让人害臊的。

她担心地说:"你脸怎么还这么红,不会发烧了吧?"

"发什么烧啊?"徐洋凑到何晴旁边掩住嘴小声跟她说,"人家害羞呢。"

说着,他还朝辛月和陈江野牵手的方向给何晴使眼色。

何晴这才注意到两人牵着的手。看着两人十指紧扣,何晴的脸上泛出笑,表情颇为微妙,但她没有像徐洋他们那样起哄,只拍了拍陈江野肩膀,什么也没说。

"走,进去吧。"

几个人跟着何晴一起进去。

人已经差不多都到齐了,包间里闹哄哄的,不时有男女追逐着从身侧跑过,像还在学校一般。

辛月本来觉得自己是个挺冷漠的人,可此时看着大家齐聚一堂、喜笑颜开的场景,心里也难免被触动。

如果上学的时候没有受到霸凌,她此刻或许也能像他们一样跟好朋友打成一团,肆意欢笑。而现在,若没有陈江野,她也许就只能独坐一个角落,静静地看着这场热闹。

虽说，那时一定会有人来和她说话，但那对她来说是困扰，她宁愿无人在意，就用这场宴会与他们作别。

这场同学聚会于大家而言并不是最后一场筵席，散场之后，彼此之间也不会就此不再联系，大家约定一两年内还会再聚聚。

如果没有陈江野，她大概很难再见到这些一起同行四年的同学，从此天高海阔，她一个人奔赴远方。那些很多人都惦念的青春，会成为她不愿追忆的过往。

还好，如今因为陈江野，她大概还能再见见徐洋他们，也会常常回忆这段与陈江野一起走过的青春。

那些暗无天日，冰冷而麻木的日子都一并因为这过分美好的结尾而生动。

是这些苦难，将她送至到陈江野身边。她本是不会感谢任何苦难的人，也不愿意去经历苦难，即便的确是苦难让她成长。

可倘若，只有这样才能遇到他，那她愿意回去重新一一经历，蛰伏着等待他的到来。

这场黯淡无光的青春啊，因为他的出现终于得以窥见天光，见到这人间最美的一方天地。

无憾了，也圆满了。

"想什么？"陈江野发现了她走神。

辛月眨眨眼，转头看向他："就……"

她没有顾忌四周投向他们的目光，踮起脚，凑到他耳边笑着和他说："陈江野，感谢你出现在我的青春里。"

陈江野猛地愣住。

等辛月把脚后跟放下来，歪着头继续冲他笑时，他还有些愣神。

两秒后，他也毫无顾忌地把人拉过来，薄唇压在她耳边说："那

第十五章 天光

等回去要好好谢我。"

辛月瞳孔一震，伸手就在他背上拧了一把。然而，他背上的肌肉太紧实，她没把肉拧起来，只徒劳地拧了圈他的衣服，气得她咬了咬牙。

"野哥，这儿。"徐洋他们找了个位置，这会儿正叫他们过去。

陈江野唇角噙笑，伸手拉着辛月的手朝那边走。

辛月闹着小脾气，不想让陈江野牵，但奈何他的力气太大，她根本没法把手抽出来。

等落了坐，没一会儿就上菜了。

辛月还没吃几筷子，已经有人开始带头敬酒，酒过三巡，一个个就喝嗨了。陈江野因为要开车，所以没有喝酒。

酒精一上头，人的胆子也大了起来，那些早都对辛月和陈江野按捺不住八卦之心的人借着酒劲开始对他们轮番轰炸。

"你跟辛月到底是怎么认识的？我听他们说你是专程为她来这儿的。"

陈江野不扫大家的兴，直接说："我以前挺浑的，我家里人就去算命，算命的说我暑假去黄崖村待两个月就能转性，于是我就成了辛月的邻居。"

"这都能行？"徐洋他们也是才知道原来是这样，惊道，"那你们这缘分是命中注定啊！"

"命中注定？"陈江野似乎挺喜欢这词，唇边荡出抹笑，瞄了眼辛月，"也可以这么说。"

这会儿其他桌的人也都竖着耳朵在听，还有不少人围了过来。

"你们早就互相喜欢了吧？"后面有个醉醺醺的男生拿手当喇叭朝这边喊。

陈江野回："不然？"

全场顿时一片哗然，个个激动得人仰马翻，虽然大家都心知肚明，但这话从当事人嘴里亲口说出来又是另一码事了。

此时坐在陈江野旁边的辛月，脸比酒精过敏的人还红，一副羞得快要死的样子，陈江野索性直接把人拉进了怀里，拿大手捂住她脸。

这一幕又立马让全场沸腾了。

"你们之后有什么打算呀？"有人又问。

"她去滨海医科大学读研究生，我去滨海创业。"

大家懂了，辛月想当医生，而陈江野是辛月去哪儿他就去哪儿。

有人就问："你真的愿意去滨海吗？"

"有什么不愿意的？"说着，他低头看向怀里脸红透了的辛月，轻笑。

"我只想去有她在的地方。"

第十六章 玫瑰

同学聚会结束，辛月和陈江野没打算留在蒲县过夜，于是陈江野开车载辛月回去。

车还没开出蒲县，辛月就已经睡着。

陈江野一边开车一边时不时地瞟她两眼，他把车开得很慢，让她多休息会儿。他们是中午一点钟出发的，到黄崖村刚好五点。

陈江野把车停在王婶的院子里，伸手捏着辛月的脸晃了晃。

辛月被他晃醒，迷迷糊糊地睁开眼。

"到啦？"因为刚醒，辛月的声音有点瓮声瓮气，听着奶呼呼的。

陈江野眼神一沉，扫了前面一眼，倾身过去，就着捏住她脸的这个姿势重重地亲了她一口。

辛月瞬间清醒了，忙把人推开，睁大眼睛瞪他："你要死啊！"

"亲一下而已，你反应这么大干吗？"

辛月慌张地看了眼窗外，正要说话，陈江野先开了口："没人。"

虽然没人，辛月还是气腾腾地又瞪了陈江野一眼。

"回来少动手动脚的。"她警告他。

陈江野笑了下："我不是动的嘴？"

辛月："……"

她懒得再跟他多说，白了他一眼下了车。

"后备厢。"她走到后面，闷声喊了句。

陈江野把后备厢打开，自己也下车。

辛月的行李不多，就一个箱子加两个装棉被的袋子，她把箱子提下来，正要去拿被子，箱子就被陈江野拉过去，他还一并拿了那两个装棉被的袋子。

"你去拿花。"他说。

辛月这才想起他送她的花还放在后座上，她犹豫了一会儿，还是松开了拽着行李箱拉杆的手，去把后座的花抱出来，然后和陈江野一起朝家里走。

这会儿辛隆正在屋檐下剥豆子，辛月一进来就看到了她怀里的花。

"爸。"辛月喊了他一声就想赶紧往屋里钻，结果被辛隆直接叫住。

"等会儿。"

辛隆把手里的豆壳往地上一扔，看了眼辛月怀里的花，又看一眼她微微泛红的脸，最后看向跟在后面的陈江野。

"这花是什么意思？"他问陈江野。

陈江野一本正经地胡说八道："祝她毕业快乐。"

辛隆抓起一把豆壳作势就要丢向他："当我傻是吧？"

陈江野毫无忌惮地笑："您清楚是什么意思还问？"

"你小子！"辛隆气得直咬牙。

陈江野还是散漫地笑。

辛隆又瞟了眼辛月，表情虽然还颇为愤恨的样子，但心里很快就接受了这个事实，最后只"哼"了一声，接着又看向陈江野，没好气地使唤道："你！过来！给我剥豆子！让她自己把东西拿进去！"

他几乎每从牙缝里蹦出一个字都要重重挫一下，看来是对两个人的火气都不小。

辛月也不说什么，把陈江野手上的袋子拿过来拎胳膊上，另一只手拖住箱子，大步流星地就进屋了。

第十六章 玫瑰

陈江野慢悠悠晃到辛隆旁边，拖了个凳子来坐着，拿起一把豆子，瞄两眼辛隆的手法后学着剥了起来。

剥了会儿豆子后，他漫不经心地开口："叔，辛月已经进去了，您要是有话就赶紧说，她没两样东西，等会儿就该出来了。"

辛隆撇了下嘴，像是暗骂了两句，然后才沉沉气，尽量让自己心平气和地跟陈江野说："我知道你们现在谈恋爱都比较开放，但也要注意尺度和分寸，你们要是做了什么出格的事，我就算让她当寡妇也要打死你！"

听他说完这些，陈江野笑了声。

"你笑什么？"辛隆立马毛了，"我没跟你开玩笑！"

"知道了叔。"他还是笑着，但语气中不带一点懈怠，"您放心，我不至于那点儿忍耐力都没有。"

辛隆依旧一脸凶煞："反正我话撂这儿了，你给我记着。"

"嗯。"

陈江野只轻飘飘地"嗯"了一声，辛隆就有些没法再绷着脸了，大概对方越是风轻云淡，越是会让人觉得这件事对他而言是很容易遵守的事情。而且吧，他心底对陈江野其实是很信任的，毕竟也认识这么久了。

只是作为一名老父亲，他实在是太不放心，晚上等陈江野走后，他又扭扭捏捏地叫住洗漱完准备回房间的辛月。

"干吗？"辛月问他。

辛隆摸了摸鼻子，表情很不自然地开口："跟你说件事。"

"什么事？"

"就……"辛隆还是扭扭捏捏的，跟个大姑娘似的。过了好一会儿，他才深吸了口气说，"有些事吧，你爸我也不太好跟你个女儿家家的说。"

搞半天他就说出这么一句话来,然后还问辛月:"你知道我想说什么吧?"

辛月有点无语,但她还真知道。

"知道,所以你不用说了。"

"你真知道?"辛隆微微伸了下脖子。

辛月累得要死只想赶紧回床上睡觉,索性开门见山地跟他说:"我不会挺着个大肚子哭唧唧地回来说被人甩了的。"

"哇,你还真知道。"辛隆惊讶得"哇"了一声,眼睛也瞪老大,"还知道得这么清楚。"

正当辛隆高兴地觉着他俩父女同心的时候,他瞧见辛月翻了个白眼。

"下午我听见你们说的了,你要不想被我听见,好歹小声点。"

辛月摇摇头,走了。

独留辛隆一人兀自凌乱。

回到房间后,辛月立马上床躺下,她真的快要累死了。

虽然现在才十点不到,她还是抬手把灯关了,准备直接睡觉,但关上灯后房间里依旧是亮的。

今晚没有月亮,是她房间里有束会发光的玫瑰。

她把这束玫瑰放在床头,习惯性侧向那一边,希望不管是夜晚入睡前的最后一眼,还是清晨醒来的第一眼,看到的都是这束玫瑰。

此刻看着这束在夜里发着光的玫瑰,她忽地没了睡意,就静静地注视着它。

她真的很喜欢这束玫瑰,即便没有关于她的那层含义,这束玫瑰也足够令人欢喜,是一件独一无二的艺术品。

她在酒店有问过陈江野这束花的寓意,他说:"我觉得你很像荆

第十六章 玫瑰

棘丛里的玫瑰,但又像月亮,所以画了朵月光玫瑰,再做出来跟你告白,我觉得你会喜欢。"

嗯,她很喜欢。

这世上的玫瑰花有很多,但只有这一束是因她而盛开。

她的陈大画家真的有在很用心地爱她。

这一整夜,房间里都亮着月色般的光,但她睡得很好,像与他相拥而眠。

第二天,辛月睡到了中午才睁眼。

拉开房间门后,她隐约听到外面传来辛隆的声音,像是在和谁说话。

陈江野已经过来了?她走出去一看,还真是。

然后她看了眼天,才知道自己竟然睡到了中午。

辛隆看到她蓬头垢面地就出来了,张嘴吼道:"脸洗了吗,你就跑出来!"

辛月才不在意,陈江野又不是没见过。

"赶紧去洗漱!"见她站着不动,辛隆又吼了声。

"等我先去上个厕所。"陈江野大步朝里走去,目光却一直落在辛月身上,眼神像是意有所指。

辛月就跟他一起进去了。

"他上厕所你去干吗?"辛隆着急地冲里喊。

"回去梳头。"

说是回去梳头,但人却被直接拽进卫生间狠亲。

"想你。"陈江野用脸蹭了蹭辛月的脖颈。

"想不想出去旅游?"陈江野问。

"嗯?"话题转换的有些快,令辛月有点蒙。

陈江野笑了下:"徐明旭他们让我选地方,你想去哪儿?"

"跟他们一起去啊?"

"就我们两个,你觉得你爸爸会同意?我可不想骗我未来老丈人。"

辛月脸一红,没说话。

他们之间的距离本来已经拉开了一些,这会儿陈江野又贴过来,离她极近地问她,"这么想跟我过二人世界?"

辛月拿手抵着他的胸口,垂着眼睛闷声说:"才没有。"

"那你问什么?"陈江野非要她承认。

"我……"辛月刚刚就是随口一问,但刚好借着这话说,"我巴不得跟他们一起去!我要跟你分房住!"

"分房住?"陈江野扯了扯唇,"不可能。"

辛月:"……"

"你选,是就我们两个人还是跟他们一起去。"

辛月还是选的跟徐明旭他们一起,她以为这样至少陈江野可以收敛一点,也可以让他顺便和他们四个聚一聚。事实证明,是她天真了。

陈江野他们去玩海上项目的时候,辛月就在沙滩上的遮阳棚下躺着,静静地吹吹海风,看着他们肆意地在海上追逐,也挺好的。

乔语和她一样,没跟他们去玩,在她旁边的躺椅上躺着。

在看到徐明旭冲浪还没滑出一米就直直栽进海里后,两个人同时笑了出来,也同时听到了对方的笑声,接着默契地带着笑容转头看向对方。

"你真的很漂亮。"乔语淡淡地说,"笑起来更漂亮,以后记得多笑笑。"

辛月先是愣了下,然后再次笑起来,说:"你笑起来也很好看,

第十六章 玫瑰

希望能多看到你笑。"

乔语旋即扬起了唇角。

辛月不是在说客套话,乔语笑起来真的很好看,有股锐气的漂亮。都说女生更爱看美女,这话不假,辛月根本不想移开眼,但就这么直勾勾地看着人家也不好,于是她找了话题来跟乔语搭话。

"你怎么不去冲浪?刚刚听他们说你可是冲浪高手欸。"

"因为我有话跟你说。"

辛月微微讶然,她能想到乔语唯一需要跟她单独说的事,只有是关于陈江野的事。

乔语转过身来正对着她,说:"一些陈江野不会告诉你,但我觉得你应该知道的事。"

辛月的瞳孔一颤,果然……

她有些紧张,而乔语的下一句话却完全出乎了她的意料。

"他真的很爱你。"

乔语平静地说出这句话时,辛月感觉心里猛地掀起了滔天巨浪,即便乔语还没有说原因,仅仅是这六个字,就足够让她想要落泪。

"他有跟你说过他家里的情况吗?"乔语问。

辛月点头。

"那你应该知道的吧,他恨他的爸。"

"知道。"她的声音开始有些哽咽。

"我之前不是跟你说过,我不知道他到底会不会继承他家的家产。但其实他以前跟我们说过他绝对不会继承,只是我觉得未来的事情说不好,所以我才那样说的。"

"至于他不继承的原因……"

乔语似乎突然不知道从何说起,歪头想了会儿后才说:"他爸是个商业天才,恒远集团在他爸接手的时候在全国还没进五百强,现在却是全国排名前十的企业,而且就用短短十二年的时间。恒远有现在的规模是他爸用半条命换来的,所以他爸不可能把恒远拱手让给别人,他再不喜欢陈江野,陈江野好歹也跟他有血缘,可陈江野恨他,他越在意的,陈江野就越不会让他顺心。"

乔语说到这儿深吸了口气:"陈江野跟我们说过,他说,他就是要让他爸眼睁睁地看着恒远是怎么一点一点落入别人手里的,他就是想让他爸不甘心。"

辛月说不出听到这些后心里是什么感觉,总之她感觉自己的嗓子堵得慌,吞咽都变得困难,眼眶也逐渐发热,并且隐隐能预料到乔语接下来的话。

"可是……"乔语刚刚有些激烈的语气降了下来,她看着辛月的眼神一瞬间变得温柔,然后轻声说,"他遇到了你,她想和你一直在一起。

"只是这样,他就有了软肋,如果他还那样做,他爸也一定会不择手段地去毁了你。"

听她这么说,哪怕刚刚辛月已经差不多想到了这层,但她还是愣了愣。

她在想,是这样的话……陈江野是为了她妥协了吗?

乔语很快就告诉了她答案:"他为你放弃了当初坚定的那个想法,答应了他爸会接手恒远。"乔语继续说,"辛月,你知道吗,这于他而言不仅仅只是放下了仇恨。恒远关乎十万员工的生计,你知道那是多大的担子和压力吗?"

乔语微微蹙起眉,叹息着开口:"他本来是那样肆意的一个人。

"他愿意放弃自由来爱你。"

说着,乔语又忽地轻笑起来:"但你无须觉得有负担,因为他说……

第十六章 玫瑰

"没有你,自由毫无意义。"

听到这样的话,辛月的眼泪几乎是在一瞬间砸了下来。

"别哭啊。"乔语想给她擦眼泪,但又怕远处的陈江野看到,手刚抬起来又放下,无奈地说,"等会儿陈江野会说我欺负你。"

辛月哽咽了一下,自觉地把头偏到陈江野他们看不到的那一边擦眼泪。

她也不想哭,可就是忍不住。在没遇到陈江野之前,她都多少年没哭过了,结果现在却变成了个爱哭鬼。

但其实,不管是从前还是现在,她一直都容易被感动,只是从前无人让她感动,而陈江野又给了她太多感动。

"我知道你感动。"乔语偏头看着她,像大姐姐哄哭了的小孩一样,眼神温柔,轻笑着说,"感动的话,那就好好地跟他在一起吧,永远都不要分开的那种,你们很般配。"

辛月愕然地抬头看向她,一滴挂在下睫毛的泪珠刚好滑落,微微泛红的眼眶里盛满了莹莹的泪光,漂亮得不像话。

"哭起来都这么漂亮。"乔语不禁感叹。

这句话又让辛月被浸湿的睫毛颤了颤,模样更加惹人怜爱。

乔语像第一次见她那样,被她美得倒吸了一口气,然后缓缓将这口气呼出来时忽地笑了一下。她笑得有些坏,也不知道是想到了什么。

辛月有些蒙地眨了眨眼。

乔语朝她凑过来,咧着嘴笑着低声和她说:"昨天晚上我听到你哭了。"

"乔语!"

辛月真的发疯了,追着乔语不放,两人在沙滩上追着跑了好远。

都说男孩子的友谊来得快且纯粹,但其实,女孩子的友谊也很

炙野

简单。

"她们俩什么时候这么好了？"徐明旭趴在冲浪板上挠头。

"就是。"刘锐也挠头。

一旁的陈江野和傅时越没说话，只是静静地看着远处的她们，同时淡淡一笑。

少女还在海边追逐着，浪花拍上沙滩，一朵接一朵，像是永不停歇。

这天晚上，因为玩得足够尽兴，几个人在海边的小酒馆里喝了点酒。

几个人都喝得很畅快，辛月也不扫大家的兴，跟着他们一杯接一杯地喝。

陈江野没拦着，喝醉了他就背她回去。

辛月的酒量哪儿能跟他们几个比，没几杯下去就醉了。

这完全是出乎辛月的意料，她以为她醉了会是吐得一塌糊涂但头脑清醒，像陈江野当初离开的那个晚上一样，然而那一晚是特例，现在情况恰恰相反，她还没到要吐的地步，脑子已经相当不清醒了。

她但凡清醒一点都不可能在人前一直往陈江野怀里钻，还发出奶呼呼的哼唧声。

其他几个人纷纷表示："赶紧把你人带回去，受不了了。"

陈江野不像辛月那么脸皮薄，脸不红心不跳不说，还笑了下，说不出是什么意味。

"赶紧的！赶紧的！"徐明旭这个单身人士见不得他这么笑。

陈江野把人捞起来，然而还不等他抱辛月起来，辛月自己先攀上了他的脖子，还用脑袋蹭了蹭他的脸，撒娇般地说："陈江野，好热……"

第十六章 玫瑰

"天哪!"徐明旭直接跳了起来,"我要去挖野菜,挖完!"

徐明旭之前谈过一个女朋友但被人给甩了,那段感情他是认真的,这一下把他伤得挺狠,他说他再也不谈恋爱了,但谁能在看见陈江野和辛月这对后,还能不长恋爱脑啊?

陈江野没搭理他,径自把人抱起来,顺便把她肩头滑下去的防晒衫往上拉了拉,然后抱着她朝外走。

外面的海风很大,他调整了一下抱她的姿势,尽量把人往怀里带。他让她的额头抵着自己的胸口,一手揽着她的腿,一手护着她头。

可海风实在大,他再护着,辛月也还是会被风吹到。

大概是被风吹得清醒了些,辛月抬起头来看向陈江野,迷迷糊糊地问:"陈江野,我们怎么在外面?"

"你醉了,带你回去。"

辛月因醉酒而变得懵懂的眼睛微微睁大了些。她喝醉后,气质就一下从清冷的月亮变成了一只软乎乎的兔子。

"我醉了吗?"她像是惊讶又像好奇地摸了摸自己滚烫的脸,然后笑着倒向陈江野的怀里,醉醺醺地说,"好像真的耶……"拖长的尾音简直可爱到犯规。

看着她这副可爱的样子,陈江野的脚步忽地一顿,眸光也重重沉了下去。他忍不住在心底暗骂了两声。

他本不想让她在外面多吹冷风,但现在他只想亲她。

这么想着,他就这么做了。他单手托起怀里少女的后脑,低头压下来,旋即吻住她的唇。

少女像小兽般呜呜了两声,但没过多久就似被他递过来的残余着烈酒气息的唇舌熨得愈发的醉,整个人不知道是醉得晕晕沉沉的,还是被他吻得神志不清。

急骤而肆虐的海风也无法让她清醒。

相反，这吹得人衣袖猎猎作响的海风让两人的头发也似此刻用力拥吻的他们一般，死死地纠缠着，狂舞着。

夏日的海风依旧冷冽，他们彼此的体温却在这风中攀升，如同风越大越是燃得猛烈的山火。感受到怀里少女的滚烫，陈江野克制不住地吻得更深，继续与她在风里热吻。

仿佛，海风一刻不息，他便与她永远地长吻下去。

两个人都喘着粗气，胸膛剧烈起伏。

"陈江野，你干吗亲我？"

像是被亲得晕乎乎的辛月有些娇嗔又有些疑惑地发问，声音依旧是醉酒后的甜软，如同她口腔里残留的鸡尾酒。

"因为想亲。"陈江野这样回她。

而她此时就像是一个非要刨根问底的小孩："为什么想亲？"

这个问题……陈江野还真有点不知道要怎么跟一个醉得像变成小孩的她说。

想了想后，他低笑着看着她说："因为我喜欢你。"

"才不是。"她却立马反驳。

"嗯？"陈江野疑惑地挑眉。

辛月睁着一双懵懂又天真无邪的眼睛看着他，搂着他的脖子歪头，然后笑得眉眼弯弯地说："你明明是爱我的，你好爱我的。"

陈江野猛地僵在那里。浑身的血液在这一秒静止，又在下一秒沸腾，如潮水般汹涌地突入心脏，一瞬间将所有的心绪淹没。

而在这几秒内，怀里的少女始终笑着注视着他，然后在他回神的那一刻搂着他的脖子凑到他耳边，悄悄地，轻声地，又一字一字咬得极为清晰地和他说：

"陈江野，我也爱你，好爱好爱你。"

第十六章 玫瑰

少女的声音细软,像南方古镇的溪水,柔长,清澈,不夹杂一丝污浊,只有纯粹无比的爱意。

这一次,陈江野连心跳都停止了。心脏里有一块地方彻彻底底地塌下去,然后填补进来一些美好。

有些美好的东西,在真正得到的那一刻,才会发现这比你想象中的还美好很多很多。

他垂着眸,站在路灯旁,睫毛下有一片温柔的阴影,让人看不清他黑眸内的神色,会让人觉得他仿佛还是平常那个冷淡松弛的陈大少爷。

但,若看得仔细,就能看到他的睫毛在颤,手也在颤,这是他从未有过的失态。

他无法再从容自持,听到这样的一句话,他的内心一下子万籁俱寂,又一下子鼎沸哗然,这种感觉是超出他想象的,恍若上天恩赐。

与他说着耳语的少女在这时重新回到他怀里,用那双湿润柔软的眼睛看着他,歪头冲他笑。

他抬眸,向来漆黑如深渊的眼里装满了无尽的温柔。

他再一次亲吻了怀里的少女,不带一丝污浊的欲念,用灵魂,用信仰,像亲吻自己的神明般,去亲吻她。

这一晚,他静静地抱着她入睡,待外面的月亮从云层后透出,海浪变得平静。

他轻轻抵在少女的耳畔,轻声说:"我爱你。"

回到家后没几天,辛月就拿到了滨海医科大学的录取通知书。

"你想先去那边看看吗?"陈江野问。

辛月愣了愣,她当然是想的,那可是她憧憬了好久的地方。只是他们刚回来又跑出去,她爸爸肯定觉得有猫腻。

"我爸——"

"带上你爸一起去。"他打断她,像是知道她的顾虑。

辛月有些惊讶,她本来以为陈江野说起这事除了是真的想带她去看看以外,还有别的意图,可带上他爸,那……

"你认真的?"她问他。

"不然?"他笑着回答。

"那我去问他了。"

"去问。"

辛月真的去问了,辛隆本来不想去,他是个正儿八经的懒人,有些人的懒只是懒得做自己不喜欢的事,但辛隆的懒是就算别人请他去旅游,不用花他一分钱,他想到要坐那么久的车,还要一整天地东走西走,他就不想去。

但他知道辛月想去,他又不想让辛月和陈江野单独去,只好答应。

于是,两天之后,三个人就出发了。

陈江野开车先带他们去禾城坐飞机。

飞机降落到滨海的时候已经是晚上十点多,三人再赶到酒店已经十一点了,一整天的舟车劳顿让辛隆累得不行,在车上就已经打起了呼噜。到了酒店后抹了几把脸,冲了个脚就睡了,完全没有因为第一次住五星级酒店而激动。

小小的激动和新奇还是有的,但比起观摩酒店,他更想睡觉。

辛月在这方面似乎就是随的他,明明出身贫穷,却自有一种看淡奢侈的从容。

不过辛月好像还要更从容一些,辛隆至少还会因为贫穷有时会略显拘束,但辛月不会,她不会因此感到一丝的自卑。

谁也没办法选择自己的出身,不过是有人运气好了些,有些人命

第十六章 玫瑰

苦了些，没什么好自卑的。

今天辛月也挺累了，准备洗漱完就睡觉。

从浴室出来，她躺在床上，顺手摸过放在床头的手机。手机通知栏提醒有一条新消息。

而她的微信里直到现在还是只有陈江野一个人。

L："洗完澡了吗？"

看着这条消息，辛月心里咯噔了一下，有种不祥的预感。

她犹豫了一会儿才回："洗了。"

L："那开门。"

辛月惊了，这个人简直太肆无忌惮了！她爸爸可就住在隔壁！

M："你疯了吧？"

L："不开是吧？"

M："不开！"

L："再给你一次机会"

M："你给一万次我也不开！"

下一秒，"嘀——"门口传来刷房卡的声音。

辛月双眼一瞬间睁大，猛地从床上坐起来，看着门被推开，陈江野单手插着兜走进来。

辛月不可置信地眨了下眼，问他："你哪儿来的房卡？"

陈江野嗤笑了一声："酒店是我家的，房间是我开的，你问我哪儿来的房卡？"

陈江野走到床边，俯身捏住辛月下巴，往上一抬，顺势含住了她的耳垂。

…………

第二天，陈江野是在凌晨五点的时候回去的。

辛隆早上八点多才醒，起来后并没有发现什么异常，只在吃饭时

炙野

注意到辛月一脸疲惫样。

他问道:"你昨晚没睡好?"

辛月:"嗯,我认床。"

她拼命控制住心率,让自己的反应看起来很平静。

辛隆倒也没怀疑她这话,只觉得坐在旁边的陈江野笑得有点可疑,但他也没问。

吃完饭,他们就出发去了滨海医科大学。

学校很大,他们在里面逛了一整天。

全程三个人都走得不快,因为辛月走得很慢,她像是想把这里的每一处建筑,每一棵树,甚至每一片叶子,都印入脑海里。

这里会是她又一个追逐梦想的地方。

把学校每一个角落都逛完后,辛隆感叹了句:"这学校哪儿都好,就是你们女生宿舍离教学楼也太远了吧,你这走路不得二三十分钟才到得了啊?"

辛月一愣。

嗯……女生宿舍是远,但她只需要不到十分钟就能走到教学楼。

陈江野在分数还没下来的时候就已经把房子都选好了,还让她选喜欢的风格,然后又按她的喜好把房子重装了一遍。

她本来不想和他同居的,但后来想想,如果不住一起,他们能够相处的时间就很少了。

辛月很清楚,想要实现梦想,成为可以做外伤性黄斑裂孔手术的眼科医生,她需要付出怎样的努力。

不只是她忙,陈江野也忙。

陈安良的身体一日不如一日,他想让陈江野尽快成为恒远集团的接班人,于是就让他进了恒远在滨海的子公司,做项目跟进。

有时候辛月都睡着了他才回来。陈江野也不会吵她,轻声洗漱完

第十六章 玫瑰

后就抱着她入睡。

忙碌归忙碌,他们也还是会像普通小情侣一样时不时地出去看场电影,吃个饭。

立冬的那天,陈江野跟辛月约好等他忙完公司的事就带她去看电影。因为是周末,辛月没有课,就去图书馆一边看书一边等陈江野。

陈江野到这边的停车场后就给她发消息,让她可以收拾东西了。

平时他都会到图书馆门口才给她发消息,但今天他在公司多耽搁了半个多小时,快赶不上电影了。

辛月没什么好收拾的,她把借来的书放进包里就朝停车场那边走,为了节省时间,她甚至还小跑起来。

虽然每天都会见面,但每一次去见他,她也还是用跑的。

而这一次,她刚跑没两步就停了下来。

在图书馆门口,她看到了一张陌生又熟悉的面孔,这个人长着与记忆中那个她永远不会忘记的人有些相似的脸。

"辛月。"那人准确地喊出了她的名字。接着,他略微自嘲地笑了声,"你不会把我盛航忘了吧?"

像是怕她真的忘了,他还特意把自己的名字说了出来。

盛航。时隔这么久再次听到这个名字,辛月的眼里立马泛出冷意。

眼前的人和记忆里的那个盛航已经相差甚远,曾经他那头黄发成了板正的黑色短寸,他原本周身的锐气与嚣张也一起没了踪影,现在的他看上去没有一点生机。

即便现在他看起来气质温和了很多,但面对曾经的那个霸凌者,她还是不得不警惕,后退着就准备回图书馆。

图书馆必须要刷卡才能进,是很安全的地方。

"辛月,别躲我。"他的语气近乎哀求,"我就只是想来看你最后一眼。"似乎是怕她连一句话的机会都不给他,他接着就抛出这句,"我不想活了。"

辛月一阵惊悸,瞳孔瞬间放大。她停下来,皱起眉,但还是没说话。

盛航看她表情,轻笑了声:"你不相信?"

像是为了证明这句话,他立马从衣服里摸出一把锋利的水果刀。

"盛航!"看到那把刀,辛月赶忙大喊了他一声,面色惊恐,"你冷静一点,有什么事情你好好说!"

"没什么好说的。"盛航依旧在笑,笑容像苍白的枯木,"我只是单纯地不想活了,你是我唯一记挂着的,所以我来看看你。

"你会一直记得我吧,辛月。"

他眷念地叫她的名字,把刀柄在手里转了半圈,用锋利的刀尖对着自己。

"盛航你冷静!"

辛月的双眼再次睁大,吞咽了一下唾沫后,一步一步慢慢地挪向他,并给旁边看着的人递了个眼神,示意他们报警。

"不愧是想当医生的人啊。"盛航看着她后退,笑得凄凉,"连我也想救吗?"

"想!"辛月没有半秒的犹豫。

盛航的表情一滞,停了下来。

他以为她会巴不得他去死,只是别死在她面前,可看着此刻她无比紧张的神情,他知道她说的是真的。

片刻后,他又笑了一声:"死前听到这句话,值了。"说完,他没有一秒的迟疑与犹豫,举起刀刺向自己。

"盛航!"辛月冲了过去。

她扶住他快要倒下的身体,冲旁边大喊:"给救护车打电话!快"

第十六章 玫瑰

她的声音突然急转直下,像一瞬间失了力,四周有尖叫声响起。

辛月在这混乱的尖叫与倏地响起的耳鸣声中迟缓地低头,她看见自己的腹部插着一把带血的刀。

"辛月。"一个虚弱无力的声音在她耳边响起,"我什么也不想带走。"他的声音在颤抖,也哽咽着,"但至少你得陪着我。至少你得陪着……"

还没来得及重复完这一句,两个人都轰然倒下。

四周再次响起尖叫声。

这一次,辛月听不见了,她的世界里只有连续不断的耳鸣与骤然掠起的白光。

冷,无比的冷,像坠入冰窖,身体内仅存的温度正源源不断地从伤口处流出,外面冬日的冷气又灌了进来。

她仿佛被拉进了一个虚幻而割裂的世界,有那么好几秒她感觉自己是不是已经死了,真的去到了另一个未知的世界,直到……视野里出现她每日清晨醒来就能看到的那张脸。

那张脸是她熟悉的,可此刻那张脸上的表情她从未见过。他在害怕,慌张到失措。有什么东西砸了下来,湿润的,有些凉。他哭了,她没见过他哭,她总觉得像他这样的人是不会的哭的,原来……也是会的啊。

她像是被这砸下来的眼泪拉回现实,耳畔慢慢响起无比嘈杂的声音,她听到了陈江野的声音,他在一遍又一遍地喊她,声音又沙又哑。

她想告诉他,别担心,她不会有事,只是延迟的疼痛感猛地在这一刻袭来,疼得她倒抽了一口凉气,而这一吸气,随之而来的是更为剧烈的疼痛。

她连呼吸都痛得要命,可看着他的眼泪一滴一滴不停地往下砸时，好像她的心更痛。

"陈江野。"她强忍着痛开口，"别哭啊。"

手术室外。

冬日冷白的阳光透过窗照进过道，在白墙上留下一道淡淡的光影。

一个人蜷缩在那里，像是犯了难以忍受的痛疾，额头上全是绽起的青筋，脸上布满了与他凌厉的五官十分违和的泪痕，他不像是个会这样痛哭的人。

陈江野自己也从未想过，有一天他会哭成这样，像是要将曾经过去的与未来余生的所有眼泪都在这一次流尽。

辛月已经被送进手术室半个多小时，这半个多小时对他来说仿佛比一整个世纪都难熬，每过去一秒就像是会有一根铁钉狠狠地钉入他的胸腔里，痛得快要无法保持呼吸。

这一次的痛症比曾经数次加起来还要来得猛烈，有好几个瞬间他都感觉自己快要支撑不下去，但他得撑下去，必须撑下去，辛月还没有从手术室里出来。

在经历了不知多少次快要晕厥的绞痛后，手术室的大门终于被推开，他立马从地上爬起来。

"医生她怎么样了？"

出来的是一名年轻的护士，在看到眼泪纵横又满脸沾着血的陈江野后，先是愣了一下，然后才说："患者已经暂时脱离生命危险，但仍需观察，你是她男朋友吧？"

"是。"

"还请尽快联系她的直系亲属到医院。"

陈江野地心头倏地一紧，过了会儿才缓缓点头。他不知道要怎么

第十六章 玫瑰

跟辛隆说。

胸腔内的疼痛仍未消减,但他没有后退到墙边去倚着墙,就这样硬撑着站在原地等着辛月从手术室里推出来。

看到辛月被推出来后,一滴眼泪又猝然砸落。

他每天都能看见她闭着眼睛躺在床上的样子,但从前的每一次他都能确信她会在清晨睁开眼,然后冲他笑。而这一次,她的脸上毫无血色,憔悴得像一片苍白的,就快要碎掉的瓷。在明天的清晨,他不知道还能不能看到她对他笑。

又是一阵如刀绞般的疼痛,他捂住胸口,艰难地迈着步子跟上去。到了病房,医生叮嘱了一些事情后,护士走的时候再一次提醒他赶紧联系患者家属,然后就跟医生一起离开了。

关于辛月的病情,医生并没有做过多的阐述,只是说大概率没有生命危险,这样的话既让人放心又让人担心。

陈江野虽然情绪还难以平复,但还没有丧失思考能力,过来的一路上他也一直在强制让自己冷静。

这里是普通病房,校医院这边也没有要他们转院的意思,那病情就应该并不严重,校医院绝不可能拿本校学生的性命当儿戏。

想到这些,他才有勇气给辛隆打电话,但在病房外拨通辛隆的电话之前,他依旧做了好几次深呼吸,按下拨号键时,他的手也还有些微微颤抖。

"喂?"电话那头传来辛隆的声音。

陈江野张了张嘴尝试着开口,喉咙里却一时发不出声音。

"小野?"

陈江野吞咽了一下,哑着嗓子喊了声:"叔。"

辛隆一听他的声音就觉得不对劲,语气一下就紧张起来:"怎么了?"

"辛月她出了点事。"为了不让他担心,陈江野尽量一口气说完,"现在她在校医院,刚从手术室出来,转到普通病房了,医生说没有生命危险,但您还是来一趟比较好。"

那头沉默了片刻,只说了声:"我马上过来。"

他的声音听不出多少慌张,但陈江野知道他心里肯定心急如焚:"我知道您着急,所以您在家里等着,我让人去接您,我不希望您再出什么事。"

那头又沉默两秒,然后说:"好。"

陈江野没有挂断电话,他紧紧地握着手机,在数次吞咽后哑声开口:"叔,对不起,我没能保护好辛月,对不起……"

他的声音低下去,嘶哑得几乎听不见,但始终在一遍又一遍地说着对不起。

"虽然我不知道发生了什么事,但我知道她出事时你肯定不在场,所以你不用自责,我不会怪你,辛月也不会。"辛隆的声音也控制不住有些发抖,"她知道你要是在,一定会保护好她的。"

陈江野觉得自己很没用,没保护好辛月就算了,还要反过来被安慰。

他重重地闭了闭眼,在挨过又一阵钻心的绞痛后,他紧握着手机说:"先挂了叔,我去联系人来接您。"

"嗯,别多想,等我过来。"

"嗯。"

挂断和辛隆的通话,他翻出南凯的手机号,打过去,让南凯去接辛隆到禾城,也一并安排好了送辛隆登机和接机的人。

做完这些,他关掉手机,走回病房。

病床上的辛月还闭着眼,不知何时才能醒,因失血过多而显得苍白的手放在床沿,针管扎在她的手上往血管里输着液。

第十六章　玫瑰

陈江野伸出手，像是想去替她暖一暖她那一到冬天就总是冰凉的手，可当他在看到自己满手的血后，动作僵在半空，没有再继续靠近。

他的手上全是她的血，他不嫌脏，但他不想再让她身上沾到血。

收回手，他缓缓地坐到一旁的椅子上，静静地看着辛月。

他没有再哭，脸上的泪痕混杂着斑驳的血迹，眼尾很红，眼神黯淡，让他看起来比以往任何时候都要颓废。

或许只有床上的少女醒过来，对他笑一笑，他那如长夜般漆黑的双眸才会重新掠起光亮。

他就这样看着病床上的人，守着她，守了整整一夜，中间没有闭过眼，连姿势都未曾改变。

现在还不算太冷，但一动不动地静坐一夜，就算是初秋也会被冻得浑身发僵，何况现在已经入冬。他又穿得单薄，可他像是感觉不到冷，也没有一夜未眠的困意，依旧目不转睛地看着辛月，等着她醒过来。

比起失血过多的辛月，此刻的他看起来更为虚弱，眼窝深陷，整个眼眶都是红的，血丝布满眼球，脸色呈现出一种大病之人的枯槁。可他的眼神透着近乎偏执的执着，仿佛辛月一天不睁眼，他就一天不闭眼。

辛隆赶过来时看到的就是这种状态的陈江野，他也不用开口问，任谁都能看出他在这里干坐了一夜。

比起床上的辛月，这会儿辛隆更担心陈江野，陈江野连他进来了都没察觉。

看了会儿辛月后，他喊了陈江野一声："小野？"

陈江野这才扭动像是完全僵掉的脖颈，艰难地转头看向他。

"叔。"声音沙哑得像一截枯木。

585

辛隆的心重重地一沉，张了张嘴，却不知说什么，最后沉默地过去坐到他身侧，和他一起等辛月醒过来。

似乎是辛月也听到了陈江野过分沙哑的声音，于是强迫自己赶快醒过来，在两分钟后，她睁开了眼。

"辛月！"辛隆立马站了起来。

陈江野也想站起来，可刚一起身就又跌坐了回去，他的关节太僵了，腿也麻木得没了知觉，要扶着椅子才能勉强地站起来。

辛月看到了他的吃力，眼里便溢出心疼。

"我去叫医生！"辛隆说完就冲出了病房。

房间里只剩下彼此对望的两人。他们常常这样与彼此对视，很多时候一个对视就足以抵过千言万语。

一滴泪猝不及防地从那双像是已经哭到水分枯竭的眼睛里滑落。辛月的双眼也一瞬间湿润，她吞咽了一下，让喉咙不要那么干涩，然后笑起来，说："陈江野，别哭啊，我不是醒了嘛。"

"别说话。"

两个人的声音都十分喑哑。

他让她别说话，可她不听，忍着伴随着呼吸阵阵传来的疼痛，她又一次开口："陈江野，你去睡会儿，我疼，你别让我再心疼了。"

陈江野的神色一滞，眼尾忽地变得更红。

"嗯？"辛月催促着他答应。

"好。"他点头，把眼里余下的泪都压了回去。

他暗自发誓，这会是他最后一次哭，余生他要他们两个人都是笑着的。

这样的意外，他不会允许有第二次。

虽然答应了辛月，他也没有立马就去睡，他打电话让人安排了个

第十六章 玫瑰

护工，打算等护工过来后再去睡。

这其间，因为家长在的缘故，医生跟他们细说了辛月的病情，她的伤说重不重，说轻也不轻，性命无忧，但伤到了内脏，需要至少住院一个月观察治疗。

冬天地里也没啥活，辛隆决定就留在这边照顾辛月。

为了方便辛隆照顾她，陈江野把辛月转去了自家的私人医院，住最好的病房，由最好的外科医生和护士看护，他也每天都来，每晚都和辛隆一起住在医院里。

住院期间，辛月也没闲着，她不知道陈江野是怎么做到的，竟然让校方答应让他把上课的内容录下来同步给她播放，相当于上网课。

陈江野不说，但也好猜，应该也是"花点小钱"就能办到吧。

陈江野还去给她借了很多书，没有课的时候，她就看书。

有时候，三个人会在病房里一起看电影。陈江野把病房里的电视机换成了投影仪，画质比在电影院看还要好。

日子好像又恢复了从前的平静与温馨，无人去提及那次意外，也似乎无人在意那个即将再次回到监狱的人。

盛航没有死，也被救过来了，但他的余生都会在监狱里度过。

日子一天一天过去，辛月的伤势也在慢慢恢复，现在她已经能下床被推着去医院的花园里晒晒冬天的太阳。

这天，辛隆推着他回去的时候，一个外卖员给她送来了一束玫瑰花，花上只有一只小熊和一张没有署名的卡片。

辛月实在想不到这花会是谁送的，很大一捧，而且不管是花还是包装，看起来都是很贵的样子。这让她有点苦恼，这玩意不好丢又不好送人，只能拿回去摆着，陈江野回来看到怕是醋坛子都要被打翻。

不过……辛月突然想到，她已经很久没见过陈江野吃醋了，辛月

炙野

没忍住笑了下。

"你笑什么？"辛隆问她。

"没什么。"辛月把花递给他，"爸，帮我把这花放在床头吧。"

晚上，陈江野回来，一进病房就看到了这束花，接着一秒钟不到，他的眼神就沉了下去。

辛隆是个有眼力见的，也不打扰他俩打情骂俏，站起来说了句"我下去买包烟"就走了。

等辛隆出了门，陈江野阴沉着一张脸走到辛月床边，第一句就是："谁送的？"

辛月："不知道。"

"不知道？"陈江野挑眉，下一秒俯身，捏住她脸咬牙道，"不知道你还留着？"

辛月一点都不怕他，她现在是病患，他除了捏捏她的脸，装出一副凶巴巴的样子，还能干吗？

她肆无忌惮地说："这么漂亮的一束花，不留着难道丢了？"

陈江野立马"喊"了一声，语气愈发凶狠地说："我送你的玫瑰不够好是吧？外头这种货色你都看得上。"

辛月："……"陈江野这张嘴，她是真的服，才一个回合她就不知道该怎么回击了。

看她像是在琢磨着怎么回嘴，陈江野发出一声冷哼："是要我送你的还是要这个，你选。"

辛月就知道他要这么说，皱了皱鼻头。

"我不能都要？"

她仗着自己是病患，说话很猖狂。陈江野眼底的暗火一瞬间烧到最旺。

第十六章 玫瑰

"没可能。"他直接告诉她。

"选。"他直起身居高临下地睨着她,"给你三秒钟的时间。"

辛月叹气。

"选你。"她的语气无奈,唇角却荡着笑,"关于你的,我都选你。"

陈江野一愣,完全没想到她会这样说。

辛月歪头,继续冲他笑:"消气了吗,我的陈大少爷?"

陈江野盯着她,舌头顶了顶口腔左侧,半响后把头扭到一边笑了下。

然而他却说:"还没。"

辛月:"嗯?"

"它还碍着我的眼。"他指着放在旁边的玫瑰花,"我现在就要去把这碍眼的玩意丢了。"

辛月:"……"

陈大少爷向来是行动派,说干就干,抓起花就要往外走,但因为把花拽起来时太用力,花上的熊都被甩了出去,甩得还有点远,他大步流星地疾步走过去。

然而,捡起那只熊时,他的动作却像吃了迟钝剂。

"怎么了?"辛月看出他有点不对劲。

"没什么。"

陈江野快速把熊捡起来,朝门外走去。

病房里只剩下辛月一个人,病房外有他请来的保镖。

起初他把保镖请来的时候,辛月说他夸张,但现在看来一点都不夸张——那只熊有问题。

刚刚他才注意到,这花看起来不便宜,而这种价位的花束不管是包装还是装饰都会讲究严谨的协调性,但这只熊明显和这束花不搭,是另外被人特意放上去的。他刚刚把熊捡起来的时候用力捏了捏熊的头部，还发现里面藏有硬件。

来到垃圾桶旁，他先是把玫瑰花直接丢了，然后拿起这只熊，抠住熊的眼睛，再用力一扯。一团电线和一个很小的电路板被扯出来，电线连接的是一个针孔摄像头。

看着这些东西，陈江野眼底骤然泛出骇人的冷意。

这时，裤兜里的手机突然振动起来。

陈江野不觉得是巧合，立马把手机拿了出来，来电显示是一串陌生号码，但他知道是谁。此时看着这串号码，他眼底透出的已经不单单是冷意。

他用绽起青筋的手按下接听键，那头立马传来了一个清冽的声音："真不愧是哥哥你啊，这么快就发现了。"

"陈喻舟，"陈江野喊出他的名字，"我看你是真不想活了。"

"哥，不至于吧。"陈喻舟在手机那头笑，"我只是想看看嫂子而已。"他的语气听起来很无辜，像是真的只是想看看而已，如果他没有说出下一句的话。

"她好漂亮，跟你的猫一样。"

陈江野的身体猛地一震。

"你是真的想死。"他说出这句话的语气平静得吓人。

那头再次笑起来，笑里有种病态的扭曲："哥，听你的语气怎么像是想杀了我一样？"

陈江野没说话，捏着手机的那只手不断收紧，手背上青筋暴起如虬结的树根。

陈喻舟像是就当他默认了，随后，手机里又传出笑声。

"那来啊，哥。"陈喻舟如同魔鬼低语般开口，"来杀了我。"

这一次，陈江野也咧嘴笑了起来，说："你等着。"

他挂断电话，把手里的摄像装置丢进垃圾桶，转身回病房。

第十六章 玫瑰

"怎么去了那么久？"见他半天才回来，辛月问他。

"接了个电话。"他走过来跟她说，"有点急事，我要回海城那边一趟。"

"哦……"

"等我回来。"

他低头在她的额头印下一吻，接着，他转身大步离开病房，直奔停车场。

滨海离海城并不远，开车也就四个小时的路程，他一路将油门踩到底。

路上他给陈安良打了电话，两人约在总公司董事长办公室见面。

他不会让陈喻舟死，但他会让他生不如死。

一进陈安良的办公室，他二话不说，直接把手机丢过去。他的手机开通了了通话自动录音的功能。

给陈安良听完录音，陈江野冷笑一声说："你儿子现在盯上辛月了。"

陈安良像是不知道说什么，一直保持着沉默。

"我告诉你，"陈江野并不跟他废话，"辛月要是出事，我们之前的约定通通作废，到时候这恒远，谁愿意接手谁就去接。"

恒远是他的筹码，绝对的筹码，也是陈安良的死穴。

果然，提到恒远，陈安良刚刚一直没什么波澜的双眼蓦地一沉。

他问："你想怎么样？"

陈江野咬住后槽牙，一个字一个字地往外崩，为了让他好好听清楚："我要你把他送去国外疗养院，好好治病。"

陈安良当然明白这是什么意思，他眉头倏地蹙紧，但只是片刻后又松开。

"什么时候？"他的语气平静。

陈江野看着自己的这个亲爸,唇畔泛起一阵冷笑。他还以为他对陈喻舟是真的疼爱,原来也是随手就可以丢弃的。

不过,真情实感的父子情应该还是有一点的,要是换作他,陈安良可能连眉头都不会皱一下。

"你现在就安排,我明天要亲眼看着他走。"

第二天。

陈江野没有回陈安良他们住的地方,就在外面等着。

在没遇到辛月前,他很多时候就算觉得恶心也要在这家里插一脚,实在觉得过于烦躁才会出去到酒店里住,但现在,他一秒钟都不想在这个家里待。

他把车窗开着,等了一会儿后听见外面传来说话的声音。

"不是才去做了全面检查吗?为什么又要去,平时那些检查在家里做不就行了吗?"

"医生让你去医院肯定有医生的道理,你听话。"

"妈,你今天到底为什么不陪我去?"

"妈妈今天有事,周阿姨会陪你去,上车吧。"

接着,是车门被拉上的声音。

陈江野不知道陈安良是怎么跟沈澜说的,竟然能让她亲自来哄骗自己儿子。

不过也不难猜。

沈澜在进陈家之前就是个小模特,没什么家底,现在他们全家能过上好日子全仰仗着陈家,而她虽然给陈安良生了个儿子,陈安良却一直没有跟她领证,只要陈安良不要她了,她一分钱都没法从这个家里拿走。

比起一个不知道哪天就会突然心脏病病发的儿子,当然是选择顺

第十六章 玫瑰

从地继续过富太太的生活更明智。

像他们这种家庭,无论什么,只要放在利益面前都会变得不堪一击。

载着陈喻舟的保姆车从里面驶出来,开往不知名的去处。车内一片风平浪静,陈喻舟完全不知道等待自己的将会是终生"监禁"。

沈澜追出来,看着车子驶离的方向抬手抹泪。陈江野从车子里出来,关上车门,朝她走过去。

听见车门被打开又关上的声音,沈澜神情一滞,一把抹掉脸上的泪转过头来。

"你满意了?"沈澜看他的眼神里都是怨恨。

陈江野扯了下唇:"他自找的。"

沈澜不愿与他多说,狠狠剜了他一眼便转身想走。

"等等。"陈江野叫住她。

沈澜再次回头:"你还想干吗?"

"我只是想奉劝你。"他盯着她,黑眸阴戾深沉,"你别跟你儿子一样,起了想动辛月的心思,你最好祈求她这一生平安顺遂,她要是出事……"他的眼神本就凌厉得可怕,此刻愈发阴沉,一字一句威胁道,"她要是出事,你们谁都别想好过。"

沈澜刚刚还是憎恶的眼神此时透露着恐惧。她知道,陈江野向来说到做到。

冬日的风吹过来,带来刮面的冷意。

利落地解决掉这边的事,陈江野一刻也不耽误,直接开车返回滨海。

他到滨海的时候是下午一点。今天阳光很好,不像夏日那么强烈,又不像深冬那样毫无温度,晒在身上是柔和的暖。

中午没课,辛月又让辛隆推她出去晒太阳。

陈江野回来的时候她还在花园里。见病房里没人,陈江野直接下楼去往花园。

住院部和花园之间有一段长廊,他走到长廊的尽头时停了下来。

他看到她了。

他就站在那里,隔着十来米的距离看向此时在花园中的少女。少女此刻正闭着眼睛躺在轮椅上晒太阳,嘴角带笑。阳光洒在她身上,是一种无法用言语表达的美好。

看着这一幕,陈江野的唇畔也缓缓浮现出笑容。

他的玫瑰就该永远沐浴在阳光下。至于乌云与阴霾,他会来替她驱散。

第十七章　炙吻

辛月身上的伤在精心的照顾下很快痊愈,辛隆回了黄崖村,她与陈江野又过起了二人世界。

仿佛什么也没发生过,白天她继续专心投身学业,陈江野继续忙碌工作,然后两人在晚上相拥入眠。日子平静,充实,却也浪漫。

陈江野会在冬天带她去雾凇岛看雪,与她在雪地里拥吻;会在春日带她去放风筝,坐滑翔伞,两个人一起在天空中俯视世界;然后在夏日带她去海边,一起喝着冰镇西瓜汁,感受从海面吹来的风;等秋天,他会带着她去攀一座山,在山顶看日出日落、云卷云舒……

而天生浪漫的陈大少爷给她的浪漫远不止这些。

因为忙碌,他们两个月才会出去旅游一次,基本上一两天就回来了,他给得更多的浪漫是在每一天都可以做到的生活里,细节里。

比如,每天清晨的一个吻,不知何时给她画的一幅画,偶尔一顿矜贵少爷亲手做的饭,散步时一定要牵着的手,他会在下雨天拉着她去雨里热吻,然后再替她吹干头发……又比如,他早在他们相遇的第二个夏天就送给了她这世上最美的玫瑰,但他仍会常常捧着一束花出现在她面前。

他会说,路过了一家花店,觉得还挺漂亮,所以想让她也看到。他还会说,他要她的世界遍地花开,途经的每一个地方都繁花相送,希望她永走花路。

那些浪漫又真挚动人的情话,他总是信手拈来,怎么都听不厌,每一次也都让她感动得想要落泪。

一切美好的像是一场梦。

她的苦难好像终于过去，如今不管是生活还是学业她都十分顺遂。

生活上，陈江野给了她最好的物质与精神享受；学业上，她受到国内一名著名女性眼科医生黎教授的青睐，她手把手地教她，这让她距离梦想的实现有了一步大跨越。梦想成真可以说只是时间问题。

而她能见到黎教授也全凭陈江野的引荐，虽说黎教授给她的考验完全是她自己通过的，但如果没有陈江野，她根本没有这个机会。

遇到陈江野，是她这辈子最大的幸运。

因为跟了黎教授，这一年辛月快要忙疯了。

陈江野也变得更忙。进入公司历练不到三年，他现在已经能独当一面，做数亿投资项目的负责人，让公司的人对他心服口服。

她的陈大少爷，真的很棒。

这会儿，偌大的会议室内，几十号人入座，正中央是恒远旗下先卓科技有限公司总裁靳越，旁边就是她的陈大少爷。

陈江野一进先卓就是靳越亲自来带，靳越年纪不大，也就三十来岁，但样子看起来更加年轻，跟陈江野算是亦师亦友。

陈江野跟他没有太多客套，每次开会前，都会直接提醒他："注意时间。"

陈江野是他未来的老板，他当然给面子，每次都会在会上说："还是那句话，今天的会议只能提前结束，不能拖延一秒。"

平时陈江野提醒他时，他会直接回个 OK 的手势，但这次他说的是："还用你提醒？"

开完会他着急赶着去求婚，而作为被邀请见证的那一方，陈江野要回去接辛月一起去。陈江野之前就跟辛月说了这事，辛月特地把时间空了出来，这会儿刚收拾完在家里等他。

第十七章 炙吻

到了约定的时间，一分不多一分不少，一个电话打过来，辛月按下接听键。

"出来吧，我在门口。"

"嗯。"

她挂掉通话，拿起一条围巾搭在手上走出去。

现在是早春，外头还很冷，路上冷冷清清的，显得停在小区门口的那辆跑车极为张扬。

陈江野以前还算低调，是从某一天之后，他就把车从轿跑换成了一辆又一辆无比拉风的跑车。

好像就是那天。她因为一个小组作业，跟同组的一个男生一边谈论一边朝教学楼走，刚好那天他来接她时看到了，又刚刚好她差点摔了一跤被那个男生扶了一下。

而且这男生长得还不赖，是公认的校草。学校里很多人都认识他们，毕竟两个人都是学霸，颜值又高。

估计当时在陈江野旁边的其他人也看到了他俩，所以说了些什么被他给听到了。

第二天他就把车换了，像是要让全校都知道，她已有男友，帅且有钱。

辛月习以为常，叹了口气走过去，她其实不太爱坐跑车。

"走吧。"

她有些费力地坐到副驾座上，系好安全带。

陈江野上下打量了她两眼才踩下油门，然后轻笑："大忙人还抽空化了妆？"

辛月白他一眼："这不是怕给陈大少爷丢脸？"

"丢脸是不可能丢脸的。"陈江野看着前方，脸没什么表情，只是说出的来话却实在撩人，"我女朋友怎样都拿得出手。"

599

听到这样的话,心头不乐是假的,辛月咬着唇都压不住上扬的嘴角。

"陈江野,你到底从哪儿学的这些肉麻话?"她问他。

某人很不屑地"喊"了声:"这还用学?"

"那你这张嘴是真厉害。"

吵架厉害,说情话也厉害。

某人又哼笑一声,这次还瞄了她一眼:"我全身上下哪里不厉害?"

刚好红灯,他一脚踩下刹车,然后转过头来看着她:"你说。"

辛月:"……"

她狠狠瞪了眼陈江野,转过头去不再理他。陈江野没再继续逗她,转过头去专心开车。

早春天黑得很快,这会儿路灯已经都亮起来了。

晚上七点多,他们到了靳越的求婚场地。求婚场地是在海边,还隔得老远的时候辛月就在车里看到了一大片烛光与花海。

虽然靳越和陈江野告白时一样都是用的花海战术,但区别还是很大的——陈江野的玫瑰花海是有象征意义的,而且陈江野在除花海外的其他布置上也都很用心。

但这边的玫瑰花海好像纯粹就是为了充场面的。

你不能说没用心,这钱一看就没少花,但明眼人一看就知道这是那种婚庆公司策划出来的,而不是由求婚人本人亲自设计。

如果这场求婚仪式的女主人公是个普通人家的女孩,应该还是有戏的,但如果是个见惯了大场合的富家千金,那就说不一定了。

很快,辛月就看到了这场求婚仪式的女主人公,从气质上一眼就能瞧出是位见惯了风月场的千金小姐。一看她,辛月立马替陈江野他师父捏了把汗,隐隐有种这场求婚可能会失败的预感。

第十七章 炙吻

辛月觉得自己是真的有点玄学在身上的,她的预感真的灵到不行,这场求婚还真失败了。

女主人公走了,男主人公去追,剩下一众亲朋好友面面相觑。

"散了吧散了吧。"人群里有人说,接着,陆陆续续有人离开。

"我们也走吧。"陈江野拉住辛月的手。

"嗯。"

他们离开海边的时候,后面传来一声倒塌的声音,辛月回头看向求婚场地,是大风把一个花架吹倒了。

看着那被吹倒的花架,和在风里凄惨的玫瑰花,辛月心底不由得响起一声叹息。

回去的路上,她还想着那凋零一地的玫瑰花,忍不住跟陈江野说:"陈江野,你跟我求婚的时候就别搞这么大场面了,怪浪费的。"

这话让陈江野猛地刹住车。

辛月被吓了一跳:"你干吗?"

陈江野压着眉,一脸冷意:"你什么意思?"

"我求婚你要拒绝?"他问她。

辛月瞪他:"你对我就这么没信心?"

陈江野先是一愣,眉头松开一瞬又压下来:"那你什么意思?"

辛月叹了口气说:"那些玫瑰花不该就那样被丢弃的,玫瑰要么应该长在土里,要么应该被人精心呵护放在花瓶里,这样才对。"

听她这么说,陈江野忽然笑了一声。

"你笑什么?"

陈江野微仰起下颌看着她,轻笑着说:"阿月医生不愧医者仁心,对花都这么怜悯。"

辛月不知道他是在调侃她,还是在夸她,撇了撇嘴闷声道:"反正,你不许搞得那么铺张浪费。"

"那种大场面有一次就够了。"她抬眸看向他,"你已经给过我了。"

陈江野狭长的双眼微眯了一下,没说话。

自从跟他开始谈恋爱后,辛月有什么话都直说,事关求婚也不例外。

她直接跟他说:"我也不想被一群人围观,我就想我们两个人,安安静静、简简单单的就好。"

她说这话时,陈江野一直静静地听着,等她说完后,不知道是想到什么,他笑了一声。

"你又笑什么?"辛月问他。

这次他说:"没什么。"

他这个人,嘴上说没什么,那肯定就是有什么。

"快说!"

陈江野笑笑:"说了就没意思了。"

辛月一愣,反应过来,难道他这是已经想好怎么跟她求婚了?

她没问他,像他说的,说了就没意思了。虽然她说简简单单就好,可她知道,她的陈大少爷也一定会准备好能够让她惊喜的浪漫。

从这一天起,她心里就已经开始期待了。

既然他都有在想这件事,她猜那应该挺快的。然而她猜错了,她等了一天又一天,一月又一月,从雪天等到夏天,他还是没和她求婚。

因为惦记着他求婚这件事,每次他说要带她出去,或者到像情人节这种日子,她就会稍微打扮一下,她不想以后回忆起自己被求婚的时候,后悔自己穿得太丑。

七月十一日这天,陈江野说要带她出去吃饭,这天是他们初遇的日子,也算是他们的纪念日,她习惯性地打扮好,然后在家里乖乖等他。

第十七章 炙吻

五点多的时候,她收到一个电话,她以为是陈江野,结果一看是快递员,她接通电话。

"辛小姐吗?您这边有个快递,请问您在家吗?"

"在。"

"那我给您送过来。"

很快,门口就响起敲门声。

"辛小姐,这是您的快递,请签收。"

快递员给她递过来一个不算大也不算小的盒子,还挺沉。

签收后,辛月一脸疑惑地抱着盒子进去,她最近没网购,快递单上发件人那一栏的信息还被不小心刮蹭掉了。

她实在好奇这里面是什么,不等进去拿剪刀,直接暴力拆件。

里面是一本很精致的画册,又很像相册,封面是一朵晶莹剔透的玫瑰。

看到这朵玫瑰,辛月愣住。

四周很静,此刻整个世界似乎只剩下她心跳的声音,一下一下,快速且剧烈。

她在原地僵滞了几秒后,捧着这本不知画册还是相册的册子走到桌边坐下来,有些紧张地翻开第一页。

第一页是一幅画,是她熟悉的那张,她在院子里写试卷。

看着这张画,她的心跳缓缓地平静下来,原来是陈江野把给她画的画做成了相册啊。

她轻笑了下,继续往后翻。

然而看到第二张画,她刚刚平静的心跳忽地又漏了一拍。那是她没见过的一幅画——

画里她坐在一棵橙树下,抬起的手掌心上停着一只蓝色的蝴蝶,她看着蝴蝶,正淡淡笑着。

炙野

他把她画得很美，是任何人看到都会惊艳的程度。这张画他不知画了多久，连她身上掉落的一片叶子都画得细致。然而像这样的画，后面还有很多很多，都是她不曾见过的，关于那个夏天的。

她的陈大画家，在他们初遇的那个夏天，就已经为她画了一整本画册。

眼泪一颗一颗地滚落，像断了线，根本控制不住。

她没有去抹眼泪，任泪水肆意地流，她就这样一边哭一边往后翻，每一幅画她都会看很久。

到最后四五页的时候，她的表情微微一顿，因为画面上不再是她身影。

这一页画的是一只在暗夜里龇着森森尖牙的狼犬，目光极为凶煞，泛着寒光。旁边有一行手写的字：

他曾是一只疯犬，直到……

辛月继续往后翻，看到后面一页上的字。

他在乡野里发现了一株玫瑰，满是荆棘的玫瑰像月亮，发着光，将他照亮。

这一幅画正如文字上写的一样，那只狼犬收起了尖利的牙，站在一朵像水晶般剔透，发着光的玫瑰旁，漆黑的双眸里映着玫瑰的光。

眼泪愈发汹涌，几乎淹没了整个眼眶。

她不知道他为什么要画这个，但就是有种莫名的感动，比刚刚看到那些画时还感动。

透过因泪光而蒙眬的视线，她看向下一页。

第十七章 炙吻

画面变成了白天,玫瑰沐浴在阳光下,狼犬守在一旁,上方的文字写着:

于是,在那个炙热的夏天,始终撕裂着一切的疯犬也有了想要守护的美好。

辛月的手指颤抖着继续往后翻,她看到一轮清冷的月亮,也看到那一句——

他要他的玫瑰向着最广阔的天空生长,成为永悬不落的月亮。

倏地,她感觉心脏像是被什么飞旋着击中。她难以自控地哭得全身都在颤抖,而在看到最后一页后,更是倏地哭出了声。
这一页上没有画,是满满一页的字:

我的月亮啊,在遇见你的那个夏天,我就已经想好了,我要和你执手走过一生,也想好了,要这样跟你求婚,我想娶你,很想很想,你愿意嫁给我吗?如果愿意,那就打开门看看,我在等你。

看到最后三行字,辛月猛地一愣。接着,她立马站起来奔向门口,拉开了门。
门外,一辆黑色的轿车停在那里,一人身着白色西装,手里捧着玫瑰,正倚在车头与她对望。
一如初见,他一身白衣,身后是漫天的火烧云,热烈如画。

炙野

夏日的晚风吹过来,有些许灼热,但远不及他眉眼滚烫。

他好像从没有变过,始终是那个盛夏浓云下,最炙热的少年。

那个拥有他的盛夏从未消逝,也将永不消逝。

大片的火烧云下,装着西装手捧玫瑰的男人走向门口正望着他的少女。他把玫瑰递到她手上,然后抬手替她擦掉脸上的眼泪,她的眼里流出多少他就替她擦掉多少。

等少女吸吸鼻子不哭了,他才不知从哪儿拿出来个盒子,然后垂眸。

"手给我。"

他拉过她的手,取出盒子里的一枚戒指给她戴上。

干脆、直接、霸道,没有单膝跪地的祈求,他也无须问她是否愿意嫁给他,他知道她愿意。就算她不愿意,他也不给她这个拒绝的机会。

辛月也没有介怀,他已经给了她超出想象的浪漫,相比起来,单膝下跪这样的过场实在太过俗套。她不觉得这是他自持矜贵,她的陈大少爷虽然没有单膝下跪向她求婚,却常常单膝跪地为她穿鞋。

等他为她戴上了戒指,辛月抬起手来看了看。

那是一个戒面由整颗钻石雕刻成玫瑰状的戒指,不知是由于净度极高,还是出自哪位大师之手,这朵玫瑰不用被切割成琢型也能反射出最璀璨的光彩,和他画里的那朵几乎一模一样。

"陈江野。"辛月微微睁大双眼,吃惊地说,"我天天戴着这个怕是会被抢劫吧。"

陈江野睨着她:"谁让你天天戴这个?"

辛月一脸疑惑:"婚戒不得天天戴着吗?"

"你脑子都拿去装医学了,没装半点常识是吧?"陈江野扯了扯

第十七章 炙吻

唇,"婚戒是要天天戴,你手上这个是求婚戒指。"

辛月:"……"她是真不知道还有这区别。

陈江野看着她那懵懂的表情,笑出了声,伸手抓住她举起的这四根手指,垂眸看着她中指上的那朵钻石玫瑰,说:"从现在开始你就不是我的女朋友了。"

虽然知道他不是那个意思,辛月还是被他这话吓得眉梢一抖。

他再抬眸,用那双深沉的眼看着她。

"你好,未婚妻。"他说。

如同管弦低鸣的嗓音,回荡在涨潮的海域,引人沉溺,而那双眼,更是让你在即将溺亡时都无法发出声音。

辛月怔怔地愣在那里,像三魂七魄都被他勾走。

看着她这副表情,陈江野把人揽过来,将薄唇抵到她耳边,喉结压低,用轻易就能让人呼吸错乱的嗓音开口告诉她:"明年的今天,我们结婚。"

他的确只是在告诉她,没有要征求她意见,霸道地宣示主权。

辛月又愣了两秒,然后缓缓转头看向他。

见她眼底略有疑色,陈江野眉头一沉:"怎么,你不愿意?"

"不是我不愿意。"辛月说。

陈江野眉眼又往下一压:"那是谁不愿意,你爸爸?"

辛月:"是你爸爸。"

闻声,陈江野立马不屑地嗤笑一声:"他没资格不愿意。"

辛月又问:"像结婚这种大事一般不都要挑个良辰吉日吗?"

他抬手捏起她下巴,微微俯身凑近,唇角的笑意荡开:"如果那天不是吉日,我又怎么能够遇见你?"

他说的这句话在心底一遍遍回荡,像有一根羽毛轻落到水面,泛起一阵涟漪。

他用最笃定的语气说:"遇见你的那天,是我这辈子最大的吉日。"

"咕噜",一声不合时宜的声音响起。

陈江野低笑:"饿了?"

他握着辛月的手走进屋子,让辛月坐在客厅的沙发上。

"想吃什么?"陈江野问他。

辛月闷声嘟囔道:"说得好像你会做的很多一样。"

陈江野表示:"我看过你爸爸做了那么多次饭,你说多不多?"

哦……忘了这位过目不忘,那她要吃好一点。

"我要吃山药炖排骨。"

"等着。"

陈江野俯身亲了下她眉心的那颗痣,然后去了厨房。

辛月抬手摸了摸被他亲过的地方,也不知道他为什么每次都亲这儿。

在半个小时后,陈江野从厨房走出来:"做好了,过来吃。"

"抱。"辛月突然兴致来了,转身冲着他把手举起来。

这个姿势像在索抱,低低的声音也在像撒娇。陈江野的眉尾往上挑了一下,然后走过去俯身把她抱起来。他像抱小孩去桌上吃饭一样,把她放到凳子上,然后又把饭给她盛过来。

辛月荡着脚丫子看着他,表情很受用。

她的陈大少爷还真的是哪样都数一数二,一年就做那么几次饭也好吃得不行。

明明他只是看过她爸爸做菜,却有种得了真传的感觉,这道山药炖排骨跟她爸爸做的几乎是一模一样的味道。

辛月很久没吃到家里的味道了,三下两下就吃完了两碗饭。

第十七章 炙吻

看她吃得这么香,陈江野谑声道:"你这么喜欢吃我做的饭,那我干脆辞职不干了,回来给你当厨子。"

辛月连忙摇头:"屈才了,屈才了。"

陈江野笑了一声。

辛月继续说:"陈大少爷这双手还是用来指点江山比较好。只是在这之前,"她把吃完的碗放到他面前,荡着脚丫说,"先把碗洗了。"

陈江野扯了下唇,说:"我也就今天惯着你。"

辛月挑眉,就今天?明明是每天。但她没说,只是看着他笑。她要给陈大少爷留点面子。陈江野似乎看出了她的有恃无恐,却没说什么,没什么表情地站起来把碗拿去洗了。

他洗碗的时候,辛月就把脸枕在胳膊上看着他。

陈江野洗碗的时候从来不戴围裙,可能是觉得那玩意有损他高冷的气质。不过的确,辛月想象了下他穿围裙洗碗的样子,再对比下现在,前者太违和,还是后者赏心悦目。

不愧是她的陈大少爷,洗个碗都洗出拍大片的既视感。

辛月就这样看着他把碗洗完,再等他来抱自己回床上。

刚刚出去时,辛月没拿手机,这会儿她的手机还放在床头充电。陈江野放她到床上后随手拔了充电器,把手机递给她。

"给你爸爸打个电话。"

辛月一脸蒙:"给他打电话干吗?"

"结婚的时间都定下来了,你不跟他说一声?"

哦……是该说。

辛月不自觉攥紧手机,心里说不出是紧张还是什么。

傍晚陈江野跟她求婚的时候,她心里更多的是感动,这会儿心里才升起了那种"要正式把自己的余生托付给一个人"的紧张。哪怕她早已确定要将余生托付给他,但她还是紧张。

不过她倒也没有恍惚很久,过了一会儿就拨通了辛隆的电话。

"喂?"电话里响起辛隆的声音。

"爸。"辛月先喊了他一声。

"干吗?有话快说。"

辛月深吸一口气,直截了当地说:"陈江野今天跟我求婚了。"

那头沉默了几秒:"你……答应了?"

辛月"嗯"了一声。

陈江野就在旁边倚着床头看着她打电话,表情似笑又非笑。

"你不是说你这辈子不嫁人?"

辛月没开免提,但两人离得近,房间里也安静,陈江野听得到辛隆的声音。

在辛隆问出这句话后,陈江野看到辛月的睫毛忽地颤了一下,接着缓缓抬眸看向他。

陈江野不知为何在她望过来的那一瞬间,像是出于某种预感,他收起了眼底的散漫,眸光倏地沉下去。

在深深的对视后,眼前的她笑起来,对着电话那头开口,也像是在对他说:

"我不是不嫁人,我是非他不嫁。"

他猛地愣在那里,双眸放大,这是很难在他脸上看到的表情。

原本,他是想通过辛月告诉辛隆,曾经的那个赌,他赢了。

他只是这样想着而已,没想到会听到这样一句话。

这足以撼动的他灵魂,让他的内心深处跟着颤动。

是输是赢,此刻好像什么都不重要,什么他都不在乎了。

他只想抱住她,深吻她,抵死缠绵,至死不休。

九月清晨的阳光从云层后透出,落在窗台上。一只麻雀停在那

第十七章 炙吻

儿,过了会儿又扑棱着翅膀飞走。

今天是周末,难得可以睡懒觉,陈江野却在七点就睁开了眼。

现在他俩的生物钟反了过来,从前辛月都是六点多就会自然醒,现在大概是因为平时太累,只要早上没课,或者是周末,她都会一直睡到九点,而陈江野,现在在每天准时七点醒。

醒归醒,今天他不用去公司所以也并没有起来,在轻轻吻了吻辛月的额头后,他把她搂进怀里,下巴抵在她发间摩挲了一会儿又继续闭上眼。

辛月一直很好奇,明明人在睡着后是会乱动的,但在周末她睁开眼的时候,自己永远都会在陈江野的怀里,今天也不例外,而今天她的好奇心到达了一个不弄明白誓不罢休的峰值。

她抬头,看见陈江野闭着眼,以为他还没醒,就准备悄悄从他怀里出来,想看看等会儿他会不会在睡梦里朝她靠过来。

虽然她的动作已经很小心翼翼了,却还是在她从他怀里退出去一点点的时候,就被他一把搂了回去。

"别动。"头顶传来一阵因刚睡醒而格外低沉磁性,又透着股困倦懒意的声音。

"你醒了?"辛月从他怀里抬起头去看他。

陈江野微微睁了下眼,又闭上。

"不然我是跟你说梦话?"

她笑了笑,然后问他:"你什么时候醒的?"

"七点吧。"

"今天周末,你怎么醒那么早?"

陈江野还是闭着眼,懒懒散散地回答:"每天都是这个点。"

每天的话,那怪不得。辛月终于知道为什么只要是周末她醒过来的时候,她都在他怀里了。

工作日的时候他就是七点起床,而辛月一般定的是七点十分的闹钟,这时候陈江野一般就得出门了,所以在工作日的时候,她一睁眼永远是他离开前落下的一个吻。

每天清晨,要么吻别,要么在他怀里睁开眼,从此不管盛夏还是凛冬,醒来变成了一件很幸福的事。

两人又在被窝里搂着眯了会儿才起。

九月的天还是热得要命,辛月一点都不想出门。两个人也都没什么事,就一起窝在家里看了部电影,然后陈江野打游戏,辛月看书,等到傍晚没太阳了他们才出去遛弯。

夏日的晚风也是闷热的,两个人牵着的手却没分开过。

他们朝着湖边走,那边凉快,中途还会路过一个操场。

每个周末的晚上,操场上都会有校园乐队举办音乐趴,辛月和陈江野偶尔会去听一听。

现在的天色还算早,他们路过操场时恰好碰见一群手里拎着乐器和设备的男生女生从对面过来,其中有个把头发染成了全白的男生尤为惹眼。

学医的男生很少有染头发的,像这样染成全白的,辛月更是从来没见过,不免目光就在他身上停留得久了些。

与那男生擦肩而过时,她还回头继续看。

但刚刚回头,她就忽然意识到了什么,心头咯噔一下,赶紧转头看向旁边的陈江野。下一秒,她的视线顷刻撞上了一双黑沉沉的眼。

完了……

"喜欢那样的?"某人扯唇在笑,声音却冷透。

辛月不自觉吞了下唾沫,看起来有点心虚地开口:"我只是在看他的头发。"

明明说的是实话,辛月也不知道自己在心虚什么,总之她一对上

第十七章 炙吻

那双漆黑的眼就发虚。

"我真的只是在看他的头发。"她又强调了一遍。

"行。"陈江野冷笑一声,"我明天就去染,让你看个够。"

辛月:"……"

陈江野向来是个行动派,说干就干,第二天还真去染了,辛月拉都拉不住。

不过,还别说,是真的帅。

黑发的陈江野就已经够帅了,白发的陈江野简直就是像是直接从漫画里走出来一样。

辛月突然有点庆幸没拉住他。

从理发店出来后,陈江野对她说的第一句话就是:"看,不准给我挪一下眼睛。"

辛月:"看着呢,不挪。"

看着她一脸花痴的表情,陈江野大概没想到她会是这个反应,不由得愣了愣。

过了会儿,他笑了一声,问道:"就这么喜欢?"

辛月很诚实地点头:"喜欢。"

他伸手捏住她下巴,直接亲了她一下。

辛月整张脸一瞬间红透:"陈江野,你干吗?"

"怎么,被我这么一个白发帅哥亲,你不应该感到荣幸?"

啊啊啊!这还在洗发店门口啊!

像是报复终于得逞,某人缓缓仰起头,笑得极为张扬肆意。

陈江野长得本来就够扎眼了,染了一头白发后就更扎眼了。

知道他染了一头白发后,整个公司都炸了。

不仅仅是因为太帅,还因为太出乎意料。陈江野看起来怎么也不像是会去染发的人,还是这个发色,这让人无比好奇他为什么要去染头发。

可是吧,没人敢问。有人尝试去问过,但他一个眼神丢过来,办公室立马禁言。最后他们只能撺掇靳越去问。

靳越懒得转述,找了个人前的场合问他:"你怎么想起来去染这个发色的?"

陈江野瞄了眼旁边明显竖着耳朵在听的人,淡淡地开口:"我未婚妻喜欢。"

全公司又炸了。

午休的时候几乎所有人都在说这件事:"呜呜呜,陈总监竟然已经订婚了。"

"又是一个英年早婚的大帅哥啊。"

"长得这么帅,据说还是咱们集团的太子爷,还这么宠老婆,救命,他老婆到底是什么天选之女?"

"好想知道他未婚妻长什么样,肯定漂亮疯了吧。"

…………

此时,他们口中的女主人公正在往学校食堂走。只是刚走到一半,一个穿西装的男人叫住了她:"辛小姐,打扰一下。"

辛月转头看向他,表情略带疑惑。

"我们陈总想跟您见一面。"

陈总……辛月的表情一滞。

"我们陈总也就是您未婚夫的父亲。"

不用他解释辛月也知道,她早就设想过这一天,但这一天比她预想的来得晚了许多。

"他在哪儿?我下午还有课。"

"就在你们学校的东苑饭店,不会耽搁您太久的。"

第十七章 炙吻

"那走吧。"

午饭时间，学校里车辆难行，两个人是走着去东苑的。

学校里面没有什么太好的饭店，只有一家新开的还不错，老板是个年轻人，店内的装潢是女生爱去拍照打卡的风格。

西装男人将她带到了最里面的包间。

一打开门，辛月就看到包间里坐着一个同样穿西装的中年男人，和陈江野说的一样，他们长得一点也不像，陈安良竟然长了一副极为温润的模样，鼻梁上还架着一副金丝边框眼镜，只镜片后的那一双眼透着暗藏的几分凌厉。

进门后，辛月先向他微微鞠了一躬，不失礼也没有特别热情地淡淡道："您好。"

"坐。"陈安良抬手示意她坐他对面。

凳子已经被拉到了合适的距离，辛月整理了下裙子坐过去。

待辛月坐下，陈安良温和地笑道："你不用紧张，我今天来并不是要阻碍你跟小野的感情。"

辛月同样客气地笑道："您也不用多虑，我并没有这样想。"

"好。"陈安良笑了笑，然后说，"也不耽误你吃饭，我尽量长话短说。"

"您说。"

"我今天来其实没别的意思，只是觉得作为小野的父亲，你们都订婚了，我俩还没见过面，实在说不过去。"说着，他把手边的一个精致的包装袋推过来，"这是我准备的一点见面礼，你收下。"

辛月也没有客气，接过来颔首说了声："谢谢您。"

"该我谢你才对。"陈安良叹了口气，说，"小野这孩子从小就叛逆，不过也是我的问题，从六岁后，他就没有再叫过我一声爸了，如果没有你，这辈子我可能都听不见他叫我了。"

辛月不知道该说什么，就眨了眨眼。

陈安良也没有要她回话的意思，顾自说着："他说，他在你们的婚礼上会叫我爸的，因为……"说到这儿，陈安良轻笑了声，"他想给你体面。"

辛月的表情一怔，她以为接手恒远已经是陈江野的底线。这样的让步，是她万万没有想到的。

她的陈大少爷啊……

这时，陈安良的声音让她回过神来。

"你是我陈家的福星。"他说。

辛月眨了下眼，颔首道："您言重了。"

陈安良摇头："我说的是实话。其实我很早就见过你了，隔着摄像头。"

辛月表情一惊，难道他安那么多摄像头的意图不是在陈江野，是在她？

下一秒，她就听见陈安良问她："你知道我为什么要安那么多摄像头吗？"

她摇摇头。

陈安良垂眸笑笑："说出来也不怕你笑话，我这人对未来儿媳妇没什么要求，只看面相。我安那么多摄像头就是想把你的面部特征拍清楚一点，给大师看一看。"

果然……他不把摄像头安外面，大概是怕她看到那么多摄像头不敢靠近吧。

陈安良接着说下去："大师说，你若能入我陈家，可保我陈家百年兴盛。"

闻言，辛月双眸倏地睁大。

最后，陈安良说："你跟小野，是天生注定要在一起的。"

第十七章 炙吻

只剩下辛月一个人的包间很是安静。

紧闭的窗户将蝉鸣与鸟叫声隔绝在外,也一并阻隔强烈的光线,空调静静地送着凉风。

陈安良先走了,说是估计她和他一起吃饭会觉得拘谨,正巧他也还有事。但他给她点好了一桌子的菜,因为不知道她喜欢吃什么,只好多点了一些。

辛月平时吃饭很快,也不看手机,但今天,此时此刻,她格外想要陈江野陪着她一起吃饭,可惜他在公司。

她想给他发消息,可又怕他得知陈安良来找她的事后多想。她把微信聊天页面点进去后又退了出去,在手机的首页停留一阵后,她点开了相册,里面存着他给她画的所有的画。

她一张一张地翻,翻到那几张疯犬与玫瑰的画。看了一会儿后,她点开自己的微博,把这几张画发上去,并附文:

月亮在想你。

到现在她仍有写日记的习惯,可日记本无法记录图片与视频,所以她就建了这个微博账号,把平时拍下的花花草草或是生活的点滴都发到这个账号上。

她这辈子大概是真的有点红运在身上,明明这个账号一个粉丝也没有,这几张图片发上去后,很快就有了上百条评论。

有人说喜欢这个画风,也有人说这个小故事很治愈,评论区差不多都是类似的两种评论,但有一个人却是这样留言的:

玫瑰成了不落的月亮,那狗狗怎么办呀?

这条评论很快被顶到了前面,网友也纷纷有了这个疑虑,再结合文案,不少人还以为成为月亮的玫瑰和狗狗分开了,所以才会说"月亮在想你"。

辛月是在评论都快上千条时才发现这条微博意外地小火了。她点开评论区,看到第一条评论,也看到下面的一个回复:

爱会让他生出翅膀,飞到他的月亮身旁。他会成为登月宇航员,继续守着他的月亮。

辛月知道这个回复是陈江野写的,但她没说,陈江野也没提,两人都保持不知道对方微博账号的默契。

只是从这天开始,那个头像像一轮圆月,微博动态是一片空白的微博账号开始发微博了。

他的第一条微博内容是拍的一家门口堆满了玫瑰花的花店,配文:

不知道她今天喜欢白玫瑰还是红玫瑰。

辛月看到后,跟着也发了一条微博:

今天好像喜欢白玫瑰更多一些。

于是在这一天的夜晚,她走出图书馆后,就看了那个路灯下手捧白玫瑰的白发少年。

辛月笑着接过花,然后踮起脚尖去亲吻她的少年。

两个人就这样在没有陪在对方身边时,暗戳戳地互动,暗戳戳地

第十七章 炙吻

表达爱意。

比如，辛月会在微博上晒中午学校食堂做的山药炖排骨，然后配文：

不如我家大少爷做得好吃。

陈江野会在微博上晒下班路上拍到的一朵很漂亮的云，配文：

被我家大诗人看到，怕是要作一首诗。

接着，辛月就真的在微博上发了一首现代诗：

今天看到了一朵很漂亮的云，
他们说，每一朵云都是天空带来的惊喜，
我喜欢这样的惊喜，
可似乎只有你不在时，我才看云，
有你在的地方，
我看不见云。

这是属于他们的小情调，也是他们生活的又一分浪漫。

即便辛月已经拥有了太多太多他给的浪漫，但依旧每一天都为他而心动。这种心动是不论何时都剧烈的，即便在凛冬也是滚烫的。

自从拥有他后，冬天她再未觉得冷过。

今年已经是她与他度过的第四个冬天，过了这个冬天，再过一个春天，他们就要举办婚礼了。

炙野

辛月最近一直很忙，于是陈江野一个人包揽了婚礼的全部筹备。

他要给辛月最大的体面，所以这场婚礼不是提前一两个月就能筹备好的，更别说婚礼的每一环他都要亲自把关。

婚礼现场布置他要亲自设计，设计图也要自己画，连辛月的婚纱和结婚戒指他都要亲自画设计图。而这些他并没有告诉辛月，所以在他把好几张婚纱设计图和婚礼现场设计图拿给辛月让她选时，辛月瞬间掉了眼泪。

看着几秒钟就哭成了泪人的辛月，陈江野把人搂过来，给她擦眼泪。

"让你选，没让你哭。"

"陈江野……"

辛月仰起头来用泪光泛滥的一双眼看着他。

"嗯。"

陈江野轻声回应。

"陈江野……"

已经哭到一颤一颤的辛月又低低喊了一遍他的名字。

"嗯。"

陈江野又轻轻回应。

"你……"辛月吸了吸鼻子，断断续续地说，"你怎么这么好啊？"

"这个问题你问很多遍了。"

"我意思是……"辛月眨眨眼，很认真地看着他说，"你真好。"

"你这不是在说废话？"陈江野捧着她的脸，用拇指帮她擦眼泪，"我不好，你会愿意嫁给我？"

辛月因为他这话笑了一下，只是一笑，眼睛一弯，眼泪便掉得更凶。陈江野并没有取笑她又哭又笑，只静静地替她擦掉眼泪。

辛月也不说话了，只静静地看着他，然后闭上眼，踮起脚尖去

第十七章 炙吻

吻他。

她吻得很轻,而陈江野加深了这个吻,她的眼泪滑下来,让这个吻变得微微的咸,还有些涩。陈江野不在乎,继续亲吻她的唇,也一并亲吻着她的眼泪,像要将她所有的难过都以热吻抹去。

他一直吻到了她停止哭泣,才缓缓睁开眼,松开她。

他已经松开手,辛月却没有放下脚跟,而是继续踮起脚尖,抬手搂住他的脖子,用还有些沙哑颤抖的声音在他耳边说:"陈江野,我爱你。"

陈江野垂眸轻笑,半晌,他抬手揉了揉她细软的头发,在她耳边说:"我知道。"

"但我之前一直没跟你说过我爱你。"

她跟他说过很多情话,或诗意或动人,唯独没说过这最简单的三个字。

可他说:"你说过。"

辛月茫然地看向他。

"很早以前就说过。"他轻声开口。

辛月疑惑地偏头:"我怎么都不记得?"

这种话,她要是说过,她应该记得才对。

陈江野笑了声,把她因眼泪而沾到脸上的头发别到耳后,然后看着她开口:"那天你都喝断片了,当然不记得。"

"我那天……跟你说了我爱你吗?"她问。

"不止。"

"啊?"辛月微微有些惊讶,"那我还说了什么?"

"你说。"陈江野的嘴角轻勾,重复了一遍她那天说的话,"陈江野,我也爱你,好爱好爱你。"

辛月先是一愣,接着脸上泛起两朵红云,再接着,她注意到一点:"为什么是也?你先说爱我了?"

陈江野笑着摇头。

"那为什么我要说也?"

陈江野:"是你说的。"

辛月表情更蒙了:"我说的?"

陈江野告诉她:"你说,我也爱你。"

辛月没有再问为什么,她知道了自己为什么会在醉后这样说。就在那天,乔语告诉了她,他放弃自由来爱她。

忽地,辛月笑起来。

陈江野:"笑什么?"

辛月把头歪到一边,眼睛笑成弯月状,笑着说:"陈江野,你是真的真的好爱我。"

陈江野的眼神一沉,眼尾却缓缓扬起。

"嗯,我爱你。"他这样说。

辛月还是歪头笑着看着他:"这是你第一次对我说这三个字吗?"

"不是。"

她的眼睛在听到这两个字后笑得愈发像两轮弯月,眼底是快要溢出来的幸福感。她是真的真的觉得无比幸福,拥有陈江野的每一天都美好得像是一场梦。

"别傻笑了。"陈江野把一旁的平板电脑重新摸过来递给她,"场地布置你还没选,至于婚纱,你要是都喜欢,那我就让人都做出来给你试穿。"

刚刚辛月只顾着哭去了,都没看清他画的设计图,这会儿才认真看起来。

她先看的婚纱,陈江野画了三套,每套还画上了她的脸。

第一套是中式嫁衣,刺绣纹样极为复杂,而陈江野更是细致到把

第十七章 炙吻

每一根金线都画了出来。这第一套嫁衣的设计图他都不知道用了多少时间与心思，更别说后面还有两套。

第二套是大裙摆大拖尾式的西式婚纱，极为蓬松的裙摆上铺满了红玫瑰，却丝毫不显俗气，反而有种繁复且惊艳的美，画里的她就像十九世纪玫瑰庄园里走出来的待嫁新娘。

第三套是鱼尾式的西式婚纱，画上的整条裙子都像是在发光，可现实里的裙子要怎么才发光？辛月没有问陈江野这个问题，她看到了旁边的注释，上面写着：

用月光石的碎片手工缝制到裙面上。

辛月没听说过月光石，嗓子有些发紧地问陈江野："这个月光石不会是一种很稀有的宝石吧？"

陈江野："不是。"

辛月有些不相信："你别骗我啊，我搜搜看。"

说着她就把手机拿出来，在搜索引擎中输入"月光石多少钱一颗"。

看到价格，辛月松了口气，比起钻石什么的，这个价格要便宜多了，可以说是物美价廉。

她看着图片上的那些月光石，觉得它甚至比钻石和很多高昂的宝石都要漂亮得多。图片上那些月光石折射出的光真的很像月光，却比月光还要美，透着漂浮而深邃的蓝。

"实物真的有这么漂亮？"她忍不住问。

陈江野没说话，直接从兜里掏出了一串月光石手串递给她。

他就知道她会好奇。

接过手串，辛月瞳孔都放大了，嘴也情不自禁地张大，惊叹道：

"好漂亮！"

"有这么喜欢？"

辛月猛点头。

"不是配合我的演出？"

辛月轻瞪他一眼："是真的很漂亮好不好？"说着，她还抬起手来发誓："这绝对是我见过的宝石里排名前五的。"

陈江野"喊"了声："你才见过几次宝石？"

"你不是送我了两次？"

过去的几年里，在五月十九日她生日的时候，他送的礼物中有两次是首饰，一次是项链，一次是手链，都是他亲手设计，亲手挑选宝石，再让大师按设计稿做出来送给她的。

"这条手串上的月光石和那两次你送的四种宝石并列前五。"

陈江野听辛月说完这句话，眼睛微眯，眼底透出些笑。他伸手捏住辛月的脸晃了晃："挺会奉承人啊，哪儿学的？"

"这不叫奉承。"辛月说。

"那叫什么？"

"这叫说实话，也叫……"辛月那双漂亮的眸子闪烁着几丝狡黠，平日里清冷的声线也变得俏皮，"也叫讨欢心。"

陈江野的眉尾一挑。

"陈江野。"她喊着他的名字，转身搂住他的脖子，在耳边笑着说，"我在讨你欢心。"

凛冬一至，春天就不再远，夏天也很快接踵而来。

七月十一日，是盛夏的开头，一场婚礼如期而至。

巨大的城堡内，宾客列坐两侧。身着白色西装的新郎在花蔓缠绕而成的长廊下静待他的新娘。

第十七章 炙吻

四周是浩瀚的玫瑰花海。玫瑰被栽种在白色细沙覆盖的土壤里,随风轻轻摇晃,似乎是伴着此时回荡在场地内舒缓的旋律起舞,也仿佛它们如同新郎般迫不及待,在眺望新娘会出现的地方。

当初辛月在三个场景设计图里选了和陈江野向她表白时最像的一张。

她说人生最惊艳的场景,一幕就足够,太多难免会有遗忘,而她不想忘。他们是在种满了玫瑰的月亮上步入热恋,那就也在种满玫瑰的月亮上步入婚姻的殿堂。

陈江野尊重她的选择,也与她心有灵犀,不然不会有那样一张设计图。而他同样记得她说过的那句话:"玫瑰要么应该生长在土里,要么应该被人精心呵护放在花瓶里。"

所以,这次他没有选择在室内。

他买下了一座城堡庄园,为她种满了一整个庄园的玫瑰,然后在这里与她举行婚礼。

傍晚的风裹挟着满园的玫瑰花香,吹拂他额前的发。他把白发染回了黑色,结婚的场合总得正式一些。

夏日拥有四季里最短的夜,最长的白天。

晚霞铺满天际,火烧般的浓云翻涌着将世界染成无比浪漫的紫粉色。就在世间这最浪漫的一刻,陈江野在晚风的尽头看到了他的新娘。

他的新娘穿着他亲手设计的婚纱,正朝他走来。

他想象过她穿这套玫瑰婚纱的样子,很美,可眼前的她远比他想象中还要美,仿佛一位从童话里走出来的公主,他一个人的公主。

早在很久之前,他暗暗发过誓,这辈子不会再哭,他要她与他的余生都是笑着的,可在这一天,她成为他新娘的这一天,看着他的新娘一步一步缓缓朝自己走来,他的眼底灼热无比。

他深吸一口气，压下眼底的热意，继续挺直背脊，等着他的新娘来到他身边。

这一段路仿佛很长，辛月看着远处的陈江野，眼底的泪意不断泛上来，又不断被她压下，反复了好几次后，他们之间仍隔着一段距离。

每走一步，她都会深呼吸一次，不让眼中的泪掉下来。她不想让眼泪弄花自己的妆容，她要用最美的样子嫁给他。

婚纱很重，头顶的皇冠也重，她还穿的高跟鞋，这让她行走的每一步都略显艰难，但她不曾有一刻停歇，像曾经那样坚定地奔向他一样，不管过程多难，距离多远。

终于，她来到了他的身边。

辛月的眼中泛着泪光，她挽着的辛隆也同样。

哪位父亲会舍得自己的女儿出嫁？辛隆不舍，是真的舍不得，他这辈子遭爱人背弃，父母早早相继离世，亲朋好友也没有几个，如今唯一的女儿也要出嫁了。

他垂眸，拿出辛月挽在他臂弯里的手，一滴泪猝然落下，刚好砸在辛月的手背上。辛隆抬手将这一滴泪抹去，深吸一口气抬起眼睛冲辛月笑了一下。

辛月好不容易忍住的眼泪在这一刻决堤。

"别哭。"辛隆抬手为她轻抹掉眼泪，并未花她的妆，"今天是大喜的日子。"

辛月点头，拼命咬着唇把还未来得及滴落的眼泪憋回去。

辛隆又笑了笑，然后拉着她的手转身，看向跟前的陈江野。

他收起了平日里的不着调，郑重地对陈江野说："我答应过你，会安心把辛月交给你，我很安心，你最好让我一直这么安心。"

陈江野坦诚地直视辛隆的眼睛，语气笃定："我会永远让您

第十七章 炙吻

安心。"

"好，我信你。"

辛隆点头，用双手将辛月的手递给他，像交付此生最珍爱之物。

陈江野也用此生最郑重的姿态接过，然后拉着她的手和她一起走向舞台的正中央。

他们的手指十指相扣，握得很紧。

司仪就位，简短的开场白后，接下来是证婚人致辞。

当时辛月和陈江野商议请谁来证婚时，并没有用太长的时间，因为他们都想到了同一个人——辅导员何晴。

在聚餐的那天，辛月知道了陈江野去和何晴他们坦白了为什么会来丹湖大学作交换生的原因，她也是那时候才知道原来何晴从很早之前就知道了他们之间的感情，也难怪那天她看见他们手牵手时也一点不吃惊。

何晴既见证了他们的爱情，又是他们两个人的老师，还是辛月的恩人，没有人比她更适合当证婚人了。

当何晴接到他们的邀请后，也欣然赴往海城来做他们的证婚人。

婚礼现场有很多新闻上报道过的商界大佬，但面对这些大人物，何晴没有一点怯场，她从容带笑地开口：

"今天是陈先生和辛小姐的婚礼佳期，能受邀成为这场盛大婚礼的证婚人，我感到十分荣幸，也衷心替他们感到开心。

"从五年前，一位少年不远万里，从海城到我们那里的小镇，来到我的班级，告诉我，他是专程为一个人而来，为了守护她而来，为守护她的梦想而来，我就知道一定会有这样的一天，他们会结为夫妻，永不相离。这世间山水一程，我相信他们能携手到老，如此的结局才配得上他们的颠沛流离。

"有一句莎士比亚说过的话，我想在这里送给他们，也送给大

炙野

家——Journeys end in lovers meeting。我们都是人生这场苦旅的漂泊人，而漂泊止于爱人相遇。"

说完，她向台下微微颔首，场下顿时响起热烈的掌声。

"Journeys end in lovers meeting。"辛月重复了一遍这句话，笑着对陈江野说，"我也喜欢这一句。"

"这首诗我也读过。"

辛月转头看向他，惊讶于他竟然会知道这首诗。

陈江野不仅知道，还开口用他那低沉动听的嗓音念出了这首诗里的另一句：

"What is love?This not hereafter.（什么是爱情？这就是爱情。）"

如此应景的一句。

辛月双眸微微放大，而后眼底溢出笑意。她天生浪漫的陈大少爷真的连骨子里都透着浪漫。陈江野也在轻笑，神情温柔。

他们静静地相视，台下所有人都不忍打扰。

还是作为伴娘的乔语出马，提醒他俩："行了，回去慢慢看，该交换戒指了。"

两人回神，看向乔语手中的戒指。

陈江野敛眸，抬手从戒枕里取出其中一枚刻着 *lunarnaut* 这个英文的戒指戴到辛月的无名指上。接着，辛月再把剩下一枚刻着 *Moon* 的戒指戴在他的手上。

两枚戒指上刻的字符都十分清晰，任谁看到都能知道，辛月已经有了她的宇航员，陈江野也有了他的月亮。

双方交换完戒指，默契地抬头，再次相视而笑，只是这一次，他们没有对视很久。作为新郎的陈江野闭上眼，在所有人的见证下，捧起他新娘的脸，低颈吻了下去。

新郎扬起的嘴角，新娘情不自禁轻耸的肩，都在向所有人昭示着

第十七章 炙吻

他们有多相爱。

这一天的夜晚，不等筵席散尽，作为主人公的一对新人便手拉着手从礼堂出逃。

月光下，他们奔跑在城堡的楼梯上，像极了童话里的王子与公主。

"辛月，想跟你重新认识一下。"

辛月的表情微微一怔，抬眸看向他。他在笑，唇角弧度上扬，而后他低头，用挺直的鼻子轻刮了下她的鼻尖，故意压低的嗓音同时落下来。

"你好，老婆。"

辛月的双眸一下睁大。这还是他第一次叫她老婆，听起来感觉很微妙，非常微妙……

她的脸红了。

陈江野却在这时捏起她下巴，非要她看着他，然后说："叫声老公来听。"

辛月咬了咬唇，红着脸嘟囔道："你每天听得还少？"

"不少，但不够，而且……"他唇角的笑意荡开，"这回是真的，以后我是你名正言顺的老公。"

他笑着吻下来。

第二天吃完饭，辛月继续在床上躺着，陈江野便陪着她。

两人把当年没看完的那部《他是龙》重新翻出来看了一遍。电影到结尾的时候，外面传来雨声，辛月望向窗外，雨不小，天上还挂着太阳。

这是五年来，他们遇见的第二场太阳雨。

回忆被忽地拉回那一年的那一天。

那时候的他们之间还隔着仿佛永远无法跨越的鸿沟，自他唇角滑落的那滴雨滴到她的唇上，那时的她在想，那算不算一个吻。

而现在，她可以与他肆意热吻。

她看着窗外的雨缓缓地眨了眨眼，然后笑着跟身旁的人说："陈江野，我想去雨里跟你接吻。"

陈江野的表情一怔，向来都是他拉她去雨里接吻，这还是第一次她主动提起，但他大概知道原因。

"好。"他抱起她就往外走。

漫天的雨砸下来，让人有些睁不开眼，那就闭上，只管去亲吻对方。

辛月从没问过陈江野为什么喜欢跟她在雨里接吻，而在这一场雨里，她忽然理解了。

那是一种态度——

不管大雨滂沱，世界倾倒，你我始终可以热吻。

第十八章 尾声

十二月二十二日,又是一年冬至,也是又一年陈江野的生日。

每一年,辛月会提前很久开始琢磨要给陈江野准备什么礼物,毕竟她的大少爷什么也不缺,尤其不缺钱能买到的东西,那就只有给他准备用钱买不到的礼物了。

他们认识的第一年,谁也没跟谁说对方的生日,只是在偶然的一次,辛月才从陈江野的身份证上知道了他的生日。

她给他准备的第一件生日礼物是一件毛衣,她亲手织的。陈江野很喜欢,每年都穿。

陈大少爷的衣柜更新得很快,因为徐明旭家的产业有涉及服装,徐明旭本人也是立志要带领家族品牌冲入高奢行列,之前他们还一起在海城读书的时候,徐明旭就经常拿陈江野和傅时越当模特,至于刘锐,他说刘锐不配。

在陈江野换了一批又一批的衣服里,只有这一件岿然不动。

于是第二年,辛月又给他织了条毛裤准备和那件毛衣凑一套。

辛月永远都忘不了那一天,当她把装着毛裤的盒子递给陈江野,陈江野一脸笑意地打开盒子,然后冒出满脸问号的样子。

当时她没忍住笑出了声,陈江野下一秒就把她抵在了墙上。

"才第二年就开始敷衍了是吧?"陈江野的舌头在牙齿上裹了一圈,脸色阴沉。

辛月赶忙说:"我只是想跟去年的毛衣凑一套,我还准备了其他礼物的!"

陈江野这才咬咬牙放开了她。

她给他准备的另一个礼物是她亲手做的一个陶瓷杯。

给陈大少爷用的陶瓷杯当然不会是很基础的款式，她找人请教了很久，尝试了不知道多少次才做出来了这个日式马克陶瓷杯，器表是沉稳的黑砂釉，通体漆黑，还是很高级的磨砂质感，拿去放在总裁办公室也绝对不会拉低档次。

她还在杯壁刻了一行字母：Lunarnaut exclusive（登月宇航员专属）。

这一行字母她不知道刻了多长时间。

陈江野本来以为是她找人为他定制的这个杯子，但当他看到熟悉的字迹时，他立马知道这个杯子她亲手做的。

这杯子一看就不是简简单单能做出来的，陈江野也不知道这花了他家大忙人多少时间。

他放下杯子把她搂过来，抱着她说："这个杯子，我会用到死。"

辛月："倒也不用那么夸张。"

"用。"陈江野语气笃定。

听到这样的话，辛月当然是开心的，但陈江野的确太夸张了一些。

自从她送了他这个杯子后，他每天只用这个杯子喝水，去公司就带去公司，回家又带回家，走哪儿都带这个杯子，跟个老干部似的，像是喝进嘴里的每一口水都必须要是从这个杯子里出来的。

他每天都拿着个杯子上下班，公司里的人当然会注意到，当时他还不是雷厉风行的陈总监，虽然碍于他的气场，大家平时还是有点不敢跟他搭话，但也不是所有人都没这个胆子。

有人问他为什么下班还要把这个杯子拿回去。

他说："不拿回去，回去用什么？"

第十八章 尾声

"你家里没别的杯子了?"

"女朋友给我做的就这一个。"

那时候大家都知道他有女朋友,但不知道他这么爱他的女朋友,谁能想到一个性子特别高冷的人会因为女朋友给自己做了个杯子就随身携带。

简直了,全公司的女生都羡慕得不行。

别人都羡慕,自家女朋友却说他幼稚。

辛月是真的觉得他这样做挺幼稚的,可劝说无果,她就又送了个杯子给他当生日礼物,一个放家里,一个放公司。

每年只是琢磨送什么礼物给陈江野就要废掉辛月好多脑细胞,但今年不用,今年的这个礼物她从很早很早之前就已经开始准备了,一直准备到了今年夏天。

这个礼物,她想他一定会喜欢。

今年他的生日刚好在冬至,所以除了蛋糕和一些菜,她还做了两碗羊肉汤,然后掐着时间摆好盘等陈江野回来。

自从盛航那件事后,陈江野再没迟到过,跟她约了几点,就一定会在几点之前赶到。

今天他说七点会到家。

冬至的七点天已经黑了,很适合关上灯,捧着点了蜡烛的蛋糕出现,但辛月没有这样做,毕竟都老夫老妻了,没必要每年都这样搞。

她在六点四五十的时候去门口守着,等他回来,她打开门,就冲他歪头笑着说:"陈江野,欢迎回家。"

昨晚十二点她已经跟他说过"生日快乐"了。

陈江野把人搂过来:"今天怎么不叫老公?"

"等会儿再叫。"

辛月也不知道自己是为什么,明明都结婚了,还是更喜欢叫他的名字。她真的很喜欢他的名字，从第一次听到时就喜欢。

她说的"等会儿"就是把生日蛋糕上的蜡烛点燃捧给他的时候。

"生日快乐，老公。"

陈江野很受用地笑了笑，然后闭上眼许了这五年来的同一个愿望。

曾经的那个愿望已经实现了一半，所以现在他的愿望是："辛月要梦想成真，然后我们一起平安到老。"

看着他吹灭蜡烛，辛月没有立马就把礼物给他。

等吃了饭，辛月才跑回卧室抱了个盒子出来递给他："你要不要先猜一猜是什么？"但说完，她又摇摇头，"算了，你直接拆吧，你肯定猜不到。"

陈江野扬了扬眉，这话让他的期待值更高了。

他三下两下拆开盒子的包装，在揭开盒子时还深吸了口气，动作不自觉地慢了下来。

待盒子打开，陈江野看到里面是一本书，书的右下角还写着"滨海出版社"的字样。

辛月给他买了本书当生日礼物？

陈江野微眯了下眼，他倒要看看是什么书值得他老婆买来给他当生日礼物。他伸手进去把书拿出来。

这是一本书名为《一封情书》的书，看到这书名，他还在奇怪，辛月为什么要送他别人写的情书，直到他看到下面作者的署名——阿月。

倏地，心脏猛地一紧。

他睁大眼看着这两个字，仿佛除了眼前所能看到的只有这两个字，他五感尽失。

在好几秒钟的愣怔后，他才抬头看向辛月。

第十八章 尾声

辛月在冲他笑,她笑着对他说:"你为我画了一整本画册,那我也为你写一整本的诗集。"

她边说边朝着陈江野走进,她把书从他的手里拿开,伸手搂住他的腰,然后仰头。

"陈江野,我爱你。"她深深地望着他,"我是真的很爱你,爱到想告诉全世界我有多爱你,所以我找出版社出了这本书,里面有五百二十首诗,都是我写给你的情书。"说完,她踮起脚来去吻他。

他的眸光颤得厉害,身体也微微颤着。她想他现在可能说不出话,那就什么都不要说,一个吻足以抵过千言万语。

陈江野过了一会才开始回吻她,他吻得又深又重,像要将她拆吃入腹,完全融入自己的身体。

这个吻持续了很久,辛月被他吻得实在没了力气,于是她推开他说:"你不看看我都给你写了什么吗?"

陈江野的眸色一沉,哑声开口:"看。"

"我陪你一起看。"

"嗯。"

两人坐到沙发上,辛月窝到陈江野怀里,看着他翻开第一页。

第一首是她曾经为他写的那首《月亮湾》,陈江野早就看过了,但他还是在这一页停留了很久才往下翻。第二首也是他已经看过的,是她在微博上发的那首《云》。接下来,才是他没看过的,一首又一首的彰显辛月爱意的现代诗。

等看到第七十首的时候,怀里的人已经睡着了,陈江野听到了她低低的梦呓声。

他没有吵醒她,抱着她去给她洗漱,只是洗的时候她还是醒了,但依旧一脸的困意。

陈江野把挤好了牙膏的牙刷递给她:"刷了牙去睡。"

"你呢?"

"我抱着你睡。"

刷完牙,陈江野抱着她回床上,但没有跟着她一起躺下,而是靠在床头继续看她为他写的诗。

辛月真的很困,迷迷糊糊地提醒了他一句"别看太晚"后就又睡着了。

陈江野没吭声,只揉了揉她头发。

这是她为他写的诗,他是一个字一个字认真地看着。

五百二十首,他从月升读到了月落。

冬日清晨的第一抹阳光照进来,落在书页上,他刚好读到那最后一首《文字》。

> 没有华丽的辞藻,
> 没有足够的深邃,
> 但我爱我笔下的文字,
> 因为一字一句,
> 都写的是你。

陈江野在婚后的第六个生日,他的愿望变成了,要和辛月平安到老。

他的阿月医生梦想成真,真的成为可以做外伤性黄斑裂孔这项手术的医生,也是国内有史以来可以做这项手术的医生中最年轻的一位。

辛月的第一例外伤性黄斑裂孔手术成功的那天,已经回总部担任总裁的陈江野推掉了所有会议,亲自去花店买了一束花,然后开车到

第十八章 尾声

医院门口,等着他的阿月医生下班。

他来得早,而辛月晚了一些才下班。大冷的天,他没有在车里待着,捧着花倚着车门处等她。

辛月从医院出来,还隔着一段很远的距离看到他时,恍惚间感觉自己像是回到了他向他求婚的那个夏天。分明现在是冬天,他身后也没有火烧云,她依然如那个夏天般感到浓烈的滚烫。

这么多年过去,她的陈江野似乎依然是那个永远松弛着,会捧着一束玫瑰来等她,浪漫又无比炙热的少年。

他真的仍如当年一般拥有着极致的少年感,哪怕他身着西装,手戴腕表,是万亿资产集团的总裁,但只要那一双眼微微眯起,嘴角扬起,他就永远是那个一笑就惊艳她整个夏天的陈江野。

情不自禁地,她的眼里溢出笑意,然后一步一步朝他走过去。

他似乎很喜欢看着她朝自己走过来的样子,目光落在她身上一动不动,等他们之间的距离缩短到两米内,他才不紧不慢地直起身来,抬手把玫瑰递给她。

"恭喜啊,阿月医生,梦想成真了。"

辛月接过玫瑰,垂眸一笑又仰头看向他,笑着说:"也恭喜陈大少爷,十一年了,终于愿望成真。"

"阿月医生多争气,才十一年。"他的表情散漫,语气却笃定地开口,"我们还有很多个十一年。"

辛月微微一怔,而后轻笑:"没有个百来岁,哪儿来的很多个十一年?"

陈江野习惯性地仰起下颌:"那你就给我活到一百岁。"

辛月挑眉:"我怕你活不到。"

"咒我?"他抬手捏住辛月的脸,晃了晃,然后拉近,为了让她听得更加清楚,他紧贴在她的耳边说:"我一定会跟你一起死的,无论如何。"

辛月愣住,两秒后,她转头看向他,蹙起眉很严肃地跟他说:"陈江野,你这话我不爱听,没人能保证这辈子可以不生病不出意外地活到一百岁,我要是出什么意外,你不准给我搞什么殉情那一套。"

陈江野冷哼一声:"你这话我就爱听了?"他捏着她脸的力度又加重了一分,定定地盯着她说:"你不准有意外,如果有,那你给我听好。"他咬牙,一字一顿告诉她:"你都死了,我活着有什么意义?"

辛月攥紧拳头,张口就要训他,却被他一把捂住嘴。

"闭嘴,听我说完。"他霸道地继续开口,"意外是谁都说不准,如果我走在你前头,你不用跟我一起死,但我一定会跟你一起死。"他依旧如此说。

辛月眼底的火光噼啪一声,她抬手准备把他的手拽开,陈江野却并不给她这个机会。

"你是医生,活着可以救人,所以你不用跟我一起死,但如果你死了,我继续活着也没什么用。"他的眼神深邃,看起来并不是在意气用事,语气平静地说着他的理由,"以前我觉得活着没什么意义,只是还没到要去死的地步。现在不一样了,我找到了活着的意义,但如果这个意义没有了,我也就活不下去了,你懂吗?"

辛月怎么会不懂?他已经在很明确地告诉她——她是他活着的唯一意义。

大概就像那句"如果不曾见过光明,我本可以忍受黑暗。"的意思一样,如果没有遇见她,他可以就这样浑浑噩噩地活在这个没有她的世界,但既然遇见了,他就再也无法忍受这个世界没有她。

辛月的目光沉下去,陈江野知道她懂了,于是松开她,静静地垂眸与她对望。

第十八章 尾声

几秒后，辛月深吸了一口气，开口对他说："我争取活到一百岁。"

"不是争取，是一定。"

"好，一定。"辛月答应他。

陈江野笑了一声，辛月也跟着笑起来，眼睛弯起。

这么多年过去了，她也依旧是那个一笑就眉眼弯弯的少女，依旧漂亮得不像话。

陈江野情不自禁地伸手放到她的脑后，然后把人拥进怀里，低头亲了下她眉间的那颗痣，然后揉揉她的头，说："走了。"

"去哪儿？"

"回去给你做大餐。"

"大餐？"

"那不然？我老婆好不容易梦想成真，我能不给她做顿大餐庆祝？"

辛月笑得合不拢嘴。陈江野带她去吃过很多高级餐厅，但她最爱吃的还是陈江野亲手做的饭菜，倒也不是陈江野做出的菜真比那些大厨做的好吃，但只要一想到那些菜是万亿集团总裁亲手给她做的，还是位秀色可餐的总裁，她就爽得不行，哪怕只是一碗蛋炒饭，她都能吃出满汉全席的感觉。

陈江野真的给她做了一顿大餐，两个人，他做了九个大菜。不过陈江野知道辛月不喜欢浪费，所以这九个菜都是配料很足，实际能吃的刚刚好够两个人的分量，但辛月还是吃撑了。

她挺着鼓起来的肚子躺到沙发上一动也不想动，陈江野给她拿来消食片，按出两颗药片递给她。

"吃了。"

辛月有点蒙："倒也还没撑到需要吃消食片的地步。"

"尽快消食,十点还要练拳。"

辛月瞪大眼:"今天也要练?"

"这个月你才练几次?上一次已经是一个星期前了,今天必须练。"他严词厉色地指着她,"别想跟我偷懒。"

辛月一脸沮丧。

自从他们住的地方附近一所医院出了医闹事件,陈江野就开始拉着她练近身格斗和散打。

练了这么多年,她现在轻松放倒一个普通成年男人都不在话下,但必须持之以恒,要是两三个月不练,反应速度就会下降一大截。

辛月叹气认命,乖乖地把消食片吃了,等十点的时候,就乖乖地跟他去了健身室。

训练完之后,辛月已经累得连一根手指都不想动了,陈江野就抱着辛月去洗澡。

"明天你几点下班?"

"明天会晚一点。"

"我来接你。"

辛月本来窝在他怀里闭着眼,这会儿睁开眼看向他:"明天又不是什么特殊的日子,你不用大老远跑过来。"

"不远。"陈江野慢条斯理地说,"新月儿童基金会在你那边附近搞了个慈善晚会,我明晚要去一趟。"

新月儿童基金会是陈江野专为那些没钱看病的孩子成立的慈善组织,自成立至今,仅仅四年就救助了上万名贫苦的患病儿童。

陈江野成立的慈善组织不止这一个,还有专门帮扶失明人士的、支助山区贫困儿童的、救助残疾人士的……自他回到恒远集团总部,每年在慈善上的投入至少都有一亿。

第十八章　尾声

而这些，都不是辛月让他做的。辛月也没有问过他为什么要做慈善，但不管是什么原因，她都为他骄傲。

"谢谢你。"她对他说。

陈江野帮她擦身体的动作一顿，抬起眼睛瞄了她一眼："谢我什么？"

辛月："我替那些孩子谢谢你。"

陈江野放声大笑，肆意且不拘。辛月听到他的笑声睁开了眼，而后便愣住了。

眼前的人哪儿像是一个雷厉风行的总裁呢？他是真的没有变过，始终是她恣意、率性、狂放的陈大少爷。

第二天晚上，陈江野如约去到慈善晚会。参加这个晚会的多数都是与恒远有生意往来的人，也是新月儿童基金会主要的捐款方。

陈江野平时很少会在商业峰会上露面，如果不是深度合作的公司高层，其他人几乎很难见他一面，直到知道他热衷于做慈善后，很多人才找到能见他一面的门路——投其所好，往他手下的几个慈善组织捐款。

陈江野当然知道他们的意图，为了慈善也愿意卖他们面子，只要是慈善晚会，他基本都会参与。

一群商业人士人围坐在同一个饭桌上，除了商业互捧就是恭维，快把陈江野捧上了天。

说什么，他青出于蓝而胜于蓝，他爸就是商业奇才，没想到儿子更厉害。又说什么，他们家的儿女要是有他十分之一的商业头脑，他们就烧高香了。还有夸他一表人才的，夸他是大善人的。

听他们夸得天花乱坠，陈江野始终一副"我就静静听着你们拍马屁"的淡然，只是在听到"大善人"这三个字时挑了挑眉。

他从来不觉得自己是什么善人。只是这表情落在别人眼里，还以为是他很受用，便就着这话题继续跟他搭话。

"陈总年纪这么轻，竟然就这么热衷于慈善，真是难得啊。"

"我们这些小人物也就只有在慈善活动上才看得到陈总了。"

其他人这么一说，有人忍不住就问："能问问陈总为什么这么热衷于慈善吗？这么年轻就有这觉悟的人是真少啊。"

陈江野垂眸笑了笑，转着手上的婚戒说："我不是什么善人，只不过是因为我家那位是个很伟大的医生，我想成为能与她匹配的人。"

从很久很久以前开始，自始至终，在任何人面前，他都毫不吝啬地坦白自己对她的爱。

在场的人都难掩惊讶，大概在他们眼里，医生没什么伟大的，哪儿会是全国前十企业总裁配不上的，陈江野竟然还觉得需要做慈善才能与她匹配。

很多人是这么想的，但都没说出来，继续恭维他。

"二位真是伉俪情深啊。"

"陈总不仅经营公司用心，对自家夫人也是用情至深啊。"

"像陈总这样的好男人现在少之又少了。"

在一众吹捧中，只有一个人清新脱俗地问了句："陈总夫人的名字里是不是有个月字啊？"

陈江野看向那个人："是。"

那人笑笑："怪不得基金会叫新月，您去年新成立的公司也叫新月科技有限公司，还有新月游戏工作室、新月大厦、MOON新概念……"

那人一口气把二十多个由陈江野成立的、名字中带有"月"字的公司、建筑、项目、品牌等等相关的都说了出来。

但远不至于此，恒远的产业并不是只有目前市场查得到的这些，

第十八章　尾声

他以辛月的名义还往外拓展了不少。

辛月出了本诗集告诉全世界她爱他,他也在用他的方式告诉全世界,他有多爱她。

陈江野微仰头,目光落在那个人身上,眼里颇为赏识,这才叫真的投其所好。

"不止这些,看你挺感兴趣的,我们一会儿聊聊。"

那人睁大了眼睛,忙递上名片:"陈总这是我的名片,家父是长晟集团创始人刘华健,我目前还只是负责一些小版块,望您多指教。"

陈江野接过名片。这时,随行的助理过来拍了拍他的肩膀。

"失陪一会儿。"说完,他离席朝僻静处走。

"什么事?"

"陈总,有个新闻我觉得您需要看一下。"

助理把自己的手机递过来,界面是一个暂停的视频,视频背景是在医院。

陈江野瞳孔一震,拿着手机的五指倏地收紧,连忙点击播放。

视频里有个男人在医院拿着把长刀砍伤了一名男医生。

视频时间不长,就二十多秒,播放到第四秒的时候,一个熟悉的面孔出现在了抖动的画面里。

是辛月。

视频里,辛月冲了上去,只用了不到三秒的时间就将持刀的那人制服在地,然后冲远处的人大喊:"都愣着干吗!过来按住啊!"

后面就是好几个人过去帮她按住那个人,并把刀拿开。

不等视频播放完,陈江野把手机一把拍到助理怀里大步朝外走去,表情十分冷戾。

他一边走,一边拿出手机准备给辛月打电话,但刚好这时辛月给他打来了电话。

他才按下接听键,那头就语速极快地说了一长串:"陈江野,今天医院出了点事,我现在在家,我猜你看到了新闻,你别冲动,先回家,我们慢慢说。"

"行,你给我等着。"他的声音隔着手机都冷得刮耳。

辛月因为他的语气愣了一下,但还是不忘提醒他:"开车小心,别开太快。"

陈江野没再回,直接挂了电话。辛月看着被挂断的通话,深吸了一口气。

新闻里的事是今天傍晚发生的,医院知道一发生这种事肯定会有很多记者跑过来,就让她先回家,可架不住当时已经有人已经拍了视频并发布到了网上。

明明昨天才答应陈江野自己会好好地活……

果然,陈江野怒气冲冲地回来对她说的第一句话就是:"你才答应了我什么?"陈江野用力捏着她的脸,怒不可遏,"说过不准出意外,你还往刀口上扑?"

辛月已经想好了要怎么跟他说,语气平静:"如果是你,你会坐视不管吗?"

陈江野冷哼:"你能跟我比?"

"我跟你是比不了,但跟一个背对着我,身材也没那么魁梧的男的,还是有的比的,不然你这么多年的格斗跟散打不是白教了?"

陈江野难得被她噎住,张了张嘴却没说出个什么来,像是气得都糊涂了。

辛月连忙乘胜追击,继续说:"陈江野,鲁迅先生说的那句话你肯定是听过的吧。'今日我等若冷眼旁观,他日祸临己身,则无人为我摇旗呐喊。'"她说出这句话后又补充道,"同理,今日我若不挺身而出,他日被举刀相向之人变成我,也无人帮我脱困。"

第十八章 尾声

陈江野本就漆黑如夜的眸色蓦地一沉。这些道理他会不知道吗？可事关于她，他做不到一视同仁。

他教她格斗，教她散打，是为了让她可以自保，而不是让她借此去犯险救人。

"陈江野。"辛月轻声喊他的名字，抬手捧住他的脸，"我不是盲目去送救人的，我只是做了我能力范围内，可以帮到别人的事。"说到这里，也不知是想到了什么，她垂眸笑了笑："刚刚主任才跟我说，我要是再晚一步过去阻止，那位医生可能就救不过来了，现在他已经脱离了生命危险。"辛月重新抬眸看着陈江野，笑着对他："你知道她跟我说这些的时候，我有多开心吗？"

她是真的很开心，现在说起来，眼底如同盛满了星子般的光。

"我以为昨天我成功地让一个人重见光明，就已经足够我骄傲，但今天……"她很自豪地说，"我还救了一条命。"

看着她眼底闪烁的光芒，陈江野感觉心脏像是被什么东西一下一下地牵扯着，不疼，说不出是什么感觉，但他能肯定的是，他也为她骄傲。

如他今日所言，他的夫人是位很伟大的医生。

他手上的力气一点点开，辛月感觉到了，于是拉下他的手，轻吻了他一下。

"别生气了好吗？"

陈江野没说话，只半响后轻轻"嗯"了一声，然后低头去吻她，吻得很重很用力。

…………

怀里的人疲惫地睡去，她的眉眼疲倦无比，可嘴角却是带笑的。

陈江野一直深深地看着她。

她时常会在沉睡后露出这样的笑容，比如他们在一起的那天，他

647

向她告白那天，求婚的那天……

即便是一年里很平常的一天，她也会展露如此的笑颜，但这次不一样，这次她的笑不是因为他，是因为她的理想，她的骄傲。

他低头去轻吻她的嘴角，眉眼间的郁色不知在何时已然消散，他是真的不计较了，只要她是笑着的，就没有什么可计较的。

在他这里，她可以做任何她想做的事。

第二天清晨，两个人是被陈江野手机的振动声吵醒的。

"谁啊？"辛月微睁开眼埋怨地嘟囔了一句，然后又闭上眼钻进陈江野的怀里。

陈江野把手机拿过来看了眼，是助理小徐打过来的，这会儿电话已经挂断，他微信里弹出来一个消息："陈总，您看下我给你发的那篇微博。"

陈江野解开锁屏点进微信，看到了那篇名为《徒手制服歹徒的辛医生那艰苦励志的一生》的微博文章。

他的眉头下压两分，但表情并没有很冷，但凡"辛医生"后边跟的不是那一串字，他脸色绝对会立马沉下去。

他点进那篇文章的链接，开头就是一张辛月背着一筐猪草的照片，像素还算清晰，能看得出是辛月，虽然已经过去这么多年，但辛月跟以前的模样没什么差别，只是眼底没有了那一分锐利的警惕。

下面的正文也是从那个时候开始写起，写她如何从一个需要割猪草喂猪的山区女孩，在被母亲抛弃，被同村人唾弃，发生车祸险些失明，又经历了被欺凌后依然未被生活打倒，始终坚持刻苦学习，虽然高考失利，但仍旧以笔试和复试均第一的成绩考入滨海医科大学，最终成为国内某眼科领域里极为出色且最年轻的医生。

陈江野通篇读下来，没有发现一点捏造或夸大的成分，所以他敢

第十八章 尾声

肯定，这篇文章的作者一定是蒲县人，说不定和辛月还是同级或者同班的人，不然不可能对辛月经历的事了解得这么清楚，甚至，可能还是辛月的爱慕者，这个可能极大。

陈江野笑了声，伸手捏了捏辛月的脸跟她说："你老底被人给扒了。"

这话吓得辛月一下清醒过来，忙夺过陈江野手机来看。刚开始，她一脸的提心吊胆，看到最后长松一口气。

"需要我让人把这篇文章删了吗？"陈江野问她。

"不用，写得还挺励志的。"

这篇文章除了在介绍她的生平，还一直在用她的事迹强调读书的重要性，鼓励大家要像她一样坚强刻苦，努力成为理想中的自己。是很不错的一篇文章。

辛月在刚刚那一秒，脑中闪过了一道白光。

她忽然间发现，她好像不仅仅可以靠医术救人，靠手术给人带来光明，文字也可以，语言也可以，她本身可以成为一道光一样的存在。

如果那些被生活压得快要喘不过气的人看到这篇文章，看到她，是否能咬咬牙再挺一挺，继续向着遥远的理想前进？那些被大山深处的孩子们如果知道了她的事迹，尤其是女孩子，是否能坚定读书一定能让她们走出大山改变命运的信念？

以前她很抵触村里的人叫她大明星，可现在，就在这一刻，她希望自己真的能成为大明星，一颗巨大、明亮、能给人指引方向的明星。

"陈江野。"她喊了陈江野一声。

"嗯？"

辛月转头看着他，双目放光："你给我搞搞营销吧。"

陈江野先是一愣,但似乎很快明白了她想做什么,眉尾缓缓扬起。

辛月也直接开门见山地告诉他:"我想去参加《此世间》。"

《此世间》是一档演讲类节目,每一期都会邀请一名各行各业中杰出的人物,让他们分享他们对生活、社会、人与自然的感悟,是老师推荐学生们必看的节目之一。

辛月想去那里,去说一些话。

恒远旗下有国内最大的经纪公司星娱传媒,造星是星娱的专长,更别说辛月本就是一颗星星,他们只需要把她捧起来,让更多人看到。最终,辛月成功被《此世间》邀请去做演讲。

到她上节目那天,陈江野推掉了所有工作,陪她一起去北京,在录影棚的观众席看着她演讲。

晚上八点,录影棚内所有工作人员和观众都到位。

舞台的灯光亮起,辛月从幕布后走出来。陈江野坐在观众席看着她走到舞台中央,站在聚光灯下,冲他微微一笑。

明明是光洒在她身上,却仿佛她才是那个发光体,像她那首诗里写的,照亮这人间,也要与他遥望的那一轮月亮。

"大家好,我叫辛月,是一名医生。"

辛月很从容地站在舞台上开始了她的演讲。

"很高兴受邀来这里进行演讲,我今天演讲的主题很简单,只有两个字:要赢。赢什么?赢明天,赢理想,赢人生。相信大家很多人都看过那篇介绍我生平的文章,没看过也没关系,我来给大家讲。

"我十二岁撞破一个犯罪现场,所幸逃脱,却也不幸,从此遭到村中大多数人的造谣与唾弃。这样对年仅十岁的孩子来说,无疑就是在往她脖子上递刀子,好在当时我怕死,倒也坚强地活了下去。后

第十八章 尾声

来，我遭到了同龄人的欺凌，中途还遭遇了一场车祸，险些失明。

"讲这些不是卖惨，只是想告诉大家，我挺过来了，如果你正遭遇着难以克服的苦难，请务必咬牙再挺一挺，并向着有光的地方前进，始终相信明天会好。

"借用一句话：请你务必，一而再，再而三，三而不竭，千次万次，毫不犹豫地救自己于人间水火。挺过来，用力往前跑，明天一定会好的。

"我无疑是幸运的，才能在一次又一次在险难中逃生，但我也曾以为我是被上帝抛弃的人。所以，希望每一个人都怀着不管如何也一定会赢的决心，我们一定会赢来拥有曙光的明天。

"这是我想对现在和曾经的我一样，连活着都是一种艰难的孩子的话，那么接下来，我想再说一说理想。

"曾经那场车祸，带走了我几个月的光明，但也带给我了此生坚定的理想。我要成为一名医生，一名眼科医生，最顶尖的眼科医生，把一个个曾经像我那样失去光明的人从黑暗里拉出来。而实现这个理想的唯一途径，就是读书。

"高考因为家里的一些事情，我并没有去很远的地方，但是我一直想要走出那座山。

我有想过，是什么让我实现了这样的大跃步，我觉得就是那份一定要赢得理想的决心。人的潜力是无限的，如果你坚信理想的力量，那么你也可以是无限的，我们都可以成为汹涌的波涛，风里摇曳的狂草。

"当然，不是所有人都要有多么远大的理想，想过好每一天，想遇到一个相爱的人，这也是理想，是我们理想的人生。为了这样理想中的人生，我们仍需努力，仍需拼搏，去赢得属于自己最理想的人生。

炙野

"理想盛大灿烂,我们都要去赢。"

到这儿,演讲也就进入了尾声。

辛月敛眸,与台下那人对望,笑着说出最后的那几句话:"希望每一个人都能得偿所愿,成为理想中的自己,也拥有理想的爱情,永远为这世界热泪盈眶。"

(正文完)

番外 长情

乔语从未想过，自己竟是个长情的人。

很多人都说她薄情，她自己也一直这么认为，不过像她这样一个人，到底是为什么会喜欢陈江野那么久？

这个问题，后来乔语也有仔细想过。

也许是遇见他的那一天，一切都太过巧合，巧合到她以为他们之间会发生电影里那样的故事，他会是她一个人的男主角。

那天，乔语去参加了一个朋友的生日，在生日宴上，她曾经的那个闺密泼了她一杯酒。乔语扇了她几个耳光后去洗手间洗了个脸。从洗手间出来，乔语没打算再回去，径直出了会所。

这边离她家很近，她没叫车，她讨厌出租车里的味道，又懒得等家里的司机来接她，索性走路回去，就当散心。

走到半道，她撞见一伙人正围着一个男生。乔语不是个爱多管闲事的人，但她听到了一个熟悉的声音，是她那个讨人厌的、与她同父异母的弟弟的声音。

那她就感兴趣了。也是这会儿她才注意到，被他们围着的那个男生长得真不错，气质也很出众。更有意思了。

她走过去，边走边说："我说怎么今天听我的屁包弟弟的声音这么硬气，原来是仗着人多啊。"

上一秒还笑得嚣张的乔书珩听到乔语的声音立马垮下了脸。

他回头望向乔语，冷声开口："我劝你别多管闲事。"

乔语轻笑着歪头："我替乔振国教育教育儿子，不算闲事。"

乔书珩盯着她，咬牙说："乔语，我忍你很久了。"

"所以？"乔语挑眉。

"所以你给我滚远点，不然我连你一起收拾。"

乔语还是笑着，她转头看向身旁的男生，问他："会打架吗？"

男生微愣了一秒，然后才说："会。"

乔语重新看向乔书珩，"二打三而已，谁收拾谁还不一定呢。"

"你——"

乔书珩话还没说完，乔语就给了他一巴掌："你跟谁说话呢？没大没小。"

这一巴掌让乔书珩彻底恼怒了，抬手就要还乔语一巴掌，结果被旁边高出他半个头的男生一脚踹进了旁边的花坛里。

乔书珩随手拿了一根绿化带里的棍子就朝乔语挥过来。乔语躲闪不及，只能抬手护头。

然而意料中的痛感并未袭来，她愕然抬头，视线蓦地撞进一双漆黑的眼里。穿着白色T恤的男生站在她面前，一手抓着乔书珩砸下来的棍子，半侧目睨着她。

就这淡淡的一瞥，乔语心里重重漏了一拍。

这一瞬的悸动到底是因为他的出现，还是险些被砸到的心惊，她分不清。她只觉得，一眼万年，大抵也就这样了。

自他出现，她的视线再未从他身上离开过，而他再没正眼看过她一眼。

来的一共是三个人，在乔书珩他们跑了后，另外一个人说要请她吃消夜。

"哥，走，我请你吃个消夜，要不是你，我们越哥这张帅脸怕是要挂彩了。"

大概是因为觉得叫姐不礼貌，叫妹妹又不合适，加上她给人的印象是那种飒爽的风格,所以他们叫她"哥"。

乔语看着他们,余光仍瞄着旁边穿白色T恤的男生,她没回他们去或不去,只说:"我叫乔语。"

"语哥好,我叫徐明旭。"

"我叫刘锐。"

两个男生连忙自我介绍。

等他们说完自己的名字,乔语看向那身穿白色T恤的男生,似乎在等他开口,然而他好像没有一点要开口的意思,甚至好像都没注意到这边的对话,只微仰头看着远处,眼底映着漂浮的霓虹灯光。

徐明旭顺着她的目光望过去,正要跟她介绍,却见她直接开了口:"你叫什么?"

白色T恤的男生这才望向她,神色冷淡:"问我?"

"嗯,问你。"

男生移开眼,懒懒地张口:"陈江野。"

那时候,乔语只觉得眼前这个男人是她喜欢的类型,够有个性,长得更是没话说,是她见过的所有人里最好看的。

她这个人一点儿都不矜持,看上谁就主动追,当晚吃夜宵的时候她就加上了陈江野的微信。他们四个的微信她都要了,陈江野没理由不给她。

第二天她就约陈江野出来,然而陈江野并没有理睬她。乔语脸皮厚,又给他发了几条消息,他还是不回。乔语脸皮厚归厚,但也是有傲气的,死皮赖脸地去缠着一个人这种事她做不来。

本来,她打算就此放弃,她自以为是见过世面的人,很快就能把陈江野抛到脑后,可事实出乎她的意料。

每天晚上,她只要一闭上眼,就会回想起陈江野朝她望过来的那一眼。他的眼睛实在过于深邃,一眼就足以让人沦陷。更要命的是,

炙野

但凡看到一点与那一晚相关的东西,她立马会想到他。

看到绿化带里的木棍,她会想到他替她挡下那一棍的场景;看到乔书珩那张令她无比厌烦的脸,她脑子里会立马浮现出陈江野那张挑不出一点瑕疵的脸;看到电视剧里英雄救美的场景,她更会想到他;甚至只是看到路边闪烁的霓虹灯,她都会想起灯光在他眼底浮动的那一幕。

挣扎一段时间后,她认清了自己的内心:她还是不甘心。她不甘心那个像极了电影里男主角一般在她生命里出场的人,就这样沦为匆匆一瞥的路人。

她敢肯定,不会再有第二个人会和她有如此宿命感的相遇,她想再试一试。这一次,她直接从原来就读的公立学校转去了陈江野他们所在的国际学校。

因为有之前的那一场交集,徐明旭他们自然很照顾她这个转学生,她也就自然而然地很快和他们玩到了一起,但陈江野对她还是很冷淡。

乔语挺有挫败感的,直到来这儿的第三天,她看到一个长得很漂亮的女生跟陈江野告白。

陈江野连听她说完的耐心都没有,直接打断她,告诉她:"我不谈恋爱,以后别来烦我。"

看到这一幕,乔语心里平衡了一些,他并不是对她一个人这样。

这天,她跟徐明旭打听了一下,问他知不知道陈江野为什么不谈恋爱。徐明旭告诉她,他爸妈是商业联姻,他妈妈丢下他去追寻真爱了,而且连他差点死了也不管不顾,大概是这个原因让他对男女之间的感情有些抵触。

听到这些,乔语当时没什么感觉,只觉得如果是这样,那陈江野会是一个很慢热的人,而她会是唯一一个有机会捂热他的人。

可是,历经无数次的撮合,陈江野对她还是冷冷淡淡,除了关系熟了些,其他似乎并没有任何变化。

这段时间里，她的心境变化倒是挺大。从最开始笃定的信心，到动摇，再到逐渐开始劝自己放弃，最后甚至开始期待会出现另一个人，能让陈江野开心起来的人。

真正喜欢一个人，一定是会心疼的。

她心疼他像是对什么都倦透了，每天都活得不快乐，怎样都不开心。她希望他能多笑一笑，可两年时间里，她没能让他因为她笑过一次。

既然她做不到让他开怀，如果能有其他人做到，那她愿意服输。

后来，这个人真的出现了，比她意料中要快。

她怎么都想不到，陈江野那么冷的一个人，当有了喜欢的人后，竟然也可以那么炙热。他似乎是把此生所有爱的能力，都只给了辛月一个人，所以才能这么炙热滚烫，轰轰烈烈。

她终于是放弃了，可大概还是不甘心。

她不明白，那个人为什么可以是辛月，却不能是她。辛月也不是什么小太阳，明明辛月好似比她还要冷上一些，为什么辛月可以那样轻易就让陈江野笑出来。

她有些埋怨老天，既然另有安排，为什么还要给他们那样宿命般的相遇，让她妄作一场念想。

而这场妄念，还不知会持续多久。都说年轻时不要遇见太过惊艳的人，会很难再喜欢其他人。喜欢过陈江野这样的人，真的很难再对其他人动心了。尤其，她见过他未动心之前的冷淡肆意，又见到了他动心后的浪漫与热烈。

从此，只要他一日不变地爱着他的月亮，他就永远光芒万丈，无人能敌，会永远是她的妄想。

而他越是爱他的月亮，她就越是不甘心。她会想，如果得到他的是她该多好。

在高考完的那天，傅时越从国外回来，她，他，还有徐明旭和刘锐,他们四个在傅时越家喝酒。徐明旭和刘锐喝醉后,她和傅时越到阳台吹风。

傅时越问她:"你还喜欢陈江野吗?"

那是他第一次问她这句话,后来,他每一次回来都会问她这句话。

她每一次的回答都是:"喜欢。"

直到他问到了他大学毕业的那天,她的回答终于不再是那两个字,而是反问他:"这个问题你打算问多久?"

傅时越说:"问到你不喜欢他为止。"

听到这句话的时候,乔语心里抽痛了一下。她知道,她喜欢了陈江野多久,傅时越就喜欢了她多久。

至于什么时候知道的,这事说起来还是因为一场乌龙。

如果她对陈江野表明了心意,陈江野一定会像拒绝那些女生一样毫不留情地拒绝她,她不会拥有他的特殊待遇,所以那两年,她一点都不像曾经那个大胆奔放的乔语了,变得像个胆小扭捏的小姑娘,唯一一次大着胆子投怀送抱还是借着酒劲儿,结果还搞错了对象。

那一次,她难得喝醉了,于是借着酒劲往人家怀里钻,搂着人家的腰就不撒手,非要人家送她回去。

她以为她搂住的是陈江野,一路上还暗自窃喜陈江野没有推开她,想着他对她是不是也有那么一点点喜欢。

在到家门口的时候,被酒气和这股子欣喜冲昏了头脑的她靠在他怀里对他说:"陈江野,我是真的真的好喜欢你。"

被她抱着的人沉默了片刻,接着,一只手捏住她的下巴迫使她抬头,沉冷的声音落下:"你看清楚我是谁。"

她看清楚了,他是傅时越,也看清楚了他眼底的隐忍。她这才发现,她好像一直没有好好看过傅时越,明明他长得并不比陈江野差,只是气质不同,可惜了。

番外　长情

　　乔语觉得自己大概是不会喜欢傅时越的，但因为也有着喜欢而无法得到的人，没人比她更明白傅时越的感受，所以她没有劝他不要喜欢她之类的，只偶尔劝他也跟着徐明旭他们去泡泡酒吧。傅时越嘴上答应着"好"，却一次没去过。

　　后来乔语索性什么也不劝了，傅时越这个人啊，看似通透寡淡，实际比她还固执。她顺其自然，由着他喜欢。

　　被傅时越喜欢是一件很幸运的事，他不会给你太浓烈的喜欢让你感到负担，也不会常常出现在你面前给你困扰，但当你需要人陪着的时候，他一定在。

　　他回国的那年，乔语生了场大病，在医院住了大半年。这大半年里，她家里人也就继母每周来一次，彼时徐明旭和刘锐还在国外，陈江野辛月不在海城，从头到尾，都是傅时越陪着她。

　　大半年，两百多天，傅时越没有一天不在医院。

　　病房里有三个花瓶，傅时越每天都会带一束花来替换掉其中一束。乔语这时候才知道，花店里花的品种原来也有这么多。

　　花束和傅时越身上那股沉静温柔的气质很相衬，每当他捧着花出现在病房门口，乔语都会感到一阵悸动。

　　起初，乔语以为那是感动。她的病需要动手术，术后有一次晚上突然大出血，那天之后有好几晚上傅时越都在病房里守着她，后来更是索性每晚都不回去了，就和她在同一间病房里不同的病床上睡。

　　乔语劝他不用每天都来陪她，但他说："不是我陪你，是我想趁这个机会多和你待一会儿。"

　　"可以满足下我这个期望吗？"他笑着这样问她。

　　傅时越笑起来很好看，他不笑时是内敛的那种温柔沉稳，但一笑起来，眼底会有少年气的星芒，像午后细碎的阳光。

　　他冲她笑的那一刻，乔语心里突然冒出这念头：这些年她如果不经意多看他几眼,也许就不会眼里只看得见陈江野一个人。

因为这个念头,她开始盯着他看。

明明都是六年的老朋友了,她现在才发现他眼尾长了颗痣,一颗很淡的痣,但看见了就会觉得生得实在勾人,让人忍不住想一直看。

习惯了被她忽视,突然被她一直盯着看,傅时越还以为是自己脸上有什么东西。

"我脸上有东西?"他问她。

"嗯。"

"什么东西?"

"一颗痣。"

傅时越先是一愣,然后笑了下,"哪儿?"

"眼尾。"

傅时越又笑了声,有些黯淡又释然的笑,"你才看到。"

乔语直说:"以前不怎么看你。"

傅时越垂眸,心里知道是一回事,亲口听她说出来又是另一回事,他还是有些被伤到。

可乔语的话并没有说完,还剩了一句:"以后我会多看。"

听到这下半句,傅时越刚垂下的双眸又顷刻抬起,眼底是随之而掠起的光亮。

人好像总是会被眼睛所吸引。曾经,她坠入一双深邃漆黑的眼,难以自拔。现在,她在另一双眼底看到了截然相反的景象——

黑夜散去,天光大亮。

乔语说话算话,说会多看,就真的几乎一刻也不曾把眼睛从傅时越身上挪开,只要他在她身边,在她的视野。

即便傅时越刚从浴室里出来,还没穿上衣。他的身材不赖,是正儿八经穿衣显瘦,脱衣有肉。

"你去哪儿练的这身腱子肉?"

"家里。"

"家里的健身房?"

傅时越一边慢条斯理地穿着衣服,一边回她:"不然?"

"肌肉练得挺漂亮的。"乔语不吝赞美。

"那我要不要把衣服脱了再给你看看,灵魂和肉体我不介意你只喜欢其中之一。"

傅时越这句闷骚话直接把乔语逗笑了:"你还是穿上吧,大冬天的。"

说到冬天,傅时越想起来,"听说明天会下雪。"

"海城挺多年没下雪了。"

"嗯,明天如果真的下雪了,回来我给你带雪人。"

"雪人?"乔语笑他,"你还小啊,还堆雪人。"

"男人至死是少年。"

这句话从他嘴里说出来有些违和感,但又很理所当然。

第二天,还真的下了雪。

此时,傅时越已经离开去了公司,而乔语一个人在病房里看着窗外飘落的雪。

说来也是奇怪,海城下雪的次数也不算少,但每一次下雪,她都是一个人。她早就习惯了一个人看雪,只是,这一次,她突然很想有个人陪在身边。大概是人生病的时候,心理也要脆弱一些,她觉得有些孤单了。

雪下得小了一些的时候,她拿起手机,有种想给傅时越打电话让他回来陪她看雪的冲动,但她忍住了。

奇怪的是,电话明明没打出去,一个人影却在半晌后出现在门口,和往常一样,伴随着那道人影出现的,还有一束花。

看着那束被淋了雪的花,眉眼间还带着雪气的傅时越,乔语感觉自己的心和窗外林立雪中的杨树一样,被风吹得拆拆作响,是失去控制的心跳。

傅时越没有像往常一样先去换花,而是捧着花走到乔语面前。

在距离拉进到只有一米的时候,乔语匆匆移开目光,语气有些慌乱地问他:"今天怎么来得这么早?"

傅时越说:"难得下雪,想回来陪你看雪。"

乔语很难形容自己听到这句话时心里的感觉,当你无须开口,对方便已然做了你想他做的事,那种触动,是难以言表的。

她将颤动的目光投向窗外,发现雪又小了一些。

"可雪都快停了。"

她说这话时将瞳孔移到眼尾,暗暗瞥着傅时越。

傅时越把藏在身后的手拿到前面,递到她跟前。在他掌心,立着一个放进了玻璃罩里的小雪人。

"对不起,答应了要给你带雪人,但我手不巧,耽误了时间。"

他手的确不巧,做的雪人挺丑的。

乔语接过来,隔着玻璃罩看里面丑萌丑萌的雪人,脸上情不自禁地露出淡淡的笑。

傅时越坐到她身边,说:"以后白天我不在的时候,它会替我陪你。"

乔语愣了两秒,问道:"它不会化吗?"

"不会,底座是个制冷装置,只要有电,它能陪你很多年。"

乔语不轻不重地"哦"了一声,又不轻不重地说了句:"我不会让它化掉的。"

傅时越沉默了一会儿,然后说:"谢谢。"

乔语抬头看向他，目光带着探究，不知道他是谢她说的那句话，还是别的什么。

"别看我了，看雪吧，好像快停了。"乔语转头，将视线投向窗外。

雪很小了，却也一直没停，就这么稀稀疏疏地下到了晚上，病房里的两个人也就这么静静地看了几个小时的雪，竟也不觉得无聊。

在这几个小时里，乔语也不全是在看雪，安静的时候适合思考一些事情，比如，她对傅时越的感情。

每天傅时越捧着花出现在门口的场景在她脑海里一遍一遍浮现，连带着当时的心动。最开始她以为那是感动，现在想想才发现，那就是很单纯的心动。她原来并不是只会为陈江野心动，这世上的浪漫也不止一种，只要她愿意去发现。

雪停的时候，她喊了傅时越一声，傅时越转过头来看向她。

傅时越问她："怎么了？"

"等我出院后，我们试试吧。"

傅时越脸上的笑容一僵："试……什么？"

"在一起。"她指了指他，又指指自己，"我们、我们试着在一起。"

傅时越表情在一瞬的错愕后也很快恢复平静，他没有立刻回答，而是在看了乔语好几秒后对她说："如果你是因为我每天来陪你而感动，所以想跟我试试，那大可不必，假如哪天我们真的在一起了，那只有一个可能，你喜欢我，像你喜欢陈江野那样喜欢我。"

乔语摇头，很笃定地说："我不会像喜欢陈江野那样喜欢你。"

她凑过去，近距离看着傅时越的眼睛，语气认真地开口：

"喜欢你，是独一无二的事情。"

（全文完）

图书在版编目（CIP）数据

炙野：全2册／八宝粥粥著. -- 南京：江苏凤凰文艺出版社，2024.10. -- ISBN 978-7-5594-8876-3

Ⅰ．I247.5

中国国家版本馆CIP数据核字第2024AX4054号

炙野：全2册
八宝粥粥 著

责任编辑	项雷达
特约编辑	赵丽杰　杨晓丹
装帧设计	@Recns
责任印制	杨　丹
出版发行	江苏凤凰文艺出版社
	南京市中央路165号，邮编：210009
网　　址	http://www.jswenyi.com
印　　刷	天津鑫旭阳印刷有限公司
开　　本	880毫米×1230毫米　1/32
印　　张	21.125
字　　数	527千字
版　　次	2024年10月第1版
印　　次	2024年10月第1次印刷
书　　号	ISBN 978-7-5594-8876-3
定　　价	69.80元（全2册）

江苏凤凰文艺版图书凡印刷、装订错误，可向出版社调换，联系电话025-83280257